Obwohl auch ein «Sachbuch», liest sich Ulla Lachauers Chronik doch weithin wie ein Roman, und am Ende glaubt man fast, selbst ein Familienmitglied von Ritas Leuten zu sein. Man bangt oder freut sich mit ihnen, so vertraut sind dem Leser die einzelnen Personen geworden: Menschen, die unter uns, aber auch in einer anderen Welt leben.

Ulla Lachauer, geboren 1951 in Ahlen/Westfalen, studierte Geschichte, Philosophie und Politikwissenschaft. Sie lebt in Mannheim und arbeitet als freie Journalistin und Filmemacherin. In der Reihe der rororo-Taschenbücher liegen bereits vor «Paradiesstraße» (Nr. 23390) und «Ostpreußische Lebensläufe» (Nr. 22681).

ULLA LACHAUER

Ritas Leute Eine deutsch-russische
Familiengeschichte

Rowohlt Taschenbuch Verlag

2. Auflage Januar 2004

Veröffentlicht im Rowohlt Taschenbuch
Verlag, Reinbek bei Hamburg,
November 2003
Copyright © 2002 by Rowohlt Verlag GmbH,
Reinbek bei Hamburg
Lektorat Uwe Naumann
Umschlaggestaltung any.way,
Barbara Hanke / Cordula Schmidt
(Foto: Premium)
Kartographie Peter Palm, Berlin
Druck und Bindung Clausen & Bosse, Leck
Printed in Germany
ISBN 3 499 23527 7

Die Schreibweise entspricht den Regeln
der neuen Rechtschreibung.

Inhalt

KAPITEL 1: Besuch

S **ie hatten wohl Besuch!»** Vielleicht hat mit diesem Satz alles begonnen? Vielleicht war es die kleine, mit gewissem Nachdruck vorgetragene Frage, die den Stachel in mir hinterließ, der nicht mehr herauswollte und aus dem im Laufe vieler Jahre der Baum eines weit verzweigten Abenteuers wuchs. Eine Nachbarin hatte sie gestellt, an einem sehr frühen Morgen im März, als wir am Briefkasten zusammenstießen. Gegen alle Regeln der Diskretion, die in unserem bürgerlichen Mannheimer Mietshaus herrschen, wünschte sie Auskunft über unseren Besuch. In ihren Augen blitzte es, sie schienen ein Donnerwetter anzukündigen. «Eine Nachtigall», flüsterte sie, «sie hat gesungen wie eine Nachtigall.»

Am Vorabend hatten offenbar im ganzen Haus die Wände gewackelt, war Gesang aus unserer Mansarde im fünften Stock bis hinunter ins Parterre gedrungen. «Eine junge Sopranistin», begann ich zögernd. Die Nachbarin, sichtlich begeistert von der nächtlichen Vorstellung, fiel mir ins Wort. «Mein Mann meinte, das kann nur Russisch gewesen sein.» – «Ja, eine russische Sopranistin, Rita Pauls.» Der Klarheit halber fügte ich hinzu: «Keine Russin, keine echte, eine Deutsche aus Karaganda.» – «Kara was?» – «Karaganda. Das liegt hinter dem Ural, östlich davon und dann rechts.» – «Da unten gibt es deutsche Sängerinnen?» – «Wie Sand am Meer», behauptete ich kühn. «Deutsche, russisch sprechende Deutsche, obwohl das Kasachstan ist.»

Wie konnte ich der Nachbarin erklären, was ich selbst nicht verstand. Damals wusste ich über Rita Pauls nichts weiter, als

9

dass sie in diesem Karaganda zu Hause war, irgendwo in der kasachischen Steppe, wo es schwarzweiß gestreiften Schnee geben soll und sie Gesang studiert hatte sowie andere Dinge, die man in Deutschland besser nicht ausposaunt – zum Beispiel in 7 Sekunden eine Kalaschnikow auseinander nehmen und in 13 Sekunden wieder zusammensetzen.

Auf Katzenpfoten, um die Schlafenden nicht zu stören, schlich ich die Treppe hoch. Im Schutz des Morgengrauens machte ich in jedem Stockwerk ein bisschen Halt. Ich fragte mich wie schon oft, wer eigentlich in dem stillen Haus wohnt, das nach dem Zweiten Weltkrieg solide und sachlich wieder aufgebaut wurde, hinter den zwölf blassgelben Stahltüren (die dreizehnte ist die unsere), die gegen Sopranstimmen gut gerüstet sind und Wohnungen verbergen, in die ich noch nie oder nur mal einen flüchtigen Blick geworfen habe. Die meisten sind keine Hiesigen, weder Mannheimer noch Kurpfälzer. Es gibt ein Ehepaar aus Hamburg und waschechte Berliner – Ausgebombte, soweit ich weiß. Stockwerk für Stockwerk stellte ich sie mir vor: den rotbackigen Herrn vom oberschlesischen Dorf, die aus Bukarest gebürtige Doktorin der Chemie, die unseren Hausflur mithilfe von Efeu, Kakteen und enormen Trompetenbäumen in eine Orangerie verwandelt hat, und ihren Mann, einen Siebenbürger Sachsen, der sich für einen Ungarn hält und Mehlspeisen liebt. Den eleganten, vermutlich aus der Königsberger Ecke stammenden Kapellmeister mit der Stahlplatte im Schädel. Den gewesenen Ingenieur, der Ikonen malt und nach jedem Sommerregen Pilze sammeln geht, und die mit ihm über ein halbes Jahrhundert verheiratete passionierte Kaffeehausgängerin, beide aus Mährisch-Ostrau.

An diesem Morgen, als ich zusammentrug, was von zehn Jahren Tratsch im Flur hängen geblieben war, wurde mir klar: Gut die Hälfte der Bewohner kommt aus dem Osten. Würde

Rita Pauls und Swetlana Popowa, 1995

man die Lebenswege in eine Landkarte eintragen, eine Haus-
versammlung einberufen und die dazugehörigen Geschichten
auf die Tagesordnung setzen … nicht auszudenken, das Durcheinander. «Mährisch was?» – «Ach so, unweit der Puszta?» –
«Vertrieben im Mai oder schon vorher?» – «Nein, kein Russe.
Ein Marokkaner hat mir mit dem Spaten auf den Kopf gehau-
en.» Aber darüber spricht man nicht, das 20. Jahrhundert ist
ein Tollhaus. Eine Nachbarschaft auf Distanz hat viel für sich.

Deutsche Zufälle

Das Auftauchen einer russischen Nachtigall in unserem Haus war ungewöhnlich und irgendwie auch nicht. Es war das Ergebnis von Verwicklungen, die ein Dreivierteljahr vorher ihren Anfang nahmen, und zwar am nördlichen Polarkreis. Dort, in der russischen Taiga am Fluss Pinega, hatte ich einen Film über ein Dorf gedreht. Wir waren die ersten Ausländer, die in dem abgeschiedenen Waldgebiet aufkreuzten, und wir kamen äußerst ungelegen in der Zeit der weißen Nächte, wenn alle rund um die Uhr in der Heuernte stecken. Trotzdem wurde unser Fernsehteam in Kobelowo herzlich empfangen und umsorgt. Mich erstaunte, wie gut die Leute ihr Leben meisterten. Sie bauten ihre hölzernen Häuser selber, viele Frauen konnten noch spinnen und weben. Obgleich sie jahrzehntelang als Traktoristen, Melkerinnen oder Holzfäller im Kolchos gearbeitet hatten, beherrschten sie fast alle Tätigkeiten freier Bauern, den Ackerbau in den extrem kurzen Vegetationsperioden, Viehzucht, Fischfang und Jagd. Kobelowo war praktisch autark, nur wenige Probleme konnte das 180-Seelen-Dorf nicht selber lösen.

Die Tragödie mit Swetlana Popowa, der jungen Tierärztin, die bei einem Autounglück ein Bein verloren hatte, war so ein Fall. Und da man in Russland zwar Leute in den Kosmos schießen, aber keine modernen Prothesen bauen kann, schleppte sie sich mit einem klobigen Holzbein durchs Leben. Einer spontanen Eingebung folgend, lud ich sie nach Deutschland ein. Niemals zuvor hatte ich mich daran beteiligt, einen Menschen, und sei es aus humanitären Gründen, aus seinem Kulturkreis herauszureißen. Gewiss waren die Zeitläufte im Spiel, viele Deutsche folgten damals, als der Osten sich öffnete, ähnlich verrückten Impulsen.

Trotz arger Zweifel, ob Swetlanas Hoffnungen erfüllbar waren, organisierte ich alles Nötige. Ehrenamtliche Helfer waren schnell gefunden, nur Dolmetscher fehlten noch. Vom schwarzen Brett des Mannheimer Fachbereichs Slawistik hatte mein Mann einen Zettel «SOS. Hilfe für Erstsemester!» gepickt und unter der dort angegebenen Telefonnummer sein Anliegen hinterlassen. Es meldeten sich zwei Studentinnen mit ausländischem Akzent, Irene und Lilly. Später rief Irene noch einmal an: «Kann ich meine Freundin Rita mitbringen, sie singt und spielt Gitarre. Oder ist das nicht angebracht?» In der Nacht vor ihrer Ankunft sah ich Swetlana im Traum mit der westlichen Prothese auf der verschneiten Dorfstraße umfallen.

Es war Swetlanas 24. Geburtstag. Und die Einzige, die am Beginn dieses Abends nicht befangen schien, war sie. Swetlana hatte die erste große Reise ihres Lebens hinter sich und schon am Flughafen verkündet, sie wolle bald wieder tanzen. Auch die drei von der Uni waren verblüfft über die strahlende junge Fremde. Die wiederum wunderte sich über die Mannheimer Studentinnen – sie waren allesamt Russlanddeutsche. Bis 1989 hatten unsere Gäste, vier ungefähr gleichaltrige junge Frauen, in derselben Sowjetunion gelebt. Sie warfen einander die Namen ihrer Herkunftsorte zu. «Togliatti an der Wolga», sagte Irene, die anderen nickten: «Aha, die Autostadt.» Lilly nannte Taschkent: «Natürlich, Usbekistan, Baumwolle, die Seidenstraße ist nicht weit.» Karaganda, Ritas Kinderheimat, war geläufig unter dem Namen «die Sträflingsstadt». Vom Dorf Kobelowo hatten die Städterinnen natürlich noch nie gehört.

Alle wollten unbedingt den Dokumentarfilm über Kobelowo angucken. In einer der ersten Einstellungen ist Swetlanas Großtante zu sehen, wie sie frühmorgens in hohen Gummistiefeln im Fluss Pinega steht und den Wasserstand misst. Umständlich zieht sie das uralte Gerät, angeblich noch aus Zarenzeiten, zum Ablesen heraus, sucht in der Kitteltasche nach der Brille, das Gummiband, an dem sie baumelt, verheddert sich … Swetlana juchzte. Sie juchzte bei jedem Gesicht, das auftauchte, kommentierte alles, die Frisuren, den Zustand der Zäune, die Mücken. Sie lachte Tränen über die heldenhaft schwadronierenden Kriegsveteranen, lobte die groß gewachsenen Gurken im Gewächshaus einer Nachbarin und behauptete allen Ernstes, dass es dabei nicht mit rechten Dingen zugehe, die Nachbarin sei nämlich eine Hexe. Lilly, Rita und Irene sahen gebannt zu. Das Dorf und der Dorftratsch schienen ihnen vertraut, erinnerten sie an die Sommerferien, die sie vor Urzeiten und fern von hier bei ihren Großmüttern auf russischen Dörfern verbracht hatten.

Wir sprachen lange über Kobelowo, und es kam, wie es in Russland immer kommt, irgendwann ging das Erzählen in Gesang über. Rita schnappte sich die Gitarre, gab den Ton an für eine der Schnulzen, die Steine erweichen, über «Moskauer Nächte» oder die «Schwarzen Augen» der Zigeuner. Die anderen sangen mit. Rita stimmte immer neue Lieder an, russische Volksweisen, Liebesromanzen, Schlager aus Sowjetzeiten, Poeme von Alla Pugatschowa und dem legendären Barden Wladimir Wyssotzkij. Sie lockte uns von der Traurigkeit in den Übermut, jagte uns durch den ganzen Dschungel menschlicher Gefühle. Nach einer Weile löste sich die Solistin vom Chor, verstieg sich, nicht ganz textsicher, in italienische Arien. Ihr Sopran war bemerkenswert, fähig zu unglaublicher Zartheit wie zu dramatischen Effekten. Rita machte aus allem ein Schauspiel, ihr helles Gesicht und ihr barocker Körper spielten mit, selbstbewusst und beinahe uneitel.

Der Abend in seiner merkwürdigen Dynamik erinnerte mich an meine allererste Begegnung mit Moskau. Ich war fast noch ein Kind, die Kuba-Krise war gerade vorüber, und in das Gerede der Erwachsenen vom «bösen Iwan» mischte sich ein Lied aus Frankreich. Darin begegnet ein Tourist aus Paris auf dem Roten Platz der blonden russischen Stadtführerin «Nathalie», es schneit, sie flirten. «Après le tombeau de Lenine, on irait au Café Puschkine ...», mit meinem damals noch armen Französisch habe ich mir die Details des Chansons von Gilbert Bécaud zusammengereimt, bis zur letzten Strophe, der champagnerseligen Runde im Moskauer Studentenheim, wo die Welten durcheinander wirbeln, «Moscou, les pleines d'Ukraine, les Champs-Élyseés, on a tout mélangé et on a chanté.» So wünschte ich mir das Leben – leicht, ohne Grenzen, ein bisschen rätselhaft.

Das Fest endete nach Mitternacht, wir nahmen es als gutes Omen. Heute bin ich mir ganz sicher: Ohne die russlanddeutschen Dolmetscherinnen wäre das Unternehmen gescheitert. Da ihnen beide Welten aus eigenem Erleben zugänglich waren, konnten sie wirkliche Vermittlerinnen sein. Zum Beispiel Swetlanas Geschichten über den Polarwinter, wo man sich selbst auf zwei gesunden Beinen nur mit Mühe fortbewegen kann, in die Expertensprache des Orthopädietechnikers übersetzen. Oder Swetlana dessen Bedenken über die Materialermüdung unter Einfluss extremer Temperaturschwankungen in konkrete Anweisungen umwandeln – leg dich nicht auf die Ofenbank, geh auf Krücken in die Badestube. Sie halfen der Verschämten schwesterlich, die Situationen der Entblößung zu überstehen. Und sie erklärten dem Krankengymnasten, dass seine sportiven Ideale mit dem Körperbewusstsein einer Russin vom Lande nicht zusammengehen.

Nach sechs Wochen war die voraussichtlich dorftaugliche Prothese fertig. Rita Pauls schlug vor, den Abschied in der Karlsruher «Russendisko» zu feiern, wo sie gelegentlich als Sängerin auftrat. Der Saal der Bierwirtschaft war brechend voll, um die dreihundert junge Leute in mondäner Abendkleidung drehten sich auf der Tanzfläche. Swetlana lag noch etwas unsicher und quietschvergnügt in den Armen meines Mannes, der seinerseits glücklich war, als lausiger Tänzer nicht so sehr aufzufallen. Oben im Rampenlicht sang Rita, eigens für die beiden, den Superhit «Montecarlo», der damals aus New York, aus dem russisch-jüdischen Stadtteil Brighton Beach, herüber-geschwappt war. An diesem Abend begann ich etwas von der fremden Welt zu ahnen, die es in Deutschland gibt.

Rückblickend scheint mir, ohne die Nähe zu Swetlana und ihrem vernarbten Beinstumpf hätten Rita und ich einander nicht so vertrauen können, wie es für das Abenteuer nötig war. Es bahnte sich langsam, sehr langsam und umständlich an. Wir hielten mit Rita und Irene lockeren Kontakt, riefen an, wenn Briefe von und an Swetlana zu übersetzen waren. Ab und zu gingen wir zusammen essen, oder Rita lud ins Konzert ein, das sie in einem Jugendheim oder Arbeitersportverein gab. Ein-mal sah ich sie in Straßburg auf der Bühne fast in Ohnmacht fallen. «Weißt du», sagte sie danach, «das ist das Schlimmste, was einer Diva passieren kann!» Die Moderatorin trug die glei-che hautenge, schwarzsilberne Robe wie sie. Ich bewunderte, mit welcher Grandezza Rita nach einer Schrecksekunde wie-genden Schritts ans Mikrophon trat und das Publikum anlä-chelte. Dabei musste ich an die Geschichte denken, die sie mal beiläufig erzählt hatte, wie sie als Kind bei der Babuschka in Sibirien das Joch mit den schweren Wassereimern balan-cierte und den «Mannequingang» übte.

Die russische Nachtigall

Bei aller Zuneigung blieb eine gegenseitige Scheu, das Be-wusstsein des Ungewöhnlichen. Mein Mann und ich waren die einzigen «richtigen Deutschen», mit denen Rita und Irene verkehrten. Sie waren die einzigen Russlanddeutschen, mit denen wir verkehrten. Dem Alter nach hätten sie unsere Töch-ter sein können. Manches an ihnen, ihre Höflichkeit etwa oder ihre altmodische Koketterie, erinnerten uns an die Mädchen von früher. Wir bewunderten, wie geübt sie waren in der hierzulande fast ausgestorbenen Kunst, Blicke sprechen zu lassen.

Die beiden waren im Sommer 1989 mit neunzehn bzw. siebzehn Jahren in die Bundesrepublik gekommen, hatten sich im Deutschkurs kennen gelernt. Seitdem waren die zierliche, dunkelhaarige Irene aus Togliatti an der Wolga und die hellblonde, stämmige Rita aus dem Norden Kasachstans Freundinnen. Aus Gründen der Vernunft, weil es als aussichtsreich galt, studierten sie Betriebswirtschaft und Slawistik, Irene mit geradezu störrischer Zielstrebigkeit, Rita eher halbherzig. Sie konnte sich nur schwer vorstellen, als Managerin im Ost-West-Geschäft glücklich zu werden, verfolgte neben dem Brotberuf die in Karaganda begonnene Laufbahn als Sängerin weiter. Fünf oder sechs Jahre waren seit der Ausreise vergangen, genügend, um sich in Mannheim heimisch zu fühlen.

Irgendwann traf ich Rita in der Straßenbahn, ich kam vom Markt, sie wollte zu ihrer russischen Friseuse. «Ah, du hast Lauch gekauft?», fragte sie. «Der oder das Lauch?» Wir plauderten, und mir fiel auf, dass sie die Sätze merkwürdig verdrehte. «Ich geh jetzt Knochen waschen», rief sie im Aussteigen, «das ist das Schönste beim Friseur!» «Knochen waschen» bedeutet auf Russisch so viel wie Tratsch, einen Menschen sozusagen bis aufs Skelett entblößen. Obwohl wir uns selten sahen, bemerkte ich bei Rita Anzeichen einer Veränderung. Ihr Deutsch wurde schlechter. Sie schien ernsthaft zu überlegen, ihren Traum vom Singen aufzugeben. Immer wieder klagte sie über ihre deutsche Gesangslehrerin, die sie in Atemtechnik triezte, zu wenig Raum bot für das Singen an sich. Sie zweifelte, ob sich die teuren Privatstunden lohnten, für die sie in der Fabrik arbeiten und auf Festen singen musste, manchmal auch auf der Straße. Ewig dieselbe russische Folklore, Zigeunerliebe, Birken, Moskauer Nächte – es hing ihr zum Halse raus.

Des Öfteren sprach sie jetzt von Karaganda, wo sie längst auf der Bühne stünde. Wo sie, hätte der Vater seinerzeit die Ausreise nicht so forciert, zumindest die Musikfachschule hätte abschließen können. Eine Art Nostalgie, dachte ich, ausgelöst durch Zukunftsangst. Weiterstudieren oder nochmal umsatteln, beides war ein Luxus, den sie den Eltern schwer begreiflich machen konnte. Diese hatten in Kehl an der französischen Grenze ein Haus mit Garten gekauft und sich hoch verschuldet. Und ausgerechnet jetzt hatte der Vater seinen sicher geglaubten Arbeitsplatz bei einer Baufirma verloren. Auch bei Lena, Ritas älterer Schwester, die mit ihrem Mann Oleg und Söhnchen Pascha in demselben Haus lebte, war es knapper geworden. Denn der russische Laden, den sie betrieb, hatte Konkurrenz bekommen.

Rita liebte – erklärtermaßen – ihre Freiheit, um keinen Preis hätte sie zu Hause leben mögen. Und sie liebte ihre anderthalb Stunden entfernte Familie selbstverständlich und innig. Gelegentlich erzählte sie von ihren Besuchen, von ihrem Vater Heinrich und der Mutter Anastasia, die eine Russin ist, von ihrer Großmutter Maria Pauls, einer frommen Mennonitin, und der ganzen großen Sippe um sie herum, die mit vereinten Kräften ein Haus nach dem anderen baute. Einmal brachte sie von ihrer Mutter, die eine talentierte Gärtnerin zu sein schien, seltsame, herzförmige Tomaten mit. So genannte Ochsenherztomaten, ihre besondere Spezialität – zur Erntezeit gäbe es regelrechte Menschenaufläufe, so heiß begehrt seien sie. Ich mochte Ritas Übertreibungen; allerdings hielt ich auch einiges für übertrieben, das sich später als wahr herausstellte. Zum Beispiel die Erwähnung, ihre schöne Mutter habe einen Buckel und eine Cousine in Kanada sei eine Eskimo.

Eines Tages verkündete Rita: «Mein Vater ist Kapitalist geworden!» Kapitalist, das hieß: Er hatte sich, weil ihn die Arbeitslosigkeit zermürbte, eine selbständige Beschäftigung ge-

18

sucht. Jeden Samstag lud er aus Lenas Laden Rosenporzellan und geblümte chinesische Decken, geräucherten Fisch, russische Bonbons, Videokassetten, Bibeln und so weiter in seinen VW-Bully und fuhr über Land, hielt mit seinem rollenden Kiosk vor den Lagern und Übergangswohnheimen, wo die neu angekommenen Russlanddeutschen lebten.

Rita sorgte sich sehr um ihren Vater. In Karaganda war er Kranführer gewesen, hatte immer «wie ein König» im Mittelpunkt der großen Baustellen gestanden. «Ich habe Heimweh nach meinem Kran», seufzte er oft. Die Mitteilung, die Rita mir über seine Traurigkeit machte, war verbunden mit einer anderen, dass sie selbst wieder mehr an Karaganda denke. Warum Wika, die Busenfreundin ihrer Schulzeit, nicht mehr schrieb. Wie es wohl Tante Milja gehen mochte, der koreanischen Nachbarin, die so gut kochte. Vielleicht ist Trauer ein zu starkes Wort, vielleicht war es auch nicht so sehr Trauer als vielmehr ein Befremden gegenüber der Stadt, in der sie als Kind glücklich war. Ich glaube, ihr wurde zum ersten Mal bewusst, dass dort vor ihrer Geburt, nicht sehr lange davor, schreckliche Dinge geschehen waren.

Wer waren die Menschen, deren Knochen ihr Vater häufig beim Ausheben einer neuen Baugrube gefunden hatte? Wie kam Tante Milja in die kasachische Steppe? Oder Wikas Mutter, die Griechin ist? Oder Ritas eigene Großeltern, also Deutsche von der Wolga? Solche Fragen, die zu Perestroikazeiten aufgetaucht und dann im Trubel der Ausreise wieder verloren gegangen waren, beschäftigten Rita. Sie hatte ein Gespräch mit ihrer Großmutter aufgenommen, zusammen mit ihrem älteren Cousin Heinrich setzte sie der Achtzigjährigen zu: «Oma, schreib es auf. Du musst das tun.» Maria Pauls sträubte sich. «Wieso ich, so viele Leute haben das gleiche Schicksal.» 19

Vieles aus den Jahren der eher flüchtigen Verbindung mit Rita ist mir entfallen. Aber an den Abend im italienischen Restaurant, als Rita erzählte, wie ihre Großmutter Witwe wurde, erinnere mich genau. Sie kam gerade aus Kehl zurück, wir aßen, sprachen über Trennkost und alles Mögliche, und beim Nachtisch rückte Rita mit der Geschichte raus.

Also: Damals, 1942, ist Maria Pauls sechsundzwanzig und mit dem dritten Kind schwanger. Sie hat einen guten Mann an ihrer Seite, ein seltenes Glück in diesen Zeiten und nach all dem, was vorausgegangen ist. Zehn Jahre ist es her, dass ihre Familie zusammen mit vielen Landsleuten aus Lysanderhöh, einem Dorf an der Wolga, herausgerissen, in Viehwaggons gesteckt und in Nordkasachstan, auf der nackten Steppe, ausgeladen wurde. Gut vier Jahre sind vergangen, seit sie einen Landsmann zum Heiraten gefunden hat, den Schachtarbeiter Heinrich Pauls. Die junge Familie lebt in einer Baracke am Rande der wilden, wachsenden Stadt Karaganda, in die immer neue Verbannte und Häftlinge gebracht werden. Eines Tages im Herbst 1942 passiert es: Heinrich Pauls wird verhaftet, und er kommt nicht wieder.

Rita erzählte in allen Einzelheiten nach, was sich im September 1942 und in den folgenden Monaten zugetragen haben soll. Sie sprach von dem zerfledderten Brief, den sie in Händen gehalten hatte, dem letzten ihres Großvaters an sein «liebes Mariechen». Sie endigte mit der Feststellung, ihre Großmutter habe nach dem Eintreffen der offiziellen Todesnachricht immer noch auf ihn gewartet. Jahre, vielleicht Jahrzehnte habe sie jeden Punkt am Horizont fixiert, ob sich da aus der weiten Steppe nicht ein Mensch näherte, der ihr Heinrich sein könnte.

An diesem Abend beim Italiener sprang ein Funke über. Seitdem spitzte ich die Ohren, wenn auf der Straße oder im Bus russische Laute und verschiedene Arten von gebrochenem Deutsch zu hören waren. Im Stadtbild erkannte ich plötzlich die alten Frauen an ihren Rosenkopftüchern und dem bäuerlich schweren Gang und die grell geschminkten jungen Mädchen, und ich bildete mir ein, dass sie wöchentlich mehr würden.

«So viele Schicksäle», dachte ich, in Gedanken Ritas Ausspruch zitierend. «Schicksäle» – einer von Ritas Fehlern, die mich entzückten, eine Schöpfung, die etwas Räumliches in ein schillerndes, dunkles Wort bringt. Die Schicksäle, der Schicksaal im Singular, warum nicht? Das Leben ist ein Saal, in den man geschickt wird, das Geschick ist ein Raum. Und wenn man zu einem fremden Leben Zugang haben möchte, muss man eine Tür öffnen oder eine Wand einreißen.

Eines Tages ertappte ich mich dabei, wie ich probeweise die Zahl der Säle durchrechnete, die ich im Falle eines Falles betreten müsste, und kam auf mindestens acht. Im weiteren Nachdenken darüber wurde mir bewusst, dass meine Neugier auch einen kleinen privaten Grund hatte. Karaganda war der Ort, an dem mein Schwiegervater in Kriegsgefangenschaft gewesen war, und diese Koinzidenz schien mir nützlich, irgendwie ermutigend.

Eine ganz normale Familie

Unter einem Vorwand bat ich Rita, mich bei nächster Gelegenheit nach Kehl mitzunehmen. An einem Sonntag im Januar saß ich schließlich am Kaffeetisch inmitten einer wildfremden Familie. Wir aßen Pelmeni und Torte, sprachen über nichts Ernstes, Russisch und Deutsch durcheinander. Mein erster, alles beherrschender Eindruck war, wie grundverschieden die Familienmitglieder waren. So wenigstens kam es mir vor, besonders der Abstand zwischen den Generationen schien mir so gewaltig, als gehöre jede einer anderen Epoche an: Rita und Lena, selbstbewusst und sexy, nur wenig anders als ihre hier geborenen Altersgenossinnen. Ihre Großmutter, in allem wie eine Bäuerin wirkend, wie ein Dorfmensch vor siebzig oder hundert Jahren. Dazwischen die Eltern, ein Paar, das mich an alte sowjetische Liebesfilme erinnerte – ein Industriearbeiter, gutmütig, stark wie ein Bär, und eine feingliedrige, aparte Frau, von Beruf Schneiderin, die ihn am seidenen Bändel führt.

So verschieden sie alle waren, und das war das eigentlich Erstaunliche für mich, so selbstverständlich überspielten sie dies. Harmonie konnte man es nicht nennen, eher Verträglichkeit – das Bemühen darum durchzog die Unterhaltungen, ließ Konflikte, bevor sie richtig aufkamen, schnell verfliegen. Von der Vergangenheit, der näheren oder ferneren, war überhaupt keine Rede. Mit Ausnahme einer Anekdote über einen Jungen, der ein Schwein schonend auf den Schlachttag einstimmt: indem er diesem, damit der Todesstoß es nicht gar zu unvorbereitet trifft, allabendlich eine Stecknadel in den Hals sticht. Das war in Lysanderhöh unweit der Wolga, musste also meiner Schätzung nach vor 1931 gewesen sein. Auf meine Frage, wer denn das kluge, mitleidige Kind war, wusste niemand eine Antwort.

Alles drehte sich um den Alltag hier und jetzt, banale Dinge wie den Garten, die Auswahl an Badewannenarmaturen im Großmarkt, die donnerstägliche Bibelstunde. Nicht der leiseste Nachklang einer Katastrophe war zu vernehmen, jedenfalls nicht für Außenstehende, keine Klage, nichts. Allenfalls hätte man die Beschränkung auf familiäre Themen als Zeichen deuten können, als Abschottung von einer Welt da draußen, die ihre unausgesprochenen Gründe hat. Merkwürdig war, dass meine Anwesenheit nicht sonderlich zu stören schien. Rita hatte mich mitgebracht, das reichte. Die Pauls wunderten sich lediglich darüber, warum ich allein, ohne meinen Mann, gekommen war.

Ich genoss die Gastfreundschaft, und zugleich fühlte ich

mich unwohl, weil ich etwas im Schilde führte, was niemand ahnte und was ich selbst nicht zu formulieren gewusst hätte. «Würden Sie mir, bitte, Ihre Familiengeschichte erzählen?» Wie um Himmels willen fragt man so etwas? War ich überhaupt die geeignete Person zu fragen? Waren die Pauls ihrerseits Zeitzeugen, wie ich sie mir wünschte? Dies zu beurteilen gab es kaum Anhaltspunkte, weil eben die Geschichte unauffällig im Hintergrund geblieben war. Aber vielleicht war gerade die Tatsache, dass man so wenig Aufhebens von ihr machte, eine gute Basis? Besser zweifellos, als wenn sie ungestüm und mitleidheischend über mich hereingebrochen wäre.

Am Abend stellte Rita fest: «Du hast dich bei uns gelangweilt!» Ihre Bemerkung traf mich wie ein Schlag. Ich deutete sie als einen Mangel an Selbstbewusstsein – sie schien meine Vermutung zu bestätigen, dass Rita in einer Krise steckte. Unter dieser Voraussetzung konnte ich mir die schwierige Arbeit nicht vorstellen. Nur mit einer selbstbewussten Rita zusammen konnte ich sie wagen, und so behielt ich mein Anliegen für mich.

Der Gedanke, Ritas Familiengeschichte zu erforschen, war damit vom Tisch. Im kommenden Sommer, 1997, stürzte Maria Pauls auf der Treppe, sie erholte sich nur schwer von dem Oberschenkelhalsbruch. Im Dezember, womöglich unter dem Eindruck dieses Ereignisses, ergriff Rita die Initiative. «Könntest du nicht …?»

Ich war wie elektrisiert. Das war der wirkliche Anfang, ab da ging alles rasch, im Wettlauf mit der Zeit. Wir verständigten uns über das Vorhaben und begriffen, es würde eine Expedition ins Ungewisse werden. Sie würde das ganze 20. Jahrhundert durchstreifen müssen und sich auf nur wenige Hinterlassenschaften und historische Bücher stützen können. Sie würde uns in weit entfernte Weltgegenden führen, wo aller Voraussicht nach nicht viel übrig geblieben ist – nach Karaganda, an die mittlere Wolga, nach Sibirien, in die kanadische Prärie und ins Delta der Weichsel.

Vor allen Dingen war es unmöglich, die Zustimmung aller acht Personen zu bekommen, deren Biografien wir nachspüren wollten. Drei Generationen sollten zum Sprechen kommen, und nur die jüngsten, Rita und Lena, gaben ihr Einverständnis.

Deren Eltern Heinrich und Anastasia Pauls verstanden nicht im mindesten, was wir vorhatten. In ihrem Leben gäbe es nichts Wichtiges, sagten sie, aber wenn ihr uns etwas fragt, werden wir versuchen zu antworten. Die alte Maria Pauls war zunächst sehr dagegen, sie fürchtete um den Familienfrieden. Ritas Großvater Heinrich Pauls konnten wir nicht mehr bitten. Auch ihr russischer Großvater Pawel Kirilow war schon lange tot, er wurde 1944 in Polen von einer Granate zerfetzt. Seiner Witwe Alexandra Kirilowa unser Anliegen zu übermitteln war völlig zwecklos. Die Analphabetin würde unseren Brief nicht lesen können, und ein Telefon gibt es in ihrem sibirischen Dorf nicht.

Eigentlich hätten wir das ganze Projekt abblasen müssen. Zumal es keinerlei Beweise gibt, dass das Wissen über ihre Geschichte Familien glücklicher macht und die Verstörungen, die es mit sich bringt, heilsam sind. Noch dazu handelte es sich nicht um irgendeine familieninterne Befragung, sondern um eine Selbstentblößung, die für die Öffentlichkeit eines ihnen mehr oder weniger fremden Landes gedacht war.

Das Paradox ist bekannt: Fremde vertragen keine neugierigen Augen und brauchen zugleich den verständnisvollen Blick der sie umgebenden Gesellschaft. In diesem Sinne würde die Familie Pauls ihren Landsleuten einen Liebesdienst tun, und das war das einzige tragfähige Argument, doch anzufangen. «Wir werden alles mit Takt machen», schlug Rita vor, «Takt» war eines ihrer Lieblingswörter. Meine Devise war ähnlich verstaubt: «Es soll euer Schaden nicht sein», heißt es im Märchen …

So begann das Abenteuer in vielerlei Hinsicht vage, bei nebligem Wetter gewissermaßen. Und das war gut, bei klarer Fernsicht wären einige der Beteiligten womöglich gleich umgekehrt – mich eingeschlossen.

Ich erinnere mich an eine Septembernacht im Norden Kasachstans. Binnen weniger Stunden waren die Temperaturen von 30 Grad plus auf 15 Grad Frost gefallen. Die Zentralheizung im Hotel funktionierte nicht, nirgends in der ganzen Stadt. Ich saß senkrecht im Bett, eingemummelt in sechs Pullover, etliche lange Unterhosen, Pudelmütze und schafwollene Socken, und flehte alle Heiligen und Erzengel an, sie möchten mich nach Hause entlassen. Plötzlich tauchte aus dem Wirrwarr in meinem Kopf die Szene im Mannheimer Hausflur wieder auf, wie ich dastehe in Erwartung eines Donnerwetters, das keines wurde.

«Sie hatten wohl Besuch!» Dieser Satz brachte mich in der elend kalten Nacht zum Lachen. Wie konnte ich aufgeben, ich schuldete der Nachbarin noch eine vernünftige Antwort.

KAPITEL 2: Vom Glück, in Karaganda aufzuwachsen

Es kratzt», sagt Rita, «das ist mir im Gedächtnis geblieben, da war ich vielleicht drei oder vier. Ich war ein pummeliges Kind, also ich sitze auf dem Dreirad, das Rad hat eine grüne Sitzfläche, und die Schrauben, mit denen sie festgeschraubt ist, die kratzen mich.» Tagelang hat Rita darüber nachgegrübelt, bis sie sich ganz sicher war, das Kratzen ist ihre früheste Erinnerung. Und die nächstfolgende ist ähnlich: «Ich hatte diese spanische Hose, im 15. Jahrhundert hat man so was getragen. Sie war kariert, denk ich, kariert oder geblümt. Meine Mutter hat sie genäht, mit Gummizug und Rüschen am Bein, so pumpig, vorne mit Latz und hinten mit einem Kreuz. Die hab ich ohne Hemdchen getragen, und der Latz hat mir die Brustwarzen gekratzt.»

«Du meinst eine Pumphose, sie hat gescheuert oder gekitzelt?» Ich frage, Rita erzählt, immer wieder unterbrechen wir, um sprachliche Feinheiten zu klären. Vor ein paar Monaten hat sie im pfälzischen Germersheim ein Übersetzerstudium begonnen, Russisch im Erstfach und weil die Sprache der Opernarien die einzige ist, zu der sie noch eine Beziehung hat, Italienisch dazu. Sie wohnt im katholischen Studentenheim, in dem alten Klostergemäuer nimmt unser Gespräch über Karaganda seinen Anfang. «Ich hab nicht sehr viel behalten, aber eine globale Erinnerung, es war eine glückliche Kindheit.» Rita beschreibt einen Kreis in der Luft, wie wenn sie die Welt umarmen wollte, und wiederholt noch einmal, als befürchte sie, ich könnte ihr nicht glauben: «Sehr, sehr, sehr glücklich.»

Der Ort ihrer Kindheit befindet sich in Mittelasien, auf dem 50. nördlichen Breitengrad, derselben Höhe etwa wie Prag und Frankfurt, und dem 73. östlichen Längengrad, also nicht sehr weit entfernt von China. Der Klimaatlas der Erde zeigt an dieser Stelle eine Übergangszone von der Steppe zur Wüste an. Politisch liegt Karaganda im Norden Kasachstans, den Moskau für russisch hält und für strategische Zwecke zugerichtet hat; bekannt sind das Atomwaffentestgelände bei Semipalatinsk und der Weltraumbahnhof Baikonur. 1969, in Ritas Geburtsjahr, hat die Sowjetunion gerade ihre Führung im Kosmos endgültig verloren – der erste Mann auf dem Mond ist Amerikaner.

Pupsiki und Asiki

Warum sollte ich mir das für Karaganda nicht vorstellen können: ein Kind, das auf dem Dreirad über den Hof gondelt. Er ist ziemlich groß, hat Bäume, Pfützen, andere Kinder. Ab und zu öffnet sich ein Fenster, die Mutter ruft: «Rita, bist du noch da?» Für einen Moment ist die unbeobachtete Entdeckungsreise zu Ende, das Kind in die familiäre Geborgenheit zurückgeholt. Der Mikrokosmos der ersten Lebensjahre braucht nur wenige günstige Bedingungen.

«Wir haben Kaufladen gespielt. Ein Stein und ein Brett waren die Waage, eine Tüte Sand war Zucker, ein paar Steinchen waren Pralinen, Glasscherben unser Geld, ganz toll. Es gab auch solche ‹pupsiki›, kennst du die? Püppchen, ganz klein und aus Gummi, die Hände bewegen sich, die Köpfe und Füße. Ich glaube, die waren aus der DDR. Wir hatten immer die besten Kleider für sie, weil die Mutter genäht hat, und es gab immer irgendwelche Reste. Die Nähmaschine machte solche Geräusche, Lena und ich hockten auf dem verglasten Balkon, oder wir haben eine lange Decke über den Tisch im Wohnzimmer gelegt und darunter ‹pupsiki› gespielt. Vater–Mutter–Kind, und wir haben uns natürlich oft gestritten. Meine Schwester, die ist drei Jahre älter, hübsch und mädchenhaft. Und ich war ein wildes Kind, draufgängerisch, rauflustig, ein richtiger Junge. Ich hatte immer Wunden an den Knien, sogar an den Schmerz kann ich mich noch erinnern. Wenn sich gerade eine Kruste gebildet hatte, zack, fiel ich wieder. Meine Mutter hat so ein Spiel erfunden zum Auftakt für einen schönen Tag. Auch als wir schon groß waren, haben wir das spaßhaft von ihr verlangt, ohne das wollten wir nicht aufstehen. ‹Mama, komm her, bitte, potjaguschetschki!›»

Rita hält inne, tropft einen Löffel Himbeermarmelade in den Tee. «Und dann kam sie, und man lag im Bett ausgestreckt, sie fängt von den Händen an und zieht, dann den Körper und dann die Füße, sie zieht ein bisschen und sagt ‹Potjaguschetschki, potjaguschetschki, wyrastuuuuuschetschki!› Das heißt ‹mal ziehen, mal ziehen, gut wachsen!› Es gibt solche Worte nicht, das ist ihre Erfindung. Eigentlich war unsere Mutter nicht besonders zärtlich, oder sie zeigte das nicht so, weil sie das von zu Hause auch nicht kannte. Sie war streng, sie hat uns selten geküsst, nur abends vor dem Zubettgehen auf die Backe oder auf die Stirn, und dann hat sie uns ein Kreuz gemacht, für die Nacht gesegnet.»

Nicht dass die Mutter fromm orthodox gewesen wäre, das Kreuzzeichen war einfach Teil eines Rituals, das Geborgenheit schuf. Und das Rita und ihre Schwester, die das Bett miteinander teilten, von Kindertagen bis zu Lenas Hochzeit, liebten und brauchten. Meistens schliefen sie Kopf an Kopf, manchmal, wenn sie sich gestritten hatten, Kopf an Fuß. Einander wirklich auszuweichen war auf dem schmalen ausklappbaren Sofa kaum möglich.

Es stand in dem größeren der beiden Räume, der tagsüber

Wohnzimmer war. Zwei Zimmer, Küche, Bad, Balkon, alles in allem etwa 60 Quadratmeter, im vierten Stock eines neuen Plattenbaus – das war schon etwas in Karaganda. Manchmal, erzählt Rita, fiel zwar der Strom aus, im tiefsten Winter auch die Fernheizung, dann ließ man den Gasherd brennen und rückte in der Küche zusammen, doch das dauerte nie lange. Grundsätzlich war das Haus winterfest, und für die Kinder hatte der Winter anscheinend keinen Schrecken. «Es gab solche Schneestürme, Buran nannte man die. Wenn wir zum Kindergarten gebracht wurden, hat man uns auf den Schlitten gepackt wie kleine Leichen, wie man sie in Leningrad sieht, auf den Archivbildern von der belagerten Stadt. In unserer Schuba, also Pelzmäntelchen, und noch ein Tuch kreuz und quer, Filzstiefel und noch eine Decke um uns gesteckt, so hat man uns gefahren.»

Dieses Bild setzt sich in mir fest – ein Schnappschuss, einer von mehreren, die sich allmählich zu einer Folge verdichten: Die Eisbahn im Hof, von den Anwohnern liebevoll angelegt, Rita mit ihren vier Jahren spielt Hockey, die Schwester dreht Pirouetten. Die beiden bauen eine «Snjeschnaja baba», eine Schneefrau, «wie ein Schichtkuchen» ist der Schnee, eine Lage Weiß vom Himmel, eine Lage Schwarz vom Kohlestaub.

Rita zeigt mit dem Finger auf einige Männer im Bus, sie schlafen, und um die Augen und Ohren herum sind sie schwarz.

Rita steht in der Steppe, im sonnenglitzernden gräulichen Matsch, die ersten Schneeglöckchen gucken heraus, ein Junge überreicht ihr ein Sträußchen: «Ich habe für dich ein Edelweiß.»

Es dauert sehr lange, bis ich die kleinen Szenen mit einem Ort verbinde. Dieser Hügel zum Beispiel, an dessen Fuß die Schneeglöckchen wachsen und wo die Jungen den Mädchen einen Strauß verehren, ist ein «Terekonik», der Aushub eines

Kohletagebaus. Von Ritas Haustür ist er ungefähr drei Kilometer entfernt, das ist ein kurzer Weg in Karaganda. Insgesamt muss die Stadt enorm weiträumig sein, jedes Viertel, auch das der Pauls, das sich Maikuduk nennt, ist um einen oder mehrere Kohleschächte herumgebaut, dazwischen ist Steppe. Der Bus von Maikuduk in die Innenstadt fährt eine halbe Stunde durch unbebaute Wildnis. «Maikuduk», auf Deutsch «öliger Brunnen», besteht aus zwei Teilen. Aus Alt-Maikuduk, dessen Straßenzüge von Einfamilienhäusern mit Garten gesäumt sind, und Neu-Maikuduk, wo die Plattenbauten vorherrschen. Manche haben Stahlklammern um den Betonleib, weil das von Stollen untertunnelte Gelände absinkt, manche sind, obwohl gerade erst gebaut, schon unrettbar verloren.

Ritas Spielplatz, der große quadratische Hof, ist von fünfstöckigen Häusern mit jeweils mehreren Treppenaufgängen umgeben. An der Schmalseite prangen Mosaiken, ein Sputnik im Kosmos, der strahlende Gagarin, an der Breitseite Parolen wie «Die Partei ist die Avantgarde des Proletariats» oder Ähnliches – was im Alltag kaum jemand zur Kenntnis nimmt. Elementar wichtig ist den Bewohnern, die Grünanlage, die Bäume und Sträucher gegen den «Buran» zu schützen und den «Karagandinski Doschd», den Sandregen, der sommers allen Lebewesen den Atem raubt.

Soweit ich es verstehe, war Rita ein behütetes Kind, wie viele Kinder damals in Karaganda, und noch ein bisschen mehr. Die Schneiderin Anastasia Pauls arbeitete die ersten Jahre meist zu Hause, Heinrich Pauls, unter der Woche zwar häufig fort, weil er auf entfernten Baustellen schaffte, nahm seine Vaterrolle ungewöhnlich ernst. «Ich glaube, das Wichtigste war, sie haben uns nicht nach einem Muster erzogen, aber mit eigenem Beispiel und Liebe. Wahrscheinlich hat meine Mutter keine Ahnung gehabt von Erziehung. Mein Vater vielleicht mehr, er wird dir das erzählen, wie seine Großmutter ihn erzogen hat. Die Eltern waren ziemlich harmonisch und humorvoll, sie haben sich nur wegen unserer Erziehung gestritten.»

Sie lacht und fährt fort, angriffslustig wie ein junger Stier, wohl wissend, dass sie in Deutschland damit aneckt: «Meine Mutter wollte immer, dass er uns bestraft. Er war ja oft auf Komandirowka, auf seinen Dienstreisen, wir waren natürlich ungezogen, und dann hat sie mit dem Finger so auf den Tisch geschlagen: ‹Ich erzähle eurem Vater alles.› Wir dachten, jetzt geht ihr Finger kaputt. Irgendwann kommt der Vater, entweder hat er das Ding zum Teppichklopfen genommen oder seinen Soldatenriemen. Und sobald er mich oder meine Schwester berühren wollte, warf sich die Mutter dazwischen. ‹Nein, lass die Kinder!› Dann gab es eben Streit. Vater dachte, das ist richtig so, wie seine Großmutter es tat, einen ‹Duppsklopp› geben. Auf den Po klopfen, nicht so heftig, symbolisch mehr. Aber gegen unsere kleine Mutter konnte er sich nicht durchsetzen. Trotzdem hat er uns manchmal verhauen, mich öfter als meine Schwester.»

In den siebziger Jahren, den Hochzeiten der antiautoritären Erziehung im Westen, wurden die Paulstöchter nach Altväterart erzogen: Ein Kind hat zu gehorchen. Was auf den Tisch kommt, wird gegessen. Das schöne Händchen geben, stillsitzen, Messer und Gabel richtig handhaben, den «guten Ton» beherrschen, «schlechten Umgang» und Schimpfwörter meiden, Regeln, wie ich sie aus den fünfziger Jahren, aus einer kleinstädtischen, bürgerlichen Familie kenne. Sonntags zeitig aufstehen, wenn der Vater rief: «Das Frühstück ist fertig!» Sonntagskleider tragen, die obligatorische Visite bei der Großmutter, klare Gebote, abgestufte Strafen – eine Rüge, in der Ecke stehen, Hausarrest, Ohrfeigen und im schlimmsten Fall, wenn auch milde ausgeführt, ein «Duppsklopp». Ein Wort, das auch die Mutter benutzte, obwohl es aus der väterlichen Ver-

Rita mit ihren Freunden Igor und Vitali

wandtschaft stammte, der Sprache der Sonntagsbesuche. Wenn sonntags bei der Oma diese ihr unverständliche Sprache die Szene beherrschte, schimpfte die kleine Rita oft: «Was quatscht ihr immer tatarisch!»

Auf ihre Erziehung lässt sie nichts kommen. Rita verteidigt sie so vehement, wie sie als Kind und Jugendliche dagegen rebellierte. Dass sie damals wie ein Junge war, hatte eine gewisse familiäre Logik. Ihr Vater hatte sich sehnlichst einen Jungen gewünscht, und die zarte Anastasia durfte kein drittes Kind bekommen. Außerdem schloss die ältere Schwester die jüngere oft von ihren Mädchenspielen aus.

Ob es so war oder nicht, in der Familie Pauls wird nicht psychologisiert. Rita ist die Einzige, die es hin und wieder ohne rechte Überzeugung tut. Jedenfalls waren die Paulstöchter von Kindsbeinen an grundverschieden. Lena spielte im Hof «Klassiki», zeichnete Kreidekästchen auf den Asphalt und hüpfte von einem zum nächsten, Rita spielte mit den Jungen «Asiki».

Es bereitet ihr diebisches Vergnügen, es mir zu erklären. «Asyk» ist auf Kasachisch ein Knochen aus dem Kniegelenk eines Schafes, da hinein bohrt man ein Loch und füllt es mit flüssigem Blei. Dieses Blei zu beschaffen ist ein Abenteuer für sich. Meistens kriegt man es auf dem Schrottplatz, aus alten Akkumulatoren, was nicht ganz ungefährlich ist, weil beim Öffnen Säure austritt. Dann wird heimlich ein Feuer gemacht, um das Blei zu schmelzen, und fertig ist das Wurfgeschoss. Die Spielregeln sind ähnlich wie beim französischen Boule, man zielt und schießt die gegnerischen Asiki raus, allerdings darf der Gewinner die weit genug rausgekickten Geschosse behalten. Um an den Meisterschaften zwischen den Höfen teilzunehmen, brauchte es einen größeren Vorrat.

Als Kind hatte Rita nur Jungenfreundschaften, die innigste im eigenen Haus, mit Igor und Vitali Grabowski, den Söhnen des ukrainischen Offiziers aus dem zweiten Stock. Wo die beiden heute wohl stecken mögen? Immer wieder führt unser Gespräch zu Menschen, die aus Ritas Gesichtskreis völlig verschwunden sind, vermutlich nicht einmal auffindbar wären in der großen, zerfallenen ehemaligen Sowjetunion. Ob die Brüder noch den Abzug des Fotos besitzen, auf dem sie zu dritt posieren? Ob sie sich an den Apriltag erinnern, als Igor beim Balancieren über ein Brett zwischen zwei Wänden einer wassergefüllten Bauruine ausglitt und weinte vor Scham und vor Wut über Ritas und Vitalis Hohngelächter und sie alle in klatschnassen Pelzen heimkamen und dann mit 40 Fieber das Bett hüten mussten?

Das Aufregendste an Igor und Vitali war, sagt Rita: Sie hatten einen Großvater. Der kam ab und zu aus der Ukraine zu Besuch, so ein Mannsbild wie auf Ilja Repins berühmtem Gemälde «Die Kosaken schreiben einen Brief an den türkischen Sultan», dick, glatzköpfig und schnurrbärtig. Wenn er mit den Enkeln in den Lunapark ging, Karussell fahren und Eis essen, nahm er Rita mit. «Retka» redete er sie an, mit ukrainischem Akzent und einer herrlichen Bassstimme. In diesen Augenblicken war sie neidisch, denn sie hatte keinen Großvater. Ihre Großväter waren lange tot, der eine war, soweit sie wusste, «im Krieg» gestorben, der andere «während des Krieges».

Das gerettete Kind

Vielleicht wird sie nie ganz begreifen, warum ihre Eltern sie strikt von allem Traurigen fern gehalten haben. Was ab und zu aus pädagogischen Gründen erwähnt wurde, war der Hunger. Anastasia Pauls hatte als Kind gehungert, deshalb mussten die Töchter den Teller leer essen. Alles andere blieb im Dunkel, bis heute kennt Rita längst nicht alle Geheimnisse – weder die der Familie noch die der Stadt. Manchmal stolpern wir im

Gespräch darüber. Zum Beispiel klärt sich auf: Die Leute mit den eingefallenen Nasen, vor denen die Erwachsenen warnten, müssen Syphiliskranke gewesen sein. Syphilis war ein weit verbreitetes Leiden in Karaganda, eine lang anhaltende Folge der Lager und daher tabu.

Es kommt vor, dass ihr eine Geschichte im Halse stecken bleibt. «Onkel Kostja ist da!», ruft Rita, sie sieht den rundlichen Kasachen förmlich vor sich, spielt mir die Begrüßung vor, wie sie dem nettesten aller Nennonkels die Uniformmütze vom Kopf reißt und sich aufsetzt, das Holzschiffchen auspackt, das er für sie mitgebracht hat. «Wirklich so ein Familienfreund, und dabei war er Direktor einer *Zone*.» Ob ich das Wort kenne? Am liebsten würde sie mich glauben machen, woran sie selbst glaubt, in der «Zone» seien damals «normale Kriminelle» gewesen: Mörder, Diebe, betrügerische Buchhalter, zu Recht Verurteilte, sonst niemand. Ihr Vater Heinrich musste es doch wissen, denn er hat öfter in einer «Zone» gearbeitet, «in Karagajly», einer schönen Berggegend, «ein bisschen versaut mit Uran», dort stand er als Kranführer einer Brigade von Sträflingen vor. Meine Zweifel lassen sie verstummen, vielleicht bin ich Rita zu nahe getreten.

Wir haben uns Hals über Kopf in ein Gespräch gestürzt, und im Grunde genommen ist es für Rita zu früh. Ein Mensch von Mitte oder Ende zwanzig blickt normalerweise nach vorn, nicht zurück, oder nur sporadisch, insoweit es für das Vorwärtskommen nötig ist. Unsere Sitzungen, wie man sie wohl nennen muss, passen kaum zu Ritas Alltag, sie platzen in Prüfungsnöte oder in die Vorfreude auf ihre erste Italienreise. Sie ist müde von der Spätschicht am Fließband, verliebt vielleicht – und ich rücke mit dem Tonband an. Anahit und Larissa, die Nachbarinnen im Studentenheim, stecken die Nase zur Tür herein, was soll sie in Gedanken in der Steppe? Über deren Kindheiten im armenischen Eriwan und am Don reden sie auch fast nie, allenfalls wenn ein Brief von dort einen Anfall von Heimweh auslöst.

Fast alles in Ritas Leben ist in der Schwebe. Sie hat sich, wie sie mir später gestand, gerade «fest mit den Füßen vom Grunde des Meeres abgestoßen», ist dabei, von einer Krise zu genesen. Damals bemerke ich nur, dass Rita aus ihrer Kindheit instinktiv Positives herauspickt, Geschichten, die stärken und die Seele beflügeln.

Die wahrscheinlich bedeutsamste ist ein Drama, das sie als Kleinkind durchlebte, in einem Alter außerhalb des menschlichen Erinnerungsvermögens. Es war aus unerfindlichen Gründen vor ihr geheim gehalten worden, trat erst mit fünfzehn in ihr Bewusstsein. «Das war mal wieder ein Streit mit meinem Vater in der Pubertät (!), ich war unausstehlich, und er hat so aus dem Herzen gesagt: ‹Du bist so unmöglich! Ich glaube, das kommt davon, dass du so krank warst. Davon ist etwas geblieben.› Da hab ich einen großen Schreck gekriegt.»

Von ihrem erregten Vater erfuhr sie, dass sie im Alter von acht Monaten beinahe an Meningitis gestorben wäre. Tag und Nacht hat jemand von der Familie sie auf einem Kissen durch die Wohnung getragen, nichts half. Das von Krämpfen geschüttelte Kind schlief nicht, aß nicht, schließlich wurde Rita ins Krankenhaus eingeliefert, wo man den verzweifelten Eltern mitteilte, es gebe so gut wie keine Hoffnung mehr. «Und dann haben sie mich praktisch geklaut, aus dem Krankenhaus entführt. Wir hatten so ein kleines Auto, diesen ‹Saporoschez›. Es regnete, irgendwo haben sie angehalten, um eine Frau mitzunehmen, und die war eine Wunderheilerin. ‹Tante Erna› hieß sie, und sie sagte, sie sollten mich am nächsten Tag zu ihr bringen. Sie hat mich gebadet in Salzwasser, dann wurde ich still. Dann hat sie mich massiert, und langsam, langsam, langsam mit verschiedenen Kräutern geheilt.»

Von diesem «Wunder» haben mir im Laufe der Jahre etliche von Ritas Verwandten berichtet. Die langwierige Genesung soll begleitet gewesen sein von Geschwüren, die schließlich aufbrachen, und einem gefährlichen Gewichtsverlust. Vorsichtshalber wurde eine Nottaufe vollzogen nach russisch-orthodoxem Ritus. Die Begegnung im Regen allerdings gehört ins Reich der Legende, es bedurfte keines lebensrettenden Zufalls, «Tante Erna» war stadtbekannt.

Im Gedächtnis der älteren Generation ist das Geschehen eingebrannt als eine späte, in letzter Minute abgewendete Katastrophe. Für sie blieb Rita das «gerettete Kind», dem man manches verzieh.

Rita selbst gilt ihre «zweite Geburt» als Beweis, dass sie ein Glückskind ist – und als Erklärung für die unendliche Langmut der Eltern, deren Unfähigkeit, die Erziehungsprinzipien, gegen die sie ständig verstieß, durchzusetzen. Dennoch haben auf lange Sicht einige wesentliche Grundsätze triumphiert. Heute kann Rita zum Beispiel die letzte Ohrfeige würdigen, die sie sich mit siebzehn einfing. Irgendetwas «Spießbürgerliches» hatte sie an diesem Tag auf die Palme gebracht: Spätabends verriegelte sie noch im Zorn lautstark die Haustür, daraufhin sprang ihr Vater aus dem Bett, in der Annahme, sie sei weggegangen und habe die Tür hinter sich zugeknallt, und bevor er zu Verstand kam, schlug er zu. Die ungerechte Strafe quälte beide, Tochter wie Vater – und wirkte, verschaffte dem allerhöchsten der Gebote Geltung: Schlage nie eine Tür zu und bedenke, wie schwer es ist, sie wieder zu öffnen. Versöhne dich auch nach ärgstem Streit vor Sonnenuntergang.

Ihre Eigenständigkeit datiert Rita auf das dritte Schuljahr. «Ich hab die Kindermusikschule geschmissen, ab da kann man in meiner Biografie schreiben: keine Kontrolle mehr, die Eltern haben mich aufgegeben.» Damals, mit neun oder zehn, entschied sie sich – zum ersten Mal – gegen ihr Talent. Niemand wusste, warum, am wenigsten sie selbst.

Womöglich hing es mit einer unerwartet früh eintretenden Verwirrung zusammen. Ausgerechnet die burschikose Rita bekam mit neun Jahren ihre Tage. Fast über Nacht sprossen ihr Brüste, sie wurden groß und schwer, plötzlich war sie äußerlich eine junge Frau, und sie schämte sich furchtbar.

Bis dahin war sie eine «Sportskanone» gewesen, linksbeinig und linkshändig, aber das war kein Handicap. Nun störte der hopsende Busen ihre Bewegung, die Leichtathletik im Sommer wurde zur Tortur, beim 3000-Meter-Lauf erfüllte sie nicht mal die Norm. Bloß auf Skiern konnte sie noch glänzen – fünf oder auch zwanzig Kilometer kraftvoll zu gleiten machte ihr nichts aus. Bei den städtischen Winterwettbewerben wurde sie in der Schulstaffel dringend gebraucht, das war ihre Rettung. «Ich werde krank sein im Winter, Viktor Wassiljewitsch», drohte sie dem Sportlehrer halb scherzhaft. Der ließ sich erpressen und gab ihr im Sommerhalbjahr eine bessere Note als verdient.

Rita pfeift, und die Welt tanzt – dieses Kunststück habe ich selbst einige Male beobachten dürfen. Selbst in der «Puberität», einer Phase, die so schwierig war, dass Rita dem Wort eine Silbe mehr genehmigt, hat sie anscheinend ihre Fähigkeit, andere um den Finger zu wickeln, nicht verloren. Ritas Weltvertrauen ist umwerfend. Trotz etlicher schwerer Blessuren hat sie es ins Erwachsenenalter hinübergerettet. Unerschrocken, offen, mit einer an Leichtsinn grenzenden Zutraulichkeit nähert sie sich Menschen jeder Art. Und sie hat dafür eine plausible Erklärung: «Ich hatte, Gospodi spassibo, Gott sei Dank, in Karaganda nur mit guten Menschen zu tun, mit wenigen Ausnahmen, wie meine Schuldirektorin, aber die hat mich nicht geprägt.»

38   Das Großstadtkind wuchs in überschaubaren, beinahe familiären Bezügen auf. Die Lehrerinnen nicht nur der ersten Klassen waren zumeist mütterliche Frauen, die Nachbarschaft

beschreibt Rita wie ein erweitertes Zuhause. «Solche Nachbarn habt ihr in Deutschland nicht. Hier gibt es nirgends eine Tante Milja.» Wenn sie, was selten geschieht, in Nostalgie ertrinkt, dann deswegen.

Der dritte Treppenaufgang des Hauses 48 im 17. Mikrorayon war eine Art Karaganda im Kleinen, eine bunt zusammengewürfelte Gesellschaft von Leuten, die sich leidlich vertrugen. Von der vierten Etage, Wohnung 40, spazierte das Kind ohne groß zu fragen treppauf und treppab, zu den Grabowskibrüdern oder zu Lilly, nannte deren Mütter «Tante Nadja» oder «Tante Ludmila». Bei «Tante Nina», der Ingenieurin, guckte sie Kunstbücher an, «Tante Ljuba» besuchte sie hauptsächlich wegen ihres Telefons. Alle im Haus, die keines hatten, schellten bei ihr. Sie war Alkoholikerin, nichts Ungewöhnliches, etliche Männer und Frauen tranken. In dem hellhörigen Haus ließ sich kaum etwas verbergen, jede Tragödie erregte alle Gemüter, löste allgemeines Mitgefühl aus. Rita erinnert sich an den säuerlichen Geruch von verschimmeltem Brot und eingetrockneten Wodkaresten, der durch den Korridor zog, wenn die Nachbarin von obendrüber ihre Sauftour hatte. Oder an den Mann von «Tante Soja», wie er im Suff schon mal ihre Eltern beleidigte, ihren Vater einen «deutschen Kurkul» schimpfte, ihre Mutter «deutsche Matratze». Meist endete so etwas glimpflich, in diesem Falle sogar, nachdem der Mann seine Sucht durch harte Gartenarbeit überwunden hatte, mit der förmlichen Bitte um Verzeihung.

Wegen ihrer Kochkunst und beispiellosen Großzügigkeit mochte Rita am liebsten Milja Zoj. Ständig brachte sie irgendwelche Schälchen vorbei mit «Che» oder «Kuksi» und anderen koreanischen Gerichten. Den Duft der exotischen Gewürze hat Rita bis heute in der Nase, er war auch in Miljas Haar. «Wie viel Geld hast du noch, Milja?», konnte Anastasia Pauls ungeniert fragen. «Gib mir von deinen sieben Rubeln, ich hab nichts zu Mittag.» Milja war die «Bank der Familie», auch Rita borgte von ihr, wenn sie Taschengeld brauchte. Eigentlich kriegten die Kinder so was nicht, die einzige Geldquelle waren die Hosentaschen des Vaters oder eben ein konspirativer Besuch bei Tante Milja. «Leihen Sie mir einen Rubel, Sie bekommen ihn von der Mutter wieder.» Gelegentlich witzelte Milja Zoj: «Rita, du wirst meine Schwiegertochter». – «Nein, ich gehe nicht mit solchen Schlitzaugen», antwortete sie jedes Mal empört. Miljas großer Sohn gefiel ihr durchaus, aber sie befürchtete, die asiatischen Augen könnten sich auf sie übertragen.

Im dritten Treppenaufgang war Heinrich Pauls der einzige Deutsche und der einzige, der stolzer Besitzer eines Autos war. Darum wurde er beneidet, deswegen fiel das böse Wort vom deutschen «Kurkul», was auf Ukrainisch so viel heißt wie wohlhabender, geiziger Bauer. Besonders ausgeprägt waren die sozialen Unterschiede im Haus nicht, lediglich die Offiziere hatten gewisse Privilegien, durften zum Beispiel in eigens für sie bestimmten Läden einkaufen. Bei Heinrich Pauls schlug zu Buche, dass sein Beruf für Nebenverdienste günstig war. Wenn er nicht gerade auswärts arbeitete, konnte er in der Mittagspause oder nach Feierabend mal eben mit seinem Autokran wohin fahren, beim Bau einer Datscha eingreifen oder anderen privaten Vorhaben. «Vira-meina, hoch und runter», lacht Rita, «und er hatte fünf Rubel verdient. Vira-meina, nochmal fünf Rubel.»

Ein bisschen leicht verdientes Geld, Sparsamkeit und Fleiß, ein Garten vor der Stadt, der über den Eigenbedarf hinaus Beeren und Tomaten zum Verkauf abwarf – damit kam man gut über die Runden. In den großen Ferien zog die Familie ganz auf die Datscha, auch Rita und Lena mussten helfen. «Morgenstund hat Gold im Mund» war in der Gluthitze des Steppensommers der wichtigste Grundsatz. Lieber hätten sie länger geschlafen. Meist weckte der Vater sie, strich ihnen mit einer frisch gepflückten Erdbeere zärtlich über die Lippen: «Auf Mädels, die Hälse müssen geölt werden!»

Deutsche und andere Welten

«Ich bin eine Deutsche!», behauptet Rita. «Du bist ein gemischtes Kind», widerspreche ich, und nehme ungläubig zur Kenntnis, dass sie, solange sie denken kann, nicht den allerkleinsten Zweifel daran hatte. Auch wenn sie nicht deutsch sprach, ihres Erachtens war die Sprache in Karaganda kein Kriterium. Für fast alle Nationalitäten war Russisch, die allgemeine Verkehrssprache, zur Familiensprache geworden. Russisch war natürlich für Rita auch Muttersprache, allerdings lebten die mütterlichen Verwandten weit ab vom Schuss, im Westen Sibiriens, die väterlichen dagegen am Rande der Stadt, im Sowchos Engels. Dort bei der Großmutter, Tante Lena und Onkel Viktor, traf sich an Sonn- und Feiertagen die ganze Sippe.

Rita sagte selbstverständlich «Oma». Sie verstand, wenn man rief: «Komm Suppe essen!», oder: «Willst du Plätzchen?» Zu ihrem kindlichen Wortschatz gehörten noch die Wörter: «Kaffee, Milch, Zucker, Sahne, Haus, Weihnachten, Ostern, Messer, Gabel, Löffel, Ribbelkuchen, Kräble, Strudel, Duppsklopp.» Vom Gespräch der Erwachsenen ausgeschlossen zu sein störte sie wenig. Es gab einen Stall, einen Heuboden, ausreichend Cousinen und Cousins und Onkel Viktors Garagenwerkstatt, wo man unter der Bedingung, dass anschließend Werkzeug und Nägel wieder in Reih und Glied gebracht wurden, basteln durfte. Schön, sehr schön war auch, still neben der Oma zu sitzen, die Hand zwischen deren Brust und die Innenseite des Oberarms zu schieben und ganz leicht an dem weichen Fleisch zu zupfen.

In ihrer Kindheit und auch später hat Rita ihre Großmutter

Maria Pauls als äußerst zurückhaltend wahrgenommen. Obgleich sie der Mittelpunkt des familiären Universums war, hielt sie sich gern im Hintergrund. Sogar auf ihrem Geburtstag konnte sie es nicht ertragen, wenn die Gäste das neue Kleid bewunderten, das ihre Schwiegertöchter Anna und Anastasia jedes Jahr nach ihren Wünschen fertigten, dunkelblau oder braun, lang, mit Knöpfen und einem Gehschlitz. Alle standen um sie herum, und sie sagte: «Ach nein, ach nein.»

Bei der Großmutter ist Ritas Kinderglauben an den Weihnachtsmann und den Osterhasen zu Hause. Auf deren Heuboden in Engels – draußen lag um diese Zeit immer noch Schnee – wurden die gefärbten Eier versteckt. Wenn der erste Frühlingsvollmond spät dran war, kam es vor, dass Ostern mit Lenins Geburtstag am 22. April kollidierte. Am Sonntag davor war ihm zu Ehren immer ein «Subbotnik», ein so genannter freiwilliger Arbeitseinsatz, das heißt, die Kinder mussten den Park um die Schule herum säubern. Zu diesem kommunistischen Putztag brachten dann die, die es anging, Ostereier mit, gratulierten und küssten einander.

Als Kind, meint Rita, habe sie den Widerspruch zwischen den Werten der Schule und der Familie nicht empfunden. Sie existierten irgendwie friedlich nebeneinander, und sie wäre nie auf den Gedanken gekommen, der Heilige Abend könnte in dem anderen Wertesystem als etwas Schlechtes gelten. Er war privat, doch nicht geheim, geheimnisvoll aus sich heraus, seinem Wesen nach – und selbstverständlich deutsch. Ritas Geschichten vom Weihnachtsfest in Engels sind den hiesigen sehr ähnlich: Eine verschlossene Tür öffnet sich, es erscheint der Weihnachtsbaum, geschmückt mit elektrischen Kerzen, bunten Kugeln und einem Stern auf der Spitze, darunter ein mit Zuckerguss bepinseltes Lebkuchenhaus. Die kleineren Kinder sagen Gedichte auf Russisch auf, alle singen in deutscher Sprache «O Tannenbaum» und «O du fröhliche».

«Von Christus wusste ich nichts. Doch, wir haben gebetet. Nicht wir, Oma und Tante Leni, diejenigen, die gläubig waren. Die anderen haben verständnisvoll geschwiegen. Dabeigesessen, die Augen niedergeschlagen. Ich weiß nicht, wer dabei an was gedacht hat. Kurze Gebete. Wir haben es immer mitbekommen, aber wir wurden nie gezwungen mitzubeten.» Nach dieser kurzen religiösen Zeremonie folgte der «schönste Moment. Zuerst haben wir gerufen ‹Weihnachtsmann! Weihnachtsmann!› Auf Deutsch und dann auf Russisch: ‹Ded Moros! Ded Moros!› Dann kam er ans Fenster, donnerte dagegen, und wir erschraken. Wumm, wumm. Er trug so eine Schuba, einen Pelz nach innen gedreht, große Pelzstiefel mit Schnallen, Mütze und Bart. ‹Wer hat sich unartig benommen? Wer hat schlechte Noten?› Jeder wurde einzeln aufgerufen, auch die Erwachsenen wurden befragt, was sie ausgefressen haben, so richtig kindisch haben sie mitgespielt. Wir haben versprochen, uns zu bessern, und dann gab es die Geschenke. Die Frauen haben Strumpfhosen aus Capron bekommen, das war Defizit-, Mangelware. Die Kinder meistens Süßigkeiten und Bleistifte, kleine Autos und Püppchen, und die Männer kriegten fast immer Socken, einmal gab es auch Krawatten.»

Nach der Bescherung ging es weiter mit dem «großen Fressen». Entgegen Ritas Anspielung auf Fellinis Filmorgie wohl eher eine gesittete, bescheidene Form der Völlerei, mit Kuchen, Plätzchen, Kohlrouladen, Frikadellen, dies jedoch in riesigen Mengen, dazu Bohnenkaffee, niemals Alkohol. Eine besondere Weihnachtsspeise war nicht üblich; die Gans briet Tante Anna erst zu Sylvester. Zum Ausklang spielte man «Domino» und «Mensch ärgere dich nicht». Die Nachtruhe nach der Feier war kurz, meistens blieb man in Engels, am 25. Dezember mussten alle um 6 Uhr raus zur Arbeit, zur Schule. 43

Am Jahresende jagte ein Fest das nächste. Nach der deutschen Weihnacht kam Neujahr mit Maskenbällen und Tanz

Rita als Schneeflöckchen vor der Neujahrstanne

um die «Neujahrstanne», dann folgten russische Weihnachten, bei den Pauls nur sehr lau begangen, ein Anlass vor allem «für die Männer zum Trinken», und endlich am 13./14. Januar das altrussische Neujahrsfest. Eine merkwürdige saisonale Überkreuzung religiöser und weltlicher Feste und Bräuche, des alten julianischen und des nach der Oktoberrevolution eingeführten gregorianischen Kalenders, für ein Kind nicht zu begreifen.

Ritas Kinderglück, darin sind sie und ich uns einig, ist undenkbar ohne die Konfliktvermeidungsstrategie der Erwachsenen. Aus verschiedenen, schwer zu durchschauenden Gründen – Liebe, Furcht, Prinzipienlosigkeit, historische Siegesgewissheit – haben alle an ihrer Erziehung Beteiligten bewusst oder unbewusst davon abgesehen, Widersprüche als solche zu bezeichnen. Fast eine Verschwörung, könnte man meinen, ein eigenartiges, wohl nicht auf Ritas Milieu beschränktes Phänomen der siebziger Jahre in Karaganda, des ersten Jahrzehnts ohne Terror und des letzten vor dem Zusammenbruch der Sowjetunion.

Irgendwann an einer Straßenecke in Maikuduk werden Rita und ich die Feststellung treffen, dass sie in siebzig Jahren Stadtgeschichte die beste Zeit erwischt hat, ein Kind zu sein. Aber noch ist mir Karaganda ein Buch mit sieben Siegeln. Wir sind in Germersheim, und das Einzige, was ich wirklich begreife, ist Ritas Schwierigkeit, von Deutschland in Gedanken ins ferne Karaganda zurückzufinden. Ihr Kontakt dorthin ist abgerissen, sie selbst ist eine andere geworden, halb westdeutsch, halb irgendwas, der Boden unter ihren Füßen schwankt noch. Und die Geschichten von damals, deren sie sich selbst nicht völlig gewiss ist, könnten sich, in der Fremde erzählt, wie die köstlichen Speisen im Märchen, zu Pferdeäpfeln verwandeln. 45 Genau das, meint Rita, erwarte man in Deutschland: Die Aussiedler sollen den «ganzen Dreck» hinter sich lassen. Ich persönlich bin von diesem Verdacht ausgenommen, nichtsdestoweniger bin ich für sie ein leibhaftiges Fragezeichen.

Mein freundschaftliches Zuhören bringt Ungereimtheiten in früher homogenen Bildern zum Auftauchen. «Wir waren in Schuluniformen und Pionierhalstüchern! Unmöglich!» Dies Detail von der Beerdigung ihres Mitschülers Wolodja ist ihr nicht bewusst gewesen. Damals steht sie unfassbar traurig mit der ganzen Klasse am Grab und kann das Kichern über den Weihrauch schwenkenden Popen nicht unterdrücken, es ist ihr erstes orthodoxes Begräbnis. Und alle tragen die offizielle sozialistische Kluft!

Ein andermal wundert sie sich nachträglich, warum ein gelungener Streich nicht geahndet wurde. Für den Sieg im Wettbewerb beim Altmetallsammeln «haben wir Gullydeckel geklaut, ich hab zwei auf dem Gewissen». Die Entwendung von Staatseigentum war offensichtlich, doch die Lehrerin lobte die gute Bilanz und schrieb den Erfolg auf ihre Fahnen. Pioniertugend hin, das siebente Gebot her, auch der «kleine Prinz» wäre keinesfalls damit einverstanden gewesen: Der Zweck heiligt die Mittel – ein böser Satz.

In der Regel las ein Karagandiner Kind dieser Generation Saint-Exupérys Büchlein, auch Rita, übrigens nach dem Gullydeckelklau. Die Philosophie des «kleinen Prinzen», der über das Verwelken einer Rose weinen konnte, beeindruckte sie. «Wenn man seine Morgentoilette beendet hat, muss man sich ebenso sorgfältig an die Toilette des Planeten machen.» Gegen ihre kindliche Schlamperei haben solche Sätze nichts ausrichten können. Aber sie halfen ihr später, nach der Ankunft in Deutschland, die schier unglaubliche Ordnung und kuriose Praktiken wie die Mülltrennung sympathisch zu finden. Nicht Preußen, Pedanten, Pfennigfuchser schrieben ihr und allen Neuankömmlingen etwas vor, man hatte vielmehr den Maximen des «kleinen Prinzen» zu folgen.

Was Rita in Karaganda alles las! «Gullivers Reisen» zum Beispiel, und besonders liebte sie die nach Liliput. Mit dem Schuleschwänzer Tom Sawyer aus St. Petersburg am Mississippi hatte sie eine Wellenlänge. Ebenso mit den «Kindern von Kapitän Grant», von denen hätte sie gern mal eine Flaschenpost bekommen, doch Karaganda lag nun mal nicht an einer Küste. Auch «Zwanzigtausend Meilen unter dem Meer» von Jules Verne, sein verwegener Kapitän Nemo, der nicht mehr den Regeln der Gesellschaft gehorcht, gefielen ihr. Über «Onkel Toms Hütte» hat sie bitterlich geweint, der Roman formte wie Coopers «Der letzte Mohikaner» und Mark Twains Kritik des Spießbürgertums ihr Amerikabild. «Oliver Twist» von Dickens legte sie nach zwanzig Seiten aus der Hand, es war ihr zu düster. Diese Bücher westlicher Herkunft waren von der Schule verordnete Sommerlektüren, ihre exzessive Deutung im antikapitalistischen Sinne minderte Ritas Vergnügen daran nicht.

Schon als Kind war sie mit der Literatur der Welt gut Freund. Mit «Pinocchio», dem lebenden Hampelmann, und «Cipollino», zu Deutsch «Zwiebelkopf», dem Anführer eines Gemüseaufstandes. Außer diesen beiden Italienern noch mit «Winnie the Pooh» aus England, dem ewig hungrigen Bären von sehr geringem Verstand, der seit der überwältigend humorvollen Trickfilmversion von Fjodor Chitruk, des sowjetischen Walt Disney, als Russe galt, und dem Schweden «Karlsson vom Dach» mit dem fabelhaften Propeller zwischen den Schulterblättern, dessen Abenteuer in der Sowjetunion in Millionenauflage kursierten. In ihrer Phantasie flog Rita mit Karlsson durch die Lüfte über Karaganda, guckte in Töpfe und Schächte.

Zu selben Zeit begeisterte sich Rita auch für einen Jungen namens Pawel Morosow, einen dreizehnjährigen Helden, der um 1930 im Ural gelebt haben soll. Die Lehrerin erzählte das Melodram aus der Zeit der Kollektivierung in glühendsten Farben. Dieser Pawel wurde Zeuge, dass sein Vater, der Vorsitzende des Dorfsowjets, verbannten Kulaken half, und als guter Pionier meldete er die verwerfliche Tat. Nach der Verhaftung des Vaters lauerten der Großvater und noch ein Verwandter Pawel im Wald auf und erschlugen ihn. Ihm zu Ehren hieß die Organisation der «Oktoberkinder» von Ritas Klasse «Pawel Morosow». Er sollte Vorbild sein, im Namen dieses Märtyrers der kommunistischen Sache traten sie auf dem Schulhof zum Marschieren und zum Appell an. «Pawel Morosow hätte auch ich sein können», sagt Rita. «Gott sei Dank, dass sich für meine Generation niemals die Frage stellte, die Eltern zu verraten.»

Vor einigen Jahren hat sie angefangen, das sowjetische System, das eine so «traurige Gestalt» in ihr Kinderherz eingepflanzt hat, zu hassen. Die Morosow-Geschichte wird Rita noch einmal einholen, unverhofft und mit Macht, bei der Lektüre eines in Kanada aufgefundenen Briefes von ihrem Großvater.

Gegenwärtig sind die Schatten noch leicht zu verscheuchen. Das Erzählen hat vor allem ihre Sehnsucht geweckt: Sie will Karaganda wiedersehen. Einen Tag nach unserem Treffen, ich weiß nicht, dem wievielten, ruft sie mich an, um mir mitzuteilen, es schneie in Germersheim. Mehr als drei Schneeflocken, fünf Zentimeter etwa, so viel habe sie noch «niiiiiiiiiemals» am Oberrhein gesehen. Sie und ein Dutzend russische Mädchen seien mitten in der Vorlesung rausgelaufen, für eine Schneeballschlacht.

KAPITEL 3: Liebe und die Ewigkeit danach

Die Geschichtsschreiberin kommt!», höre ich hinter der noch verschlossenen Wohnungstür eine weibliche Stimme rufen, durchdringend wie eine Fanfare, die hohen Besuch ankündigt. Ein Schreck durchfährt mich, dann fängt mein Herz an zu hüpfen. Ist meine Angst, bei Maria Pauls nicht willkommen zu sein, vielleicht übertrieben gewesen? Ihre Tochter Leni Toews öffnet mir: «Da bist du ja.» Verlegen schlüpfe ich in die bereitgestellten Pantoffeln, lasse mich ins Wohnzimmer schieben. Frau Pauls sitzt im Rollstuhl, in einem dieser dunklen von Rita beschriebenen Kleider. Darüber trägt sie eine dicke Weste und eine braunwollene Stola, was sie noch rundlicher macht, und in Kontrast zur erdfarbenen Vermummung des Leibes ein rosenbedrucktes Kopftuch. Es gibt gerade noch den Ansatz der Haare frei, sorgsam gescheitelter, sehr feiner, sehr weißer Haare. Sie blickt mir entgegen, erwidert mein Lächeln nicht, ihre blaugrauen Augen scheinen nach innen gerichtet. Womöglich sieht sie schlecht? Instinktiv halte ich ihre Hand etwas länger.

Wenn ich nur wüsste, wie ich als «Geschichtsschreiberin» eine gute Figur machen könnte. «Hast du kalte Füße?», fragt Maria Pauls. «Dies Jahr ist die Karwoche beinahe so frostig wie früher in Kasachstan.» Unversehens sind wir im Gespräch – über den Karfreitag im katholischen Westfalen, der für mich als Kind ein kulinarisches Fest war, weil es da «Struwen» gab, besonders dicke, von Rosinen strotzende Pfannkuchen. Über die an Bräuchen arme Passionswoche bei den Mennoniten zu

Hause. «Ich habe drei Heimaten», erklärt Maria Pauls, «Lysanderhöh, Karaganda und jetzt hier in Kehl. Ganz die Heimat ist nur Lysanderhöh.»

In der Woche vor Ostern sei immer ein Lied wichtig gewesen, sie hätten eben gerade noch gesungen: «Ach Sohn, du liebster Jesu mein, was wirst du am heiligen Montag sein? Am Montag bin ich ein Wandersmann, der nirgends ein Obdach finden kann.» So ginge es die ganze Woche durch. Sie rezitieren das mir unbekannte Lied – Maria Pauls die Frage der Gottesmutter: «Ach, Sohn, ... wo wirst du am Mittwoch sein?» Leni Toews darauf Jesu Antwort: «Verkauft um 30 Silberling.» – «Am Freitag?» – «Da werd ich ans Kreuz genagelt sein.» – «Am Samstag?» – «Da bin ich das Weizenkorn, das wird in der Erde neu geborn.»

Das Unerwartete ist eingetreten, die für eine «Geschichtsschreiberin» allerschönste Situation: Ich sitze da und lasse mich treiben. Die zwei Frauen führen eine vor meiner Ankunft begonnene Unterhaltung fort, über die Leiden Christi, Judas, Petrus, Pontius Pilatus. Der Hahn kräht, Jesus ist verzagt, verzweifelt – sie fassen das Geschehen in eigene Worte, hin und wieder zitieren sie wörtlich: «Vater, willst du, so nimm diesen Kelch von mir. Doch nicht mein, sondern dein Wille geschehe.» Sie sprechen so, als ob ihnen die handelnden Personen persönlich bekannt wären, wie von etwas erst kürzlich Vergangenem, unmittelbar und von jedem zu verstehen. Auch von verirrten Schafen, wie ich eines bin, was sie trotz meiner Bibelfestigkeit sogleich erkennen. Über die Worte des Neuen Testaments bahnt sich zwischen uns eine Verständigung an, sie stehen im Raum, leuchtend und ernst: «Es ward eine Finsternis über das ganze Land bis an die neunte Stunde, und die Sonne verlor ihren Schein, und der Vorhang des Tempels zerriss mitten entzwei.»

Die große Ordnung

Keine halbe Stunde ist vergangen, und wir sind in der Bibelstunde bei Lehrer Bartsch gelandet, in Lysanderhöh. Um 1927 etwa, Maria Pauls war zehn, der Religionsunterricht damals gerade verboten worden, deswegen gingen die Kinder privat zu dem alten Lehrer. «Wir haben die Kirchenlieder vierstimmig gesungen», sagt sie stolz. Wo in Deutschland kriege man so einen Chor auf die Beine. «Nach Ziffern sangen wir, nicht nach Noten. So was kennt ihr hier schon gar nicht.»

Von Rita hatte ich schon von ihrer phänomenalen Kenntnis religiöser Lieder gehört, ohne mir allerdings bewusst zu machen, dass sie zu Sowjetzeiten, in den zwanziger Jahren, gelernt wurden. «Die Roten haben die Texte geändert, zum Beispiel ‹Gott behüt euch nah und ferne, was sich liebet, bleibt vereint›. Wir sollten jetzt singen ‹Glück behüt euch …› Aber das Glück behütet doch nicht. In der Pause haben wir uns immer zugeflüstert: ‹Ich hab doch ‹Gott› gesungen.› Später haben sie die Lieder ganz verboten.»

Lysanderhöh, wo sie im Dezember 1916 geboren wurde als zweite Tochter von Helene und Jakob Janzen, ist in ihrer Erinnerung vor allem ein frommes Dorf, das Dorf, wo ihr Großvater ein angesehener Mann war. Peter Wiens hieß er, als Sechzehnjähriger soll er aus dem westpreußischen Weichseldelta an die Wolga gekommen sein. «Nicht direkt an die Wolga, denn dort wurde Schnaps gefahren, da wohnten nur Lutheraner und Katholiken», sondern 40 Kilometer weiter ostwärts. In der soeben gegründeten mennonitischen Kolonie «Am Trakt» sei er einer der Pioniere von Lysanderhöh, des sechsten von insgesamt zehn Dörfern, gewesen und habe mit dafür gesorgt, dass alles «genau so gemacht wurde wie in Westpreußen».

Mich überrascht ihre feste Gewissheit, in einer intakten Tradition groß geworden zu sein. Möglich, dass diese Gemeinschaft die geographische Verpflanzung von Westpreußen an die Wolga unbeschadet überstanden hat. Aber doch nicht die Sowjetzeiten? Maria Pauls, geborene Janzen, erblickte das Licht der Welt zu Zeiten des letzten Zaren Nikolai II., gerade mal zehn Monate vor Ausbruch der Oktoberrevolution. Deren Folgen, Bürgerkrieg und Hungersnot, haben bekanntlich auch die Dörfer an der mittleren Wolga erreicht, ihnen schwere Wunden geschlagen.

«Du hast Recht», antwortet sie auf meine Frage, «1921 war ein armes Jahr.» Es ist das erste, an das sie sich ziemlich genau erinnert, obwohl sie damals erst vier Jahre alt war. Sie selbst habe wahrscheinlich keinen Hunger gelitten, aber ihre Mutter habe jeden Tag einen großen Topf Gerstengrütze für die Bettler gekocht, die durchs Dorf zogen. Ganze Heerscharen von erbarmungswürdigen Leuten, die Läuse einschleppten und mit ihnen eine Typhuswelle. Immer wieder ist sie aufgeflackert, hat nicht verebben wollen trotz peinlichster Hygiene und der Umsicht einiger heilkundiger Männer, darunter ihr Onkel Julius Wiens. Der Onkel und dessen Bruder Cornelius sind in ebendiesem Jahr verhaftet und «dem Herrn sei Dank», sie hat die Worte der Mutter noch im Ohr, «nicht erschossen worden». Alle Familienmitglieder sind mit Typhus darniedergelegen, zwei von ihnen elend gestorben, erst Katrinchen, die zweijährige Schwester, dann ihr Vater. Maria Pauls sieht ihn noch schleppenden Schritts mit dem großen Schlüssel zur Mühle gehen. Der Müller Bergmann war seinerzeit nach Westpreußen gereist, deshalb musste sein Geselle Jakob Janzen morgens aufschließen und die Arbeiten leiten, und das war zu viel für seinen geschwächten Körper.

Neun Kinder hat ihre Mutter Helene geboren, an die meisten kann sich Maria Pauls kaum erinnern, wirklich deutlich einzig an Anna, die 1914 geborene ältere Schwester. Von den restlichen ist nicht viel mehr als ein Name geblieben oder nicht einmal das. Nach Katrinchen kam ein Jakob, genannt «Jascha», der an Scharlach starb, dann wohl ein Peter, den die Wassersucht dahinraffte, aus der zweiten Ehe der Mutter mit Jakob Froese noch ein tot geborenes Geschwisterchen, dann Lenchen, das später in Karaganda im Schneesturm «verfror», und noch ein Hans, der um 1930, kurz vor der Deportation, in Lysanderhöh begraben wurde. Und noch ein Kind, ein neuntes, das ist ihr entfallen.

Bei der Aufzählung greift Leni Toews mehrfach ein. «Das hast du doch früher anders erzählt, Mama.» Bei jedem Stocken, jeder Verwirrung hilft sie, versucht die aufkommende Erregung der Mutter zu dämpfen. «Lass mich, ruh du dich aus.» Temperamentvoll, mit der ganzen Vitalität ihrer noch nicht sechzig Jahre, steuert die Tochter, ehe die alte Frau außer Fassung gerät, die Erzählung wieder in ruhigere Bahnen. «Im Grunde», seufzt Maria Pauls, «war in Lysanderhöh doch eine große Ordnung.»

Für diese Ordnung gibt es gewisse fragmentarische Belege. In der Reihenfolge ihrer Erwähnung: Fein gezimmerte, noch aus Westpreußen stammende Betten und Schlafbänke mit «Schubseln» darunter. Das strenge schulische Regiment von Lehrer Dyck, der lange Gedichte auswendig lernen ließ wie «Die Sonne bringt es an den Tag» oder «Der Glockenguss zu Breslau». Der Sieg des Hochdeutschen über den plattdeutschen Dialekt der älteren Generation zählt dazu. Ebenso die Eingliederung der Waisen in andere Familien nach der mörderischen Typhuswelle. Feste Verantwortungsbereiche der Kinder Maria und Anna, beispielsweise jeden Samstag mit dem Hirsebesen den Hof fegen und die von der Mutter gewundenen Kränze zum Friedhof tragen, schlechte Ähren aus dem sommerlichen Weizenfeld herausschneiden, in der kalten Jahreszeit den Ofen mit Mistholz bestücken. Und die schwerste aller Arbeiten: bei dessen Herstellung mitwirken, also Kuh-

Lysanderhöh 1926 oder 27, vorn links: Anna Janzen,
ganz hinten rechts: Maria Janzen

mist mit Stroh verkneten, Ziegel daraus stechen und zum Trocknen auslegen.

«Ich hab das Schaffen nicht sehr geliebt.» Ein merkwürdiges Bekenntnis. Dabei habe sie, stellt Maria Pauls im selben Atemzug fest, zeitlebens diszipliniert und oft bis zum Umfallen geschafft. Aber eben wider ihre eigentliche Natur, die träge sei und ängstlich – im krassen Gegensatz zu ihrer Schwester Anna, die auf Bäume stieg und jede Aufgabe energisch anpackte. Von Kindheit an habe sie sich um die Arbeit herumdrücken wollen. Natürlich vergeblich, nur wenn das Kopfweh sie plagte, habe man sie geschont. «Wollen wir die Maria schlafen lassen», habe dann die Mutter zu Anna gesagt, «gehen wir ohne sie Kartoffeln hacken.» Mit Behagen habe sie sich auf die andere Seite gedreht und geschlummert, bis die Sonne hoch am Himmel stand.

Ein Foto gibt es nicht, weder von ihr als Kind noch von der Familie. Nur eines, auf dem sie, Anna und Cousine Lenchen zusammen mit anderen Altersgenossen zu sehen sind. An dem Morgen, als es aufgenommen wurde, 1926 oder 1927, waren sie zufällig zur Stelle, als ein Wanderfotograf ins Dorf kam und vor dem Backhaus des Onkels «schnell, schnell» ein paar Schulkinder zusammentrommelte. Neun zeigt der Fotoabzug, den Leni Toews mir vorlegt, gruppiert um einen Blumentopf – eine Aufnahme wie aus irgendeinem Dorf in Mitteleuropa.

Im Hintergrund die Holzwand des Backhauses und ein Sprossenfenster, ein enger Bildausschnitt, der fast nichts preisgibt, kein Stückchen Dorf oder Natur, nicht mal eine Wolke. Lysanderhöh bleibt für mich gestaltlos fern, das einzig Besondere dort scheinen, wie ich aus einer beiläufigen Bemerkung schließen muss, Kamele zu sein. In meiner noch unwissend blühenden Phantasie ziehen sie über eine wahrscheinlich unbefestigte Straße hinter dem Fotografen vorbei. Erst als der

Staub, den sie aufgewirbelt haben, sich gelegt hat, drückt er auf den Auslöser …

Übrigens ist die Verschiedenheit der beiden Schwestern deutlich sichtbar. Mithilfe der Fotografie kann ich mir auch die kleine, mit Innigkeit erzählte Szene vorstellen, die Anna und Maria «alle Morgen» erwarteten: Der Großvater Peter Wiens kam. Sie beobachten ihn, wie er sich von seinem Haus schräg gegenüber langsam näherte. Er trat ein, küsste die Enkelinnen und zog sie an den Zöpfen, küsste seine Tochter und bat: «Helene, seng mi wot.» Das Singen, spürten die Kinder, vertrieb den Erwachsenen die Einsamkeit. Der Großvater war schon ewig lang Witmann, die Mutter Helene seit 1921 Witfrau. Wenn es noch nicht hohe Zeit für den Schulweg war, sang Maria, die die schöne Sopranstimme ihrer Mutter geerbt hatte, mit. «Am Brunnen vor dem Tore», «In einem kühlen Grunde», «Heißa, Katreinerle» – drei, vier Lieder, dann begann der Alltag.

Für einen kurzen Augenblick sehe ich das Kind, das sie war, vor mir. Da schlägt die Stimmung um, ganz plötzlich stellt Maria Pauls die Behauptung in den Raum: «Ich habe ja im Leben nichts Schönes gehabt.» Ihre Tochter widerspricht mit Engelszungen, und kann sie nicht aufhalten. «Auf uns wurde gesagt, wir sind ‹Kulaken›, aber wir waren nicht reich, nicht wirklich, nur fleißig. Es waren auch arme Menschen, die waren neidisch, die sind in die Rote Armee gegangen. Die haben ein großes Geschrei gemacht, das waren solche, die nicht schaffen wollten, Russen und auch Deutsche. Ich habe Angst, dass ich manches falsch sage, dann lesen das andere Leute.»

Sie hüllt sich in Schweigen. Ihre Tochter erklärt mir, sie wolle über das «Geschrei», das in ihre Kindheit hineingefahren ist, nicht sprechen. Das sei schon immer so gewesen: Die Mutter scheut zurück «vor alledem», nicht so sehr vor vergangenen Schrecken – sie fürchtet sich davor, nicht die Wahrheit zu sagen, aus Unwissenheit oder im Zorn andere Menschen zu beschuldigen. Als Zeugin zu versagen im Angesicht einer unglaublich verworrenen Geschichte und vor allem als Christin vor ihrem Gott. Er würde ihr beim Jüngsten Gericht jeden Irrtum als Sünde im Sinne des achten Gebots anlasten.

Dann meldet sich Maria Pauls doch noch einmal zu Wort: «Wenn dieser Sturz nicht gewesen wäre, dann vielleicht, dann könnte ich dir erzählen.» Ich bin also zu spät! Um ein halbes Jahr habe ich Ritas Großmutter verfehlt! Vor Enttäuschung kann ich kaum mehr zuhören, nur mit halbem Ohr kriege ich mit, wie Maria Pauls von dem großen Schock erzählt – wie sie nach dem Sturz vor ein paar Monaten hilflos in der Kälte vor der Haustür lag und später aus der Narkose nicht erwachen konnte. Wochenlang nicht richtig im Kopf war, im Traum ihre verstorbene Schwester Anna sah, ihren Mann beim Körbeflicken im Straflager, ein Bild, das sie im wirklichen Leben doch nie gesehen habe ... «Seitdem ist sie eine andere geworden», ergänzt die Tochter, «die Knochen heilen, aber das Gedächtnis lässt sie im Stich, und sie hat das Lachen verlernt.»

Ein Regentag im September 1942

Über Mittag soll ich noch bleiben. Ohne den Borschtsch zu probieren, darf ich nicht fort. Leni Toews schöpft auf, etwas später setzt sich noch ihr Mann Viktor zu uns. Er kommt abgekämpft und durchgefroren von der Baustelle und berichtet kurz über den Stand der Dinge. Offenbar geht es um das Eigenheim, dessen Fertigstellung sich leider verzögert. Der Hauptgrund dafür, erläutert mir Viktor Toews: Die hiesigen Baumaterialien, selbst die billigsten, seien über die Maßen verführerisch für ihn, einen Maschinenschlosser und -konstrukteur aus der ehemaligen Sowjetunion, sie forderten zur Präzision heraus, und deswegen dauere es eben so enorm lang. Bei den anderen Gewerken sei das auch so – fast alles wird von der Familie ausgeführt, sogar Bauzeichnung und Finanzkalkulation.

«Mir tun alle Leid, die bauen», wirft Maria Pauls etwas bissig ein. «Sie tut sich selber Leid», interpretiert Tochter Leni. Seit Baubeginn ist die Mutter eben oft allein, fehlt es ihr an Gesellschaft. Ihretwegen müsste die Familie diesen Traum nicht verwirklichen: aus der geräumigen Mietwohnung im sechsten Stock in das Zweifamilienhaus in Sundheim umziehen. Dennoch gibt sie ihrem Schwiegersohn Grüße an die hungrigen Bauleute mit auf den Weg. Sie schaut ihm nach, wie er, den großen Tupper-Eimer in der Rechten, vorsichtig, damit der Borschtsch nicht zu sehr schwappt, aus der Küche verschwindet.

«Ein Eimer Suppe für vierzig Leute, alle zwei Tage, stell dir vor.» Zuerst begreife ich sie nicht, erst nach einigen Sätzen weiß ich: Maria Pauls spricht vom Abtransport nach Karaganda im Sommer 1931, von der Fahrt im Viehwaggon, ins Ungewisse. In diesem Waggon befindet sich, soweit ich das verstehe, die ganze Familie – sie, Anna und Lenchen eng aneinander gedrückt, die Mutter Helene und deren zweiter, schon betagter Ehemann. «Und die dachten», fällt Leni Toews ihr ins Wort, «dass es dort am Ziel was geben täte, eine Art Zivilisation. Die hatten, stell dir vor, einen Backtrog, sogar Tischwäsche eingepackt in Lysanderhöh! Schon beim Überqueren der Wolga ging alles verloren. Einer hat die Bündel mutwillig vom Floß gestoßen.»

Maria Pauls nimmt den Faden wieder auf: Drei lange Wochen sind sie unterwegs, beim Ausladen in Kasachstan nichts als Steppe. Nächte unter freiem Himmel, Reif auf Haaren und Gesicht, Anfang September Schnee. Ein Sterben ringsherum, der Stiefvater stirbt gleich nach der Ankunft, Helene Froese

Maria Pauls

lässt sich auf ihn fallen, schläft zu Tode erschöpft über seinem Leichnam ein. «Ich war erst vierzehn Jahre», sagt Maria Pauls. Ihre Tochter: «Ein Kind nimmt es nicht so schwer.» Leni Toews scheint jede Einzelheit zu kennen, die beiden erzählen im Wechsel, in gehetzten halben Sätzen vom «großen Jammer». Erdhütten, mit bloßen Händen erbaut ... drinnen unter dem gestampften Boden werden Leichen kleiner Kinder begraben ... draußen bei 45 Grad Minus liegen gefrorene Tote gestapelt, bis es taut und Traktoren anrücken, die Massengräber zu schaufeln ... Wölfe durchstreifen die primitive menschliche Siedlung … Flecktyphus … niemand zählt, wie viele der Verschleppten im Frühjahr 1932 noch übrig sind.

Ich kann den Ereignissen kaum folgen, sie schütten mich zu. Längst habe ich jegliche Orientierung verloren, treibe in ihrem Erzählen wie in einem Strudel. Für Sekunden nur nehme ich einzelne Figuren wahr: Da ist Helene Froese, Marias Mutter, die in der Not über sich hinauswächst. Auf einmal, wie aus dem Nichts, taucht Heinrich Pauls auf, ein «Plattdeutscher». Im nächsten Satz schon ist Maria mit ihm verheiratet, im übernächsten haben sie zwei Kinder, Leni und Heinrich, irgendwo in einer übervölkerten Baracke im Sowchos «18. Parteitag».

Unmöglich, ihren Redefluss aufzuhalten oder durch Fragen zu beeinflussen! Plötzlich ist September 1942, ein Regentag kurz vor Winterbeginn, die Sowchosmitglieder sind bei der Kartoffelernte, auch Maria Pauls ist auf dem Feld. Währenddessen geschieht etwas in der Baracke. An der Tür des Barackenzimmers der Familie klopft es, Anna Janzen öffnet. Vor ihr steht ein Bürschchen von etwa achtzehn Jahren, bleich und nass bis auf die Haut, in wattierten Hosen, das Hemd ist über der Brust zerrissen, es sagt keinen Ton. Kein ungewöhnlicher Vorfall, alle Tage kommen Bettler vorbei. Mutter Helene, die ebenfalls zu Hause ist, hat wie jeden Tag, wie schon früher an der Wolga üblich, einen Topf Suppe bereit. Ohne zu fragen, schöpft sie ihm den Teller voll, bedeutet ihm, er dürfe sich eine Weile am Ofen wärmen. Unterdessen wird es voll in dem winzigen Raum, es ist «Scheertag», die Friseuse kommt, schneidet zwanzig oder dreißig Köpfe.

Gegen Abend ist Maria Pauls zurück. Sie ruft ihren Sohn, weil er irgendetwas ausgefressen hat: «Heinz! Komm du mal her!» In diesem Augenblick zuckt der junge Bettler zusammen: «Ich heiße auch Heinz und bin meiner Mutter jüngster Sohn.» Von da an wissen sie – er ist ein Deutscher, und so schlagen sie ihm seine Bitte nicht ab, er darf über Nacht bleiben. Als Heinrich Pauls von der Arbeit heimkehrt und den schlafenden Gast sieht, erkennt er die Gefahr. Er ahnt, dieser junge Mann ist kein Russlanddeutscher. Frühmorgens im Fortgehen nennt der Fremde dann seinen vollen Namen: «Heinrich Brennecke», und seine Anschrift – in Deutschland.

Noch am selben Tag werden Heinrich Pauls und seine Schwägerin Anna Janzen zum Verhör abgeholt, zum NKWD in Maikuduk. «Ihr Kollaborateure!», schreit man ihnen entgegen. «Ihr habt einem deutschen Kriegsgefangenen geholfen! Wir hätten euch schon 1937 abknallen sollen!» Auch Maria Pauls wird vernommen, alle sagen gleich lautend und wahrheitsgemäß aus: Sie hätten ihre Christenpflicht getan, nicht gewusst, dass dieses halbe Kind ein Soldat der Deutschen Wehrmacht ist, er habe nicht, wie unterstellt, Schulterklappen am Hemd gehabt oder eine Uniformhose getragen. Von allen, denen an jenem Regentag in der Baracke die Köpfe geschoren wurden, nimmt man Aussagen zu Protokoll.

Schließlich wird Heinrich Pauls zum dritten Mal nach Maikuduk bestellt. Beim Abschied legt Maria Pauls ihren Kopf in den Schoß ihres Mannes, er breitet seine Arme über sie und weint. «Ich werde nicht wiederkommen.» Dann küsst er die dreijährige Leni und den anderthalbjährigen Heinrich. Draußen wartet der Pferdewagen des NKWD, vom hinteren Sitz beugt er sich noch einmal zu seiner Frau hinunter: «Ich bin froh, dass wir uns nichts haben zuschulden kommen lassen. Wir haben unsere Kinder von Gott bekommen. Erziehe sie so, dass wir sie ihm wieder zurückgeben können.»

Noch einmal sieht sie ihn ganz kurz wieder, im NKWD-Gefängnis in Maikuduk. Dort ist inzwischen auch ihre Schwester Anna inhaftiert. Bei diesem ihrem letzten Verhör ändert Maria Pauls auf Bitten ihrer Mutter ihre ursprüngliche Aussage: Nicht Anna, sondern die Mutter habe dem Unbekannten die Tür geöffnet. Sie tut es widerstrebend, in ihrem

Verständnis, so sieht sie es heute noch, ist eine Lüge eine Lüge, selbst wenn sie in töchterlichem Gehorsam vorgebracht wird, gegenüber einem Teufel in Menschengestalt. Auf dem Tisch des kahlen Raumes liegt eine Pistole. In Marias Innern widerstreiten Wahrheit und Lüge. Ihr Konflikt ist moralisch unlösbar, und der Ausgang existenziell für ihr eigenes Überleben. Entweder die Schwester, die einen kleinen Sohn zu versorgen hat, wird verurteilt. Oder die Mutter, und die hält in der Verbannung die Familie zusammen. Sie lügt schlechten Gewissens, man glaubt ihr nicht. «Falsche Schlange», brüllt einer der Männer, das Wort trifft sie tief.

«Lass die Dicke laufen, sie kennt den Weg», hat ihr Mann noch gesagt. Tatsächlich findet die Stute in der sternenlosen Winternacht die zwölf Kilometer zum Sowchos «18. Parteitag» allein zurück. Maria Pauls liegt hinten auf dem Schlitten und schreit, schreit, schreit ohne Ende zum Himmel, an das Kind in ihrem Leib denkt sie nicht.

Heinrich Pauls wird zu sieben Jahren, Anna Janzen zu zehn Jahren Lagerhaft verurteilt, sie werden nach Dolinka, fünfzig Kilometer südwestlich von Karaganda, verbracht. Es gibt unregelmäßigen Briefverkehr zwischen Sowchos und Lager, auf Russisch, nicht jeder Brief wird durch die Zensur gelassen. Heinrich Pauls erfährt noch von der Geburt seines Sohnes Hans im April. Im Spätsommer 1943 empfängt seine Frau den letzten Brief von ihm und nach einem Jahr des Bangens die offizielle Todesnachricht. Darin teilt mit Datum vom 9. September 1944 ein «Prokurator des NKWD» namens Stepanow ohne Angabe weiterer Einzelheiten mit, «dass er gestorben ist».

Leni Toews findet den Brief ihres Vaters nicht gleich, er liegt gut versteckt in einer Mappe. Ein beinahe vollkommen zerfleddertes Stück Papier – um Gottes Willen, nicht anfassen, nicht meinetwegen, will ich schreien, schon ist es geschehen.

Beim Auseinanderfalten reißt es an einer brüchigen Knickstelle weiter ein, unter der Lampe scheinen sich die Reste von Grau, Bleistiftzeilen in russischer Sprache, vollends aufzulösen. Mühelos – denn sie kennt den Text beinahe auswendig – überträgt Leni Toews ihn für mich ins Deutsche: «Mein liebes Mariechen! Zuerst will ich dir sagen, dass ich noch lebe, aber krank bin. Schon zwei Tage habe ich Malaria. Hier ist kein normales Leben. Ich bin froh, dass ihr noch gesund seid. Ich habe heute die Sendung bekommen, wo ihr ein bisschen Mehl, ein Stückchen Speck reingelegt habt. Wo habt ihr das bloß her? …»

Ich schaue Maria Pauls an, der Rest des Briefes rauscht an mir vorbei. Täusche ich mich? Sie lächelt. «Viktor hat immer gesagt: ‹Wirf den Brief weg! Was soll das Ganze noch?› Und dann hab ich ihn in Deutschland gebraucht. Der Mann auf dem Amt im Freiburg hat sogar geweint.» Sie habe seinerzeit den Brief dort laut vorlesen müssen. Bei den strengen behördlichen Prüfungen sei er der letztendliche Beweis ihrer Glaubwürdigkeit gewesen. Von dem Brief sei der Beamte so berührt gewesen, dass er sich sogar höchstpersönlich um ihre Versorgungsrente gekümmert hat.

«Stell dir vor, ein Stück Papier», fügt die Tochter hinzu. «Das war so kostbar im Krieg, wo hatte unser Vater das nur her? Auch später, wir sind als Kinder jedem Schnipsel hinterhergejagt, der durch die Steppe geweht ist.» An ihren Vater hat Leni Toews, wie sie sagt, nicht die allergeringste Erinnerung. Er war einfach nicht da, keiner sprach von ihm, auch nicht als Tante Anna im Oktober 1945 vorzeitig aus dem Lager Dolinka zurückkehrte. Erst in ihrer Pubertät, anlässlich eines Todesfalls, erfuhr sie ein Stückchen Wahrheit. Als die Bibliotheksleiterin des Sowchos gestorben war, «eine Wala, die immer so gut zu mir war, so herzlich», brach die Mutter ihr Schweigen: «Das ist die, die deinen Vater verraten hat.» Trotzdem forderte sie die

Tochter auf, zur Beerdigung zu gehen. «Du sollst der Frau nichts nachtragen. Sie hat nur die Wahrheit gesagt; wenn nicht sie, hätten es andere getan. Viele sind schuldig geworden im Verhör.»

Kurzes Glück

Vier Jahre und vier Monate, von der Hochzeit bis zum letzten Wiedersehen, hat Maria Pauls ausgerechnet, dauerte ihre Ehe. «Ich hab schon vergessen, dass ich mal nicht Witwe war.» In diesem August könnten sie und ihr Mann diamantene Hochzeit feiern. In Deutschland – wo es ihr, wie sie ausdrücklich betonen möchte, gut gehe. Im deutschen «Ruhestand», finanziell gesichert, sorglos wie nie zuvor, umgeben von ihren drei Kindern, acht Enkeln und zwölf Urenkeln, die alle glücklicherweise ausreisen durften und nahebei wohnen.

Vielleicht verdanke ich es Deutschland, dass ich an diesem Tag so lange bleiben durfte? «Kein böses Wort von den Deutschen in zehn Jahren» hat Maria Pauls angeblich zu hören bekommen. «Alles ist da, alles ist sauber. Wir sind endlich frei. Wir haben eine mennonitische Gemeinde, wer will, kann hingehen. Ich bin nur traurig, dass die Kinderchen so ohne Christentum sind. Wo es verboten war, war noch mehr da. Die Freiheit muss ihre Grenzen haben. Wenn sie zu frei ist, ist es keine gute Freiheit.» Der jüngste Enkel, Andreas, hat sich zum Beispiel die Freiheit genommen, Soldat zu werden. Freiwillig und ohne Not hat er, entgegen dem mennonitischen Gebot der Wehrlosigkeit, den Dienst bei der Bundeswehr angetreten, das tut ihr weh.

«Es ist nicht alles gut in der Familie», sagt sie zaghaft, dabei schaut sie mich zum ersten Mal wirklich an. Ich deute ihren langen Blick als Bitte, sie in Frieden zu lassen. Mich überfällt eine vage Ahnung: wie schwer es sein muss, im fremden Deutschland, das in vielerlei Hinsicht anders ist als erhofft, in dem die Werte der Maria Pauls und der Erfahrungshorizont des Dorfes Lysanderhöh keineswegs angesehener sind als in Karaganda, die Familie zusammenzuhalten. «Wir haben gedacht, in Deutschland sind alle Gesetze nach der Bibel gemacht.» Was für Provinzlerinnen sind wir nur gewesen, darüber kann sich Leni Toews heute ausschütten vor Lachen.

Als Älteste und einzige Tochter ist sie Maria Pauls beste Stütze. Nicht nur, dass sie ihr vieles abnimmt – sie drängt die Mutter, die sich seit dem Sturz vom diesseitigen Leben abwendet, energisch zur Erfüllung ihrer Aufgaben. «Du wirst deinen 82. Geburtstag feiern! Du tust das! Solange du lebst! Ich besorge alles Nötige!» Jeden 14. Dezember, erklärt Leni Toews, müssen alle antanzen und singen: «Wie schön, dass du geboren bist!» Enkel und Urenkel empfangen aus der Hand der Jubilarin eine Tüte Süßigkeiten, die Älteren dazu ein Scheinchen, eine Art vorgezogene Bescherung, an Weihnachten nämlich sind sechsundzwanzig Menschen nicht zusammenzutrommeln.

An diesem vorösterlichen Nachmittag geht am Ende doch noch die Neugier mit mir durch. «Wo haben Sie eigentlich Ihren Mann kennen gelernt, Frau Pauls?» Sie zögert, schnauft verlegen, bevor sie antwortet. Mehrfach verirrt sie sich in den Einzelheiten. Wenn ich es richtig verstehe, hat ungefähr Folgendes stattgefunden: Es war auf einer Ausstellung, irgendwo etwas entfernt vom Sowchos; was da ausgestellt wurde, habe ich nicht herausgekriegt, auf jeden Fall hatte man auch ein Karussell angekündigt, da wollte Lenchen, die zehnjährige Schwester, unbedingt hin. So musste Maria als Aufsichtsperson mit, sie aßen Eis, und plötzlich spazierte ein junger Mann daher mit drei Äpfeln in den Händen und bot sie ihnen an. Rotbackige, wirkliche Äpfel, nicht solche kirschgroßen Knüb-

Maria und Heinrich Pauls, 1938

belchen, wie sie in der kasachischen Steppe wuchsen. Und nachdem sie mit Andacht verspeist waren, schlug der spendable Unbekannte vor, ins Kino zu gehen. Ohne das Lenchen natürlich, die schloss sich derweil der Familie von Verwandten an. Was da im sechsten Jahr nach der Gründung Karagandas über die provisorische Leinwand im Freien flimmerte, ist aus dem Gedächtnis getilgt. Ein zeittypischer Kontext zum Kennenlernen, für mennonitische Begriffe jedoch, gelinde gesagt, unkonventionell.

Liebe auf den ersten Blick? Diese Vermutung mochte Maria Pauls nicht bestätigen, doch mit Vehemenz hat sie die Behauptung der Tochter zurückgewiesen, sie habe früher mal eine Äußerung des Vaters zitiert, die da lautete: «Die Erste, die mir heute über den Weg läuft, die nehme ich.» Zum Glück stellte sich heraus, dass dieser Heinrich Pauls auch Mennonit war, der Sohn eines Bauern und Predigers, wie Maria 1931 nach Karaganda verschleppt, und zwar aus Arkadak, einer Kolonie auf der Bergseite der Wolga, wo man noch plattdeutsch sprach. Dies war vielleicht der einzige Schönheitsfehler, ansonsten passten sie bestens zusammen, zu Hause an der Wolga wären sie füreinander eine gute Partie gewesen.

Ein Schachtarbeiter wider Willen und eine Landarbeiterin wider Willen, das war damals eine fürs Überleben günstige Kombination. Nach einem Jahr keuscher Stelldicheins ließen sich die beiden am 6. August 1938 auf dem Amt «zusammenschreiben». Kirchliche Trauungen waren verboten, die Prediger größtenteils verhaftet und ermordet. Kann sein, dass irgendwer leise in biblischen Worten einen Segenswunsch gesprochen hat. Auf der Hochzeitstafel standen Zuckerbrot und etwas Käse. Es wurde nicht getanzt, man «wanderte» nach Mennonitensitte wie früher an der Wolga oder in Westpreußen: Ein junger Mann nimmt einen Stab oder ein Schlüsselbund, verbeugt sich vor einem Mädchen, sie stimmen ein

Volkslied an, die anderen spazieren paarweise hinterdrein, bis polternd der Stab oder der Schlüsselbund fällt, das Signal zum Platznehmen, und wer keinen Stuhl erwischt, muss den Reigen neu eröffnen.

Auf dem Foto, das unmittelbar vor der Heirat aufgenommen wurde, wirken Braut und Bräutigam beinahe wie Menschen aus dem alten Europa. Nur der schludrig geraffte Vorhang und der fleckige Boden in dem, nennen wir es «Steppenfotostudio» lassen ahnen, dass die Welt nicht in Ordnung war. In jenem Sommer 1938 waren die politischen «Säuberungen» noch nicht vorüber, doch hatte die Familie seitdem wenigstens einen männlichen Beschützer. Heinrich Pauls, heißt es, war extrem vorsichtig, zum Beispiel sorgte er dafür, dass alle christlichen Bücher in ein Kästchen gelegt und im Kuhstall tief unter dem Mist vergraben wurden.

Eines davon hat überdauert und nach Deutschland gefunden. Ich traue meinen Augen nicht, als Leni Toews die dicke Bilderbibel aufschlägt und mir in den Schoß legt. «Isaac segnet Jakob», «Jakobs Traumgesicht», geleitet sie mich Blatt für Blatt, «hier wird Rachel ausgesucht am Brunnen. Die Bilder kenn ich, die Großmutter hat sie uns immer wieder erklärt. Heute kannst du den Kindern nichts mehr beibringen, sie kommen nach Hause, Fernseher an und Schluss.» Ehrfürchtig blättere ich vor und zurück, leider fehlt die erste Seite, die das Erscheinungsjahr verraten könnte. Schätzungsweise 150 Jahre oder mehr sind vergangen, seit das Buch im Freiburger Herder Verlag erschienen ist.

Diese Bibel hat eine Odyssee hinter sich: Von Freiburg ist sie direkt oder auf Umwegen nach Westpreußen gereist, von dort nach Lysanderhöh/Wolga, dann in den Norden Kasachstans, in den siebziger Jahren wieder westwärts im Gepäck von Anna Janzen, die ans Schwarze Meer zog, und mit dieser 1987 weiter gen Westen, nach Kehl, beinahe an seinen historischen

Erscheinungsort zurück – mehr als elftausend Kilometer, werde ich später ausrechnen.

Gegen Abend, als das Wetter aufklart, treten wir auf den Balkon, auch Maria Pauls rappelt sich aus dem Rollstuhl auf. In der Rheinebene blühen die ersten Obstbäume, fern am Horizont ist der schneebedeckte Schwarzwald zu erkennen. «Dahinter liegt Kasachstan», habe Viktor im ersten Jahr oft gesagt, solange die jüngere Tochter mit ihrer Familie noch drüben war. «Welche Landschaft Ihres Lebens ist die schönste?», frage ich. «Diese hier», ist Maria Pauls eindeutige Antwort. «So was Schönes haben wir vorher nicht gehabt. «In Kasachstan war nur Steppe. Und in Lysanderhöh, dort war die Landschaft langweilig, flach, keine Wälder, schön war, was die Leute gemacht haben, die Gärten, das alles.» – «Und wo sind die Himmel am schönsten?» – «In Karaganda!», kommt es wie aus der Pistole geschossen. «So viele Sterne, man wollte nicht reingehen ins Haus. Andreas, der jetzt als Soldat dient, der wollte als kleiner Junge nie schlafen. ‹Oma, Sternlein singen›, hat er gebettelt. ‹Weißt du, wie viel Sternlein stehen› hab ich oft gesungen in der kasachischen Nacht.»

«Du darfst wiederkommen», sagt Maria Pauls auf meine Bitte. Mein Herz macht einen Luftsprung. Und im selben Augenblick zieht es mich fort mit Macht, in vertrautes Terrain, auf die französische Rheinseite. «Waren Sie mal in Straßburg?», frage ich im Hinausgehen. Maria Pauls nickt: «Straßburg ist ein Steinhaufen.»

Es ist nur Katzensprung dorthin. Ich will zum Münster, zu den klugen und törichten Jungfrauen am südlichen Westportal, einmal in den erhabenen gotischen Raum schauen, zehn, fünfzehn Schritte, das wird reichen, um wieder richtig in *meiner* Welt zu sein, dann in den «Strissel» auf einen Schoppen Riesling.

KAPITEL 4: Reise in die goldene Steppe

Sommer 1998. Die Tupolew 154 von Frankfurt nach Omsk ist nur halb besetzt, hat deswegen Platz für Berge von Kartons, Bündel und jene rotblau karierten chinesischen Plastiktaschen, ohne die Fernreisen armer und nicht ganz armer Leute auf diesem Globus heutzutage nicht mehr denkbar scheinen. Fast alle Passagiere sind Russlanddeutsche, die einen wollen auf Besuch in die alte Heimat, die anderen zurück nach Russland, die Fluglinie verbindet zerrissene Familien. In der Maschine stinkt es nach Papyrossi und Fußschweiß und einem mir unangenehm vertrauten Desinfektionsmittel. Es durchzog früher die Mitropazüge, lag über den deutsch-deutschen Grenzübergängen – der Geruch des Kalten Krieges.

Meine rechte Schulter schmerzt höllisch. Der Arzt in Mannheim, der eine Sehnenentzündung diagnostizierte, hatte mir nicht ausdrücklich verboten zu reisen. «Wenn Sie den Schmerz aushalten, tun Sie es.» Und das wollte ich unbedingt, schon Ritas wegen, die darauf brennt, Karaganda wieder zu sehen. Wäre es nach ihr gegangen, hätten wir den Direktflug gebucht – ich war es, die halsstarrig auf der unbequemen Variante bestanden hatte. Mir war die Vorstellung unheimlich gewesen, in nur sieben Stunden an einem wildfremden Ort zu landen, von dem nicht mal ein Stadtplan oder Reiseführer existiert. Ich hoffte, der Umweg über das westsibirische Omsk – und von da weiter mit der Eisenbahn – würde mich einstimmen und uns beide aufeinander.

Während wir Polen und die Ukraine überfliegen, übersetzt

Rita mir einige fotokopierte Passagen aus dem «Großen Enzy-klopädischen Wörterbuch» von 1937: «Die Erschaffung eines mächtigen Industriezentrums im Herzen des viehzüchtigen-den (!) Kasachstan», liest sie – manchmal könnte ich ihre Feh-ler küssen! –, «gewinnt für die Republik an Bedeutung. An dem industriellen Aufbau Karagandas nehmen große Massen hie-siger Bevölkerung teil, womit Karaganda zur Liquidierung jahrhundertelanger Rückständigkeit beiträgt.» Über 10 000 Menschen arbeiteten seinerzeit schon in dem Kohlerevier, zweieinhalb Millionen Tonnen Jahresförderung waren er-reicht. Natürlich kein Wort von Zwangsarbeit, auch nicht in den Lexikonartikeln von 1953 und 1973. In der jüngsten, erst vor wenigen Jahren veröffentlichten Auflage heißt es lapidar: «die Schachtarbeiterstadt, die ihre Existenz der Großen So-zialistischen Oktoberrevolution verdankt». Rita gähnt. «Die Sprache meiner Kindheit. Pathos hoch drei!»

Bald schläft sie, mir lässt die Schulter in dieser Augustnacht keine Ruhe. Im Morgengrauen überqueren wir den Ural, die geografische Grenze zwischen Europa und Asien, bei Sonnen-aufgang ist unsere Tupolew im Anflug auf die Millionenstadt Omsk. Raureif glänzt auf der Piste – just in dieser Nacht, in-formiert uns der Pilot, hat der Bodenfrost eingesetzt. Ein Wo-lodja, irgendwie verschwägert mit den Pauls, holt uns mit dem Auto vom Flughafen ab, in seiner Wohnung warten Tee, Brot und Räucherfisch auf uns, ein Diwan zum Ausruhen. Für ein paar Stunden sind wir wie in Abrahams Schoß.

Unterwegs zum Bahnhof entdecken wir zwischen den mo-dernen Wohnblöcken Areale mit windschiefen Holzhäusern. Einige zumindest dürften um die 150 Jahre auf dem Buckel haben. Omsk ist für sibirische Maßstäbe alt. 1716 hat ein Gar-deoffizier namens Iwan Buchholz, ein Deutscher, im Auftrag Peters des Großen hier, an der Mündung des Flüsschens Om in den mächtigen Irtysch, einen Festungsplatz ausgesucht.

Zu Sowjetzeiten war Omsk eine «geschlossene Stadt», für Ausländer grundsätzlich gesperrt. Heute können wir ohne Kontrolle an der Miliz und einem gigantischen Lenin vorbei das Bahnhofsgebäude betreten. Allerdings zahlt, wer einen fremden Pass hat, für die Fahrkarte das Dreifache. Zum Glück ist ein ungerader Tag, da fährt der 15.00-Uhr-Zug mit Vierbettabteilen gen Süden, an einem geraden hätten wir mit einem rollenden Schlafsaal vorlieb nehmen müssen. Unser Gastgeber Wolodja legt Rita und mir eine Tüte Proviant in den Arm, «alles von der Datscha», und während der Zug anfährt, ruft er uns hinterher: «In den Flaschen ist gutes Brunnenwasser.»

Zugfahrt de luxe

Wälder, vom Wind zerzauste Kiefern und Fichten, Birkenwäldchen, gelb vom ersten Nachtfrost, ziehen vorbei. Rot ist der Stern auf der Lok, grün der Zug wie in alten sowjetischen Zeiten. Er zockelt südwärts durch die sibirische Taiga, neunzehn Stunden wird er für die tausend Kilometer bis Karaganda brauchen. Nach zwei Stunden steht er eine Ewigkeit lang an der Grenze zwischen Russland und Kasachstan. Hundegebell kündigt die Grenzsoldaten an, staunend mustern sie uns und unsere Visa. Deutsche Touristinnen? Auf einer Handelsroute, der Hauptstrecke des Menschen- und Drogenschmuggels zwischen Afghanistan und Westeuropa?

Ich wollte sie fahren, weil sie auf einem Teilstück die historische Strecke der großen Deportationen ist, auf der 1931 Ritas Großeltern, Maria Janzen und Heinrich Pauls, transportiert wurden – und 1945 der junge Kriegsgefangene Alfred Lachauer. Der Zug ist nur halb besetzt. Für ein paar Dollar hat uns die Schaffnerin zugesichert, niemanden sonst ins Abteil einzuquartieren. In erkaufter Privatheit trinken wir Wein mit Brunnenwasser. Ich nehme Ritas Angebot an und lasse mich von ihr massieren, sie bearbeitet meinen nackten Rücken – kundig und als wäre sie nicht wie ich befangen. Es ist das erste Mal, dass wir uns nachts ein Zimmer teilen.

In Gedanken ist sie schon am Ziel, bei ihrer Freundin Wika. Ich spüre ihre Unruhe, neun Jahre haben die beiden einander nicht gesehen, ihr Briefwechsel ist versiegt. Das Schweigen ging von Wika aus ungefähr um die Zeit, als ihr Sohn auf die Welt kam. Vielleicht waren ihre Leben nun endgültig zu verschieden geworden, vielleicht hat auch das Paket mit gebrauchten Kleidern, das Rita schickte, die Freundin gekränkt. Ob Wika am Bahnhof stehen wird?

Wie ich aus unseren bisherigen Gesprächen weiß, sind mit ihr Ritas beste Jahre verbunden. Ihre Freundschaft begann am Ende der 8. Klasse, in einem ganz bestimmten Augenblick – als Rita unter den Mitschülern rundfragte: «Wer kommt mit nach Leningrad?» Eine völlig absurde Idee, mit fünfzehn, ohne Hochschulreife und Pass in eine Stadt mit strengen Zuzugsgenehmigungen zu wollen. Alle lachten nur, bis auf das Mädchen in der Bank vor ihr, die stille, dunkelhaarige Wika. Damals wollte Rita unbedingt von der Schule abgehen. Fort aus Karaganda, aus dem «Nichts-los-Tum», das sie hasste, in die Stadt ihrer Träume, St. Petersburg, wo die «Wiege der Revolution» stand und das «Fenster nach Europa» weit geöffnet war. In den geliehenen Büchern, über denen sie ständig hockte, sah sie den Newski-Prospekt, über den Puschkin, Tolstoj, Lermontow promeniert waren, Paläste, die Eremitage, Kathedralen, prachtvoll gestaltete Grünanlagen, von eisernen Brücken elegant überwölbte Flussarme. Dort Architektur studieren, das wäre es.

73

Wika wollte mit, und aus der Traumtänzerei zu zweit wurde eine innige Freundschaft. Mit dem Fortgehen wurde es natürlich nichts, auch andere Ausbruchsvarianten, Konditor oder EDV lernen, verwarf Rita unter dem Einfluss besorgter Verwandter, die unkten: «Willst du etwa zu einer Proletin werden?» So stand sie am 1. September 1985 wieder vor den Toren ihrer alten Schule.

Bis dahin etwa kenne ich die Geschichte. «Erzähle, Rita!», bitte ich. Und sie erzählt die halbe Nacht: von ihrem Entschluss, den sie nie bereut hat, geschenkten Jahren höherer Bildung – Tolstojs «Krieg und Frieden», Logarithmen, Chorgesang – und wunderbarer Chancen, dem Ernst des Lebens noch einmal zu entwischen. Vor meinen Augen entsteht das Bild der Schule Nr. 53, der angeblich besten in Maikuduk.

Ritas Mitschüler sind Russen, Weißrussen, Ukrainer, Donkosaken, Polen, Tataren, Griechen, Kasachen, Burjaten, Koreaner, Litauer, Armenier, Georgier, Zigeuner, sogar ein Italiener ist darunter. Warum so viele Nationalitäten in der Stadt sind, fragt niemand, sie sind da, und das ist «typisch karagandinisch». Zwischen ihnen geht es eher unkompliziert zu, von Ausnahmen abgesehen. Kasachen werden verspottet, ihre Sprache und Kultur gelten als minderwertig. Ein «primitives Hirtenvolk», lernen die Kinder in der Heimatkunde, weswegen sich die kleine kasachische Minderheit mehr als andere ans Russische anpasst. Vor Kaukasiern, besonders Tschetschenen, fürchtet man sich; gewisse wegen Messerstechereien verschriene Viertel werden gemieden. Auch die Zigeuner sind Außenseiter, oft verschwinden die Kinder monatelang aus der Schule, die einzigen übrigens, die niemals Pioniere und Komsomolzen werden.

Und die Deutschen? Ein Wowka Schterbo nennt Rita auf dem Schulhof aus nichtigem Anlass «Faschistin». Es ist die furchtbarste aller möglichen Beleidigungen, doch sie kommt äußerst selten vor. «Weil es einfach zu viele Deutsche waren», mutmaßt Rita, allein in ihrer Klasse 20 Prozent. Die Chemielehrerin ist Deutsche, die Physiklehrerin, die Deutschlehrerin Olga Albertowna, eine tollpatschige Frau mit Spitznamen «Albatros». Und Franz Jakowlewitsch, der hinkende alte Direktor, eine Respektsperson sondergleichen.

«Lach bitte nicht, Ulla, bei uns gab es ein positives Klischee: Ein Deutscher ist fleißig, sparsam, auf Sauberkeit bedacht, er säuft nicht, erzieht seine Kinder gut.» Und dieses Deutsche hat zur sowjetischen Schuldisziplin irgendwie gut gepasst, zu ihren strengen Regeln: Uniform, das heißt ein dunkles Kleid mit dunkler Schürze, keine Hosen, keine offenen Haare, kein Make-up, kerzengrade sitzen, beim Eintritt des Lehrers aufstehen. Eine Lehrerin, erinnert sich Rita, reißt ihr mitten in der Stunde die Ohrclips ab.

Das Bild, das sie von sich malt, ist eher das einer Unangepassten. Sie fügt sich weniger als andere; die Musterschülerin, die sie in der Grundschule war, ist sie in der 9. und 10. Klasse längst nicht mehr. Sie lernt nur, was ihr Spaß macht, Geometrie, Literatur, Skisport. Bei Sitzungen und Sammelaktionen des Komsomol reißt sie sich kein Bein aus. Im Auseinandernehmen und Zusammensetzen einer Kalaschnikow hält sie zwar den Geschwindigkeitsrekord, ansonsten ist der militärische Vorbereitungsunterricht nicht ihr Fall. Zivilschutz im Atomkrieg findet sie geradezu lächerlich. «Da können wir ja gleich im Betttuch auf den Friedhof gehen.» Ihr liebstes Schulfach ist Politinformation, dann stellt sie zum Entsetzen der Lehrerin das Neueste aus der Zeitung «Argumenty i Fakty» vor – über Präservative, UFOs und dergleichen.

Ritas Erzählwut schwemmt meinen Schmerz und die Müdigkeit fort, unser Abteil ist der perfekte Ort für ihre Nostalgie. Auf Wunsch serviert die Schaffnerin heißen Tee in Gläsern, deren metallene Halter noch Hammer und Sichel zieren. Im Dekor der gerafften Gardinen schwimmt hundertfach der Panzerkreuzer «Aurora». Es ist wie eine Entführung in vergangene Sowjetzeiten. Lustige Zeiten – in Ritas jugendlicher Perspektive von damals, Mitte der achtziger Jahre.

Ihre große Stunde in der Schule schlägt, wenn Feiern angesagt sind, zum Beispiel am 9. Mai. Dieser Tag des Sieges über Hitler-Deutschland läuft mit immer gleichem Pathos ab. Direktorrede, Veteranenehrung, in den hinteren Reihen wird gekichert und Schiffe-Versenken gespielt, schließlich der Wettbewerb der Klassen um die beste Inszenierung des Krieges. Die 9 A gegen die 9 B – den Kampf kann Rita heute noch vortanzen, von den Proben bis zum Schlussapplaus. Die von der B, «das sieht ihnen ähnlich», studieren zwei Monate lang ein Lied über das KZ Buchenwald ein. «Das war zum Kotzen. Alle in einer Reihe in Pyjamas mit Nummern, sie geben Ziegelsteine hin und her, und dabei singen sie pathetisch.»

Die A hingegen vertrödelt den März, April mit unernsten Vorschlägen. Die herzkranke Klassenlehrerin fleht, tobt, schluckt flaschenweise Baldrian, vergebens. Und dann, zwei, drei Tage vor dem Termin, wirft Rita den Funken ins Chaos. «Ein Walzer, wir nehmen einen Walzer!» Die wilde Meute schwärmt aus, Requisiten organisieren. «Einer bringt ein Klappbett, ein anderer ein altes Radio, kurze Probe, der Rest ist Improvisation.»

Der Vorhang geht auf: Rita in Krankenschwesterntracht, sie schreit «Ruhe!» Im Publikum wird es still, sie legt das Ohr ans Radio: «Schon wieder bombardieren sie Leningrad.» Die zwei Soldaten in den Betten regen sich, einer ist als Beinamputierter wüst bandagiert, der andere mit Armgips, gespielt von Wika, diktiert der Krankenschwester einen Brief: «Liebe Mutter! Ich schreibe von der Front, mir geht es gut. Wie steht es im Dorf? Was macht die alte Frosja?»

76 Dreizehn Jahre liegen zwischen der Premiere und der zweiten Vorstellung im Zugabteil. Aus der großen Besetzung ist ein Einpersonenstück geworden. Rita, die Krankenschwes-

Die Freundinnen: Rita, Swetlana, Lena, Wika

ter, übernimmt Wikas Rolle, mimt den amputierten Soldaten, der Walzer tanzen will, den Chor, das Lazarett schwebt im Dreivierteltakt, und schwupps ist sie einer der Veteranen im Publikum, die Rotz und Wasser heulen. Dann, nach brausendem Applaus, die entgeisterte Klassenlehrerin: «Ich hasse euch. Ihr wart wunderbar!»

Ich lache Tränen. «Die sozialistische Erziehung war autoritär», meint Rita, «aber nicht kalt.» Auch wenn sie die Parolen nicht mehr verteidigen könne, das «Alles-gemeinsam-Machen» sei doch schön gewesen. Selbst in den Sommerferien das Gemüsehacken im Kolchos oder die Kartoffelernte im Oktober habe man genossen, tagsüber körperliche Arbeit, abends Lagerfeuer, Gelegenheit für erste Liebesromanzen. Das Größte allerdings, vermute ich, war für Rita das Ausbüxen von der Pflicht. Damals, zu Beginn des gesellschaftlichen Umbruchs, waren die Autoritäten nachgiebig geworden, Renitenz bedeutete Vergnügen, kaum mehr Gefahr.

Schuleschwänzen mit Wika, mit dem 34er Bus in die Innenstadt, wo niemand ihnen nachspionieren konnte, Eisessen, Kino, und keiner bestrafte sie. Im Winter organisierte Rita für ihre Freundinnen gemeinsame Wochenenden im nahen «Beresnjaki», einem Erholungsheim, das zum Betrieb ihres Vaters gehörte. Natürlich blieb man samstags der Schule fern. Und bei Schneesturm, wenn der Bus stecken blieb, konnten sich die Privatferien schon mal auf unbestimmte Zeit verlängern. Fünf Mädchen gehörten zum engeren Kreis, außer Rita und Wika noch Swetlana, Lena und Oksana, «alle bürgerlich, wohlerzogen».

Wie mag es ihnen gehen?, lese ich in Ritas Gesicht. Nur von Oksana Sawarykina weiß sie etwas: Sie hat vor ein paar Jahren einen Deutschen geheiratet und ist mit ihm ausgereist; bei ihren Eltern in Maikuduk werden wir ab morgen wohnen. Wir dösen ein bisschen, unterdessen hält der Zug in Astana, von

Kasachstans neuer Hauptstadt ist außer dem schwach erleuchteten Bahnsteig nichts zu sehen. Es rumpelt im Gang, Frauenstimmen kreischen: «Wir wollen ein Bett, aber sofort!» Die Stimmen sind ganz nah. «Du mit deiner Fünfklassenbildung hast hier nichts zu melden.» Die russische Schaffnerin wankt ins Abteil, anscheinend volltrunken, gefolgt von zwei wütenden Kasachinnen. «Russisches Schwein», schreit eine. «Guten Morgen», sage ich erschrocken auf Deutsch. Augenblicklich herrscht peinliche Ruhe, die neuen Fahrgäste stellen sich vor. Die Ältere ist Professorin an der medizinischen Fakultät der Universität Karaganda, die Jüngere ihre Assistentin. Alle verziehen sich in die Betten, ich schaue in den dämmernden Morgen.

Hohes gelbes Gras, von heftigem Wind bewegt, kein Baum und selten ein Strauch, ein endloses Land, mal hügelig, mal flach – das also ist die «Sary Arka», die «goldene Steppe». So haben die kasachischen Nomaden den Landstrich genannt, der im Frühsommer ihre Herden nährte und ansonsten unbewohnbar schien. Bei 50 Grad Hitze und 50 Grad Frost, begleitet von Stürmen und Orkanen, kann der Mensch nicht leben. So galt es jahrhundertelang, bis vor 70 Jahren die Sowjetmacht den Bau einer Eisenbahntrasse befahl und die Behauptung widerlegte.

Gegen Mittag tauchen in der Steppe die ersten Fördertürme auf. Beim Aussteigen schlägt uns ein heißer Wind vermischt mit feinem Sand entgegen, der berühmte «Karagandinski Doschd». Wika ist nicht da.

Wiedergefundene Jugend

Rund um den hellblauen Bahnhof geht es zu wie auf einem Basar. Mehr europäische als asiatische Gesichter. Zwei ältere Frauen, vielleicht Tatarinnen, wuchten vor mir Kartoffelsäcke übers Gleis. Ein Reden, ein Rufen, im Stimmengewirr versuche ich angestrengt, die verschiedenen Sprachen auszumachen, und ich traue meinen Ohren nicht, ich höre nur Russisch.

Wo ist Rita? Nach ein paar Minuten taucht ihr blonder Schopf im Gewühl auf, sie hängt am Arm ihrer Freundin Wika, die beiden strahlen verlegen. «Verschwindet ihr mal schön», schlage ich vor, «wir treffen uns später in Maikuduk.»

Zögernd betrete ich die Stadt. Kaum ein Mensch ist unterwegs, in der Gluthitze des Mittags wirkt der ehemalige «Sowjetski Prospekt» wie eine Kulisse. Ich gehe langsam, suche Schatten unter den mickrigen Alleebäumen und entdecke: nichts Besonderes. Der übliche breite kilometerlange Boulevard, die Stadtverwaltung, ein Hotelkasten, Kulturpalast, Schwimmbad und Kino, vorzugsweise im pseudoklassizistischen Stil der Stalinepoche. Ich bin, scheint es, in den Musterkatalog sowjetischer Städtegründungen geraten! Das Lenindenkmal steht noch, dabei ist Kasachstan seit 1991 eine von Moskau unabhängige Republik. Nichts fehlt, nicht der Held des «Großen Vaterländischen Krieges», ein Kamikazeflieger namens Nurken Abdirow, nicht die «Helden der Arbeit», die das lokale Produkt gen Himmel stemmen – einen Riesenbrocken Kohle.

Meine erste Neugier ist gestillt. Auf der Suche nach einem Taxi streift mein Blick ein großes hölzernes, weiß leuchtendes Gebäude. Vorn zur Straße hin hat es zartgrüne Säulen, darüber wölbt sich ein muschelförmiges Dach. Schon bin ich am nächstgelegenen Eingang, rüttle mit beiden Händen, aber die Tür ist fest verrammelt. Durchs Seitenfenster erkenne ich die schäbigen Überreste einer Bühne. Im Zuschauerraum türmen sich Gestühl, alte Scheinwerfer, geschwungene Koffer von Cellos. Es ist wirklich und wahrhaftig das Sommertheater! Dutzende Male hat mein Schwiegervater es beschrieben! Hier hat er 1948 «Die Fontäne von Bachtschisaraj» gesehen, als das Theater ganz neu war. Die japanischen Bauleute, Kriegsgefangene wie er, waren gerade abgezogen. Er wird in Ohnmacht fallen, wenn ich ihm Fotos davon mitbringe!

Ein klappriges Taxi bringt mich die 23 Kilometer bis Maikuduk. «Lauter kurze Fahrten heute, zum Teufel …», brummt der Chauffeur, automatisch schalte ich die Ohren auf Durchzug. Ein paar Straßen vom Zentrum weg, und wir sind in der Steppe. Mein schlecht gelaunter Taxifahrer deutet mit dem Finger auf einen Förderturm in der Ferne: «Dort hab ich mal gearbeitet. Wissen Sie, dass von 36 Schächten nur noch drei arbeiten?» Wenn ich richtig verstehe, ist er bis vor fünf Jahren Sprengmeister gewesen. Schon sind Maikuduks Plattenbauten in Sicht, an der angegebenen Adresse stutzt er: «O, japonski dom», in seinem Lächeln ist ein Anflug von Ehrfurcht.

Ein langer, ockerfarben verputzter zweistöckiger Bau mit türkis gestrichenen Rundbogenfenstern – das Haus als Ganzes, wie die Wohnung von Tatjana und Anatoli Sawarykin, hat etwas bürgerlich Großzügiges. «Wo ist Rita? Wie war die Reise?» Wie immer wird mein Russisch, sobald ich auf mich gestellt bin, schlagartig besser. Ich lobe das schöne Haus mit allen mir zur Verfügung stehenden Adjektiven und löse damit einen Redeschwall aus. Noch bevor ich richtig am gedeckten Küchentisch sitze, bricht er über mich herein. «Ja, das Haus! Es ist unser Glück im Unglück. Es ist fest wie eine Burg, wie alles, was japanische Kriegsgefangene auf die Steppe gestellt haben. Die Leute im Viertel, stellen Sie sich vor, haben es kürzlich ‹Santa Barbara› getauft nach der amerikanischen Seifenoper. Aber das ist auch alles. Wir wollen weg und wissen nicht, wohin.»

Als junge Leute, erzählen die Sawarykins, sind sie hierher gekommen, sie vom sibirischen Dorf, er aus Uljanowsk an der Wolga, als die Stadt eine der besseren in der Sowjetunion war

– und jetzt tut sich ein Abgrund vor ihnen auf. Anatoli erhält als Busfahrer schon seit Jahren keinen Lohn, Tatjana, von Beruf Laborantin, ist arbeitslos. «Was sollen wir tun?» Mich überfällt urplötzlich eine tiefe, nicht mehr aufzuhaltende Müdigkeit. Mit halbem Ohr höre ich sie noch von ihrer Sehnsucht nach der Tochter und den Enkeln in Deutschland reden.

Spät in der Nacht, ich liege schon lange im Ehebett, das uns Gästen bestimmt wurde, kriecht Rita unter die Decke. «Ich könnte die ganze Welt umarmen», murmelt sie, nur diesen einen Satz, und schläft ein.

Morgens schwebt sie wie auf Wolken, ist extrem maulfaul. Schön war es, erfahre ich beiläufig beim Frühstück, unerwartet innig, Wika und ihr Mann haben ihr zu Ehren ein Fest gegeben, Lena und Swetlana waren auch da. Die meiste Zeit hat sie mit Wika im Bad verbracht, eine saß auf dem Wannenrand, die andere auf der Klobrille, sie haben endlos gequatscht und schließlich festgestellt, nichts ist zwischen sie geraten.

«Lass uns aufbrechen, Ulla!» Sie drängt. Noch mit vollem Mund verlassen wir den Frühstückstisch. Nur ein paar hundert Meter ist der Häuserblock, wo die Pauls früher wohnten, entfernt. Hinter «Santa Barbara» liegen zunächst fast dörfliche Straßenzüge, vorherrschend ist eine Art steinernes Blockhaus mit geschnitztem buntem Giebel, Nebengelass und Stallungen, inmitten eines Gartens. Zum Betrachten ist keine Zeit, Rita zerrt mich weiter, sie nimmt Kurs auf die Plattenbauten, beschleunigt ihren Schritt. Gerade noch sehe ich sie in einen der bewegten dunklen Baumschatten eintauchen, weg ist sie. Ein Innenhof von südländischem Charme, Kinder toben, Großmütter rufen aus den Fenstern, Essensdüfte, die sich in den strengen Geruch des Spätsommers mischen. Rita taucht hinter einer hölzernen Balustrade wieder auf, das morsche Teil gehörte offenbar mal zur Umfriedung ihrer geliebten Eisbahn. Enttäuschung steht ihr im Gesicht.

Sie steuert jetzt den dritten Eingang der Hausnummer 48 an. Auf den verbeulten Briefkästen findet sie keinen bekannten Namen. Offensichtlich will sie gleich wieder kehrtmachen. «Sei kein Frosch, Rita!» Auf mein Zureden hin bequemt sie sich dann doch die Treppe hinauf und klingelt. Ein junger Kasache öffnet. Obwohl er uns freundlich Zeit lässt, die winzigen, verwohnten Räume zu besehen, mag Rita nicht verweilen. Die Kacheln im Flur, bemerkt sie, sind noch vom Vater, nach flüchtigem Blick ins Wohnzimmer zieht es sie wieder hinaus. «Alles anders, natürlich», kommentiert sie tapfer. Draußen gesteht sie, es habe sie beleidigt, an der Stelle, wo das Bild ihres Lieblingssängers Wyssotzkij hing, eine Dombra, das kasachische Saiteninstrument, vorzufinden.

Und weiter geht es. In der Schule Nr. 53 wird renoviert, es riecht nach Farbe wie stets vor Schuljahrsbeginn, also müssen die Lehrer da sein. Rita setzt ihre mondäne Sonnenbrille auf, spaziert von Tür zu Tür, im Physiksaal endlich: Walentina Nikolajewna, ihre ehemalige Klassenleiterin. «Brauchen Sie vielleicht Deutschlehrer?», ruft Rita ihr mit verstellter Stimme zu. «Gehen Sie zur Direktorin», schallt es von der Leiter, und gleich darauf: «Rita!» Sie fallen sich in die Arme.

Die Deutschlehrerin wird herbeigerufen, der Sportlehrer, noch ein paar andere, sie umringen Rita wie eine verlorene Tochter, alle erinnern sich an die Schülerin, die so gut sang und organisieren konnte. Sie geleiten uns durch die frisch renovierten Klassen, überall findet Rita Vertrautes – gelbe Tüllgardinen im Physiksaal, das Transparent über dem Wandschrank im Deutschkabinett: «Wer eine fremde Sprache nicht kennt, weiß nichts von der eigenen. Goethe.» Ich fotografiere sie auf ihrer alten Schulbank, in der Turnhalle auf dem Schwebebalken balancierend. Im langen Flur, wo die türkisblaue Sockelfarbe noch nicht trocken ist, posiert Rita vor einem Propagandabild der neuen Zeit: Zwischen Kornähren und Nomadenzelten hält eine Hand die Jahreszahl 2030 in die Höhe. Bis dahin soll laut Programm des kasachischen Präsidenten Nasarbajew im Lande allgemeiner Wohlstand herrschen.

Ich wüsste nicht, je eine so liebevoll gepflegte Schule betreten zu haben. Beim Kaffetrinken im Lehrerzimmer bitte ich Rita, mein Lob zu übersetzen. Daraufhin beginnen alle unisono zu klagen. Es sei ein furchtbarer Kampf, die Schule am Funktionieren zu halten. Vor fünf Jahren habe der Staat jegliche Sachmittel gestrichen, man müsse damit rechnen, dass demnächst auch die pädagogische Leidenschaft verbraucht sei. Und dann die Umstellung auf kasachische Schüler, 50 Prozent inzwischen, die meisten seien Dorfkinder, unbeholfen in allem und nicht mal ihrer Muttersprache mächtig.

Wie lange können Lehrer und ein paar Eltern allein eine Schule tragen? Andere öffentliche Einrichtungen, an denen wir vorbeikommen, sind offenbar längst verloren, das große Kino steht leer, ebenso das Kinderkinotheater «Spartak» mit den ionischen Säulen, die Ritas Architekturträume inspirierten, im Lunapark rosten die Karussells. Wir stromern durch Maikuduk, Rita gibt das Tempo vor, alle paar Meter schreit sie auf: das Stoffgeschäft, die Musikalienhandlung sind geschlossen, leere Fensterhöhlen hier, dort ein geborstener Treppenaufgang. Sie mustert die Passanten – vergeblich; einmal nur ist der Zufall auf ihrer Seite, am Kiosk beim Kauf von Coca-Cola bedient uns «Tante Nina», einst Nachbarin der Pauls. Die russische Ingenieurin weint – vor Freude, vor Scham, weil wir sie hier so vorfinden. Ein Weilchen hocken wir zusammen in dem stickigen Kabuff, die beiden beschwören alte Zeiten.

Ich tue, als verstünde ich nichts, und betrachte ihr Gesicht. Um die sechzig mag sie sein, dem hellen Teint nach eine Sibirierin, auf den Wangen ein pikantes Rouge, über die linke rinnt eine wässrig schwarze Spur von Wimperntusche, legt die vom Make-up kunstvoll verdeckten Falten frei. Eine Frau, die ihrer

Karaganda 1998: Rita und Milja Zoj

Weltgewissheit beraubt ist und sich anscheinend tapfer aufrecht hält.

Mittlerweile ist es Nachmittag geworden, Rita schlägt vor: «Nehmen wir den Bus nach Berlin.» In «Berlin» – so heißt das Viertel von Alt-Maikuduk im Volksmund – soll in der Tschapajewstraße «Tante Milja» wohnen. «Sie wird in Ohnmacht fallen», fürchtet Rita. Und sie wäre es gewiss, hätte sie nicht den Hund festhalten müssen, der uns an die Waden will. Noch während die Tränen fließen, beginnt Milja Zoj mit den Essensvorbereitungen. Beim Möhrenraspeln, Knoblauchpressen spricht sie von ihrer Sehnsucht nach Ritas Mutter, von der allgemeinen «großen Freundschaft» früher im Mietshaus Nr. 48. Jetzt, da jeder, der nur eben kann, fortgeht von Karaganda, sei davon nichts mehr übrig.

«Und warum gehen Sie nicht, Tante Milja?» Ohne die Arbeit zu unterbrechen, antwortet sie knapp und lakonisch: Sie war ein Baby, als 1937 die koreanische Minderheit in der Gegend von Wladiwostok interniert und von der Grenze fort nach Karaganda verschleppt wurde. Wohin also sollte sie zurückgehen? In eine fremde russische Großstadt am Japanischen Meer? Korea, dessen Sprache sie nicht kennt, ein geteiltes Land, das sowieso keine Flüchtlinge aufnimmt? Und was, bitte schön, ist denn heute noch Koreanisches an ihr? Von allen Traditionen ihres Volkes, sagt Milja, ist ihr nur das Kochen geblieben.

Rita ist blass. Erst als das Essen in zierlichen Schälchen auf den Tisch kommt, lebt sie wieder auf. «Jetzt weiß ich, was Trennung heißt», sagt sie etwas feierlich, «1989, beim Abschied, hab ich das nicht begriffen.»

Das Weitere findet ohne mich statt, gleich nach dem Abendessen mache ich mich auf den Weg Richtung «Santa Barbara». Dazu muss ich unter anderem halb «Berlin» durchqueren, ein ehemals deutsches Viertel mit grünen geraden Gartenzäunen und properen Häuschen. Jedes mit diversen holzgezimmerten Anbauten, zwischendrin unter Planen verzurrt ein oder zwei Heuhaufen. Überall werden Kartoffeln und Kohl geerntet. Kurz vor Einbruch der Dämmerung öffnen sich die Stalltüren, der Hirte ist in Sicht, treibt das Vieh aus der Steppe zurück und liefert es bei den Besitzern ab. Auf den Straßen dampfen frische Kuhfladen.

Ohne Verkehrsmittel ist man in Karaganda aufgeschmissen, zu riesig sind die Entfernungen. Anatoli bringt mich mit seinem altersschwachen Mercedes überallhin. Meistens sitze ich hinter ihm, weil der «Karagandiner Slalom» mich ängstigt. Alle fahren in einem Höllentempo, wechseln ständig und abrupt die Fahrbahn, um Schlaglöchern und offenen, mit Ästen markierten Kanalschächten auszuweichen.

Für mitteleuropäische Begriffe ist Karaganda keine Stadt, sondern eine wilde Ansammlung verschiedenster Elemente und Welten. Plattenbauten neben dörflichen Isbas, Fördertürme und Fabrikmonster, mit Bergen von Abraum umgeben, die in der Ebene wie mächtige Busen wirken, und wo immer sich eine freie Fläche zeigt, berittene Hirten mit ihren Herden. Am Horizont Rauchsäulen von Steppenbränden; in diesen Tagen, da der glühend heiße Sommer in den milderen Altweibersommer übergeht, erlöschen sie von selbst.

Wäre da nicht diese winzige verrückte Überschneidung zwischen unseren Leben, könnte ich einfach sagen: «Ritas Stadt.» Aber es ist auch die Gegend, in der mein Schwiegervater Alfred fünf Jahre zubrachte – einer von etwa 100 000 deutschen Kriegsgefangenen. Deswegen habe ich hier ein privates Versprechen einzulösen, ich werde «sein Lager» suchen.

Ende der sechziger Jahre, kurz vor meinem Abitur, muss es gewesen sein, dass ich den Namen «Karaganda» zum ersten Mal hörte. Der Mann, der ihn aussprach, war mir fremd, der Vater nur des Jungen, den ich gern küsste. Alfred Lachauers Geschichten rauschten damals und noch lange völlig an mir vorbei. Jetzt, in dem «Slalom fahrenden» Karagandiner Mercedes, stellen sie sich wieder ein: die vom Melonenfeld, wie er sich halb tot vor Durst, heimlich über eine Frucht stürzt … von der Brechstange, die sich bei der winterlichen Arbeit im

87

Steinbruch ins Fleisch fror ... dem Laib Brot, nassem, dunklem Brot, das er aus der Backstube stahl.

Jetzt unterwegs wird mir etwas bewusst, worüber ich normalerweise kaum nachgedacht hätte: Eigentlich habe ich selbst eine indirekte Beziehung zu Karaganda. Ernsthaft begonnen hat sie vor Jahrzehnten, vielleicht vor, vielleicht auch erst nach meiner Heirat. Irgendwann in jeder Liebe lernt man natürlich mit der Zeit das Kind kennen, das der andere war. Und in der oberbayrischen Kindheit meines Mannes Winfried war Karaganda eine nicht ganz unwichtige Größe; es stand für ihn neben Rom, Athen und Jerusalem, den Schauplätzen antiker Heldensagen. Auf den Knien seines Vaters sitzend erschien ihm alles Erzählte gleich wirklich oder unwirklich, der tapfere Spartacus wie der bärenhafte Russe im Karagandiner Steinbruch. Diese Geschichte, die der Vater immer besonders gestenreich vortrug, spielte bei sagenhaften 35 Grad Frost. Ihr Höhepunkt war der große Auftritt des Russen, der laut brüllend die ihm unterstellten Gefangenen, die bei solchen Minusgraden nicht mehr hätten arbeiten müssen, antrieb: «Ihr Faschisten! Euch ist kalt? Nach Russland zu marschieren war euch nicht zu kalt!» Sich dann die Kleider herunterriss: «Euch werd ich es zeigen!» Zur Hacke griff und wie ein Berserker loslegte zu arbeiten.

Dieser Vater, äußerlich sehr zerbrechlich wirkend, hatte selbst eine starke Kraft. Das merkte auch ich, je mehr ich Teil der Familie wurde. Ein Energiebündel, von unbändigem Lebenswillen, der auffiel – in der Weise, wie Alfred Lachauer seinen Krankheiten trotzte oder sein Geschäft, eine Generalvertretung für Waschmittel, die er aus dem Nichts aufbaute, durch die Stürme der Konjunktur lenkte. Wie kaum einer konnte er sich empören. Mein Mann erinnert sich an wilde Ausbrüche, die ihn in seiner Kindheit furchtbar erschreckten. «Diese Verbrecher», schrie der Vater, und meinte damit meistens die Nazis, die ihm zehn Jahre seines Lebens raubten und teilweise im Lande noch Einfluss hatten, oder alle, die die Wiederbewaffnung Deutschlands vorbereiteten.

Gut fünf Jahre Krieg, knapp fünf Jahre Gefangenschaft. Eine Erfahrung zum Wahnsinnigwerden, unbegreifbar selbst für Nahestehende. Doch die Familie wusste, und irgendwann auch ich, von dort rührt eine tiefe, bleibende Wunde, davon geht ein Antrieb aus für die Gegenwart.

Anders als gesellschaftlich üblich richtete sich sein Groll nie pauschal gegen «den Iwan» oder die Sowjetunion. Ja, er war geschlagen worden nach der Gefangennahme in Schlesien, April 1945, nach dem Verhör hat man ihn die Treppe hinuntergestoßen. Aber wichtig war eben auch der Kontext: Bevor er in die Hand des Feindes fiel, hatte er mit etwa sechzig Kameraden sinnlos eine Anhöhe verteidigen müssen – nur er und noch einer überlebten. Und zufällig geschah dies unweit von Auschwitz. Die erste Zeit seiner Gefangenschaft schlief er in einer Baracke des im Januar befreiten KZs Birkenau; dies war das Einzige übrigens, worüber er niemals sprach. Er musste an der Demontierung der Bunawerke mitwirken, Teile durchnummerieren, alles zerlegen und einpacken, im Laufe des Sommers wurde der Maschinenpark per Zug nach Karaganda geschafft, und die Gefangenen mit.

In Karaganda sah er, wie armselig die Sieger des Krieges lebten. «Wenn wir haben, werden wir geben», lautete die Antwort auf die Forderung der Gefangenen nach mehr Brot. Und das war durchaus zu verstehen. Diesen Satz brachte er sogar nach Hause mit. Er wurde zum geflügelten Ausspruch in der Familie, zum Beispiel zitiert, wenn wir als Studenten knapp bei Kasse waren. Großzügigkeit in den Grenzen des Möglichen, soll das heißen. Die Karagandiner Jahre scheinen in mehr als nur einer Hinsicht eine Lehrzeit gewesen zu sein. «Ihr schafft das schon», sagt mein Schwiegervater oft betont

89

leichthin, wenn er uns Mut zusprechen will, und darin klingt immer so etwas mit wie: «Haben wir nicht im größten Schlamassel, im Lager, Goethes ‹Faust› aufgeführt?»

Im Elternhaus meines Mannes, im Bügelkeller, hängen zwei hübsch aquarellierte Urkunden der Lagerolympiade vom September 1949. Sie erinnern an Alfred Lachauers Sieg in drei Leichtathletikdisziplinen, die 100 Meter hat er in sage und schreibe 12 Sekunden gelaufen. September, das war kurz vor seiner Entlassung. Am 29. November 1949 war er zurück in Mühldorf am Inn. Meine Schwiegermutter hat mir das Datum kurz vor meiner Abreise nach Karaganda noch telefonisch durchgegeben. Und bei der Gelegenheit noch einiges andere vorgerechnet: Sie und er waren am Tag des Wiedersehens neunundzwanzig, von sieben Jahren Ehe hatten sie ganze zehn Wochen zusammengelebt. Der Sohn an ihrer Hand, Alfred, war sechs, und neun Monate später war Winfried da, nach dem «Kriegskind» ein «Heimkehrerkind», so sagte man allgemein damals. «Ich hatte zur Geburt nicht mal ein richtiges Nachthemd …»

Das alles geht mir durch den Kopf, während wir von Karaganda Richtung Temirtau fahren. Mein einziger Anhaltspunkt ist das Stahlwerk. In dessen Umkreis, einem Radius von zwei Kilometern, muss sich das Terrain des Lagers befinden. Anatolis Orientierungsvermögen ist erstaunlich, er erinnert sich, Ende der sechziger Jahre Reste von Lehmbaracken gesehen zu haben. Nach denen zu suchen ist zwar müßig, weil alles überbaut wurde, aber die dazugehörigen Brunnen dürften noch da sein, artesische Brunnen, die in der Steppe niemand zuschütten würde.

Danach fragt man am besten die Gartenbesitzer – und siehe da, der Platz ist ausgemacht. «Hier war die Südseite des deutschen Lagers», zeigt uns ein Ukrainer, «in meiner Kindheit grenzte unser Garten fast an den Stacheldrahtzaun. Und dahinten war das japanische Lager.» Wir durchstreifen eine Gartenkolonie und noch eine. Die alten Leute, die wir bei der Arbeit treffen, beschreiben detailliert die Topografie, Zäune, Wachttürme, den täglichen Weg der Marschkolonnen zur Arbeit. «Die Deutschen waren zerlumpte traurige Gestalten», berichten sie übereinstimmend, «jeder Trupp hatte vier Bewacher. Die Japaner gingen erhobenen Hauptes in ihrer Uniform und hatten nur einen Bewacher.» Ihre Beobachtung verblüfft mich, die Verschiedenheit der besiegten Armeen in der Gefangenschaft habe ich mir niemals vorgestellt. Dabei liegt der Grund auf der Hand, die Deutschen waren ein Haufen von Überlebenden eines langen Krieges, die Japaner wurden erst im Spätsommer 1945 auf Sachalin festgesetzt, Einheiten der Reserve mit noch existierender Kommandostruktur.

Vom Lager ist nichts übrig. Was nach seiner Auflösung brauchbar war, hat man verwertet, den Rest hat die Steppe verweht. Einzig der aufgelassene Steinbruch existiert. Der Stein, den ich als Probe mitnehme, ist von unregelmäßigem, feurig dunklem Rot – ein befreundeter Geologe wird ihn später als Rhyolit, vulkanisches Tiefengestein, identifizieren.

Wider Erwarten berührt mich der Platz wenig. Mehr als mein Schwiegervater beschäftigen mich die Hiesigen. Ihren Aussagen zufolge haben sie damals in allernächster Nähe der Kriegsgefangenenlager gelebt, und sie waren, obwohl selbst nicht hinter Stacheldraht, allesamt keine freien Leute, sondern Verbannte verschiedenster Herkunft. Niemals habe ich Menschen so direkt und ohne Leidenschaft von Tatsachen dieser Art sprechen hören. Wie wenn es andere Möglichkeiten – Freiheit, Eigensinn, Wohlleben oder Ähnliches – überhaupt nicht gäbe.

«Wo kommen Sie her?», frage ich über den Gartenzaun, die Alten antworten kurz und zucken die Schultern. Meine Frage zielt offenbar auf eine längst überholte Tragödie. Was jetzt ansteht, ist: «Wo gehen wir hin?» Jedes Gespräch läuft binnen kurzem unweigerlich auf dieses Thema hinaus.

Auf der Rückfahrt von Temirtau hält uns eine Militärstreife an. Demnächst soll hier ein Konvoi des Präsidenten Nasarbajew durchfahren, deswegen sollten wir schnellstens verschwinden. Anatoli verdreht die Augen im Kopf, macht mich auf Soldaten aufmerksam, die die Straße fegen, und einige qualmende Schornsteine. Dort werde Sperrholz verheizt, damit es für den hohen Besuch aussieht, wie wenn noch gearbeitet würde.

Karaganda stirbt

Nichts liegt mir ferner, als fremden Orts rasche Diagnosen zu stellen, aber es liegt auf der Hand: Karaganda stirbt. Der Markt für Kohle ist mit dem Ende der Sowjetunion zusammengebrochen, und seit Kasachstan kürzlich große Mengen Erdöl im Kaspischen Meer entdeckt hat, ist die Stadt vollends ins Abseits geraten. Von Staatsseite kann kaum Hilfe erwartet werden: Sämtliche Gelder fließen an Karaganda vorbei in die neue Hauptstadt Astana. Der einzige große Arbeitgeber ist die «Ispat-Karmet», der britisch-indische Weltkonzern, der das Stahlwerk Temirtau gekauft hat und für dessen Kohlebedarf den Schacht «Kostenko» weiterbetreibt. Von einst 750 000 Einwohnern hat die Hälfte schon die Flucht ergriffen, der Exodus geht weiter, es bleibt nur, wer nicht weiß wohin. Mit immer weniger Menschen ist die Infrastruktur gegen die Steppe nicht zu halten; jeden Winter platzen neue Heizungsleitungen, die ersatzweise eingeschalteten Elektroöfen lassen das Stromnetz zusammenbrechen. In einigen Bezirken werden schon Fenster und Türen der verlassenen Plattenbauten verfeuert.

Neuerdings ziehen Kasachen aus den Dörfern zu, weil es in

der Stadt besser ist als in den verrottenden Kolchosen. Obwohl sie offiziell bevorzugt werden und ihr Anteil an der Bevölkerung von etwa 3 auf über 30 Prozent gestiegen ist, halten sich die Spannungen zwischen Neulingen und Längereingesessenen in Grenzen. Jeder ist mit dem Überleben beschäftigt, und dabei geht es immer weniger um die Verteilung städtischer Ressourcen als darum, wie tüchtig einer als Bauer oder Hirte ist. Karaganda wird mehr und mehr zum großen Dorf.

Einen dieser Stadtbauern treffen Rita und ich auf der ehemaligen Datscha der Pauls. Sascha, gewesener Schachtarbeiter und noch keine vierzig, hatte sie 1989 übernommen. Kürzlich hat er noch einen benachbarten Garten dazugekauft. Auf circa einem Hektar baut er für den Eigenbedarf und den Verkauf an. In seinem Wirtschaftsbuch, das er uns stolz unter die Nase hält, ist alles bis ins Kleinste festgehalten, Fruchtwechsel, Ernteablauf, Sollmengen, erreichte Mengen. «1997 im dritten Planquadrat 69,5 kg Kohl, Erlös soundsoviel.» Blumenrabatten hat er abgeschafft, entschuldigt er sich bei Rita, und das Sommerhaus benützt er nur mehr als Vorratskammer. Derzeit lagern drinnen auf dem Esstisch, den Bettgestellen, überall Tomaten. Ein Momentchen verweilen wir auf dem kleinen Balkon, wo Rita beinebaumelnd Turgenjew gelesen hat. Auf der Kellertreppe hält Sascha uns zurück, wir sollen besser nicht gucken. Da unten haben letzten Winter Obdachlose kampiert, der Ofen der Banja ist zerstört, auch sonst allerhand kaputt. Das sei das Schwierigste jetzt: den Besitz zu verteidigen gegen Einbrecher und Diebe. Eine Rund-um-die-Uhr-Bewachung ist selbst dann, wenn Nachbarn sich verbünden, nicht hinzukriegen.

Rita ist seltsam gefasst. Die Welt, in der sie vor nicht sehr langer Zeit aufwuchs, existiert nicht mehr. Wohin wir auch fahren, Verfall. In ihrem Maikuduk. Oder in Engels, wo ihre Oma lebte. Der ehemalige Sowchos, den wir natürlich auch besuchen, ist bankrott, wie überall wirtschaften die verbliebenen Bewohner in ihren Gärten vor sich hin. Die Deutschen kann man heute an einer Hand abzählen, wie zahlreich sie mal waren, ist bloß noch auf dem Friedhof zu erkennen. Eine geschlagene Stunde braucht es, bis Rita in der Wildnis das Grab ihrer Urgroßmutter Helene Froese gefunden hat. In Situationen wie dieser wirkt sie ernst, keineswegs Besorgnis erregend traurig. Möglich, dass sie dergleichen erwartet hat, möglich, dass vieles durch sie hindurchgeht, weil ihr Herz ganz woanders ist – bei den alten Freundinnen, mit denen sie die Abende zubringt, das scheint sie sehr zu erfüllen.

Mir wird Karaganda mit jedem Tag schrecklicher. Für vergangene Katastrophen war ich gewappnet, nicht für diese gegenwärtige. Von früheren Reisen sind mir verschiedenste sowjetische und postsowjetische Zustände vertraut, doch so elend wie hier war mir nie, nicht einmal in akuter Gefahr, im März 1990, im von Panzern umstellten litauischen Parlament, oder 1992, während des Krieges am Dnjestr. Diese stille Agonie einer Riesenstadt, praktisch ohne äußere Gewalteinwirkung, hat etwas Unheimliches. Zu alledem steckt ein Dolch in meiner rechten Schulter, vor Schmerz und Schlaflosigkeit bin ich dünnhäutig wie nie. Routine hält mich aufrecht, kein Tag ohne ein Pensum – Stadtverwaltung, Heimatmuseum, Kirchen, Archiv etc. Linkshändig Tagebuch zu führen klappt leidlich; nur das Wichtigste nicht: das Erlebte in Worte zu fassen. Es wütet in mir, wütet ohne Ende, nachts phantasiere ich abstruses Zeug, jage die gesamte deutsche Regierung und die Ministerialbürokratie der UNESCO durch Karaganda, sollen sie mit eigenen Augen sehen …

Die Steppe erobert das Kohlerevier zurück. Um diese Jahreszeit ist die «Sary Arka» wirklich «golden», oft zum Verrücktwerden schön, und sie duftet nach Wermut. Abends sitze ich mit unseren Gastgebern draußen vor «Santa Barbara». Vorm

Zubettgehen wird immer mit ein paar Nachbarn ein bisschen unterm Sternenhimmel spaziert und gesungen. Tatjana nimmt meinen Arm, damit ich im Dunkel nicht falle, ich spüre, wie ermattet sie ist. Von der Erntesaison im Garten, der bodenlosen Ungewissheit und all dem. Als wir einmal hinter den anderen zurückbleiben, fragt sie mich: «Was denkst du? Sollten wir vielleicht nach Kaliningrad ziehen?» Von Russlands Exklave im Westen wären Deutschland, Tochter Oksana und die sehnlich vermissten Enkelchen wenigstens leichter zu erreichen. Mir stockt der Atem. Soll ich gestehen, dass ich die Gegend kenne und Kaliningrad das Trostloseste ist, was ich in Europa gesehen habe?

Den letzten Abend verbringen wir in «Santa Barbara» in großer Runde, in der Mitte des reich gedeckten Tisches eine Schüssel mit frisch gefangenen Krebsen. Eine Leckerei, die erst seit kurzem wieder zu haben ist, seit das Flüsschen Sokur nicht mehr von Abwässern der Betriebe vergiftet wird. Als Rita sich spät dazugesellt, sind die Krebse längst verputzt. Sie ist noch im Archiv gewesen, leider ohne Erfolg, unsere Anfrage in Sachen Pauls sei zu kurzfristig gestellt worden.

Nach dem zweiten Wodka zaubert sie eine Fotokopie aus ihrer Handtasche und liest vor: «Aktennummer 15323, gefangen genommen 18. 4. 1945, verlegt am 26. 6. vom Lager Auschwitz ins Lager N 99 bei Temirtau, Ankunft am 4. September. Alfred Joseph Lachauer, Schreiber beim Artillerieregimentsstab ... geboren 1920 in Trostberg / Oberbayern ... katholisch ... 4 Klassen Gymnasium ... Parteimitglied: nein ... Beruf: Schmied.»

Verwunderung allerseits; von irgendwoher findet sich eine Flasche eiskalten Krimsekts ein, und wir lassen meinen Schwiegervater hochleben. Den Rest der Nacht über habe ich das Gefühl dazuzugehören.

Auf der neunzehnstündigen Zugfahrt nach Omsk ist uns

nicht nach Reden zumute. Rita scheint glücklich in ihrer Nostalgie, bis auf Weiteres ist sie in Lektüre vertieft. Wika hat ihr alte Briefe ausgeliehen, Briefe, die Rita in den ersten Jahren aus Deutschland an die Freundin schrieb. Mir spukt dieser Alfred Lachauer durch den Kopf. War es ein Missverständnis oder eine Falschaussage? Eine der persönlichen Angaben auf der Karteikarte stimmt nicht, er war kaufmännischer Angestellter von Beruf, kein Schmied. Womöglich hat er darauf spekuliert, mittels einer Lüge seine Überlebenschancen zu erhöhen. Büromensch, der er war, wäre er schwerlich in die oberste Leistungskategorie und damit in den Genuss größerer Rationen gelangt, und als Sportsmann durfte er sich körperlich etwas zutrauen.

Ganz kurz überkreuzen sich unsere Gedanken und Stimmungen. Wie Rita und ich darauf kommen, weiß der Himmel. Tatsache ist, das Gefangenenlager, in dem mein Schwiegervater litt, befand sich in der Nähe von «Beresnjaki», dem Platz, auf dem später das Erholungsheim gebaut wurde, wo Rita das erste Mal «richtig» küsste.

Diesmal beschert uns der Zufall einen ungemein liebenswürdigen Reisegefährten. Ab Astana teilen wir mit einem jungen Mann das Abteil, der sich als vollendeter Kavalier entpuppt und so interessant ist, wie Zugbekanntschaften in dieser Weltregion nur sein können. Er ist ein aserbaidschanischer Kurde, vor ein paar Jahren aus Berg-Karabach geflohen, zunächst nach Baku und dann, weil dort zu viele Flüchtlinge waren, nach Astana, wo er eine Getreidemühle eröffnet hat. Endlich in «Boomtown», sagt er auf Englisch, zur rechten Zeit am rechten Ort. Hätte nicht eine Heuschreckenplage die letzte Ernte in Nordkasachstan vernichtet, er wäre geschäftlich schon über den Berg. Überübermorgen wird er in St. Petersburg sein, mit der werten Kundschaft über den Mehlpreis verhandeln.

KAPITEL 5: Lysanderhöh

Bald kenne ich die anderthalbstündige Zugstrecke im Schlaf, hinter Baden-Baden, wo ich in die Regionalbahn umsteigen muss, beinahe jeden Kirchturm, jeden Waldrücken. Manchmal glaube ich zu bemerken, dass zwischen zwei Reisen eine Apfelbaumgruppe abgeholzt wurde oder ein Tabakschuppen im Sturm zusammengebrochen ist oder der Mais wieder an Terrain gewonnen hat. Nichtsdestotrotz erinnert die anmutige, hügelige Landschaft noch ein wenig an die Beschreibungen Turgenjews, der in den sechziger Jahren des 19. Jahrhunderts hier gelebt hat. Ausgerechnet hierhin hat der Zufall die Pauls verschlagen, dafür sind sie dankbar.

Eine Station vor Straßburg – ein Provinzbahnhof; um das einzige Taxi davor zu erwischen, muss ich mich sputen. Trotzdem riskiere ich vor dem Ausgang einen Blick auf die Gedenktafel links: «Zur Erinnerung» steht da hoch oben, für einen normalsichtigen Passanten kaum lesbar, «an die Vertreibung des Begründers der Psychoanalyse, Prof. Sigmund Freud, der am 5. Juni 1938 über den Bahnhof Kehl Deutschland verließ, um in Freiheit zu sterben.»

Mein Tag in Kehl beginnt im Taxi, mit einer Wette. Gewinne ich sie, ist das ein gutes Omen. Wird er oder wird er nicht, frage ich mich, was verrät sein Gesicht? Er wird nicht! «Zur Wolfsgrube, bitte.» Der Fahrer nickt, nimmt kommentarlos den üblichen Weg am Rande des Städtchens; irgendwann fängt er das Plaudern an, ob ich schon von dem Frauenmörder gehört habe, der in Kehl sein Unwesen treibt. Gewonnen! Keine Tirade gegen die Wolfsgrube verdirbt mir die Laune.

Taxifahrer sind nicht Volkes Stimme, doch mit Unmut ist angesichts der hohen Zahl russlanddeutscher Aussiedler zu rechnen. 1400 sind es, mehr als 8 Prozent der 17 000 Kehler, etwa 350 wohnen in der Wolfsgrube, Wohnsilos der frühen sechziger Jahre, weitere 500 in Kreuzmatt, den Häuserblöcken der französischen Garnison, die nach dem Mauerfall das Städtchen verlassen hat. «Wir haben uns so gut verstanden mit den Franzosen, diese da sind faul und frech, sie sprechen nur Russisch und kriegen alles geschenkt», schimpfen nicht nur Taxifahrer.

Handfeste Gründe dafür sind in Kehl eher selten gegeben, auch die Kriminalität unter Jugendlichen hält sich, laut Auskunft der Polizei, in Grenzen. Interessant an der hiesigen Variante des Vorurteils ist der Vergleich: Die Franzosen, Besatzungsmacht und Erbfeinde von einst, sind nahe, die Landsleute aus der ehemaligen Sowjetunion dagegen fern, unendlich fern. Und das ist eine Tatsache, auch mir, der «Geschichtsschreiberin», geht es nicht anders. Warum sonst erzeugen die Besuche bei Maria Pauls das Bedürfnis, nach Straßburg zu fahren?

Schneewittchen «vor den Toren Asiens»

«Wir hatten gute Lehrer», beginnt Maria Pauls, «aber das hab ich dir schon erzählt. Lysanderhöh», sie spitzt die Lippen, dehnt jeden Vokal, offenbar spricht sie den Namen gern aus, «Lysanderhöh war schön.» Sie stockt, die Tochter souffliert: «Lehrer Bartsch ist doch der, wo beim Auszug nach Turkestan dabei war.» – «Stimmt, und Lehrer Quiring, ach, wie soll ich mich pomnien. Siehst du, Ulla, mir rutschen immer russische Wörter dazwischen.»

Schweigen, dann wieder ein Wechselgesang, Mutter, Toch-

98

ter, Mutter, wieder Schweigen. Selten bin ich mit Maria Pauls allein, und wenn, ist es ihr nicht recht. «Wart, gleich kommt die Leni von der Arbeit, sie verspätet sich, es ist etwas, wie heißt das, so ein langes Wort.» Jetzt von Lysanderhöh zu sprechen würde sie ängstigen, also frage ich nach dem Thema der letzten Bibelstunde. «Paulus an die Thessalonicher, schwer zu lesen, und die Augen wollen nicht mehr.» Kurz darauf steht Leni Toews in der Tür: «Du weißt doch, Mama, dienstags ist im Krankenhaus Mitarbeiterbesprechung.» Das ist das Wort, das sich Maria Pauls nicht merken kann, sie ist böse auf ihren alten Kopf, auf ihre zu spät kommende Tochter: «Du weißt, Leni, dass ich den Weg zum Cholodilnik (Kühlschrank) nicht schaffe, ich hab der Ulla nichts anbieten können.» Auch das quält sie, keine gute Gastgeberin mehr zu sein. Seit dem Sturz, sagt Maria Pauls von sich, sei sie «zu nichts mehr nütze», nur Kartoffelschälen und Besteck einsortieren könne sie noch.

Im Handumdrehen ist der Mittagstisch gedeckt: Pelmeni, Krautwickel oder Plow; zur Sommerzeit Okroschka, eine kalte mit Yoghurt und Kwas angerührte Gemüsesuppe. Sie wird mein Leibgericht, der Geruch des frischen Dills liegt mir oft noch auf der Heimfahrt in der Nase, wenn ich die Ergebnisse des Tages in mein Heft notiere. Mittlerweile steht endgültig fest: Ich bin zu spät. Nie trage ich mehr als zwei, drei neue Details nach Hause. Meine Enttäuschung darüber ist schnell verflogen, ich mag diese Tage in ihrer Ereignislosigkeit, das Dasitzen, Warten, nachmittags die übliche Frage: «Bohnenkaffee oder Prips?»

Prips ist Getreidekaffee, das traditionelle Getränk der Mennoniten. «Pripsek» war ihr Spitzname an der Wolga, den sie von den anderen deutschen Kolonisten verpasst bekamen. Was heißen sollte: «Die Abstinenzler! Erfolgreich sind sie, doch was wissen die schon von Lebensfreude!» Vom Prips in unseren Tassen führt, wenn ich Glück habe, ein Weg nach Lysanderhöh. Was wurde zu Hause gegessen, getrunken? Pfannkuchen, Erbsensuppe, Klöße, «arme Ritter», samstags Hirsebrei und sonntags Schweinebraten mit Kartoffeln, zu besonderen Anlässen «Plümmemoos», eine Kaltschale aus Rosinen, Birnen- und Apfelschnitzen und getrockneten Aprikosen.

In den Dingen des Alltags ist Maria Pauls firm, da darf ich sie sogar abfragen. Gartenfrüchte zum Beispiel; die Gemüsesorten paradieren vorbei wie im Bilderbuch – Erbsen, Mohrrüben, Salat, nichts Exotisches ist darunter. Unter den Bäumen sind die genügsamen auffällig, Rüster, Akazie, Espe. Obstbäume seien schlecht gewachsen auf den von Salpeter durchsetzten Böden. «Wir kauften von den Lutherischen, die kamen sommers ins Dorf. ‹Äppel! Äppel!›, schrien sie. Die waren von der Bergseite der Wolga. Wir sagten ‹Bergseite› für das jenseitige Ufer, da waren Hügel und die Stadt Saratow, unsere ‹Wiesenseite› war flach.»

In Lysanderhöh, beruhigend zu wissen, sangen Nachtigallen und Lerchen, flogen Sperlinge, Meisen, Krähen, stolzierten der Wiedehopf und die Bachstelze, sagten sich Fuchs und Hase gute Nacht, mir unbekannt sind nur der Steppenadler und die Zieselmaus. Flora und Fauna sind ihr vollständig im Gedächtnis, auch Märchen und Lieder kann sie mühelos aufzählen. Schneewittchen, Dornröschen, guter Mond, du gehst so stille … Vieles, was von den Gebrüdern Grimm und in «Des Knaben Wunderhorn» im 19. Jahrhundert aus allen deutschen Landschaften zusammengetragen wurde, hat sie im Kopf. Melodien, Texte, Abzählreime, Sprichwörter sprudeln heraus, Spiele wie Müllers Esel, Katz und Maus, Blindekuh, Drittenabschlagen, Reise um die Welt. Ein Stichwort, und der Strom geht fort.

100 «Das alles hat man uns erzählt und gelehrt», sagt Maria Pauls und hebt die Nase in die Höhe. Inklusive Rechtschreibung, Grammatik, Schillers «Glocke», man mag es glauben

oder nicht, schließlich befand sich ihre Heimat weit weg von Deutschland, «vor den Toren Asiens», wie die Mennoniten damals sagten.

Vierzehn Jahre Lysanderhöh haben ihr gereicht, ein Mitglied des deutschen Kulturkreises zu werden. Von dessen geografischer und historischer Dimension allerdings hat Maria Pauls keinen Schimmer. Sie könnte, glaube ich, Lysanderhöh nicht mal auf der Europakarte finden. In ihrer persönlichen Topografie ist der «Trakt» ein Archipel in einem weiten, größtenteils von Fremden bevölkerten Nirgendwo. Er hatte eine lose Verbindung zu der 65 Werst entfernten Stadt Pokrowsk am Wolgaufer, wo die Onkels per Pferdewagen ihren Weizen hinschafften, und nach Saratow auf die gegenüberliegende Stromseite, da fuhren Züge Richtung Sibirien, Karaganda. Und keine Züge mehr nach Westpreußen. Wo immer dies liegen mag, eines ist gewiss: Westpreußen ist Maria Pauls' Urheimat, von dort «lief der Großvater Peter Wiens fort, weil er es besser haben wollte und leichter».

«Darf ich wiederkommen?», frage ich Maria Pauls bei jedem Abschied. «Ja, von mir aus.»

Ein Urahn, der nach Russland zieht

Mit sechzehn Jahren ist Peter Wiens von Westpreußen aufgebrochen, 1869, lange also nach dem berühmten Manifest der Zarin Katharina II. vom 22. Juli 1763, das deutsche Siedler nach Russland einlud. Er war ein Nachzügler, die großen Einwanderungswellen waren vorüber, die Gruppe der Mennoniten, die Richtung Wolga zog, war eine der letzten. Und er war Mitglied einer zahlenmäßig unbedeutenden religiösen Minderheit: Nie mehr als 10 Prozent aller Russlanddeutschen waren Mennoniten, um 1900 etwa 120 000.

Zwischen den Gesprächen mit Maria Pauls lese ich Dutzende von historischen Büchern. Schwere Kost – auf eine Westeuropäerin von heute wirkt das Völkchen der Mennoniten archaisch, wie aus biblischen Gefilden. Die «kleine Herde», wie sie sich in Anlehnung an die Schar der Nachfolger Jesu einst nannten, hatte den lutherischen, katholischen und den wenigen reformierten Kolonisten einiges voraus: Sie war landsmannschaftlich relativ homogen, gewohnt, in der Fremde zu leben und dort ihre Schäfchen zusammenzuhalten. Ihre Gemeinden verstanden sich als abgeschlossene Gemeinschaften von Gläubigen im urchristlichen Sinne. Die Taufe empfingen sie als Erwachsene, sie lebten unter dem strengen Regiment der Kirchenältesten und hatten sich abseits zu halten von der Welt, durften keine Waffe führen, keinen Eid schwören, kein Staatsamt begehren.

Nach der Vertreibung aus der Schweiz und dem süddeutschen Raum waren die meisten «Täufer» in den Niederlanden ansässig. Während der Gegenreformation flohen sie vor den Scheiterhaufen der Inquisition, um 1530 tauchten die ersten in der Gegend von Danzig auf. Über hundert Jahre dauerte der Zustrom dorthin – von Flandern, Friesland, dem Niederrhein etc. Den polnischen Königen waren die Mennoniten willkommen, viele waren Experten für Deichbau und Entwässerung, sie rangen den ewig überschwemmten Niederungen von Weichsel und Nogat fruchtbares Ackerland ab. Westeuropäische Geschichte – entschwunden hinter dem Eisernen Vorhang, im Orkus einer säkularisierten Welt.

Als im Zuge der Teilungen Polens des 18. Jahrhunderts das Gebiet an Preußen fiel und König Friedrich Wilhelm II. wirtschaftlichen Druck auf die Wehrunwilligen ausübte, sannen diese auf Auswege. Zudem war das Land für die wachsende Zahl der Familien knapp geworden, und mit der Verarmung sank der kulturelle Standard. So folgten einige Tausend der

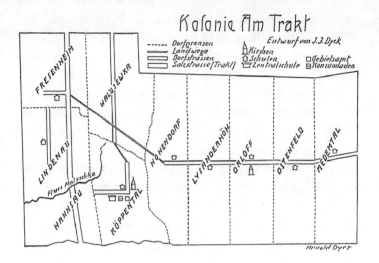

Kolonie Am Trakt

Entwurf von J.J.Dyck

- ‒‒‒‒ Dorfgrenzen
- ══════ Landwege
- ▭▭▭ Dorfstrassen
- ▭▭▭ Salzstrasse (Trakt)

⌂ Kirchen
⌂ Schulen
⌂ Zentralschule
▢ Gebietsamt
▢ Konsumladen

FRESENHEIM
WALUJEWKA
LINDENAU
Fluss Malyschka
HAHNSAU
KÖPPENTAL
BOJTAL
HOHENDORF
LYSANDERHÖH
ORLOFF
OSTENFELD
MEDEMTAL

Arnold Dyck

Einladung von Zarin Katharina in den Süden der Ukraine. 1789 gründeten sie die Kolonie Chortitza, während der napoleonischen Kriege zog ein weiterer Treck los und schuf die Kolonie Molotschna.

Peter Wiens, geboren am 16. Januar 1853 im westpreußischen Marienau, dürfte von Kindesbeinen an von den russischen Abenteuern gehört haben. Denn just zu dieser Zeit grassierte unter den Mennoniten wieder das Auswanderungsfieber. Eine neue Auswanderung, diesmal an die Wolga, war schon im Schwange, ausgelöst durch ein neues preußisches Gesetz zur allgemeinen Wehrpflicht, 1847. Die Deputierten der Mennoniten, Claas Epp und Johann Wall, waren aus St. Petersburg zurück, hatten dort mit dem russischen Staatsrat von Köppen folgende Bedingungen ausgehandelt: 65 Desjatinen brauchbaren Landes pro Familie, 6500 insgesamt für den Siedlungsplatz, zum geltenden Verkehrswert zu kaufen, steuerfrei auf zehn Jahre, dazu Befreiung vom Wehrdienst, Religionsfreiheit selbstverständlich und die Freiheit, die eigenen Belange in deutscher Sprache zu verwalten. 350 Taler hatte jede Familie, damit niemand dem Zaren zur Last falle, bei der russischen Mission in Berlin zu hinterlegen. Und, als wichtigste Bedingung: Sie sollten der russischen Landbevölkerung als Musterwirte dienen.

Das klingt nüchtern und pragmatisch, war es wohl auch. Die vertragschließenden Parteien waren die aufgeklärten Spitzen eines Staates, in dem noch Leibeigenschaft herrschte, persönlich damit beauftragt: ein Deutscher in russischen Diensten. Auf der anderen Seite eine bäuerliche Gemeinschaft, tiefreligiös, doch in weltlichen Dingen rational wie keine andere.

Im Herbst 1855 traf die Vorhut der Mennoniten ein. Weil durch das Siedlungsgebiet der Salztrakt lief, ein breiter Landweg, über den das Salz vom Eltonsee in Mittelasien nach Mitteleuropa transportiert wurde, nannten die Siedler ihre Kolonie «Am Trakt». Das erste Dorf war Hahnsau, das zweite Köppental, dann Lindenau, Fresenheim und Hohendorf; 1864 war, nach weiteren Landkäufen, als sechstes Dorf Lysanderhöh an der Reihe.

Und in dessen Aufbau kam unser Peter Wiens hinein. In Gedanken stelle ich ihn mir wie einen bäuerlichen Westfalen vor, schwerblütig, wortkarg, mit einer Neigung zu jähem Zorn, der aus der Stille hervorbricht, tatkräftig, zum Patriarchen erzogen. Im Vergleich zu meinem Urgroßvater, der etwas früher, ebenfalls als Preuße geboren ist und 1870, praktisch zur selben Zeit, seine erste große Reise antrat – nach Frankreich, in den Krieg –, sicherlich provinzieller und um ein Vielfaches frommer. Peter Wiens wusste zu beten, und wir dürfen annehmen, dass er Dinge zwischen Himmel und Erde sah, die mein Urgroßvater für ausgemachten Humbug gehalten hätte.

Vom Hörensagen wissen wir, dass der minderjährige Neu-
ankömmling in Begleitung seiner Eltern und zweier jüngerer
Brüder war, diese sind jedoch im Gedächtnis der Familie nicht
mehr präsent. Der damals sechzehnjährige Spund ist der Einzige, von dem man heute noch etwas weiß, der «erste Mensch»
gewissermaßen, der Stammvater, der Lysanderhöh mitschuf.
Sonst lässt sich über die Anfänge der Familie dort nichts mit
Bestimmtheit sagen. Nur das, was allgemein in der mennonitischen Geschichtsliteratur über die Pioniergeneration erzählt
wird.

Mehr als 1500 Kilometer mit dem Pferdewagen hat Peter
Wiens hinter sich, von Danzig nach Riga, dann wochenlang
südostwärts durch dünn besiedelte Weiten. Sein erster Eindruck dürfte ähnlich gewesen sein wie der eines Landsmanns,
der in seinen Erinnerungen schrieb: «Blickt man um sich herum, so wird einem so unheimlich zumute, dass man Gottes
Welt nicht mehr sehen will! Egal, wo man hinschaut, sieht
man nur die bloße, gelbbraune, von der Sonne verbrannte
Steppe: kein Wasser, kein Gras, kein grünes Gebüsch – alles ist
gelb mit aschgrauen Tönen. Schaut man auf diese Erde zu seinen Füßen – sie ist steinhart – so denkt man, ob diese Erde
überhaupt fruchtbar ist?! … ‹Lieber Gott›, denkst du, ‹gib mir
Kraft und Geduld, dies zu überleben.› Kein Mitleid, keine Hilfe von irgendwo.»

Vor Überfällen nomadischer Kasachen und Kalmücken, die
den fast ein Jahrhundert früher hier angesiedelten lutherischen und katholischen Kolonisten zu schaffen machten, muss
sich Peter Wiens nicht mehr fürchten. Sein Lysanderhöh hat
lediglich mit dem extrem kontinentalen Klima, lang anhaltender Trockenheit und enormen Winden zu kämpfen, die den
kastanienfarbenen Humus und die zarten Baumsetzlinge da- 105
vontragen. Vom Bau siebzig Fuß tiefer Brunnen bis zur Akkli-
matisierung von Vieh und Saatgut, alles ist mühsam, Schinde-

rei ohne Ende. Die Pioniere hausen in Erdhütten, später in einfachen Holzhäusern. Mitte der achtziger Jahre erst scheint die Kolonie «Am Trakt» lebensfähig, Missernten 1890 und 1891 werfen sie noch einmal zurück.

Politisch entwickelt sich die Lage seit Zar Alexander II. ungünstig für die Siedler. Seit 1870 mehren sich, wie überall in Europa, nationalistische Tendenzen. Nach Aufhebung der Leibeigenschaft 1861 läuft langfristig alles auf einen Verlust der deutschen Privilegien hinaus. Mit Müh und Not können die Mennoniten 1875 die drohende Wehrpflicht abwehren und einen Ersatzdienst im Forstwesen durchsetzen.

«Am Trakt» kommen damals Schwärmer zum Zuge. Ihr Anführer Claas Epp, Sohn des Koloniegründers, veröffentlicht ein Büchlein «Die entsiegelte Weissagung des Propheten Daniel und die Deutung der Offenbarung Johannes» und errechnet anhand der Krisenzeichen das Weltende für 1887. Pfingsten 1880 macht er sich mit einigen Dutzend Familien auf nach Turkestan, um dort die Wiederkehr Christi zu erwarten. Das ganze Dorf Hahnsau wird an Fremde verkauft, aus der Molotschna ziehen Anhänger mit. Viele gehen unterwegs elendiglich zugrunde. Wer im Gebiet des Chans von Chiwa ankommt, ist der Selbstherrlichkeit des Claas Epp ausgeliefert. Nach Jahren des Darbens und Wartens sagt er schließlich seine eigene Himmelfahrt voraus. So schreibt ein Rückkehrer, der Lysanderhöher Franz Bartsch, er ist der Kronzeuge der tragischen Geschichte. Als alter Mann wird er im heimlichen Religionsunterricht der Sowjetzeiten noch davon erzählen, unter seinen kindlichen Zuhörern: Maria Janzen.

Oasen in der Steppe

Um 1900 sind die Dörfer der Kolonie «Am Trakt» – ohne Hahnsau noch neun – wohl über den Berg. Über 30 000 Desjatinen umfasst ihr Areal inzwischen, 1200 Einwohner, Lysanderhöh hat etwa 120, verteilt auf 22 Höfe. Um diese Zeit oder etwas früher beginnt Peter Wiens mit dem Bau eines Ziegelhauses nach westpreußischem Vorbild. Giebelständig zur Straße hin, vorn ein geräumiges Wohnhaus, dahinter der Pferdestall, dann die anderen Stallungen, quer dazu Scheunen und Geräteschuppen. Nicht nur er – viele errichten damals dauerhafte, schöne Häuser; die Gemeinschaft investiert in ihre Dorfschulen, Alleebäume werden gepflanzt. Angeblich ist die junge Kolonie vor dem Ersten Weltkrieg die beste in ganz Russland, Reisende berichten, die Dörfer wirkten wie «Oasen in der Wüste».

Ursache des Erfolgs der Mennoniten ist unter anderem ihre starke, anhaltende Beziehung zu Westpreußen. Ein Peter Wiens ist bei der Auswanderung kein Bäuerlein aus einem verschlafenen Kleinstaat, sondern Bürger einer modernen Monarchie. Die Reichsgründung hat er knapp verpasst, doch verfolgt er aus der Ferne, über christliche Journale und landwirtschaftliche Fachzeitschriften, die er von dort bezieht, die dynamische Entwicklung der Gründerjahre unter Kaiser Wilhelm. Manch einer fährt – mit der Eisenbahn – auf Besuch in die alte Heimat, im Dorf kursieren also Nachrichten aus erster Hand. Ein Lysanderhöher ist noch ein halber Preuße, kann ein wenig mitreden über den Kulturkampf und die Sozialistengesetze, Bismarcks Sturz, Flottenpolitik, Getreidezölle und, besonders aufregend, deutsche Kolonien in Schwarzafrika. Ihm sind die neuesten Landmaschinen und Düngemittel geläufig und dass ein Mensch, der auf sich hält, Hochdeutsch spricht.

Die Pioniergeneration aber «vertellt sich wat», ihre Sprache bleibt das Plattdeutsche. Sie rechnet ihren Landbesitz in Morgen, nicht in Desjatinen, den Weizenertrag statt in Pud noch in Pfund und Zentner. Ihr Russisch, das betrifft allerdings nur die Männer, ist leidlich, ausreichend für den Handel in der Stadt und die Verständigung mit den aus dem Gouvernement Pensa anreisenden Saisonarbeitern. An die Kolonie grenzt ein russisches Dorf, Woskressenka – man hat also vor Augen, wie der russische Bauer lebt. Und umkehrt, durch den nachbarschaftlichen Warentausch kennt einer des anderen Gesicht. Vor allem kaufen die «Trakter» Land von Woskressenka, stattliche 2000 Desjatinen bis zur Revolution. Eigentlich bräuchte die Gemeinde viel mehr, denn da in der mennonitischen Erbordnung der Besitz geschlossen, in der Regel an den jüngsten Sohn, weitergegeben wird, steigt die Zahl der Landlosen mit jeder Generation.

Über Geschäftliches hinaus suchen sie keinen Kontakt. Ein russischer Zeitgenosse urteilt, dass sie «ein von der anderen Bevölkerung überaus abgesondertes Leben führen» und sich «nicht nur von den Russen abgrenzen, sondern auch von den Deutschkolonisten». Nach allgemeiner Auffassung «legen sie ein gewisses Maß an Hochmut an den Tag», nach außen hin wie gegenüber den bei ihnen beschäftigten Mägden und Knechten aus Brunnental und anderen evangelischen Dörfern. Von dem gerade zitierten Herrn Surukin, einem Dozenten am volkswirtschaftlichen Institut Saratow, stammt die einzige empirische Studie über «Die Mennoniten des Köppentaler Rayons». Sie ist 1923 auf Russisch in Pokrowsk an der Wolga erschienen, im Tenor überwiegend positiv, streckenweise eine hymnische Würdigung.

108 Zwischen 1879 und 1905 erntet der «Trakt» trotz minderwertiger Böden durchschnittlich 31, 5 Pud Weizen pro Desjatine, Woskressenka 14,75 Pud. So die von Surukin ausgewertete

amtliche Statistik. Darüber hinaus hat er das Leben der Mennoniten lange beobachtet. Liebevoll beschreibt er das «Weltchen», wie er es nennt – die Interieurs, Pendeluhren, Tischdecken, Gardinen, Federbetten und andere seltsame Dinge, den Blick von den Veranden auf die gepflegten Blumenrabatten. Ihm fällt die sentimentale Beziehung vor allem der Pioniergeneration zu ihren Gärten auf.

Größtes Lob zollt Surukin ihrer Viehzucht, einer eigenen Holländerrasse – gelungene Kreuzung aus mitgebrachten Kühen und ausgesuchten einheimischen – und den englischen Yorkshire-Schweinen. Den stattlichen, vielseitigen Pferden, die «Gegenstand ihres besonderen Stolzes» sind und Ausdruck gewissermaßen des mennonitischen Selbst: «Die langsamen Ochsen entsprachen dem aktiven Charakter der Mennoniten nicht und sagten ihnen nicht zu. Dasselbe muss von den Kamelen gesagt werden, die in größerer Zahl nur in den Hungerjahren in Erscheinung traten. Beider Arten von Zugkraft suchte man sich sobald wie möglich zu entledigen und durch Pferde zu ersetzen.»

Und wer kann, geht schrittweise zur Mechanisierung über. Selbstbinder von Osborne und McCormick sind vor dem Ersten Weltkrieg keine Seltenheit, Landmaschinen fabriziert auch ein eigenes Werk in Köppental. Am meisten verwundert sich der russische Volkswirtschaftler über das System der Versicherungen. Gegen Feuer, Diebstahl, Viehseuchen, Unfälle, für alle Fährnisse des Zufalls und der äußeren Bedrohung zahlen die Mennoniten in eine Kasse. Noch in den Revolutionswirren gründen sie eine neue Versicherung, die den existenzbedrohenden Verlust an Saatgetreide auffangen soll. Krasser lässt sich der Gegensatz zu Woskressenka nicht denken: hier ein modernes Solidarsystem von Privatpersonen, dort der russische Mir, in dem Besitz und Nutzung des Landes gemeinschaftlich sind.

Surukins Schrift ist ein Abgesang, vergessen wie das «Weltchen» selbst. Ich habe sie in Weierhof/ Pfalz entdeckt, in dem dortigen winzigen mennonitischen Archiv, und zwar in einer etwas gekürzten deutschen Fassung. Das Büchlein, knapp 80 Seiten zwischen zwei dünnen braunen Pappendeckeln, 1948 im Echo-Verlag in Manitoba erschienen, ist eine Kostbarkeit! Johann J. Dyck, ein nach Kanada emigrierter Lysanderhöher, hat in seinen letzten Lebensjahren Surukins Text auszugsweise übersetzt. Und – zu meiner allergrößten Freude – ergänzt um Interna, in die ein Fremder wie Surukin nicht eindringen konnte: um die Verdienste etwa der Schulzen und Oberschulzen, die damals das zivile Leben leiten, und der Ältesten um das Wohl und Wehe der Gemeinde. Kritisch, gleichwohl pietätvoll, lässt er vergangene Dissonanzen anklingen, führt Klage über den Mangel an tüchtigen Lehrern, über die Weltfremdheit und zeitweilige Erstarrung der Gemeinde.

Über den 1912 gewählten Gemeindeältesten urteilt er zum Beispiel: «ein tief christlich eingestellter, durchaus ehrlicher typisch mennonitischer Biedermann, aber äußerst konservativ gesinnt, dazu unduldsam gegen Andersdenkende». Gemeint ist sein «schroffes Auftreten» gegenüber Reisepredigern, die für ein erneuertes, ernstes Christentum werben. Diese Intoleranz gegenüber ihren Anhängern, schätzt Dyck, hat zur Spaltung beigetragen, die Gründung einer separaten «Brüdergemeinde», wie sie in den älteren Kolonien schon länger existiert, unnötig forciert.

Der als «unduldsam» Beschriebene ist niemand anders als Peter Wiens! Bis zu dem Tag, als ich dies las, wusste ich nicht einmal, dass er überhaupt Gemeindeältester war. Familiengeschichtlich ist diese Tatsache vergessen, auf den prominenten Status des Ahnen ließ bisher einzig und vage ein Foto schließen, das kurz vor dem Ersten Weltkrieg in einem Atelier in Saratow aufgenommen ist: Umrahmt von seinen ernst bli-

Peter Wiens (Mitte) und seine Kinder und Schwiegerkinder 1912 in Saratow. Vorn Dritte von rechts: Helene Janzen, hinten Dritter von rechts: Jakob Janzen

ckenden Töchtern, Söhnen und Schwiegerkindern, sitzt Peter Wiens vor einem Tischchen oder Gebetsbänkchen, über ihnen Bildmedaillons der Verstorbenen, seiner Ehefrau und der ältesten Tochter Katharina. Eine honorige Gesellschaft, feiertäglich schwarz wie bei Mennoniten üblich, und wilhelminisch modisch, es könnte durchaus auch in Danzig oder Marienburg sein. Dazu gibt es eine noch heute erzählte Geschichte: Als die Familie fein gemacht zum Fotografen spaziert, im Gänsemarsch über Saratows «Deutsche Straße», kreuzt ein Bekannter ihren Weg und ruft: «Was bist du so stolz, Peter Wiens!» – «Was werd ich nicht stolz sein», ruft der zurück, «es sind doch alle meine Kinder.»

Kurz darauf ist der Erste Weltkrieg da. Der blutige, große, moderne Krieg bringt überall in Europa Dynastien zum Einsturz, Gesellschaften ins Wanken. In Russland gerät mit der Ermordung des Zaren ein ganzes Land auf Höllenfahrt.

Die Auswirkungen des Epochenwechsels für unsere Familie sind kaum zu erfassen. Wahrscheinlich werden die Söhne und Schwiegersöhne des Peter Wiens wie fast alle jüngeren Mennoniten zum Sanitätsdienst eingezogen. Und wie in allen deutschen Kolonien üblich wird Wiens fleißig fürs russische Vaterland gespendet und gebetet haben. Damals ist er als Gemeindeältester noch im Amt, er amtiert noch über die Revolution hinaus, ganz sicher bis 1920, womöglich etwas länger.

Mehr wissen wir nicht. Aber durch den Nachbarn der Wiens, besagten Johann Dyck, ist über Lysanderhöh und den «Trakt» zur Zeit der Revolution und des Bürgerkrieges einiges bekannt. Dycks Chronik ist ein Glücksfall, so nahe am Puls des Geschehens sind Zeitzeugen selten: In diesen wirren Jahren ist der energische Mittdreißiger politischer Akteur, der wohl wichtigste unter den Mennoniten des «Trakt». Dezember 1917 ist Dyck Delegierter der letzten Semstwoversammlung des Landkreises, die von Bolschewisten gesprengt wird. Im April 1918 kutschiert er in einem zerrissenen alten Soldatenmantel, «weil das Anständig-gekleidet-Sein gefährlich ist», abermals in die Kreisstadt. Bei der Abstimmung über das Programm der Lenin-Regierung, die Revolution auf die Dörfer zu tragen, votiert die bäuerliche Mehrheit dagegen. Da hebt sich der Bühnenvorhang im Saal, dahinter tauchen bewaffnete Rotgardisten auf, wieder wird die Resolution verlesen, diesmal gibt es keine Gegenstimmen.

1918 fährt der «Trakt» eine mittelmäßige Ernte ein, im Gemeindespeicher lagert gut bewacht eine eiserne Reserve von

45 000 Pud. Wegen der sich mehrenden Überfälle hat man hier und da einen bewaffneten Selbstschutz gegründet. Gegen den im Sommer einsetzenden Raubzug ist dieser jedoch machtlos. Zwangsablieferungen von Getreide auf Befehl revolutionärer Organisationen sind an der Tagesordnung, rote Kommissare, beauftragte oder selbst ernannte, erzwingen gewaltsam die Herausgabe der Vorräte. In ihrem Schatten greifen auch die russischen Nachbarn zu, die Bauern von Woskressenka. Wer Pferd und Wagen besitzt, muss «podwoden», das heißt fuhrwerken, Nahrungsmittel in die hungernden Städte schaffen. Das Land wird aufgeteilt, auf jede Familie entfallen 4–6 Desjatinen, im Winter 1918/19 müssen die ersten Kühe und Pferde in Kollektivwirtschaften abgegeben werden.

Überraschend ist 1919 die Ernte gut, vom Süden nähern sich die «Weißen», Denikins zarentreue Armeen. Die Dörfer kriechen in sich zusammen, eine kleine Hoffnung glimmt, und plötzlich sind sie mittendrin, im Teufelskreis der Gewalt. Aus Moskau treffen Trupps von Proletariern ein, bis an die Zähne bewaffnet, «Revolutionssteuern» einzutreiben und oft auch die eigenen Taschen zu füllen. Gelage allerorten, sie prassen; und sie morden, die ihnen nicht zu Willen sind. «Alle Teufel der Hölle scheinen entfesselt zu sein», notiert Dyck. Im März 1920 beginnt der Hunger, für die Aussaat bleiben am «Trakt» noch 20 Prozent der üblichen Menge.

In einigen russischen und deutschen Wolgadörfern bricht ein Hungeraufstand los, breitet sich rasch aus. Bald erreichen die Aufständischen die mennonitische Kolonie, ihr Territorium wird zum Schauplatz eines Racheaktes. Zwei rote Kommissare werden hier erschossen, junge mennonitische Männer gezwungen mitzureiten. Vom 20. März 1921 bis in den Mai hinein ist die Siedlung in der Gewalt der Gegenrevolutionäre. Grund zur Zuversicht? Der letzte Funke erlischt, als Johann Dyck auf Einladung des Anführers dessen Stab besucht und dort eine angetrunkene Bande antrifft, abgerissene Kerle, die sich brüsten, wie viele Gefangene sie kurzerhand kaltgemacht haben. «Pöbel», urteilt Dyck, und das ist in den Augen der Mennoniten alles, was sich Revolution oder Gegenrevolution nennt.

Zum «Pöbel» werden auch Nachbarn. Im nahe gelegenen lutherischen Dorf Neu-Laub sollen Männer wie Frauen in einen wahren Blutrausch geraten sein. «Die Kommunisten wurden förmlich zerstampft, in Stücke gerissen, die Zungen wurden ihnen herausgerissen, die Augen wurden ihnen ausgestochen, man begoß sie mit kochendem Wasser, schnitt ihnen die Ohren ab, durchstach sie mit Mistgabeln, schlitzte ihnen mit Messern die Leiber auf.»

Kann man in solchen Zeiten darauf bestehen, wehrlos zu sein? Dyck schreibt darüber kurz und vorsichtig: «Die Mennoniten verhielten sich, etliche Hitzköpfe abgerechnet, zurückhaltend. Sie versorgten sogar die hinterbliebenen Familien der erschlagenen Kommunisten mit Lebensmitteln … Ihre Waffen haben sie nicht gebraucht bis in die letzten Tage des Aufstandes. Da soll es, wie gesagt wird (es ist aber nicht sicher) vorgefallen sein, dass, als die Aufständischen von den Roten zersprengt sich zurückgezogen, auch die Mennoniten geschossen haben, um den Rückzug zu decken.» Wie mag Peter Wiens als Gemeindeältester oder gewesener Ältester dies gesehen haben?

«Am 12. Mai 1921», schreibt Dyck weiter, «kam das rote Revolutionstribunal, eine ganze Woche hat es da gerast. Dann wurden am 19. Mai 23 Mann erschossen, darunter auch Nichtmennoniten.» Unter denen, die freikommen, sind zwei Söhne von Peter Wiens, Cornelius und Julius. Danach kehrt Ruhe ein, die Dörfer der Wolga liegen in Agonie. Bei den Mennoniten ist die Lage etwas besser als andernorts, wo die Hungernden Gras, Insekten und Zieselmäuse essen. Im Juli 1921 hungern drei Viertel der Bevölkerung; laut sowjetischer Statistik, die viel zu niedrig ist, sterben 48 000 Wolgadeutsche. In der ganzen Sowjetunion verhungern damals 3,4 bis 5,2 Millionen Menschen.

Im Frühjahr 1921 ist «Am Trakt» nur 9 Prozent der normalen Aussaat gesät, noch 23 Prozent Milchvieh sind übrig, 11 Prozent der Pferde. Um die geschwächten Tiere durch den Winter zu bringen, kundschaften Dyck und ein zweiter Mann ein Quartier im Nordkaukasus aus, bei mennonitischen Brüdern – eine verwegene Expedition, 130 Personen und 250 Stück Vieh überwintern dort. Im November 1921 wird Dyck nach Moskau geschickt, einen Mr. Miller, den Bevollmächtigten der «American Mennonite Relief» (A. M. R.) zu treffen, der damals die Hungerhilfe organisiert. Um Weihnachten werden die ersten Rationen verteilt, im Mai 1922 ist Alvin Miller in Lysanderhöh, im Haus der Dycks, zu Gast.

Offiziell sind für die Verteilung eigentlich die Dorf- und Rayonsowjets zuständig, offiziell ist die Selbstverwaltung der Mennoniten abgeschafft, aber im Chaos ist sie da. Mit Lenins «Neuer Ökonomischer Politik» (NÖP) ist ein Raum für Eigenaktivität geschaffen, seine Nationalitätenpolitik verschafft den Deutschen eine gewisse Autonomie, 1924 wird das Gebiet zur «Sozialistischen Republik der Wolgadeutschen» aufgewertet.

Kaum fassbar, wie rasch sich die Dörfer erholen! Regie führt ein neu gegründeter landwirtschaftlicher Verein unter Leitung von Johann Dyck. Nach nochmaliger Umteilung des Landes, die den Höfen ein befriedigendes Quantum garantiert, geht es voran. Weizen einer neuen halbharten Sorte, Zuchthengste der Orlower Traberrasse, alles beschafft der rege Verein. Die Kolonie bricht ihre vorrevolutionären Milchrekorde, 115 eröffnet eine Ziegelei und vier Käsereien, veranlasst den Bau eines Telefonnetzes. Das staatlich verordnete genossenschaftliche Wirtschaften betrachten die Mennoniten nicht als Lenin'schen «Weg zum Sozialismus», sondern als pragmatische Form des Wiederaufbaus.

Und die seelischen Wunden? Der Zwist zwischen Nachbarn, den der Bürgerkrieg gesät hat? Darüber schweigt Dyck sich aus. Über die Mennoniten, die sich als «Armbauern» in den Dorfsowjet haben drängen lassen, schreibt er kein Wort. Es sind jene Jahre der wiederhergestellten «Ordnung», von der Maria Pauls gern spricht. Von der gottlosen, kommunistischen Welt draußen merkt sie als Kind wenig, selbst in der Schule kaum. Noch sind die Lehrer Mennoniten, aber statt Religionsunterricht steht Russisch auf dem Lehrplan. 1927 verabschiedet sich ihre Banknachbarin und Freundin Helene Dyck von ihr. Warum sie nach Kanada reist, versteht Maria nicht.

Johann Dyck, der große Organisator und reichste Mann von Lysanderhöh, flieht unter abenteuerlichen Umständen mit der ganzen Familie; sein Weitblick rettet sie. In diesem Jahr 1927 lebt die Losung «Nieder mit den Kulaken!» wieder auf. Der alte Peter Wiens und seine Sippe bleiben. Warum? Was treibt Cornelius Wiens, der wegen immenser Besteuerung seine Käserei aufgegeben hat, 1927 groß zu investieren, in Moskau einen Selbstbinder der Firma Krupp zu kaufen?

In dem mennonitischen Archiv in der Pfalz, wo ich das Büchlein von Dyck gelesen habe, arbeitete übrigens am selben Tag ein Kanadier. Wir waren die einzigen Forscher und guckten, was man sonst eigentlich nicht tut, einander interessiert über die Schulter. «Johann Dyck aus Lysanderhöh», sagte er auf Deutsch, «kenn ich. Kinder von dem wohnen in Winnipeg.» Peter Letkemann, etwa so alt wie ich, war dabei, eine Liste sämtlicher in der Sowjetunion verfolgter und umgekommener Mennoniten zu erstellen. «Kenn ich alle. Pauls? Gibt es wie Sand am Meer. Aus Arkadak, Dorf Nr. 5? Der Prediger? Er war ein Freund meines Großvaters.»

Zufälle gibt es! An diesem Nikolaustag fuhr ich mit einem Sack voll Neuigkeiten nach Hause. Seitdem wusste ich: Die mennonitische Welt ist ein Dorf. Unsere Unterhaltung ging per E-Mail fort, Winnipeg – Mannheim – Winnipeg. «Die Dycks warten auf dich», schrieb Peter. «Und ich hab noch ein Todesdatum für dich», antwortete ich.

«Kulakenkinder»

1927 hatte Lysanderhöh 211 Einwohner. Nach meiner sehr ungefähren Schätzung leben davon über den Erdball verstreut noch etwa 50–60. Etwa die Hälfte in Deutschland, und von denen wiederum ist die Hälfte mit Maria Pauls verwandt oder verschwägert. An Adressen zu gelangen ist leicht, mein höflicher, vorsichtiger Rundbrief setzt die Buschtrommel in Gang, bald weiß jeder, «da ist eine, wo wissen will …»

Auf meinem Anrufbeantworter finde ich kuriose Botschaften: «Spricht da wer? Da ist doch einer!», ruft eine Männerstimme, verstört, dann voller Empörung: «Der Mensch antwortet nicht!» Im Hintergrund beschwichtigend eine Frau: «Komm, leg auf, das ist ein Irrtum. Niemand kennt hier Lysanderhöh.» Meine eigenen Anrufe sind auch nicht gerade erfolgreich. «Wart, ich muss mein Ohr holen», als das Hörgerät sich endlich findet, weist die alte Dame mein Ansinnen von sich. «Die Wahrheit wollen Sie wissen? Die weiß nur Gott.» Eine andere schreibt aus dem Sauerland freundlich: «Ich muss mich wundern, wie ihr das übernehmen konntet, von solche Menschen ein Buch zu schreiben, die schon lange keiner kennt.»

Niemand versteht mich, und trotzdem darf ich jederzeit vorbeikommen, in Schorndorf, Espelkamp und anderen Kleinstädtchen. Und so reise ich durch die Republik, sitze in Wohnzimmern, die auf mich fremd wirken und in ihrer Fremdheit irgendwie ähnlich – überall peinlichste Ordnung, eine stolze Schrankwand im ansonsten bescheidenen Mobiliar, handgestickte oder gehäkelte Kissen, hinter dem Sofa ein orientalischer Wandteppich, wo immer Platz ist – ein Plastikblumenstrauß, an den Wänden gerahmte Bibelsprüche, Familienfotos mit ungewöhnlich vielen Leuten. Alles ist vorbereitet, Mahlzeiten, ein Bett für den Gast. Töchter oder Enkelinnen der Zeitzeugen horchen aus dem Hintergrund, was da verhandelt wird. Unausgesprochene Angst steht im Raum, mit fragenden Fremden hat man keine Erfahrung oder schlechte.

Es sind Männer und Frauen ein- und derselben Generation, etwas älter oder jünger als Maria Pauls. Die Gräuel des Bürgerkriegs kennen sie aus der Perspektive von Kellern und Sommerküchen, wo sie, wann immer eine Gefahr sich naht, eingesperrt sind. Klar und bewusst erinnern sie sich erst an die Zeit der NÖP, in der kurzen Atempause zwischen Kriegskommunismus und Kollektivierung wachsen sie beinahe normal, sogar glücklich heran. Fotos davon kann kaum einer herzeigen. Materielle Hinterlassenschaften überhaupt sind rar, Hefte, Briefe, Erbstücke wie Schmuck oder Geschirr verloren. Ein Tellerchen mit einem Zarenadler zu besitzen, lerne ich, ist etwas sensationell Ungewöhnliches. Dafür gibt es gute, überdurchschnittliche Gedächtnisse.

Geschichten über Lehrer, kindliche Spiele, Schweineschlachten häufen sich an und wollen sich nicht zu einem Bild fügen. Bis zu dem Tag, als Johannes Bergmann, der Sohn des Mühlenbesitzers, mir aus dem Kopf einen Dorfplan von Lysanderhöh aufzeichnet. Schule, Mühle, Käserei, den Genossenschaftsladen, jedes Haus. In einer halben Stunde hat er die Besitzer, deren Kinder, unverheiratete Schwestern notiert. Ihre Position in der sozialen Hierarchie – «Kulak», «Mittelbauer», «Armbauer», wie es in der Sowjetterminologie hieß. Beim Zusehen verblüfft mich zuallererst etwas ganz Banales: die Weiträumigkeit. Wie lang gestreckt die Dorfstraße ist! Zwischen jedem Hof liegen 200 Meter oder mehr. Von einem zum anderen kann man sich gerade noch winkend verständigen, hören kaum mehr, eine nachbarliche Verabredung auf Zuruf, ein Hilfeschrei erstirbt in der Steppe.

Mit der Proportion des Ortes stellt sich bei mir das Geschehen ein. Auf einmal sehe ich die Mädchen, untergeärmelt zu zweit, auf dem aufgeschütteten Fußweg, rechts der breiten Straße, zur Schule laufen. Ich sehe die Staubwolke der Reiter am südwestlichen Horizont, am Küchenfenster Maria Janzen, die sie, weil sie am Dorfrand wohnt, zuerst bemerkt. Peter Wiens ist plötzlich da, wie er allmorgendlich quer über die Straße zu seiner Tochter rüberschlurft: «Helene, seng mi wot!» Im hohen Schnee ist die Strecke für den alten Mann fast eine Expedition. Aus der Skizze schließe ich, dass er das tägliche Ritual in den schwersten Zeiten entbehren muss. Denn das Haus von Jakob Froese, dem Helene Janzen 1926 angetraut wird, liegt am anderen Dorfende.

Bis in sein hohes Alter, heißt es, soll Peter Wiens in Lysanderhöh eine Respektsperson gewesen sein. Niemand, der sich nicht an ihn erinnert. An seine stets korrekte Kleidung, Strenge wird ihm nachgesagt, starke Präsenz. Sogar im Mittagschlaf sei ihm nicht entgangen, wenn die Enkelin Leni verbotenerweise auf dem Wasserfass hockte, das der Knecht zum Brunnen kutschierte. Lebendig sind auch uralte, noch aus dem 19. Jahrhundert stammende Anekdoten über sein Talent als Knochendoktor. Jeder kann Wiens' Kinnhaken vorführen, der den Mann kurierte, dessen Mund nach einem Unfall offen stand. Mithilfe der Skizze entdecke ich später noch etwas. Alle meine Gesprächspartner sind Kinder von «Kulaken», zum Teil bezeichnen sich selbst so. Es klingt verrückt, unglaublich, aber noch in Deutschland scheint ein Zusammenhang Geltung zu haben, der ihnen vor 70 und mehr Jahren aufgezwungen wurde.

«Kulak», wörtlich «Faust», das ist der Dorfkapitalist, «Dorf-protz» auf Sowjetisch-Wolgadeutsch, ein Bauer, der fremde Arbeitskraft ausbeutet. Ein Feindbild, das seit der Revolution den reichen Mennonitendörfern als Ganzes anhängt. Während es in Gesamtrussland 5 Prozent der Bauern sind, auf die das dubiose Kriterium zutrifft, sind es dort viel mehr, in Lysander-höh etwa 30 Prozent. In ihrem Selbstverständnis sind die Wohlhabenden damals keineswegs eine eigene Gruppe, zwischen den sozialen Schichten im Dorf existiert, trotz krasser Ungleichheit, keine scharfe Trennungslinie. Alle verbindet die Religion, man ist um drei Ecken oder näher verwandt. In diesem Rahmen – ganz gewiss! – herrscht jede Menge Zwist. Einer ist dem Trunk verfallen, der andere ist als Schwiegersohn nicht tüchtig genug, ein Nachbar hält vom Propheten Jeremias nichts. Aber soziale Barrieren, Klassenkämpfe gar verbieten sich in so einer winzigen Gemeinschaft, die sich nach außen abschließt.

Helene Wiens ist ein klassisches Beispiel: In erster Ehe heiratet sie, die Tochter aus bestem Hause, den armen Müllerburschen Janzen, in zweiter den ehemaligen Oberschulzen Froese – ein normaler Vorgang. In den absurden sowjetischen Kategorien wechselt sie zweimal die Klasse. Als Witwe Janzen wäre sie unter die Armbauern gezählt worden; weil sie dem Drängen ihrer Brüder nachgibt, aus Versorgungsgründen nochmals eine Ehe einzugehen, ist sie zum fraglichen Zeitpunkt Kulakin.

Nicht Standesdünkel ist es, der sie heute noch zusammenhält, sondern ihr Ausgestoßenwerden durch die Sowjetmacht. Deswegen, zwangsläufig, haben die «Kulaken» die anderen Lysanderhöher, die so genannten Arm- und Mittelbauern, aus den Augen verloren. Einige wenige von ihnen haben sie auch aus ihrer Erinnerung verbannt. Zwar habe es der Lysanderhöher Dorfsowjet nicht «zu toll getrieben», doch über den Opportunismus hinaus seien auch Bosheit und andere niedrige Instinkte im Spiel gewesen. Ihre Namen? Sie stehen neben den anderen auf der Bergmann'schen Skizze, wer es ist, will keiner verraten. Die Schuld der abtrünnigen Brüder, bedeutet man mir, gehe mich und Deutschland nichts an.

Insgesamt hat sich Lysanderhöh in den zwanziger Jahren ziemlich gut gehalten. Dabei ist anscheinend die Arbeitsteilung der Geschlechter enorm wichtig. Von der beweglichen, energischen Politik der Männer ist schon die Rede gewesen. Zum Büchlein von Johannes Dyck gibt es ein weibliches Pendant, die privaten Aufzeichnungen der Anna Bergmann. Die erst 1914 aus Westpreußen angekommene dritte Ehefrau des Mühlenbesitzers Julius Bergmann schreibt vor allem über das Innenleben der Familie. Von dem ihr Wichtigen – schweren Geburten, alle anderthalb Jahre eine, der Trauer um tote und früh verstorbene Kinder, den Freuden, wenn die heranwachsenden zahnen, laufen, verständig werden. Sirupkochen, Obsttrocknen, einem Garten, der nach Regen lechzt. Der Sorge um ihren häufig auf Geschäftsreisen befindlichen Julius. Über die Außenwelt ist sie genauestens informiert, ihre Zeitvergessenheit ist vorsätzlich. In die eigenen vier Wände soll nichts Störendes eindringen, in der Familie regieren Gottes Gebot und Zuversicht im Herrn.

Wie rasch der Raum dafür schrumpft! 1922 fahren Bergmanns noch auf Verwandtenbesuch nach Westpreußen, überqueren in siebzehn Tagen etliche nach dem Versailler Vertrag neu geschaffene Grenzen, um dann im Freistaat Danzig Weihnachten zu feiern. 1927 im März wird ihre Mühle enteignet, ihr verzweifeltes Bemühen um einen Auslandspass scheitert.

Im April 1927 brennt dann, durch Unachtsamkeit eines jungen Maschinisten, die Bergmann'sche Mühle ab. In der Erinnerung der Lysanderhöher ist das weithin sichtbare Feuer ein Menetekel. Danach stürzt die mennonitische Welt zusammen. Diesmal ergibt sie sich ihrem Schicksal. Flucht scheint jetzt und von hier aus kaum noch möglich. In anderen deutschen und russischen Dörfern der Wolgarepublik kämpfen Bauern erbittert gegen die Kollektivierung, es kommt zu Tumulten bei der Schließung der Kirchen, Bäuerinnen holen ihr Vieh aus den Kollektivställen zurück.

Anders «Am Trakt». Auch die «Liquidierung der Kulaken» verläuft hier fast ohne Gegenwehr. Stimmrecht haben sie als «Kulaken» schon nicht mehr. Hohe Abgaben und das Verbot, fremde Arbeitskräfte zu beschäftigen, legen ihre Wirtschaft lahm. Dann werden sie aus ihren Häusern vertrieben. Wer kann, schlüpft bei Verwandten unter, einige Familien wohnen in Backhäusern und Schuppen. Schließlich, im Sommer 1930, müssen etwa 200 Menschen die Dörfer des «Trakt» verlassen, ihnen werden unweit davon primitive Lehmbaracken angewiesen. Im Winter schickt man die Männer zum Bäumefällen auf eine Wolgainsel weiter, Frauen und Kinder bleiben notdürftig versorgt zurück. Gerüchteweise ist zu hören, dass alle «verschickt» werden sollen.

In «Kulakowka», der «Kulakensiedlung», endet die Kindheit meiner Zeitzeugen. Einige haben mir auch Angaben über «meine» Familie machen können. Woran sich Maria Pauls nur vage erinnert, stimmt: Das jüngste Kind ihrer Mutter Helene stirbt; der Leichnam wird aus der bewachten Baracke herausgeschmuggelt und jemandem mitgegeben, der ihn in Lysanderhöh begräbt. Und noch etwas: Peter Wiens, der bei einem Verwandten im Dorf hat bleiben können, taucht im März 1931 völlig überraschend in «Kulakowka» auf. Um seine Familie wieder zu sehen, hat er 16 Kilometer mit dem Pferdeschlitten zurückgelegt, dabei entgeht der Achtundsiebzigjährige nur knapp der Verhaftung.

Peter Wiens stirbt am 31. März 1931. Zu seinem Begräbnis in Lysanderhöh versammelt sich noch einmal der «Trakt». Leute aus allen neun Dörfern sowie von «Kulakowka», auch solche, die sich verborgen halten oder in der Umgebung bei Zwangsarbeiten im Einsatz sind, schließen sich dem Zug an. Die Trauernden bleiben unbehelligt, es ist die letzte große Zusammenkunft der mennonitischen Kolonie. Kurz danach, am 26. April, werden die Männer der «Kulakenfamilien» mit Peitschenhieben durch die Dörfer getrieben, zum Abtransport nach Kasachstan. Im Juli folgen dann die Frauen, Kinder und Greise.

Das wenigstens ist Peter Wiens erspart geblieben. Sein Lebensbogen umspannt die Geschichte Lysanderhöhs. Als Sechzehnjähriger kommt er in die Steppe, mit fünfzig ist er ein gemachter Mann, mit sechzig Oberhaupt eines blühenden Gemeinwesens. Am Ende steht er fast allein, sein Werk ist zerstört, ein moderner Hiob – und Gott erhört sein Flehen nicht.

In diesen Jahren werden aus der Wolgarepublik 60 000, aus der europäischen Sowjetunion insgesamt 1,8 Millionen Kulaken nach Sibirien, Mittelasien und dem hohen Norden deportiert. Was weiß ein Westeuropäer von *solchen* Lebensläufen? Manchmal, wenn ich Maria Pauls verlasse, überanstrengt von den Mühen zu verstehen, tröste ich mich damit, dass es auch umgekehrt gilt. Was zum Beispiel weiß ein Russlanddeutscher, der die Gedenktafel für Sigmund Freud im Kehler Bahnhof liest, von *solchen* Lebensläufen? Vom jüdischen Wien, der Psychoanalyse, der Flucht vor den Nationalsozialisten nach London und all den Kontexten Freud'schen Denkens und der Politik? Nichts ist gemeinsam, nichts direkt vergleichbar. Ein Peter Wiens und Sigmund Freud, 1853 und 1856 geboren, hätten einander wohl nicht das Geringste zu sagen gehabt.

Zuletzt hat Rita ihre Großmutter in der Schwarzwälder Reha-Klinik gesehen, auf der Rückreise von Italien. «Meine verlorene Tochter!», hat Maria Pauls zur Begrüßung ausgerufen und dann fast fröhlich: «Ich habe Jesus im Traum gesehen, er hat mir verziehen. Und dir auch.» Sie schien aus einem Dunkel aufzutauchen, und so ganz begriff Rita die Botschaft nicht. Was hatte Gott einer alten Mennonitin, die wohl kaum viel gesündigt und – gemessen daran – wahrlich viel gebüßt hatte, zu verzeihen? An diesem Nachmittag fühlte sie sich der Großmutter so nahe wie seit ihrer Kindheit nicht mehr. Sie sangen zweistimmig deutsche und russische Lieder, ohne die neugierigen Augen und Ohren ringsum zu beachten. «Sie werden wieder gesund werden, Oma», beschwor die Enkelin sie, «die Gymnastik wird Sie auf die Beine bringen.» Aber da war ihr Blick schon wieder verhangen.

Nach russischer Sitte siezt Rita ihre deutsche Großmutter. Was der Vertrautheit keinen Abbruch tut. «Darf ich Ihnen …», fragt Rita rhetorisch, bevor sie ihr ein borstiges Haar vom Kinn zupft. Wenn ich in solchen familiären Situationen dabei bin, fühle ich mich befangen. Auch der Anrede wegen, denn Maria Pauls und alle sagen «du» zu mir. «Wir sagen ‹du› als Christen untereinander», hat Leni Toews, meine Unsicherheit spürend, mir irgendwann schriftlich mitgeteilt, «und wir duzen auch Gott.» Dennoch bringe ich es nicht über die Lippen, ich brauche das Förmliche, Respektvolle, das äußere Zeichen einer Distanz. Wie Rita, nur aus anderen Gründen, werde ich Maria Pauls immer siezen. Und da diese unerschütterlich am «du» festhält, fühle ich mich ihr gegenüber oft wie ein Kind.

Am Telefon oder bei unseren Zusammentreffen spricht Rita häufig von ihr. «Sie muss keine Kuh mehr melken, keine Fliegen mehr jagen. Oma war so froh in Deutschland, und jetzt erkenne ich sie nicht wieder.» Schon länger, nicht erst seit dem Besuch in der Klinik, rumort es in Rita. Nicht Gott – der vielleicht auch, aber das hat noch Zeit – müsste Rita vergeben, sondern zuallererst ihre Großmutter. Aber deren Gemütsverfassung lässt eine vernünftige, ehrliche Unterredung nicht mehr zu. Worüber auch? In den Augen der alten Frau ist Ritas Lebenswandel gottfern, also sündig; dieses Thema aufzurollen wäre müßig, würde nur die Kluft zwischen ihnen vergrößern. Und das, wofür die Enkelin gerne Abbitte leisten würde, trüge Maria Pauls vermutlich nächtelange Alpträume ein. Es geht um einen Satz, den Rita mit fünfzehn oder sechzehn im Trotz und aus voller Überzeugung gesagt hat, nicht direkt zu ihrer Großmutter, aber er betraf sie.

«Vielleicht ist es nötig gewesen!» Diesen Satz hatte sie im Zuge einer Kabbelei ihrem älteren Cousin Heinrich entgegengeschleudert, der Rita darüber aufklären wollte, «was sie mit unserem Opa gemacht haben», und später noch einmal ihrem Vater als Antwort auf seine vorsichtige Belehrung über die Familiengeschichte. Der Satz war die Generallinie der Rechtfertigung aller Verbrechen, Irrtümer und Willkürakte der Sowjetzeit: Wer den Kommunismus in einem Land aufbauen will, das von kapitalistischen Staaten umzingelt ist, von Feinden im Inneren bedroht, hieß es, muss Opfer in Kauf nehmen. Kein Fortschritt ohne Gewalt, lernte Rita noch in den achtziger Jahren im Komsomol, der Tod von Millionen war «historisch notwendig».

Der «große Sprung»

Ritas Großeltern wurden in ein gewaltiges gesellschaftliches Projekt gezwungen. Sein Ziel war, einen Agrarstaat, der ein Sechstel der Erde umspannte und dessen Bewohner zu über 90 Prozent Bauern waren, in eine industrielle Zivilisation zu verwandeln. Der Gedanke, aus dem Nichts, in der wilden Einöde, eine Stadt zu gründen, war damals nicht ungewöhnlich. Er gehörte zu jener heroischen Epoche der Moderne, für die Amerika Pate stand. Ihr Prototyp war Gary in Indiana, wo um 1906 in atemberaubendem Tempo ein Stahlwerk aus dem Boden gestampft wurde, das Arbeitsimmigranten aus aller Welt anzog. Als Ende der zwanziger Jahre im südlichen Ural Magnitogorsk, die sowjetische Stahlschmiede, emporwuchs, waren amerikanische Ingenieure und deutsche Architekten beteiligt, getrieben von Enthusiasmus und – seltener – von Geschäftssinn. Technisch und logistisch erschienen die Projekte der gegensätzlichen Gesellschaftssysteme durchaus vergleichbar. In der chilenischen Atacamawüste brachte der Salpeterboom fast über Nacht eine Stadt hervor. Etwa zeitgleich, in der Salzsteppe am Manytsch, zwischen Wolga und Kaspischem Meer, startete ein landwirtschaftliches Versuchsprojekt im Auftrag der Firma Krupp, welche ab 1926 im Wettbewerb mit dem sowjetischen Sowchos «Gigant» neue Saaten und Maschinen ausprobierte. Alles und jedes erschien planbar, machbar. Es war in zeitgenössischen Begriffen eine große «Schlacht», an deren Ende der Mensch die Natur besiegen und er selbst gestählt und glücklicher daraus hervorgehen würde.

Die Utopie im Allgemeinen ist von der sowjetischen, bei all ihrer Besonderheit, nicht zu trennen. Deren größte betraf den «menschlichen Faktor», die Mobilmachung von Millionen von Menschen für die Industrie. Was im Kapitalismus über die Gesetze des Marktes erfolgte, in den rechtlichen Grenzen meistens einer Zivilgesellschaft, wurde hier mit brachialer Gewalt vollzogen. Kein Großbetrieb, keine neue Stadt, deren Existenz nicht auf Zwangsarbeit sowjetischer Bürger beruhte. Unter den hier zu nennenden Städten Chelabinsk, Magnitogorsk bis Nowokuznezsk ist Karaganda nur ein Beispiel. Allerdings ein über die Maßen grausames – im Norden Kasachstans ist das Klima besonders extrem, war der Anteil der Gewalt höher als anderswo, weswegen das Geschehen dort allerstrengster Geheimhaltung unterlag.

Bis dahin war diese Region ein beinahe menschenleeres Gebiet. Jahrhundertelang Teil der weiten, zwischen Kaspischem Meer und Altaigebirge sich erstreckenden «Kirgisensteppe» (bis in die zwanziger Jahre des 20. Jahrhunderts bezeichnete man die Kasachen als «Kirgisen»), Frühsommerweide verschiedener Nomadenstämme, Durchzugsland für chinesische Karawanen, die auf einer nördlichen Route der Seidenstraße zum Mittelmeer zogen. Um 1740 erst, als das schwache kasachische Chanat, um dem Ansturm feindlicher Eindringlinge zu trotzen, sich russischem Schutz unterstellte und schließlich der Herrschaft der Zaren, begann der amorphe Raum, historisch fassbar zu werden. An seinen Rändern errichtete die russische Besatzungsmacht Stützpunkte, ihre berittenen kosakischen Krieger wurden die ersten Sesshaften in der Kirgisensteppe. Zu den Kosakendörfern gesellten sich nach der Bauernbefreiung Siedlungen von Bauern aus Russland und der Ukraine. Unter dem Druck vor allem der Hungersnöte 1891/92 suchten sie neues Land, auch Russlanddeutsche gründeten dort zahlreiche Tochterkolonien.

1833 gilt als das Jahr der Entdeckung der Kohle. Ob Tatsache oder eine Legende, jedenfalls soll ein kasachischer Hirtenjunge beobachtet haben, wie ein Murmeltier aus seiner Höhle ein paar schwarze Steine herauswarf, diese das Lagerfeuer des Jungen trafen und sich überraschend entzündeten. Verbürgt sind die Anfänge der Kohleförderung 1856, zunächst durch einen russischen Kaufmann namens Uschakow. Nach dessen Bankrott ging die Konzession in die Hände des Franzosen Jean Carno über, 1907 an eine Londoner Aktiengesellschaft. Im Zentrum des Interesses stand eigentlich das Kupfererz; an seinem Fundort Spassk bauten die Engländer ein bescheidenes Hüttenwerk, verbanden es mittels einer kleinen Eisenbahn mit den 40 Kilometer entfernten Kohlevorkommen. Das gewonnene Metall schaukelte dann auf Kamelrücken weiter bis zum Kaspischen Meer.

Ein heute vergessenes Kapitelchen europäischer Industriegeschichte, das die Oktoberrevolution beendete. Nach der Enteignung und sinnlosen Zerstörung der Anlagen entdeckten Lenins Geologen das riesige Ausmaß des Kohlebeckens, auf 4 Milliarden Tonnen wurde es 1920 geschätzt. Voraussetzung für eine Ausbeutung großen Stils war allerdings, dass von der Transsibirischen Eisenbahn, von Petropawlowsk aus, mehr als tausend Kilometer Trasse Richtung Süden geführt wurden. Im November 1929 war sie gerade mal in Akmolinsk (heute Astana) angelangt; die letzten 200 Kilometer bis zum Kohlebassin bauten schon deportierte «Kulaken» – in nur vierzehn Monaten, maximal vier davon ohne Frost. «Am 1. Februar 1931», heißt es damals in einer Mitteilung an Stalin, «hörte Karaganda zum ersten Mal das Signal einer Lokomotive.»

Die Stadtgründung war also schon im Vorfeld mit dem Gewaltakt der Kollektivierung der Landwirtschaft verknüpft. Deportierte Bauern aus der Ukraine und dem westlichen Russland waren auch die ersten Siedler hier, darunter die 201 Mennoniten aus der Kolonie «Am Trakt». Von den wahren Gründen ihrer Verschleppung hatten sie keine Ahnung, ebenso wenig von ihrem Bestimmungsort. Durch die Ritzen der fensterlosen Viehwaggons konnten sie nach dem Stand der Sonne die Fahrtrichtung ausmachen. Wenn die Türen für die

Leerung der Fäkalieneimer kurz geöffnet wurden, einen Blick in die Landschaft, auf eine Stadt, Pensa vielleicht oder Ufa, werfen. Vielleicht haben sie Akmolinsk, die letzte Station der Zivilisation, wahrgenommen. Danach fuhr der Zug noch eine ganze Woche im Schritttempo, weil der Gleiskörper noch nicht richtig befestigt war, durch hohes, sonnenverbranntes Gras.

Am 17. August 1931 gelangte der Transport, dem Maria Pauls und ihre Familie angehörten, an sein Ziel. Neun Kilometer Fußmarsch, und sie erreichten Maikuduk; dort erwarteten sie die Männer, die bereits im April den «Trakt» hatten verlassen müssen. Noch während die Familien sich in den Armen lagen, verständigten sie sich darüber, dass hier «nichts ist» und sie alle, kurz vor Wintereinbruch, auf sich selbst gestellt sein würden. «Wohnt, wie ihr könnt!», war die Parole. Außer einer Zeltplane, die gerade ausreichte, die Schwächsten zu beschirmen, war seitens der Verantwortlichen keinerlei Vorkehrung getroffen worden.

Im Sommer der Stadtgründung befanden sich schon Tausende obdachlos in der Steppe, hier ein paar Hundert, dort ein paar Hundert, kein Baumaterial weit und breit. Einige gruben sich in die Erde ein, schufen sich mit bloßen Händen eine «semljanka», eine primitive Höhle mit einem Feuerabzug und einem mit Tierhaut oder Lumpen abgedichteten Fensterchen. Andere, wie die Trakter Mennoniten, stachen aus der Grasnarbe Ziegel und schichteten diese zu einer größeren Baracke. Ihr dringlichstes Problem neben der Behausung war die Trinkwasserfrage, denn das Grundwasser war vielerorts ölig, sogar giftig, deshalb mussten bis zu hundert Meter tiefe artesische Brunnen gebohrt werden.

Die ersten Karagandiner waren Erdmenschen, vollständig mit dem Überleben beschäftigt. Von dem Plan, der sie versklavte, hatten sie nicht einmal Kenntnis. Und sie wurden kaum gewahr, dass sich parallel zu ihrer eigenen Tragödie auf dem Boden der «Autonomen Kasachischen Sowjetrepublik» eine andere abspielte: die der Nomaden und Halbnomaden, des kasachischen Volkes, das zum ersten Mal zur Titularnation und zugleich seiner traditionellen Existenzgrundlage beraubt wurde. Nach demselben wahnwitzigen Plan, der europäische Bauern in die zentralasiatische Steppe zwang, sollten die Kasachen sesshaft gemacht werden, zu Mitgliedern ackerbauender Kolchosen oder auch zu Städtern, je nach Bedarf. Infolge der Zwangsmaßnahmen sank binnen kurzem der Bestand ihrer Herden (Kamele, Pferde, Rindvieh, Schafe und Ziegen) um 90 Prozent. Ein Drittel der 3,4 Millionen Kasachen verhungerte, Zehntausende flohen in die Mongolei.

Selten nur kamen die deportierten «Kulaken» mit Kasachen in Berührung. In ihrem Gesichtskreis bewegte sich eine andere, ebenfalls europäische Gruppe: Fachkräfte, überwiegend Freiwillige aus dem Donbass, die zur Ingangsetzung der Kohleförderung gebraucht wurden. Das erste Stadtzentrum, nicht viel mehr als eine Verdichtung von Erdhöhlen, Lehmbaracken und einigen Jurten, entwickelte sich rund um ein großes Ziegelgebäude, im Volksmund «Krasnaja bolniza», das «rote Krankenhaus», genannt. Ein geheimnisumwitterter Ort, von dem das Gerücht ging, er wäre von Engländern errichtet. In diesem repräsentativen Bau, der eigentlich der Kommandantur gebührte, hatte ein Arztehepaar eine Art Klinik eingerichtet. Ohne die aufopferungsvolle Arbeit der Alalykins hätte die Flecktyphuswelle im Winter 1931/32 gewiss noch mehr Opfer gekostet.

Sie waren, wie ich aus dem Nachlass der beiden im Gebietsarchiv Karaganda weiß, Idealisten wie der Urwalddoktor Albert Schweitzer – und wie er aus bürgerlichem Milieu. Hermann Alalykin hatte in St. Petersburg studiert, Jadwiga Alalykin in Lausanne (von da reiste sie als studentische Delegierte

1902 zur Beerdigung von Émile Zola nach Paris). Bereits 1930 waren sie, angezogen von dem Stadtprojekt, doch ohne Parteiauftrag, auf Kamelen in die Wildnis aufgebrochen. Auch das ist Karaganda: In den kommenden Jahrzehnten suchten immer wieder Menschen wie die Alalykins hier eine Aufgabe.

Im Februar 1934 avancierte Karaganda offiziell zur Stadt, muss also gemäß sowjetischem Gesetz damals schon mindestens 125 000 Einwohner gehabt haben. Rechnet man, dass etwa ein Drittel der Siedler an Kälte, Hunger und Krankheit zugrunde ging (eine eher niedrige Schätzung), müssen bis dahin um die 200 000 Menschen dorthin verschleppt worden sein. Im Fortgang der dreißiger Jahre kamen zahllose politische Häftlinge hinzu. Von der «Kirow-Verschwörung» 1934 bis zu den großen Moskauer Schauprozessen 1936–38, mit jeder Verhaftungswelle wuchs die Stadt; unter den Neuen war viel europäische Intelligenzija.

Der Name Karaganda charakterisiert übrigens treffend den Ort, er leitet sich ab von einem stachligen Gewächs der Steppe: «Es ist rund wie eine Kugel und groß wie ein Fußball … Wenn der trockene Karaganik lebendig wird, beginnt der Sandsturm. Zuerst sieht man sie wie Igel über die Steppe rollen, noch zögernd von einer Richtung in die andere getrieben; dann beginnen sie zu jagen, zahllose Igel toben heulend über die Ebene, sie verwickeln sich, bilden einen Wirbel, erheben sich in die Luft und stürzen polternd zurück. Der Himmel wird schwefelfarben, der Horizont verwischt», schrieb Margarete Buber-Neumann, eine deutsche Kommunistin, die vor Hitler nach Moskau floh und 1938, der Spionage verdächtigt, zu fünf Jahren Zwangsarbeit in Karaganda verurteilt wurde.

Die «kleine Herde»

Anfänglich waren meine Vermutungen über die Situation von Ritas Großeltern durch die Erinnerungen politischer Häftlinge, der zitierten Margarete Buber-Neumann und Alexander Solschenizyns, geprägt. Beide sind in den sechziger Jahren veröffentlicht; seitdem konnte, wer wollte, sich über die Lager von Karaganda, den «KARLag», jene größte Abteilung des GULag, informieren. Sie spielten während des Kalten Krieges eine Rolle und in der Debatte, inwieweit Stalins Lager den nationalsozialistischen KZs ähnlich waren. Letztlich aber blieb das Thema wenig nachvollziehbar, Wirtschaftswundermenschen wie mir unendlich fern.

Kaum etwas in der sowjetischen Geschichte ist so im Dunkel geblieben wie das Schicksal der deportierten «Kulaken». Memoiren haben diese Bauern nicht geschrieben, aus dem wenigen jedoch, was mir Maria Pauls und eine Hand voll Leidensgenossen berichtet haben, ist offenkundig, dass ihre Situation anders war als die der Lagerhäftlinge.

In den zwei Baracken – je sechs mal zwölf Meter groß – lebt anfangs eine geschlossene Gesellschaft. Jeder Baracke steht ein Prediger vor, ein Wiens und ein Bergmann, und in diesen ihren vier Wänden bemühen sich die Mennoniten, ihre «kleine Herde» zusammenzuhalten, Gemeinschaft zu finden im Gebet und Regelungen für das Unlösbare. Welcher Arbeitsfähige teilt seine Brotration von 600 Gramm pro Tag mit dem Schwachen, der nur 200 bekommt? Wer umsorgt die typhuskranken Waisenkinder? Wen könnte man bitten, per Autorität verdonnern, einen Mantel im Tausch gegen Lebensmittel herzugeben? Ringsherum sind die Zehn Gebote außer Kraft gesetzt, staatlicherseits, aber auch in den Lagern, wo unter Häftlingen das Recht des Stärkeren gilt.

Ihr «Weltchen» haben sie endgültig verloren: ihr Land, ihre

Häuser, Kirche, Schule – auch die Möglichkeit, ihr Schicksal aktiv zu gestalten, und das auf unabsehbare Zeit. Niemand hat mehr eine private Sphäre, nicht das Ehepaar, nicht das verschämte junge Mädchen. Nicht einmal die Geborgenheit, in der sich Kleinkinder und Alte wiegen dürfen, ist gewährleistet – sie sterben zuerst, laut interner Statistik insgesamt 67 Menschen bis zum Frühjahr 1933. Und sie haben kein Grab. Ihre Körper werden in große Gruben geworfen, bisweilen, wenn der Boden hart gefroren ist und Berge von Toten länger draußen liegen, von Wölfen gefressen. Hoffnungen auf eine erfüllte Arbeit, einen geeigneten Lebenspartner gibt es nicht, sogar die Kontinuität der Familie, das Allerwichtigste bei den Mennoniten, steht infrage. Was bleibt, ist das Nächstliegende: von einem Tag zum anderen zu überleben.

Dass sie darüber hinaus etwas schaffen, ist geradezu ein Wunder. Im Herbst 1931 wird in Maikuduk eine deutsche Schule eröffnet. Die Initiative geht von den Mennoniten aus; unterstützt werden sie von Katholiken und Lutheranern, welche nahebei in ähnlich homogenen Gruppen wohnen. Die Kommandantur lässt sie gewähren – für ein sowjetisches Schulwesen fehlt es noch an Ressourcen, und man hat ja die Alphabetisierung auf die Fahnen geschrieben. So ist zunächst die Weitergabe von Sprache und Kultur möglich. Leni zum Beispiel, die jüngere Cousine von Maria Pauls, kommt dadurch noch auf ihre sechs Klassen.

In den heimlichen Gebetsversammlungen suchen die Prediger dem Geschehen einen Sinn zu geben. Es wird als Strafe gedeutet, Karaganda nach dem vierten Buch Mose als Wüste Sinai. Und wie schon früher, in gelinderen Krisenzeiten, entdeckt man den Propheten Daniel und die «Babylonische Gefangenschaft». Ein Predigtzitat ist überliefert: «Wir haben Gott ganz vergessen, und als Strafe dafür erzürnte er und schickte uns nach Kasachstan in den Norden, weit von der Heimat.» So steht es in einem Verhörprotokoll vom April 1934. Darin rechtfertigt sich der «konterrevolutionärer Tätigkeit» bezichtigte Julius Bergmann gegenüber der Geheimpolizei. Er habe mit diesen Worten zum Frieden ermahnt, nichts weiter.

Hauptanklagepunkt ist, wie aus den Akten von insgesamt sechs zu Straflager verurteilten Mennoniten hervorgeht, ihr Kontakt ins Ausland. Einzelne Personen sollen diverse Sendungen mit Lebensmitteln empfangen haben, von der Firma «Fast und Brillant» in Berlin, von Verwandten aus Westpreußen und dortigen Mennonitengemeinden, 400 Rubel und 11 Pakete dazu von der Mennonitenkolonie im usbekischen Chiwa. Und zur Anforderung dieser Hilfe hätten sie «verleumderische Briefe» über den Hunger und die Situation in den Schächten geschrieben, mithin «die Sowjetunion vor der ausländischen Bourgeoisie geschmäht».

Wirklich erstaunlich – das Netzwerk der Mennoniten ist noch nicht zerrissen. An nichts erinnern sich Überlebende der zwei Baracken so deutlich wie an das Auspacken jener Pakete. Noch jetzt kann Maria Pauls die Anordnung des Inhalts genauestens darstellen – hier war der Zucker, daneben das Mehl, längs hinten der Speck. In ihren Gesten hat sich bis heute ein wenig die ungläubige Verwunderung erhalten. Von unbekannten Absendern in Kanada kommen die Pakete damals wie Gottes übernatürliche Speisung einfach hereingeschneit.

Die Innenwelt der Baracke ist von Vergangenheit noch ganz erfüllt. Beengt, von Rauch und Körperdünsten durchtränkt, zeitweise glitschig von Kot wie ein Stall, trotzdem einer der bestmöglichen Orte in den Gründerjahren Karagandas. Ob man abends von draußen dorthin zurückgelangen wird, ist nicht gewiss. Zu Winterbeginn werden Drähte zwischen der Behausung und den weit entfernten Arbeitsstellen gespannt. An denen kann man sich entlanghangeln, wenn der Buran einen überrascht, vom Pfad wegtreibt.

134

Draußen, das ist das Kohlerevier, Tagebauten und später vorwiegend Schächte. Bis zu einer Tiefe von 200 Metern werden Zugänge über eine schiefe Ebene geschaffen, die Brigaden marschieren kilometerlang bergab, Pferde ziehen in primitiven Loren die Kohle herauf. Der Abbau geschieht von Hand, nicht selten mit bloßen Händen. In einem frühen Filmdokument ist zu sehen, wie eine Kolonne von fell- und lumpenumhüllten Männern in einen der ersten senkrechten Schächte einfährt. Sie steigen einer nach dem anderen in einen verbeulten Eimer, die Seilwinde, die sie hinunterlässt, wird von mageren Pferdchen bewegt. Unten vor Ort mag es so fürchterlich gewesen sein wie in den von Émile Zola dargestellten Bergwerken Nordfrankreichs ein halbes Jahrhundert zuvor.

In den Karagandiner Stollen gibt es viel Gas. Erdrutsche sind häufig, besonders im Frühjahr, wenn sich in den Senken, welche sich über den unterirdischen Gängen gebildet haben, der geschmolzene Schnee sammelt. 1931 werden offiziellen Angaben zufolge 278 000 Tonnen Kohle gefördert, 1932 schon 722 000 Tonnen, 2 356 000 im Jahr 1935; die Zahlen steigen in fast geometrischer Progression. Die der Verunglückten, Toten wie Invaliden, vermutlich auch, von der ersten Generation der Bergleute dürften wenige heil davongekommen sein. Einer ist Ritas Großvater, er arbeitet zeitweilig im Bezirk Tichonowka unter Tage. Seiner Frau hat er, wie diese heute sagt, kaum etwas davon erzählt. Ab und zu habe er von einem Geiger geredet, der neben ihm schuftet, und anderen interessanten Kollegen, und wer von diesen Professoren, Bibliothekaren, Müllern, Schneidern etc. ein Christ ist. Weil der Bauer Heinrich Pauls einen Herzfehler hat, wird seinem wiederholten Ersuchen schließlich stattgegeben: Er darf sich in die andere, die agrarische Front eingliedern.

Im Zuge der Industrialisierungsschlacht ist geplant, dass sich ab dem zweiten Jahr das rasant wachsende Karaganda selbst ernähren soll. Unfruchtbar ist der Steppenboden nicht, manche der sibirischen Erfahrungen des Ackerbaus in kurzen Vegetationsperioden lassen sich übertragen. Die schwierigste Herausforderung sind die enormen Winde und der chronische Wassermangel. Baumalleen müssen angelegt und gehegt werden, Bewässerungskanäle gegraben. Im Winter werden gewaltige Schneemassen auf die Felder getürmt, die Schmelze im kurzen Frühling zu verlängern. Alles geht zunächst ohne Maschinen vor sich: Erdarbeiten, Wasserschleppen, Säen und Ernten, Viehställe bauen, und diese haben Priorität vor den menschlichen Behausungen. Frauen und Kinder, der größere Teil des Heeres der ländlichen Arbeitssklaven, sind von keiner Strapaze ausgenommen.

Was Maria Pauls im Alter von vierzehn, fünfzehn Jahren zugemutet wurde, ist aufgegangen in einem von körperlicher Arbeit bestimmten Leben – darüber Worte zu verlieren ist ihr fremd. Ein Bild, sagt sie, hat sie nie verlassen, es kehrt in ihren Träumen immer wieder: Sie sieht sich mit bloßen Füßen den mit Stroh vermengten Lehm stampfen, und die störrischen Halme pieken ihr die Haut blutig. Obgleich sie dies schon von Lysanderhöh kannte, ist die Herstellung von Batzen für sie Inbegriff der Karagandiner Fron.

Wofür waren diese Lehmziegel bestimmt? Wozu trugen sie bei? In ihren Erzählungen über diese Jahre spart sie die Zusammenhänge aus. Will sie denen, die sie zum Mitbauen an der Stadt befahlen, nicht zu viel der Ehre antun? Würde ihre Erwähnung zu sehr die alte Angst freisetzen? Ist darin auch mennonitischer Eigensinn, alles im Rahmen des «Weltchens» zu denken? Oder die Scham darüber, dass die sowjetische Welt ihr Leben beeinflusste?

136 Jene schöne Geschichte zum Beispiel, wie sie ihren Mann kennen lernt, schwebt im luftleeren Raum. Da ist ein Bursche mit Äpfeln, und sie, die zwanzigjährige junge Frau, geht mit

ihm in einen Film – was für einen, ist ihr entfallen; eine äußerst pikante Situation. Schauplatz ist, wie ich inzwischen weiß, «Stary gorod», die turbulente «Altstadt» von Karaganda. Auf einem Stück Steppe unweit des «Roten Krankenhauses» wird modernes landwirtschaftliches und grubentechnisches Gerät ausgestellt. In besagtem Freilichtkino – eine Sensation damals! – läuft, es kann nicht anders sein, ein für mennonitische Begriffe schändlicher Streifen. «Tschapajew» vielleicht, das populäre Melodram über den sowjetischen Bürgerkrieg, wahrscheinlicher eines der Musicals im Hollywoodstil, Alexandrows «Lustige Burschen» oder «Zirkus», die Mosfilm seinerzeit in Tausenden von Kopien in die hintersten Winkel des Sowjetreiches schickt. Garniert mit einem Vorfilm über die Erfolge des zweiten Fünfjahresplans – Traktorenkolonnen, Feuer speiende Hochöfen, Stalinbilder.

In diesem Sommer 1937 wird in Karaganda der «Fortschritt» sichtbar, erhebt sich die wilde Siedlung ein Stückchen aus dem Dreck. Gleichzeitig erfährt die Stadt den Höhepunkt des Terrors. 6228 Personen werden 1937/38 in Karaganda verhaftet und verurteilt, 1495 vom NKWD erschossen. In der Verlobungszeit von Maria Janzen und Heinrich Pauls wird die deutsche Schule aufgelöst, ihre Lehrer werden angeklagt. Aus einem Gespinst von Lügen und unter Folter erpressten Geständnissen wird der Popanz einer «konterrevolutionären deutschen faschistischen Spionage-, Terror- und Aufstandsorganisation» konstruiert. Zwei der im Prozess unschuldig zum Tode Verurteilten sind nahe Verwandte von Maria Janzen, ein Vetter und ihr Stiefbruder David Froese.

Die am 6. August 1938 geschlossene Ehe ist von Angst begleitet. Doch ein Halt ist da, männlicher Schutz für alle zur Familie Gehörenden, und sehr bald tritt eine neue Generation 137 auf den Plan. Im Juni 1939 bringt Maria Pauls eine gesunde Tochter zur Welt. Auch Anna, ihre ältere Schwester, kommt kurz darauf im August nieder. Es ist etwas in der Familie nie Dagewesenes, Schockierendes: ein uneheliches Kind. So selbstverständlich der Junge angenommen wird, so unabweisbar ist der Tatbestand, die Zeitläufte haben das «Weltchen» eingeholt. Über den Vater schweigt Anna Janzen ihr Leben lang, und die Mitwisser bewahren das Geheimnis gegen immer wieder auftauchende Spekulationen. Eine Vergewaltigung auf dem Feld oder eine «unstandesgemäße» Liebe? Oder, was Rita einleuchten würde, die verwegene Tat einer «Frau, die nicht schön war», sich ein Kind zu beschaffen? Denkbar ist Vieles, auch das Allereinfachste – dass sich in höchster Not körperliche Nähe wie von selbst ergibt.

Als ich bei meinem Besuch in Karaganda die Gegend aufsuchte, wo der Zufall Ritas Großeltern zusammenführte, war ich perplex. «Stary gorod», das erste damals aufstrebende Zentrum existiert nicht mehr. Auf dem Riesenareal wuchern Pfriemgras, Disteln und Wermut, ganze Häuserviertel und Straßenzüge sind in den aufgelassenen Stollen versunken, in den Senken haben sich Seen gebildet, Anglerparadiese. Stellenweise sind die Spuren der städtischen Zivilisation noch sichtbar. Ein Stück Treppe oder ein vereinsamtes Bushäuschen, Startblöcke auf der verschwundenen Bahn eines Sportplatzes. Irgendwo ragt aus der gelben Steppe ein Eisenträger diagonal zum Himmel, an seiner Spitze eine Weltraumrakete. Einziges Gebäude, das sich tapfer aufrecht hält, ist das «Kasdram», das «Kasachische Dramatheater». Noch in seinem elenden Zustand ist es eine pompöse Erscheinung, zeugt von einer gewaltigen Ambition. Es war der erste Kulturtempel Karagandas, 1934–36 von Häftlingen errichtet, im Zeitalter also der «Erdmenschen». Gewiss haben ihn Maria Janzen und Heinrich Pauls damals angestaunt. In den fünfziger Jahren war er Kinopalast und Treffpunkt für Liebespaare, Ende der sechziger mit dem beginnenden Verfall des Viertels wurde er zum Haushaltswarengeschäft, Spitzname «Chosdram», Rita hat dort kurz vor ihrer Ausreise noch eingekauft. Heute ist «Stary Gorod» ein fast idyllischer Ort.

Staatsfeinde

Karaganda war von Anbeginn und seinem Wesen nach eine wandernde Stadt. Ein Kohleschacht wurde aufgelassen, und der Boden darüber sackte, ein neuer wurde eröffnet. Dadurch verlagerten sich die Viertel. Auch der unabsehbare Zustrom von Menschen verlangte häufig Änderungen in der Logistik der Ansiedlung. 1936/37 wurden zum Beispiel Menschen aus grenznahen Gebieten der UdSSR hergebracht, Polen und Deutsche aus der Ukraine, Koreaner aus der Gegend bei Wladiwostok. Und nach dem Hitler-Stalin-Pakt und der 1939 erfolgten Besetzung Ostpolens durch die Sowjetunion Tausende Polen und Ukrainer – «Kulaken», «bourgeoise Elemente», der Opposition Verdächtige. Von ihnen erfuhren die Karagandiner von der prekären Lage in Europa.

Etwa um diese Zeit ziehen Ritas Großeltern von Maikuduk in den zwölf Kilometer entfernten neu gegründeten Sowchos «18. Parteitag» um, in ein Lehmhaus. Es ist ein ganzer, noch unfertiger Barackenkomplex, und darin hat die Familie ein Zimmer. Bei der Einrichtung helfen die Nachbarn einander, man ist wieder unter Deutschen, die besten handwerklichen Fähigkeiten kommen, sofern Material da ist, zum Zuge. Die Sowchosarbeiterin Maria Pauls, darauf ist sie bis heute stolz, setzt unter kundiger Anleitung eigenhändig einen Ofen.

Zehn Jahre nach der Deportation hat sich die Familie berappelt. Ein Foto vom Spätsommer 1941 vereint alle acht Menschen: das Ehepaar Pauls, Anna Janzen, die zweiundfünfzigjährige Helene Froese, sie wirken mitgenommen. Vor ihren

In Karaganda, 1941

dunklen Kleidern leuchten die Kinder, Leni Pauls mit Schleife, auf dem Schoß der Großmutter hosenlos ihr Bruder Heinrich, rechts daneben Jascha Janzen. Hinter ihm das pummelige vierzehnjährige Lenchen, Helene Froeses Tochter aus zweiter Ehe. Ihr Gesicht ist als einziges unscharf, es heißt, sie habe nicht stillhalten können, weil der Fleck auf dem Kleid sie ärgerte. Klein-Heinrich hatte sie vollgepinkelt – und vielleicht konnten sich dieses netten Details wegen Nachgeborene wie Rita diesem tristen Bild nicht entziehen. Ein Familiendokument ersten Ranges. Noch ein Jahr, und Heinrich Pauls ist verhaftet, ein weiteres Jahr und drei Monate, dann geht Lenchen Froese im Schneesturm verloren.

Der Fototermin damals wird im Hinblick auf eine neue heraufziehende Gefahr anberaumt. Nach Hitlers Angriff auf die Sowjetunion im Juni 1941 ist die Mobilisierung in vollem Gange. Auch deutsche Männer unterliegen der Wehrpflicht, deren Einberufung jedoch wird gestoppt: Im Verlauf des Sommers werden die Sowjetdeutschen zu Vaterlandsverrätern erklärt. Noch einmal die Familie festhalten vor dem Kommenden …

Zu diesem Zeitpunkt etwa treffen in Karaganda die ersten Güterzüge mit russlanddeutschen Landsleuten ein. Aus der Ukraine, wo man schon im Juli begonnen hat, die Deutschen «vorsorglich» aus dem Frontgebiet zu evakuieren. Dann aus der Wolgarepublik; die Deportationen von dort beruhen auf einem formellen Unrechtsakt. Im Dekret des Obersten Sowjets der UdSSR vom 28. August 1941 «Über die Umsiedlung der Deutschen des Wolgagebiets» werden diese der Kollaboration mit dem Feind beschuldigt und sämtlichst, 400 000 Menschen, zum Abtransport in Gebiete jenseits des Ural bestimmt. Insgesamt werden damals aus verschiedenen Siedlungsgebieten um die 900 000 Deutsche verschleppt, davon 380 000 nach Kasachstan.

So viele Bewohner wie zu Winterbeginn 1941 hat Karaganda noch nie auf einmal aufgenommen. Wieder graben sich die Ankömmlinge in die Erde ein, sie können ein wenig von den Erfahrungen der 1931 Deportierten profitieren. Und sie erzählen diesen, was sich seither in den europäischen Siedlungsgebieten alles ereignet hat. Es passiert, dass Nachbarn und Verwandte einander wiedertreffen, aber das ist eher selten im Chaos. Heinrich und Maria Pauls schauen sich vergeblich die Augen aus, ob sie nicht jemanden aus Lysanderhöh oder Arkadak entdecken können. Aus dem freilich, was allgemein kursiert, ist deutlich: Die Dörfer zu Hause sind jetzt untergegangen. Zurückgeblieben sind bellende Hunde und jämmerlich brüllende Kühe – die Berichte über die dramatischen Abschiede zerreißen ihnen noch einmal das Herz.

Dank eines wachen, gebildeten Augenzeugen verfügen wir für dieses erste Kriegsjahr über eine gute Momentaufnahme der Stadt. Wolfgang Leonhard ist es, der Sohn einer deutschen Antifaschistin, seit 1935 mit seiner Mutter in der Moskauer Emigration. Als Deutscher wird er im September 1941 ostwärts verladen, mit ihm im Waggon sind andere Kommunisten, Funktionäre und hoch dekorierte Spanienkämpfer. Er kann sich aus dem Kolchos, in dem sie ausgekippt werden, absetzen, 120 Kilometer weiter bis Karaganda durchschlagen, in der irrwitzigen, selbstbewussten Hoffnung, dort sein begonnenes Lehrerstudium fortsetzen zu können.

«Das sollte Karaganda sein, eine Stadt von einer Viertelmillion Einwohner, das neu errichtete Zentrum des ersten Fünfjahrplanes?» Leonhard ist schockiert über die schmutzigen, ungepflasterten Straßen, Erdhöhlen und baufälligen Häuser, alles ist dunkelgrau von Kohlestaub, er kann kaum atmen. «So etwas Trostloses war mir jetzt nicht begegnet. Unwillkürlich erinnerte ich mich an die Schilderungen von Jack London über die improvisierten Siedlungen der Goldgräber zur Zeit des Goldrausches.» Leonhards Erstaunen wächst, als der Bus nach längerer Fahrt eine Parkanlage durchquert, fünfstöckige moderne, erleuchtete Häuser auftauchen. «Natürlich», sagt der Busfahrer auf Leonhards Frage nach einer Herberge und erklärt ihm den Weg zum Hotel. Es existiert tatsächlich; und nicht nur das, es ist komfortabel, stilvoll gar. Im blumengeschmückten Foyer – schier unglaublich! – flanieren gut gekleidete Menschen, wie im tiefsten Frieden seinerzeit in Moskau.

«Novy gorod», die «neue Stadt» – sie hat zu Beginn der zweiten Dekade eine einzige Straße, die Stalinallee. In dem Hotel residiert unter anderem die Gruppe Ulbricht, mithilfe der Genossen kann der junge Leonhard am Lehrerinstitut unterkommen. Am 22. Dezember 1941 ist er Teilnehmer einer Konferenz deutscher Emigranten. Im prächtigen Saal des Gebietskomitees sitzen lauter zerlumpte, armselige Gestalten, darunter Freunde, mit denen zusammen er im Moskauer Kinderheim gelebt hat, und viele ältere Kader, die jahrzehntelang im Dienst der Arbeiterbewegung standen. Ihre Klagen erschüttern ihn, auch sie werden als Feinde behandelt, hungern, frieren. Ihnen wird auf dem Treffen kaum Hilfe zuteil, Walter Ulbrichts Auftrag betrifft anderes. Er soll die antifaschistische Agitation in den deutschen Kriegsgefangenenlagern organisieren.

Der einundzwanzigjährige Student Leonhard hält sich vorwiegend im neuen Zentrum auf, allmählich gewinnt er «das Gefühl, in einer Weltstadt zu leben.» Auf der Straße trifft er Parteiprominenz und Künstler aus Russisch-Europa. Im Verlauf des Winters, einem der kältesten übrigens mit bis zu 58 Grad minus, besucht der berühmteste aller Bergarbeiter aus der Ukraine die Stadt, Alexej Stachanow; er soll nach dem Verlust des von Wehrmacht besetzten Donbass-Reviers die hiesige Kohleförderung forcieren. Karagandas Lehrerseminar ist alles andere als provinziell. Leonhards Dozent für allgemeine Geschichte etwa ist Finne, einer von den während des finnisch-sowjetischen Winterkrieges 1939/40 Zwangsumgesiedelten aus dem Leningrader Gebiet. Leonhards Mitstudenten haben aufregende Biografien, es sind meistens Söhne und Töchter deportierter Kulaken, die die Stadt in ihren Bann gezogen hat.

Der 27 Seiten lange Bericht in seinem Werk «Die Revolution entlässt ihre Kinder» ist für mich wie ein Guckloch in einem dunklen Vorhang. Was ich dadurch sehe, ist nicht das Karaganda der Pauls, das streift er nur flüchtig. Doch beleuchtet Leonhard dieses indirekt: Alles, was sein Leben ausmacht, ist ihres nicht. Er ist Stadtmensch, im Russischen fließend und kommunistisch geschult, insofern fasziniert ihn das Zivilisationsprojekt. Gewiss schwebt auch er in Gefahr, doch er kann sich relativ frei bewegen, sogar Karaganda verlassen. Im Sommer 1942 wird er von der Kommunistischen Internationale, der Komintern, nach Ufa berufen. Und nur wenige Jahre später ist er geläutert, ein freier Bürger der Bundesrepublik, prägt als brillanter Renegat das westdeutsche Bild der Sowjetunion mit.

Maria Pauls kennt damals die «neue Stadt» überhaupt nicht, in den ganzen vierziger Jahren ist sie niemals dort. Baracke, Stall und Feld – kaum weiter reicht ihr Horizont. Wo sie auch ist, schnürt ihr Angst die Kehle zu. Wird es klopfen, wieder jemand «genommen» werden? Seit Oktober 1941 werden alle arbeitsfähigen männlichen Deutschen, auch die Rotarmisten an der Front, zur «Trudarmee» eingezogen. «Arbeitsarmee» bedeutet Zwangsarbeit in Rüstungsbetrieben, beim Straßen- und Kanalbau, in den Wäldern der Taiga, den Kohlegruben Workutas oder eben Karagandas. Frauen werden ab 1942 ebenfalls mobilisiert, erst kinderlose, später auch verheiratete, die keine Säuglinge haben.

Die Pauls bleiben davon verschont. Maria Pauls, weil sie drei Mal rasch hintereinander schwanger ist. Und ihr Mann, wegen seines kranken Herzens zu Schwerstarbeit untauglich, darf weiter Pferdekutscher sein. Er ist einer der ganz wenigen im Sowchos verbliebenen jungen Männer. Aus dieser Zeit ist Maria Pauls eine Situation lebendig geblieben: Ihr Heinrich liegt nach Feierabend auf der Schlafbank, schaut ihr beim Kochen zu und singt Volkslieder mit schrecklich vielen Strophen, vom Doktor Eisenbart, der «Mühle am rauschenden Bach», «du, du, liegst mir im Herzen». Sie kann nicht genug kriegen davon. «Mag es auch im Leben stürmen, Herr, dein Fittich deckt mich zu», und noch ein Kirchenlied, allerhand Plattdeutsches, was sie zum Lachen bringt, er singt, und sie fühlt sich geborgen. Diese alltägliche Szene repräsentiert das Schönste in ihrer kurzen Ehe, schließt Intimeres, nicht zu Sagendes ein.

Und sonst? Nichts. Rund um diese Insel der Erinnerung: ozeanweite Sprachlosigkeit. Das Singen aber hat eine Spur hinterlassen, einige dieser Lieder sind bis ins Heute hinübergerettet. Auf den Familienfesten in Kehl haben sie ihren Platz, behaupten sich in all dem russischen Liedgut, das im Laufe von sechs Karagandiner Jahrzehnten Tradition geworden ist. Im wilden Potpourri klingt manchmal plötzlich «du, du liegst mir im Herzen» auf. Die jungen Leute sind nicht ganz textsicher, also folgt danach wieder etwas Russisches, Maria Pauls ist es gewöhnt, und sie hat die fremden Lieder sogar gern, «weil sie so mild sind». Ihr liebstes ist ein Wiegenlied aus einem lettischen Film. «Irgendwann wirst du alles haben, kleine rote Stiefelchen, es kommen Freuden, Süßigkeiten», so etwa, ich kann es bald auswendig, «aber jetzt schlaf. Ich singe dir, wie es dort oben im Himmel ist, ein graues Katerchen zieht uns mit dem Schlitten über das Firmament.»

Auch die Romanze über eine unerfüllte Liebe im Kolchos singt Maria Pauls immer mit. Am Ende seufzt sie oft: «Man könnte meinen, es sei ein Heimatlied.» – «Es ist ein Heimatlied, Oma», sagt Rita dann.

Als Mädchen ist Maria Pauls in die kasachische Steppe gelangt, als Großmutter ist sie wieder fort. 1931–1988, von Erdhüttentagen an bis zum Gipfelpunkt der großstädtischen Entwicklung, lebte sie in Karaganda. Daran gemessen erscheinen die Jahre in Lysanderhöh und Kehl fast wie ein Vorspiel und ein Nachspiel. Die Stadt beherrscht die Gegenwart der Familie, und manchmal, besonders wenn sie auf den Kehler Festen in die Runde schaut, schmerzt sie das sehr. Außer ihr ist nur noch Cousine Leni Bretthauer, die eine alte Heimat hat, alle anderen sind Karagandiner. Vergangenheit, sofern sie besprochen oder gestreift wird, spielt in Karaganda, überwiegend in den zwei guten Dekaden vor der Ausreise. Das Dunkle hält sich im Hintergrund, blitzt nur mal flüchtig auf, wenn etwa ein Verwandtschaftsverhältnis geklärt werden muss. «Ach die, wo der Vater gesetzt wurde?» Oder ein Zeitpunkt präzisiert: «Im selben Jahr, wo Onkel Abram verschossen wurde.»

Bei solchen Sätzen durchzuckt es mich, schon der ungewohnten Ausdrücke wegen kann ich sie kaum überhören. Die Alten sagen «gesetzt» statt verhaftet, «verschossen» statt erschossen. Für das Verschwinden eines Menschen manchmal auch «Er wurde genommen», was eine Übertragung aus dem Russischen ist und worin für mich eine schreckliche, schicksalhafte Ergebenheit mitschwingt.

146 Die Feste im großen Kreis verwirren mich völlig; so muss sich eine Braut fühlen, die in den fremden Kulturkreis ihres Bräutigams gerät. So ungefähr, nur dass ich keine Braut bin,

sondern ein Gast mit undefinierbarem Status. «Ritas Freundin» bin ich in ihrer Familie, und seit wir zusammen in Karaganda waren, «Ritas Freundin, die wo weiß». Die genaue Lage von Schacht 30 zum Beispiel, was das ‹Chosdram› ist und andere nur Eingeweihten bekannte Dinge. «Geschichtschreiberin», das pompöse Attribut, das Leni Toews mir angeheftet hat, ist verschwunden, vermutlich weil die Anwesenheit einer solchen bei privaten Zusammentreffen unangenehm wäre. Über die Jahre hinweg ist irgendwie meine sporadische Gegenwart beinahe selbstverständlich geworden.

Nur Maria Pauls scheint sie weiterhin zu irritieren. Ich bemerke es zum ersten Mal auf dem 58. Geburtstag von Ritas Vater Heinrich. Vom Kopfende des Tisches schaut sie ständig zu mir herüber, und dann wirft sie unvermittelt ins Stimmengewirr einen Satz: «Die Ulla hört alles. Mit dem linken Ohr das Deutsche, mit dem rechten Ohr das Russische.» Erschrocken pariere ich: «Und verstehen kann ich nix.»

Leni Toews hilft mir aus der Patsche. «‹Kannitverstan› sagen die in Holland. Ihr kennt doch die Geschichte?» Und sie erzählt von dem deutschen Wanderburschen in Amsterdam, dem auf jede seiner Fragen – nach dem Besitzer der prächtigen Schiffe und Häuser – «Kannitverstan» entgegenschallt. «Vergiss nicht die ‹Tulipane in den vergoldeten Scherben›», rede ich dazwischen, um zu signalisieren, dass ich mich verstanden fühle. «Du kennst das auch? Unseren Johann Peter Hebel?», fragt Leni Toews verdutzt zurück. «Wir haben seine Geschichten von unserer Großmutter Helene aus Kasachstan.» Mir stehen plötzlich die Haare lustig zu Berge. «Der Mann ist doch von hier, aus Baden. Ihr wohnt jetzt in der Heimat von Hebel.» Niemand hat es gewusst, die heikle Situation löst sich in Gelächter auf.

Zu vorgerückter Stunde wird dann noch eine seltsame Anekdote zum Besten gegeben. Das Geburtstagskind habe seine erste Reise auf einem Schlitten gemacht, der von einem Pferd und einem Kamel gezogen wurde. Damals, im Januar 1941, ließ der Sowchos «18. Parteitag» die Wöchnerin und den neugeborenen Heinrich aus dem entfernten Krankenhaus abholen und hatte offenbar kein zweites Pferd fürs Gespann. Ein Bild für die Götter! Maria Pauls soll furchtbar beleidigt gewesen sein, sie hat noch heute die Hintern der lächerlich ungleichen Tiere vor Augen, wie das Pferd sich in Trab begeben will und das störrische hohe Kamel im Passgang dagegenhält.

Wieder mal will etwas nicht in meinen Kopf. In einer durch und durch katastrophischen Zeit wurde eine Misslichkeit als Kränkung empfunden, und – Maria Pauls saure Miene verrät es deutlich – bis ins hohe Alter nachgetragen. In diesem Fall bin ich nicht die einzig Ratlose in der Runde. «Was hat die Mutter nur?», sagt Heinrich Pauls kopfschüttelnd. «Ist doch eine lustige Geschichte.»

Ritas Vater hat später oft mit mir über seine erste Schlittenfahrt gelacht. Sie habe ihn in eine «frohe Kindheit» geführt. «Wir waren froh», betont er, wann immer ich ihn frage. Einmal hat er dies sogar ins Mikrophon gesagt, in dem einzigen kontinuierlichen Gespräch, das ich ihm habe abringen können. Das meiste über seinen Lebensweg habe ich en passant erfahren; bei Spaziergängen, beim Gurkenpflücken, unterwegs mit seinem VW-Bus, auf Verkaufstour zu den Landsleuten in den Lagern. Jedes Erzählen braucht seine eigenen Umstände.

Vaterlose Kinder

Heinrich Pauls kommt am 8. Januar 1941 zur Welt, wie schon seine Schwester Leni im Krankenhaus. Für seine Mutter, das Landkind aus Lysanderhöh, wo die Hausgeburt im Beisein einer dörflichen Hebamme üblich war, ist dies etwas Befremdliches. Überraschend früh angesichts der Primitivität des Lebens im Allgemeinen ist in Karaganda die medizinisch überwachte Geburt zur Norm erhoben worden. Das andere Zeittypische ist, dass der erste Sohn nach seinem Vater benannt wird; die alte Sitte steht jetzt im Zeichen der Panik, er könnte «genommen» werden. Achtzehn Monate später ist Heinrich Pauls wirklich verhaftet, seine junge Frau Maria erneut schwanger.

Heinrich, der Stammhalter, ist in dem Jahr geboren, als das elende Karaganda zur Hölle wird. Wenn denn Worte überhaupt taugen, dann am ehesten dies biblische. Unablässig werden von 1941 bis über das Kriegsende hinaus Menschen in dem Gebiet ausgeladen. Es ist ein einziges riesiges Lager – von Sträflingen, «Trudarmisten», Kriegsgefangenen. Von Sondersiedlern und Internierten, deren Situation sich der der Erstgenannten, von Stacheldraht Umgebenen, immer mehr angleicht.

Nach der Geburt des dritten Kindes Hans im April 1943 befinden sich in dem Zimmer der Lehmbaracke sieben Personen. Helene Froese, ihre Töchter Maria Pauls und die sechzehnjährige Lenchen Froese, vier Kleinkinder, also Leni, Heinrich und Hans Pauls sowie ihr Cousin Jascha Janzen, dessen Mutter Anna Janzen im Lager Dolinka ist.

Und – drei Hühner, eines für jedes Kind (außer Hans, der noch ein Baby ist). Lenis Huhn heißt «Schneewittchen», das von Jascha vornehm «Zariza», die «Zarin», Heinrich, der noch nicht richtig sprechen kann, ruft seines «Fimpameia», die «Schiefkammige». Die Benamsung der Hühner ist die älteste von der Kinderschar überlieferte Geschichte. Eine Art Ursituation, die rückblickend ein klein wenig Prophetisches hat. «Er will immer den Zaren spielen», sagen die anderen von Jascha; später wird der Anführer der kindlichen Rasselbande in seiner Generation den antisowjetischen Ton angeben. Die in

Heinrich Pauls

Märchen vernarrte Leni wird das deutsche Erbe am allerbesten bewahren, Heinrich wird auch als Erwachsener unbeholfen in der Sprache bleiben. «Wilchsudelwupp» übt er mit vier oder fünf und stampft dazu mit dem Fuß auf, «Milchnudelsuppe» bringt er nicht heraus. «Wilchsudelwupp, Wilchsudelwupp», spotten die Geschwister, das hängt ihm an. Heinrich ist der Schwerfällige, der schafft und das Wortemachen scheut.

Das Bemerkenswerteste, das von diesen Jahren vielleicht zu notieren ist: Die Kinder hungern nicht. Heinrich Pauls erinnert sich wohl einiger Anflüge von Gier. Beim Betrachten der Brotrinden, die seine Großmutter auf dem Ofen röstet und pulverisiert, um daraus so etwas Ähnliches wie ihren geliebten «Prips» zu kochen, denkt das Kind: «Die sollte man besser essen.» Einmal setzt es die Kanne mit kochend heißem Getreidekaffee an den Hals, verbrennt sich dabei scheußlich den Schlund. Zwei Wochen lang flößt ihm die Großmutter täglich ein rohes Ei ein, dann ist alles geheilt – der erste erinnerte Schmerz ist selbst verschuldet.

Beim Tod seiner Tante Lenchen ist er drei. In seinem Gedächtnis ist dunkel die Szene von ihrer Aufbahrung im Hof – ein lauter, vielstimmiger Klageton. Das Geschehen selbst hat ihm jemand später berichtet. Lenchen Froese und drei junge Mädchen aus der Nachbarschaft verirren sich damals beim Heuholen von einem entlegenen Depot im Buran, man gräbt sie Tage danach aus einer Schneewehe aus. Bewusst erlebt, durchlitten hat Heinrich Pauls ein anderes, etwas späteres Winterunglück. Da wird sein Hündchen Ali von Wölfen gefressen, der kleine Junge findet die blutigen Pfoten im Schnee am Rande des Hofs.

Dieser Hof ist Heinrichs Welt, zwischen Ställen und Baracken tummeln sich in der guten Jahreszeit ein paar Dutzend Kinder. Um die zwanzig Familien glucken auf diesem Fleck Steppe zusammen, ausnahmslos deutsche, aber bunt zusammengewürfelt, drei mennonitische, ansonsten Katholiken, Evangelische, in ihrer Mehrheit erst 1941 hierher verschleppt. Landsleute, die in ihren europäischen Siedlungsgebieten gewöhnlich getrennt gelebt hatten, wohnen in der Deportation Tür an Tür. Einstige Hessen, Schwaben, Pfälzer etc., sehr verschieden in ihren Bräuchen, Dialekten, dem Grad auch der Anpassung an die russische Umwelt. «Kolonisten» nannten die Mennoniten vom «Trakt» pauschal diese anderen. «Kolonist», eigentlich die offizielle Bezeichnung aus Zarenzeiten für alle Siedler, benutzten sie zur Abgrenzung gegen die Deutschen, die nicht waren wie sie.

Draußen auf dem Hof bildet sich unter den Kindern ein Kauderwelsch heraus, jeder plappert jedem nach, süddeutsche Dialektformen, die schon im 19. Jahrhundert in der Vielfalt der Mundarten obsiegt haben, setzen sich durch. «I geh hoam», schreit es aus dieser Ecke. «Mer warte uff dich», aus dem Fenster gegenüber. «Willscht net spiele?» Heinrich ist das Durcheinander lange absolut rätselhaft. «Warum sagst du nicht ‹Kumm wesche›, Oma? Warum muss ich sagen ‹Komm waschen›?», fragt er, und Helene Froese schimpft jedes Mal: «Du sollst nicht kolonistisch reden! Bei uns wird hochdeutsch gesprochen!»

Die «Kolonisten» sind Heinrichs Großmutter, teilweise auch seiner Mutter zunächst unheimlich. Besonders die Katholiken, deren religiöser Kultus aus mennonitischer Sicht grotesk erscheint. Zwar spielt sich das religiöse Leben im Geheimen ab, doch die Nähe bringt es mit sich, dass man gewisse Eigenheiten der anderen wahrnimmt, ein Heiligenbildchen, einen Rosenkranz zu Gesicht bekommt oder alltägliche Rituale der Frömmigkeit. Eine Nachbarin, die ihren Besen verlegt hat, ruft unbedacht laut im Hof «Heiliger Antonius!» Ein Schutzpatron für die Vergesslichen, man stelle sich vor, ein St. Leonhard fürs Vieh, St. Blasius gegen Gräten im Hals! Von nebenan ist mal eine gemurmelte Litanei zu hören, auf einem Begräbnis betet jemand unverständlich und hochgestochen Latein: «Requiem aeternam dona eis domine et lux perpetua luceat eis.» Das Befremden der Mennonitinnen darüber ist ernst. Da werden alte, aus Lysanderhöh mitgeschleppte Ressentiments gegen die Papisten wach. Ein Nachspiel vergangener Konfessionszwiste, längst anachronistisch im Angesicht verordneter Gottlosigkeit.

Im Alltag jedoch ist das Gemeinsame wesentlicher. Die Kinder müssen durchgebracht werden von einer begrenzten Zahl von Erwachsenen, von Frauen. Und das alles beherrschende Gesprächsthema ist, wo die Männer sind, wann sie wiederkommen und ob. Von Heinrich heißt es, er habe mal ein Kälbchen getröstet mit den Worten: «Ich habe auch nur die Mutter wie du.» Im Mai 1945, als das Kriegsende verkündet wird, ziehen die Kleinen durch den Hof: «Der Dade kommt! Der Babbe, der Pappa, Vater ...» Aber nur wenige Väter kehren tatsächlich von der Zwangsarbeit zurück, die Entlassung der «Trudarmisten» zieht sich bis 1948 hin. Viele Witwen warten weiter wie Maria Pauls, die längst die Todesnachricht hat – sie will sich und den Kindern die Hoffnung nicht zerstören. Hans, ihr Jüngster, ersehnt den Vater besonders, oft steht er sinnierend vor dem kleinen Foto: «Dem Otto sein Pappa ist heimgekommen, mit einem Bein. Und mein Pappa nicht, weil er nicht laufen kann, er hat keine Beine.» Auf dem Bild ist Heinrich Pauls nur bis zur Brust sichtbar. Als «Vater ohne Beine» ist er im Familiengedächtnis geblieben, ein zärtlicher Beiname für einen den Kindern unbekannten Toten.

Damals müssen sie auch die Mutter weitgehend entbehren. Maria Pauls ist von Ende 1942 bis 1946, bis ihre Schwester Anna Janzen aus dem Lager freikommt, die einzige Ernährerin der Familie. Zwölf, vierzehn Stunden dauern die Arbeitstage im Sowchos, zur Erntezeit mehr. Die zu erfüllende Norm wird ins Maßlose gesteigert, es ist Krieg. Der Kampf an der «Heimatfront» kennt keinen Sonntag, fast keine Unterbrechung. Dazu wird vom Ertrag der privaten winzigen Ökonomie Naturalsteuer kassiert, 90 Eier im Jahr, 10 Kilo Butter, Fleisch.

Ein seltener Glücksfall: Der Brigadier, ein einbeiniger Deutscher, hat Mut und ein Herz. Er gibt den Frauen Rat, wann und wo sie etwas Getreide stehlen können. Die Mainacht, als sie mit einer Nachbarin auf diskrete Aufforderung hin zum Speicher schleicht, ist Maria Pauls unvergesslich. Unterwegs wird es neblig, stundenlang liegen die Frauen platt am Boden, im Morgengrauen können sie ihr Säckchen gerade noch füllen. Bis zu fünf Jahre Lagerhaft kann so ein Diebstahl eintragen. Das Korn des Sowchos ist zur Saatzeit, wenn die Vorräte zur Neige gehen, der Hunger in den Familien zunimmt, vergiftet.

Man muss es in den Wind halten, damit das Granulat fortfliegt.

Die abgrundtiefe Erschöpfung von damals, denke ich oft, wenn ich Maria Pauls so sitzen sehe, muss ihre Persönlichkeit stark verändert haben. Erzählbares, Geschichten hat die Plackerei kaum hervorgebracht mit Ausnahme einer vom Kartoffelernten auf dem privaten Stück Acker. Zum Transport stellt der Sowchos den Frauen damals je für ein paar Stunden ein altes Kamel zu Verfügung. Und über dies Kamel kann sich die alte Maria Pauls redselig und wütend ereifern, über die Sowjetmacht, Lenin und Stalin zusammen könnte sie kaum so viel böse Worte verlieren. Wie unendlich langsam es sich bewegt, es steht auf der Stelle, glotzt blöde, jeden Moment kann Schnee fallen, aber durch niemanden und nichts lässt es sich antreiben, außer durch ein bisschen Salz. Ein paar Schritte, und das Spiel beginnt aufs Neue …

Das Kamel, das Maria Pauls in ihrem Zorn verewigt hat, ist, wie ich glaube begriffen zu haben, ein Sinnbild ihrer gesellschaftlichen Degradierung. Schon zu Hause an der Wolga hat sie Kamele tief verachtet, ihr Einsatz war ein Notbehelf; im Prinzip war die mennonitische Kolonie auf bestem Wege zur Mechanisierung, bald wäre sogar das Pferd überflüssig geworden. Der Sowchos «18. Parteitag» verfügt damals über Pferde, schlechte Pferde, und ein paar Traktoren, auch sowjetischerseits gilt das Kamel als Relikt aus grauer Vorzeit. Und das mutet man ihr zu, ein trampeliges, störrisches Tier, das die Sowjetmacht kasachischen Nomaden gestohlen hat. Kränkenderes kann es für einen zivilisierten Menschen nicht geben.

In der nächsten Generation gibt es den verletzten Stolz schon nicht mehr. Heinrich, Hans und Jascha genießen unbefangen, auf Kamelen zu reiten, erinnern sich an die letzte Phase, bevor die Tiere endgültig verschwinden, mit Nostalgie.

Großmutters Weltordnung

Ohne Helene Froese wären die vier Kinder zweifellos verwildert. Das passiert damals häufig, unter den Spielgefährten im Hof sind viele tagsüber unbeaufsichtigt.

Die Großmutter ist es, die kocht, näht, wäscht – sie ist immer zu Hause und erzieht ihre Enkel mit strenger Hand. Sobald diese das Barackenzimmer betreten, gelten die von ihr aufgestellten Gebote. Füße abtreten! Hochdeutsch sprechen! Hände waschen! Tischgebet! In Heinrich Pauls' Erzählungen ist die Großmutter die beherrschende Figur seiner Kindheit. Als imposant schildert er sie, von ziemlicher Leibesfülle, die unter langen, dunklen Röcken verborgen ist. Auf deren Innenseite befindet sich eine «halbmeterlange Tasche», worin sie alles einsackt, was die Kinder am Tag so liegen lassen.

«Heute kriegste Klopp», dieser Satz ist ihm eingebrannt wie kein anderer. «Klopp» ist die gerechte Strafe meistens für Streit unter den Geschwistern. Toben und Lärmen, Vieles ist erlaubt, nur kein Streit. «Klopp» gibt es nicht gleich, man muss darauf warten, entweder weil die Großmutter beschäftigt ist oder, genau weiß es Heinrich Pauls bis heute nicht, weil sie nicht im Zorn schlagen will. «Klopp mich, Oma, ich will spielen gehen», bittet er oft, und wenn er Glück hat, packt sie daraufhin ein Holzscheit, haut damit auf den nackten Hintern. Eins auf den «Dupps», sagt sie dazu, die Kinder basteln daraus das Wort «Duppsklopp». Prügel, und nur die, dürfen Plattdeutsch heißen.

Anders als sein jüngerer Bruder, der sofort losschreit, lässt Heinrich sie über sich ergehen. Er ist ein stämmiges Kerlchen, als gutmütig beschreiben ihn alle, duldsam und leicht zu lenken. Komme, was mag, es erscheint ihm selbstverständlich. Von Mai bis Herbst stromert Heinrich mit Jascha durch die Steppe, Gras rupfen für die Kuh und trockenen Viehmist sammeln, das Brennmaterial für den Ofen. Immer barfuß, an Kleidern hat jeder nur eine Garnitur, die abends durchgewaschen wird; sie kriechen nackt unter die Decke, zu dritt – mit Hans – in ein Bett.

Dem Kind ist es drinnen nie zu eng, selbst im tiefen Winter nicht, der lange Perioden von Häuslichkeit mit sich bringt. Morgens ist die Baracke oft meterhoch eingeschneit. Dann klettern die kleinen Jungen vorsichtig aus dem Fenster, hangeln sich auf das fragile Dach hoch, um auf der anderen, der Eingangsseite, den Schnee von oben aus wegzuschieben. Lage für Lage, ein wirkliches Kunststück. Bis der Pfad von der Haustür zum Brunnen und zum Stall fertig ist, vergehen Stunden.

Der Winter ist Erzählzeit. Tagelang sitzen die Kinder um den Tisch und lesen Weizen aus, trennen die Körner von Steinchen und Spelzen. Die Großmutter strickt. Wo liegt Danzig?, fragt sie in die Runde. Was hab ich neulich vom Rhein erzählt? Sie nennt immer neue fremde Namen, lehrt ihre Enkel, dass jenseits der kasachischen Steppe andere Länder liegen. Helene Froese, die in Lysanderhöh um 1900 nur vier Klassen hat absolvieren können, ist offenkundig äußerst belesen. Bewandert in der Geografie Europas, in Algebra und Geometrie; das «Schatzkästlein des Rheinischen Hausfreundes» hat sie im Kopf, Goethegedichte, Märchen. Immer wieder lässt sie die mennonitische Kolonie aufleben, ihr kultiviertes schönes Zuhause. Eine Gesellschaft, die im Sonntagsstaat zur Kirche kutschierte, in der es ehrwürdige Männer wie ihren Vater Peter Wiens und Frauen mit gestärkten Häubchen gab, Aussteuertruhen, wo unter schwerem Linnen eine Rolle mit Goldstücken schlummerte. Gebannt lauschen die Kinder. Gegen Schluss hin landet die Großmutter meistens bei irgendeiner biblischen Geschichte.

Etwas historisch Ungewöhnliches ist da im Gange. Jedes Mal, wenn ich darüber nachdenke, fällt mir unwillkürlich ein

Gemälde von Rembrandt ein. Es zeigt den Amsterdamer Tuchhändler Cornelis C. Anslo, den gewaltigsten vielleicht der Mennonitenprediger des 17. Jahrhunderts, in seinem Studierzimmer. Links auf dem teppichgeschmückten Tisch liegt aufgeschlagen eine großformatige Bibel, rechts neben ihm sitzt sehr klein in einem schwarz glänzenden Kleid mit weißer Krinoline seine Ehefrau. In dem von Rembrandt 1641 erfassten Augenblick wendet sich der Prediger mit erklärender Gebärde seiner Frau zu, sie hört ihm hingebungsvoll zu. Der Maler hatte den Auftrag, die Macht des biblischen Wortes zu zeigen, das durch die Ohren zu Erfahrende ins Bild zu setzen. Und wirklich, es fixiert wunderbar mennonitische Programmatik: die theologische Auffassung vom Vorrang des Wortes – und von dessen gottgewollter Verkündigung durch den Mann.

Aus dieser Tradition tritt, dreihundert Jahre später, eine Frau wie Helene Froese heraus. Sie und andere meist ältere Frauen sorgen nach der Verhaftung sämtlicher Prediger für die Kontinuität der Lehre, und in diesem Fall verschiebt sich dabei der Akzent vom Wort zum Bild hin. Das große Ereignis für die Enkel sind die Illustrationen der geretteten, aus dem Mist wieder ausgegrabenen Herder'schen Bilderbibel von 1814. Bücher überhaupt sind rar; in der Eintönigkeit, der Schäbigkeit ringsherum wirken der starke Samson oder Daniel in der Löwengrube erregend wie frühe Kinohelden. Die klassizistischen Kupferstiche haben in der Steppe noch einmal einen großen Auftritt. Der halb nackte muskulöse Kain vor einer Berglandschaft mit Tannen, entsetzt über die begangene Bluttat, zu seinen Füßen der erschlagene Bruder – diese Darstellung wird für Heinrich zum Inbild der schrecklichsten aller von seiner Großmutter beschworenen Sünden.

Über das Genannte hinaus, mehr als alles zusammen, ist in ihm das Heitere, Zärtliche der großmütterlichen Erziehung geblieben. Helene Froese, die zweifache Witwe, die sieben Kinder früh verloren hat, diese Helene Froese hat Talent für Gutenachtküsse und selbst gemachte Bonbons (kandierte, zu Sternen geschnittene Rote Bete), hat die Phantasie und Kraft, aus Fassholz großartige Ski zu zimmern, Weihnachtsfeste auf die Beine zu stellen. Eines ist in der Familie Pauls Legende, 1946 oder 1947, im Jahr der Elektrifizierung des Sowchos. An diesem Heiligabend, an dem die ganze Baracke versammelt ist, steht erstmals wieder ein Weihnachtsbaum da, geschmückt mit bunt bemaltem Papier und Elektrokerzen, und als vierzig Kinder im Halbdunkel ihre Gedichte aufgesagt haben, der Prediger endlich das Amen gefunden hat: große Enttäuschung, die Obrigkeit hat den Strom abgestellt. Spätnachts ist er wieder eingeschaltet, jemand bemerkt es und weckt die Schlafenden, ein Jubel bricht aus, alle tanzen um den erleuchteten Baum.

Wie viele Weihnachten noch?, fragen sich damals die Deutschen. Insgeheim hat Helene Froese wie viele ihrer Landsleute gehofft, Deutschland würde den Krieg gewinnen. Sein Ausgang hat die Weltlage zu ihren Ungunsten dramatisch verändert. Stalins Machtbereich reicht seit 1945 bis zur Elbe; das alte Mitteleuropa, einschließlich Westpreußens, der Urheimat der Familie, ist verloren. So verkündet die Siegespropaganda, und sie wird von den Deportierten beglaubigt, die zu Tausenden aus Polen, der Ukraine, dem Baltikum nach Karaganda verschleppt werden. Unter den Neuankömmlingen sind auch Ukrainedeutsche, die während des Krieges ins Reich gerieten und nun von der Roten Armee «repatriiert» werden.

Ein Ende der Stalinära ist nicht abzusehen. Das Einzige, was Helene Froese sicher weiß und den heranwachsenden Enkeln einschärft: Die Sowjetmacht wird nicht ewig sein. Am 18. Mai 1949 – fünf Tage also vor Verabschiedung des Grundgesetzes im Westen Deutschlands (mein Schwiegervater ist damals noch in Karaganda) – unterschreibt sie folgendes Formular: «Ich, die Sondersiedlerin Froese, Jelena Petrowna, wohnhaft

im Sowchos ‹18. Parteitag›, Brigade 2, Thälmann-Bezirk, be-
stätige hiermit …, dass mir der Beschluss … über die Rechts-
lage gezeigt und erklärt wurde: Das heißt, ich habe kein Recht,
den Siedlungsort ohne Genehmigung zu verlassen, ich muss
innerhalb von drei Tagen der Kommandantur alle Veränderungen in der Familie melden (Tod, Geburt usw.), ich muss
die Flucht eines Familienmitgliedes sofort … melden. Ich bin
vorgewarnt, dass ich bei Verstoß sofort zur Verantwortung gezogen werde.»

Im Dekret des Obersten Sowjets vom 26. November 1948
ist die Verbannung und Diskriminierung der Deutschen fest-
geschrieben. An einem bestimmten Tag im Monat hat sich jeder Erwachsene auf der zuständigen Kommandantur in eine
Kontrollliste einzutragen. Helene Froese ist immer pünktlich
gewesen, in der Personalakte Nr. 2867, die das Karagandiner
Archiv aufbewahrt, haben Rita und ich ihre Unterschriften
gesehen. Ungelenke kyrillische Buchstaben, die im Laufe der
Jahre flüssiger werden. Oben an das Deckblatt geheftet ein
Porträtfoto, auf dem sie schmal und leidend aussieht. Auf der
letzten Seite der Akte hat sie, am 17. Juni 1954, unterschrieben, dass sie die Befreiung von der Meldepflicht zur Kenntnis
genommen hat.

In die Jahre «unter Kommandantur» fällt Heinrich Pauls'
Schulzeit. Mit der Einschulung 1948 lebt der Junge in zwei
Welten, in der neuen wird russisch gesprochen (erst ab der 5.
Klasse ist eine Wochenstunde Deutsch vorgesehen) und so-
wjetisches Denken gelehrt. Zu Hause in der alten lässt die
Großmutter nicht locker. Nicht dass sie die Enkel aufhetzt,
wider den Stachel zu löcken. Vorsichtig, beharrlich arbeitet sie
an der Fortsetzung der eigenen Welt. Sie übt mit ihnen
Deutsch schreiben und lesen und besteht darauf, dass im In- 159
neren der Baracke die bekannten Regeln eingehalten werden.
Selten, erinnert sich Heinrich Pauls, mischt sie sich in Exter-

nes ein, und wenn, eher besänftigend. In seinen ersten Schuljahren zum Beispiel, als es endlos wilde Prügeleien mit tschetschenischen Klassenkameraden gibt.

Niemand durchschaut noch so recht die Herausforderungen, die sich aus dem Zusammengeworfenwerden so vieler Völker ergeben. Bei den erst 1944 deportierten Tschetschenen, eines ebenfalls der Kollaboration mit Hitler bezichtigten Volkes, ist damals die Wut noch ganz frisch. Von allen bleiben sie die leidenschaftlich Unangepasstesten in Karaganda. Im März 1953 bei der Bekanntgabe von Stalins Tod heult Heinrich auf Kommando der Lehrerin wie ein Schlosshund mit, unterdessen ballen die tschetschenischen Mitschüler unter dem Pult heimlich die Fäuste. «Nach dem Bär kommt ein Wolf», mutmaßt man inoffiziell in der deutschen Baracke, im Gesicht der Großmutter liest Heinrich Erleichterung.

Unter Chruschtschow wird das Leben freier und besser, und dabei verliert ziemlich rasch Helene Froeses Ordnung an Boden. Erschöpfung macht sich breit, dann zaghaft Lebenslust. In der Familienerinnerung läuft dies bis heute unter dem Codewort «Indijski film». Alles rennt in die indischen Liebesfilme, billige Melodramen, erotisch keineswegs freizügig, aber zu Herzen gehend und fremdartig schön. Beim Versuch, ihrer vierzigjährigen Tochter Anna den Besuch zu verbieten, beißt Helene Froese auf Granit. Anna Janzen geht, Leni Pauls geht mit Gewissensbissen, derweil ihre Mutter, die als Witwe nicht geht, zu Hause ganze Bäche von Tränen vergisst. «Du könntest dich im Kino in einen Kolonisten verlieben», hält Maria Pauls der ungehorsamen Tochter entgegen.

Wo die Liebe hinfällt – Ende der fünfziger Jahre heiratet Leni Pauls einen (der äußerst raren) Mennoniten, Viktor Toews. In Weiß, in der Kleiderfrage immerhin schert sie aus der Konvention aus, auf der Hochzeit aber wird brav «gewandert». Jascha Janzen bricht demonstrativ ein Tabu: Mit Emma, einer lutherischen Ukrainedeutschen, feiert er eine «Trinkhochzeit», das heißt, es wird Alkohol ausgeschenkt.

Mit Helene Froeses Tod am 25. März 1961 ist ein Kapitel Familiengeschichte abgeschlossen. Dreißig Jahre nach der Deportation ist nun niemand mehr, der das Althergebrachte offensiv und kundig vertreten kann. Zeitgleich etwa schwenkt in Karaganda die Stimmung ins Optimistische um, dafür steht ein markantes Datum: Am 12. April 1961 fliegt Gagarin als erster Mensch ins All. Heinrich Pauls ist wie die meisten Sowjetbürger hell begeistert; den Streit mit seiner Großmutter um Gagarins Satz, er habe dort oben keinen Gott gesehen, muss er nicht mehr ausfechten.

Sie ist Gott sei Dank alt geworden, einundsiebzigeinhalb, da sind die Enkel bereits aus dem Gröbsten raus. Indirekt hat Helene Froese sogar noch in die Erziehung der Urenkel hineinfunken können. Rita ist darauf gekommen, kürzlich auf dem versteppten Friedhof von Engels. «Was wäre ich ohne Duppsklopp und das alles», hat sie gemeint, während wir in der Mittagshitze das Grab ihrer Urgroßmutter von Pfriemgras und Disteln freigerupft haben. Unsere Hände haben geblutet. Mehr als dies bisschen Ehre haben wir Helene Froese nicht erweisen können.

Ein normaler Sowjetbürger

Zum Zeitpunkt des Begräbnisses wohnt Heinrich Pauls bereits in der Stadt. Beinahe kommt er zu spät, Tauwasser haben die Straße unterspült, ein reißender Strom liegt zwischen ihm und dem nahen Friedhof. Daran erinnert er sich gut, auch dass er fassungslos weint, und an das Bärtchen von «Onkel Funk», dem Prediger. An nichts sonst, weder an dessen Worte noch an bestimmte Gesichter in der großen Trauergemeinde.

Ein Band ist zerrissen, Heinrich beziehungsweise Andrej, wie er außerhalb der Familie genannt wird, driftet fort. Längst hat ihn der Wind, der Wirbelsturm des Neuen erfasst. Ein Junge, der mit elf, zwölf Jahren schon Männerarbeit hat tun müssen, Schweine geschlachtet hat, bei der Schulentlassung mit fünfzehn vollends selbständig war, lässt sich kaum mehr lenken. Damals, 1955, hat er noch im Widerspruch der beiden Welten gesteckt. Er hat sich zusammen mit Jascha, Leni und der Mutter taufen lassen. Die Massentaufe von etwa fünfzig Mennoniten ist die erste in der Deportation gewesen; Prediger Penner, der sie vollzogen hat, ist gerade aus dem Straflager zurück. Das Tauffest ist eine Selbstbefreiung von lähmender Angst, begeisternd auch für Heinrich. Andererseits hat er den Traum jedes durchschnittlichen Jungen geträumt, im Kolchos Karriere zu machen: als Traktorist. Herr zu sein über moderne Technik, gut zu verdienen, und zwar Rubel, nicht bloß Naturalien wie damals noch üblich. Und dieser Weg, einmal eingeschlagen, hat ihn in die zeitgenössische Dynamik geführt – Traktorist, Mähdrescherfahrer, 1959 dann Städter, bald thront er auf einem Raupenschlepper inmitten einer Großbaustelle. Dieser Andrej, der zum Begräbnis seiner Großmutter fährt, betet schon nicht mehr.

Karaganda wandelt sich. Im Verlauf der fünfziger Jahre ist die Bevölkerung in Bewegung geraten, die Lager schwinden, Aufenthaltsbeschränkungen fallen. Die Deutschen sind seit 1955 aus der Sonderverwaltung entlassen, in ihre alten Siedlungsgebiete dürfen sie zwar nicht, sie müssen im sowjetischen Asien bleiben, und der Verlust ihres Eigentums wird nicht entschädigt, doch ein kleiner Schritt in Richtung Rehabilitierung ist vollzogen. Andere wie Inguschen, Tschetschenen, Balkaren, Kalmücken dürfen nach Hause zurück. Und wer keine Heimat innerhalb der Sowjetunion hat, Polen zum Beispiel, kann wenigstens den Wohnsitz wechseln. Eine Wan-

derung nach Süden setzt ein, in wärmere asiatische Sowjetrepubliken. Manche ziehen zu wieder gefundenen Verwandten,
bevorzugt in halbwegs zivilisierte Städte. Viele, überraschend
viele bleiben in Ermangelung von Alternativen und weil sich
in Karaganda so etwas wie eine Zukunft abzeichnet.

Die Stadt profitiert indirekt von der Neulandgewinnung
im Norden Kasachstans, die Chruschtschow 1954 in Gang gesetzt hat. Diese wohl gewaltigste aller sowjetischen Massen-
mobilisierungen, in deren Verlauf etwa 1,8 Millionen Leute,
Fabrikarbeiter und Studenten, begeisterte Komsomolzen,
teils abkommandiert, Millionen Hektar von Steppenboden in
Weizenland verwandeln, vollzieht sich ganz in der Nähe. Von
dort schwappt Enthusiasmus in die Stadt herüber, und Karaganda scheint in dem weiten Raum nicht mehr ganz so verloren.

Wenig später zieht es Enttäuschte aus dem Neuland an, laut
«Kasachstanskaja Prawda» fliehen 1958 allein 94 300 «jugendliche Freiwillige», die das primitive Leben dort und die mili-
tante Hektik von Aussaat und Ernte satt haben, zermürbt sind
von den Fehlschlägen. Im Jahr darauf löst wochenlanger
Sturm eine noch größere Fluchtwelle aus.

Aufbruchstimmung herrscht in Karaganda. Allüberall wird
gebaut, Heinrich Pauls ist dabei, seine Maschine schiebt Erdhöhlen und Baracken fort. Bei fast jeder Tiefbaumaßnahme
wühlen die Brigaden Knochen heraus. Man ignoriert sie, die
künftige Stadt wächst auf einem Gräberfeld – wo sonst, wie
anders. Darüber könnte man den Verstand verlieren, wäre
nicht die heftige Sehnsucht nach Normalisierung. Raus aus
allem, der Vergangenheit den Rücken kehren. Wir kennen Ver-
gleichbares aus anderen Gesellschaften, aus Deutschland, Israel, Südafrika. Jene wohl unvermeidliche Verdrängung, die –
vorübergehend – hilfreich, sogar heilsam sein kann.   **163**

Schon Anfang der vierziger Jahre hat Wolfgang Leonhard

beobachtet, wie erschreckend rasch seine Mitstudenten den Terror hinter sich ließen, Kulakenkinder, die ihre Eltern als ewiggestrig verlachten. «Novy Gorod», wo das Lehrerinstitut war, diese seinerzeit einzige Straße, wird nun zum Zentrum einer modernen sowjetischen Großstadt. 1960 wird im nahen Temirtau der größte Hochofen Kasachstans angestochen. An der Erweiterung des metallurgischen Kombinats wird unser Heinrich Pauls mitwirken. Die Weltraumerfolge beflügeln die Stimmung, hier ist jeder Flug ein Lokalereignis, die Kosmonauten nämlich starten im 500 Kilometer entfernten Baikonur und landen in der Steppe direkt bei Karaganda.

Wer von den Jungen kann sich dem entziehen? Seinen Schliff als Sowjetbürger erhält Heinrich Pauls wie viele seiner Altersgenossen beim Militär. Anfang November 1962 wird er einberufen; sein erster Standort ist Semipalatinsk, 500 Kilometer östlich von Karaganda in Richtung mongolischchinesische Grenze, die Kubakrise ist gerade auf ihrem Höhepunkt. Heinrich Pauls sagt von sich, er habe unbedingt kämpfen, Patriot sein wollen, mehr als andere, weil gegen die Deutschen – erst kürzlich, 1957, wieder zum Militärdienst zugelassen – ein Misstrauen geherrscht habe. Sein Baubataillon bessert damals die Flugpiste aus in Erwartung eventueller Transporte nach Kuba. «Moskau und Peking gehen uns voran», grölen sie. Aber der dritte Weltkrieg findet nicht statt. Keiner weiß, dass sie sich im atomaren Testgelände befinden: Bei Semipalatinsk wurde 1948 die erste sowjetische Atombombe gezündet.

Körperlich machen Heinrich Pauls die Strapazen des Dienstes wenig aus. Seit er in Karaganda Gewichtheben trainiert hat, ist aus dem starken Jungen ein Kraftmensch geworden. Und das andere? Es habe, deutet er mir an, die «Dedowschtschina» gegeben, die übliche Gewalt der älteren gegen die jüngeren Soldaten, doch eher selten und kaum national motiviert.

Anscheinend verhalten sich die Deutschen möglichst unauffällig. Für Heinrich Pauls ist ohnehin das wichtigste Ereignis der Militärzeit, hinter dem alles verblasst, ein privates.

Slawgorod ist sein zweiter Dienstort, der dritte Nowosibirsk, und dort passiert es. Im Sommer 1963, das Baubataillon hat gerade den ehrenvollen Auftrag, für hohe Militärs Datschen am Ob zu errichten, entdeckt er eines Tages auf einer Bank am Ufer eine junge Frau. Eine dunkelhaarige, sehr kleine, sehr feingliedrige Schöne, angeblich bemerkt er ihren Buckel nicht. Über den Moment des Kennenlernens soll zuerst Anastasia Kirilowa selbst berichten, deswegen überspringe ich das Thema, halte lediglich fest, dass der junge Rotarmist schon auf den zweiten Blick ihren starken Charakter erkennt und sie einen beseligenden, verrückten Sommer zusammen verbringen. Händchenhalten, Küsse, Tanzvergnügen, beide sind scheu, unerfahren. Die damals unter der Jugend um sich greifende Libertinage liegt ihnen nicht.

Ein Paar aus grundverschiedenen Milieus, was durchaus zeittypisch ist. Nachdem die Völker durcheinander gewirbelt, Traditionen und ganze Gesellschaftsschichten zerschlagen worden sind, lösen sich mit jeder neuen Generation die restlichen Bindungen immer weiter auf. Anastasia Kirilowa hat ihr halb verödetes Dorf in Westsibirien aus freien Stücken verlassen, ist eine von Millionen Landflüchtigen.

Sie ist Schneiderin, er Bauarbeiter, eine ideale Kombination für eine Existenzgründung in jedweder Stadt. Sylvester 1964 feiert das Paar gemeinsam in Semipalatinsk, am letzten Dienstort des Rotarmisten. Am 7. Januar 1965, dem russischen Weihnachtsfest, lassen sie sich auf dem Standesamt zusammenschreiben. Ihre Mütter haben sie informiert, nicht gefragt. Beim Antrittsbesuch später in Kokschenewo hört Heinrich nachts aus dem Nebenzimmer erregte Worte: «Er ist ein Faschist! Er wird dich verlassen!» Alexandra Kirilowas Argu-

Heinrich und Anastasia Pauls am Tag ihrer Hochzeit 1965

ment, sie habe schließlich im Krieg ihren Mann durch die Hitlerfaschisten verloren, ist zu verstehen. Maria Pauls dagegen reagiert auf die Mitteilung ihres Sohnes, sie werde eine russische Schwiegertochter bekommen, milde, zumindest äußerlich gelassen. «Bring sie ruhig mit.»

166

Die Ehe beginnt auf der Schwelle zu einer neuen Ära. Gerade im Oktober 1964 ist Chruschtschow gestürzt; im Januar

1965, während Heinrich und Anastasia Pauls in Karaganda ihren Hausstand gründen, ist im Radio zu erfahren: Die Deutschen sind offiziell rehabilitiert worden. In dem erst jetzt veröffentlichten Erlass des Präsidiums des Obersten Sowjets vom 29. August 1964 wird konstatiert, das Leben habe gezeigt: Die pauschalen Beschuldigungen, die zur Deportation 1941 geführt haben, waren «unbegründet und ein Ausdruck der Willkür unter den Bedingungen des Personenkults Stalins».

Eine Steinbaracke im Bezirk «Dalni park» ist ihr erstes Domizil, Tür an Tür mit der Mutter, Maria Pauls. Alle, auch Heinrichs Geschwister und ihre Familien, sind vom Sowchos in die Stadt gezogen. Das bessere Leben ist im Anrücken, zum Greifen nahe – privates Glück, dessen Bedingungen planbar scheinen. Mithilfe guter Ärzte bringt Anastasia, von der niemand glaubte, sie werde ein Kind austragen und gebären können, per Kaiserschnitt die erste Tochter Lena zur Welt. Und noch bevor Rita da ist, ist Heinrich Besitzer eines Autos; 1971 kann die vierköpfige Familie eine kleine Neubauwohnung in Maikuduk beziehen.

Heinrich Pauls meint rückblickend von sich: «Ich war ein normaler Sowjetbürger. Hab immer geschafft, immer geschafft.» Ein normaler Sowjetbürger ist in seiner Definition eine Art Wirtschaftswundermensch, der zur rechten Zeit, im Aufschwung, jung ist, ihn mitbewirkt. Als Kranführer wird er überall gebraucht, kaum eine Arbeit ist so gut bezahlt und gesellschaftlich so angesehen. Harte Maloche, von dem Gefühl begleitet, ein Schöpfer zu sein. Er geht ins Kino, seine Frau hängt ihm am Arm, und der männliche Filmheld ist ein Bauarbeiter, und im Saal riecht es frisch nach Farbe. So vieles ist neu in Karaganda, Kinos, Theater, Kliniken, Asphaltstraßen, das erfüllt ihn mit persönlichem Stolz.

167

Ich habe noch niemals einen so vollkommen unpolitischen Menschen kennen gelernt wie Heinrich Pauls. Von den unter

Breschnew wieder verschärften Repressionen will er nichts ge-spürt haben, auch nichts von irgendwelchen Diskriminierun-gen als Deutscher. Gut 10 Prozent, zwischen 60 000 und 70 000 Karagandiner sind deutscher Herkunft, die größte Kon-zentration von Deutschen in einer sowjetischen Stadt. An-scheinend machen sie wenig von sich reden und wenn, dann positiv. Einer der großen Busbahnhöfe zum Beispiel ist fest in deutscher Hand. Sein Leiter, ein Mennonit, stellt lauter Lands-leute als Fahrer und Monteure ein, und diese Busse, weiß je-der, sind unerhört pünktlich, da klappert nichts, da ist kein Loch im Auspuff.

Einmal, in den sechziger Jahren, überfällt Heinrich Pauls die Anwandlung, nach Vergangenem zu forschen. Er sucht in Dolinka vergeblich das Grab seines Vaters. Im Allgemeinen jedoch blickt er nach vorn. Anlässe, sich beirren zu lassen, gäbe es durchaus, in Karagajly etwa. Wenn er monatelang in der «Zone» arbeitet, Brigaden von Sträflingen leitet, lässt es sich kaum vermeiden zu erfahren, warum sie verurteilt sind. Unter ihnen sind Geistliche, denen man Spionage angehängt hat, Kolchosarbeiter, die einen Sack Mais für ihr Schwein gestoh-len haben. Da setzt sich etwas fort, und er will es partout nicht wissen.

Ein bisschen Wohlstand jetzt und weiter, sonst hat er keine Ambitionen. Das Eigentliche, worum sich alles dreht, sind die Kinder und nochmals die Kinder. Klavier spielen sollen sie können! Lehrerinnen werden! Sich gut verheiraten! Schon Lena und Rita zuliebe darf er nicht in das Jammertal zurück-blicken. Nicht nur weil sie sich, wüssten sie davon, in der Schule verplappern könnten, mehr aus Sorge um ihre kind-lichen Seelen. Insofern ist die Vergangenheit unausgesprochen immer da. Der Ernst, die ganze Sorgfalt, die Heinrich Pauls in die Erziehung steckt, wurzelt darin: in der Erfahrung eigener Gefährdung und Vorbildern aus der Barackenzeit.

168

So weit der Lebensfaden eines wortkargen Arbeiters – und Bruchstücke der Geschichte seiner Stadt, sehr kursorisch, sehr ungefähr, wie ein paar provisorisch verbundene Bretter, die ich durchs Unbekannte gelegt habe, mehr nicht. Ob Heinrich Pauls sich in meinen Deutungen wiederfinden kann? Schwer zu sagen; ihm war und ist fremd, über seinen Lebenslauf nachzusinnen, und das, scheint mir, ist ein Wesensmerkmal von Biografien seiner Generation. Sie hatte wenig Bildungs- und Wahlmöglichkeiten, und nichts wurde ihr gründlicher ausgetrieben als die Frage nach ihrer gesellschaftlichen Herkunft. Auch der Gedanke, ein Trauma zu haben, das analysiert und bewältigt werden müsste, liegt den Kindern des Terrors meistens fern.

Im Zeitraum unserer Gespräche, während ich ihn ins Erinnern stupste, hat Heinrich Pauls überdies etwas völlig anderes beschäftigt: Er hat sich das Hirn über seine Arbeitslosigkeit zermartert, sie ist das Furchtbarste, das ihm jemals im Leben widerfahren ist.

KAPITEL 8: Schöne Welt irgendwo

Auf dem Atlas liegen meine Heimat und Heinrich Pauls' Heimat um die 6000 Kilometer auseinander, dem Alter nach trennen uns beide genau zehn Jahre. Aber seine Tochter Rita, zwanzig Jahre jünger als ich, ist mir tausendmal näher. Weil zwischen ihrem Karaganda und meinem Deutschland gewisse Ähnlichkeiten, sogar indirekte Verbindungen bestanden. Uns vereint, dass wir verwöhnte, sorglos aufgewachsene Kinder sind, ein global betrachtet seltenes Privileg, das unser Weltverständnis prägt und einschränkt, uns womöglich nie im vollen, ernsten Sinne erwachsen werden lässt. Dies banale Gemeinsame – Lachen, Blödeln, Losstürmen, «Was kostet die Welt?» – ist eine unausgesprochene Voraussetzung unseres Projekts gewesen. Irgendwie wussten wir, verständnisinnig, es wird uns nichts umhauen. Wir (nie würde ich Maria Pauls oder Heinrich und Anastasia Pauls und mich zu einem «wir» zusammenfassen) haben darüber hinaus schnell spitzgekriegt, dass wir einige historische Verblendungen teilen.

Im November 1969, zum Zeitpunkt ihrer Geburt, bin ich im ersten Studiensemester der Geschichte. Gerade dreizehn Monate sind seit der Niederschlagung des «Prager Frühlings» durch die Warschauer-Pakt-Truppen vergangen, neun Monate noch, und der «Moskauer Vertrag» wird unterschrieben. Es bahnt sich eine politische Wende in Europa an, auch zwischen den Supermächten – Entspannung auf Basis der Anerkennung des Status quo.

Für mich, mit der Tatsache der Teilung der Welt von Kind auf vertraut, ist die eingemauerte Exklave West-Berlin, meine

Studienstadt, die ich gegen den Willen meiner Eltern wähle, attraktiv. Gerade wegen ihrer Insellage; sie hat damals etwas überschaubar Gemütliches und ist im Abseits zugleich zentral. Den Begriff «Eiserner Vorhang», aus dem Vokabular des Kalten Krieges, benutze ich nie. Von drüben, aus der Hauptstadt der DDR, strahlt ein Fernsehprogramm in unser Wohnzimmer, und manches daran zieht mich an. Die raue, harte Stimme Ernst Buschs zum Beispiel, «Dann steigt aus den Trümmern der alten Gesellschaft die sozialistische Weltrepublik ...», und seine Lieder aus dem Spanischen Bürgerkrieg. Oder «Daniel Druskat», das mehrteilige Drama um die Kollektivierung in der DDR mit dem Minestrone kochenden, Bellman-Lieder singenden Manfred Krug. Ich bin gewöhnt an den barschen Ton der Grenzer am Übergang Friedrichstraße, der Zwangsumtausch lohnt sich, im Osten bin ich Krösus, kann billig Bücher kaufen, Walfischgulasch im «Gastmahl des Meeres» essen, im «Berliner Ensemble» ein Brechtstück anschauen. Zugegeben, der Alexanderplatz ist scheußlich und spießig, das preußische «Unter den Linden» lockt mich nicht. Moskau hingegen geht mir, bei meinem ersten Besuch im Februar 1974, in seiner Unwirtlichkeit nahe.

An der «Freien Universität», in den hitzigen Debatten um den Kampf der Systeme, siegt zeitweise der Sozialismus. Welcher – nach Moskauer oder Pekinger Vorbild oder eine eurokommunistische Spielart –, das ist umstritten, und so provinziell die selbst ernannten studentischen Avantgarden sind: Sie bewegen sich in einer starken Zeitströmung. Am spürbarsten ist das am 1. Mai, wenn die Demonstrationen im Westen und Osten bei entsprechendem Wind auf Hörweite sind. 1974 herrscht beiderseits Freude über die «Nelkenrevolution» in Portugal, 1975 feiern die Demonstranten hüben und drüben 171 die Befreiung Vietnams.

Weltweit stehen die Zeichen auf Fortschritt, so oder so oder ganz anders, in beinahe allen politischen Lagern scheint eines festzustehen: Es gibt die erste Welt, die zweite Welt, die Dritte Welt. In dieser Struktur bewegt sich das Geschehen auf dem Planeten – grundsätzlich optimistisch voran.

Diese merkwürdige, fast könnte man meinen, Übereinkunft betrifft auch Rita. Sie wächst in Selbstverständlichkeiten mit Ewigkeitsanspruch hinein, ein Kind der langen Breschnewära. Der Mensch der Zukunft, lernt sie, steht in einer ungebrochenen Kontinuität, auf den Schultern gewissermaßen der Großeltern, welche die Industriestädte schufen, der Eltern, die Flüsse umleiteten und der Welt größtes Wasserkraftwerk bauten. Dieses «Bratsker Wasserkraftwerk» ist für Rita identisch mit dem gleichnamigen Lobgesang des Dichters Jewtuschenko. In ihrer Generation hat sich die Realität der Terrors weitgehend verflüchtigt, das Erreichte ist zum Mythos geworden. Rita selbst und ihre Freunde träumen davon, am Bau der 1974 begonnenen «BAM», der Baikal-Amur-Magistrale, mitzuwirken; leider ist die 3145 Kilometer lange Eisenbahntrasse fertig, bevor sie alt genug sind.

«Wir waren blöd, Ulla», sagt Rita, und diesbezüglich ist sie nicht allein auf weiter Flur. Ketzerisch müsste man heute beinahe sagen, die «BAM» gehört zur deutschen Geschichte. Bekanntlich hat die «FDJ» an ihr mitgebaut, DDR-Geschichte ist es allemal. In der Bundesrepublik hat sie damals viele unkritische Bewunderer gefunden. Dass dort wie gehabt Tausende Häftlinge im Einsatz waren, las man in der freien Presse äußerst selten. Ein Symptom für den sich ausbreitenden wohl wollenden Optimismus gegenüber der Sowjetunion. Führende Köpfe in Europa und Amerika vertraten die Ansicht, Industriegesellschaften tendierten auf längere Sicht zur Konvergenz. Eine Politik des «Wandels durch Annäherung», glaubte man, würde das nötige Quantum an Demokratie bewirken.

Neulich fiel mir bei Freunden ein Band des bekannten Fotografen Dieter Blum in die Hände: «UdSSR. Entdeckungsreise in ein reiches Land». Gleich zu Anfang ist die «BAM» zu sehen, eine Schienenschneise in der Taiga, kräftige Kerle mit Eiszapfen in den Bärten. Es handelt sich um die fotografische Ausbeute von neun Reisen, eine russische Kollegin von «Nowosti», die ihn offiziell begleitete, schrieb den Text dazu, der Schriftsteller und Geograf Nikolai Michailow (Jahrgang 1905) ein rührendes, persönliches Vorwort: eine Hymne auf die Schönheit und zivilisatorische Leistung der Sowjetunion, kein Wenn, kein Aber, nicht der klitzekleinste Makel. Gerade zwanzig Jahre ist es her, dass der Econ-Verlag das Buch herausbrachte, die Freunde bekamen es geschenkt – als Weihnachtsgabe der Sparkasse Esslingen.

In diesem Licht erscheint eine Geschichte aus Karaganda (meine Lieblingsgeschichte, wenn ich das über Propaganda sagen darf) nicht mehr ganz so befremdlich: In einem Büchlein «Stadt des Sonnensteins» von 1981 wird von einem sowjetischen Schiff namens «Karaganda» berichtet. Es verlässt 1969 – in Ritas Geburtsjahr – die Werft Warnemünde und hat auf seiner Jungfernfahrt eine Ausstellung über Karaganda an Bord. Die Matrosen zeigen sie stolz in den Häfen, ganz besonders in El Salvador seien die Hafenarbeiter fasziniert gewesen von der modernen Stadt.

Marilyn Monroe, Außerirdische, tote Dichter

Eine Woche vor Ritas dreizehntem Geburtstag, am 10. November 1982, stirbt Breschnew. Sein Tod ist das erste politische Ereignis in ihrem Leben. An diesem Tag, erzählt sie, stürzt Tante Soja, die Nachbarin, schreiend in die Wohnung der Pauls: «Umer! Umer!», schluchzt sie. «Er ist gestorben, gestorben!» – «Wer?» – «Breschnew!» Sie ist völlig außer sich. «Ein

Krieg wird kommen!» Ritas erster Gedanke: Hurra, es gibt schulfrei! Aus allen Himmelsrichtungen beginnen die Sirenen zu heulen, die Erwachsenen laufen wie wild durch die Gegend und stecken mit ihrer Hysterie die Kinder an. Vielleicht stimmt es ja, dass Breschnew der einzige «Titan» ist, der das Reich halten kann? Doch plötzlich ist Rita sicher, es wird keinen Krieg geben, und sie trinkt ruhig weiter Tee.

Andropow, Tschernenko, Gorbatschow, zwei Greise, dann ein Junger, Machtwechsel in so kurzen Abständen hat es nie zuvor gegeben, und Ritas Karaganda ist, wie es war. Dabei verändert es sich – in den letzten zwei Schuljahren, der «schönsten Zeit ihres Lebens», profitiert sie, ohne sich dessen bewusst zu sein, von der «Perestroika». Der frische Wind entspricht ihrem Ungestüm, ihrer jugendlichen Vergnügungssucht, wie wenn er ihretwegen angeweht wäre. Ähnlich wie ich seinerzeit als Mädchen das Ende der Ära Adenauer genossen habe.

Ihre Lehrer in der Schule Nr. 53 werden etwas nachgiebiger, die Schüler aufmüpfiger, alles in Maßen. Rita, verantwortliche Betriebsnudel für den 9. Mai und den Tag der Oktoberrevolution, das jährliche internationalistische Fest (jede Nation kocht, singt, tanzt), entwickelt neuen Ehrgeiz. «Wir haben den so genannten Organisationssektor», erzählt Rita gern, «umgetauft in Desorganisationssektor. Die inoffizielle Aufgabe war zum Beispiel, mit der ganzen Klasse schwänzen, ins Kino gehen. Nicht alle haben mitgemacht, aber zehn, fünfzehn waren wir schon.» Kino – in Maikuduk oder ab zum «Sowjetski Prospekt» mit dem 34er Bus, «down-town», da ist die Auswahl größer. Ein Kultfilm jagt den nächsten: «Die Zähmung des Widerspenstigen», die Shakespeare-Persiflage mit Adriano Celentano und Ornella Muti, «Bingo-Bongo», «Tootsie» mit Dustin Hoffman, Klassiker des Italowesterns wie «Spiel mir das Lied vom Tod». Belmondo, der Ganove und Charmeur mit der platten Nase, dessen Siege so anders sind, fröhlich und nutzlos, man muss ihn einfach lieben. Marilyn Monroe lieben, ihre durchsichtig helle, laszive Weiblichkeit, Rita vergöttert sie.

Was Joseph Brodsky, der Dichter aus Leningrad, im New Yorker Exil notierte: «Allein die Tarzanfilme haben mehr zur Entstalinisierung beigetragen als alle Reden Chruschtschows auf dem XX. Parteitag und danach», setzt sich fort, überall, bis in die kasachische Steppe. Westliche Jugendkultur, längst untergründig präsent, strömt fast ungehindert ins Land. «Depeche Mode», «Modern Talking», Oldies wie Pink Floyd oder die Beatles, ein Glückspilz, wer wie die Pauls ein Tonbandgerät besitzt. Ritas Vater hat dafür 900 Rubel, dreieinhalb Monatslöhne, springen lassen, seine Mädchen zu verwöhnen – und damit die Partys der Clique zu Hause, unter elterlicher Obhut, steigen.

Die Disco kommt auf! Das Ereignis schlechthin: «Wir brannten darauf, dass wir endlich achtzehn sein würden und auf die Tanzflächen dürften, du kennst das, diese Podeste mit einem Gitter drum herum, wo die Erwachsenen sich drehten, und plötzlich, mit fünfzehn: Disco. So ein provisorischer Raum, ganz dunkel, mit solchen Lichtfunken an und aus, alle durcheinander, in einer Enge und Hitze. Und die Tanzflächen von früher waren leer.»

Der Westen selbst ist Rita zu dieser Zeit noch suspekt. Deutschland nichts als ein Fleck auf der Landkarte, ein zweigeteilter Fleck, in dessen schlechterer Hälfte es unwiderlegten Behauptungen zufolge Arbeitslose, Ungebildete und sogar hungernde Kinder geben soll. Wenn schon Kapitalismus, dann lieber Frankreich, Paris, das ist Dior und Chanel No. 5, das liegt auf der Linie der Sehnsüchte, die von ihrem verehrten St. Petersburg in südwestlicher Richtung auf New York zuläuft. In Paris haben sie, lange vor der russischen Revolution, immerhin Aristokraten an die Laternen gehängt. Und Ritas Idol, der Dichter und Sänger Wladimir Wyssotzkij, gewiss kein Zufall, hat eine Französin, die Filmschauspielerin Marina Vlady, zur Frau genommen. Viel später, wirklich erst durch unsere Gespräche, ist Rita das Ungeheuerliche der Jahre seit 1985 aufgegangen, dass sie Zeugin, Mitbeteiligte eines Umsturzes ist.

Aus der Distanz und in Kenntnis der Familiengeschichte wundert sie sich über sich selbst. Diese Rita, die damals als Person Kontur annimmt, ist leichtlebig, furchtlos, «unfähig zu Verfeindschaften». Wie kann in der dritten Generation in Karaganda, nach all dem, so ein Luftikus auftauchen? Die Tochter, Enkelin, Urenkelin, Ururenkelin von «Schaffern»: faul! Voller Energie, glühend und mitreißend, nur wenn es um etwas Interessantes geht, ansonsten liebt sie die «Oblomowtschina». Sie könnte mit Gontscharows «Oblomow», dem großen Faulpelz der russischen Literatur, in Konkurrenz treten.

Am ernsthaftesten interessiert sie sich damals für UFOs. Rita und ihre Freundin Wika sind wie Millionen Sowjetbürger von dem Gedanken besessen, es könne menschliches Leben auf dem Mars, der Venus, sogar in anderen Galaxien geben. Jede noch so ominöse Meldung über die Landung eines UFOs, über diesbezügliche geheim gehaltene Papiere aus dem Pentagon sind Stoff für endlose Diskussionen. Natürlich ist nicht wahr, was sie als Kinder dachten, die ziependen Geräusche im Radio, auf der Langwelle, sind kein Code der Außerirdischen. Aber geben muss es sie. Wie mögen sie aussehen, wie soll man sich verhalten, wenn man ihnen begegnet – Hände schütteln, lächeln? Nächtelang stellen die Freundinnen Theorien auf, warum das All nicht unendlich sein kann, entwerfen einen Kodex von Willkommensgesten. Jules Verne lässt grüßen, sein Science-Fiction-Roman «Von der Erde zum Mond» von 1865, das Buch ihrer Kindertage, beflügelt noch einmal die Phantasie. «Schöne Welt irgendwo» nennt Rita heute diese vergangenen Träume.

Unterdessen werden in der Realität Risse sichtbar, im Dezember 1986 wird ihr erstmals unheimlich. Aus Alma-Ata, der Hauptstadt, werden Demonstrationen gemeldet: Moskau hat den langjährigen Parteichef Kunajew durch einen landesfremden Russen ersetzt, Zorn hat sich Luft gemacht, es hat Tote gegeben. Während einer Vollversammlung der Schule Nr. 53 in Maikuduk fallen schreckliche Worte. «In der Parallelklasse gab es einen Jungen aus einer wohlhabenden kasachischen Familie, und dann ist dieser Schaksaly, wir haben ihn ‹Jacques› genannt, so modern, er ist einfach aufgestanden und hat gesagt: ‹Wir sind Kasachen, wir wollen auch unsere Unabhängigkeit.› Und dann hat jemand gesagt: ‹Aber es wird doch gemordet und gebrannt.› Und er sagte: ‹Das ist richtig. Wenn es sein muss, werde ich das auch tun.› Stell dir vor, zehn Jahre hast du mit dem in der Schule verbracht, und dann plötzlich, er könnte dich totschlagen im Namen der Unabhängigkeit Kasachstans. Ich dachte, wir sind eine Familie, mehr oder weniger, auch in der Klasse.» Unbegreiflich, aber das Ereignis bringt einen Gedanken ins Rollen. «Wir, die Russen, haben zu spüren bekommen, dass wir Besatzer sind. Und die Kasachen eigentlich unsere Gastgeber.»

Sie fühlt sich angegriffen «als Russin», ganz instinktiv empfindet sie sich als Teil der überlegenen Kolonialmacht, selbst eine Unterworfene zu sein, kommt ihr nicht in den Sinn. In einem winzigen Moment, dessen sie sich später schämt, beteiligt sie sich sogar daran, das Feuer zu schüren. Auf einer Wahlversammlung des Komsomol sitzt sie neben einer Freundin ganz hinten; um nicht vor Langeweile zu sterben, spielen sie Schiffe-Versenken, und als die Wahllisten herumgereicht werden, sagt Rita: «Komm, lass uns die Kasachen streichen.» Aus Jux, und dann tun sie es. Bei der Auszählung wird bekannt gegeben: den Kasachen fehlen zwei Stimmen.

In Karaganda, angesichts von nur drei Prozent Kasachen,

wird der Konflikt nie brisant. Beunruhigender sind Meldungen über das «Polygon» bei Semipalatinsk, die über 450 geheim gehaltenen Atomwaffentests. Man erinnert sich plötzlich daran, dass die Tassen im Schrank gewackelt haben. In der Zeitung wird endlich auf das Loch in der Atmosphäre hingewiesen, das jeder Start in Baikonur reißt, Ursache für seltsam abrupte Temperaturschwankungen und mit ihnen einhergehendes Kopfweh, Herzrasen. Damit sind die Kosmosflüge entzaubert – Karaganda, wird offenbar, liegt im Schnittpunkt zweier ökologisch verheerender Projekte Moskaus. Gerüchte über ein drittes, eine Biowaffenfabrik im 300 Kilometer entfernten Stepnogorsk, die die Produktion von Anthrax und Pockenviren aufnehmen soll, werden sich bewahrheiten.

Unsereiner hätte die Flucht ergriffen, mein Europa steckt damals mitten in der Tschernobyl-Panik. In Ritas Stadt kann sich der Schrecken nicht entfalten – wohin, was tun, jede Frage führt ins Nichts. Der Schnee in Karaganda ist schwarz, der Himmel ist schwarz oder, um das Stahlwerk herum, braunrot, man hat jahrzehntelang Staub und Gift geschluckt.

1987 sind für kurze Zeit Enthüllungen über den KARLag Stadtgespräch, ausgelöst durch einen Artikel von Viktor Dyck in der «Kasachstanskaja Prawda». Rita erinnert sich, dass alle hinter der Zeitung her sind, ihr selbst ist die Serie von Taxifahrermorden im selben Jahr mehr präsent. Sie lässt die Erregung der Älteren nicht an sich heran, beim sonntäglichen Familienpalaver in Engels ist sie selten dabei. Nicht mal bei der Einweihung des von der Großmutter lang ersehnten mennonitischen Bethauses.

Einige Lektüren kratzen an ihrem sowjetischen Weltbild. «Die Kinder vom Arbat», die Geschichte der Deportation eines jungen Mannes nach Sibirien, die in Moskau Furore macht, missfällt ihr «stilistisch». Zwei große Klassiker aus der frühen Sowjetzeit aber beindrucken sie tief. Sie amüsiert sich königlich über die Satire «Zwölf Stühle» der Odessiten Ilf und Petrow: Ostap Bender ist ein Held nach ihrem Geschmack, der charmante, gewitzte Gauner, der auf der Jagd nach versteckten Juwelen auf verschiedenerlei verderbte, von Revolution und Bürgerkrieg angeschlagene Zeitgenossen trifft. Bulgakows Roman «Hundeherz», den sie als Kinoverfilmung sieht, versteht sie vor allem als Science Fiction, Filipp Filippowitsch, den skrupellosen Wunderdoktor, der einem alten Straßenköter Hoden und Hypophyse eines jungen Lumpenproleten einpflanzt und statt eines verjüngten Hundes ein gemeines menschliches Scheusal hervorbringt, als einen sowjetischen Frankenstein. Die historische Parabel zu begreifen, ist sie zu jung, das Schicksal der populären Autoren interessiert sie nicht. Zumindest gerüchteweise ist in Karaganda bekannt, dass alle drei, Ilf, Petrow und Bulgakow, in den dreißiger und vierziger Jahren ermordet wurden.

Bei ihrer Schulentlassung im Sommer 1987 ist Rita Pauls eine unbeschwerte junge Erwachsene. Nach der wodkaseligen Feier zieht sie mit der Klasse, wie es Tradition ist, zu einem Erdhügel am Rande eines aufgelassenen Tagebaus, den Sonnenaufgang zu beobachten. Sie ist müde, melancholisch. Und zukunftsgewiss – sie wird in Karaganda Musik studieren und irgendwann auf einer großen Bühne stehen, in ihrem geliebten St. Petersburg oder Moskau.

Zukunfts-Musik

Seit dem Kindergarten zeichnete sich ihre Neigung ab, und nach fünfjähriger Unterbrechung aus Trotz hat sie sich in der 8. Klasse von selbst wieder eingestellt. An einem Abend unterm Sternenhimmel, Rita war in einer «Oase», einem 200 Kilometer südlich von Karaganda gelegenen, für Steppenbewohner ungewöhnlichen Ort mit Wäldern, Bergen und Seen. Die älteren Jungen haben Gitarre gespielt, und Rita hat Feuer gefangen. Und nachdem eine Musiklehrerin anlässlich eines Auftritts mehrerer Schulchöre Rita aus der Masse herausgehört und belobigt hat – «Das Mädchen kann gut singen» –, hat sie regelmäßig geübt. Manchmal hat sie bei Veranstaltungen etwas Selbsteinstudiertes vorgetragen, nie kommunistische Lieder, Romanzen meistens. Obgleich sie die Gefühle, die sie besingt, nicht kennt, hat sie in der Liebeslyrik einen persönlichen musikalischen Stil gefunden.

Karagandas Musikfachschule macht ihr zunächst Angst. «Als ich das erste Mal dort war, um meine Bewerbung abzugeben, whow! Solche interessanten Menschen! Man sah ihnen an, die sind Genies! So blass. Mein Gott! Vielleicht gehöre ich bald dazu. Da waren viele Kinder aus wohlhabenden Familien, intelligenten Familien, sehr viel Juden. Ich dachte, es wird schwierig sein, diesen Standard zu erreichen, auch mit Klamotten. Man muss ausländische Klamotten tragen, um akzeptiert zu werden.»

Wegen ihrer gut entwickelten «postawlenny golos» – zu Deutsch: «die Stimme, die auf dem Atem steht» – wird Rita gleich ins dritte Semester eingestuft. «Ich war also ein Genie!» Was in der Praxis natürlich nicht zutrifft. Im Sologesang kann sie glänzen, Ensemblegesang liegt ihr. Beim Theaterspiel jedoch bekommt sie nie eine Hauptrolle, dem Fechtmeister ist ihre Statur zu kräftig. Fortepiano, bei den Sängern ohnehin nebensächlich, studiert sie ohne Ehrgeiz. Ziemlich schnell deutet sich bei ihr eine Richtung an, sie will Konzertsängerin werden. Darin wird sie von einer Lehrerin, einer ehemaligen Operettensängerin, bestärkt: «Operette ist das schmutzigste Geschäft der Welt», Rita hat ihre Ansprache noch im Kopf. «Da muss man beißen und mit Ellbogen stechen. Sie können das nicht, Sie sind zu gutmütig. Wenn Sie Ihren Charakter nicht verderben wollen, dann gehen Sie nicht in die Oper oder Operette.»

Ein in jeder Beziehung exklusiver Ort. Von Lehrern, Mitschülern umgeben, die zu Hause eigene Bibliotheken haben und selbstverständlich verbotene Bücher, fühlt sich Rita, die ein einziges Mal ein Samisdat-Blatt in Händen hatte (und daraus eine Yoga-Anleitung abschrieb), wie hinter dem Mond aufgewachsen. Sie spitzt die Ohren, wenn auf den Fluren politisiert wird oder in den Stunden von Tamara Alexandrowna, der Gesangsabteilungsleiterin. Zwischen ihr und dem Pianisten entspinnen sich häufig Debatten, über Andrej Sacharow zum Beispiel. Warum er, just aus der Verbannung zurück, unbedingt in die Politik gehen muss und nicht bei seiner Physik bleibt.

Rita lässt sich treiben, ohne sich auf etwas Neues festzulegen. Besonders fasziniert sie das jüdische Milieu, die Juden scheinen all das Interessante, ihr Fremde am stärksten zu verkörpern. Intellektuelle Brillanz, bürgerliche Kultiviertheit, Urbanität, sie kann es nicht genau benennen, es bleibt damals im Irrationalen. «Es gibt ein jüdisches Geruch, dachte ich. Wenn ich zu meiner Solfeggio- und Harmonielehrerin ans Klavier musste und wir nebeneinander saßen, sie hatte eine schicke Frisur, und ihr Haar roch so gut.» Dieser Duft ist einer der letzten prägnanten Gerüche, der ihr von Karaganda in Erinnerung geblieben ist.

«Duch», das altrussische Wort für Geruch, hat Rita mir beigebracht, bedeutet zugleich «Geist». In diesem Sinne sei das Riechen wesentlich, Patrick Süskinds Roman «Das Parfum» habe ihr dies bestätigt. Einmal hat sie versucht, für mich die Gerüche ihrer Kindheit und Jugend zu beschreiben. Die verschiedensten Kochdünste im Hausflur ... den Schuljahresanfangsgeruch von frischer Farbe und Gladiolen ... den Gestank aus geborstenen Kanalisationsrohren ... der Kunststofffabrik ... den Duft von Staub, den endlich der Regen in feinen Schlamm verwandelt. Stadtgerüche, Familiengerüche, Gerüche von Gutenachtküssen, der alten Strickweste ihrer Großmutter, Intimes, so selbstverständlich vertraut, dass es erst wahrgenommen wird, wenn es fehlt. «Weißt du, Ulla, dass sich, wenn du ein Land verlässt, sogar der Körpergeruch ändert?»

Typisch für die Musikfachschule damals ist die Allgegenwart westlicher Parfums – ein Luxus, der Bekenntnis sein will. Wer ihre interessanten Lehrer sind, geht ihr erst in Deutschland auf. Meistens sind sie Abkömmlinge des KARLag; von den Älteren, den entlassenen und dagebliebenen politischen Häftlingen, sind nur noch wenige in Karaganda, aber sie haben eine Schülergeneration erzogen, und die hält das Niveau. Vielerorts, nicht nur in den Künsten, auch in der Medizin, den Naturwissenschaften, Karaganda ist ein Nest von Intellektuellen.

Ihr Sprachstudium in Germersheim führt Rita manchmal in diese Welt zurück. Einige der Gedichte, mit denen sie sich jetzt beschäftigt, von Anna Achmatowa, Joseph Brodskij, Ossip Mandelstam, hätte sie früher bei ihren Lehrern ausleihen können.

«Epigramm gegen Stalin.
Und wir leben, doch die Füße, sie spüren keinen Grund,
Auf zehn Schritt nicht mehr hörbar, was er
Spricht, unser Mund,
Doch wenn's reicht für ein Wörtchen, ein kleines –
Jenen Bergmenschen im Kreml, ihn meint es.
Nur zu hören vom Bergmenschen im Kreml,
Dem Knechter,
Vom Verderber der Seelen und Bauernschlächter.
Seine Finger wie Maden so fett und so grau,
Seine Worte wie Zentnergewichte genau.

Lacht sein Schnauzbart dann – wie Küchenschaben,
Und sein Stiefelschaft glänzt hocherhaben.
Um ihn her – seine Führer, die schmalhalsige Brut,
Mit den Diensten von Halbmenschen spielt er, mit Blut.
Einer pfeift, der miaut, jener jammert,
Doch nur er gibt den Ton an – mit dem Hammer ...»

Dieses Gedicht von 1933, das Mandelstam die erste Verbannung eintrug, entstand unter dem Eindruck einer Reise ins bäuerliche Südrussland, wo nach der Kollektivierung Millionen Menschen hungers starben. Solche Texte zwingen Rita die Frage auf: Was wäre gewesen, hätte sie von allem gewusst?

Neulich am Telefon teilte sie mir mit, sie habe ihr Referat über die Unmöglichkeit einer angemessenen deutschen Übersetzung von Jerofejews «Reise nach Petuschki» fertig. Die im Delirium endende literarische Sauftour, in deren Verlauf alle Werte der Sowjetunion radikal demontiert werden, habe sie genervt, erschöpft. «Gut!!!», dass sie das Buch nicht früher im Samisdat gelesen habe, «dieses Katastrophische, dieses Kaputte, Neurotische, Selbstzerstörerische, nein. Lieber bin ich eine gesunde Bauernnatur.»

Sie sei ein «Spätzünder», behauptet Rita, schon immer gewesen, in allem, in der Liebe sowieso. Kein «Turgenjewsches Mädchen» wie ihre Freundin Swetlana, das in hochgespannter Erwartung auf das eine hinlebt, eher ein Kumpel. Zwei Küsse mit siebzehn von Andrej O., wie schon gesagt, davon abgesehen sei sie über «die Verliebtheit hinweggesprungen. Das Händchenhalten, Erröten». Aus der Musikfachschulzeit ist nur eine kurze erotische Begegnung an einer Bushaltestelle zu vermelden. Der Bruder einer armenischen Freundin erkundigt sich angelegentlich nach Ritas musikalischen Fortschritten, derweil sich sein Blick in ihren Ausschnitt verirrt. Sie steht da in einem hautengen Sommerkleid, das die Mutter genäht hat im Stil der Monroe, und bemerkt seine Stielaugen erst nicht, und dann, nach kurzer Befangenheit, durchblitzt es sie: «Große Busen können ein Vorteil sein!» Von diesem Augenblick an akzeptiert sie ihren Körper, den sie so oft verborgen hat, seitdem sitzt und geht sie gerade.

Natürlich hat mich Rita in Karaganda an diesen «historischen Platz» geführt. Sie war ergriffen, und ich, die ich mal wieder nichts von Bedeutung sehen konnte, bloß einen löchrigen Gehsteig, verdurstete Sträucher, ein bröselndes sowjetklassizistisches Gebäude, platzte wie ein Elefant in ihre nostalgische Stimmung. Das Schild über dem Eingang «Medizinische Fakultät» hatte mich auf eine Idee gebracht: «Da müssen wir rein, die könnten doch ...» Und so war es, ein paar Minuten später befanden wir uns in einem der größten anatomischen Kabinette der früheren Sowjetunion. Inmitten von Präparaten, Körperteilen, Organen in Gläsern, Embryonen und Föten, Missgeburten – ähnlicher Art, wie ich sie aus Westeuropa kenne, mit meinen Laienaugen konnte ich nichts Besonderes ausmachen. Meine unverblümte Frage, die Rita äußerst ungern übersetzte, ob es hier spezielle, durch Radioaktivität verursachte Abnormitäten zu betrachten gäbe, verneinte die uns begleitende Medizinerin bestimmt. Wolfsrachen wäre in Karaganda überdurchschnittlich häufig, aus bislang ungeklärten Gründen. Staublunge selbstverständlich, da hätte wohl keine andere Bergarbeiterstadt, in Deutschland oder sonst wo, eine ähnlich reichhaltige Kollektion zu bieten. «Soweit ich das sehe», setzte sie hinzu. Woraufhin Rita mit den Achseln zuckte, «Was kann sie schon gesehen haben?», und zur Tür hinausstürzte; ihr war kotzübel.

Ihr Karaganda, wird Rita damals bewusst, das so gute Hochschulen hat, liegt im Abseits. Die deprimierende Einsicht wird intensiviert durch ihre Korrespondenz mit Wika, die im 5000 Kilometer entfernten Sowjetsk studiert, am äußersten nordwestlichen Rand der Sowjetunion, im Kaliningrader Gebiet. Tilsit hieß die Stadt früher. «Stell dir vor», schreibt Wika begeistert, «unser Kinotechnikum war früher das Hauptquartier der Gestapo.» Rita antwortet: «Du bist endlich raus aus der Peripherie. Endlich wirst du das Leben sehen! Maikuduk?, fragst du. Das steht noch. Es scheint, dass der Held, der es zum Hundeteufel in die Luft sprengen würde, noch nicht geboren ist.»

Beim Wiederlesen ihrer Briefe ist Rita überrascht. Darin ist viel von Leere, Langeweile die Rede, dann wieder, krampfhaft fröhlich, von Hochstimmung. Um Wika zu imponieren, deutet sie Amouren an, die sie in Wahrheit nicht hat. In den Briefen spiegelt sich eine von ihr fast vergessene dunkle Seite ihres achtzehnjährigen Lebens.

Ausreisen oder bleiben?

Rückblickend erscheint es sonnenklar und unbedingt logisch: Die Pauls sind nach Deutschland ausgereist. Was hätten sie nach westdeutscher Sicht der Dinge auch anderes tun sollen? Und inzwischen denken auch sie selbst mehr und mehr, dass es vielleicht «historisch notwendig» war. In Wirklichkeit ist der Vorgang damals äußerst verworren. Niemand von den Pauls hat 1987 Deutschland, «Germanija», wie man auf Russisch sagt, im Visier; wenn einer prophezeit hätte, ihr werdet im Sommer 1989 auf dem Frankfurter Flughafen landen, sie hätten ihn für verrückt erklärt.

Es ist, wie bei den meisten Russlanddeutschen, ein komplizierter Entscheidungsprozess innerhalb der ganzen Sippe. **185** Pioniere waren die Janzens, und das hat eine sehr lange Vorgeschichte. Die führt zurück bis zu Anna Janzens Lagerhaft

1943–46 in Dolinka, eine böse Erfahrung, die sonst niemand hatte und derentwegen sie nie aufhörte, die Sowjetunion zu hassen. Ihr Sohn Jascha, mit dessen Familie sie in Engels lebte, war ein Nonkonformist, temperamentvoll und mutig, nach dem Motto: «Wer nicht wagt, der nicht gewinnt.» Ein Tausendsassa, der sich im System glänzend durchschlug. Einer Familienlegende zufolge tüftelte er zum Beispiel eine Gasheizungsanlage aus. Erst installierte er sie probeweise bei sich, dann beim Genossen Vorsitzenden, beim Agronomen, dem Schulleiter, immer hübsch der Hierarchie nach, und dann mithilfe der zufriedenen Obrigkeit in allen Haushalten. Der Sowchos Engels, vormals «18. Parteitag», war Anfang der siebziger Jahre der erste, der komplett mit Zentralheizungen ausgerüstet war. Jascha Janzen dachte über die Sowjetunion hinaus, das Land seiner mütterlichen Vorfahren war für ihn ein Faktor. Zumindest schloss er nicht gänzlich aus, dass er in seinem Leben noch eine Rolle spielen könnte. Für seine Frau Emma war Deutschland eine vage Kindheitserinnerung. Kurz vor Kriegsbeginn bei Cherson in der Ukraine geboren, von wo die Deutschen wegen des raschen Vormarsches der Wehrmacht nicht mehr nach Osten deportiert werden konnten, wurde sie 1943 mit den Eltern ins besetzte Polen, den Warthegau, umgesiedelt; und aus dieser eigentlich unglückseligen Zeit, in der sie deutsche Staatsangehörige war, sind ein paar Fetzen geblieben von Landschaft, von Ordnung und Zivilisation, die nach 1945, nachdem die Rote Armee die Familie «repatriiert», das heißt an den Polarkreis verschleppt, hatte, etwas Bleibendes hinterließen. Am Ende einer gefährlichen Odyssee, als elternloses Mädchen in Karaganda, wusste sie noch, in der UdSSR bin ich eine Ausländerin. Und hatte den Satz der Mutter im Ohr: «Ich würde zu Fuß nach Deutschland laufen.»

Ausreise – seit Mitte der sechziger Jahre ging dieses Wort

um. Das Beispiel der jüdischen Minderheit, die sich zusammenfand, nach Israel drängte, machte Schule. Überall, auch in Karaganda, kursierten geheime Listen, in die sich ausreisewillige Deutsche eintrugen. Am 30. September 1973 trafen sich 400 Personen in Karaganda zu einer verbotenen Demonstration. Die Janzens waren nicht involviert, hatten aber bereits einen Weg nach draußen im Blick. Es hatte sich allgemein herumgesprochen, dass Ausreiseanträge, die vom Baltikum und von Moldawien aus gestellt wurden, größere Aussicht auf Erfolg hatten als in anderen Sowjetrepubliken. Deswegen zogen viele Russlanddeutsche in den siebziger Jahren dorthin, Bewohner ganzer Straßenzüge des Karagandiner Bezirks «Kirsawod» verschwanden nach Moldawien. 1975 beflügelte die Konferenz von Helsinki die Hoffnung auf Besuchsmöglichkeiten und Familienzusammenführung. Wer Verwandte im Westen nachweisen oder glaubhaft machen konnte, hatte eine Chance. Emma Janzen wusste jemand, eine bei Kriegsende entkommene Cousine ihrer Mutter.

Anlässlich eines Autokaufs in Moskau hatten die Janzens einen Abstecher nach Moldawien gemacht, um einen Wohnsitz auszukundschaften, fanden allerdings die Umstände «zu primitiv». Es ergab sich etwas anderes, die Familie zog 1976 mit ihren drei Kindern in einen Sowchos bei Anapa, ans Schwarze Meer. Ein bisschen östlich der berühmten Krim, von der jeder Sowjetbürger träumte, jener Halbinsel, wo schon die Zarenfamilie Urlaub machte und der Dichter Tschechow seine Tuberkulose behandeln ließ. Auch diese Strände waren noch Teil des Ferienparadieses, der Sowchos verdiente prächtig am wilden Tourismus. Es lebte sich richtig gut, fast ungezwungen, in einer bunt gemischten Gesellschaft von sowjetischen Europäern. Dazu Sommergäste aus der Tschechoslowakei, Ungarn, der DDR, näher am Puls der Zeit konnte man kaum sein.

Am Schwarzen Meer, 1976: Heinrich Pauls mit seinen Töchtern

Die Pauls, die zwei Mal in den Ferien zu Besuch kamen, waren von der Andersartigkeit dieses Lebens vollkommen begeistert. Sogar Rita mit ihren sechs und acht Jahren empfand, dass etwas Besonderes, etwas Heiteres, ja Verrücktes in der Luft lag. Großtante Anna, erinnert sie sich, stieg mit ihren über fünfzig Jahren auf die höchsten Kirschbäume, am großen Familientisch wurde eine freie Rede geführt. Am meisten gefiel dem Mädchen aus der Steppe natürlich das Meer. Das Meer und die Wassermelonen, die in den Sand eingebuddelt wurden. Und ein Lied über einen Skandal in Afrika, das immerzu vom Tonband dudelte, von einer Giraffe, die sich in eine Antilope verliebt.

188

«Da erhob sich Gebell und Geschrei,
nur der alte Papagei,
schrie laut aus den Ästen:
Die Giraffe ist groß – sie überblickt es am besten.»

In den schwarzmeerischen Sommern lernte das Kind Wladimir Wyssotzkijs Lieder kennen, ihr Onkel Jascha hatte eine große Sammlung davon. Für mich sind sie Schlüssel zu dem für Westmenschen schwer begreiflichen Milieu. Dieser Mann, der nicht für ein sozialistisches Kollektiv auftrat, der einfach sagte «Ich, Wyssotzkij», hat wie kein anderer auszudrücken vermocht, was Sowjetbürger in der Breschnewzeit bewegte. Nichts, was er nicht besungen hätte – Arbeit und Liebe, das Dampfbad, den Weltraumflug, Krieg, Sport, totgeschwiegene Themen wie die Qual der Lagerhäftlinge, den unmäßigen Wodkakonsum. Das Lebensgefühl im Land, «das vom Schlaf verquollen und ermattet ist». Seine Poesie, seine raue Stimme kannte jeder, obwohl zu seinen Lebzeiten kaum Schallplatten gepresst wurden, er in den staatlichen Medien nie auftauchte. Wyssotzkij sang im privaten Moskauer Kreis, im Betrieb, mal im Kolchos, und binnen weniger Tage verbreiteten sich die Tonbandmitschnitte, reisten zum Polarkreis, bis Sachalin, in den Kaukasus. Ein Volksheld, respektlos, leidenschaftlich, von der «russischen Krankheit», dem Alkoholismus, befallen – kein Dissident, wie ihn der Westen, wo er Konzerte gab, gern nannte. Ein Phänomen wie Wyssotzkij hat es in unserer Welt nie gegeben. Für uns sind die kräftigen untergründigen Strömungen, die Millionen Bürger eines totalitären Staates verbinden können, ein Rätsel. «Es herrschte eine Atmosphäre der Freundschaft», hat Wyssotzkij über die Breschnewzeit geäußert. Diesen Satz würde jeder in Ritas Familie unterschreiben **189** und mit drei Ausrufezeichen versehen.

Jascha Janzen, Meinungsführer der Sippe, hat sich mit Wyssotzkij sehr identifiziert. Sie waren beide Jahrgang 1938, ähnlich energiegeladen, lebenshungrig, und wie sein Idol, das im Moskauer Olympiasommer 1980 an Herzversagen starb, endete Jascha Janzen jäh und früh, mit Anfang vierzig. «Wenn einer wegkommt, dann bin ich es», hat er oft gesagt.

«Nah am Abgrund, hart am Rand
peitsch ich, jag ich meine Pferde.
Schlucke Nebel, saufe Wind und atemlos
spüre ich entzückt – ich gehe drauf.

Langsamer, Pferde, nicht so schnell,
achtet nicht auf die Peitsche.
Doch mir wurden launische Pferde gegeben.
Hab mein Leben nicht zu Ende gelebt,
werd mein Lied nicht zu Ende singen.»

Jascha Janzen, der im Herbst 1982 bei einem Autounfall ums Leben kam, liebte dieses Lied.

Seine Familie führte den Kampf um die Ausreise weiter. Alle halbe Jahr gingen Gesuche heraus, eines an örtliche Behörden, eines an die Regierung, eines an die diplomatische Vertretung der Bundesrepublik. 1986 fuhren der Sohn und die ältere Tochter, beide jungverheiratet, mit Ehepartnern und zwei Kleinkindern nach Moskau, um auf dem Roten Platz zu demonstrieren. Mit Müh und Not konnte jemand von der deutschen Botschaft sie davon abhalten, der KGB war ihnen schon auf den Fersen. Die Tour endete glimpflich, 1987 konnten die Janzens schließlich das Flugzeug nach Frankfurt besteigen.

Maria Pauls war über den Fortgang ihrer Schwester Anna untröstlich. Rita war empört, beinahe hätte sie den Verwandten einen patriotischen Brief geschrieben: «Warum? Jetzt, wo alles besser wird?» Ihren Vater Heinrich, der mit seinem jüngeren Bruder Hans die Janzens in Moskau verabschiedete, packte auf dem Flughafen Scheremetjewo die Angst: «Ich dachte, jetzt werden alle gehen.» Unter den Zurückbleibenden gärte es seitdem, die Familiendebatte ist nun eröffnet.

Sie überschattet Ritas Studienzeit, doch zunächst hört sie einfach weg. Sowjetischerseits ist die Ausreise, durch einen neuen Anhang zum Passgesetz, enorm erleichtert worden. Aber warum sollte man fahren? Ohne Not? Man lebt im Prinzip gut, inzwischen auch «frei genug», und was man von Deutschland erwarten darf, liegt im Nebel, ebenso ungreifbar die eigene deutsche Identität. Von Gründen oder Gefühlen der Zugehörigkeit zu dem fernen Land keine Rede, alle hängen an Karaganda. Und doch geht, ohne dass sich irgendetwas vernünftig klärt, der Prozess voran. Jetzt preschen Hans und Anna Pauls vor, der Leiter einer Restaurationswerkstatt und die Textildesignerin denken von jeher etwas weiter, von ihren Dienstreisen nach Jugoslawien oder in die DDR haben sie eine Ahnung vom «besseren Leben». Sie sind fast entschieden, wollen, damit sie, den deutschen Formalitäten entsprechend, schnell eine Einreiseerlaubnis bekommen, die Mutter mitnehmen. Das bringt Hans' Schwester Leni Toews und ihren Mann Viktor in Zugzwang. «Nein, die Mutter bleibt bei uns. Wir fahren zuerst.»

Maria Pauls und ihre Tochter Leni stehen unter dem Einfluss der mennonitischen Kirchengemeinde, dort ist die Stimmung: «Wir bleiben.» Dann, fast über Nacht, kippt sie um. Die einen sind Feuer und Flamme: «Gott hat die Tür geöffnet. Wir müssen gehen!» Andere stürzen sich in Pläne, wollen in der Nähe des neuen Bethauses bauen, träumen davon, die Gemeinde zu erweitern. «Vielleicht ist es Gottes Wille, den anderen Völkern das Evangelium zu bringen.» Die Prediger mischen sich nicht ein, überraschenderweise schlägt niemand apokalyptische Töne an. Unter der vierhundertköpfigen Gemeinde herrscht gespannte Unruhe. «Sprecht nicht davon!», heißt es, aber der Zwiespalt ist da zwischen denen, die ihre «Papiere machen», und denen, die sich ängstigen, allein gelassen zu werden. «Ach, ihr geht wohl ins Gelobte Land!»

Was gibt den Ausschlag? Bei Maria Pauls ist es eindeutig die Sehnsucht: «Ich will nach meine Schwester Anna!» Bei Leni Toews etwas Unbestimmtes: «So wunderlich. Wir waren wie in einem Strom.» Oder, würde ich sagen, nachdem ich diese Version viele hundert Mal gehört habe, wie eine Herde, die auf einen Impuls, einen Schuss von irgendwo losläuft. Es vollzieht sich einfach. Dass sie selbst es wirklich will, wird Leni Toews erst kurz vor der Ausreise klar. Ausgerechnet im Kuhstall, erinnert sie sich, als sie abends, müde von der Arbeit als Physiotherapeutin, die Kuh melkt und die mal wieder störrisch ist, schreit sie in den Stall: «Du Untier, brauchst mich nicht treten. Ich geh nach Deutschland! Ätsch!»

Einmal in Gang gesetzt, ist die Dynamik nicht aufzuhalten. Im Sommer 1988 fahren Maria Pauls und die Toews, und damit ist ausgemacht, die anderen werden folgen. «Wir gehören zusammen», beschließt Heinrich Pauls, der am längsten gezögert hat. Anders als bei seinen Geschwistern ist in seiner Familie die Haussprache Russisch, besonders seine Frau Tossja würde es in Deutschland schwer haben. Eigentlich will sie nicht fort, fügt sich, weil eine Frau ihrem Mann folgen muss. Im Zuge der Vorbereitungen freundet sie sich mit dem Gedanken ein wenig an. In den Briefen der Schwägerin Leni aus Kehl wird deutlich: Das tägliche Leben drüben ist leichter, die beiliegenden Versandhauskataloge bestätigen dies. Eine vollautomatische Waschmaschine, schöne Stoffe, welche Frau hätte das nicht gern?

Unter der nächsten Generation, meist schon verheiratet, in größtenteils gemischten Ehen mit Russen, ein Kasache ist darunter, schmelzen die Widerstände ebenso rasch dahin. Bis auf Rita, sie feilscht mit ihrem Vater um Aufschub, will ihr Studium beenden dürfen. Und ihre Schwester Lena, gerade jungverheiratet und Mutter eines Buben, deren Mann Oleg etwas anderes vorhat. «Alle oder keiner!», gibt Heinrich Pauls als Parole aus.

Rita lässt sich schließlich erweichen. «Was willst du machen gegen eine Epidemie?» Nach Deutschland zieht sie nichts, aber sie verlockt Paris, die große Welt. Am 9. Oktober 1988 schreibt sie an Wika: «Ich bin immer noch auf der Musikfachschule und bleibe dort aller Wahrscheinlichkeit nach bis zum Frühling und dann … tuff-tuff-tuff, tu-tuuuuuuuuuuuu-uh! Mein Cousin Viktor schrieb mir aus Deutschland, wie es ihm eines Tages zu langweilig zu Hause war und er spazieren ging. Nach 15 Minuten stand er vor der französischen Grenze. Überlegte ein wenig und ging weiter auf der Brücke über den Rhein. Nach einiger Zeit befand er sich in der Stadt Straßburg. Er spazierte so circa eine Stunde in Frankreich und kehrte zurück nach Deutschland. Kannst du dir das vorstellen? … Wie du auch schreibst: ‹Über die Brücke und schon bist du in Litauen.› Wegen so etwas würde ich auf der Stelle meine Koffer packen und hier verschwinden. Nur eins gibt mir keine Ruhe, ich denke ständig darüber nach: Was erwartet mich dort? Welcher Beruf? Diese verfluchte Ungewissheit hat mir mein Hirn (so vorhanden) ausgetrocknet.»

Einen Monat später bittet Rita die Freundin, ihr Wörterbücher zu kaufen, Deutsch–Russisch, Französisch–Russisch, Russisch–Italienisch, und sie gibt ihr das Versprechen: «Erinnerst du dich an die Zeilen deines geliebten Jessenin: ‹Gesicht an Gesicht erblickst du kein Gesicht. Das Große siehst du nur von Ferne.› Wenn ich von dort aus etwas Großes und Bedeutendes sehe, werde ich zurückkommen, koste es mich, was es wolle.» Dann, ein paar Tage darauf: «Wika, wir haben die Einreiseerlaubnis bekommen. Aber mit einem Fehler, statt ‹Rita› stand da ‹Margarita›, und das geht nicht. Jetzt warten wir auf eine andere. Komm schnell, sonst bin ich nicht mehr da.»

KAPITEL 9: Glückssuche in Magadan

Wir sind in der Apfelzeit** nach Deutschland gekommen», datiert Ritas Großmutter ihre Ankunft. «Frag nicht, in welchem Jahr.» – «1988», souffliere ich. – «Die Äpfel waren reif, wir waren doch in dem Lager bei Nürnberg und gingen immer spazieren. Schöne Gärten waren das, Blumen, große Äpfel, ein gutes Apfeljahr, da lag viel unter dem Baum. Ich dachte, jetzt wird einer heraustreten und mir anbieten. Nichts, niemand kam.» Dieser erste Eindruck, so Maria Pauls, habe sich mit der Zeit verfestigt. «Die Leute hier sind weniger freundschaftlich. Sie sind mehr für sich. Hier fragt keiner, wo hast du das schöne Kleid her?» Dazu fällt ihrer Tochter Leni eine Anekdote ein. «Ich hatte einen Paletot mit Nerzkragen drüben. Wir bemühten uns, chic zu sein. Ich ging in Deutschland am ersten Tag mit hochhackigen Schuhen zur Arbeit, roten Schuhen, und wurde belächelt. Die Deutschen kamen alle in Pantinen.»

Eine Apfelgeschichte. Funken von Munterkeit, ein Stück Gespräch, und wie üblich reißt der Faden. Wieder eine Apfelgeschichte! Enttäuschend und ganz offensichtlich von Belang, vielleicht weil die erste, beglückende die Frucht in einen höheren, symbolischen Status versetzt hat? «Ihr Heinrich hat Ihnen doch 1936 einen Apfel geschenkt …» Sie erschrickt, vielleicht habe ich ihren Gedanken gelesen, und presst die Lippen zusammen. Könnten wir doch wenigstens über etwas Unverfängliches sprechen, wie die Äpfel in der Steppe schmecken. «Die Sorten, Frau Pauls, Sie als Gärtnerin müssten doch …!» Kein Echo, sie zieht sich ins Schweigen zurück.

194

Zum Reden bringt sie nur der körperliche Schmerz, das einzige, zuverlässig wiederkehrende Thema ist das Alter. Dabei nähert sie sich mir ohne Scheu, familiär vertraut. Mal zieht sie den Rock hoch, zeigt mir ihre geschwollenen Beine. Dann klagt sie über ihre Augen, Bücher strengten sie an, also vorlesen dürfe ich ruhig. Jede Erkältung scheint auf ihr zu lasten wie eine böse Seuche. «Nehmen Sie ein Löffelchen Honig», rate ich ihr und öffne das Glas Kastanienhonig, das ich aus den Cevennen mitgebracht habe. «Ja, aber lass zuerst die Leni schmecken!» Die tut es, äußert Behagen, und prompt ist Maria Pauls beleidigt: «Aber das ist doch mein Honig!»

Seit dem Umzug aus der «Wolfsgrube» nach Sundheim ist sie noch gräsiger geworden. Ihr Zimmer im Parterre, mit Blick in den Garten und auf eine kleine Kirche, gefalle ihr überhaupt nicht. «Alle schlafen oben, unten bin ich ganz allein. Ich hör keinen Ton in der Nacht, kein Schnaufen von niemand.» – «Aber jetzt wohnt doch Ihre Enkelin Elsa mit der Familie nebenan, vier Urenkel! Ist das nichts?» – «Ja, trotzdem …», sie beendet den Satz nicht. Sie beendet, glaube ich, die meisten Sätze nicht. An einem Sommertag fotografiere ich sie auf der großen, noch nicht ganz fertigen Terrasse. «Soll ich mein Kopftuch absetzen?», fragt sie, lächelt, und einen Augenblick später: «Haste das Buch nicht bald voll?» So giftig, dass ich beschließe, meine Besuche einzustellen. Rita will vermitteln; als sie vorsichtig bei der Großmutter auf den Busch klopft, beschwert diese sich bitterlich: «Warum hat Ulla denn letztes Mal nicht gefragt, ob sie wiederkommen darf?»

«Omas Kaprisen», stöhnt Rita, «sei ihr nicht böse, früher war sie nicht so.» Also komme ich wieder, frage beim Abschied, ob ich wiederkommen darf. Nach Sundheim muss ich sowieso, denn dort wohnen alle Kinder von Maria Pauls, fast alle Enkel und Urenkel. Unterwegs auf den Sträßchen des grünen Viertels überlege ich oft, ob es ein guter Platz für sie ist. Ein-

und Zweifamilienhäuser hinter Jägerzäunen, fein gestutzte Hecken, gepflegte Rasen, Gartenzwerge – die Russlanddeutschen fallen kaum auf, allenfalls dadurch, dass sie anders als viele Einheimische noch Gemüse anbauen. Sie haben sich hier ihren wohl größten Wunsch erfüllt: Grund und Boden, eigene vier Wände, etwas Auslauf, und dabei ein Furcht erregendes Tempo vorgelegt. «Warum machen sie nicht mal Ferien in Italien?», beklagt Rita und zitiert ironisch die Antwort gleich hinterdrein: «Sie wollen uns etwas hinterlassen!» Dafür riskieren sie ihre Gesundheit, diesem Ziel ordnen sie ihr Familienleben unter. Die einen leben von den anderen maximal 500 Meter entfernt, viel, viel näher als in Karaganda, und haben füreinander kaum mehr Zeit.

Sundheims Idylle trügt, ich (die ich kein Haus besitze noch je die Ambition hatte zu bauen) lasse mich immer wieder vom Erfolg täuschen. Deswegen mag ich «Sawalinka», das russische Lädchen von Ritas Schwester Lena, wo das Emigrantendasein offen als solches sichtbar ist. Meine Tage in «Sawalinka», zwischen Matrioschkas, Blumengeschirr, Wodka, Räucherfisch, den Hunderten von Heimweh stillenden, Heimweh erzeugenden Dingen, sind die besten. Ein Ort wie früher die «Tante-Emma-Läden», das Wichtigste ist der Kontakt, Tratschen, Herzausschütten. Dessen ist Lena Tschupachina, ähnlich unseren «Tante Emmas», mitunter müde, doch sie hat Talent dazu und genug eigene traurige Erfahrung. Mehr als die anderen Pauls hat sie die Trennung von der Heimat als Drama erlebt.

Lena war 1989 zurückgeblieben, Oleg Tschupachin gefolgt, der in den Goldminen Magadans reich werden wollte. Im Juli des Abschieds von den Eltern und von Rita war sie noch bis Moskau mitgereist. «Wie war das?», hatte ich sie schon mal gefragt, und binnen Sekunden war sie nass von Tränen gewesen, heulte verzweifelt, als stünde sie noch am Moskauer Flughafen. «Dies Flugzeug, wie es schon flog, es war, ich glaubte, ich sterbe. Ich sehe die nie wieder. Ich dachte nicht mal an meinen Sohn, an meinen Mann, nur: Ich bin tot, die Welt ist zusammengebrochen. Gott im Himmel, jetzt bin ich ganz allein.» In der Metro, auf dem Weg in die Innenstadt, wurde sie ohnmächtig.

Die ältere Schwester

«Sie ist schöner!», sagt Rita von Lena, will heißen: «schöner als ich», ein klassischer Satz schwesterlicher Liebe und Rivalität. Dem muss ich widersprechen, schon aus diplomatischen Gründen und weil ich als Außenstehende die Ähnlichkeit der beiden deutlicher sehe. Auch Lena ist blond, sehr hellhäutig, klein, vollbusig, in ihrer drallen Rundlichkeit nur etwas schmaler. Ihre Nase hat eine beneidenswert edle Form, im Ganzen aber schlägt sie wie die knubbelnasige Rita dem Vater nach. In der äußeren Erscheinung hat sich die Lysanderhöher Wiens-Linie durchgesetzt, auch hinsichtlich der musikalischen Begabung, wobei diese ebenso sehr aus der mütterlichen, russischen Familie stammen könnte.

Abgesehen davon sind sie einander unähnlich, gegensätzlicher können Schwestern kaum sein – wie eine Ringeltaube und ein Paradiesvogel. Zwei Welten, zwei Wege. Die eine, die ältere, nimmt früh den geraden, sicheren, von der Konvention vorgezeichneten Weg, die andere geht Umwege ohne Ende, liebt den Reiz des Verbotenen. So etwa würden Lena und Rita sich selbst und gegenseitig beschreiben. In jungen Jahren haben sie sich stark voneinander abgegrenzt, heute sieht die eine in der anderen eher ihr Alter Ego. Mit über dreißig weiß man, das Leben in der Konvention kann abenteuerlich und hart sein und das unstete auf Dauer langweilig und festgefahren. Ob

197

«richtig» oder «falsch», das hat sich ihnen in Europa ohnehin gründlich verwirrt.

Lenas früheste Erinnerung ist, wie sie mit drei Jahren von der Schwester «entthront» wurde. «Wir sind immer zur Oma gegangen, vom neuen Maikuduk zum alten Maikuduk, und als Rita geboren wurde und weil wir keinen Kinderwagen hatten, wurde ich nicht mehr getragen. Vorher trug mich Vater, jetzt trug er Rita, darüber war ich stolz und auch beleidigt.» Und als die Neue bald todkrank wurde, trugen die Erwachsenen sie Tag und Nacht umher – auf einem Paradekissen, alle Sorge konzentrierte sich auf die schreiende Prinzessin. Sehr früh spielte Lena die Rolle des verständigen, tüchtigen großen Mädchens. Obwohl sich das praktisch kaum durchsetzen ließ, bewahrte sie sich dabei einen störrischen Sinn für Gerechtigkeit.

«Wir haben uns gestritten, manchmal bis zum Tod!» Derart drastisch würde Rita das nie ausdrücken. Die Jüngere betont in Sachen Streit das Vorübergehende, die Ältere mehr das Grundsätzliche: «In der Ecke stehen, das war das Schlimmste. Rita war sofort bereit, sich zu versöhnen, sich zu entschuldigen und zu küssen. Ich war so stolz, so stur, die ganze Nacht wollte ich stehen. Der Vater hat mich gezwungen, ins Bett zu gehen, sonst hätte er auch nicht geschlafen.» Sie war wohl öfter mehr oder weniger im Recht – die kleine, wilde Schwester störte ihre Spiele, ließ sich von ihr, der schon Vernünftigen, nichts sagen, lud eigene Pflichten bei der Älteren ab, indem sie sich unsichtbar machte oder die von der Mutter hinterlassenen Zettel fälschte, die jeder ihre Aufgabe im Haushalt zuteilten. Zu Lenas Leidwesen zählte ihr Rechthaben nur bedingt, über allem stand eben der Ausgleich, der schwesterliche und letztlich der familiäre Zusammenhalt.

Inzwischen verficht sie dies Prinzip selbst. Als Ehefrau und als Mutter eines eigensinnigen Sohnes und weil sie mit den

Eltern im selben Haus lebt, braucht sie es. Seit Magadan, jener Zeit fern von den anderen, leuchtet ihr ein, dass es sich hierbei um ein historisch erprobtes Überlebensgesetz handelt. Ohne dies gäbe es von Westpreußen über Lysanderhöh und Karaganda bis nach Deutschland keine Kontinuität.

Ihre Karagandiner Kindheit hält Lena insgesamt für ausgesprochen glücklich, heute erscheinen ihr die Bedingungen ihres Aufwachsens sogar mustergültig. «Eltern, die nur für ihre Kinder leben», die sich die Erziehungsarbeit teilen. «Hauptsache satt und sauber», der Zuständigkeitsbereich der Mutter, «Moral ist Vatersache». Kindergarten ist damals «etwas ganz Tolles», ungeheuer abwechslungsreich, anspruchsvoll, solch professionelle und dazu preiswerte Betreuung «gibt es in Deutschland nicht». Dass sie später, in der Schule Nr. 53, «gut gelernt» hat, verdankt sie Lehrerinnen, die sie mit klugem Bedacht leiteten, fachlich und, das war das Wunderbare, auch charakterlich. Wer Lena Tschupachina nicht kennt, könnte dies für eine Eloge auf die Sowjetgesellschaft halten. Ganz so ist es nicht, es handelt sich mehr um eine nostalgisch maskierte Klage über eine gefährlich verworrene Gegenwart. Es ist weniger von dem Mädchen in Karaganda die Rede als von der Mutter in Kehl, die eigentlich zu wissen glaubte, was Pädagogik ist, und ratlos ihrem – jetzt dreizehnjährigen – Paul gegenübersteht. Nie hätte sie vermutet, dass das Schwierigste im reichen, freien Deutschland darin bestehen könnte, ein Kind zu erziehen.

Nichtsdestotrotz ist Lena, stärker als Rita, im Sowjetischen verhaftet geblieben. Drei Jahre Altersunterschied können eine Menge ausmachen: 1982, im Todesjahr Breschnews, verlässt Lena nach acht Klassen die Schule; während der nun folgenden erregenden Übergangszeit steckt sie schon im Ernst des Lebens, in der Ausbildung zur Musikerzieherin. Zu Beginn der Perestroika ist sie im ersten praktischen Jahr, unterrichtet im

Lena mit Ehemann Oleg Tschupachin und Söhnchen Paul

Kolchos «Nowaja Dubowka», zwei Stunden entfernt von Karaganda, geht völlig darin auf, den neuen Lehrplan eines Musikpädagogen namens Kabalewski an der Dorfschule einzuführen. Da entgeht ihr vieles, vom Wandel erfährt sie überwiegend durch das Fernsehen, das allerdings ist sensationell genug.

Mit jedem Tag wird damals das Programm spannender – statt abgelesener Reden, Verlautbarungen, Parteiritualen wird diskutiert. Aus der Verbannung heimgekehrte Dissidenten wie Sacharow reden mit. Frischer Wind fegt durch die Unterhaltungsprogramme, der Stil, von der Kleidung der öffentlichen Akteure bis zur Sprache, individualisiert sich, Kriegsfilme werden seltener, Gangsterfilme häufiger. Allüberall starrt man gebannt auf die Mattscheibe, ein wahrer Fernsehboom hat eingesetzt. Lena interessiert weniger das Politische, sie lässt sich von den lateinamerikanischen Seifenopern begeistern, der «Sklavin Isaura» oder «Auch Reiche weinen». Zur Sendezeit ist täglich in Stadt und Land jegliche Arbeit lahm gelegt. «So frei die Liebe zu zeigen, die Gefühle, das war neu, wir haben mitgeweint und mitgelebt.»

Wie unglaublich prüde ihre Gesellschaft ist! Jetzt, im heiratsfähigen Alter, fällt es ihr auf. Mit zehn hat sie noch nicht gewusst, woher die Kinder kommen; sie bekam ihre Tage mit zwölf, ahnungslos, der Schreck und ihrer Mutter verschämte Erklärungen verunsicherten sie lange. Sie war scheu, sehr scheu, hielt ihre zahlreichen Verehrer auf Distanz, getreu dem mütterlichen Gebot: «Du sollst warten!» Meist fügte diese noch an: «Und bring uns doch einen Deutschen!» Ein etwas seltsamer Wunsch, aber immerhin konnte sie auf ihr eigenes Vorbild verweisen. Ihr Heinrich konnte es nicht, er hatte ja eine Russin geheiratet, weswegen er in dieser Sache eine «Bauernweisheit» bemühen musste: «Jedes Schwein soll an seinem Trog bleiben.»

In den Träumen der Zwanzigjährigen ist die Liebe schon von dem Neuen inspiriert. Am 23. Februar 1986, als sie Oleg Tschupachin begegnet, ist es um sie geschehen. «So, Mädchen, das ist er!», denkt sie, Liebe auf den ersten Blick, seinem Schicksal kann man nicht entfliehen. Was in dem großen, gut aussehenden Russen, den ein Freund in die Paulssche Wohnung mitbringt, vor sich geht, an jenem «Tag der Armee», dem russischen Vatertag, weiß sie bis heute nicht. Tatsache ist, dass die beiden noch im Dezember desselben Jahres heiraten und optimistisch in die Zukunft blicken. Oleg ist Bergmann und verdient als Anfänger gleich gut. Auf den Fotos im Standesamt – eine kirchliche Trauung kommt selbstverständlich nicht infrage – präsentiert sich ein Paar mit Ambitionen. Die Braut in Weiß, in dem hochgeschlossenen, lurexdurchwirkten Kleid, mit ausladendem Hut, von dessen hinterem Rand ein langer Schleier herunterfällt, ist übrigens wirklich Jungfrau. Ein unzeitgemäßer Verzicht, den sie sich und Oleg abverlangt hat. «Heute», lacht sie, «würde ich niemals warten, ich würde das ausleben.»

Zwei Zimmer, Küche, Bad – die Jungvermählten leben bei Olegs Mutter Raissa, eine klassisch sowjetische, spannungsvolle Menage à trois. Lena ist weiter berufstätig, pendelt Tag für Tag zu ihrer Schule im Kolchos, ein Kind kündigt sich an, alles läuft normal, das Leben ist schön und völlig überschaubar. Und plötzlich brechen in der Pauls-Familie Debatten über das Fortgehen aus. Nach Deutschland! Lena kann und will es nicht glauben.

Und dann entdeckt Oleg in der Zeitung eine Anzeige: «Tausche Wohnung bei Magadan gegen Wohnung auf dem Festland.» Lena stürzt aus allen Wolken, ihr Mann will ans äußerste nordöstliche Ende der Sowjetunion, in die dortigen Goldminen. «Er war wie verrückt!» Sie fleht ihn an, sie kämpft, will in der Heimat Karaganda bleiben. Zwei Wochen nach Pauls Geburt im August 1988 fliegt Oleg Tschupachin nach Magadan voraus.

Ein sowjetischer Traum

Lange ging es nicht in meinen Kopf: Da sucht ein junger Sowjetbürger, 1988, drei Jahre vor dem Zusammenbruch des Imperiums, sein Glück im fernsten Osten. Auf einem, verglichen mit Karaganda, noch extremeren Fleck Erde, am Fluss Kolyma, dessen Name für die allseits berüchtigte Gegend steht, die Solschenizyn als «Kälte- und Grausamkeitspol» des Archipel Gulag bezeichnete. 72 Grad minus sind einmal gemessen worden in einer Polarnacht, niemals wäre dort eine Stadt entstanden, hätte man nicht Gold und andere Edelmetalle gefunden. Insofern ist Kolyma dem Kohlerevier in Kasachstan historisch ähnlich, beider Anfänge gehen auf den großen Terror zurück, die dreißiger Jahre. Allerdings war es unmöglich, eine Eisenbahn bis dahin abzuzweigen, die Transsib ging bis Wladiwostok, von da transportierte man die Häftlinge weiter auf dem Seeweg über das Japanische und das Ochotskische Meer, Unzählige starben unterwegs. Sobald die Schiffe sich Hokkaido näherten, wurden, um die menschliche Fracht zu verbergen, die Luken dichtgemacht, die Lichter gelöscht. Manche erreichten nie den Hafen Magadan. 1933, wird berichtet, saß die «Dschurma» neun Monate im Packeis fest, wobei die 12 000 Gefangenen erfroren, die Hälfte der Besatzung soll wahnsinnig geworden sein.

Magadan war anfangs nichts als ein Transitpunkt, von wo aus die Ankommenden in die Arbeitslager verteilt wurden. Bis ins Zeitalter des Luftverkehrs – man fliegt heute nach Magadan, eine Schienenverbindung existiert nach wie vor nicht – hat sich unter den dort Lebenden das Bewusstsein erhalten, auf einer Insel zu wohnen, abgeschnitten von der restlichen Sowjetunion, die man «Festland» nennt, Bewohner eines Archipels zu sein oder sogar eines außerweltlichen Ortes. «Sei verflucht, Planet Kolyma», heißt es in einem Häftlingslied, «welcher Lump hat dich bloß erfunden?»

Wie kann einer freiwillig nach Kolyma ziehen? Wo zwei oder drei Millionen Menschen verreckt sind, von zehn oder zwanzig Millionen Sträflingen – in dieser Größenordnung bewegen sich die geschätzten Zahlen. Oleg Tschupachin hat entfernt davon gehört (unter anderem war die Mutter von Lenas

Tante Emma Janzen dort), doch was an Schreckensgeschichten im Umlauf ist, hält ihn nicht ab. Seit Schließung der Lager sind so viele junge Männer zu den Goldminen aufgebrochen, verlockt vom «langen Rubel», den hohen Löhnen Ostsibiriens, und dem Abenteuer der Wildnis. Das ist ein eigenes Kapitel, an den Alptraum hat sich eben ein Traum gehängt, so ist das. Mir ist das Phänomen geläufig – in der Sowjetunion fließen Normalität und Grauen ineinander, örtlich, oft genug sogar zeitlich parallel. Begreifen vermag ich das schwer. Zu anders ist die westliche Tradition, in der Orte des Terrors gemieden, möglichst vom Alltag getrennt werden, «danach» gesäubert und, wenn auch spät, Ritualen geistiger und moralischer Bewältigung unterzogen.

Für Oleg ist Magadan eine völlig logische Fortsetzung seines bisherigen Lebenslaufs. «Ich bin ein Zigeuner», sagt er, «war nie lang irgendwo.» Das Dorf in Westsibirien, in dem er 1965 geboren wurde, konnte nicht Heimat werden. Sein Vater verunglückte beim Fischen, Wodka war im Spiel, er ertrank in den Fluten des Irtysch, woraufhin die Mutter, eine Kindergärtnerin, mit dem Fünfjährigen an die mittlere Wolga zog, nach Joschkar-Ola, Hauptstadt der autonomen Republik Mari El, später nach Karaganda. Ein Stückchen Jugend, und er saß in einer Kaserne in der Tschechoslowakei. Nur eine Ohrfeige seines Vorgesetzten hielt ihn davon ab, sich von diesem ruhigen, ihm zu ruhigen Platz nach Afghanistan zu melden. Zwei Monate seines Militärdienstes patrouillierte er an der bayrischen Grenze. «Drüben ist gut leben», äußerten manchmal die Tschechen, dafür hätte er ihnen eine reinhauen können. «Deutschland? Undenkbar!», für den jungen Mann, dem sonst beinahe alles möglich schien, der, wieder in Karaganda, im ersten Jahr der Perestroika seine Ausbildung zum Schachtarbeiter begann, schon die Uranminen von Krasnokamensk, östlich des Baikalsees im Auge, an der Grenze zu China und zur Mongolei. Und dann eben zieht eine zufällig aufgegabelte Zeitungsanzeige seine Aufmerksamkeit anderswohin.

Im Dezember 1988 folgt Lena ihrem Mann. Ihre Mutter Anastasia begleitet sie noch bis Nowosibirsk, ab da ist sie mit dem Baby allein. Wegen schlechten Wetters muss die Maschine nach Magadan irgendwo zwischenlanden, zwei Tage oder mehr verbringen die Passagiere in der eiskalten Flughafenhalle; Lenas kleiner Paul schreit wie am Spieß, und aus ihrer Brust kommt keine Milch. Eine Mitreisende, die eine achtmonatige Tochter hat, erbarmt sich, bietet an, das fremde Kind zu stillen. Es trinkt und schläft danach vierundzwanzig Stunden an einem Stück. «Diese Frau hat sein Leben gerettet», meint Lena pathetisch, während sie «als Mutter versagt» habe. Große Worte, dabei muss ich an die Fahrt 1931 im Viehwaggon denken. Not dieser Art ist vielleicht ausnahmsweise, im subjektiven Empfinden zumindest, vergleichbar. Gottverlassenheit, moderner ausgedrückt, existenzielle Verlorenheit – Lena zweifelt, wie ihre Urgroßmutter und Großmutter, ob sie irgendwann landen und wo dies sein wird. Ust-Omtschug, den Namen des Ortes weiß sie, er soll sich von Magadan noch ein Stück in Richtung Nordpol befinden.

Vom Horror des Zwischenaufenthalts springt Lenas Erzählung gleich ans Ziel, in die warme Zweizimmerwohnung. Ein fünfstöckiger Wohnblock «wie in Maikuduk», Oleg ist da, die Schwiegermutter Raissa hat schon vieles gerichtet. Unterwegs dahin, beim Anflug auf die Stadt in der Nagajewbucht und später im Bus, der acht Stunden braucht für die 270 Kilometer, hat sie fast nichts gesehen. Nur Weiß, Eisblumen auf der Scheibe, und wenn sie ein Loch hineinhauchte, eine leicht bergige Winterlandschaft, ab und an verschneite Stücke von Zivilisation.

Erst zur besseren Jahreszeit kann sie sich ihrer neuen Umgebung vergewissern. Magadan, stellt sie anlässlich eines Besuches bei der «Retterin» ihres Sohnes fest, ist ein «Paradies». In den Augen der Karagandinerin hat diese Stadt, mit 200 000 Einwohnern relativ klein, Charakter und Flair. Aufgrund ihrer Lage zwischen Meer und Bergen ergeben sich charmante Ausblicke; die Zuckerbäckerfassaden der Stalinzeit lassen sie älter wirken, im Kontrast dazu tritt das Eigentliche, Moderne faszinierend hervor. Es fahren japanische Autos in den Straßen, an jeder Ecke sind westliche Waren zu kaufen. Von Jeans bis zur Elektronik, die Importe haben einen kurzen Weg, früher als die Schwester hat Lena einen Fuß im Kapitalismus.

Eine ihr unbekannte Offenheit herrscht, auch der Geschichte gegenüber – die Stadt ist Sträflingswerk, sagt man ungeniert, «Ein Kilo Gold – ein Menschenleben». Von der großen Verbindung nach Jakutsk, an Ust-Omtschug vorbei, spricht man als «Straße der Knochen». Links und rechts davon Reste des Vergangenen, umgestürzte Wachtürme, Betonpfosten, Buckel von Abraumhalden, zwischen denen ausgeschlachtete Eimerbagger verrotten, Bizarres, das in der niedrigen subarktischen Vegetation stark auffällt. Lena hätte es nicht für erzählenswert befunden, wenn ich nicht eindringlich gefragt hätte. Beängstigend, ihr unvergesslich sind jedoch die wilden Gestalten der Trinker. Nachkommen der Häftlinge, glaubt sie, am exzessiven Suff habe man sie erkennen können.

Wirklich außergewöhnlich ist in der 40 000-Seelen-Siedlung Ust-Omtschug nichts, außer dem reichen Angebot an Goldschmuck (zu Hause hatten sie nicht mal Eheringe kaufen können) und dem horrend hohen Lohn. Oleg verdient monatlich 1000 Rubel, Lena erhält für vier Stunden als Erzieherin 150, mehr als zu Hause für acht. Im Übrigen lebt es sich, wie in jungsowjetischen Siedlungen üblich, unkompliziert verträglich. Wer zehn Jahre da ist, und das sind wenige, bezeichnet sich als Eingeborener. Ein Teil der stark fluktuierenden Bevölkerung sind allein stehende Männer, die Sitten sind eher locker, der Umgangston ist rau. «Es wurde schneller ge-schrien», sagt Oleg, und weil fast jeder hier eine Jagdflinte be-sitzt, habe dieser oder jener besoffene Maulheld im Streit auch mal die Waffe auf den anderen oder die Miliz gerichtet. «Die Frauen rauchten – öffentlich!», fällt Lena am meisten auf. In ihrem Kindergarten stöckeln die Kolleginnen im Gänsemarsch zum Rauchen nach draußen.

Lena kann sich nicht recht eingewöhnen. Ihr Befinden schwankt mit Olegs Arbeitsrhythmus. Vierzehn Tage hat er frei, in dieser Zeit geht es ihr gut, bis der Hubschrauber ihn wieder für vierzehn Tage in die 200 Kilometer ferne Goldmi-ne bringt. Dann versinkt sie in Einsamkeit und Langeweile, hockt mit Kleinkind und Schwiegermutter in der Wohnung. Sie verbeißt sich ins Stricken, der Fernseher läuft («Sklavin Isaura» Folge dreihundertund…, auf Kolyma nennt man jetzt die Datscha «Hacienda»), Nachbarinnen kommen vorbei, dröhnen ihr die Ohren voll mit ihrer Einsamkeit. Eine übri-gens, eine ältere, «eine lustige», ist in ihrem früheren Leben Häftling gewesen. Um drei oder vier Uhr nachmittags ist es bereits dunkel «zum Verrücktwerden». Richtig hell wird es im Winter nie, die Sonne erklimmt maximal ein Viertel des Him-mels.

Urplötzlich steckt sie in Hausfrauennöten. Die Versorgung mit Lebensmitteln, anfangs überaus reich, verschlechtert sich, Butter, Milch und Fleisch sind nur noch auf Talons zu haben. Das bedeutet stundenlanges Schlangestehen, «wie die Wölfe haben sie sich die Frauen aufgeführt», einmal wird eine alte Frau totgedrückt. In Karaganda, als Schwangere, hat Lena schon mal nach Fleisch angestanden, dort herrschte früher Mangel. Jetzt holt er sie ein, die Turbulenzen in der Gesamt-wirtschaft, im Transportwesen treffen Kolyma unmittelbar und hart, die Insel hängt am Tropf der Lieferungen von weit her, und die Gärten hier mit ihren winzigen Kartoffeln, den im Gewächshaus gehätschelten Gurken und Tomaten bieten zu wenig Ausgleich.

Oleg hingegen ist gut gestimmt, in der Männerwelt der Minen geht alles noch den gewohnten Gang. Ein Barackencamp, das alle Jahre wandert. Jedes Mal wird mit schwerem Gerät eine lange schiefe Ebene angelegt, von deren Endpunkt, auf etwa 20 Metern Tiefe, werden fünf, sechs Tunnel gegraben. Olegs Aufgabe ist es, mit einem Pressluftbohrer Löcher für die Sprengladungen zu schaffen. Nach der Explosion werden die Massen nach oben befördert, Gestein, vermischt mit dem goldführenden gefrorenen Sand, großen Eisbrocken. Das ist die Winterarbeit, bis es im Mai taut. Dann sitzt Oleg auf einem Monster von einem japanischen Bulldozer, schiebt Berge von Aushub an den Platz, wo große Wasserkanonen ihn in seine Einzelteile zerlegen. Am Ende des Waschzyklus bleiben täglich etwa zwei Kilogramm Gold pro Fünfzehnmannbrigade übrig.

Im Frühjahr spülen die reißenden Schmelzwasser Knochen aus der Erde; «arme Menschen», denkt Oleg und vergisst es wieder. Er hat niemals, auch später nicht, eine der zahlreichen Häftlingserinnerungen gelesen. Von Jewgenia Ginsburg oder Warlam Schalamow, die mir schlaflose Nächte bereitet haben. «Weißt du», frage ich Oleg, «dass es ein beliebtes Hinrichtungsverfahren war, einen Mann hochzuheben und ihn auf den Boden zu schmettern, bis ihm die Knochen brachen?» – «Nein.»

Seltsamerweise ist mir die in Büchern bezeugte Erlebniswelt der Menschen, die zu Morgen- und Abendappellen antreten mussten, die in der Not Tierkadaver, Rentierflechten und Wagenschmiere aßen, ausgehungert und armselig bekleidet unerfüllbaren Arbeitsnormen genügen sollten, konkreter als die des mir bekannten hoch bezahlten Abenteurers.

Oleg empfindet die grausame Natur Kolymas als schön, ihre urzeitlich anmutende Monotonie kann ihn tageweise sogar begeistern. Kollegen, die schon länger nach Gold graben, erzählen ihm, dass sie im Eis bis zu 40 Zentimeter lange Echsen gefunden haben, vor Jahrmillionen ausgestorbene Tiere, die im Dauerfrostboden konserviert wurden. Diese hätten nach dem Auftauen ein paar Minuten gelebt! Versuche, Eisblöcke mit solchen Inclusen nach Leningrad zu verfrachten, das Phänomen unter wissenschaftlicher Aufsicht zu klären, sind offenbar gescheitert, deswegen gilt es auf dem Festland als «Goldgräberspinnerei».

Sommers, wenn beim Goldwaschen weniger Arbeitskräfte benötigt werden, wird ein Teil der Brigaden abgezogen und per Hubschrauber in die Sümpfe transportiert zum Schilfgrasschneiden. Jeder bekommt ein Areal zugeteilt, baut sich ein Hüttchen, eine ebenfalls lukrative, freilich sehr einsame Tätigkeit. Bei Frostanbruch fährt man die Haufen per Schlitten in den Sowchos, teures Viehfutter, ohne das die hiesigen Kühe verhungern würden.

Olegs Kolyma und Lenas Kolyma sind und bleiben grundverschieden. Lena sieht im Frühling statt Blumen den Matsch, den alle in die Wohnung tragen, bei jedem Wind fliegt sie Kopfweh an. Nur eine schöne Erinnerung an die Natur ist beiden gemeinsam: «Die Nordlichter, das ist toll! Ganz anders, als sie im Fernsehen zeigen, die sind nicht fotogenisch. Wir wollten schlafen gehen, da kam ein Freund von Oleg, wir sind in die Stiefel gesprungen, Pelzmantel übers Nachthemd gezogen. Im Himmel waren verschiedene Farben, zum Beispiel eine rote Wolke, die geht weg, eine andere Farbe kommt und geht. Wie eine Malerei, die man mit einem dicken Pinsel aufträgt und die wieder verschwindet. Man sagte, das habe es sieben oder acht Jahre nicht mehr gegeben.»

Vor allem aber hat Lena in Ust-Omtschug Heimweh nach der Familie, die jetzt schon in Deutschland lebt, in geografischer Distanz von nunmehr 12 000 Kilometern. 1990 haben die Tschupachins bereits so viel Rubel angespart, dass sie auf Urlaub dorthin reisen können. «Dass ihr nur zurückkommt!», mahnt Raissa Tschupachina beim Abschied. Und sie versprechen es, Oleg ganz selbstverständlich, Lena, gibt sie später zu, hegt tief im Innern Zweifel. «Wir hatten nur Besuchsgepäck dabei. Nach diesen acht Tagen Reise, es war ganz furchtbar, Visum, die Unterkünfte, Geldtausch, Zugtickets, drei Tage in Moskau. Als ich hier ankam, dachte ich, so einen Weg zurück, nein, lieber sterbe ich.» Am Ende der schrecklichen Strapazen überfällt sie der Entschluss. Sie tut, was sie als Frau ihrem eigenen Selbstverständnis nach nicht tun sollte, sie entscheidet: ICH bleibe mit Paul hier! Ihr Mann leidet wie ein Hund, zwei lange Jahre ist ungewiss, ob er auch bleibt, ob er heimfährt.

Lena sieht sich außerstande, die Eltern und Rita noch einmal zu verlassen. Einen weiteren Grund gebe es für sie nicht. Sie sei «kein Wirtschaftsflüchtling», darauf legt sie größten Wert, noch kehre sie ins Land ihrer Vorfahren zurück. Von der ganzen ihr herzlich fremden Vorgeschichte ist ihr ein einziges Detail persönlich wichtig: Katharina die Große, die deutsche Prinzessin, welche «unsere Leute» ins Zarenreich einlud, war mit einem Russen verheiratet.

«Sawalinka»

Aus der Stadtmitte kommend, ist der flache, von der Richard-Wagner-Straße etwas zurückspringende Anbau leicht zu verfehlen. Ein deutscher Laden wäre in dieser Lage, hinter vier hohen Tannen und einer Hecke, verloren, aber das halb verdeckte Schaufenster von «Sawalinka» zieht mühelos die Blicke auf sich. Steppdecken in grell leuchtenden Farben, ein mit Margeriten und Schmetterlingen bemalter Riesensamowar, bauchige Kaffeekannen mit vergoldeten Schnuten, röhrende Kunststoffhirsche, Wanduhren, braun umrahmt von Plastiklaub, in dem sich Eichhörnchen tummeln, Rosengeschirr Marke «Lady Di». Eine blutjunge Frau in Weiß lächelt am Eingang, «Natascha – Braut- und Festmoden», verkündet das Plakat, Demonstrationsvideos auf Anfrage. Auf den Stufen der kleinen Treppe türmen sich im Sommer Kartoffeln, Zwiebeln, Gurken, Tomaten.

«Sawalinka», bemerkt jede neue Kundin, jeder Lieferant, «was für ein ungewöhnlicher Name!» Er ist unübersetzbar, was gemeint ist, existiert im Deutschen nicht. «Sawalinka» ist eine kleine Erdaufschüttung an der Hauswand einer russischen Isba, wo man sitzt und tratscht und Leute beobachtet. «Wie als Kind bei der Babuschka in Sibirien, dasitzen, singen, Sonnenblumenkerne knacken.» Bei der Geschäftsgründung damals schwebte Lena solch ein Ort der Geselligkeit vor.

Ihren erlernten Beruf auszuüben, hätte es einer Zusatzausbildung zur staatlich anerkannten Musiklehrerin bedurft, zwei Jahre Stuttgart, dafür hätte sie Paul vernachlässigen müssen, so wählte sie eine Lehre als Kauffrau, wurde Verkäuferin. Und weil das nicht alles gewesen sein sollte, sie war doch erst dreißig, wagte sie 1995 den Sprung in die Selbständigkeit. «Sawalinka» war der erste russische Laden in Kehl, inzwischen sind noch zwei eröffnet, größere. Der kapitalkräftigen Konkurrenz setzt sie ihre persönliche Art entgegen, eine sichere Existenz ist das mitnichten.

Mein Angebot, Lena im Laden zu helfen, ist rein rhetorisch. Natürlich kann ich die Vorzüge der Rasierklingen Marke «Sputnik» nicht erklären. Dem Kunden im Trainingsanzug, der Wodka auf Pump will, ist meine pure Anwesenheit schon peinlich. Ich bin zu blöd, die roten und giftgrünen Limonaden ordentlich beizuräumen. Nichts, ich bin hier ein Tölpel, und eben das genieße ich. Einfach in den Regalen stöbern, wie ein

Kind, für das die Dinge noch Dinge sind, keine Ware, begehrenswert und größerenteils unnütz. Aus der Faszination sind mit der Zeit Kenntnisse und Spekulationen erwachsen, und irgendwann hab ich diese in eine lockere, alphabetische Ordnung gebracht.

Alte Hausmittel: Senfblätter, auf den Hexenschuss zu legen, Sanddornöl für den Magen, Schröpfnäpfe.

Baschkirischer Honig: aus dem südlichen, industriell verseuchten Ural, Paradebeispiel für einen der fernen Produktionsorte und für rege Handelsketten – er wird abgefüllt bei Köln. Der Importeur des Parfums «Schönes Moskau» sitzt in Paderborn, die polnische Schafgarbecreme wird von Nördlingen aus vertrieben, die eingelegten Paprika aus der Ukraine von einem Grossisten in Stuttgart.

Blumen: besonders Rosen, auf Tellern, Schürzen, Nachthemden, Kopftüchern, Handtüchern, Wachstuchdecken. Vorwiegend «Made in Moldavia», wo das milde Klima Rosen ohne viel Zutun wachsen lässt. Rührt die offensichtliche Schwäche für Rosendekor aus der Erfahrung Sibiriens, Kasachstans? Ich weiß, nichts hat die Deportierten mit größerem Stolz erfüllt als die geglückte Aufzucht von Rosen.

Hühnerschenkel: das tiefgefrorene Kilo für 2,90 DM. Wie geklont, wie ich sie zuletzt auf einem Markt in der Ukraine sah, angeblich US-Import. Lena Tschupachina findet sie «normal», wie die zu Hause von der Hühnerfarm «Marx».

Karaganda: «Schachtarbeiterbier», auf dem Etikett ein Mann mit Grubenlampe. Zweitens Dauerwurst, die Reklame zeigt ein lachendes Schwein und ebenso groß wie dies eine Knoblauchknolle. Nach altem Rezept aus einem Karagandiner Fleischkombinat, das ein gewisser Herr Lackmann mitgebracht hat und nach Bedarf in einer Kehler Metzgerei herstellt. Sie schmecke «fleischig», rühmt die Kundschaft, nicht überwürzt wie hiesige.

Kulturgeschichte: auf der Schauseite üppig dicker Bonbons Rotkäppchen («Rotkäppchen» war übrigens die erste Ballettvorstellung in der Geschichte Karagandas, 1949, Ballettmeisterin Ipatowa studierte sie mit Bergleuten des Kirowschachtes ein). Im Korb daneben Kamele in der Kara-Kum-Wüste (Turkmenien, der Name ruft ein großes sowjetisches Bewässerungsprojekt in Erinnerung). Auf der Magnum-Flasche Wodka die drei Recken aus dem ältesten russischen Heldenepos, ein Historiengemälde, das in jedem Schulbuch stand, zusammen mit Puschkins dichterischer Adaption, patriotisch aufgebauscht zu Sowjetzeiten und, wie alles Heilige, endlos bewitzelt. «Ein blöder Dicker, ein Hinterlistiger, ein Hosenscheißer …»

Nostalgie: Sie kann sich an alles und jedes heften, Buchweizen, Räucherfisch, schlichtes Gerät zum Ausstechen von Pelmeni, bevorzugt wohl an Festliches wie Krimsekt, bestimmte Wodkamarken, Konfekt aus Riga. Ein verglichen mit dem Moloch Supermarkt angenehm kleines Sortiment, das allerdings auch traurige Erinnerungen heraufbeschwören könnte, an halb leere Regale, Knappheit etwa von Zucker, Familienstreit … die Frauen brauchen Zucker zum Einkochen, die Männer zum Wodkamachen.

Religion: russische Kinderbibeln – im Kommen, aber kein Renner. Gut gehen goldgeränderte Schmuckteller mit der Inschrift «Glaube, Hoffnung, Liebe».

Schund: Plastikpuppen mit verrauschter Männerstimme, die brüllen: «Ich liebe dich, Mama», und anderes aus Fernost, was den Globus überschwemmt. Auch dafür muss es eine Anfälligkeit geben oder bezeichnende Wehrlosigkeit dagegen.

Süß – Sauer: dickflüssige zuckrige Kondensmilch (aus Mariampole/Litauen), ohne die viele, auch Rita, nicht leben können. Achtzigprozentiger Einmachessig, der Platz im Regal ist leer, seit die Lebensmittelbehörde ihn wegen Verätzungsgefahr verbot.

Türkisches: Halva, Gastarbeiter aus Anatolien haben es bei uns verbreitet, Russlanddeutsche bringen es von den Turkvölkern Mittelasiens mit.

Weibliches: der «Chalat Schenski», wörtlich «Frauenmantel», (arabisch «Chilat» ist ein weites, von einem breiten Gürtel zusammengehaltenes Gewand), ganz banal ein Hauskleid, unserer Kittelschürze verwandt. Fester (Rosen-)Stoff, bequemer Schnitt ohne Knöpfe, ein russischer Klassiker aus Iwanowo und noch nicht völlig überlebt. Im Gegensatz zu Damenschlüpfern und fast allem, was anno dazumal drunter und drüber getragen wurde, wird er geliebt. An eingefleischte Gewohnheiten der Hausarbeit, scheint es, kommt die freie Marktwirtschaft zuletzt heran.

Beinahe nichts von alledem spielt in meinem eigenen Alltag eine Rolle. Die Dinge, die ich zu ergründen suche, hinter denen ich mich, meines lausigen Russisch wegen, gern verschanze, belehren mich, dass ich mir ja nicht einbilden darf, die Menschen, denen sie etwas bedeuten, richtig zu verstehen. Innerhalb dieser 45 Quadratmeter Laden bin ich praktisch im Ausland. Deutsche verirren sich sonst selten her, sagt Lena, Schulkinder mal, die ein Kaugummi haben wollen, mal ein gewesener DDR-Bürger, der einen bestimmten Wodka liebt. Die Kunden sind durchweg Russlanddeutsche aus dem Ghetto nebenan, den Wohnblocks «Provence», «Bourbonnais» etc. der früheren französischen Garnison. Zuweilen kommen russische Juden, die als Asylanten in Straßburg leben, von der anderen Rheinseite herüber.

Anfangs sprach Lena mit der Kundschaft viel Deutsch, jetzt fast ausschließlich Russisch. Von Jahr zu Jahr, beobachtet sie, werden die Neuankömmlinge russischer und zugleich trauriger, anscheinend schicken sie sich weniger schnell, weniger energisch ins Neue. Es sind die Frauen, die klagen. Vom Zuhören hat sich der Eindruck festgesetzt, dass diese Landsleute etwas auf dem Buckel haben, wovon sie selbst wenig Ahnung hat.

Lena ging aus einer UdSSR fort, die noch relativ stabil war, heute kommen die Aussiedler aus dem postsowjetischen Chaos. In weniger als einer Dekade haben sie Unglaubliches durchlebt, die komplette Entwertung ihrer Ersparnisse, den Zusammenbruch der städtischen und ländlichen Ökonomien, bis zum Verlust jeglicher Autorität. Und das Schlimmste, die Kinder sind ihnen oft entglitten, nachdem überkommene Ideale, formale Zwänge schulischer Erziehung dahin waren und die Wünsche sich nun auf die überall feilgebotenen Genüsse des Westens richteten. Unbezahlbar von den häufig arbeitslosen Eltern, die, während die Jugendlichen zusehends verwilderten, für den Sprachtest lernten, den zu bestehen seit 1995 Voraussetzung für die Aufnahme in Deutschland ist. Bleiben oder gehen? Die familiären Debatten darum liefen anders als früher – «Nichts wie raus» war die allgemeine Parole, Widerstand kam vor allem von den Halbwüchsigen, die ihre Clique, den jetzt wichtigsten Halt, nicht verlieren wollten. Alles dauerte viel länger, vom Antrag bis zur Ausreise konnten Jahre vergehen, mit lähmender, zermürbender Warterei.

Zurück blieben große Teile der Familie. Bei den Pauls war es nur ein Zweiglein vom Stamm der Sippe, die mütterliche Verwandtschaft in Westsibirien, Olegs Mutter. Heutzutage, da die Ausreisenden ungleich stärker mit Russen und anderen Völkern vermischt sind, bleibt oft der Baum drüben. Deswegen ist der Paketdienst gefragt, sechs, acht Wochen vor Feiertagen stapeln sich in «Sawalinka» gewaltige Paketberge, die dann, zu festgelegten Terminen, von der Firma Janzen, Lenas Cousins, per LKW zu Orten meist jenseits des Urals gefahren werden.

In «Sawalinka» spricht man von den fernen Adressaten der Pakete, den Zuständen dort. Karagandas Schacht Nummer soundso wurde geschlossen, Wohnbezirk X in Magadan ist verlassen, deswegen zog die Tante nach Y. Dorfbewohner im Orenburgischen haben den Kassierer, der das Stromgeld eintreibt, in die Flucht geschlagen. Norilsk, man stelle sich vor, soll wieder geschlossene Stadt werden, nicht etwa wegen erneuter Geheimnistuerei um die weltgrößte Nickelproduktion, sondern wegen drohender Überfremdung, weil sich scharenweise Ausländer illegal niederlassen, Glücksritter, Desperados aus Aserbeidschan, die von 740 Dollar Durchschnittslohn gehört haben, aus Vietnam und China sogar reisen sie in die Stadt jenseits des Polarkreises.

Es kursieren Gerüchte über verschärfte Sprachprüfungen, Prospekte über Fertigbauhäuser. Einer will zur Hochzeit eine Band vermittelt haben, ein Kinderwagen, Fahrrad, Sofa wird gesucht, ein diskreter Tipp, welche der Beratungsstellen die zur Abtreibung gewillte Schwangere am wenigsten nervt. Ein Kunde, Iwan S., wer weiß es noch nicht, muss vor Gericht. Weil er im Schrebergarten eine Sau geschlachtet hat, wie zu Hause, ohne tierärztliche Fleischbeschau. In «Sawalinka», auf dem modernen Erdhügelchen, treffen Unbekannte zusammen. Irgendwo zwischen Vergangenheit und Gegenwart, ein Fleck für ein Stelldichein, ohne Rücken zu einer schützenden Hauswand, doch immerhin. Wirklich lebhaft geht es da selten zu, schrecklich viel wird nicht geredet. Oft reicht, dass man reden könnte, den Mund aufmachen könnte, ohne sich als Außenseiter fühlen zu müssen. In stillen Geschäftszeiten sucht manche Kundin Gelegenheit zu intimerer Zwiesprache. Der Mann trinkt. Die Tochter spricht nicht mit der Mutter. Mich wundert, wie tapfer Lena das aushält, in die Nöte anderer hineingerissen zu werden.

Ohne «Sawalinka» allerdings wäre Lena auch nicht so in Tuchfühlung geblieben mit der geliebten Kultur, in der sie aufwuchs. Durch ihre gut bestückte Video- und Audiothek, die Säule ihres Geschäftes, der Anziehungspunkt für die Jüngeren, ist sie in der russischen Musik- und Filmszene auf dem Laufenden. Vor allem erlaubt ihr das Kabuff mit den Tausenden Kassetten nach Bedarf, je nach Laune, die Uhr zurückzudrehen. Auf ihre Zeit, wenn sie abends Kultfilme wie «Moskau glaubt nicht an die Tränen» oder «Garage» einlegen will oder einen Konzertmitschnitt von Alla Pugatschowa. Auf die Zeit ihres Vaters, der durchaus gern die alten heroischen Schinken über den Großen Vaterländischen Krieg guckt. Auf noch früher, bis zu Eisensteins «Alexander Newski» zurück. In diesen historisch-kulturellen Horizont zu gehören, sind Lena Tschupachina und viele ihrer Kunden stolz.

Der größte Nachteil von «Sawalinka» ist, dass es ihr eine Sechstagewoche aufzwingt, selten Ferien erlaubt. Zwei Wochen im Sommer vertritt Rita sie. Und Rita hasst es! Sie hasst Hausmäntel, Rosentassen, ungehobelte Kunden, die noch nicht begriffen haben, dass sie Könige sind, sich teilweise benehmen wie in Sowjetzeiten, als ihnen die Ware auf den Tisch geknallt wurde oder nicht zu haben war. Ihrer Schwester zuliebe bringt Rita ein großes Opfer. «Lena ist verantwortungsbewusst», sagt sie, «und mich hält sie für anarchisch.» Auch das spielt mit, zwei Wochen also beweist sie ihr das Gegenteil.

KAPITEL 10: Auszug nach Germanija

Samstag früh vor «Sawalinka». Heinrich Pauls strahlt, ihm behagt das morgendliche Tempo, der blaue VW-Bus ist schon bis unters Dach voll. Schnell noch ein paar Spielzeugpistolen in eine freie Ecke gestopft. «Haben wir genug Semetschki, Tossja?» Es nieselt. Den ganzen 8. Mai, während wir zwischen Kehl, Stuttgart und Donaueschingen herumkurven, bleibt es nass und grau. «Wie schön ist die Landschaft hier!», posaunt Heinrich alle paar Kilometer nach hinten, ins Dunkel des rollenden Kiosks, wo Tossja, weil ich den Beifahrersitz belege, auf Stapeln von Rosensteppdecken hockt wie die Prinzesssin auf der Erbse, zart und winzig, ihren Arm auf eine Batterie von Kochtöpfen gestützt. Bei jeder Bremsung wird mir bang, lacht sie: «Nitschego, Ulla.»

Unsere erste Station ist Lahr, Kanadaring. Zwei kleine Jungen stürmen uns entgegen, sie reißen Heinrich das Glöckchen aus der Hand, verschwinden wild läutend im Eingang des mehrstöckigen Hauses. Auf den Balkonen lehnen rauchende Männer in Hemdsärmeln, sie winken, von drinnen treten jetzt Frauen hinzu. «Habt ihr Teppiche dabei?» – «Neue Filme? Ja? Ich fliege!!!!!» Am Wagen bildet sich eine Traube, und ich stecke darinnen, zwischen den Frauen in Hauskleidern und Pantoffeln, balanciere zwei Regenschirme über ihren Köpfen. Irgendein Ellbogen knufft versehentlich gegen meine Brust, diese plötzliche Nähe ist beängstigend, und, weil meine Arme «im Dienst» sind, unausweichlich. Eingeklemmt von kräftigen Schultern und Hinterteilen fühle ich eine mir unbekannte Angst – nämlich als nicht dazugehörig enttarnt zu werden. «Das ist eine

Korrespondentin», ruft Heinrich just in diesem Augenblick, ich werde rot, jetzt ist klar, die mit den Schirmen kennt nichts von Maloche, aber niemanden scheint das zu kümmern.

Tossja, die in der Höhle des Warenlagers geblieben ist, verkauft aus der Seitentür; sie hat im Gespür, was die Kundinnen wollen, während Heinrich vor der geöffneten hinteren Klappe erst mal ein paar – wasserdichte – Lockangebote rausstellt, und, nach einigen tapsigen Drehungen um sich selbst, verlegen Gebinde von Plastikblumen anbietet. «Morgen ist Muttertag, liebe Frau.» Ratlose Gesichter, manche leben noch im alten Kalender, und danach ist morgen der «Tag der Befreiung vom Faschismus», und der «Internationale Frauentag» war schon im März.

Die Pauls kennen die Übergangswohnheime und gewisse Wohnviertel wie ihre Westentasche, ihr blauer Bus wird schon erwartet. Er zieht Schaulustige an, mehr als Käufer, bringt Abwechslung in die Langeweile. Man nutzt das Auftauchen solch arrivierter Leute wie Tossja und Heinrich, sich Rat zu holen. In diesem Frühjahr wird auch politisiert, es ist Krieg im Kosovo, mancherorts, in Appenweier zum Beispiel, sind albanische Flüchtlinge einquartiert. Was um Himmels willen sollen die Muslime hier, ist der Tenor, was soll das, NATO-Bomben auf Serbien? Die Frauen in Pluderhosen nähern sich erst, wenn die in den Hauskleidern sich verzogen haben.

Kurze Lagebesprechung vor jedem neuen Halt. In Merzhausen bloß keine «Semetschki» anbieten, der Hausmeister hat strengstes Sonnenblumenkernverbot verhängt. Die drüben haben Satellitenantenne, kriegen Moskauer Fernsehen, kein Bedarf also an Videokassetten. Ihr Vertrieb, das Hauptgeschäft, fordert zu Gesprächen heraus. «Der letzte Film war mir zu traurig.» Die Frauen wollen Komödien, Jugendliche möglichst brandaktuelle Thriller. «Das Schlimmste ist die Untätigkeit», klagt eine Rentnerin, «solche Tage habe ich zu Hause nie

Die Pauls 1988 in Karaganda (das Baby ist Lenas Sohn Paul,
der kleine Junge in der Mitte ein Verwandter)

verbracht». Zu Hause ist Dolinka bei Karaganda, Heinrich und
sie quatschen sich fest. Im Fortgehen verfinstert sich ihr Gesicht: «Was verkaufst du für einen Scheißdreck an Filmen!»
Heinrich reagiert verdattert: «Früher hatte ich gute Arbeit und
jetzt keine.»

Prompt ist die Empfindlichkeit wieder da. Nie hätte er gedacht, dass aus ihm mal ein Händler werden könnte. Natürlich hat er zu Hause auf dem Markt Erdbeeren und anderes
von der Datscha verkauft, das tat fast jeder. Aber Handel größeren Stils war anrüchig, zu Sowjetzeiten selten völlig legal,
und widersprach zudem der Tradition der Familie. «Vater ist
ein Spekulant», frotzelt Rita gern und trifft damit den wunden
Punkt. «Eto trud, das ist Arbeit», kontert die Mutter, der Streit
ist schon rituell, und Rita setzt einen drauf: «Du weißt doch,

eher geht ein Kamel durch ein Nadelöhr, als dass ein Reicher ins Paradies kommt.» Genau dahin gehen Heinrichs Bedenken, seine Skrupel wurzeln in Glaubensgründen. Obgleich er ja nicht reich wird und keinen übers Ohr haut. Was unterm Strich übrig bleibt, ist ein Zubrot zum Arbeitslosengeld, das wiederum komplett für den Hauskredit draufgeht. Das Wichtigste ist ohnehin etwas Immaterielles, das Pläsier, es «drock zu haben». In den zwei Jahren, in denen ich hin und wieder mitfahre, wächst es sichtlich. Heinrich und Tossja sind ein eingespieltes, lustiges Gespann, und die Geselligkeit mit Landsleuten ist zu einer kleinen Sucht geworden. Deren schönster Nebenaspekt ist die Erkenntnis, wie gut es ihnen geht, was für ein gewaltiges Stück Weg sie seit ihrer Ankunft 1989 bewältigt haben.

Abschiedstaumel

Beim Thema Ausreise geraten in der Familie Pauls noch heute alle in Panik. «Schrecklich!!!» Der oder die rudert dazu mit den Armen in der Luft herum, eine hilflose wie heftige Geste, sprechender als jede Geschichte. Für den verrückten Zustand – zwischen Euphorie und grenzenloser Angst – existiert kein treffendes Wort. Zehn Monate, vom Beginn des Papierkriegs bis zum Abflug im Juli 1989, leben die Pauls wie in Trance. Auf dem letzten Familienfoto, aufgenommen in einem Karagandiner Atelier, kurz vor Lenas Umzug nach Magadan, wirken sie wie erstarrt.

«Der Mensch hat einen eingebauten Schutzmechanismus», sagt Rita, «der Körper funktioniert, und das Denken und Fühlen ist abgeschaltet. Wir waren so gereizt, schrecklich. Ich habe mich gestritten mit meinen Eltern. Wir waren entnervt, weil wir so viel erledigen mussten. Ich war die Einzige, die die lateinische Schrift beherrschte, und musste also die Papiere ausfüllen, ich war der Boss. Wir hatten so viele Geschichten gehört, wenn man einen kleinen Fehler macht, dass sie die Anträge wieder zurückschicken. Ich saß über jedem Buchstaben, stundenlang, und mein Vater tigerte immer vor meiner Nase hin und her: ‹Hast du das auch richtig gemacht?› In dieser Zeit haben wir gemerkt, dass meine Mutter nicht im Juli Geburtstag hat. Wir haben immer im Juli auf der Datscha gefeiert, und plötzlich guck ich in ihren Pass: 25. Juni 1940! ‹Mama, was soll das?› – ‹Lass mich in Ruhe, du weißt doch, ich habe im Juli Geburtstag!› «

Zu aller Überraschung sind die Reaktionen in ihrer Umgebung ziemlich verständnisvoll. «Du bist ein Verräter! Lässt das Vaterland im Stich!» Sätze dieses Kalibers, wie man sie in den siebziger Jahren Ausreisewilligen entgegengeschleuderte, werden, wenn überhaupt, eher spaßhaft geäußert. In Heinrichs Baukombinat wird ständig Wodka ausgegeben, weil wieder einer geht. «Das war wahnsinnig, so viel Deutsche waren plötzlich in Karaganda, und wir dachten immer, das sind Russen. Russische Namen, kein Wort von deutsch.» Und als er selbst, als Deutscher bekannt, vorsichtig seine Pläne offenbart: «Na ja, wir müssen doch unsere Heimat besuchen», finden die Kollegen die Begründung akzeptabel.

Auch Rita bleibt zurückhaltend gegenüber den Mutmaßungen ihrer Mitstudentinnen. Eine ihrer Lehrerinnen ermutigt sie. «Sie müssen fahren, Rita, hier wird es bald nicht gut sein.» Untergründig schwingt hier und da Neid mit. In den Kommentaren spiegelt sich Pessimismus über den im Gange befindlichen Umbruch. Außer der Tatsache, dass die Versorgungslage sich rapide verschlechtert, ist dessen Hauptmerkmal eine fundamentale Unklarheit. In Karaganda fehlt der belebende Impuls einer nationalen Bewegung, von den im Süden, in Alma-Ata, geschmiedeten Unabhängigkeitsplänen erhofft man sich hier nichts Gutes. Wohin die Entwicklung auch gehen mag, sie geht voraussichtlich bergab.

Wahrsagerinnen haben Hochkonjunktur. Auch Rita geht zum ersten Mal zu einer Zigeunerin, im März 1989, zusammen mit Wika, die aus Sowjetsk zurück ist, und diese «Tante Maria» liest aus den Karten: «Ein Papier wird die Familie zerreißen», Rita werde fortfahren, dort aber nicht bleiben, ihr stehe noch eine weitere Reise übers Meer bevor. Das ist tröstlich, bestärkt die Freundinnen darin, die anstehende Trennung als Schicksal hinzunehmen.

Am traurigsten ist Anastasia Pauls. Nach außen hin, erinnert sich Rita, wirkt die Mutter damals geradezu «hartherzig». Wenn Freundinnen sich tränenreich verabschieden kommen, gibt sie sich ungerührt. Wie wenn ihr alles, was war und ist, vollkommen gleichgültig wäre. Sie rackert, packt, besorgt, saust durch die Gegend, wie besinnungslos. Ab Frühling hilft Lena ihr, sie hat drei Monate Urlaub von Magadan genommen. Ihr kleiner Paul, Anastasias erster Enkel, krabbelt durch die immer chaotischer werdende Wohnung.

Viel Energie verschlingen die ökonomischen Fragen. Bis auf die Wohnung, die für Lena und Oleg bleiben soll, für den Fall, dass sie zurückkehren, und bis dahin Mascha, Anastasias älterer Schwester, gehört, muss der Besitz verkauft werden, die Datscha, überflüssige Gegenstände und Gerätschaften, das Auto. Und vom Erlös muss etwas gekauft werden, denn jeder Erwachsene darf nur 90 Rubel in DM (im Verhältnis 1 : 3) umtauschen.

Dies ist das größte Problem, wohin mit den Tausenden nicht konvertierbaren Rubeln? Schöne Dinge sind «Defizit», mit Beziehungen, um -zig Ecken herum, gelingt es, ein Porzellanservice zu erstehen, es bricht – notgedrungen – ein Konsumrausch aus. Ein nagelneues Klavier muss her, es ist schlechter als das alte. Ritas Eltern schaffen sich endlich Eheringe an, die sie nie tragen werden. Lang gehegte Wünsche, beispielsweise der vergoldete Eckzahn für Anastasia, werden wahr. Ohrringe auf Teufel komm raus! Dafür kriegen die Frauen erstmals Löcher ins Ohrläppchen gebohrt, ein Mordsspaß, der in einer turbulenten, allen unvergesslichen Hetzjagd endet. Eine kundige Verwandte führt die desinfizierte Nadel, zu dritt rasen sie der sich sträubenden Anastasia hinterher, drücken die Schreiende aufs Bett.

Trotz energischer Maßnahmen, das Geld wird und wird nicht alle, man verschenkt Bares an Verwandte, an Freunde, und schließlich, im Frühsommer, gibt Heinrich Pauls die Parole aus: auf den Kopf hauen! Rita ist allerdings die Einzige, die Talent dazu beweist. «Das Schönste, ich als achtzehnjähriges Mädchen hatte Geld in der Tasche, manchmal 100 oder 200 Rubel am Tag, ich hatte ein Auto unterm Arsch, das war toll. Ein bisschen angeben unter den Gleichaltrigen, ins koreanische Café einladen, das mochte ich. Ich habe eben Ausschweifungen gemacht.»

Der Countdown läuft. Zwei Mal sind Ritas Vater und sein Bruder Hans wegen der Formalitäten in Moskau gewesen, drei große Holzcontainer sind in Alma-Ata abgefertigt, nach Schmiergeldzahlungen, Schikanen. Dankenswerterweise zeigt sich die Sowjetunion von ihrer schlechtesten Seite. Jetzt schießen allmählich Phantasien über Germanija ins Kraut, Zweifel, ob man dem Neuen gewachsen sein würde. Auf Ritas Partys wird allen Ernstes die Meinung vertreten, sie könne nicht als Jungfrau in den Westen gehen, volljährig und noch Jungfrau, unmöglich, sie werde sich lächerlich machen. Ihr Abschiedsfest für die Freundinnenclique veranstaltet Rita stilvoll im alten «Hotel Karaganda» … wo einst Leonhard und die Gruppe Ulbricht logierten.

«Es war wie durch einen Schleier, die Leute reden, wünschen etwas. Aber du hörst ihnen gar nicht zu. Du nickst nur

Abschiedsfoto in Karaganda 1989: Rita und ihre beste Freundin Wika

mit dem Kopf, ‹danke, danke›. Inna, eine Freundin von der Musikschule, kam, um Abschied zu nehmen, ich hab ihr Geld fürs Taxi gegeben. Dies Bild ist immer vor meinen Augen, so ein klassisches Kinobild. Sie dreht sich um, eine Träne fließt, und ich stehe da, lächle, winke ganz fröhlich. Und ich verstehe nicht, was passiert.»

Zum Schluss, am Flughafen Karaganda, ist eine große Menschenmenge versammelt. Dreizehn aus der Familie fliegen an diesem Julimorgen fort, außer Heinrich, Anastasia und Rita Pauls sind es: Hans und Anna Pauls, deren Sohn Heinrich mit Ehefrau Lilly, Kind und Säugling, Rita Bretthauer, die jüngere Toewstochter, mit Mann, Kind und Säugling. Verwandte, Freunde, Nachbarn, Kollegen umgeben sie, ein paar fliegen noch, wie Ritas Schwester, bis Moskau mit. Unter den Weinenden, Winkenden ist Wika, ruhig, völlig gefasst. «Unmöglich, wichtige Worte zu sagen. Wie wenn wir uns morgen wieder sehen würden, so cool. Ich kenne sie, sie ist nicht cool, aber sie mag Abschiede nicht.»

«Cool», ein Wort, das sie damals noch nicht kennt. Jahre nach dem Interview, als ich es in der verschrifteten Fassung las, kriegte ich einen Lachanfall. «Kuhl» steht dort. Anahit, die in Germersheim lebende armenische Germanistikstudentin, hat es so vom Tonband abgetippt. Indem ich über die eingedeutschte Form stolperte, wurde es plötzlich wesentlich: Rita fliegt 1989 in ein Land, das sich beschleunigt amerikanisiert, sogar in Beschreibungen sowjetischer Vergangenheiten schleichen sich Wörter der von den USA geführten Globalisierung ein.

Karaganda–Frankfurt, Karaganda–Kosmos

226

«Wir sind sehr gut nach Moskau gelangt, abgesehen davon, dass ‹Aeroflot› uns hungrig ließ», schreibt Rita drei Wochen später an Wika. «In Moskau habe ich nichts Interessantes gesehen, außer der Metro und dem Hotel ‹Ukraina›, wo die Intermädchen – Prostituierte – arbeiten. Am 1. Juli haben wir uns ausgeruht, wir waren nur im GUM und auf dem Roten Platz. Das Kaufhaus GUM ist ein großer Bienenhaufen, wo es keinen Honig gibt. Ich hab nur für mich eine Zahnbürste und für den Vater ein paar Socken gekauft und ein Glas Fanta getrunken, scheußlich! Der Rote Platz ist ein Ameisenhaufen …» Die Hauptstadt lässt sie kalt, den anderen geht es ähnlich – der Kreml, von dem aus so lange das Geschick der Familie gesteuert wurde, das Lenin-Mausoleum, erfreulicherweise geschlossen, das Schlangestehen bleibt ihnen erspart. Niemand hat Lust auf irgendwas, man schlägt eben die Zeit tot.

Anderntags bei einer Exkursion findet Rita immerhin Gelegenheit, sich ihr Vorurteil über Moskau zu bestätigen. «Wir setzten uns in einen Exkursionsbus. Zuerst brachte man uns wie eine Schafherde zum Wagankowo-Friedhof und trieb uns alle zum Grab von Wyssotzkij. Und dort haben wir endlich erfahren, dass er ein Poet und Sänger war, dass er Gitarre spielte und Lieder komponierte und dass seine Frau Marina Vlady war. Mich persönlich hat dieser Vortrag beleidigt! Das passierte noch einmal am Grab von Jessenin, Pachomowa, Meyerhold und anderen.» Sie wusste es doch, Moskauer halten alle Nicht-Moskauer für Provinzler! Arroganz pur, sie wird nur noch übertroffen durch ihre Unhöflichkeit, wie sie sich bei der Besichtigung des Daniil-Klosters zeigte. «Wir gingen da hin und her und störten die Mönche beim Beten, starrten Ikonen an. Schließlich hatten wir das satt, wir setzten uns ins Flugzeug und flogen in die BRD.»

Abflug 19.40 Uhr Moskauer Zeit, von Scheremetjewo II. Der Flughafen ist in nahezu allen mir bekannten Erzählungen der Ort, an dem das Bisherige zur Vergangenheit wird, das Neue beginnt. Blitzartig, im Moment des Abhebens, ist das Unglaubliche wahr, unwiderruflich geschehen. Unten stehen die nächsten Angehörigen, manche hat man gewaltsam vom Rollfeld treiben müssen, oben, noch im sowjetischen Luftraum, hat Deutschland in Gestalt schicker Lufthansa-Stewardessen die Regie übernommen. Ein Freiflug nur für berechtigte Passagiere, zweihundert oder mehr, aus Kasachstan, Sibirien, Orenburg, sonst wo, und in der Enge der Maschine, die sie für drei Stunden teilen, stellt sich ein intensives Gefühl, eine vage Erkenntnis ein, dass ihre Reise von größerer Bedeutung ist, über das hinaus, was sie als Familie, Sippe, Freundeskreis gewollt haben.

Das Jahr 1989, gerade auf der Hälfte, ist in seiner historischen Dimension noch nicht zu erkennen. Durch die Medien der Bundesrepublik, entsinne ich mich, geistert der Begriff «Exodus», Anspielung auf das zweite Buch Mose, welches den Auszug des Volkes Israel aus Ägypten und seinen abenteuerlichen Weg nach Kanaan darlegt. Aber das trifft es nicht wirklich, gibt es doch weder einen Führer noch einen festen Glauben, noch eine gemeinsame Vision von einem Land, in dem «Milch und Honig fließen». Mag sein, dass in den Lufthansamaschinen, unter den Älteren, Frommen, einige sind, die Parallelen ziehen zu religiös motivierten Wanderungen, zum Auszug ihrer Vorfahren nach Russland, jemand wie Ritas Großmutter der Schwärmer um Claas Epp gedenkt, die um 1880 vom «Trakt» nach Mittelasien zogen, das Weltende zu erwarten. Im Wesentlichen aber vollzieht sich das Ganze hinter dem Rücken der Akteure, ohne Bewusstsein eines übergreifenden Sinns.

Ebenso unangemessen erscheint mir das Wort «Heimkehr». Wohin sollte nach so vielen Generationen ein Mensch heimkehren? Das Schwaben oder Weichselland seiner Ahnen existiert längst nicht mehr. Da seinerzeit der deutsche Nationalstaat noch nicht geboren war, kann man sich schwerlich auf ihn berufen. Ein natürliches Recht voraussetzend, könnte man behaupten, dass ein Entwurzelter irgendwo eine Heimat haben muss. Nur warum sollte das der Rhein sein und nicht die Wolga? Im bundesdeutschen Staatsangehörigkeitsrecht heißen die Betreffenden schlicht «Aussiedler» (ab 1992 «Spätaussiedler»), eine inhaltsarme Bezeichnung, hinter der sich komplizierte Rechtszusammenhänge verbergen. Deren historische Legitimität noch einleuchten mag, soweit sie die Aussiedler aus Polen oder der ČSSR betrifft, denn diese waren bis 1945 (oder etwas länger) Nachbarn der hier lebenden Vertriebenen. Was allerdings Bundesbürger mit den sowjetischen Deutschen verbindet, wer weiß das schon.

Der 2. Juli 1989 ist der Tag, an dem Andrej Gromyko, einer der mächtigsten Männer der Sowjetzeit, stirbt. Im Westen wegen seiner Vetos im UN-Sicherheitsrat 1946–48 berühmt unter dem Spitznamen «Mister Njet». *Der* Außenpolitiker des Imperiums, dessen Karriere 1943 als Stalins Botschafter in Washington begann, der 1957 unter Chruschtschow Außenminister wurde und dies bis 1985 war, Gorbatschow zur Macht verhalf, als Staatspräsident die Kontinuität repräsentierte. Wegen Gromyko ist mir der Tag in Erinnerung, an diesem Abend bin ich mit meinem Mann in einem «Beisl» an der Donau, zwanzig, dreißig Kilometer hinter Wien, wir sind mit dem Rad unterwegs nach Budapest. Nachrichten sind, anders als sonst, Teil unserer Ferien. Gromykos Ableben wird in den Kommentaren mit dem Ende einer Ära verknüpft. Donauabwärts, von Beisl zu Beisl, begleitet uns die Politik. Noch in der Wachau, Ende Juni, zeigt das Fernsehen auf dem Amselfeld bei Pristina eine Million national gestimmter Serben, die des 600. Jahrestags ihrer Unterjochung durch die Osmanen gedenken. Am erstaunlichsten die Bilder von jungen DDR-Bürgern, die über Ungarn nach Österreich fliehen. Dort ist seit Mai der Stacheldraht abmontiert, dorthin, in die umgekehrte Richtung, wollen wir. Doch wir brechen die Tour vor der ungarischen Grenze wegen plötzlich eintretender Lustlosigkeit ab.

Es liegt etwas in der Luft in diesem Sommer, man hält ein bisschen den Atem an, jedes Rumoren hinter dem «Eisernen Vorhang» wird registriert, in Prag, Warschau, Vilnius, fernab, zeitgleich in Peking, auf dem «Platz des Himmlischen Friedens». Auf einmal ist Gorbatschow, gerade noch in China auf Staatsbesuch, dem ersten nach jahrzehntelanger Feindschaft, in Deutschland. Jubel bricht aus, selbst wer den Massenrausch scheut, kann unverhofft mittendrin stecken. Wie toll bin ich, den Kollegen hinterher, aus einem Schneideraum des WDR gestürzt. Während die Wagenkolonne die Kölner Innenstadt passiert, seufzt ein alter Herr neben mir, der sich anscheinend eigens fein gemacht hat und dem wie mir der Ruf «Gorbi, Gorbi!» nicht über die Lippen geht: «Aber ich kann doch nicht ‹Heil!› schreien.»

In das Verwirrende gehören auch die Bilder von Russlanddeutschen. Bäuerliche, altertümlich gekleidete, anrührend fremde Gestalten, die vor den Fernsehkameras, in der Abflughalle von Scheremetjewo oder im Grenzdurchgangslager Friedland, verschüchtert wirken. Im öffentlichen Interesse bleiben sie 1989 am Rande, trotz der enormen Zahl von fast 100 000 Ausreisen. Studiert man heute die Statistiken, muss man sich darüber wundern. Ende der Fünfziger, nach Adenauers Besuch in Moskau, waren es vorübergehend um die 4000 jährlich gewesen, in den Siebzigern stieg die Zahl aus dem Nichts bis auf maximal 9700 und fiel wieder ins Nichts, 1987 waren es plötzlich 14 488, 1988 schon 47 572. Und dann dieser Riesensprung, 1989, wie ein Dammbruch! Von da ab wird sich der jährliche Zustrom unaufhaltsam erhöhen, unterbrochen nur durch eine kurze Stagnation 1991, im Jahr des Moskauer Putsches. 1994 wird der Zustrom mit 213 214 den Gipfelpunkt erreichen, allmählich zurückgehen, schließlich durch staatliche Begrenzung auf 100 000 gehalten werden.

Gromykos Tod registriert Rita erst viele Jahre danach. An

diesem 2. Juli 1989 zählt für sie nichts, sie ist «wie in einer Kapsel» eingeschlossen. In einem Chanson hat sie dies später einfühlsam beschrieben gefunden, sein Titel «Lufttransport».

«Luftige Reise, irdische Stimme:
‹Karaganda – Frankfurt ...›, von einem Pol zum anderen.
Frauen und Kinder, die Alten kehren heim nach Ithaka.
Schrecklich, min Herz, schrecklich, auch wenn es nicht
in die Verbannung geht.»

Eine russische Sängerin, Veronika Dolina, hat es den Deutschen auf den Leib geschrieben: «Goethe hat sie vergessen, Rilke hat sie im Stich gelassen», sie wurden in fremde Sprachen gezwungen, in ein armseliges Leben, trotzdem ging es weiter, und jetzt, auf der Gangway, sind sie nicht sicher, auf der Siegerseite zu sein. Ihnen ist zumute, als flögen sie ins All. «Karaganda – Frankfurt, Karaganda – Kosmos», lautet die letzte Zeile.

Heute haben in Ritas Erinnerung die ganz banalen Ereignisse an Bord die Oberhand gewonnen: «Das Volk im Flugzeug: Alle waren Aussiedler. Babuschki in Tüchern, aus Dörfern. Sie waren noch schrecklicher angezogen als ich. Wir waren die einzigen Städter. So luxuriös sind wir nie geflogen. Man hatte Angst, sich daneben zu benehmen. Die Flugbegleiterin kam zu mir mit dem Wagen und hat etwas gefragt auf Englisch und auf Deutsch. Um mich nicht zu blamieren, hab ich ‹Wasser› gesagt, ich kannte nur das Wort ‹Wasser› und habe die ganze Zeit Wasser getrunken, obwohl ich gerne Orangensaft gehabt hätte. Dann haben wir gegessen, sie hat nochmal was gefragt, ich habe auf das Zweite ‹ja› gesagt. Das war der Haifisch. Zum ersten Mal im Leben hab ich Haifisch gegessen, hat sehr gut geschmeckt. Und das Lustigste war, als wir schon kurz vor Frankfurt waren, kamen sie mit diesen in Minze gekochten Tüchern zum Erfrischen. Auf einem Tablett gestapelt so schön. Ich dachte, wozu ist das gut? Und habe gewartet, was die anderen machen. Auf der anderen Seite wischte sich jemand das Gesicht, aha. Und dann gucke ich auf eine Oma, und die: ‹ham!›, beißt einfach rein, sie dachte, es wäre Flinsen.»

Die Überraschungen setzen sich fort, in der Rückschau sind diese Wochen voll Situationskomik. Am Abend werden sie «wie eine Gänseschar» durch den Flughafen Frankfurt getrieben, ein Hälseverrenken ohnegleichen: Restaurants, glitzernde Geschäfte, Parkhäuser, draußen wartet ein zweistöckiger Bus, plötzlich stehen Viktor und Leni Toews da, übergeben geschwind ein paar von der Mutter gebackene süße Pluschki, und da keiner den Namen des Bestimmungsortes mitbekommt, verfolgen die Toews mit ihrem Auto den Bus durch die Nacht. «Während der 250 Kilometer Fahrt», steht in dem schon zitierten Brief an Wika, «habe ich so viel gesehen wie in meinem ganzen Leben nicht. Was für eine Sauberkeit, was für schöne Häuser, was für Straßen!»

«Lennestadt», sie hatten zuerst «Leninstadt» verstanden, Kasernenbauten im Scheinwerferlicht, Ritas Onkel Hans witzelt: «Sie werden uns alle vergasen.» Morgens ist die Beklemmung verflogen, die drei Tage Ruhe dort empfinden sie «wie im Sanatorium». Einmal noch gibt es ein Missverständnis, vom Roten Kreuz werden ihnen Kleider angeboten, daraus schließen sie, dass ihre mitgebrachten alten, einschließlich sie selbst, desinfiziert werden sollen. Alles klärt sich, das Geschenk aber ist und bleibt ihnen peinlich, die Familie geht nicht in die Kleiderkammer, sich zu bedienen. Über den Zaun flirtet Rita mit Tennis spielenden Soldaten, deren Zurufe sie für Französisch hält.

Weiter geht es nach Osnabrück, noch immer ist Rita außer sich, sie funktioniert ohne Gefühl, nur eins ist ihr wichtig, sich «nicht zu blamieren». Auf jeder Autobahnraststätte haben die Klos eine eigene Technik. Wie geht das? Ruhig Blut, genau hinschauen, kombinieren, «Scheißautomaten» überall. «Mein Gehirn hat so schnell gearbeitet wie nie zuvor. Und die Eltern, die waren noch blöder, ich hab sie immer zurückgehalten. Wartet! Ich hab Polizei gespielt bei ihnen.» Damals wird Rita, die Fixeste von allen, zur Anführerin in der Fremde. Osnabrück ist ein Horror, Hunderte von Aussiedlern in einer Turnhalle, Geschrei, Gestank, in der ersten Nacht gleich ein Zwischenfall.

Als Erster hat mir Heinrich Pauls davon erzählt: Zwei «betrunkene Deutsche» dringen von draußen ein, brüllen «Aufstehen! Aufstehen!», und reißen den rechten Arm in die Höhe. Heinrich Pauls und sein Bruder Hans ballen die Faust in der Tasche, trauen sich dann doch nicht, die «Nazis» zu vertreiben. «Koschmar», ein «Alptraum». Rita hat die Szene anders in Erinnerung. «Das waren Polen. Diese Halle hat sie an was erinnert, und sie konnten es sich nicht verkneifen, die Tragikomik dieser Situation zu nutzen.» Sehr klug, diese nachträgliche Deutung – mit einem kleinen Schönheitsfehler, die «Polen» waren Aussiedler wie sie. Der Irrtum von damals ist geblieben, das Vorurteil, auf dem er beruhte, nicht. Zitat aus dem Brief an Wika: «Hier sind wir mehr als 500 Menschen, 80 Prozent Polen, nur 15 Prozent Deutsche. Die Polen sind das Schlimmste, was es gibt, habe ich jetzt verstanden. Schlechter als Zigeuner, Kasachen, Tschetschenen, Tataren zusammen. Sie stehlen, trinken, randalieren, rauchen alle ohne Ausnahme. So frech, sie schleichen sich überall durch.»

Sie entrinnen dem, angesichts der Mitleid erregend wunden Popos der Babys erbarmen sich anderntags die «Diakoninnen», der Gruppe wird ein eigenes Zimmer zugewiesen. Privatheit zu dreizehnt, zwölf Tage lang, Rita vergräbt sich in ein Buch, derweil die Eltern Formalitäten erledigen, oder sie geht spazieren. «Häuser gucken», wie es beinahe alle Lagerinsassen tun, «wir haben uns gleich mit der Krankheit ‹Haus bauen› angesteckt.»

Noch ein Transport, diesmal werden sie allein auf die Bundesbahn gesetzt. Mehrfach müssen sie umsteigen, Rita lotst die kleine Herde. In Rastatt wieder Papierkram, Warterei und: D-Mark! Was kauft sie zuerst? «Rate, Ulla!» Ich nehme ihr das Wort aus dem Mund: «Einen BH!!!» Und etwas Unterwäsche, Kostenpunkt pro Stück «ab 3 DM». Beim Zahlen erweist sich der Einkauf teurer als gedacht, das geheimnisvolle Wörtchen «ab» ist offenbar eine wichtige Vokabel.

Anfang August werden alle, außer den Bretthauers, die gleich nach Kehl zur Familie ziehen, im Schwarzwald einquartiert, im «Hotel Hirsch» in Grömbach. Dort beginnt nach Ritas Zeitrechnung «ihre Freiheit».

«Hotel Hirsch», Schwarzwald

«Hallöchen, meine liebe Wikuschetschka! Wie geht es dir? Mir z. B. geht es blendend. Heute ist Sonntag, der 6. August, und ich habe prächtige Laune! Morgens bin ich aufgestanden, hab mich gewaschen, gekämmt, ein kleines bisschen geschminkt, zog mein weißes Kleid an und Punkt 7.00 begab ich mich ins Restaurant zum Frühstück. Du wunderst dich? … Du weißt, dass ich meine Gefühle meistens für mich behalte, aber jetzt spritzen sie aus mir heraus! Ich wünsche mir so sehr, dass du bei mir wärest und wir zusammen die Schönheit bewundern, die von Gott und den Menschen geschaffen wurde! Wika, ich befinde mich am schönsten Platz Deutschlands – im Schwarzwald! Ich wohne in einem schicken Hotel ‹Hirsch›, wo ich ein Zimmer ganz allein für mich habe. Im 2. Stock, mit Bad und Toilette und einem riesigen Balkon. Und was für eine Aussicht! Zuerst kommt der Garten vom Besitzer, wo Apfel-, Birn-, Kirsch- und Nussbäume wachsen, und alles dies kann man essen. Von den Kirschen hab ich schon genug. Dann ein

Feldchen desselben Besitzers und Wald, Wald, Wald, und blauer Himmel ... Nach dem Abendessen gehen wir oft im Dorf spazieren. Und jedes Mal wundert man sich, mit welcher Phantasie die Häuser hier gebaut werden. Papa und ich haben mit einem Haus geliebäugelt und schon die Maße abgenommen. In zwei, drei Jahren werden wir wahrscheinlich auch bauen ... Es ist sehr traurig, dass du so weit weg bist ... Ich will, dass du bleibst, wie ich dich kenne. Nein, ändere dich, natürlich, ich werde mich auch ändern ... Ich liebe dich sehr.»

Bei aller Sehnsucht, der Grundton ihrer Briefe ist aufgekratzt fröhlich. Verschnaufpause, bis auf weiteres, die Eltern genießen sie auch, «morgens frische Brötchen und Kaffee, das ist das Beste in Deutschland» (dieser Meinung sind sie bis heute). Unbeschwert wie Rita können sie dennoch nicht sein, Heinrich Pauls ist nervös, der hohen Unkosten wegen hat er das Rauchen aufgegeben, in Gedanken sucht er schon Arbeit, Anastasia weint sich die Augen aus nach Lena. In den Briefen von Kolyma ist zu lesen, sie stehe nachts um drei nach Fleisch an.

In Kopf und Seele geht es drunter und drüber, und in dem Tohuwabohu überwiegt unbestimmte Hoffnung. Maria Pauls hat ihnen einen alten VW spendiert, kutschieren darf ihn Rita, ihr Vater nämlich fürchtet sich vor den Serpentinen. Täglich unternehmen sie Spritztouren zu einem kleinen Badesee, umliegenden Städtchen, nach Kehl, Straßburg. Überall «diese Schönheit», die Steppenbewohner sind schier betrunken von der Blütenpracht. Bei Anastasia löst jeder Blumenkasten mit Geranien und fleißigen Lieschen einen kleinen Schrei aus. «Anhalten! Knipsen!» Diese Fotos müssen nach Ust-Omtschug geschickt werden! «Alles war so süß, so schmückig», sagt Rita. «Rote Dächer» wie in Andersens «Schneekönigin», und wie nahe die Häuser beieinander stehen! Jetzt ist ihr klar, warum die Nachbarskinder im Märchen ein Brett von Fenster zu Fenster legen konnten.

Mitten ins Vergnügen platzt der Beginn des Sprachkurses im fünf Kilometer entfernten Altensteig. Heinrich Pauls tut sich schwer, das Deutsch seiner Kinderjahre, das beglückend schnell wiederzukommen schien, erweist sich als ungelenk und fehlerhaft. Anastasia ist vor Angst völlig blockiert. «Sie geht zum Unterricht wie auf die Guillotine», kommentiert Rita töchterlich-unverfroren, sie hat gut Lachen, ihr fliegt die Sprache anfangs nur so zu.

Exakt elf Jahre später, im August 2000, unternehmen Rita und ich einen Ausflug in den Schwarzwald, Dritte im Bunde ist «Tante Milja», die Koreanerin aus Maikuduk, die gerade bei den Pauls zu Gast ist. Jeder Blumenkasten unterwegs löst bei ihr einen kleinen Schrei aus … Rita ist wieder neunzehn, ihr erscheinen die Giebel, schmucken Veranden wieder unwirklich prächtig. Bald fange sogar ich an zu seufzen, als hätte ich nie eine dicke weiße Kirche auf einem Bergrücken gesehen. Dann plötzlich ein Schreck: Der Wald auf der Serpentinenstraße nach Grömbach liegt flach, vom Sturm völlig verwüstet, quadratkilometerweit bis hoch zum Kamm. Gott sei Dank, die Apfelbaumchaussee, aufs «Hotel Hirsch» zu, steht! Idyllisch ist der Platz, so wie beschrieben, die Herberge selbst sehr bescheiden. Sie steht leer, nur der Besitzer von damals residiert noch darin, er gibt uns freundlich Auskunft. «Von 1988 bis 93 haben wir Russlanddeutsche gehabt, bis 1998 russische Juden, dann hätten wir Asylanten haben können, das wollten wir aber nicht.» Das abgewohnte Haus für Touristen herzurichten sei heutzutage nicht lohnend.

Wir spazieren ein Stückchen in den benachbarten Wald. Nichts hat Rita 1989 so sehr beeindruckt wie die Dunkelheit, die kühle, fächelnde Luft in diesem «deutschen Wald». In der Einsamkeit, gesteht sie mir und Milja, habe sie oft gesungen. Sie habe sich einen Baumstumpf gesucht, auf dem sie bequem, leicht breitbeinig, den linken Fuß nach vorn gestellt,

Stand hatte, und dort Tonleitern und Koloraturen geübt, davon geträumt, auf einer deutschen Bühne zu stehen.

An der nächsten Wegbiegung öffnet sich vor uns eine breite, vom Sturm gerissene Schneise. Rita ärmelt sich bei Milja unter, schnappt nach meiner Hand. Eine Dekade ist sie jetzt in Deutschland, denke ich. Vielleicht wird ein Land zur Heimat, wenn man den ersten Traum begräbt? Und genau das, denke ich, wird sie auch denken, und dass Schlimmeres hätte passieren können. Diese im Sturm fallende Kastanie vergangenen Winter, die den VW-Bus ihres Vaters mitten durchschlug, hätte um ein Haar ihre Familie getötet. Was aber wäre stattdessen, wäre sie in der Welt geblieben, in der Milja Zoj lebt? Im Auto reden wir, von Grömbach bis Kehl, über das U-Boot, das gerade in der Barentssee verschollen ist, Putins kaltes Gesicht.

Im Oktober 1989 beginnt in Kehl damals für die Pauls der Ernst des Lebens. Dank Vermittlung von Leni Toews können sie eine Dreizimmerwohnung in der Wolfsgrube mieten. Ein von Kakerlaken wimmelndes Drecksloch im feuchten Souterrain, Originalton Rita an Wika: «Dort sieht es aus, als wäre Dschingis Khan mit seiner Horde vorbeigeritten.» Doch jetzt können sie zupacken, der Container aus Karaganda ist da, ein Möbelkredit bewilligt. Etwas beinahe Märchenhaftes passiert: Sie erben, ihnen fallen 2000 DM aus dem Aussiedlern zugedachten Nachlass eines Millionärs in den Schoß. Zu Ritas 20. Geburtstag im November hängen die Gardinen, ein Fernseher ist da, alles vollzieht sich überwältigend rasch. In dem winzigen verpissten Vorgarten pflanzt Anastasia noch vor Winterbeginn Rosen.

Unterdessen befindet sich Mitteleuropa in einem Wirbel von Ereignissen. In Polen regiert ein nichtkommunistischer Präsident, die Pauls haben es nicht bemerkt. Montags erschallt vieltausendstimmig in Leipzig: «Wir sind das Volk!», am 4. November ist es eine Million Demonstranten, die Mauer fällt, und es erschüttert sie nicht. Sie leben in ihrer «Kapsel», um sie herum nur krause Eindrücke, einzig konkret ist «der Dicke», Kanzler Kohl.

Erst habe ich es nicht glauben, dann nicht wahrhaben wollen, aber es ist so, bis heute: der dramatische, unblutige Zusammenbruch der Nachkriegsordnung ist für sie nebensächlich! Darin liegt – für mich – die schockierendste aller Fremdheiten zwischen den Pauls und mir. Deutschstämmige, Europäer, die in Karaganda unter lauter Europäern lebten, haben ihre Ursprungswelt in Jahrzehnten der Abgeschnittenheit so sehr verloren, dass sie das Überwältigende, mit dem sie existenziell, durch ihre Ausreise, verbunden sind, nicht mitdenken und mitempfinden können.

Ich werde mich an diesen Herbst 1989 zeitlebens nicht ohne Herzklopfen erinnern können. Im September bin ich zu Dreharbeiten in Litauen, das Land ist wie im Rausch, Tagesgespräch ist die Menschenkette, die sich zum fünfzigjährigen zornigen Gedenken an den Hitler-Stalin-Pakt durchs Baltikum zog, wen immer wir interviewen, alle sprechen frei, ohne Furcht … Moskau dagegen, damals geht noch immer jeder Flug von Vilnius in den Westen über Moskau, wirkt bedrückend … den Oktober verbringe ich bei meinem Mann, der am Theater in Zürich inszeniert, und weil ich den Reichtum, die Saturiertheit der Schweiz jetzt nicht ertrage, verlasse ich das Zimmer kaum … am Abend des 9. November sitze ich vor der Glotze in Westfalen, neben meinem Vater, er heult, ich heule, wir haben nie zuvor miteinander geheult, die schönste Szene, finden wir einmütig, ist, wie ein alter Mann in Pantoffeln, an irgendeinem blöden, unwichtigen Grenzübergang, seinen Fuß vorsichtig über den imaginären Strich setzt, der Bundesrepublik und DDR trennt, wieder zurückzieht, wieder vorrückt, hin und her, ungläubig staunend.

Mein Deutschland 1989 und das der Pauls ist nicht dasselbe

Land. Sind sie überhaupt in Deutschland? Rita ist es eher nicht, aus der Korrespondenz mit Wika scheint mir, als lebe sie in einem Zwischenreich. Verspätet bricht nun ein fürchterlicher Trennungsschmerz aus, der wirft sie zurück nach Kasachstan. Brief auf Brief spinnen sich die beiden in ihre Freundschaft ein.

«Wenn es mir hier nicht gefiele, würde ich sofort nach Karaganda zurückfahren», schreibt Rita am 13. September noch aus Grömbach. «Aber das ist eben das Problem, dass es mir hier gefällt. Mein Rat an dich: Heirate einen Deutschen und komm zu mir.» Ein paar Tage später empfängt sie einen Brief von Wika. «Ritka, ich träume fast jede Nacht von dir. Du bist weggefahren und hast etwas von mir mitgenommen, etwas, was ich zum Denken und zur Wahrnehmung dieser Welt brauche. Alles verblasste und verfinsterte sich.» Im Weiteren erzählt sie der Freundin Neuigkeiten, eine Sängerin hat die Band «Bravo» verlassen, Wunderheiler bevölkern das Fernsehprogramm, der, auf den sie schwört, Kaschpirowski, hat eine Frau in Tbilissi telepathisch in Tiefschlaf versetzt, sodass sie ohne Narkose operiert werden konnte. «Verzeih mir, Kleines, wenn ich diese Informationen uninteressant darlegte. Mein Ziel war, dich auf dem Laufenden zu halten.»

Rita am 9. Oktober aus Kehl: «Ich stelle mir oft unser Wiedersehen vor. Manchmal sitze ich und lächle. Die Mutter fragt, was los sei, und ich, wie gerade erwacht, schaue um mich herum: Du bist nicht da … Als wir zusammen waren, habe ich darüber nicht nachgedacht, wie viel Prozent meines Lebens von dir besetzt sind. Du warst neben mir, und ich war beruhigt. Zum ersten Mal ist mir das bewusst geworden, als du nach Sowjetsk gefahren bist.» Jetzt kann sie es sagen, sie war eifersüchtig, aus der Ferne erkennt sie und möchte es zum **239** Ausdruck bringen: Wika ist in der Geschichte ihrer Freundschaft die Reifere, Stärkere.

Zwei Wochen dauert der Postweg, voll Ungeduld erwartet Rita die vertrauten Kuverts mit den Aufdrucken von Flugzeugen und Weltraumraketen. «Karaganda, 15. 10. 1989. Guten Tag oder guten Abend, meine Liebe! Ich werde dir meine Seele ausschütten … Warum wird im menschlichen Leben so wenig Glück zugeteilt? … Hier in der Sowjetunion lehne ich alles ab. Ich lehne die Gesetze, Ansichten und Vorstellungen ab, nach denen die Menschen hier leben, genauer gesagt, existieren. Alle ihre Sorgen – Alltag, Arbeit, was sie heute fressen und was sie von der Arbeit klauen – lehne ich ab. Ich trockne aus, meine Seele, mein Hirn und alles, was ich hatte, vertrocknen … Weißt du, meine Gute, es wäre besser, ich wüsste nicht, wie Menschen leben sollen. Ja, Menschen. Wer wir sind, weiß ich nicht. Und wer bei uns in der Regierung sitzt, weiß ich nicht. Und was sie für uns tun, weiß ich auch nicht. Ich weiß nicht, wer ich bin und was ich tun soll …»

Aus Ritas Antwort am 3. November: «Ich verstehe alles, Wika, mein einziger Freund. Du bist ein Vogel mit gestutzen Flügeln und dazu noch in einem engen schmutzigen Käfig. Ich verstehe, dass du keine Luft kriegst, aber halte aus, bitte! … Bring dein Fernstudium an diesem Scheißtechnikum zu Ende. Spuck auf alle und alles vom Eiffelturm, lebe, wie du willst, strebe nach Unabhängigkeit. Verzeih mir, vielleicht schreibe ich Quatsch, aber ich will dir nur helfen, dich beruhigen. Weißt du, das Leben hier ist auch kein Zuckerschlecken. Die Schönheit, der Überfluss, der mir auf den Keks geht, nichts kann meine Augen mehr erfreuen. Weil eben nur meine Augen sehen, deine aber nicht. Und dann diese Sprache. Ich kann mich mit niemandem unterhalten außer den Eltern. Mein Gott, ich kann sie nicht mehr sehen!»

Aus den Briefen von Karaganda muss Rita schließen, dass sie ein sinkendes Schiff verlassen hat. Und Wika, die eine Riesenherausforderung zu bestehen hat, sich vielleicht rascher verändert als sie selbst, die in den Wohlstand verpflanzt wurde. Unter dem Einfluss einer entgegengesetzten Dynamik werden die 6000 Kilometer Entfernung unendlich. Im nächsten Brief will Wika die Sorgen ihrer Freundin zerstreuen. «Mir geht es jetzt gut», sie knüpft an ein altes gemeinsames Thema an: «Wir und sie», sie, also die Außerirdischen. Die Sowjetunion werde in jüngster Zeit öfter von «Aliens» heimgesucht, nur leider verhielten sich die Menschen vor Schreck feindselig, statt den Wesen in den metallisch schimmernden Overalls Tee anzubieten. Jemand habe fotografisch eine Lichtkugel erfasst, sogar eine Botschaft sei entschlüsselt worden. Der zufolge «glauben manche, dass wir die Schöpfung der Außerirdischen sind. ‹Sie› meinen, dass wir uns in eine falsche Richtung entwickeln, sie lassen uns zehn Jahre Zeit zur Besserung, also bis 2000. Gegebenenfalls werden sie uns vernichten.» Wika selbst glaubt daran, aus den Gedankenspielen von früher ist etwas Ernstes geworden. Rita kann dem von Deutschland aus nur noch schwer folgen.

Sie schwören einander Freundschaft, die in den Briefen geschilderte Wirklichkeit wird dabei zunehmend verschiedener. «Kehl, 19. Januar 1990. Sylvester habe ich mit meinen jungen Verwandten gefeiert. Alles war gut, aber es fehlte die wilde Freudigkeit, wie es bei uns war. Danach sind wir in die Kneipe gegangen, haben Bier getrunken und Lambada getanzt. Sind die lateinamerikanischen Rhythmen auch zu euch vorgedrungen?» Wika an Rita am 22. Januar: «1990 ist das Jahr der weißen Stute. Eine Stute ist etwas, worauf man anreiten und wegreiten kann. Die weiße Farbe ist Symbol des Wiedersehens … Unser Wiedersehen muss hier stattfinden, wo du gediehen bist und klug wurdest.» Zwei Tage später: «Seife und Waschmittel bekommen wir jetzt auf Talons. Schon Lermontow schrieb über den Mangel an Seife: ‹Leb wohl, ungewaschenes Russland.› Sein Gedicht ist aktuell wie nie.»

KAPITEL 11: Die russländische Clique

Maria Pauls sitzt neben ihrer Urenkelin Anita, die Vierjährige hat ihren roten Kassettenrecorder angeschleppt und drückt theatralisch auf die Abspieltaste, aus dem Lautsprecher quäken Mickymaus-Stimmen: «Fuchs, du hast die Gans gestohlen.» Anita singt selig mit, stubst ihre Fingerchen zärtlich ermunternd in Uromas weichen Busen, und wirklich, sie stimmt ein. «Zu schnell», protestiert sie nach ein paar Takten, «langsamer, Anita.» – «Geht nicht!», sagt das Kind kategorisch und drückt auf den Aus-Knopf. Maria Pauls trällert befreit: «sonst wird dich der Jäger holen», das Kind schüttelt den Kopf, es will nicht, nicht ohne das neue rote Ding. Aus der Küche mischt sich Leni Toews ein, ruft: «Was ist in Deutschland mit den Liedern los, sag mal?» Sie meint natürlich nicht ihre Enkelin, sondern mich. «Weißt du, was sie uns im Sprachkurs gelehrt haben? ‹Unser Oma fährt im Hühnerstall Motorrad.›»

Beim Mittagessen werden Anekdoten aus dem Sprachkurs zum Besten gegeben. Eine bringt Leni Toews noch heute aus der Fassung. «Horch, Ulla, unser Deutsch war ja, na ja. Also, wir sollten nicht sagen ‹du sollst!›, das wäre heute nicht angebracht, bei Kindern mit erhobenem Zeigefinger und überhaupt, besser ist ‹du solltest!› Da hab ich gefragt, ob es denn auch heißt ‹du solltest nicht töten! Du solltest die Eltern ehren!›? Und die Lehrerin …», Maria Pauls fällt ihr ins Wort, «hat ‹ja› gesagt!» Es entspinnt sich ein Streit, ob ‹ja› oder ‹nein›, hängen geblieben ist, dass sie keinesfalls vehement verneint hat, die Sache mit den Zehn Geboten nicht recht ernst nahm.

Nicht alle Geschichten sind derart hanebüchen, aber «wunderlich» war vieles. Sie glaubten in einem Land zu sein, mit dessen Bewohnern sie wenigstens die Sprache teilen. Maria Pauls, ihre Tochter Leni und Mann, mit Abstrichen auch Hans Pauls und seine Frau, sie sprachen und schrieben doch gutes Deutsch. Dieser Schock! Halb Kehl redete Dialekt, ähnlich dem, was ihnen von Nachbarn in der Steppenbaracke im Ohr war und Helene Froese, die von Lysanderhöh alles richtig wusste, verboten hatte anzunehmen. Es gab «solche» – Türken, Franzosen, Jugoslawen, die wüst radebrechten. Über die Straße, durch den Hof schwirrten «schlechte Wörter», wie sie zu Hause nur die Russen benutzten. «Doof», eines der häufigsten, war ihnen entfernt bekannt aus dem Plattdeutschen, aber dort bedeutet es «taub». Oder «blöd», «bleid» ist auf Hochdeutsch «schüchtern». So viele Taube oder Schüchterne konnte es doch in Deutschland nicht geben!

Wenn sie selbst etwas vorbrachten, waren sie nicht sicher, ob die Einheimischen sie verstanden. Schon beim Grüßen – da redet man jemand mit «Guten Morgen!» an, der antwortet oft «Hallo!» Mittags und abends auch «Hallo!» Im Telefonverkehr verabschiedet man sich mit «Auf Wiedersehen», ein Hiesiger mit «Auf Wiederhören». Warum bloß, man will sich doch sehen, nicht alleweil zum Hörer greifen? «Mir ist so weh ums Herz, Herr Doktor», klagt eine, und der Arzt, bemüht, ihr eine Brücke zu bauen: «Sie sind also nicht ganz fit», bringt die Patientin zum Verstummen. «Nicht fit?» Hält er sie vielleicht für nicht ganz bei Trost?

Im Sprachkurs klärt sich manches, zunächst jedoch reißt er die Kluft auf. Sprachen, Weltverständnisse prallen hier direkt, explizit zusammen. Altertümliches Deutsch und bäuerliche Werte von einst in verschiedensten Erhaltungszuständen, vermischte Dialekte, überformt vom Russischen, Sowjetischen – und auf der anderen Seite unser modernes, nach Duden genormtes, von Anglizismen, vielerlei Unarten durchsetztes Deutsch. Regel Nummer eins, die zu lernen ist: Dialekt darf sein, Hochsprache muss sein. Mit der korrekten Aussprache fängt es an, «ich grüße», nicht «ich jrieße», «g» ist nicht «j», «ü» nicht «i», blau ist nicht «blou», es hält genau bei den Vokalen und Diphthongen. Konsonanten sind zu hart, das «r» rollt zu slawisch, das «k» knallt. Das «ch» in «Chor», ein typischer Fehler, spricht sich nicht «ch». Die Lehrer, ziemlich unvorbereitet in die Aussiedlerklassen gestellt, kämpfen wie Don Quichotte gegen Windmühlen. «Ich habe nicht nichts gesagt.» In der doppelten Verneinung schlägt sich gleich beides nieder, russische Grammatik und vergangene ostdeutsche Mundart.

Teilweise besteht der Unterricht darin, unbekannte Sachverhalte und Denkungsweisen zu erläutern. «Schwul»? Die Jungen spitzen die Ohren, die Alten würden am liebsten nichts wissen davon, von «Gummis», «Parisern» und Ähnlichem. «Vollkasko», nichts Unanständiges, aber für gewesene Sowjetmenschen unfassbar. Schreckgespenster, erinnern sich Maria Pauls und Leni Toews, sind die langen Wörter: «Entscheidungsfindungsprozess», «Fleischversorgungszentrum», «Donaudampfschifffahrtsgesellschaft», «Frauengleichstellungsbeauftragte», «Steuerbemessungsgrundlage», «Arbeitnehmersparzulage» etc. Derlei Ungetüme aus der verwaltenden Sprache einer hochkomplexen Gesellschaft jagen Angst ein. Nie wird Leni Toews vergessen, wie sie zu den «langen Wörtern» eines von ihrer Großmutter beiträgt, «Gesichtserkerreinigungszipfel» schreibt sie an die Tafel und wird ausgelacht.

Solche Scherze, müssen sie feststellen, sind hoffnungslos passé, Volkslieder ohnehin. Ebenso Teile ihres Vokabulars, neben sicherlich überflüssigen Wörtern wie «Brigadier» oder «Deputat» schöne, brauchbare wie «Gram», «Verheerung», «Narretei», «hochgemut», «Himmelsmächte».

Verlängerte Jugend

Anders als ihre Cousinen und Cousins, die Vorkenntnisse aus dem Elternhaus haben, versteht Rita anfangs rein gar nichts. Eine klare Situation, sie lernt Deutsch als Fremdsprache. Und hat Glück, ihrem Antrag bei der Otto-Benecke-Stiftung für einen abiturvorbereitenden Kurs in Frankenthal wird stattgegeben. Bis zu dessen Beginn jobbt sie in einem Kehler Kaufhaus als Eisverkäuferin. Unwirklich schnell wird es nach dem milden oberrheinischen Winter Frühling. An einem der ersten lauen Tage erlebt sie etwas, das ihr Verhältnis zu Deutschland bis heute prägt. Ihre deutsche Kollegin, mit der sie den Dienst teilt, bittet Rita, die Nachmittagsschicht mit zu übernehmen, weil ihr Kind krank sei. Unterwegs in die Mittagspause entdeckt Rita per Zufall Mutter und Kind fröhlich am Rhein promenierend. «Warum hast du mich belogen?», fragt sie. Mitten im Wortwechsel schreit die Kollegin plötzlich: «Du russisches Schwein!» Völlig verstört findet sich Rita wieder am Eisstand ein. Zwei junge Männer, ein Deutscher und ein Franzose, bestellen etwas, sie gibt das Falsche, dann nochmal das Falsche. «Was ist los?», erkundigen sich die beiden freundlich, da heult sie los. Die Männer verschwinden, wenig später kommen sie zurück mit zwei großen, bestickten Taschentüchern. Daraufhin weint sie noch mehr. «Weil das Leben so schön ist. Beinahe hätte dieser Tag meinen Glauben an Deutschland zerstört.»

Rita zieht am 4. April 1990 bester Laune nach Frankenthal bei Ludwigshafen. 200 Kilometer entfernt von Kehl, erstmals ist sie von den Eltern fort und dabei gut versorgt, mit 600 DM Stipendium. In dem Internat, wieder ein für Aussiedler umfunktioniertes Hotel, verbringt sie eine «wolkenlose Zeit». Ihre Mitschüler sind zwischen 17 und 30, wie Rita voller Hoffnung, mit Ausnahme einiger aus Polen oder Rumänien gebürtiger stammen sie aus der Sowjetunion. Man versteht sich, «alle haben die gleiche kollektive Erziehung genossen», sind aufgewachsen mit Puschkins Versen, Maidemonstrationen, Vorbildern wie Pawel Morosow, im Sendebereich des Moskauer Fernsehens. Serge, Balletttänzer aus der kirgisischen Hauptstadt Frunse, Ella, Sportstudentin aus dem tadschikischen Duschanbe, Willy, Schuhmacher aus Belzy in Moldawien, Lilly aus Perm im Ural, Irene aus der Wolgastadt Togliatti … bald die ganze UdSSR ist vertreten.

»Ein Kulturschock», sagt Rita, «das haben wir nicht gewusst, wo überall Deutsche lebten! Und wie verschieden wir sind.» Nicht religiös oder landsmannschaftlich, davon ist in dieser Generation wenig übrig, sondern durch die jeweilige Umgebung. Es unterscheiden sich, wie überall auf der Welt, Städter von Dorfmenschen, Essgewohnheiten differieren, die aus den europäischen Republiken kennen weder Plow noch Glasnudeln. Die aus Mittelasien sind direkter, gefühlsbetonter als die Europäer, ihr Humor ist derber. Obgleich das Russische kaum regionale Differenzen aufweist, entdecken die Schüler interessante Besonderheiten. «Tormosok» – «Picknick», ein Wort aus dem Karagandiner Bergmannsjargon, ist niemandem außer Rita je untergekommen.

Der nächste, größere Kulturschock ist der Unterricht. Schon die Anordnung der Pulte im Rund, auf einem sitzt beinebaumelnd eine miniberockte Lehrerin. Es wird diskutiert, jeder darf, «sollte» seine eigene Meinung äußern, fragen, was und wie es gerade aus dem Kopf purzelt, sich mit Persönlichem an die Lehrer wenden. Die ihrerseits genießen die Neugier und Begeisterung der exotischen Schüler, eine pädagogische Situation voller Leichtigkeit, von der allgemeinen Euphorie der Wendezeit getragen.

«Unsere Lehrerin ist eine Umweltschützerin», berichtet Rita nach Karaganda. «Aus Prinzip nimmt sie beim Einkaufen

keine Plastiktüten, ihre Hefte sind aus Recyclingpapier ...
Wika, du hast sicherlich schon von ‹Greenpeace› gehört ...
nicht ganz legalen Aktionen ... bei Militärobjekten oder Förderung von Uran? Stell dir vor, morgens steht der Boss der
Fabrik auf, wäscht sich, frühstückt mit seiner Familie, dann
schiebt er die Küchengardine zur Seite und sieht, auf dem
Schornstein gegenüber ist geschrieben: ‹Der Besitzer dieser
Fabrik ist ein Arschloch.› Natürlich, ich übertreibe.» Lass uns
«dein Kino» und «meinen Gesang» in den Dienst der sterbenden Wale, der Natur stellen, schlägt sie der Freundin vor.

Von den neuen Themen findet dieses besonders Anklang.
Man geht sicherlich nicht fehl in der Annahme, dass die mehrheitlich links-alternativen Lehrer den autoritär Erzogenen damals wohl tun. Dieselben Schüler wählen bei der Bundestagswahl im Dezember «den Dicken», dem sie, wie sie glauben,
alles verdanken. Ihr Hiersein, die fünf, sechs Stunden Deutsch
am Tag, Gemeinschaftskunde und etwas Mathe, die ganze
großzügig ausgestattete Herrlichkeit vom Piano im Foyer, um
das herum man sich in den Pausen versammelt, bis zum
Strandbad mit Sportplatz nebenan. Sie müssen ja wohl oder
übel die Schulbank drücken, den Älteren mit abgeschlossenen
Hochschulstudien ist das bitter – ein Umweg, verlorene Zeit.
Doch auch sie begreifen, ihnen wird eine verlängerte Jugend
geschenkt.

Rita wird dies besonders bewusst an den Tagen, an denen
Post von Wika eintrifft. «Du sagst, Rita: ‹Persönliche Freiheit –
das ist mein Motto.› Das aber ist nur in der Sphäre bequem,
wo du lebst. Hier wirst du müde vom armseligen und blöden
Leben im Land der Räte ... Bei uns ist jetzt Mode, an Gott zu
glauben ... Die Wurzel unserer Not liegt in der Gottlosigkeit.
Ich verfluche die zehn Jahre Schule, in denen wir zu blinden
Kätzchen wurden ... Deine Meinung zum Thema Gott?» Im
nächsten Brief zitiert sie Helene Blawatskaja, Gründerin der

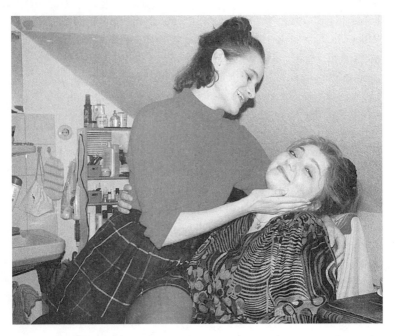

Irene Fischer und Rita in Frankenthal

New Yorker theosophischen Gesellschaft im 19. Jahrhundert: «Wir haben keine andere Möglichkeit, als die Große Ruhe zu erlernen, die Krischna von uns verlangt …», seitenlang erklärt sie Rita das Buch, durch das sie Trost gefunden hat.

Darauf weiß Rita nichts zu antworten, ihr ist nicht nach Spirituellem zumute. Der Freundin zu erzählen, bei uns ist der Bär los, wir trinken Chantré mit Cola, musizieren, «Wika, ich singe Jessenins Romanzen!», könnte sie noch trauriger machen. Lieber beschwört sie gemeinsame Träume. «Ich hoffe sehr, dass bald auch bei euch diese dümmste aller menschlichen Ideen, Grenzen und Visa, abgeschafft werden. Demnächst wirst du 1000 Rubel bekommen für deine Reise zu mir.» Sie stöhnt Wika ein bisschen vor, wie verdammt schwer das Deutschlernen ist. «Sobald wir den Unterricht verlassen, spricht jeder seine eigene Sprache.» Das Wichtigste dabei lässt sie aus, dass nämlich eine Clique im Entstehen ist, sich innige Beziehungen anbahnen.

Wegen ihrer Sangeskunst steht sie im Mittelpunkt der Feste – bewunderte Diva, alles wie gehabt, Zweifel inklusive, ob sie als Mensch genügend geschätzt werde. Im Verlauf des Sommers noch entsteht die Freundschaft mit Irene Fischer. Die Siebzehnjährige ist etwas später als die anderen nach Frankenthal gekommen, ein introvertiertes, sehr scheues Mädchen, offenkundig ist sie von der allgemeinen Feierei abgestoßen. Im Freibad beim Tischtennis lernen sie einander kennen, Rita ist spontan fasziniert von Irenes Sportlichkeit (sie ist Profi im Frauenfußball), Irene denkt: «Oh, eine Kammersängerin, das ist ein anständiges Mädchen.» Bei nächster Gelegenheit ziehen sie zusammen auf ein Zimmer, das Küken und die lebenserfahrene Rita. In der gegensätzlichen Freundschaft wird später Irene oft die stärkere sein.

Dass es im Internat vor Erotik knistert, versteht sich. Fast alle «haben», wie man auf Russisch sagt, «einen Roman», auch Rita verliebt sich – zum ersten Mal, eine Freundin durchkreuzt jedoch ihre vorsichtige, zarte Annäherung an ihn. Hätte sie nicht Wika beichten können, wäre es noch ärger gewesen. «Ich erzähle dir heute, wie ich verraten wurde. Noch immer habe ich nicht verstanden, ob ich mich in der Eishalle beim Schlittschuhlaufen erkältet habe oder es das ‹gebrochene Herz› ist … Er ist ein anständiger, ehrlicher und dazu reiner junger Mann, der, genau wie ich, seit der Ankunft in Deutschland keine Kontakte mit der anderen Hälfte des menschlichen Geschlechts hatte. Und dieser junge Mann ist 25, und in dem Alter ist es schwer, sich zu enthalten. Und wenn einer das sehr möchte? Dann hilft jemand anderes. Sie wusste über meine Gefühle zu ihm … Was tun? Bestrafen, heimzahlen, schlagen?

Aber ich bin machtlos dagegen, dass sie ihm gefällt, dass sie auch mir viel bedeutet als Freundin. Deshalb beschloss ich, keinen Kindergarten zu spielen. Mir wurde in die Seele gespuckt, und ich drehe die andere Wange hin. Das sind die Früchte von Papas Erziehung.»

In Sachen Liebe zu erwähnen wäre noch: Sie ereignet sich im Zeitalter der Pille, das beginnt für die jungen Russlanddeutschen in Frankenthal. Eine ermutigt die andere, der Gang zum Frauenarzt kostet enorme Überwindung, das Wunderding an sich nehmen sie selbstverständlich, als Produkt der Freiheit. Im Nu sind sie, zwanzig Jahre nachdem die «sexuelle Revolution» die westliche Welt aufrührte, auf der Höhe der Zeit.

Vieles passiert einfach, Frankenthal ist wie eine große Spielwiese. Dort im Strandbad lernt Rita schwimmen, oft klettert sie mit der ganzen Meute nachts noch einmal zum Baden über den Zaun. Kindisch können sie sein, aus ihren Streichen werden Erinnerungen, die mit denen aus Karaganda oder Duschanbe mithalten können: Wie einmal einer, den der Hafer stach, beim Bauern ein Huhn entführt hat, so in der Art. Oder in der Etagenküche zwei dicke Karpfen prütschelten, die zwei Lausejungen aus dem Weiher im Mannheimer Luisenpark gefischt haben …

Am 3. Oktober 1990, zur Feier der Wiedervereinigung, ist «Schwanensee» angesagt, ein paar Männer im kurzen Tüllröckchen mimen sterbende Schwäne, eine Mordsgaudi. Zweifellos, sie leben in Deutschland, genauer: in einer Clique in Deutschland. Um die fünfzehn haben sich per Zufall und Zuneigung zusammengefunden, und bei all dem Schicksalhaften, was darin mitspielt, dürfte ihr «Deutschtum» von geringster Bedeutung sein. Dies ist eine künstliche Frage, die von außen und glücklicherweise nicht zu häufig an sie herangetragen wird, sie selbst kaum beschäftigt.

Erst mal lernen sie Deutsch, und dabei stoßen sie nach und nach auf Inseln familiären Wissens. Irene Fischer zum Beispiel begreift den Sinn eines Gebets, das die Großmutter ihr allabendlich vorsprach.

«Jesus, mein Täubje,
komm in das Häusje,
Häusje ist klein,
kann niemand drin wohnen
als Jesus allein …
Amen, schloft in Gottes Namen.»

Fremdartige Worte, Händchenfalten, das gefiel ihr als Kind. Nach dem Tod der Großmutter hat sich Irene, wenn es ihr schlecht ging oder in Prüfungsnöten, des Rituals erinnert. Es half. Mit der Kenntnis des Inhalts hat es seinen Zauber nicht, wie man vermuten könnte, eingebüßt. Irene sagt es bis heute auf, ohne religiös zu sein, aus Dank an ihre Oma, für das Gute, an das zu glauben sie von ihr gelernt hat.

Emigranten mit gehobenem Status

Selten nur fährt Rita am Wochenende nach Kehl. Jedes Mal wirken die Eltern ganz furchtbar angespannt. Eines Sonntags bemerkt sie erschrocken: Das dichte dunkle Haar ihres Vaters ist beinahe grau. Dabei gibt es keine akuten Existenznöte oder dergleichen, Heinrich Pauls hat auf eigene Faust Arbeit gesucht und gefunden, seit April 1990 ist er Gabelstaplerfahrer bei einer Baufirma, für den Kranführer eine Degradierung, doch mehr, als er erwarten konnte. Obwohl unterfordert, fürchtet er zu versagen, er fühlt sich beobachtet, unter lauter Rivalen, nichts von der schönen gewohnten Karagandiner Kollegialität. Dort war er ein Mann in den «besten Jahren», hier ist er mit seinen fünfzig «altes Eisen». Hätte das Leben für ihn und Tossja in Deutschland nicht noch einmal weit werden können? Es scheint, der große Akt des Fortgehens wird nur den Kindern Gewinn bringen.

Mit der Ankunft der Tschupachins im Juni 1990 ist die Familie wieder vereinigt. Seitdem sind Rita und Lena, die ewig zerstrittenen Schwestern, die «dicksten Freundinnen». Rita zufolge wird der Bund im Badezimmer geschlossen, Lena liegt kaputt von der Reise in der Wanne, Rita sitzt auf dem Klodeckel, sie erzählen, erzählen, erzählen, stundenlang, irgendwann schließlich soll Lena gesagt haben: «Mein Gott, ich bleibe hier, wir haben keine Tampons in Magadan.» Der Schwester also hat sie es zuerst flapsig verkündet.

Ein Karussell von Aktivitäten kommt daraufhin in Gang. Oleg muss bearbeitet werden, die ganze Sippe beteiligt sich mit schwersten Geschützen, schleppt ihn in Autohäuser, kutschiert ihn durch die Landschaft spazieren, Fertighausausstellungen werden abgeklappert. Zu Olegs Geburtstag am 16. Juni steigt am Baggersee eine große Party mit Bier und Schaschlik. «Ich hasse euch!», schreibt Olegs Mutter aus Magadan, außer Oleg hat sie niemanden, ein Zuzugsrecht nach Deutschland besteht nicht für sie. Zwei Jahre wird alles in der Schwebe bleiben, bis 1992, dann wird sich Oleg mit seiner Mutter auf der Krim treffen. Lena wird wochenlang nicht wissen, ob er zurückkehrt, bis er anruft: «Ich bin unterwegs, in der Tschechoslowakei.» Fünf Minuten später steht er in der Tür.

In die Existenzgründungswirren ist Rita nur am Rande verwickelt. Zwar wohnt sie nach Abschluss des Frankenthaler Kurses vorübergehend wieder bei den Eltern in Kehl, sie jobbt, vor allem aber genießt sie ihr um die Sprache erweitertes Leben. Zugbekanntschaften – sie liest ein Buch, fragt jemand sympathisch Aussehenden nach einem Wort, das sie nicht verstanden hat, im Gespräch spielt sie dann mal die Studentin aus St. Petersburg, mal die Mutter von zwei süßen Kindern. Sogar jenseits der Grenze, in Straßburg, kommt sie mit Deutsch durch, sie ist überwältigt von der Kathedrale und kann das halbwegs zum Ausdruck bringen. Der erste Deutsch Sprechende, den sie näher kennen lernt, ist Max. Von ihm sagt Rita, er sei ihr «erster Lehrer» gewesen.

Max ist Schweizer, ein Aussteiger, der auf einem alten Lastkahn auf der französischen Seite des Rheins lebt, sie diskutieren ohne Ende, und dieser Max schlachtet vor ihren Augen alle heiligen Kühe des Kapitalismus, die sie noch kaum kennt. Was für verrückte Ideen der Mensch im Westen haben kann! Außerdem nimmt er Ritas im Umbruch befindliche Weltsicht gebührend ernst. Bis heute ist das Boot ein Fixpunkt in ihrem Leben. Einmal, entsinne ich mich, schrieb mir Rita eine Ansichtskarte aus den Schweizer Bergen, sie sei in einem «Heidi-Haus», lese gerade das Buch von Johanna Spyri. Sie war zu Gast bei der Mutter von Max, wieder hatte er ihr etwas Neues eröffnet.

Im Herbst 1991 trifft sich im Geschwister-Scholl-Gymnasium in Mannheim ein Großteil der Clique wieder. Diesmal muss sich jeder selbst eine Bude suchen, und der Sonderlehrgang ist kein Zuckerschlecken – in zwei Jahren sollen sie auf das hier übliche Abiturniveau gebracht werden. Kein Problem in Mathematik und Naturwissenschaften, da können sie gut mithalten, in anderen Fächern prasselt tonnenweise Unbekanntes auf sie nieder; wegen ihres schlechten Deutsch kriegen sie das meiste nicht mal zu fassen. Englisch, ein einziger Horror, und überall diese offene Unterrichtsmethode, lieber hätten sie ein klares Pensum zum Pauken. Wie von zu Hause gewohnt bringen sie den Lehrern Vertrauen entgegen, Respekt, wie ihn kein deutscher Schüler an den Tag legt, und gewinnen sie damit für sich. Ein beiderseitiges Wagnis, streckenweise ein Kampf – um simple Dinge wie Pünktlichkeit, um die Definition von Leistung, warum etwa zweihundert auswendig gelernte Schlachten keine Zwei in Geschichte verdienen. «Sie haben ja keine Ahnung», sagt die vorwitzige Rita rundheraus, «wie es da ist, wo wir herkommen.» Und sie hat Recht, trotz staatlicher Fortbildungskurse stehen die Pädagogen wie der Ochs vorm Berge. Rita ist übrigens eine der wenigen, die offensiv Themen aus der Sowjetwelt zur Sprache bringt.

Sie und andere literarisch Interessierte mögen besonders den Deutschunterricht sehr, viele der ihnen gebotenen Lektüren aber sind ungenießbar. Kafkas «Die Verwandlung» zum Beispiel, dieser Gregor Samsa, der sich in einen Käfer verwandelt, bleibt eine surreale Gestalt, Gesellschaftskritik können sie nicht herauslesen. Im bürgerlich-wilhelminischen Berlin Fontanes finden sie sich nicht zurecht. Bekanntes wird auf einmal fremd, wie die Erzählungen von Stefan Zweig, Ritas Lieblingsautor – sie sind nach hiesiger Lesart homoerotisch, das Original klingt zudem weniger poetisch als die russische Übersetzung. Eine große Neuentdeckung ist Max Frisch, der Gedanke «du sollst dir kein Bildnis machen»; und das Stück «Andorra» über den Fremdenhass trifft sie unmittelbar. Im «Homo faber», der innerhalb weniger Wochen lernen muss, dass sein naturwissenschaftlich-technisches Weltbild nichts taugt, der schuldig wird an der Zerstörung vieler Leben, erkennen sie sowjetische Tragik.

Labyrinthisch geradezu der Stoff der gesellschaftskundlichen Fächer – föderativer Staatsaufbau, Parteienlandschaft, Kirchen, Steuersystem, wirtschaftliche Verflechtungen, die Untergliederungen der Fleischerinnung, freiwillige Feuerwehr, Karnevalsvereine und was da alles ist an Strukturen, Gewusel zwischen dem Einzelnen unten und der Regierung oben und warum. «Ihr Demokraten habt keinen Sinn für das Wesentliche», halten die genervten Schüler den Lehrern entgegen. Wesentlich sei, dass der Bürger genügend im Topf hat, das kann eine Monarchie auch leisten. Für Russland wäre ein guter Zar allemal besser als dieser im Westen gefeierte Gorbatschow, der alles Bewährte vernichtet. Überzogen, viel zu moralisch erscheint ihnen die deutsche «Vergangenheitsbewältigung». Ist der «Holocaust» wirklich so einzigartig? Wieso kennt der Zweite Weltkrieg deutscherseits keine positiven Helden? Warum wird jetzt, nach dem Untergang der DDR, so ein Riesentrara gemacht um die Schuld von Leuten, die schon genug gestraft sind? Und bei aller Aufgeregtheit um die heillos komplexe, endlos weit bis zu den germanischen Göttern zurückreichende deutsche Historie sind Russlanddeutsche nur eine Fußnote wert!

Über kleine, mit Lehrerhilfe erstellte Referate zu Katharina der Großen geht das Thema selten hinaus. Manchmal werden sie auch vor Schülern der gymnasialen Oberstufe vorgetragen. Mit Verve, unter Herzklopfen – zwischen Mannheimern und Fremden nämlich existiert wenig Kontakt, außer hier und da beim Volleyball, bei Schneeballschlachten im Pausenhof, da blitzt auch mal Aggression auf, überwiegend herrscht zivilisierte Distanz.

Den Lehrgangsteilnehmern ist der Druck anzumerken, sie wollen unbedingt ihr Abitur, andernfalls werden sie in der Fabrik landen. In Ritas Clique stärkt man sich gegenseitig den Rücken. Faktisch sind sie Emigranten – mit gehobenem Status, einem deutschen Pass, materiellen Privilegien. Verglichen mit Klassenkameraden, den Flüchtlingen etwa aus Vietnam oder dem Iran, sind sie im Vorteil, andererseits, meinen viele, sind sie einer besonders grausamen Erwartung ausgesetzt. Von ihnen werde hundertprozentig perfekte, sofortige Anpassung ans Deutsche verlangt.

Nach dem Abitur, im Sommer 1993, ergibt es sich, dass Rita

und Irene nach Moskau fahren. Zwei russische Musiker nehmen sie mit, sie haben nach Wochen des Tingelns die Gage in zwei Autos umgesetzt, zu viert überführen sie die Vehikel. Sie zockeln durch Mitteleuropa, Polen, das damals schon sehr westlich wirkt, über Brest, durch eine zurückgebliebene traurige Zone, Minsk, wo sie zu einem enorm günstigen Kurs D-Mark in Rubel tauschen, eine ganze Kiste voll. Noch unterwegs hören sie im Radio, dass in selbiger Nacht der alte Rubel entwertet wird.

Ihr Quartier, das die Musiker auftun, ist eine noble Datscha auf der herbstlich bunten Elchinsel, die dem Fernsehen «Ostankino» gehört – das ehemalige Sommerhaus von Schukow, jenes Generals, der 1945 Berlin einnahm. Irene reist nach einigen Tagen nach Togliatti weiter, Freunde besuchen, Rita bleibt, igelt sich im plüschigen Ambiente ein. Nach Moskau fährt sie, obgleich die Metro nah ist, nur selten, dort ist es teuer und trist. Sie liest. Einer der Musiker bringt immer neue Bücher, er will sie in Deutschland verkaufen, die Datscha ist sein Depot und Ritas Schlaraffenland. Wieder verschlingt sie Ilf und Petrows «Zwölf Stühle», zwischendurch ein paar neurussische Krimis; ihre aufregendste Lektüre ist die Autobiografie einer Prostituierten, nie zuvor hat sie im Russischen Pornografisches gelesen.

Unterdessen wird das russische Parlament in Brand geschossen, von all dem bemerkt sie nichts. Irene ist inzwischen zurück, im Bus zum Flughafen Scheremetjewo sagt jemand etwas über einen Putsch. Als ihre Barschaft für das Rückticket nicht reicht, geraten sie in Panik. Warten, bis telegrafisch Geld aus Deutschland kommt? Sie haben noch ihre alten sowjetischen Pässe, das bringt sie auf die rettende Idee: Sie wischen in der Toilette das Stempelchen weg, das sie als Ausländerinnen kennzeichnet, kaufen eine Schachtel Pralinen und becircen die Dame am Schalter, ihnen den Flug zum Preis für Inländer, 150

Dollar statt 700, zu geben. Auf dem ergaunerten Flugschein steht das Datum vom nächsten Tag, plötzlich winkt die Dame: «Schnell, ab ins Flugzeug!» Ohne eine Sitznummer nehmen sie zitternd irgendwo vorne Platz. Vielleicht wurden die Tickets zweimal verkauft? Die Aeroflot-Maschine hebt ab, und sie schreien jubelnd auf. «Wir hätten vor Glück in Frankfurt deutsche Erde küssen mögen», hat Irene später gestanden.

Der Traum vom «Höher springen»

Ein gutes Jahr darauf, Anfang 1995, sind Irene, Rita und ich einander schon bekannt, von da, vom 3. Semester ihres Betriebswirtschaftsstudiums an, verfolge ich ihren Weg. Sie verstehe in der Vorlesung, äußert Rita einmal, maximal 20 Prozent. Irene entdecke ich bei einem meiner Besuche in der Bibliothek, neben dem Fachbuch der durch und durch zerlesene «Wahrig», das dicke deutsch-deutsche Lexikon, seither habe ich eine Ahnung. Allmählich dämmert mir, da ist eine ganze Clique, die büffelt und sich durchbeißt, parallel dazu kellnert, am Fließband steht, einige sind schon verheiratet, Kinder sind zu versorgen. Alle, auch die Familien, wohnen beengt, ihre Mannheimer Adressen liegen in den miesesten Gegenden, im Jungbusch, auf der Schönau, an der Lupinenstraße. Dort, am Rande des Sperrbezirks, wo Ella und Serge mit ihrem Söhnchen leben, trifft sich regelmäßig die Clique.

Schaffen sie es? Anfang Mai 2000 vertraut mir Irene ihre Diplomarbeit zum Korrekturlesen an, «Markteintrittsstrategien in die Staaten der GUS», so der Titel, achtzig dichte, akribische Seiten für den Gebrauch von Investoren. Bewundernswert fehlerfrei, und ebenso sehr verblüfft mich, wie kühl professionell sie ihre frühere Heimat betrachten kann. «Unter den mittelasiatischen GUS-Ländern gilt Kirgistan als Musterland», heißt es auf Seite 67, «der Reformprozess verläuft in Form einer ‹Schocktherapie› und wird vom IWF und der Weltbank unterstützt. Mit der unangenehmen Nebenwirkung, dass der Lebensstandard der Bevölkerung dramatisch gesunken ist, lassen die Erfolge der Schocktherapie Investitionen in diesem Land aussichtsreich erscheinen.»

Anlässlich von Irenes glänzendem Examen verschaffe ich mir einen Überblick über den Freundeskreis. Beinahe alle sind schon fertig und beinahe sofort in eine feste Position gelangt. Ein Wirtschaftsprüfer, ein Wirtschaftsingenieur, ein Elektroingenieur, eine Chemikerin, zwei Bankkauffrauen etc., wenn ich die Betriebswirtin Irene dazuzähle, die auf Anhieb eine gute Stelle in einer jungen Computerfirma erobert, alles Berufe im Bereich von Wirtschaft und High Tech. Sie sind durchweg in die Hypermoderne vorgestoßen, an die vorderste Front gewissermaßen des Kapitalismus. Noch dazu in den Taumel einer irrwitzigen Beschleunigung geraten, die seit Mitte der neunziger Jahre den Globus erfasst. Als Studenten haben sie es beobachten können: Megafusionen, den Absturz ganzer Branchen und Länder, das allüberall grassierende Börsenfieber, jetzt sind sie mittendrin. Während ich, die ich von Geburt an hier lebe, unentwegt «Halt!» schreien möchte, mein Land fremd werden sehe, halten sie als Newcomer mit. Phantastisch, wenn man bedenkt, welcher Art früher ihre Träume waren. Künstlerische und sportliche, teils im agrarischen Bereich – sie waren im Begriff, gesellschaftlich aufzusteigen. Und dann schaffen sie den Aufstieg in der anderen Gesellschaft, kehrt marsch, in eine völlig andere, ihrer Neigung meist widersprechende Richtung!

Tüchtigkeit? Ja, und selten günstige Umstände. Irene brachte es mir gegenüber kürzlich auf den Punkt: Wir kamen im richtigen Alter, charakterlich schon gefestigt und noch jung genug, zum rechten Zeitpunkt, aus einem sowjetischen Sozialstaat in einen deutschen Sozialstaat. Nur wenig, sehr wenig später, und wir wären aus dem Chaos drüben in ein ungastlicheres Deutschland gefallen. Unser Erfolg hing an einem seidenen Faden … Irene selbst ist halb am Ziel, zur begonnenen Karriere fehlt ihr noch ein «kleinkariertes Glück».

Einzig Rita hat noch nicht richtig Tritt gefasst. «Ich wollte immer ein bisschen höher springen, über meine Arbeiter-Bauern-Familie hinaus. Aber wird es mir gelingen?» – «Es wird», ermutige ich sie, mittlerweile sind es fünf oder sechs Jahre, dass wir darüber sprechen, und mir wird manchmal ihretwegen ehrlich bang. Länger als die anderen hat sie alten Träumen nachgetrauert, ihrem Gesang, zig Anläufe unternommen weiterzukommen, Gesangslehrerinnen gewechselt, viel Geld dafür geopfert. Und irgendwie ging es nicht, die Methoden passten nicht zu ihr, zu kopflastig, zu technisch, viel Gaumen- und Zwerchfellakrobatik, sie hätte lieber den gefühlsmäßigen Ausdruck kultiviert. Ihr fehlte die feste Hand, in Karaganda war die Lehrerin praktisch immer für sie da. Die eiserne Selbstdisziplin konnte sie von sich aus nicht in dem nötigen Maße aufbringen. Für gelegentliche Konzerte ja, mit einer russischen Pianistin zusammen erweiterte sie ihr Repertoire um Brechtlieder, italienische Arien, russische Chansons, und die herzliche Resonanz gab ihr jedes Mal Auftrieb. Niemals jedoch entwickelte sich eine produktive Kontinuität. Endgültig sausen lassen mochte sie das Singen nicht, es läuft bis heute nebenher.

Demnächst wird sie akademisch geprüfte Übersetzerin sein; was dann kommt, ist ihr ziemlich unklar. Im technisch-wirtschaftlichen Felde, für das sie jede Menge Sachverstand hat, würde sie nicht so gern arbeiten, eher im literarischen, und da sind die Marktchancen nicht rosig. So oder so, ihr Deutsch, in diesem Beruf das A und O, ist nicht perfekt, sie bewegt sich auf einem dieser beim Spracherwerb immer wieder auftauchenden, gefürchteten Plateaus, es geht nicht voran.

Zuweilen fällt sie sogar zurück, weil sie an der multinationalen Uni hauptsächlich in russischen Kreisen verkehrt. Sie mag es, im eigenen Saft zu schmoren, braucht es und hält es gleichzeitig für grundfalsch. Im Allerintimsten mag das angehen, die Liebe fürs Leben, weiß sie inzwischen, wird, sollte sie sie finden, unbedingt in ihrer Muttersprache stattfinden. Sonst allerdings wird sie nicht umhinkönnen, sich zu öffnen. «Ich lese Fontane, Ulla», antwortet Rita, oder so ähnlich, wenn ich sie ab und zu tantenhaft penetrant frage: «Was macht dein Deutsch?»

Sich einleben hat seine Grenzen, alle Freunde haben diese Erfahrung gemacht – so wohl sie sich in Deutschland fühlen, so sehr dreht sich ihr privates Leben um die Clique. Geografischer Mittelpunkt ist die Datscha von Ella und Serge am Altrhein. Grillabende, jedes Frühjahr ein «Subbotnik», ein freiwilliger Arbeitseinsatz, den Schrebergarten aufzuräumen. Wie früher in der Großfamilie, unter Nachbarn, nur dass das Russisch der Versammelten nicht mehr ganz astrein ist, es stecken deutsche Worte darinnen, Mischmaschworte, «poschli, abwaschowat» (gehen wir abwaschen), sie merken es gar nicht. Passagenweise wechseln sie ganz ins Deutsche, es fällt ihnen nicht auf, was mir auffällt, wenn ich die Ohren spitze: wie verschieden ihr Deutsch ist. Verschieden gut natürlich, niemand, der ohne Akzent wäre, aber auch zart gefärbt von der familiären Mundart. Sie hat sich anscheinend beim Deutschlernen in die Hochsprache eingeschlichen, weil die jungen Russlanddeutschen, was früher ja nicht ging, mit älteren Verwandten deutsch sprechen. Vielleicht ist bei den Lauten auch eine vererbte Kieferstellung im Spiel?

Im Schrebergarten fliegen Worte umher – zum Staunen! «Sie werden etwas pinselig», sagt Ella mütterlich über ihre Freundinnen, die noch solo sind, das «i» spricht sie russisch hell. «Pinselig» findet sich in alten Wörterbüchern, war früher in der Sprachlandschaft West- und Ostpreußens zu Hause, Vertriebene haben es nach dem Zweiten Weltkrieg hierher gebracht und noch ein Weilchen benützt, im Sinne von: «kleinlich, genau, nörgelig, geziert, zimperlich». «Penselig oarbeite» ist auf Hochdeutsch «sehr ordentlich arbeiten». Kann sein, dass Ellas Ahnen es aus Deutschlands Nordosten mitbrachten. Muss aber nicht sein, sie kennt die Urheimat ihrer Familie nicht, bekannt ist nur, diese lebte im 19. Jahrhundert bei Odessa, vielleicht hat es jemand aufgeschnappt von Nachbarn, dort oder später auf ihrer Odyssee über den Altai nach Tadschikistan. Jetzt läuft das Wort als Einzelgänger bis zu seinem endgültigen Aussterben ein bisschen in der Kurpfalz um.

Neulich hat die Clique eine Freundin nach USA verabschiedet, sie wanderte mit ihrer großen Liebe aus. Die Entscheidung entfachte heftige Diskussionen. «Verräterin», schimpfte Ella liebevoll, traurig, noch mal eine neue Fremde, das wollte ihr und anderen nicht in den Kopf. «Ich bin eben eine Dekabristenfrau», gab die Betreffende zur Antwort, in Anspielung auf die Zarenzeit, als Frauen ihren Männern in die Verbannung folgten. Ein halbes Jahr danach war sie zurück, fand bei Ella und Serge Asyl, ohne die Fürsorglichkeit der Clique wäre sie in ihrer Verzweiflung womöglich abgestürzt.

Dieser Freundeskreis ist wie eine Insel, mit landsmannschaftlichen Großgruppen nur sehr locker verbunden. Kaum, dass jemand an den Pfingsttreffen der Russlanddeutschen teilnimmt, eher rennen alle zu einem Konzert von Alla Pugatschowa. Das musikalische Band zur alten Welt ist vielleicht am stärksten, zu Sylvester gucken sie im Moskauer Fernsehen die jährliche Show «Goluboj ogonjok». Russische Disco am Samstag, doch dafür sind sie fast schon zu alt und zu häuslich. Sie lesen unregelmäßig hiesige russischsprachige Journale. Zu Zeiten, wenn der deutschen Presse nicht zu trauen ist, etwa im Kosovokrieg, auch aus Russland importierte. Gerade in der Außenpolitik sind die Koordinaten ihres Denkens noch immer östliche. Wie kann Deutschland, so die weit verbreitete Meinung, dermaßen unkritisch im Schlepptau Amerikas segeln.

Was man gemeinhin Subkultur nennt, scheint insgesamt wenig ausgeprägt, ungleich schwächer als bei den russischen Juden. Berührungen zwischen diesen und Russlanddeutschen kommen in Großstädten, auch Mannheim, wohl vor, aber selten. Zeitweilig konnte ich bei Rita und ihren Freundinnen ein gewisses Faible für jüdische junge Männer beobachten, für deren elegante Intellektualität, etwas, wonach sie selbst strebten. Das hat sich wieder gelegt, Ritas Vorbild heute sind die Landärzte in den Erzählungen von Anton Tschechow, Intelligenz, gepaart mit Praktischem und edler Gesinnung. Idole unter Landsleuten hat sie nicht, wenigstens keine öffentlichen Personen. Wie könnte sie auch, Tote kommen kaum infrage, wer stand schon als Russlanddeutscher in der Sowjetunion im Rampenlicht. Lebende ebenso wenig, in Deutschland gibt es – in Politik, Kunst, Medien, Kirchen – praktisch keine russlanddeutschen Protagonisten. Vielleicht ist es zu früh, oder das Vorpreschen in den öffentlichen Raum ist, nach all der Überanstrengung, nicht ihre Sache. Gegenwärtig, glaube ich, möchten sie vor allem: in Ruhe gelassen werden.

Unter Russlanddeutschen nennt man einander häufig «Rusaki», auch Ritas Clique hält dies für die beste Selbstbezeichnung. Ein schillerndes Wort, in der russischen Hochsprache von heute ist «Rusak» ein grauer Hase, nichts weiter. Dem Hörensagen nach ist «Rusaki» eine Neuschöpfung, die in den achtziger Jahren in Deutschland erfunden wurde. «Rusaki» grenzen sich zu den «Ruskije», den echten Russen, ab, es meint das Zwischen-zwei-Kulturen, etwas Ländliches schwingt darin mit. Zugleich ist es ein Schimpfwort; in den Augen hiesiger Russen wie der Russlanddeutschen, die sich zweifelsfrei als

Deutsche verstehen, sind «Rusaki» tölpelhafte, bedauernswerte Bastarde. Kaum jemand, der es benutzt, weiß, dass es ein Wort mit Geschichte ist. Bei Turgenjew zum Beispiel ist «Rusak» ein urrussischer einfacher Mensch, in dieser Bedeutung ist es ausgestorben.

Soweit ich das sehe, ist Ritas Verhältnis zu Deutschland «vollkommen okay». So ungefähr würde sie sich äußern, eventuell noch scherzhaft hinzufügen: «Die Deutschen haben zu wenig Feuer! Das können sie von uns lernen.» Und: «Deutschland braucht einen Terminator! Aber einen netten!» Diesen Spruch sagt sie manchmal, wenn sich Jugendliche in der Straßenbahn rüpelhaft benehmen. Letztlich ist diese undurchsichtige lasche Demokratie so übel nicht, und alles muss man schließlich nicht verstehen. Extreme Fremdheitsgefühle löst bei ihr der Karneval aus, an diesem «organisierten Frohsinn» kann sie nicht das Geringste finden. Fettmöpse in Gardeuniform, die mit dem Hintern wackeln, dies Tufta, Helau, Alaaf, Büttenreden, den Witz kapiere wer will, und was dahinter steht an Tradition, politischem Klüngel ist ihr unendlich rätselhaft.

Ein Gegenbeispiel. Tiefe Bewunderung hegt sie für die Art und Weise, wie wir in Deutschland Schlange stehen. Ganz ruhig, in diskretem Abstand, der Vordermann und Hintermann ist nicht zu riechen, ein jeder ist gleich, niemand drängt sich vor, weil er den am Schalter kennt oder ein Privileg genießt. Distanz überhaupt ist ihr wichtig geworden, diese distanzierte Art hierzulande, die sie anfangs irritiert hat, gefällt ihr heute zunehmend. Unangemeldet zu Besuch kommen, Privates ungeniert rauslassen, solchen russischen Gepflogenheiten hat sie sich entfremdet. Gegenüber der berühmten Gastfreundschaft wächst sogar Skepsis – sie kann entsetzlich anstrengend sein, findet Rita, und ist nicht immer ehrlich.

Sie ist historisch betrachtet nicht mehr ganz zeitgemäß. Die

Nähe und Hilfsbereitschaft zu Hause hatte auch etwas gesellschaftlich Erzwungenes. Bestimmte Verhaltensweisen, zeigt sich nun, sind aus der Not geborene Tugenden gewesen. Sobald man nicht mehr dringend aufeinander angewiesen ist, stehen sie zur Disposition. Dies ist eine der gewaltigsten Veränderungen, welche die Umsiedlung nach Deutschland mit sich gebracht hat. Rita hat sich umgestellt, ihre Großmutter Maria Pauls hingegen nicht, sie leidet darunter furchtbar. Der Tag ist anders, wenn Verwandte und Nachbarn nicht einfach hereinschneien, ärmer und spannungsloser, sie vermisst das Überraschende, das ersehnt wird, das auf sich warten lässt oder eintritt. Auch die mit der räumlichen Enge einhergehende physische Nähe. In dem neuen großen Haus in Kehl-Sundheim fühlt sich Maria Pauls ungeborgen.

KAPITEL 12: Sommerfrische in Westsibirien

Um unsere Angst vorm Fliegen zu bezwingen, werfen wir an diesem Augusttag unsere Gedanken voraus nach Sibirien. Mit leicht vibrierender Stimme, den Notausgang im Auge, verkündet Rita zwei Vorsätze, unseren Zielort betreffend. Punkt eins, im Haus ihrer Babuschka sauber machen, mit einem modernen Desinfektionsmittel, das sie im Handgepäck hat. Zweitens werde sie sich unter gar keinen Umständen die fette Dorfkost aufnötigen lassen, sondern selbst kochen – italienisch! Über diese Kampfansage muss ich schrecklich lachen. Mit fünfzehn, 1984 oder 85, war sie zuletzt da, in den Sommerferien von Karaganda aus, und will genau wissen, was es jetzt auszufechten gibt. Sibirien, darauf gehe ich jede Wette ein, wird Ritas Wunderwaffe und Verweigerung ignorieren!

Derart reisefiebrig bin ich selten gewesen. Endlich würde ich die ozeanische Weite der Landschaft erleben, Russlands wilden Osten, Amerikas Wildem Westen vergleichbar, nur viel riesiger, größer als die USA und Westeuropa zusammen, extremer, grausamer. Schauplatz von Schrecknissen und Herausforderungen, die sehr besondere Menschen hervorgebracht haben sollen.

Ritas sibirische Leute … in ihrer Heimat, zwischen Irtysch und Tara, hat die russische Kolonisierung Sibiriens ihren Anfang genommen. 1582 unterwarf ein wilder Haufen Kosaken unter Führung eines gewissen Jermak, eines ehemaligen Wolgapiraten, das tatarische Chanat Sibir. 57 Jahre nur nach Jermaks legendärem Sieg erreichte ein erster Kosakentrupp, 6000 Kilometer weiter östlich, den Pazifik. Triebkraft des Voranstürmens war das so genannte weiche Gold, der Zobel. Palisadenfestungen wuchsen hier und da, erste Vorposten der Herrschaft der Zaren über die weit verstreuten Ureinwohner.

Damals werden Ritas Vorfahren, die Kirilows und Britkows, noch im europäischen Russland gewohnt haben. Auf dem Flug nach Omsk spielen wir die Möglichkeiten durch: Sie könnten bald nach den Kosaken als Jäger, Vagabunden oder Religionsflüchtlinge nach Sibirien gekommen sein. Statistisch gesehen ist das reichlich unwahrscheinlich, wir sollten ihre Anwesenheit besser auf später datieren, nicht vor 1763, dem Baubeginn des Großen Sibirischen Postweges, eher noch später. Entweder waren sie Verbannte – Kriminelle, Oppositionelle, religiöse Sektierer – oder Bauern, gelockt von Umsiedlungsprämien des Zaren, die mit Pferdewägelchen loszogen, eine Existenz in der Wildnis zu gründen, ohne die Fesseln der Leibeigenschaft. Um die Mitte des 19. Jahrhunderts müssten sie eigentlich da gewesen sein, unter den etwa drei Millionen Russen, die damals jenseits des Ural lebten. Allerspätestens in den sechziger Jahren des 19. Jahrhunderts, nach der Bauernbefreiung, als sich die bäuerliche Siedlungswelle von einem Rinnsal in einen Strom verwandelte, auf jeden Fall vor dem Bau der Transsibirischen Eisenbahn (1891–1905) und der mit ihr einsetzenden industriellen Erschließung Sibiriens.

Um die Zeit ihres vermuteten Eintreffens, in ebenjener Gegend, in Omsk, saß Fjodor Dostojewski als politischer Sträfling (1850–54) in Festungshaft. Seine berühmten «Aufzeichnungen aus einem Totenhaus» handeln von einer Grenzsituation und persönlicher Läuterung – kein regionales Zeugnis, gewiss nicht, doch insofern interessant, als er in seiner Schilderung der Mitverdammten seine tiefe Desillusionierung über den russischen Bauern zum Ausdruck bringt. Sie seien primitiv und brutal, eine Meinung, die sich damals, gegen ältere romantisierende Sichtweisen, in der Intelligenzija auszubreiten begann.

Rita hat dies nie gelesen, ich erzähle ihr unterwegs davon, auch von anderen düsteren Dichtertexten, die das Bild vom russischen «Muschik» weit über Russland hinaus prägten. «Das Dorf» Iwan Bunins zum Beispiel – es trug ihm später als erstem Russen den Nobelpreis ein –, worin er um 1910 darlegte, der Bauer wisse nichts von elementaren Dingen wie Pflügen und Säen. Dummheit, die nur noch übertroffen werde durch seine Leidensfähigkeit – und wie Maxim Gorki, Vordenker der Liquidierung des Bauernstandes durch die Sowjetmacht, später hinzufügte, wilde, «asiatische» Grausamkeit. Fremdbilder, die mir in Erwartung des Landlebens zu schaffen machen, denen fast keine Selbstbilder entgegenwirken, denn die russischen Bauern waren in ihrer Mehrzahl Analphabeten bis weit ins 20. Jahrhundert hinein. Wie Ritas Großmutter Alexandra Kirilowa, geborene Britkowa, im Dorf Kokschenewo.

«Vergiss es», spottet Rita, «wir fahren in die Ferien.» Stunden später, auf dem Erdboden, kurz hinter Omsk, ist alles Gelesene von mir abgefallen. Ein Cousin von Ritas Schwager Oleg Tschupachin kutschiert uns in seinem roten schnellen Wagen. Auf schnurgerader Straße Richtung Nordosten, durch flaches Land, intensiv gelbe Stoppelfelder, Areale von schwarzreifen Sonnenblumen, riesige Agrarzonen im Wechsel mit Birkenwäldern und -wäldchen, Wildwuchs, von Forstwirten ungestört, darüber weiß bewölkt, sehr hoch, 180 Grad Himmel. Eintönig ist es, bald sehnt sich das Auge nach Menschen, vergeblich, nur mal ein Abzweig zu einer entfernten, unsichtbar bleibenden Siedlung wird angezeigt. Endlich Muremzewo. «Es lebe die Arbeiterklasse!», lesen wir im Vorbeifahren auf einer Mauer, das Rayonstädtchen wirkt wie ein großes, planlos gewachsenes Dorf. Nur noch zwölf Kilometer bis Kokschenewo.

Auf dem sandigen, vom Regen aufgeweichten Damm fahren wir Schritt, beidseits erscheinen freundliche, aus Holzstämmen gefertigte Häuser, mit vierseitigen Wellblechdächern, filigran geschnitzten, blau-weiß bemalten Fensterrahmen. Ritas Körper spannt sich, sie reckt den Hals, sucht etwas Markantes. Hinter jedem Gartenzaun lugen Dahlien und Stockrosen, oft ist das Haus ganz hinter rotbeerig leuchtenden Ebereschen versteckt. Links, nach gut einem Kilometer, ein flaches grauweißes Betongebäude. «Ah, der Club, weiter, weiter, das ist erst die Mitte des Dorfes.» Ritas Erinnerung nach ist das Haus ihrer Babuschka das letzte rechts.

Brandgeruch dringt plötzlich in unsere Nasen von einem noch rauchenden, niedergebrannten Schuppen. «Der Faulbaum! Wir sind da!» Rita springt aus dem Auto, ruft, verschwindet hinter einer Himbeerhecke. Ich bleibe – und sehe sie zuerst. Von der gegenüberliegenden Seite der Straße stapft, auf einen Stab gestützt, doch rüstig, eine kleine, sehr feingliedrige alte Frau heran. «Alexandra Iwanowna?» Sie steht vor mir in einer falsch herum angezogenen Kittelschürze, zwischen Kopftuch und Haar schaut ein Kohlblatt hervor. Hinter mir kommt Rita angeschossen: «Babuschka!» Umhalst sie, die alte Frau weicht ihrem Kuss aus, lächelt verhalten. «Moja podruga», stellt Rita mich vor, «meine Freundin.» Dann leise auf Deutsch: «Sie hat sich überhaupt nicht verändert.»

Das verwelkte Dorf

Zwei Frauen stürzen aus dem benachbarten Haus hinzu, drücken erst Rita, dann mich ungestüm herzlich an ihre enormen Busen. Tante Mascha, die älteste Schwester von Ritas Mutter, und ihre Tochter Natascha geleiten uns zu sich, über eine verglaste Veranda, wo auf Leintüchern ausgebreitet Sonnenblumenkerne trocknen und von der Decke büschelweise Kräuter baumeln. Vorsichtig umgehen wir Einmachgläser und zu Pyramiden gestapelte Kürbisse, tappen durch eine dunkle kleine Küche, in der es in diversen Töpfen brodelt, in eine Wohnstube. Zu einem Drittel fast wird sie von einer enormen Petschka, dem in Russland üblichen weiß getünchten Lehmofen, eingenommen, auf dessen Simsen und auf den Fensterbänken lagern Tomaten zum Nachreifen. «Erntezeit, Mädels!», seufzt Tante Mascha lachend, «willkommen!» Augenblicke später biegt sich der Tisch, frisches Gemüse, Butter, Honig, mittendrin ein Pott mit gekochtem Schweinefleisch. Rita palavert mit Tante und Cousine, ich schalte mit dem größten Vergnügen ab. «Ihr habt ja Ferien», höre ich Mascha Kirilowa zwischendurch sagen, «ihr sollt nicht helfen.» Wir werden buchstäblich mit den Hühnern schlafen geschickt, Rita auf die Couch ins Fernsehzimmer, für mich ist ein Bett in einer separaten Kammer vorbereitet. Die Nacht ist still, ungewohnt und faszinierend still. Gegen drei muss ich raus, ich taste mich an unseren Gastgeberinnen vorbei, eine schlummert auf der Ofenbank, die andere zwischen zwei Batterien von Gurkengläsern auf der Veranda. Es ist sternenklar, die ganze Milchstraße beleuchtet die schwankenden Holzbohlen, die über den Schlamm im Hof zum Plumpsklo führen.

Bei Tageslicht ist sichtbar, wie vieles in der bäuerlichen Wirtschaft noch provisorisch ist. Gerade eben erst haben die beiden sie übernommen, vor sieben Monaten sind sie ins Dorf zurückgekehrt, nach zweiundzwanzig Jahren Stadtleben. Maschas jüngste Schwester, Anastasia Pauls, hatte sie 1975 nach Karaganda geholt, es gefiel ihnen sehr, Natascha war Kindergärtnerin, ihre Mutter mal Putzfrau, mal Geschirrwäscherin, aber jetzt war dort kein Auskommen mehr, sie mussten die sterbende Stadt verlassen. Lumpige 8000 Rubel hat der Verkauf ihrer zwei Neubauwohnungen plus der dritten, von den

Pauls zurückgelassenen, erbracht, das reichte nicht mal für das Dorfhaus in Kokschenewo. Ohne Hilfe aus Deutschland hätten sie die 1200 Dollar dafür niemals aufbringen können. Die Verkäufer übrigens waren Kasachen – sie ihrerseits zogen, aus Furcht vor dem russischen Nationalismus, nach Kasachstan.

Gleich nach dem Frühstück gehen wir das Dorf inspizieren, in dem Rita beinahe jeden Sommer ihrer Kindheit verbracht hat. Den ersten Tag, erinnert sie sich, war sie immer etwas hochnäsig gegenüber den Dorfkindern, und dann, nichts wie rein in die Fufaika, die Galoschi, Wattejacke und Gummischuhe, und der Stadtmensch in ihr war fortgeflogen. Rita tänzelt voran, dreht sich, schaut aufgeregt auf eine Kuhle in Zaunnähe. «Hier? Nein!» Mir dämmert, worum es sich handeln könnte: um die familiär viel belachte Schweinerei … Rita mit sechs oder acht, die nach einem Regenguss die Kleider runterreißt und sich in der Motsche suhlt. Nein, die Stelle ist woanders; also versuchen wir erst mal, zügig auf der Straße voranzukommen. «Rita», schreit jemand, «komm her», eine alte Frau, Großtante Nura, wie sich herausstellt. «Du siehst deinem Vater immer ähnlicher!» Eine deftige Umarmung, und noch eine, in deren Verlauf Rita beinahe die Ohren abgerissen werden. Mir schießt dabei eine Szene in den Kopf, die Ritas Vater mir erzählt hat. Wie er als erster Deutscher vor mehr als dreißig Jahren ins Dorf kam und alle glaubten, der Leibhaftige sei erschienen, und schauten, wo denn die Hörner seien.

An diesem Morgen kommen wir ungefähr zweihundert Meter vorwärts, längst hat sich unsere Anwesenheit herumgesprochen. Anscheinend ist Rita mit dem halben Dorf verwandt, unmöglich für mich, einen Überblick über die Tanten und Cousinen zu behalten, die uns in ihre Häuser ziehen. Familientratsch, Tee mit Marmelade, Familientratsch, wer gestorben ist, krank, jetzt anderswo lebt. Bald werden wir einbezogen in das Tagesgespräch, es dreht sich um das gestrige

Unglück, der Blitz ist in ein Haus eingeschlagen, und der Brand konnte nicht gelöscht werden. Warum? Weil kein Wasser da war. Und warum war kein Wasser da? Im Verlaufe weniger Stunden klärt sich im Dorf der Hergang: Von den drei Elektropumpen des Wasserturms arbeitete seit längerem nur noch eine, zum fraglichen Zeitpunkt hätte der Turm voll sein müssen, doch ein gewisser Jemand hat heimlich große Mengen Wasser entnommen zum Gießen, und dann, in der Not, versagte die eilig angeworfene dritte Pumpe. Die Brunnen, aus denen man hätte schöpfen können, sind nach dem Bau des Wasserturms vor circa 25 Jahren inzwischen zugeworfen worden.

Dutzende solcher Geschichten werden uns im Laufe der Woche zugetragen werden. Äußerlich, in seinem ganzen idyllischen Erscheinungsbild, meint Rita, ähnelt Kokschenewo dem Dorf ihrer Kinderferien. Es riecht wie früher, sie kann sich zeitweise noch immer kindlich geborgen fühlen. Tatsächlich jedoch ist es dramatisch verändert. Der Ausgangspunkt seiner Verwandlung ist anscheinend ökonomischer Natur. 1993 ist der Kolchos «Mitschurin», dem Kokschenewo angehörte, in eine Aktionärsgemeinschaft umgewandelt worden, und diese ist nun, nachdem sie bereits vier Jahre keine Löhne gezahlt hat, bankrott. Jeder ist auf sein eigenes Stückchen Land verwiesen, Naturalientausch, Milch gegen Honig, Mopedreparatur gegen Schreinerarbeit. Bargeld haben nur die Rentner, und momentan sind die Renten vier Monate im Verzug.

Rita kommt nicht umhin, schon am ersten Tag zu bemerken, dass sich der Alltag und das Zusammenleben stark verändert haben. Ihr Patenkind Schura muss in Muremzewo zur Schule, denn die Dorfschule hat nur noch drei Klassen, und der Schulbus fällt wegen Treibstoffmangel häufig aus. Weil der öffentliche Nahverkehr fast lahm liegt und die ehemaligen

Kolchosenfahrzeuge das Zeitliche segnen, hat sich der Pferdebestand vervielfacht, der «Chodok» ist im Kommen, ein kleines hölzernes Wägelchen mit einem aus Birkenreisern geflochtenen Korb obendrauf. In diesem Zusammenhang und überhaupt sind Traditionshandwerke wieder gefragt. Man schlachtet – vor der Zeit; in den Höfen beobachten Rita und ich Männer und Buben mickrige Schweinchen abflämmen. So genannte Augustschweine, ein neues Wort und eine neue Tatsache, sie müssen so früh dran glauben, damit zu Schulbeginn, am 1. September, für die Kinder Hefte, Stifte, Pullis und Hosen gekauft werden können.

«Wie fühlst du dich, Ulla?», fragt Rita auf dem Heimweg. «Und du dich, Rita?» Während ich nach Worten suche, die uns zwei seltsame Gestalten auf der schlammigen Dorfstraße beschreiben könnten, fängt sie an, mit dem Regenschirm auf ihre Handtasche zu trommeln, tadam, tadam, tadam, tadam; dann stößt sie einen durchdringenden Fanfarenton aus: «Die Deutschen kommen! Die Deutschen sind da!» Und lacht, sie hat es erfasst.

Schräg gegenüber von ihrem Haus, auf der Sonnenseite, döst Ritas Großmutter auf dem Bänkchen. Filzstiefel bis zum Knie, trotz der spätsommerlichen Wärme ist sie dick eingepackt, zwei wollene Röcke unter der Schürze, drüber ein mausgraues, solides, viel zu geräumiges Herrenjackett. Wie am Vortag guckt der zerfranste Rand eines Kohlblatts unter ihrem Kopftuch hervor. «Sie haben Schmerzen, Babuschka?» Rita setzt sich neben sie, ich hocke mich gegenüber ins Gras. «Die alten Heilmittel helfen nicht.» Mit flinken Fingern zieht sie das Blatt ein Stückchen tiefer, hier rechts am äußeren Rande der Wange ziehe es furchtbar von oben nach unten herunter. Drei Jahre schon, seit sie beim Möhrenausmachen stürzte und hart aufschlug, leide sie so. «Seitdem hängen Körper und Kopf nicht mehr richtig zusammen.»

Alexandra Kirilowa vor ihrem Haus

Die Grüße und kleinen Neuigkeiten aus Deutschland nimmt sie aufmerksam schweigend auf. «Und wann kommt Tossja?», will sie wissen. «Bald!» Mit ein paar Worten erläutert Rita, wie ich zur Familie stehe. «Wir wollen Sie nach Ihrem Leben fragen, Babuschka.» Ratloses Nicken, selbstverständlich dürfen wir zu Gast kommen. Meine höflichen Sätze auf Deutsch, die Rita übersetzt, scheinen sie vollends zu verwirren. Plötzlich blitzen aus dem Schatten, den das Kopftuch über die obere Gesichtshälfte wirft, weit aufgerissene schwarze Augen. Ich glaube, sie versteht nicht, dass ich nur wenig

Russisch spreche, sie versteht überhaupt nicht, dass ein menschliches Wesen ihrer Sprache nicht mächtig ist. Sollte ich das erste Wesen dieser Art in ihrem fast neunzigjährigen Leben sein, die erste wirkliche «Nemka»? «Nemzy», das russische Wort für «Deutsche», meint wörtlich, dem historischen Ursprung nach, «die Stummen», Fremdlinge, die nur unverständliche Laute von sich zu geben vermögen.

Rita überspielt die kuriose Situation taktvoll, indem sie das Erschrecken ignoriert, und bis auf weiteres übersetzt sie nicht. «Das Dorf ist verwelkt», diesen Satz kriege ich mit, Alexandra Kirilowa wiederholt ihn mehrfach; dann wechselt sie in die Vergangenheit, «damals» saß sie auf einer Schaukel, sie zeigt mit den Händen dorfeinwärts: «dort war Sibirien, hier Russland», und im Erzählen blüht sie auf. «Verbrennt euch nicht in der Banja», ruft sie uns zum Abschied nach.

Abends, in dem hitzeglühenden, nach Birkenlaub duftenden Büdchen erfahre ich von Rita, dass ihre Großmutter von jeher maßlos ängstlich gewesen ist, Lena und sie in den Sommerferien stark behütet, mit Verboten umstellt habe: nicht am Fluss spielen oder im Wald, da wird euch der Luchs fressen, nicht rennen, ihr könntet euch den Hals brechen. Welches Kind könne so etwas einsehen und sich daran halten, zumal die Strafe mild war, ein Hieb nur, mit Brennnesseln auf die nackten Beine. «Sie war permanent ängstlich, und sie lachte nie.»

«Und was ist mit der Schaukel?» – «Ach, so eine Nostalgie», erklärt Rita kurzab. In der Mitte des langen Dorfes befand sich früher eine große Schaukel, dort traf die Jugend zum Musizieren und Tanz zusammen. Oft gingen die Burschen mit Fäusten aufeinander los, zwei notorisch miteinander rivalisierende Parteien, das westliche Kokschenewo, das man «Sibirien» nannte, und «Russland», östlich der Schaukel. «Heureka!!!! Rita!!! Weißt du, was das heißt?» Es heißt, wie ich von einem russischen Agrarsoziologen weiß, in diesem Dorf existieren zwei verschieden alte Teile. «Sibirien» ist der schon früher, «Russland» der später besiedelte. Die Britkows gehörten zu Letzterem, folglich könnte unsere verwegene Schätzung, dass sie um 1850 eingewandert sind, stimmen.

Im Haus begrüßt uns Mascha Kirilowa mit dem traditionellen «S ljogkim parom», «Möge der Dampf leicht sein», und schenkt heißen, mit Saft vermischten Tee ein.

Abendbesuche in der Isba

Bei jeder Gelegenheit wälzen Tante und Nichte alte Geschichten um. «Rita, die war ein Bandit!», lacht Mascha, gut gelaunt, wie man nur eben sein kann. «Und Mascha, die kann Berge versetzen!» Von ihr, erinnert sich Rita, hat sie ihre erste «Lebensweisheit» übernommen – damals in Maikuduk, als die Tante, die zu Besuch war, das kaputte Radio, ein wahres Monstrum, auf dem Buckel zur Werkstatt schleppte. Rita, vielleicht fünf oder sechs, tippelte hinterher. «Wie wird man so stark?» – «Wenn man viel Zwiebel isst.» Später entdeckte Mascha sie in einem Winkel, Zwiebelgrün in Salz tauchend, sie aß still und tapfer, die Tränen tropften nur so.

Ständig sind die zwei am Scherzen. «Du bist so klug wie Lenin!», lobt Mascha Rita einmal. «Wieso?», staunt sie, «Lenin war doch nicht klug». – «Und warum gehen wir dann alle seinen Weg?» Sie ironisiert die alte kommunistische Parole ohne jede Bitterkeit. Nicht den geringsten Anflug davon spüren wir in dieser Woche. Gelassen, mit innerer Ruhe, scheint sie das Bauernleben anzupacken, in das sie mit ihren 65 Jahren genötigt wurde. Etwas von dem Urvertrauen, das sie ausstrahlt, kenne ich von Rita, ihrer beider Naturell ist irgendwie ähnlich, ein bisschen auch ihr Lachen.

Jeden Tag scheucht uns Mascha Kirilowa in die Ferien. «Fort mit euch!» Und so strolchen wir durch den lichten Wald, am Steilufer der gewundenen, träge fließenden Tara entlang, von der die Schiffe verschwunden sind, wo aber am östlichen Ufer, jenseits von Kokschenewo, wieder Bären aufgetaucht sein sollen, durch eine zu dieser Jahreszeit vollkommen unspektakuläre Landschaft. Ritas Sommer waren in etwa wie meine in der bäuerlichen westfälischen Verwandtschaft (oder in Bullerbü). «Räuber und Kosak» heißt es hier, die Verfolgungsjagd ist ähnlich, der Rest wie überall, Stochern in Ameisenhaufen, Blätter und Beeren sammeln, Eichhörnchen nachlaufen, im Gebüsch lauern Geister, man träumt vor sich hin im Moos. Beide kennen wir die Empfindungen, vom Entzücken bis zur abgrundtiefen, unerklärlichen Traurigkeit, die in Städten unmöglich sind, später nie wiederkehren und von denen man als Erwachsener lebenslang, oft unbewusst, zehrt. Auf Bäume geklettert zu sein hilft, sagt Rita, in der Fremde wieder auf die Füße zu kommen; oder, sage ich, in ein bodenloses Projekt Vertrauen zu haben.

Von Ritas Spielgefährten ist leider niemand mehr da, die ganze Generation hat das Dorf verlassen. Bis auf Jura, den immer barfuß gehenden, freundlichen Jungen, dessen komischen Entengang sie liebte. Heute kann sie dem kindlich gebliebenen, mongoloiden Mann nichts mehr abgewinnen. Rita hält sich auf Distanz, weil sie die Belastung nur schwer erträgt. «Hier verderben sie mir meine Erinnerungen, und zweitens weiß ich nie, wie ich helfen soll.» Juras Balalaika wurde vor einigen Tagen verkauft, seine Mutter brauchte Bargeld – eine kleine Tragödie.

Jeden Abend besuchen wir für ein, zwei Stündchen Ritas Großmutter, und jedes Mal ist das Betreten ihrer Isba eine Freude. Für Rita ist das Bauernhäuschen der einzige noch existierende Raum ihrer Kindheit. Es ist fast unverändert, von ein paar enttäuschenden Details abgesehen, einer «verbotenen Tür» im Vorraum, hinter der kein Schmand mehr auf Naschkatzen wartet, der steht heute im Kühlschrank. Leer ist auch das Bücherfach ihrer dörflichen Cousinen und Cousins über dem Eingang. Coopers «Lederstrumpf» und all das Papier hat Alexandra Kirilowa als Klopapier verbraucht.

Jenseits der Schwelle zum Hausinnern, das man ohne Schuhe betritt, innerhalb der von Kiefernstämmen umschlossenen dreißig Quadratmeter, ist alles, wie es vor fünfzehn oder zwanzig, vielleicht sogar vierzig Jahren war. Bett, Petschka, Tisch, zwei Stühle, ein schmaler Geschirrschrank, in diesem vorderen Raum lebt und wirtschaftet Alexandra Kirilowa. Links daneben ein weiterer, heute unbenutzter, mit zwei kissenbetürmten Diwanen, auf denen Rita und Lena als Ferienkinder schliefen, einer Truhe, Kleiderhaken, lauter elementaren Dingen. Auf mich als Fremde wirken die Zimmer sofort behaglich. Hier könntest du bedenkenlos den grimmigsten Winter verbringen, ist mein erster Gedanke. Dieses Interieur hat eine Festigkeit, etwas von einer schützenden Höhle, und zugleich eine Luftigkeit. Sie entsteht durch mehrere, in drei Himmelsrichtungen zeigende Fenster, wird verstärkt durch weißgrundige, zart gemusterte Stoffe, die sämtliche Möbel dekorieren. Baldachingleich schweben sie über den Türen und von der Decke, beschirmen die Papp-Ikonen in den Ecken. In das Helle sind einige kräftige Farben gesetzt, der Ölsockel in Grün, grellbunte Läufer, ein Riesenwandbehang mit einem gelben Löwen. Nichts, was wertvoll wäre oder geschmackvoll in meinem Sinne, unangebracht der Gedanke, dass sich im Wohnen ein Individuum verwirklicht. Fast alle Elemente sind typisch, in vielen Isbas zu finden, die Hand der Besitzerin verrät sich nur in deren liebevoller Ordnung, dem gepflegten Zustand. Und – in den Spuren des Gebrauchs, des Alterns, die Geschichten erzählen könnten von ihr und ihren persönlichen Beziehungen.

Pawel Kirilow und Alexandra Kirilowa, um 1930

Von Verwandten, vielleicht längst verstorben, die eine Schüssel anschlugen. Von heißen Sommern, die die berühmte schöne «Unbekannte» von Kramskoi ausbleichten, den Kunstdruck, den sie mal per Zufall im Dorfladen ergattert hat.

Vielem meine ich anzusehen, dass es glücklich oder mühsam ergattert wurde. Vielleicht liegt darin, in dem Ergatterten, das Geheimnis, welches Dinge, die unter anderen Umständen nicht miteinander harmonieren würden, zusammenhält? Solche Gedanken beschäftigen mich an diesen Abenden, an denen ich fast stumm bin. Um Alexandra Kirilowa nicht zu stören, halte ich mich aus der Unterhaltung heraus. Mal verstehe ich fast alles, mal wenig. Von meinem Platz am Fenster habe ich beide im Auge, die alte Frau, die kerzengerade vor dem gelben Löwen auf dem Bett sitzt, Rita auf dem Stuhl davor, nahebei, damit sie in deren schwerhörige Ohren tröten kann. Was da zwischen ihnen passiert, ist neu, früher haben sie nie über Vergangenes geredet; die Großmutter sagte überhaupt nicht viel, ein Gespräch, das mehr gewesen wäre als ein Kommentar zu Alltäglichem, gab es nicht.

Ein Gespräch kann man dies jetzt auch nicht nennen. «Wann sind Sie geboren, Babuschka?» – «Am Michaelistag.» Im November also, als zweites von zwölf Kindern, in welchem Jahr, ist nicht verbürgt, bei ihrer Heirat habe man kurzerhand 1909, das Geburtsjahr ihres Mannes, eingetragen. «Er war schön wie eine Beere, mein Pawel. Ich habe Sehnsucht, Sehnsucht. Ich sehe immer wieder das Foto an und spreche sogar mit ihm. Und es scheint mir, als ob er mich mit den Augen verschlinge.» Dann hängt sie ihren Gedanken nach, halbstundenlang ist Schweigen, Rita schenkt Pfefferminztee nach, wir stopfen uns mit den frisch gepflückten Himbeeren voll. Alexandra Kirilowa isst oder trinkt nie mit. «Wie waren Sie als Kind, Babuschka?» Sie antwortet mit einem Satz. Einmal habe sie mit ihrem Bruder Michail gespielt, unterdessen sei ihr Vater aus dem Krieg heimgekommen, den Arm in der Schlinge.

Am nächsten Abend ist ihr Kopf ganz mit Schals vermummt, nur die dunklen Augen gucken heraus. Sie kaut auf etwas herum, etwas streng Riechendem – einem Lorbeerblatt? –, und sagt kein Wort. Rita und ich betrachten im Nebenzimmer ausgiebig die beiden gerahmten Fotos ihrer Großeltern. Vor dem hellen Tuch, hinter dem sich ein unbenützter Televisor, ein Fernseher, verbirgt, wirken sie wie auf einem Altar aufgestellt. Beide sind darauf etwa zwanzig, wie Stummfilmschönheiten erscheinen sie; in der stark retuschierten, colorierten Bearbeitung, wie sie damals üblich war, ist das Fotoporträt fast zum idealisierten Gemälde geworden. Inwieweit sind es wirklich ihre Gesichtszüge? Hatte Pawel

Kirilow, Ritas Großvater, diesen ausgeprägt wellenförmigen Mund? «Die Fliegen sind der Satan!», schimpft es von drüben herüber. Bis es dunkelt, patschen wir Fliegen.

Tags darauf hat Alexandra Kirilowa anscheinend weniger Schmerzen, sie erzählt lebhaft, schwärmerisch von ihrem Mann. Auf den ersten Blick sei es geschehen, sie sah ihn, er sie, ein dunkel gelockter Bursch aus dem Nachbardorf Lisino, und er nahm sie am selbigen Tag gleich mit, quasi eine Entführung. Bei dem Versuch, die Tochter zurückzuholen, packte Alexandras Mutter sie so heftig an der Brust, dass die Bluse zerriss. Sie wollte diesen Pawel, er war hübsch und lustig, so ungewöhnlich, dass sie sich seiner fast nicht würdig fühlte. Aus guter Familie noch dazu; die Kirilows besaßen ein kostbares Pferd, um das alle sie beneideten, es wurde damals, kurz nach ihrer Heirat, weggenommen, im Kolchos vor den Pflug gespannt und verreckte. Gerade noch, bevor die Glocken heruntergestürzt wurden und man die Muremzewer Kirche geschlossen hat, konnten sie sich trauen lassen. In welchem Jahr, das hat sie vergessen; aus den Umständen zu schließen müsste es zum Höhepunkt der Kollektivierung, um 1930/31, gewesen sein. Danach war der Mann mehr fort als da, sonst hätten sie wohl mehr als nur vier Töchter bekommen, Mascha, Anna, die mit acht Monaten starb, noch mal Anna, Anastasia. Immer wieder ging Pawel Kirilow auswärts arbeiten, als Koch bei der Armee. Seine Briefe, die er nach Hause schrieb, sind verschwunden.

Ritas Großvater war also kein Analphabet! Insgesamt ist das Erzählte eher arm an handfesten Tatsachen, meist sind es flüchtige Szenen, schwer einzuordnende Fragmente. Auf Ritas Stichwort «Was war mit den Roten und den Weißen, Babuschka?», erinnert sie sich, dass Truppen durchs Dorf sprengen, mal diese, mal jene, «wer hinter wem her, weiß Gott allein!» Als Kind guckt sie furchtsam hinterm Ofen zu, wie

Soldaten in der elterlichen Stube Decken zur Nacht ausbreiten; ein andermal wird ihr Vater gepeitscht, weil er sich weigert, sein Pferd herzugeben. Wir können vermuten, dass solche Vorfälle häufig waren, im Rayon Muremzewo haben während des Bürgerkrieges, zwischen 1918 und 20, vierzig Kämpfe stattgefunden.

«Haben Sie auch gehungert, Babuschka?» Damals nicht, aber etwas später, als sie vierzehn ist, nach einer Missernte, und dann wieder im großen Krieg. Da pflückt und kocht sie Gras, im ganzen Dorf hat kein einziger Hahn mehr gekräht, es ist totenstill. In dieser Hungerzeit schuften sie und die anderen Frauen unter der Knute eines Brigadiers: Wald roden, Feld bestellen, wenn kein Pferd, kein Ochse zur Verfügung ist, werden sie selbst vor den Pflug gespannt. Beinahe wöchentlich treffen Gefallenenmeldungen ein, Pawel Kirilow ist nicht darunter, im Frühjahr des Kriegsendes erst kommt die Nachricht von seinem «Heldentod». Als schließlich aus der Luft Flugblätter über dem Dorf abgeworfen werden, die den Sieg über die Hitlerfaschisten verkünden, Aufatmen, kein Jubel.

1945 zog Alexandra Kirilowa mit ihren drei Töchtern von Lisino wieder nach Kokschenewo, um Eltern und Geschwistern nahe zu sein, in die kleine Isba, in der wir jetzt sitzen. «Ich habe mein ganzes Leben im Krieg verbracht», behauptet sie, dabei ist sie, bis auf flüchtige Berührungen mit dem Bürgerkrieg, nie an einer Front gewesen. Was sie damit meint – Ausgeliefertsein, Knochenarbeit, Witwenschaft, Trostlosigkeit? Sie selbst nennt keine Gründe, in allem Gesagten tauchen überhaupt niemals Gründe auf. Warum etwas so war, wer daran schuld ist, was für ein Sinn darin stecken könnte, wie es anders hätte sein sollen – es ist geschehen. Die ganze Wirklichkeit scheint eine Naturgewalt zu sein, sich dagegen aufzulehnen zwecklos. Es ist verrückt, mein Beschreibungsversuch strebt unweigerlich auf das zu, was russische Dichter und Philosophen dem Landvolk zugeschrieben haben. Menschsein ist «stradat», leiden – solchen Urteilen, aus ferner Zarenzeit, ist anscheinend nicht zu entkommen.

«In den Hauptstädten geißeln bissige Redner
Knechtschaft, die Lüge und das Böse.
Doch in den weiten Gegenden des Landes
hängt wie zuvor, unfassbar
Stille über den endlosen Ebenen.»

Schrieb Nikolai Nekrassow vor 150 Jahren. Sollte es so sein, dass Zeilen wie diese am Ende des 20. Jahrhunderts noch taugen. Oder wieder? Nach dem Zusammenbruch des sowjetischen Projektes tritt eine seltsame Kontinuität in den Blick. Darüber zu räsonieren wäre äußerst lohnend, freilich hat Russland Wichtigeres zu tun. Evident allerdings, für jedermann erkennbar: Ohne die Zähigkeit der aus der Agroindustrie entlassenen Dörfer gäbe es heute in den Städten Hunger. Derzeit bestätigt sich wieder das uralte bäuerliche Bild der parasitären Stadt. Von der Ansammlung von Schlauköpfen dort, sagt man auf dem Dorf, ist nichts Gutes zu erwarten.

«Im Dorf», findet Alexandra Kirilowa, «ist es am besten.» Die Landflucht ihrer Töchter Mascha und Anastasia hat sie gebilligt, nie begriffen. Nur dreimal im Leben ist sie außerhalb ihres Rayons gewesen, in Karaganda, dort saß sie tagaus, tagein, erinnert sich Rita, auf dem Bänkchen vor dem Plattenbau und hielt nach Bekannten Ausschau, die sie grüßen konnte. Das Grässlichste an der Stadt war das Klo inmitten der Wohnung – dass jeder ihr Bächlein rauschen hören, die Winde vernehmen und riechen konnte, war ihr hochnotpeinlich.

Ihre städtische Enkelin hat umgekehrt das Plumpsklo nicht sehr gemocht, bis auf das aber war die Fremdheit, die sie als Ferienkind empfand, eher angenehm. Der erwachsenen Rita erscheint sie viel schärfer, jetzt erst wird sie ihr bewusst: das einfache Landleben, das mitnichten einfach war, Schicksale der sesshaft Gebliebenen, die Großmutter in ihrer eigenartig ernsten, distanzierten Art. «In ihr muss durch den Tod ihres Mannes etwas zerbrochen sein.» Am meisten berührt Rita eine Äußerung ihrer Großmutter am vorletzten Abend, das Einzige übrigens, das sie ungefragt, von sich aus erzählte: wie es 1940 zu dem Unglück mit Anastasia kam. Sie war zur Arbeit, niemand konnte damals auf sein Kind aufpassen, der Haken in der Decke, an dem die Wiege hing, löste sich einfach. «Es tut mir so leid, Rita.» In dieser Sekunde ist Rita klar, warum sie und Lena so überängstlich behütet wurden: Sie waren Anastasias Kinder. «Niemand klagt Sie an, Babuschka.»

Pawel Kirilow, Held

Kein Interview! Die ganze Woche über ist Mascha Kirilowa, sobald sie das Mikrophon sah, in den Garten oder den Stall geflüchtet. Meist sind ihre Sorge um die Schweine der Grund, mit ihrer Aufzucht nämlich hat sie keinerlei Erfahrung. Es findet sich schließlich eine Beschäftigung zu dritt, bei der man reden kann. Wir sitzen im Hof, in Bergen von Zwiebeln, und während wir die Reste vertrockneten Grüns entfernen und die Knollen auf drei Haufen sortieren, große gute, kleine gute und schlechte, erzählt Ritas Tante in ihrer üblichen frohgemuten Art von ihrer Kindheit.

1932, im Jahr ihrer Geburt, steckte die Familie tief in den allgemeinen Nöten der Kollektivwirtschaft. Sie musste früh der Mutter zu Hand gehen, spinnen, Essen kochen; mit acht ging sie kurz zur Schule, dann kam der Schnee, und ihr fehlte festes Schuhwerk für den Weg; mit neun, zu Kriegsbeginn, nahm der Kolchos sie als vollwertige Arbeitskraft in Anspruch.

Sieben Tage die Woche, sie weinte oft vor Erschöpfung. Zur Erntezeit, wenn Tag und Nacht gearbeitet wurde, ist sie mal mit ein paar anderen Kindern weggelaufen, der Brigadier, der sie einfing, hat sie fürchterlich verdroschen. 1945 veränderte sich zunächst wenig, sommers ging sie Vieh hüten im Wald, im Winter schaffte sie bei den Kälbern im Stall, so blieb sie ohne Schulbildung.

Eine kluge Analphabetin, die ihr Leben zu meistern wusste – zwei kurze, nicht gerade glückliche Ehen, die Erziehung der Kinder Alexander und Natascha. Durch große Tiefen hindurch, wie Rita früher mal angedeutet hat, bis hin zur Trunksucht, in die sie durch ihren zweiten Mann vorübergehend geriet.

Die Älteste der Kirilowtöchter ist die Einzige, die Erinnerungen an ihren Vater hat, an ihre Eltern als Paar. Soweit sie nur eben zurückdenken kann, war die Mutter hart, zu den Kindern niemals zärtlich, der Vater dagegen weich, von Natur aus heiter, morgens beim Rasieren sang er. Eine Begebenheit hat sich ihr eingeprägt: sie hatte sein Rasiermesser stibitzt und sich daran verletzt, und er schlug vor Schreck mit dem Handtuch nach ihr. Dann kommt in ihrer Chronologie schon das Paket mit seinen Habseligkeiten, einige Wochen nach Kriegsende. Dessen Inhalt kann sie genauestens aufzählen, ein Löffel und eine Gabel waren darin, zwei große Stücke Zucker und drei Meter Stoff und zwei Kopftücher, Geschenke, die er heimbringen wollte.

Nachträglich erfuhr die Familie von einem Kameraden des Vaters aus Lisino den ungefähren Hergang. Der Küchenwagen soll unverhofft, als das Gefecht längst zum Stillstand gekommen war, von einer Granate getroffen worden sein, der Feldkoch Kirilow war vermutlich sofort tot. «… im Kampf für die sozialistische Heimat, getreu seinem Fahneneid, heldenhaft und tapfer gefallen, am 25. 10. 1944», steht in dem Brief des

Wehrkommandos Muremzewo an die Witwe. Letzter Dienstgrad des oben Genannten «Untersergeant», die später mitgeteilte Grabnummer auf dem Friedhof bei Warschau lautet 210. Zwei amtliche Schriftstücke sind – neben dem idealisierten Jünglingsfoto – alles, was von Pawel Kirilow blieb. Darüber hinaus mündlich Überliefertes, auch davon erschütternd wenig. Wir wissen von ihm zwei gute Eigenschaften, dass er lustig war und nicht trank, und gerade mal drei winzige Geschichten. Rechnet man die tödliche Situation hinzu, mit etwas Einbildungskraft noch eine vierte.

Erinnerung muss wach gehalten und gelebt werden, und dies ist offensichtlich nicht geschehen. Sei es, dass Alexandra Kirilowa in ihrer Trauer noch schweigsamer wurde, sei es, dass die Belastung der Witwen ganz allgemein wenig Raum ließ, über die Toten zu sprechen. Es fehlte die alte Dorfgemeinschaft, die die Trauernden hätte auffangen können. Nachbarschaften waren durch den Terror zerbrochen, gewachsene Verantwortlichkeiten abgeschafft, ebenso die winterliche, oft gemeinsam verbrachte Muße. Ostern, Weihnachten, Michaelis, all die überaus zahlreichen, gefühlsstarken – oft wodkaseligen – Feste, in denen der ländliche Kosmos sich traditionell ausdrückte und erneuerte. Die Gräber der Gefallenen waren fern, es gab keine Rituale mehr, in denen man Zwiesprache mit ihnen hielt und die die Hinterbliebenen regelmäßig hätten vereinen können. Bloß das örtliche Heldendenkmal, das die Namen auflistete, um das herum an jedem 9. Mai kollektiv der Sieg gefeiert wurde – pompöse, gestanzte Reden, Blasmusik.

In Lisino ist es ein blecherner Obelisk mit einem roten Stern auf der Spitze. Rita und ich reisen dorthin per «Chodok», wie die Hühner im Korb, in Sonntagsnachmittagsausflugsstimmung. Ein gelber Hund, fast noch ein Welpe, ist mit von der Partie, tollt wie von Sinnen um unser dahinzockelndes

Gefährt herum, unser zehnjähriger Kutscher pfeift nach ihm, zärtlich besorgt. Feine, glashelle lange Pfiffe, die uns über die drei Kilometer begleiten, durch ein Waldstück und noch nicht abgeerntete Weizenfelder. Lisino scheint größer als Kokschenewo, vom Ortseingang ist es nur noch eine Pfifflänge bis zum Ziel. Etwa hundertzwanzig Namen zählen wir auf dem Obelisken, auf der Hinterseite rechts oben, an zweiter Stelle, Pawel Aleksejewitsch Kirilow, vor und nach ihm seine drei ebenfalls gefallenen Brüder. «Ich bin hier nicht zum ersten Mal», sagt Rita nach einer Weile, sie meint sich zu entsinnen, an der Hand ihrer Babuschka hier gestanden zu haben. Sollte es so sein, würde das bedeuten, diese offizielle Stätte wäre auch ein Ort privater Trauer gewesen. Es war so, bestätigt Alexandra Kirilowa abends, bis vor ein paar Jahren war sie regelmäßig da, um zu beten. Von der Verwilderung des Platzes hat sie Gott sei Dank nichts mehr mitbekommen, und sie weiß nicht, dass im neuen Russland ihr Pawel nicht einmal mehr ein Held ist, die Kriegsteilnehmer, in ihrer großen Mehrheit Jungen vom Lande, in den Metropolen als Stalinisten verhöhnt werden.

Aus Moskau ausgerechnet wird zwei Jahre nach unserem Besuch ein junger Agrarsoziologe nach Kokschenewo reisen und der Familiengeschichte wichtige Details hinzufügen. In unserem Auftrag wird er sich ein paar Tage bei Mascha Kirilowa einquartieren und später in den regionalen Archive wühlen. Seiner Expertise zufolge stammen die Britkows ursprünglich aus dem Gebiet Samara, sind 1853 in einem Pulk von zehn Familien zugewandert. Die Kirilows werden 1858 das erste Mal namentlich erwähnt, wie die Mehrheit ihres Dorfes sind sie aus Rjasan, südöstlich von Moskau. Ritas Großvater könnte also mit kräftigem Rjasaner Akzent gesprochen haben. Bis heute ist er in Lisino verbreitet, in Kokschenjewo dagegen das reine Russisch der mittleren Wolga. Ihrem sozialen Status nach waren beide Familien zu Beginn der Sowjetzeit «Mittelbauern», das heißt Besitzer von 2–3 Pferden, 2–3 Kühen und etwa 3 Desjatinen Land. Ihre Dörfer haben sich im März 1931 an einer vergleichsweise großen, von allen bäuerlichen Schichten getragenen Revolte gegen die Kollektivierung beteiligt.

Für Kokschenewo liegen Einwohnerzahlen vor: 1909 waren es 850, 1940 schon 1150, danach sinken sie, beschleunigt seit den sechziger Jahren, 1999 sind es 336, Tendenz wieder leicht steigend wegen der aus Mittelasien zuziehenden Flüchtlinge. Die heutige Subsistenzwirtschaft, so der Experte, sichert das Überleben, und noch halten zumindest die Familien zusammen. Ein Alarmzeichen sind die sich häufenden Diebstähle, die das Vertrauen zueinander aushöhlen. Meist sind die Täter junge Arbeitslose, die sich dem Suff ergeben, der früher übliche Ausweg, die Stadt, bietet kaum Chancen, Landarbeit in der primitiven Form ist unter ihrer Würde.

«Gott hat Russland gestraft», sagt Alexandra Kirilowa am letzten Abend zu uns. «Und wofür?» Schon ist sie weiter mit ihren Gedanken, eine Antwort gäbe es wohl ohnehin nicht. «Gott hat mich vergessen.» Obwohl sie ihn täglich bitte, sie zu holen, und ihr Pawel gewiss längst ein Plätzchen da oben für sie freihalte. «Gott ist im Himmel», habe ihre Mutter immer versichert und sie angehalten, vor und nach dem Essen das Kreuzzeichen zu schlagen. Wir schauen sie gebannt an, «frag, Rita, frag», flüstere ich ihr zu. «Was?» Nie haben wir uns über Gott verständigt, natürlich ahne ich, dass er in ihrem Leben eine Randfigur ist, zugleich bin ich selbst ratlos, mir fällt nichts Besseres ein, als Rita Fragen aus meinem Katechismus zu soufflieren.

Die Zehn Gebote? Nicht stehlen und nicht lügen, hat die Mutter verlangt. Die Bibel? In der Kirche wurde mal was Längeres erzählt. Das Leben Jesu? Nie davon gehört. Das Vaterunser? Nein, aber sie kann zwei Zeilen von einem Gebet auswendig: «Die Juden haben dich geschlagen … Du, Herr der

Herrlichkeit.» Der Teufel? Es gibt Satan, ebenso wie es Gott gibt. Wer sind die Heiligen auf den Ikonen im Zimmer? Sie kennt sie nicht. In ihrer Kindheit wurde immer im Sommer eine goldummantelte Ikone in einer großen Prozession durchs Dorf getragen, von Haus zu Haus, bei den Britkows wurde sie auf einem lilasamtenen Tuch empfangen. Weitere Zeremonien? Die Toten müssen gewaschen werden, das wird heute noch gemacht. Angst vor dem Tod? Nein, mitunter nur grübelt sie darüber nach, wie es ist, wenn die Würmer und Käfer den Leib zerfressen.

Ihre Antworten sind klar, sie ist hellwach. Zwischenzeitlich wird sie von einer wieselhaften Munterkeit erfasst, wippt auf dem Bett in die Höhe, verrenkt den Hals zum Straßenfenster hin, als erwarte sie noch jemanden. Begriffsstutzig, wie wir sind, ist es uns entgangen: Seit dem Nachmittag brausen die Weizentransporter hochbeladen, mit mächtigem Getöse durch Kokschenewo. Keiner entgeht ihr. Sie zählt sie. «Gott schenkt den Weizen», sagt Alexandra Kirilowa hochbefriedigt, beim Abschied vor dem Haus wirkt sie richtiggehend froh. Wenn wir versprächen wiederzukommen, werde sie mit dem Sterben noch etwas warten. Rita gelingt es tatsächlich, ihr einen Kuss aufzunötigen.

Nebenan kommentiert Mascha das Thema aus Sicht der frisch gebackenen Kleinbäuerin. Wegen des zu trockenen Sommers sei der Weizen überfällig, und mit der einbrechenden Nachtfeuchtigkeit habe er nun angefangen zu «brennen». Nur ein Combine sei auf 800 Hektar im Einsatz, den zweiten hätten Traktoristen gerade im Suff frontal vor eine Mauer gesetzt. Kurzum, das Unternehmen dieses Großpächters aus Muremzewo könne man in der Pfeife rauchen. «Das sag nicht», witzelt Natascha, «vielleicht werden wir bald wieder Leibeigene.» Im Gegensatz zu ihrer Mutter ist der Vierzigjährigen das Landleben ein Graus.

Wieder vergeht der Abend mit üppigem Essen und der Seifenoper «Die Gefangene des Sultans». Zwei Nachbarinnen gucken mit, und weil es draußen regnet, bleiben sie, bis auch die Sendung über die Früherkennung von Brustkrebs vorüber ist. Schließlich löchern sie Mascha Kirilowa, ihnen das Video von ihrem Deutschlandbesuch vorzuführen. Ungefähr eine Stunde lang sehen wir Mascha im bunten Anorak per Luftschiff, Bimmelbahn, im Wildwasserkanu durch den Europapark Rust sausen, Mickey Mouse und Charlie Chaplin zuwinken, quietschvergnügt posiert sie mit Ritas Familie vor einer sowjetischen Raumkapsel (Original aus Baikonur!). «Oh gospodi», stöhnt eine der Nachbarinnen, «das Land war so zerstört vom Krieg, und sie haben es so schön und phantasievoll wieder aufgebaut.» Am Ende des 1996 aufgezeichneten Films sagt Mascha in die Kamera: «Ich werde tot umfallen vor Heimweh nach Deutschland, wenn ich wieder in Karaganda bin.» Diesen Satz dementiert sie jetzt uns gegenüber heftig, sie habe nie Sehnsucht woandershin, in Karaganda nicht nach dem Dorf, in Deutschland nicht nach Karaganda, jetzt im Dorf nicht nach beidem. «Ich bin da, wo ich bin.»

An diesem 22. August wird zum ersten Mal die Petschka angeheizt. Nachts kann ich in meinem unbequemen Bett kein Auge zutun. Das alte Stück aus Engels, in dem Maria Pauls lange schlief, die Kuhle und was da sonst noch ist und krause Träume von seiner Vorbesitzerin in mir auslöst, ist eine wahre Folter. Nach stundenlangem Herumwälzen nehme ich in der Dunkelheit sachte das Betttuch und diverse Matratzenauflagen herunter, bis meine Hand schließlich ein flaches Plastikteil ertastet, das von einer Art Draht durchbohrt ist. Eine Schuhsohle offenbar, die eine geborstene Sprungfeder daran hindern sollte, sich in den Rücken der Schläferin zu bohren. **289**

KAPITEL 13: Anastasias Gärten

Unterschiedlichere Großmütter als Rita kann ein Mensch kaum haben. Einige Male sind sich die Russin und die Deutsche in Karaganda begegnet, wie es heißt, mit Respekt. Alexandra Kirilowa nannte Maria Pauls «Oma», wohl weil sie das für einen Ehrentitel hielt, umgekehrt redete Maria Pauls die etwas Ältere korrekt mit Vor- und Vatersnamen an. «Swatji» nennt man im Russischen, das diesbezüglich über ein reiches Vokabular verfügt, ihr Verhältnis, «Mitmütter». Sie haben diese Aufgabe nach dem ersten Schock über die Heirat ihrer Kinder angeblich wohlwollend, nicht ohne Stolz auf die Nachkommenschaft, erfüllt.

Seit Kokschenewo kann ich die eine nicht mehr ohne die andere denken. In der Isba kam mir oft Maria Pauls in den Sinn, in Kehl, wenn ich mit dieser zusammensitze, drängt sich unwillkürlich Alexandra Kirilowa hinzu. Zwei Frauen ländlichen Ursprungs, beide jung verwitwet, die sich jetzt zur selben Zeit zum Sterben rüsten, immer wieder vergleiche ich sie: die Wohnräume, in denen sie leben, den dörflichen, der vielfältig Vergangenheit spiegelt, vom altgedienten Ofen bis zur gestopften lilasamtenen «heiligen» Decke auf dem Tisch, und den nach Katalog möblierten, in jedem Detail sachlichen, in dem das einzig Vertraute ein Foto des Ehemannes ist. Ihren jeweiligen Gott – den einer orthodoxen Analphabetin und den der bibelkundigen Mennonitin. Rita, wenn sie denn wählen würde oder müsste, neigt Letzterem zu, in der Religion ihrer Babuschka ist ihr «zu wenig Verstand». Ethnografen würden Alexandra Kirilowas spärliches Wissen als Beleg dafür nehmen, dass der Sibirier traditionell wenig fromm ist und die Sowjetmacht ihm die Reste weitestgehend ausgetrieben hat. Dagegen ließe sich theologisch durchaus vertreten, dies Wenige sei die Essenz des Christenglaubens: das Zeichen des Kreuzes verbunden mit der Hoffnung auf göttliche Barmherzigkeit und ein Jenseits, in dem man seine Lieben wiedertrifft. In diesem Sinne war und ist Ritas Babuschka sicherlich gläubig und glaubensgewiss.

Anders Ritas mennonitische Oma, ihre religiöse Vorstellungswelt ist ständig in Bewegung, sie verlangt neue Nahrung, nach den Durststrecken der Sowjetjahre ist sie durch Lektüre und Unterweisung mächtig aufgeblüht. Früher in Karaganda hat sie sich beispielsweise vor den apokalyptischen Schriften gedrückt, sie waren ihr unverständlich, zu schreckensreich, erst letzten Winter in der Bibelstunde in Kehl hat sie sich der Offenbarung Johannes stellen können. Mit den Erkenntnissen aus der Heiligen Schrift festigt und ordnet sich Maria Pauls' Dasein, auch Vergangenes. Ich erinnere mich eines Gesprächs kurz vor unserer Abreise nach Sibirien, in dem sie ungewöhnlich froh wirkte; sie sprach über die Passion, darüber dass sie endlich denen verzeihen könne, die ihren Mann von ihr fortgerissen haben. «Herr vergib ihnen, denn sie wissen nicht, was sie tun», der Satz des sterbenden Jesus ginge ihr nun über die Lippen. Es war das befreiende Ende lang anhaltender, vor ihrer Familie verheimlichter Gewissensqualen, sie konnte und konnte ihren Schuldigern einfach nicht vergeben. Den Anstoß dazu gab ein Buch, eines der letzten, die sie, bevor ihr Augenlicht fast vollständig erlosch, gelesen hat: die Autobiografie von Corrie ten Boom, der Niederländerin aus Haarlem, die 1945, nach der Befreiung aus dem KZ Ravensbrück, auszieht, die Deutschen zu missionieren, und einem ihrer Peiniger später die Hand reicht.

Übrigens scheint es religiösen Zwist bei den Pauls nie gege-

291

ben zu haben. Dass mit Anastasia Kirilowa ein sehr andersartiger Glaube in die Sippe hineingeriet, war, wie bereits angedeutet, kein Skandal mehr, Konfessionsstreit hatte sich angesichts staatlich erfolgreich durchgesetzter Gottlosigkeit längst relativiert. In den kleinen Gemeinden Karagandas wurde die eigene Rechtgläubigkeit nach wie vor hochgehalten, in der Familie hingegen übersah man um des Zusammenhalts willen die Unterschiede. Ein lebensnotwendiger Pragmatismus; für diejenigen freilich, die ernst im Glauben der Väter aufgewachsen waren, dürfte das fürchterlich anstrengend gewesen sein. Eine Maria Pauls hat Brücken bauen müssen, Toleranz war ihr in Lysanderhöh nicht in die Wiege gelegt worden, zu Hause war Familie ohne das gemeinsame Gebet undenkbar. Zwischen dieser Selbstverständlichkeit dort und dem Heute, da die meisten Vertrauensverhältnisse jenseits von Religion existieren, liegen Welten. Mit ihrer sibirischen Schwiegertochter Anastasia verbindet sie eine moderne Form von herzlichem Einvernehmen.

Das bucklige Fräulein

«Bystro, bystro», scheucht sie – sich oder andere, ganz gleich, «schnell, schnell», so kenne ich Anastasia, genannt «Tossja»: durch Haus und Garten wirbelnd, auf flinken Beinchen, die alltags in schwarzen Leggings stecken, drüber ein weites, buntes T-Shirt. Kaum ein Meter vierzig groß, federleicht, ein Kobold, ich wüsste kein besseres Wort für sie. Wesen dieser Art dürfen ruhig etwas schief gewachsen sein, wobei dies eigentlich nur zu bemerken ist, wenn sie zur Ruhe kommt, also fast nie. Dastehen, stillsitzen kann sie nicht, möglich, dass sie auch in der Nacht rastlos irgendwo herumspukt. Zu keiner Zeit kriege ich sie zu fassen oder nur sehr kurz, mal beim Tomatenhochbinden im Gewächshaus, aber für ein Hand-in-Hand-Arbeiten bin ich Riesin eigentlich untauglich, beim Zwiebelschneiden, Kuchendekorieren, was eben sie mir erlaubt zu tun, alles husch-husch, bis hin zur Kaffeepause, die, wenn es hochkommt, zehn Minuten dauert. Jahre geht das so, wir schwatzen zwischen Tür und Angel, ihr Deutsch ist ähnlich miserabel wie mein Russisch, mit allerdings einem bedeutsamen Unterschied, dass Tossja ihre Unfähigkeit quält und sie jeden Morgen betet, Gott möge ihr die Sprache schenken, ich dagegen kapituliert habe. Für den Hausgebrauch klappt unsere Verständigung, wir sind der leibhaftige Beweis dafür, dass vieles im Leben langer Reden nicht bedarf.

Der Tag, an dem ich mit dem Tonband bewaffnet und einer Dolmetscherin – Irene Fischer, mir wie Ritas Mutter vertraut – anrücke, ist einer dieser am Oberrhein nicht ganz seltenen Hundstage. Abends sechs Uhr ist ausgemacht. Wie jeden Donnerstag hat Tossja im Altersheim gebügelt, harte, gering bezahlte Arbeit, sie ist hundemüde, wir essen zusammen, draußen zwischen Garage und Garten. «Von meiner Geburt weiß ich nichts», kichert sie und verschwindet. Es wird neun, es wird zehn, im Keller rumpelt es, später scheppern in der Küche Töpfe, irgendwann plötzlich schleicht sie heran, an uns vorbei ins Dunkel, es wird elf, wir harren aus in der drückenden, kaum nachlassenden Schwüle. Spaßeshalber erwähne ich Irene gegenüber die Eule in Kokschenewo, die nachts ganz in der Nähe schrie und die Rita und ich trotz angestrengten Wartens nie zu Gesicht kriegten. Und wenn Tossja nicht käme? Dann käme sie eben nicht.

Sie erscheint – sehr spät, und legt, noch bevor sie richtig sitzt, entschlossen los: «Meine erste Erinnerung willst du wissen? Das war die Nachricht vom Tod meines Vaters!» Das Thema platzt hinein in unsere Müdigkeit, erwischt uns heftiger, als es Stunden zuvor geschehen wäre. Tossja sprudelt nur so, es sei im Kuhstall gewesen, sie habe, während die Mutter molk, neben ihr gestanden, und die Briefträgerin kam herein. «Alexandra Kirilowa», sagte sie, «wenn ich dir jetzt sage, was ich weiß, wirst du umfallen.» Nicht sie erinnere sich daran, sie war doch erst dreieinhalb, aber so habe man es ihr viele Male erzählt. An dem auf die Todesnachricht folgenden Tag sollen 40 Rubel vom Staat gekommen sein, wovon die Mutter vier Kopftücher kauft. Wenig später, und dies ist ihr selbst verschwommen präsent, ist eine Zigeunerin im Haus, die weissagt, Pawel Kirilow lebe noch; während die Mutter, um die frohe Kunde zu entlohnen, etwas zu essen holt, sieht das Kind von der Ofenbank aus die Zigeunerin das Kopftuch nehmen, das über dem Bild des Toten drapiert ist, und fortlaufen.

Irene übersetzt leise, bemüht, Tossja in ihrem Redefluss nicht zu stören. Nichts geht über das Erzählen in der Nacht. Sie bringt die Scheu zum Schwinden, intensiviert das Zuhören, bevorzugt in der Nacht entsteht jene schöne zerstreute Aufmerksamkeit, die zum Verstehen befähigt. Ein Satz wie der: Ihr Vater habe sie mit drei Monaten, bei seinem letzten Heimatbesuch, auf dem Arm gehalten, würde am Tage ganz banal die Schlussfolgerung auslösen: Demnach also hat sie ihn nicht gekannt. Nachts denke ich instinktiv weiter, weiß sofort: Diese nur berichtete Tatsache gab ihr im Leben Halt. Die Dunkelheit gibt auch Phantasien Raum, was sie Pawel Kirilow in den mehr als drei Jahren Krieg bedeutet haben könnte.

Mit der Vaterlosigkeit eröffnet Tossja das Kapitel Kindheit, nicht mit dem zweifelsfrei Erinnerten, nämlich wie sie im Garten Kartoffeln aus der Erde klaubt und sie, nur eben in Scheiben geschnitten und auf dem Ofen geröstet, halb roh verschlingt. Alle frühen Geschichten, zwischen 1945 und 48 und noch darüber hinaus, bis in die dann beginnende Schulzeit hinein, handeln vom Essen, der Suche nach Essbarem. Hungrig war sie, nicht am Rande des Verhungerns, nur war es immer zu wenig. Nachbarskindern, deren Mütter keine Kuh hatten, ging es noch schlechter. Einmal lud sie aus Mitleid, trotz des zu befürchtenden Donnerwetters, Freundinnen ein, mit ihr einen großen Topf Milchsuppe zu leeren. Brot war rar, bei Leuten, die welches hatten, wusch sie manchmal für Brot den Boden. Auf dem Heimweg von der Schule strich sie um deren Häuser herum, in der Hoffnung, jemand möge sie zum Putzen rufen. Brauchte sie keiner, musste sie die Kartoffeln essen, die zu Hause warteten – Kartoffeln, ewig Kartoffeln, als letzte Rettung blieb nur noch ein Besuch bei den Britkows, ihren nahebei wohnenden Großeltern.

«Eines Mittags», Tossjas Stimme bebt, überschlägt sich in einem kleinen komischen Juchzen, «der Großvater hatte seinen schönen Löffel aus Holz schon gezückt, und mein Magen knurrte. ‹Komm, Tossja, essen!› rief die Großmutter, und ich sagte ‹nein, ich will nicht›, ich genierte mich, weil ich bloß zum Essen gekommen war. Dann haben sie angefangen zu essen, nach ein paar Minuten sagte ich: ‹Babuschka, sag, was du gerade gesagt hast.› – ‹Was habe ich denn gesagt? Ich weiß es nicht mehr.› – ‹Bitte, sag es doch noch einmal!›, flehte ich. ‹Mein Gott, was habe ich denn gesagt?› So bin ich hungrig wieder fort.»

Die Nachkriegszeit in Kokschenewo dauerte lang, der Kolchos hatte keine Traktoren, keinen Strom, wie in den meisten sibirischen Dörfern wurde die Technisierung, laut Propaganda schon in den Dreißigern vollzogen, erst im Laufe der Fünziger Realität. Kienspanlicht beleuchtete abends die traditionelle Heimarbeit, am Spinnrad Mascha, die Mutter und Anna webten oder strickten, Tossja, der Winzling, wurde auf den Tisch gesetzt und ahmte die Großen nach. Stalins Tod 1953 erinnert sie vor allem als Bereicherung des Speisezettels. «Wir wussten davor gar nicht, dass da so einer war, danach gab es zum ersten Mal Zucker.»

Die Jüngste der drei Schwestern war die einzige, die volle sieben Jahre zwischen September und Mai die Schule besuchen durfte, und sie tat es mit Vergnügen. Russisch mochte sie, Diktate besonders, Gedichte lernen fiel ihr leicht. Tossja zitiert aus dem «Eugen Onegin» von Puschkin. «Was habt ihr eigentlich in der Schule für Kleider getragen?», frage ich dazwischen. «Oh, das ist eine Geschichte, sogar eine interessante. Ich war dreizehn, ich wurde an die Tafel gerufen vom Lehrer Alexander Iljitsch, er kam von der Front und war an der Schläfe verwundet, wir haben sogar gesehen, wie sich von dem Puls die Haut dort hin- und herbewegte. Also es war Rechnen, ich trug dieses karierte Kleid, das die Mutter mir genäht hat, und hinten hatte ich einen Blutfleck. Mich hat doch niemand aufgeklärt. Ich gehe also an die Tafel und alle lachen. Der Lehrer merkt es auch und sagt: ‹Kirilowa, geh nach Hause und zeige dich deiner Mutter.› Ich gehe nach Hause durchs ganze Dorf, in den Garten, wo die Mutter ist und helfe ihr. Sie hat es dann gesehen: ‹Geh ins Haus und zieh das Kleid aus.› Irgendwas hab ich dann angezogen, und am Morgen sehe ich: Das Kleid ist gewaschen. Ich war wieder voller Blut und fragte die Mutter: ‹Mama, was habe ich denn hier?› Sie hat mir nichts gesagt. Ich erinnere mich: Sie hat Sonnenblumenkerne gesammelt und tauschte sie auf dem Markt in Muremzewo für zwei Unterhosen. Sie waren blau, na ja, und ich hab sie angezogen, zum ersten Mal Unterhosen, und natürlich wieder verschmiert. Ich hatte Angst, dass die Mutter mich schimpfen wird – und sie im Garten vergraben. Sie hat mir nicht gesagt, dass ich das jetzt immer kriegen werde, und im nächsten Monat, als das Blut kam, hat sie geforscht, was mit den Hosen war. Dann musste ich es gestehen, sie hat sie ausgegraben, aber sie waren schon halb verfault. Auch diesmal hat sie nichts erklärt.»

Von Vorwurf keine Spur, eher Respekt, dass die Mutter es

schaffte, Unterhosen zu besorgen. Wie hatte Mascha neulich in Kokschenewo gemeint? «Alle Mütter sind gute Mütter.» Tossja sieht das im Prinzip ähnlich. Wie sollte die Mutter zärtlich sein, ihnen etwas Kluges oder Lustiges beibringen? Sie brachte die drei Töchter durch, ihre ganze Erziehung bestand darin, sie das Arbeiten zu lehren. Eines nur empfand Tossja als traurig: dass die Mutter einnickte, wenn sie ihr ein Märchen vorlesen wollte. Bitten unter Tränen, doch zuzuhören, nutzten nichts, sie schlief, sobald sie stillsaß, sogar stehenden Fußes.

Nein, es war keine schwere Kindheit, nichts habe sie bedrückt bis – sie zögert ein bisschen, wie gute Erzähler es gern tun, werkelt am Docht des fast niedergebrannten Windlichts. «Bis ich verstanden habe, dass mit mir etwas nicht stimmt. In der dritten Klasse – ich wollte Wasser trinken in der Schule, da war ein Behälter, und ich musste mich bücken. Ein Junge ist vorbeigelaufen, ich glaube, ich habe ihm gefallen, er mir aber nicht, weil er Sommersprossen hatte. Ich dachte, wenn er mir näher kommt, kriege ich auch Sommersprossen. Also dieser Junge, Wanja, er lebt noch, sagt: ‹Tossja, Tossja, bück dich noch mehr.› Er drückt mich herunter. ‹Da hast du eine Beule auf dem Rücken.› Ich hab mich furchtbar erschreckt. In der Schule gab es keinen Spiegel, ich fing an zu heulen und bin nach Hause gelaufen. Drei Kilometer, es war Mai oder September, denn ich war barfuß. Die Frauen, die mich kannten, fragten, warum ich denn weine. Ich sprach mit keiner, stürzte mich zu der Mutter, sie brach sofort in Weinen aus. ‹Was kann ich denn tun, Tossja, jetzt kann ich nichts mehr tun.› Und ich gehe zum Spiegel und bücke mich, und sehe, mein Schulterblatt steht hoch hervor. ‹Der Krieg. Dein Vater war nicht da. Wir haben dich fallen lassen.› Und die Mutter zeigte mir den Haken, der sich abgenutzt hatte. Die Wiege hing nur dreißig Zentimeter über dem Boden, als sie fiel. Meine Nase war gebrochen, der Hals und beide Schulterblätter.»

Eigentlich müssten wir spätestens jetzt, bei der dramatischen Entdeckung des Buckels, losheulen, stattdessen geht das Erstaunen mit uns durch: Wie konnte er bloß elf Jahre verborgen bleiben? Für uns, die wir gewohnt sind, medizinisch zu denken, selbstverständlich zu finden, dass die kleinste Fehlstellung der Hüfte sofort diagnostiziert und behandelt wird, ist dies ein Rätsel. Die Erzählerin dagegen kann daran nichts Merkwürdiges finden. Im Kokschenewo der Elfjährigen und im weiten Umkreis war kein Arzt, keine Hebamme; wie noch bei ihrer Geburt 1940 standen Nachbarinnen der Gebärenden bei. Tossjas Dorf, aber das haben wir erst lange nach dieser Nacht begriffen, war voll von Absonderlichkeiten – Wolfsrachen, enorme Warzen, Feuermale, verstümmelte Gliedmaßen, Hinkefüße, Kriegsverletzungen natürlich, Sommersprossen auf sibirisch heller Haut. Bestimmte Phänomene galten als ansteckend, andere umgab etwas Magisches. Vieles, nicht alles, war erfahrungsgemäß zu erkennen, manches wurde vom Dorf zugeschrieben, etwa der böse Blick bestimmten Außenseitern. *Die* Norm gab es nicht, Tossja eben hatte eine «Beule», und anscheinend verursachte sie ihr keine Pein. Man drehte sich damals nicht prüfend vorm Spiegel, noch ließ man sich fotografieren. Dass da irgendetwas war, mochten Außenstehende wahrgenommen haben, vielleicht dachte man: abwarten, das spillerige Fräulein wächst sich aus. Erst indem der Junge Wanja es aussprach und die Mutter die Ursache aufdeckte, wurde es als Tatsache manifest, zum Makel. Im späteren Leben zur «Behinderung» – ein moderner Begriff, der in Kokschenjewo erst aufkam, lange nachdem Anastasia Kirilowa das Dorf verlassen hatte.

Im damaligen Sinne besonders war etwas ganz anderes. Erst mal hatte sie großes Glück, dass Stepan, der Veterinär, sich ihrer annahm. Ihm war frühzeitig ihr schiefer Hals aufgefallen. Als kleines Kind massierte er sie in der Banja. Hals, Nase,

Rücken, immer wieder, er hatte kluge Hände, richtete ihr die Knochen, nur eben die eine Stelle am Schulterblatt entging ihm. «Tossenka, was für ein schönes Mädchen du bist», sagte er oft zu der Heranwachsenden, «wäre es mir nur damals aufgefallen.»

Ungewöhnlich vor allem war, wie sie nach dem großen Schock mit elf Jahren ihren Weg fand. Von dem bewussten Tag an war alles anders. Die Mutter webte aus aufgeribbelten Socken einen karierten Stoff und nähte der Tochter daraus ein weit geschnittenes Kleid. Und sie verkaufte einige Ferkel, damit sie eine Ziehharmonika bekam. «Damit ich spielen lerne», so verstand sie es, «und wenigstens damit die Leute auf mich ziehen konnte. Also hab ich angefangen zu lernen, abends hab ich draußen gespielt, die Leute haben getanzt. Später wurde ich zu Hochzeiten gerufen, obwohl ich vielleicht gar nicht gut spielte. Und so sitze ich und spiele, der Abend geht zu Ende, und schöne Mädels sind da, und ich denke: ‹Der da, der wird bestimmt eine nach Hause bringen.› Und was passiert? Er bringt mich nach Hause! Irgendwie war ich interessant für Jungs. Ich hatte viele Verehrer!» In den schwierigen Jahren des Frauwerdens, erzählt sie, half die Harmonika, aus sich herauszugehen. Sie versteckte sich nicht, und sie blieb nicht ungeküsst; als jedoch die Zeit kam, um die Schulentlassung herum, machte ihr keiner einen Antrag. «Hättest du die Tossja genommen», sagten die Nachbarinnen zu ihren Söhnen, «das wäre eine perfekte Schwiegertochter.»

Sie sagt es einfach in die Nacht, triumphierend logisch: «Sollte ich als Jungfrau enden? Im Dorf war das so, wenn du bis zum 20. Lebensjahr nicht heiratest, ist das vorbei. Ich hab mir gesagt, ich werde warten bis dreißig, und dann fahre ich in einen Kurort und such mir einen schönen Mann aus und schlaf mit ihm, damit ich ein Kind kriege.»

Das klingt frivoler, als es wohl war; in sowjetischen Roma-

Anastasia Kirilowa mit fünfzehn Jahren

nen kamen Geschichten von Frauen, die sich ein Kind machen lassen, häufig vor. Vielleicht war es nicht direkt wörtlich gemeint, sondern nur trotzige Andeutung einer Richtung – raus aus dem Dorf, in die moderne Zeit. Sehr viel schneller als erwartet kam sie dorthin: Ein Zeitungsartikel löste alles aus, der von einem Wunderdoktor und Operationskünstler in der Stadt Armawir berichtete. «Ich hab die Adresse herausgefunden und ihm einen Brief geschrieben. In der Antwort hieß es, ich könnte kommen. Aber ich hatte kein Geld, auch Mutter hatte keins. Sie hat das letzte Schwein dafür verkauft, also bin ich gefahren.»

Sie war nicht älter als sechzehn. Ein Foto, das allererste von ihr, zeigt ein energisches Persönchen. Allein reiste sie nach Armawir, einer 2500 Kilometer entfernten Stadt am Fuß des Kaukasus, trug sich in die Warteliste ein. Drei Monate darauf, aufgrund der Feststellung des Professors, die Operation werde riskant sein wie das «Experiment an einem Hund», und einer langen vertraulichen Unterredung mit einer kürzlich operierten Patientin, die ihr riet: «Mach es nicht. Du bist so hübsch, man merkt es doch kaum», traf sie ihren Entschluss: Kein Eingriff, der Buckel bleibt. Ins Dorf allerdings wollte sie nicht zurück, sie blieb in Armawir, meldete sich für eine Schneiderausbildung an, dreieinhalb Jahre lernte sie dort.

In dieser Nacht folgen Irene und ich Tossja von Armawir noch ein Stückchen weiter. «Wieder so eine Geschichte, Mädels!» Eigentlich, laut offizieller Regel, hätte sie zum «Absolventeneinsatz» aufs Dorf zurückgemusst, dem konnte sie, einen Zufall nutzend, entwischen. Eine Frau, die sie im Zug kennen lernte, brauchte für ihr Baby ein Kindermädchen und beschaffte der Neunzehnjährigen eine Zuzugsgenehmigung an ihren Wohnort, nach Nowosibirsk.

Großstadtpomeranzen

Anderntags, die Intimität der Nacht ist noch nicht ganz verflogen, schwelgt Tossja weiter. Wie wohl, wie frei sie sich gefühlt habe in der größten Stadt Sibiriens. Immer fand sich ein
Quartier, privat oder in den damals üblichen Wohnheimen,
Arbeit, so viel sie wollte, als Kinderfrau, als Wäscherin. Sie
verdiente dazu durch Nähen, konnte Mutter und Schwestern
Geld aufs Dorf schicken. Nowosibirsk verdankt sie die wunderbare Begegnung mit ihrem Andrej. Aus dem Interview mit
ihm sind mir die Umstände schon bekannt, Tossja auf einer
Bank am Ufer des Ob, er kam ... in ihrer Erzählung ist es dieselbe Bank, derselbe Sommer 1963, aber sonst ist fast alles anders.

In der Erinnerung des Mannes war es wie ein Blitzschlag,
kurzum, er fand sie bildschön und spürte ihre «Autorität». Bei
ihr dehnt sich das Geschehen wie im Roman: Beginnend mit
der Sirene eines Dampfers, der gerade die Flussbiegung er-
reicht, in diesem Moment erschrickt sie von einer Berührung,
jemand hat sie leicht an der Schulter gefasst. *Der* Schulter!
Dann setzt dieser Frechdachs sich neben sie, sagt: «Weißt du,
mir kommt es so vor, wie wenn wir uns schon lange kennen
würden.» Man redet, er bittet um ein Wiedersehen, sie sträubt
sich. «Nein!» Er: «Warum?» Sie: «Weil ich eine Behinderung
habe und es schönere Mädchen gibt!» Er: «Ich sehe an dir keinen Makel.» Tags darauf an derselben Stelle platzt Andrejs
Freundin Tanja dazwischen. «Komm mit, du bist mein», schreit
sie. Er widersetzt sich ebenso demonstrativ: «Ich gehe nie wieder mit dir.» Nach dem wütenden Abgang der Rivalin, die
Tossja offenbar flüchtig kennt, willigt sie in ein weiteres Treffen ein. Bei diesem dritten Mal lässt sie sich endlich küssen,
und er geht nicht zu weit. Er hat ihre Prüfung gewissermaßen
bestanden, zu Ende ist sie damit noch lange nicht. In den ver-

liebten fünf Monaten, bis er nach Semipalatinsk beordert wird, muss er dauernd ihre Zweifel zerstreuen. «Nimm eine Hübschere, du wirst ein deutsches Mädchen finden.» – «Da können zehn kommen», sagt er, «ich brauche nur dich.» Widerstand und Werben ziehen sich über die anderthalb Jahre erzwungener Trennung durch den Militärdienst hin. Im Grunde will sie nichts lieber als Frau Pauls werden, und zugleich hat sie Angst: ob sie ihn wird halten können, vor der körperlichen Liebe, der Schwiegermutter.

Es löst sich alles, Tossja landet in Karaganda, in einem ganz normalen Leben, einschließlich der für unmöglich gehaltenen Tatsache, dass ihr Leib zur Mutterschaft fähig ist. In der Schwangerschaft überfallen sie, wie es sich gehört, Gelüste nach Bier und Kefir; das Gewicht der Neugeborenen ist durchschnittlich, 3150 und 2500 Gramm, ihre Brüste, klein wie sibirische Äpfel, schwellen an, dass sie der größte BH nicht mehr fasst, anderthalb Jahre stillt sie Lena, sie ist drall und weiß wie Schmand. Voller Stolz reist sie damals nach Kokschenewo. «Alle haben gesagt, dass es nicht mein Kind wäre. Sogar meine beste Freundin hat geglaubt, wir hätten es aus dem Heim genommen. ‹Soll ich es dir beweisen?› fragte ich und zog das Kleid hoch und zeigte ihr den Kaiserschnitt. Dann ging durch das ganze Dorf die Nachricht, es ist doch ihr Kind. Und als Rita zur Welt kam, dachte ich, jetzt fahre ich wieder ins Dorf und werde es ihnen zeigen! Schon mit zwei Töchtern! Da war was los!!!»

Ihr Auftritt als Mutter im Dorf, damals ist sie knapp dreißig, ist die letzte Geschichte, die Tossja erzählt. An diesem Augusttag und überhaupt. Über das Folgende berichtet sie nur kurz, Informationen, ein paar atmosphärische Tupfer und Schluss. Vielleicht, weil nun zwanzig Jahre ruhig dahingehen. Ihre wesentlichen Wünsche waren eben erfüllt, und bekanntlich ist Alltag ein schlechter Erzählstoff.

In der kasachischen Steppe schaffen sie und ihr Andrej sich eine sehr passable Existenz. Länger als üblich bleibt sie der Kinder wegen zu Hause, die Schneiderei ermöglicht Heimarbeit, Maßanfertigung für etwas feinere Damen bringt etwas ein, mehr als nur Rubel, auch «Vitamin B», die ach so wichtigen Beziehungen. Nichts fehlt, Freundinnen sind da, im Haus herrscht rege Geselligkeit, die sich sommers auf der Datscha fortsetzt, Milja hat ihre gleich nebendran, ebenso die Schwester Mascha. Tossjas geliebtes Maikuduk hat etwas von einem großen Dorf. Bevölkert von ihresgleichen, Städtern der ersten Generation, noch etwas täppisch, mit ländlichen Gewohnheiten, Denkweisen. In den Plattenbauten singen die jungen Mütter Wiegenlieder von früher.

«Schlaf, meine kleine Rita,
sonst kommt der Wolf aus dem Wald
und beißt dir in die Seite.
Als Kinderfrau hab ich für dich den Wind,
die Sonne und den Adler ausgesucht.»

Eine Weise, eine zarte, monotone Melodie, in der Kokschenewo noch ein bisschen weiterlebt.

Als Glücksfall geradezu stellt sich damals die Familie heraus, in die Tossja eingeheiratet hat. Deren Lebensstil sagt ihr sehr zu – Fleiß, ein taktvoller Umgangston, man steckt die Nase nicht in anderer Leute Angelegenheiten, Alkohol ist im Prinzip verpönt. Sie lernt vieles; ihr erster missglückter Versuch, unter Anleitung der Schwiegermutter «Ribbelkuchen» zu backen, wird heute noch auf Familienfesten belacht. Eine Russin unter lauter Deutschen, wer und woher sie sind, weiß sie nur vage. Niemand verlangt von ihr, sich anzupassen, aber ganz zweifellos steht sie unter einem starken Einfluss. Sonntags in Engels, wenn alle nur deutsch reden, zieht sie sich mit

Behagen ins Bett der Schwiegermutter zurück, schläft ausgiebig.

Hinsichtlich der Sonntagsruhe gibt es einen Berührungspunkt, auch für Tossja besitzt der Sonntag eine gewisse religiöse Dimension. Dies geht auf Nowosibirsk zurück – ein Erlebnis, das in ihrem Geschichtenfundus sicher eines der bedeutsamsten ist: An einem Sonntag, Anfang der Sechziger, nähte sie wie gewohnt auf ihrer «Tschaika»-Nähmaschine, plötzlich trat eine unbekannte alte Frau in ihr Zimmerchen im Wohnheim und ermahnte sie. Warum sie am Sonntag arbeite, am siebten Tag müsse der Mensch ausruhen. Tossja rechtfertigte sich, das alles sei doch nur, damit sie der Mutter etwas zukommen lassen könne. Kurz darauf stak die Nadel im rechten Zeigefinger. Es blutete wie verrückt, halb ohnmächtig vor Schmerz wusste sie nicht, in welche Richtung die Kurbel drehen, um sich zu befreien. Und sie betete: ‹Lass es mich richtig machen, lieber Gott!› Es klappte, beim Betrachten des zerfetzten Fleisches erinnerte sie sich, dass ihre Mutter auf Wunden immer Asche streute. Zufällig grillten draußen ein paar Jungens, sie nahm etwas aus dem Feuer. Der Finger aber wurde dick und dicker. Anderntags wollten die Ärzte ihn amputieren, einer von ihnen schlug versuchsweise eine Rettung vor, und tatsächlich, der zusammengeflickte Finger heilte. Seither hat Tossja, so schwer es ihr fiel, die Sonntagsruhe eingehalten, und sie hat an Gott geglaubt, den Gott, von dem ihre Mutter Alexandra mal gesprochen hatte.

Manchmal scheint mir: In ihrem Weltbild existieren im Grunde nur Gott und die Familie – dazwischen, in dem großen Raum, den man Gesellschaft nennt, nichts von wirklicher Bedeutung. Natürlich ist sie Teil davon, eine busfahrende, kinosüchtige, an Aufmärsche und technisierte Krankenhäuser gewohnte Karagandinerin. Andererseits, was die gesellschaftliche Seite darin betrifft – Plan, Partei, quasireligiöse Ideologie –, ist ihr das Stadtgebilde wie das System ziemlich unverständlich. Ihrem Einfluss und eigenen Wirken entzogen, intensiverer Reflexion nicht wert, nötigenfalls täte dies ihr Andrej. Die Ausschließlichkeit, mit der sie Familienmensch ist, hat etwas zutiefst Bäuerliches. Obwohl die Sowjetmacht schon ihren Großeltern dessen Basis, die Familienwirtschaft, geraubt hat, bereits in der dritten Generation das Kollektiv über die familiäre Bindung gestellt wird, ist jemand wie Tossja in diesem elementaren Punkt äußerst traditionell.

Wer ist Anastasia Pauls? Eine Freundin der leichten Muse, wäre noch zu ergänzen, von klassischen Filmkomödien. Ihre liebste ist «Scheidung auf Italienisch», in der Marcello Mastroianni als Baron Ferdinando Cefalu, besessen von dem Wunsch, seine Frau Rosalia ins Jenseits zu befördern, tausend Tode erdenkt. Kaum liest er einen Artikel über Weltraumfahrt, schon sieht der Zuschauer Rosalia mit einer Rakete zum Mond sausen …

Von den wenigen Lektüren ihres Lebens beeindruckte sie am meisten Turgenjews «Mumu». Eine Schlüsselgeschichte – ihr Schauplatz ist Moskau. Dorthin wird Gerasim, der Held der Novelle, befohlen: Mir nichts, dir nichts verpflanzt seine Herrin den treuesten ihrer Fronbauern vom Gutshof in ihr Stadtpalais, steckt ihn in einen Kaftan – er soll fortan er als Hausknecht dienen. Dieser Riese von ernstem, strengem Charakter, der arbeitet für viere, ist taubstumm. Gleichwohl respektiert ihn die gesamte zahlreiche Dienerschaft, Turgenjew verleiht ihm fast etwas Charismatisches. Und es geschieht, dass Gerasim sich verliebt: in die verschüchterte Wäscherin Tatjana; auch sie hat einen Makel, ein Muttermal auf der Wange. Die boshafte Edelfrau jedoch hintertreibt das Glück, verheiratet Tatjana mit einem versoffenen Schuster. In seinem Schmerz wird Gerasim durch ein Hündchen getröstet, das er vor dem Ertrinken im Fluss rettet. «Mumu» – ein zweisilbiges

Brummen – «ruft» er es, die beiden werden unzertrennlich. Und wieder zerstört die gnädige Herrin die zärtliche Liebe des Hausknechtes, aus einer Laune heraus – was haben Leibeigene schon für Gefühle. Ihrer Order, Mumu zu töten, kommt Gerasim zuvor. Er verlässt Moskau; nachdem er seinen Liebling im Fluss ertränkt hat, eilt er, ohne sich umzuschauen, in sein Heimatdorf zurück. Greift gleich zur Sense, die Heuernte hat eben begonnen ... Aus nicht ganz erfindlichen Gründen verzichtet die Herrschaft darauf, ihn zurückzuholen, so bleibt er in Freiheit. Und hängt sein Herz an niemanden mehr.

Man ahnt, was Tossja daran so persönlich bewegt. Hervorheben möchte ich meinerseits etwas anderes, nämlich eine geschichtliche Koinzidenz. Seitens des Dichters wie der Leserin ist Familiäres im Spiel. Turgenjews Mutter, heißt es, sei Vorbild für die Figur der Herrin gewesen. Das Milieu wiederum, aus dem Gerasim kam, dürfte dem von Tossjas Ururgroßeltern ähnlich sein. Um 1852, zur Entstehungszeit von «Mumu», lebten die adeligen Turgenjews und die noch der Leibeigenschaft unterworfenen Kirilows unter demselben Himmel, im Umkreis von Moskau.

Ochsenherztomaten

«Der Buckel», behauptet Rita, «ist Mamas Generator.» Jemandem ohne technischen Verstand wie mir fällt eher das Bild aus dem Märchen ein: das Kind, das in seinem Buckel wie in einem Tornister ein zusammengefaltetes Flügelpaar trägt. Bei einem unserer russisch-deutschen Kauderwelschgespräche habe ich Tossja mal gefragt: «Ist es nicht so, dass der Buckel dir Glück gebracht hat?» Darauf nickte sie halb verschmitzt, halb gequält, es war so ein Tag, an dem ihr Rücken heftig schmerzte. Offenbar hatte sie selbst oft darüber nachgedacht – ohne

Anastasia Pauls, «Tossja»

Buckel wäre sie wohl nicht aus Kokschenewo fort, hätte sie kaum ihr Leben so energisch in die Hand genommen und dabei alle weit, weit überflügelt, sowohl ihre Freundinnen, die großenteils zu Hause versauert sind, als auch die Verehrer von einst, die frühzeitig typische Dorftode starben: am Stromschlag, unterm Trecker, am Suff. Die Wahrheit ist paradox: Dem Kreuz, mit dem sie hadert, seit sie elf ist und immer noch, verdankt sie letztlich den Reichtum ihres Lebens.

Noch dazu hat sie das Schicksal, mit knapp fünfzig Jahren, in eines der reichsten Länder der Erde katapultiert. Kann der Mensch mehr verlangen? Anfangs erschien ihr, der Himmel in Deutschland hänge zu tief, das Klima freilich erwies sich als ausgesprochen freundlich für ihre sensiblen Bronchien wie für die Tomatenzucht. Eine feste Arbeit zu finden gelang ihr nicht, doch Heinrichs Geld reicht, sparsam, wie sie wirtschaftet.

Schmerzhaft vermisst sie nur eines – Freundinnen, Nachbarinnen. Zu Hause musste sie nur eben die Tür aufreißen und rufen «Milja! Soja!» Wen sollte sie in Sundheim rufen? Wie geht das auf Deutsch? Außerdem ruft man hierzulande nicht einfach. «Ach, da kommt unsere Tossja!», hieß es in Maikuduk an jeder Ecke, hier ist sie eine anonyme Person. Gott sei Dank ist die große Sippe nahebei, die Tochterfamilie im selben Haus, dadurch ist sie nicht isoliert. Im vertrauten Kreis bleibt ihr zuliebe das Russische in Gebrauch, pflegt man die Zweisprachigkeit, was dem Enkel Paul und den deutsch heranwachsenden Großnichten und -neffen zugute kommt. Außerhalb, in der durchaus überschaubaren Kleinstadt, ist sie die unbeholfene Fremde, auf ihres Mannes Hilfe angewiesen. Am wenigsten zu begreifen, fern wie der Mond, umso mehr Gegenstand ihrer Sorge: die Studentenwelt der zweiten Tochter. «Von Rita? Weiß ich nichts!», sagt sie oft.

Wirklich in ihrem Element ist sie nur im Garten. Zuerst war es ein Schrebergarten am Rande von Kehl; 1990 schon hatte Tossja mit dem Gemüseanbau begonnen, Priorität Tomaten, genauer gesagt, «Ochsenherztomaten», und herbe Enttäuschungen erlebt. Das aus der Steppe mitgebrachte Saatgut gedieh nicht so ohne weiteres. Am Oberrhein muss man die Pflänzchen beträchtlich früher ins Freiland aussetzen, nur wie früh genau? Zur Blütezeit und beim Übergang zur Frucht ist es ihnen zu feucht, sie mögen Frühnebel und die reichlichen Sommerregen nicht. Trotz der Fehlschläge kam Tossja nie in den Sinn, es den Hiesigen nachzumachen und ein erprobtes Samentütchen aufzureißen oder die Pflanzen im Gartencenter zu kaufen. Im dritten oder vierten Jahr schließlich glückte es, das Ergebnis machte in der Kleingartenkolonie Furore: Tomaten wie riesige Herzen, 500 Gramm und schwerer, fest und kernarm, von hellem Ziegelrot, das unter sehr dünner Haut etwas ins Bläuliche zu changieren scheint.

Auch mich begeisterten diese «Ochsenherzen» sofort. Seit ich Tossja kennen lernte – damals züchtete sie schon im eigenen Garten –, habe ich oft ihre Arbeit studieren können. Von Ende Januar, wenn sie die Samen kurz in Wasser einweicht und die untauglichen, die oben schwimmen, aussortiert, mit dem kleinen Finger Löcher in die Erde der Blumenkästen bohrt ... bis zum Oktober, November, wenn sie die letzten vor dem Frost geretteten Exemplare auf Fensterbänken nachreifen lässt. Drei Viertel des Jahres praktisch hat sie damit zu tun, viel länger als in der Steppe, und das genießt sie!

Die Tomaten ihrerseits womöglich auch ... Der Einfall kam mir in einer Februarnacht in Kehl. Ich lag schlaflos in dem unbenutzen Zimmer, das eigentlich Rita gehört, rings um mich in Töpfen und Kästen Hunderte von Tomatensetzlingen, welche so intensiv nachtschattig rochen, dass ich fürchtete, mich durch bloßes Atmen zu vergiften. Diese Biester!, dachte ich, wenn ich wenigstens wüsste, woher sie stammen. Den Grundstock des Saatgutes hat Tossja vor langem von einer Nachbarin bekommen und dann vermehrt nach Bedarf. So war es üblich unter Karagandiner Gärtnern: Gibst du mir, geb ich dir, Samen zirkulierten von Hand zu Hand. Von einem Ursprungsort der beliebten Sorte war jedoch nichts bekannt. Naheliegend wäre die Vermutung, dass sie mit den Deportierten in die Steppe gelangt ist, vielleicht sogar schon Anfang der dreißiger Jahre. Warum sollten die «Kulaken» nicht Saatgut im Gepäck gehabt haben? Es ist wesentlich, es ist leicht; es mitzunehmen bedeutet Hoffnung, anderswo könne es mit dem Wirtschaften weitergehen.

Nur beweise das mal einer! Im Verlauf der Recherche, die sich der nächtlichen Eingebung anschloss, lernte ich vor allem eines, dass nämlich das Schicksal der Kulturpflanzen im Wirrwarr der Völkerbewegungen, der Kriege und Handelsbeziehungen des 20. Jahrhunderts kaum nachzuzeichnen ist. Allein die Wanderungen besagter Ochsenherztomate aufzuspüren, bräuchte es ein ganzes Bataillon von Forschern. Im historischen Herkunftsgebiet der Tomate, Südamerika, so viel ist klar, war unter den Varietäten kein herzförmiger Typ. Dieser entstand wohl erst nach Entdeckung und Eroberung Amerikas in Europa – wann und wo genau, liegt im Dunkel. Laut Auskunft verschiedenster Genarchive ist er heute über die halbe Welt verbreitet. Am wahrscheinlichsten als Ursprungsort gilt Südosteuropa. Von dort sind die meisten der von Forschern zusammengetragenen Samenproben, die im Wawilow-Institut für Pflanzengenetik – benannt nach dem berühmten Agrarbiologen und Geobotaniker – von Saratow lagern. Dortige Kenner würden, etwas genauer noch, auf Astrachan, die untere Wolga, tippen. Eines der Gebiete also, aus dem 1931 «Kulaken», vor allem russische, nach Karaganda verschleppt wurden.

Den wichtigsten Hinweis habe ich in Karaganda selbst, beim Besuch des Botanischen Gartens, erhalten. Das große, innenstadtnahe Gelände zerteilt eine lange, 1940 gepflanzte Birkenallee; im ersten Moment glaubte ich mich ins Baltikum versetzt. Und dann kam ich aus dem Staunen nicht mehr heraus: Rosen, Rosen, vier Dutzend Sorten, Lilien, Goldrauten, Glockenblumen. Kräuterbeete, winterharte Obstbäume, Tomaten natürlich, etwa 20 000 Nutz- und Zierpflanzen hat man hier seit 1939 akklimatisiert. Glanzstück war eine Orangerie, deren Palmen und Zitronenbäume 1992 erfroren, um sie trauerte damals ganz Karaganda. Ochsenherztomaten gehören, wie man mir sagte, nicht in die Leistungsbilanz, es handele sich dabei um eine der zahlreichen «Volkszüchtungen». Unbestimmter Herkunft, vielleicht aus der Ukraine, aus Südrussland, von Namenlosen mitgebracht und an die Steppe gewöhnt. Bei der Verwandlung der Steppe in eine Lebenswelt waren eben Fachleute wie Laien am Werk, zwei parallele Vorgänge, die einander befruchtet haben dürften, zumal die Praxis beider noch auf denselben klassischen Methoden beruhte.

Die wissenschaftlichen Zuchtanstrengungen sind in den Sammlungen und Unmengen von Archivakten gut dokumentiert. Noch hat niemand diesen Schatz ausgewertet. Im KAR-Lag, vorzugsweise in Dolinka, dem Ort seiner zentralen Verwaltung, wurde die Führungsriege der Moskauer Landwirtschaftsakademie gefangen gehalten. Und die Experten aus den Versuchs-Sowchosen um Dolinka wurden in das junge Karaganda überstellt. Karaganda verdankt, das kann heute schon und ohne Übertreibung gesagt werden, seine energische Begrünung der Stalin'schen Wende der Biologie. Von einer weltweit renommierten Erfahrungswissenschaft, die auf der Mendel'schen Genetik fußte und deren Protagonist Nikolai Wawilow war, zur Ideologie Trofim Lyssenkos. Dessen These von der «Vererbbarkeit erworbener Eigenschaften» wurde gegen Ende der Dreißiger zur Staatsdoktrin, Stalins Wertschätzung galt besonders dem Anwendungsgebiet «Homo sowjeticus». Einmal kommunistisch erzogen, so Lyssenko, vererbt der Mensch das Gelernte automatisch weiter. Wer dem widersprach, hatte sein Leben verwirkt (Wawilow verhungerte 1943 im Gefängnis von Saratow) oder wurde mit Lagerhaft bestraft. Diese Ausgestoßenen haben in der kasachischen Steppe eine wahre Großtat vollbracht. Karagandas reicher Botanischer Garten lässt ahnen, wie sehr man sich am Ort seiner Verbannung verwurzeln kann.

Zurück zu Tossja. Definitiv zu klären ist die Herkunft ihrer Lieblingstomate nicht. Nicht zu belegen demnach mein verrückter nächtlicher Einfall, dass sie jetzt, nach erneuter Wanderung in Tossjas Koffer, am Oberrhein Bedingungen findet, die ihr angenehmer, weil denen der Urheimat ähnlicher sind. Aber der Versuch hat mich etwas anderes, Wichtigeres gelehrt: ihren Kehler Garten in einer Kontinuität zu sehen, ihr gärtnerisches Tun als Ausdruck einer Tradition. Auf diesem fremden Stück Erde kann sie mit der Vergangenheit in Verbindung bleiben, und – mit der Eingewöhnung der Tomaten ihre eigene Eingewöhnung betreiben. «Der Garten ist mein Leben», sagt sie oft.

So vehement und absolut hätte sie dies von keinem ihrer früheren Gärten behauptet. Jeder war auf bestimmte Weise wichtig. Der erste zu Hause in Kokschenewo, wo jeder Quadratmeter etwas Essbares hervorbringen musste, fürs Überleben – Mutters Garten, in dem sie nur mithalf. Der zweite in Karaganda, eine Neuschöpfung auf bisher unbebauter Steppe, gemeinsam mit ihrem Mann – der Garten ihrer Ehe, mit zweistöckiger Datscha, teils Familiensommerfrische, teils ökonomische Notwendigkeit.

Und jetzt der dritte. Der kleinste von allen, wirtschaftlich vollkommen unrentabel, und trotzdem der bedeutsamste. Der «Garten des Exils», so möchte ich ihn nennen, trägt eine große Last: Er muss Tossja über weite Strecken des Jahres auf Trab halten, die elende, zunehmende Müdigkeit vertreiben, er muss ihre Seele erfüllen – äußerlich und innerlich Halt geben. Außerhalb dessen, wie gesagt, ist wenig Raum, sich zu entfalten, ihre sozialen Beziehungen sind auf einige wenige Menschen geschrumpft. Der Garten muss sie damit versöhnen und tut es an vielen Tagen wohl auch.

In den vergangenen Jahren hat Tossja ihre Wirtschaft beständig ausgeweitet. Aus einem Treibhaus wurden inzwischen sieben; Dahlien und Rosen, Rasen und Himbeerhecke sind auf dem Rückzug. Fast eine kleine Gärtnerei, und der pure Luxus! Eine Verwirklichung ihrer Vorstellung von Wohlgeschmack und eine Genugtuung, die Familie damit zu beschenken – «Tossjas Tomaten», ganz wie in Karaganda. Die paar Märker aus dem Verkauf der Überschüsse finanzieren gerade die Plastikfolien, die ihr Andrej zur Instandhaltung der Gewächshäuser braucht. Seit er im hinteren Garagenteil eine Sommerküche eingerichtet hat, spielt sich das Leben zur guten Jahreszeit komplett draußen ab. Von dem Plastiktisch, an dem gespeist wird, lässt sich Tossjas Welt überblicken: linker Hand die Sommerküche, geradeaus ihr wohlbestellter Garten und rechts, die kleine Treppe runter, ein Kellerraum, in dem sie Pakete packt.

Pakete für Kokschenewo – ihre zweite Lieblingsbeschäftigung. Mehrmals im Jahr verschnürt sie, was sie an Altkleidern bekommen kann, zu großen Ballen, näht diese in weiße Laken ein. Ab und zu habe ich gesehen, wie sie zwischen ihnen herumturnt, kontrolliert, ob auch nichts feucht wird; sie zählt sie, bessert Beschriftungen nach. Dies und das, manchmal, glaube ich, hantiert sie dort einfach herum ohne Sinn. «Wenn ich traurig bin», erklärte sie, «und an meine Schwestern und meine Mutter denke, an alle im Dorf, dass sie arm sind, dass ich ihnen helfen muss, dann bin ich so glücklich, diese Pakete vorzubereiten. Und wenn ich sie schicke, bin ich noch glücklicher, wie im siebten Himmel so fröhlich. Die Pakete machen mich glücklich, genauso wie der Garten. Dann vergesse ich alles.»

Heinrich kommentierte dies mit einem kleinen Seufzen einmal so: «Alle sollen denken, was Tossja für eine wundervolle Frau ist.» Hat er damit andeuten wollen, dass der Transport dieser Textilienberge nach Sibirien irrsinnig teuer ist, sie mit ihrer Großzügigkeit über ihrer beider Verhältnisse lebt? Vielleicht schwang darin Skepsis mit, denn die Wirkung der Gaben ist nicht nur wundervoll, oft bricht Streit aus um ihre Verteilung, bis hin zu Prügeleien. Vielleicht wollte Heinrich aber auch einfach nur feststellen: Seine russische Frau ist in den Augen des Dorfes eine Art Prinzessin, und Persönlichkeiten, denen das Schicksal diese Rolle angetragen hat, haben eben unabweisbare Pflichten.

Gutes neues Jahrtausend!!!» Heinrich Pauls ist der Erste. Um 8.57 Uhr MEZ hat mein Anrufbeantworter seinen Gruß aufgezeichnet. «Alles normal hier! Und bei dir?» Seine Stimme verrät Erleichterung der Art, wie sie am 1. Januar 2000 ganz allgemein ist: Fein, dass sich nach all dem Getöse um das Millennium die Welt weiterdreht. Keine besonderen Vorkommnisse, der popelige Alltag, der liebe, hat uns wieder.

Tage später sehe ich vor dem Pauls'schen Haus den zertrümmerten blauen VW-Bus stehen. «Alles normal», beruhigt mich Heinrich, nichtsdestoweniger sind er und alle am russischen Weihnachtsfest versammelten Familienangehörigen in Aufruhr, den Abend über wird das Unglaubliche wiederholt haarklein rekonstruiert. Es geschah am 26. Dezember, das Häuflein der Mennoniten feierte Gottesdienst in dem als Bethaus dienenden notorisch schmuddeligen Haus der Jugend, im Nebenraum bastelte Leni Toews mit den Kindern ein Pfefferkuchenhaus. Durch die Glasfront konnte man schon Bäume am Rheindeich schwanken und umstürzen sehen, der Sturm draußen übertönte heulend die Gesänge. Angeblich hatte er nachgelassen, sonst hätte Heinrich das Auto nicht vorgefahren; als Erste kletterte die burschikose Tante, Lenchen Bretthauer, auf den Beifahrersitz, dann wollte Heinrich seine Mutter holen. Die aber sträubte sich, flehte, sie möchten um Himmels willen abwarten. Woraufhin Heinrich losrannte, das Auto an anderer, geschützter Stelle zu parken. Kaum saß er, da passierte es. Eine mächtige Kastanie krachte aufs Dach des

315

Wagens, zerschnitt ihn der Länge nach bis zur Achse. Der Stamm kam mitten zwischen Heinrich und seiner Tante auf und streifte sie vorn im Führerhaus nur flüchtig. Seiner Lage und Dicke nach zu urteilen, wären Maria Pauls, Tossja und Leni Toews, hätten sie hintendrin gesessen, von ihm erschlagen worden.

Alle schrien. Noch jetzt, zehn Tage später, liegt ein schriller, hysterischer Ton in der Luft. Im Tohuwabohu höre ich meine eigene Stimme vor Angst überkippen. Hättewärekönnte, so viel ist deutlich, fünf Menschen sind um Haaresbreite dem Tode entronnen. Zufall, Schicksal, Fügung? Jeder in der weltanschaulich bunt gemischten Sippe denkt sich sein Teil. Ein Jahrhundertorkan – naturwissenschaftlich zu betrachten wie bei den Meteorologen im Fernsehen, die ihn «Lothar» nannten, oder, das andere Extrem, als Vorbote des Weltuntergangs.

Wie es nach vorübergegangenen Katastrophen so ist, breitet sich im Laufe des Abends allgemeine Lebenslust aus. Selbst Maria Pauls, deren düstere Stimmung die Feste gewöhnlich überschattet, ist putzmunter. Vielleicht versteht sie das Ereignis als ein Zeichen, dass ER da oben sie noch nicht gewollt hat. Es geht nicht alles bergab, ihr ist eine Frist gewährt. Und hat sie nicht an der Gnade mitgewirkt? Wäre SIE nämlich nicht just im rechten Moment in Panik geraten …

Insel Donnerstag

Bald darauf verschlechtert sich Maria Pauls' Zustand. Bis dahin war alles schrittweise vor sich gegangen, angefangen mit der gebrochenen Hüfte, die nicht heilte – seither war sie zum Stillsitzen verdammt. Dann ließen die Augen unaufhaltsam nach, damit war sie vom Bibellesen und anderen Lektüren abgeschnitten. Mit Mühe konnte sie noch die Hauptpersonen in

«Unsere kleine Farm» identifizieren (die Familiensaga aus dem ländlich-frommen Amerika um 1900 war das Einzige im Fernsehen, das sie gern hatte). Eine Weile schöpfte sie aus den Vorräten ihres Gedächtnisses, bis auch dieses schwand. Überraschenderweise erkannte sie mich immer wieder. «Ich bin aus Lysanderhöh in Russland», sagte sie zur Begrüßung – mechanisch, sie wusste also, weswegen ich da war. Fragen konnte ich sie nichts mehr. Endgültig aufgegeben habe ich es, nachdem Leni Toews mir besorgt mitteilte, die Mutter fürchte, ich sei vom KGB. Mein Versuch, den Verdacht zu zerstreuen, scheiterte. «Die Wände haben Ohren», warnte Maria Pauls. Dass ich kein Spitzel bin, leuchtete ihr ein, zumindest solange ich anwesend war. «Gib acht, sie werden uns beide zum Verhör holen.»

Fortan leistete ich ihr nur noch Gesellschaft. Wir plauderten über Unverfängliches – Backen, verregnete Sommer, Müllers Esel – oder auch gar nicht. Ihr war recht, wenn ich ihr Äpfel schälte, sie ließ mich ihre Hand halten, Singen mochte sie immer. «Zu niedrig», tadelte sie bei jedem Lied, das ich anstimmte. Für Zeitvertreib jeder Art war sie dankbar, denn je weniger sie tun konnte und sah, desto länger wurde ihr der Tag. «Erst Mittag?», seufzte sie oft. Bei Anbruch der Dunkelheit wurde sie unruhig: «Ich hab so Angst vor der Nacht.»

Im Frühjahr 2000 berichtet mir Leni Toews das erste Mal von einem nächtlichen Vorfall. Ihre Mutter ist auf allen vieren vom Parterre, wo sie allein schläft, die steile Treppe hochgekrochen und hat schlotternd vor ihrem und Viktors Bett gestanden. Unten seien lauter Katzen, einige habe sie schon zerhackt und in Tüten gepackt, Leni solle die restlichen verjagen. Auch tote, zerstückelte Kinder lägen da. Niemand kann sich einen Reim darauf machen, in dem Alptraum scheint Vergangenes aufzubrechen, irgendwie, unfassbar. Er wiederholt sich, er bleibt Monate aus, phasenweise überfällt er sie Nacht für

Nacht. In ihrer Verzweiflung hat Leni Toews Beistand von der mennonitischen Gemeinde angefordert; einige haben am Bett von Maria Pauls stundenlang laut gebetet und gesungen, das half.

Beruhigend wirkt jederzeit ihr Lieblingslied.

«Wehrlos und verlassen
sehnt sich oft mein Herz nach stiller Ruh;
doch du deckest mit dem Fittich
deiner Liebe sanft mich zu.

Unter deinem sanften Fittich
find ich Frieden, Trost und Ruh;
der du schirmest mich so freundlich,
schützest mich und deckst mich zu.

Drückt mich Kummer, Müh und Sorgen,
meine Zuflucht bist nur du,
rettest mich aus allen Ängsten,
tröstest mich und deckst mich zu …»

Maria Pauls hat es in Lysanderhöh gelernt, eines der berühmten um den Erdball gewanderten Lieder der Mennoniten. «In the rifted rock I am resting», heißt es im Original, das 1895 in Chicago erschien, wenig später fand es sich bereits in deutscher Übersetzung in den «Heimatklängen», einem Liederbuch der Mennoniten-Brüdergemeinde Russland. Dort wurde es in den schrecklichen Jahren nach der Revolution enorm populär. Wessen Herz sehnte sich damals nicht nach «stiller Ruh»? Maria Pauls nahm das Lied aus ihrer Kindheit mit nach Karaganda, sie hat es mit ihrem Mann in der Baracke gesungen, und jetzt tröstet es sie in Kehl.

Mediziner würden ihren geistigen Zustand als Altersde-

menz bezeichnen, verbunden mit einer traumatisch beding-
ten Katzenphobie. «Sie sieht immer, was nicht ist», umschreibt
es ihre Tochter. Leni Toews tut vermutlich das einzig Richtige,
indem sie die Mutter umsorgt und ihr nahe ist.

Am besten fühlt sich Maria Pauls donnerstags zur Bibel-
stundenzeit, in dem kleinen Kreis lebt sie auf. Man trifft sich
reihum privat, bei Toews, Lenchen Bretthauer oder bei Heinrich Pauls; dann ist als Statistin, nicht ganz freiwillig, auch
Tossja dabei. Vier bis fünf aus der Familie, ein aus Westpreußen gebürtiger Gärtnereibesitzer, plus Marwin Goossen, ein
junger Gastprediger aus der mennonitischen Kolonie Fernheim in Paraguay. Für den Winter der Jahrtausendwende hat
er die Paulusbriefe aufs Programm gesetzt.

Eingangs darf die oder der Gastgebende ein Lied wählen.
Die Tonlage gibt Maria Pauls vor. «Mariechen, du stimmst an!»
So ist es Usus. Mit verteilten Rollen wird nun der Text verlesen, den Part der fast Erblindeten übernehmen die anderen
mit, meist Heinrich. Er liest schwerfällig, alles ist ihm neu, das
feierliche Deutsch, der Inhalt, er hat sich erst 1993, während
einer Evangelisation, bekehrt. Vom verschütteten Kinderglauben zum Christsein ist es ein steiniger Weg. «Brief an die Ko-
losser 1, 24. Des Apostels Amt unter den Heiden. Nun freue
ich mich an den Leiden, die ich für euch leide, und erstatte an
meinem Fleisch, was noch mangelt an den Trübsalen Christi,
seinem Leibe zugut, welcher ist die Gemeinde.»

Gespanntes Warten auf Marwins Auslegung. Er trägt sie mit
Verve vor, seine Stimme ist für ein Wohnzimmer fast zu mächtig. Man muss das Leiden richtig verstehen, nicht als Strafe,
sondern als Nachfolge Jesu. Dieser Paulus schreibt seine Briefe im Gefängnis, wahrscheinlich in Rom. Wäre er nicht gefangen gewesen, gäbe es keine Briefe, mithin keine Überlieferung.
Auch im Kerker fühlt er sich frei, ist in Gedanken bei seiner
Gemeinde. Vom frühen Christentum leitet Marwin über zu

319

seinen Zuhörern: «Ihr kennt das doch ...», und blickt auffordernd zu Leni Toews rüber. «Ja, wir als Christen durften uns in Karaganda nicht zeigen. ‹Lenin ist das Licht der Welt›, wurde in der Schule gepredigt.» Bitterer freilich ist «das, was heute ist. Scheel angesehen zu werden in der eigenen Familie.» Solch ein Graben zwischen den Gläubigen und denen, die nicht glauben, war zu Zeiten der Verfolgung nicht.

Die anderen pflichten ihr bei. Karaganda – «Horch, Marwin!» – war Anziehungspunkt für Christen aus der ganzen UdSSR, wegen der starken Gemeinden dort, und in ihnen herrschte urchristliche Verschworenheit. Ein Christ, von Staats wegen Feind, genoss unter anders denkenden Freunden und Angehörigen mindestens Respekt. Marwin, in sowjetischer Wirklichkeit nicht bewandert, begibt sich nach dem gelungenen Einstieg auf Höhenflug. Spricht davon, wie «Paulus und sein Team» den Völkern das «Geheimnis, das verborgen gewesen ist», überbringen. Die Gemeinde lauscht angestrengt, ein langer Monolog, er bleibt ohne Echo.

Jeden Donnerstag dasselbe Aneinandervorbei – hier der dynamische, auf ein theologisches Gespräch zustrebende Prediger, der mitreißen möchte und beim Versuch, alle miteinander hochzustemmen, ins Leere läuft. Dort die älteren und alten Leutchen, die auf Stichwort schlicht und vertrauensvoll persönlich Erlebtes vortragen. Selten nur treffen sie zusammen. Paulus an Timotheus 5,17 ff. zum Beispiel löst so einen Glücksfall aus. Der Satz, die Ältesten der Gemeinde, «die gut vorstehen, die halte man zwiefacher Ehre wert», der Hochachtung wie guter Entlohnung. Also, ereifert man sich, wäre die Praxis in Lysanderhöh nicht sehr biblisch gewesen. Älteste und Prediger waren wohlhabende Bauern, die ihre Zeit und Kenntnis herschenkten, wie Peter Wiens, der Großvater von Maria Pauls und Lenchen Bretthauer. Biblischer wäre es demnach in der Deportation zugegangen, als der Prediger ein armer Mann war. Einer wie «Onkel Bergmann», der zu Fuß lange, lange Strecken zu den verstreuten Gläubigen tippelte, einen Sack über der Schulter – am Ende der Tour war er voll gestopft mit milden Gaben. Marwin versteht, und er verteidigt sehr plausibel beides.

Eine Bibelstunde ist eine Bibelstunde, ihre Existenz ist das Wesentliche: Singen, Beten, Singen, das Altbekannte, Vertraute. Nr. 187, «Wehrlos und verlassen», wünscht sich Maria Pauls, «ein Danklied, zum Schluss ein Danklied!» ihre Cousine. «Man kann gar nicht genügend danken!» Beim anschließenden Orangenschälen, Kuchengabelgeklapper wird Familiäres ausgetauscht. Über Kinder, die den tollen Job nicht finden und daran verzweifeln: «Ojemine, wie hatten wir es einfach, wurden wohin gestellt und fertig.» Enkelinnen, die den dritten Freund anschleppen, «sie spazieren und spazieren und spazieren wieder auseinander». Computerversessene Urenkel, «da ist doch kein Segen in dem Kasten».

Zwei Stunden ungeschützten Sprechens, der Intimität. Der Donnerstag ist eine heimatliche Insel, und jenseits davon sind sie Fremdlinge. In der Karagandiner Abgeschnittenheit glaubten sie, außerhalb der Sowjetunion gebe es Orte zuhauf, an denen sie nicht einsam sein würden. Sie haben in Deutschland eine tiefe Desillusionierung durchmachen müssen – ihre Werte und Erfahrungen, wissen sie jetzt, gelten nirgends viel, und die modernen Zivilisationen in Ost und West sind einander befremdlich ähnlich. Über manches sind sie einfach sprachlos. Raketen ins Auge des Hurrikans zu schießen und derlei Experimente sind keineswegs eine russische Spezialität. In den USA haben sie den Direktor der Biowaffenfabrik Stepnogorsk mit Kusshand übernommen. Raumflüge von Baikonur oder Cape Canaveral, Hybris ist Hybris. Man streitet, was die größere Blasphemie ist – Gagarins Hohn, er habe da oben keinen Gott getroffen, oder die feierliche Lesung von Apolloastronauten aus dem Buch Genesis, als könne wer im All, der auf die Erde runterguckt, den Schöpfungsakt beweisen?

Im Jahr 2000 verstärken sich die Irritationen über die Weltlage merklich. Eines Tages zieht Leni Toews geheimnisvoll, unter Protesten ihrer Mutter, «du sollst das Ulla nicht zeigen», einen Zettel unter der Tischdecke hervor. Auf dem Blatt, der Kopie einer Internetseite aus den USA, bestimmt zur Weitergabe an Christen, steht, der Chef von «Procter and Gamble» habe sich neulich im Fernsehen als Mitglied einer Satanskirche bekannt und spende Geld, damit Satan die Welt erobere. Christen sollten die Produkte dieser Firma daher nicht kaufen. Jeder kann sich von dem Abscheulichen selbst überzeugen, ab 2000 tragen nämlich alle Verpackungen von Procter and Gamble das Horn eines Widders, des apokalyptischen Tieres. Etwas belustigt blicke ich Leni an, sie hat inzwischen die Bibel am Wickel und liest vor: «Offenbarung Johannes 13. Der Antichrist und sein Prophet. Und ich sah das Tier aus dem Meer steigen, das hatte zehn Hörner und sieben Häupter und auf seinen Hörnern zehn Kronen und auf seinen Häuptern lästerliche Namen … Und alle, die auf Erden wohnen, beten es an.»

Ganz ernst nehmen will Leni Toews die Weltuntergangsprophetien nicht, die aus den USA und sehr zahlreich von Russland rüberschwappen, auch nicht halb ernst. Traditionell war die Familie immer auf Seiten der Nüchternen, nicht der Apokalyptiker. Aber achtel ernst ist ihr die Sache womöglich doch. Mir hat sie den Blick geöffnet für etwas schwer zu Verstehendes: eine aus Sowjetzeiten gebliebene Gewohnheit, Zeichen zu beobachten. Alarmzeichen, Warnsignale, ob sich irgendwas in dem undurchsichtigen System tut, und entsprechend auf der Hut zu sein. Leni versteckt den warnenden Zettel gewohnheitsmäßig. Einzig real ist die Gefahr, sich lächerlich zu machen. Aber weiß man es? Wirklich? «Jetzt sind die

Roten hier auch dran», der Ausspruch fällt oft, eine Unkerei, achtel ernst, die vor allem ausdrückt, dass man in der Bundesrepublik auch nicht recht durchblickt. Eine «res publica», an der sie mitwirken könnten, existiert im Bewusstsein der Älteren nicht. Wie sollte es, sind sie doch die ersten Republikbürger in der Geschichte der Familie. Sie genießen, sich rauszuhalten, nicht Parteigänger sein oder in jemandes Horn tuten zu müssen. Und sie haben eine extrem feine Nase für Atmosphärisches, sehr früh haben sie das Nachlassen der Wendeeuphorie gespürt und das Aufkommen eines rigoros ökonomischen Denkens. Damals, Mitte der neunziger Jahre, hat sich das Gefühl eingestellt: Wir sind hier nicht willkommen. In Sicherheit wiegen wird sich Maria Pauls' Generation nie, weder sie noch ihre Kinder.

Marwin, der junge, schwungvolle Prediger, kann ihnen geistlichen Beistand gewähren, Brücken ins hiesige Leben bauen aber nicht. Deutschland, die Russlanddeutschen, beide sind ihm zutiefst fremd; sein Zuhause, die mennonitische Kolonie in Paraguay, ist zu grundlegend anders. Während der drei Jahre in Kehl, wird er nach deren Ablauf zugeben, fühlt er sich unendlich allein. Diese kleine Gemeinde ist ihm ein Rätsel, ihre kritiklose Zuneigung, ihre Passivität, nichts bewegt, entzündet sich, sie dümpelt – in den drei Jahren, in denen Marwin sie mit Engelsgeduld betreut, schrumpft sie sogar. Für einen, der Jugendprediger war, an Lebendigkeit gewohnt, eine harte Prüfung.

Dabei hilft ihm ein wenig seine eigene Familiengeschichte. Marwin Goossen ist ein Abkömmling von Russlanddeutschen, sein Großvater ist als Junge aus der Sowjetunion fort. Er war Teilnehmer der wohl spektakulärsten aller Fluchten: 1927 hatte sich eine Gruppe von Mennoniten, um der Kollektivierung zu entgehen, aus Westsibirien und dem europäischen Russland abgesetzt und am Amur, an der Grenze zu China, wo es noch ruhig war, neue Siedlungen gegründet. Als sie auch dort in Bedrängnis gerieten, bereiteten sie eine hochriskante Unternehmung vor. In einer Dezembernacht 1930 brach ein ganzes Dorf, Schumanowka, heimlich auf, 217 Personen auf über 50 Schlitten passierten, an den Grenzwachen vorbei, den zugefrorenen Amur. Über ein Jahr saßen sie in Harbin, der Hauptstadt der Mandschurei, fest. Vom Deutschen Reich, das schon in den Jahren davor Tausenden von deutschen Flüchtlingen aus der Sowjetunion die Tür wies, hatten sie nichts zu erhoffen. Kanada, ihr Traumland, wo seit Ende des 19. Jahrhunderts viele Glaubensbrüder lebten, wollte nur einzelne Kerngesunde zulassen. Nach zähen Verhandlungen des MCC, des «Mennonite Central Commitee», ergab sich, dass einzig Paraguay bereit war, ganze Gruppen aufzunehmen, und zwar im Gran Chaco, zwischen den Anden und dem Rio Paraguay. Ein nüchternes Kalkül: Kolonisationserfahren, wie die Mennoniten waren, würden sie energisch die Wildnis urbar machen und dabei die einheimischen Indios zurückdrängen.

Das alte Lied – wieder Not, diesmal in extremer Hitze fast zwölfmonatiger Sommer. Wieder Hunger, Seuchen, Furcht vor wilden Tieren, diesmal vor Pumas und Jaguaren. Nach opferreichen Anfängen gelangte in der von Russlanddeutschen, unter anderem Marwins Großvater, gegründeten Kolonie Fernheim die traditionelle mennonitische Lebensform noch einmal zur Blüte.

Bis heute ist sie weitgehend intakt, deswegen fällt es Marwin Goossen nicht schwer, sich Maria Pauls' alte Heimat vorzustellen. Sie dürfte der seinen etwas ähneln, Fernheim ist in gewisser Weise das modernisierte Lysanderhöh. Doch dies historisch Verbindende ist im Vergleich zum Trennenden, den Folgen der langen, zerstörerischen Sowjetzeit, eher gering. Beinahe wäre Marwins Großeltern dasselbe widerfahren.

Tod der Babuschka

Katastrophisches liegt Rita nicht, es sei denn humorvoll verpackt. «London. Ein feiner Gentleman und sein Butler, Hochwasser ist im Anrollen. ‹Sir, die Themse steigt.› – ‹Wo bleibt der Tee, James?› – ‹Sir, es eilt, wir müssen etwas tun.› Keine Reaktion. Minuten später steht der Butler wieder in der Tür: ‹Sir: The Thames!›» Nobel geht die Welt zugrunde, Rita liebt Engländerwitze über alles. Und Neurussenwitze: «Ein russischer Neureicher steigt nachts besoffen in einen leeren Trolleybus. ‹Bring mich nach Haus, ich zahl dir 1000 Dollar.› – ‹Das darf ich doch nicht›, wendet der Fahrer ein. ‹Ich zahl dir 2000 Dollar!› Also fährt er, bald endet die Oberleitung, er fährt trotzdem weiter, und plötzlich stoppt er. ‹Warum bleibst du stehen?› – ‹Die Straße vor uns ist aufgerissen.› – ‹Scheiße›, flucht der Neurusse, ‹ich hab vergessen, dass ich gestern mit der Metro nach Hause gefahren bin.›» Darüber lacht Rita sich scheckig, Old England, Novaja Rossija, Snobs oder Mafiosi sind ihr gleich exotisch. Man könnte ihre Distanz in beide Richtungen als vage Ortsbestimmung interpretieren – sie lebt hier, unbekümmert.

Das Jahr 2000 freilich ist nicht das hellste, zum ersten Mal in ihrem Leben erfährt Rita den Tod eines nahen Angehörigen. «Meine Babuschka ist gestorben, Ulla.» Sie weint am Telefon, eine Stunde später sitzt sie bei uns in der Küche, bleich, noch verkatert von einem Maifest. In der Nacht ahnte sie es bereits, dennoch rief sie nicht wie verabredet zu Hause an, sie wollte raus aus dem elenden Italienischbüffeln, der Clique die Laune nicht verderben. In den letzten zehn Tagen, erzählt Rita, hat man mit dem Tod rechnen müssen, Mascha hatte aus Kokschenewo angerufen, es sei soweit – Tossja möchte sofort kommen, die Mutter verlange nach ihr. Trotz wiederholter Rufe aus Sibirien zögerte Tossja. Vielleicht war es ja falscher

Alarm. Im Garten war zu tun, Billigtickets auszukundschaften dauerte, irgendwie verpasste sie den Zeitpunkt. Jetzt ist sie in der Luft, wenn «Aeroflot» nicht pünktlich ist, werden sie und Heinrich das Begräbnis versäumen.

«Warum haben wir nur damals kein Tonband laufen lassen, Ulla? Gerade die Stimme vergisst man zuerst.» Rita macht sich Vorwürfe. Wenigstens ist sie einmal noch da gewesen, zusammen mit mir. Sie weint, ich füttere sie mit Erinnerungen aus dem Sommer vor zwei Jahren. Ihr erscheint das alles heute wie hinter einer Milchglasscheibe, beinahe so unwirklich wie der Tod.

Der Tod ist immer unfassbar, aus der Ferne erst recht. Tossja berichtet nach ihrer Rückkehr: «Ich dachte immer, meine Mutter wird nie sterben müssen. Und von hier aus kannst du doch nicht sehen, ist es ernst oder nicht.» Dabei war Maschas telefonische Information eindeutig – die Mutter hat ihren Tod bei klarem Bewusstsein angekündigt, hat eigenhändig, wie es Brauch ist, ihre schmutzige Wäsche gewaschen, sich danach ins Bett gelegt und jede Nahrung verweigert. Nur war das fernmündlich Übermittelte «unwirklich», zudem ist Tossja schon ewig kein Dorfmensch mehr. Sie glaubt einfach nicht mehr, dass man den Tod voraussehen kann. In ihrer Kindheit war das gang und gäbe, aber das ist bald ein halbes Jahrhundert her. Möglicherweise hätte sie verständiger reagiert, wenn ihr rechtzeitig eine bestimmte Episode eingefallen wäre: Beim Wäschewaschen am See, um 1950 etwa, hatte die Mutter eine Vision gehabt, sie sah einen Hirsch über das Wasser laufen, dieser besprizte mit den Hinterhufen ihr Gesicht. Sie erhob sich ganz nass und wusste: Etwas ist geschehen. Auf dem Rückweg ins Dorf riefen ihr die Leute zu: «Dein Vater ist gestorben.» Dieser Geschichte erinnerte sich Tossja leider erst in Kokschenewo, beim Begräbnis.

Zwei Stunden blieben ihr zum Abschiednehmen, die Mutter lag noch aufgebahrt in ihrer Isba. Tossja hockte stumm neben dem Sarg, inmitten der dörflichen Trauergesellschaft. Drei Tage schon hatten Verwandte und Nachbarinnen bei der toten Alexandra Kirilowa gewacht, sich wehklagend über ihr Gesicht gebeugt. Tossja fügte sich in den geplanten, traditionell üblichen Gang der Dinge ein. Der Lastwagen fuhr vor, man hievte den offenen Sarg auf die Ladefläche, neben ihm nahmen Alte und Fußkranke Platz. Die drei, vier Kilometer zu dem Birkenwäldchen, in dem der Friedhof liegt, wurden bei großer, für einen Maientag ungewöhnlicher Hitze zurückgelegt. Das Einzige, was bei Tossja haften blieb, ist, dass die Mutter keinerlei Anzeichen von Verwesung zeigte. Unterwegs, auf dem schwankenden LKW, schien sie rote Bäckchen zu haben und Schweißperlen auf der Stirn, wie wenn sie gleich die Augen öffnen würde und sagen: «Tossenka, dich wollte ich noch einmal sehen.»

Anschließend beim Leichenschmaus musste Tossja bedienen helfen und kam so Gott sei Dank nicht zur Besinnung. Der Strom der Gäste riss mehrere Tage lang nicht ab. «Alle wollten nur das eine: Wodka und Essen.» Sie spielte ihre Rolle als reiche Deutschländerin, fühlte sich diesmal schrecklich ausgenutzt. Ebenso Heinrich, die Männer ranzten ihn an, weil er mit dem Wodka geizte. Jedes Mal musste er kämpfen, damit das Ganze nicht in ein Besäufnis ausartete.

Eine Woche, und sie hatten das Dorf satt. In der zweiten, bis zur Abreise, halfen sie Mascha und Natascha beim Kartoffelsetzen. Abends ließ sich Tossja ganz in Ruhe die Einzelheiten vom Sterben der Mutter erzählen. Sie hat, so Mascha, immer ihren Mann vor sich gesehen, sie schimpfte (jemand will sie sogar fluchen gehört haben), warum ihn denn niemand ins Haus rufe, er stehe doch da, auf der Schwelle. Zuletzt verlangte sie dringlich nach einem Bier. Enkelin Natascha klapperte in stockfinsterer Nacht die Nachbarn ab, eine Flasche aufzutreiben. Und Alexandra Kirilowa, die nie im Leben Alkohol genossen hatte, trank gierig. Darauf schlief sie ein, anderntags gegen vier trat der Tod ein, anwesend waren ihre Schwestern Marija und Njura sowie Mascha. Alles geschah ohne Beistand eines Geistlichen. Der nächste in Muremzewo war nicht erreichbar, sowieso wäre er ein Fremder gewesen.

Dies notiere ich auf der Grundlage von Tossjas Bericht. Darin fehlt sicherlich diese oder jene Nuance, in der verknappten, schriftlichen Form dürfte jedoch etwas Wesentliches klar hervortreten: Alexandra Kirilowas Tod gehört einem vergangenen Zeitalter an, ist in vielem wie bei Tolstoi, La Fontaine oder Cervantes beschrieben. So ähnlich starb man überall im vormodernen Europa.

Tossja ist das heute beinahe ebenso fremd wie mir. Nur in ihren Träumen geistert die alte Welt Kokschenewos noch herum. Sie träumt immer dasselbe: Die tote Mutter klopft ans Fenster und bittet um Einlass. «Du bist doch tot», ruft Tossja in panischer Angst und hält die Tür verschlossen.

Neues vom Großvater

Im Jahr 2000 endlich kommen Rita und ich ihrem Großvater Heinrich Pauls näher.

Schon einmal hatte es eine Überraschung gegeben, 1990, als die Pauls aus Winnipeg aufkreuzten. Während der ganzen Sowjetzeit wusste man, dass da welche sind in Kanada, denn 1925 war Johann Pauls, der viel ältere Bruder von Heinrich, dorthin ausgewandert. Bis Mitte der Dreißiger hatte er Pakete an die hungernden Verwandten nach Karaganda geschickt, danach war der Postverkehr abgebrochen. Nach Stalins Tod funktionierte er wieder kurz, dann erst wieder in den siebziger Jahren. Seinerzeit knüpften Hans und Anna Pauls den Kontakt

Die Pauls in Arkadak, etwa 1930. Die Eltern Maria und Johann Pauls, die Kinder (von links) Heinrich, Lena und Abram

neu, 1973 schickten sie auf gut Glück Johann und seiner Frau Tina zur Goldenen Hochzeit einen Samowar mit kyrillischer Gravur – die Antwort blieb aus. Erst in Deutschland, von wo aus die Kanadier im Telefonbuch leicht zu finden waren, erfuhren sie, dass ihr Geschenk sein Ziel erreicht hatte. Mittlerweile waren die Adressaten verstorben, aber deren Kinder zeigten Interesse. Als Erste stand 1990 Bertha mit ihrem Mann in Kehl vor der Tür.

Familienzusammenführung nach 65 Jahren. Staunen zunächst – die Verwandten aus Amerika sind alles andere als reich, und sie sind fromme Mennoniten. Die Sensation war Berthas Mitbringsel: Briefe, die Heinrich Pauls aus der Sowjetunion an seinen Bruder Johann nach Kanada schrieb. Sie zu entziffern und zu verstehen kostete Tage, und plötzlich funkte es: Mein Gott, das sind ja die Worte und der Tonfall des Großvaters und Vaters, den niemand kannte! Am meisten gerührt war Maria Pauls – sie hatte ihren Ehemann immer ernst und gesetzt erlebt, und aus diesen Zeilen sprach ein lebhafter, eigenwilliger Junge.

Vierzehn ist er im ersten der fünf langen Briefe, er ist noch von zu Hause geschrieben, aus Arkadak, Dorf Nr. 5, am 30. März 1928. «In der Schule geht es mir ganz gut, morgen wird die Schule geschlossen, denn das Osterfest ist nahe. Du, Johann, schreib doch mal bitte, wie die Pferde alle aussehen. Beschreibe jedes Pferd und wie es heißt. Ich bin sehr neugierig.» Heinrich ist ein Pferdenarr, auch von eigenen Pferden ist die Rede, die Pauls haben offenbar noch welche. Der Brief ist unmittelbar vor dem großen Schlag der Kollektivierung geschrieben. Noch geht Heinrich brav zur Sonntagsschule, Ostern wird mit dem Schlitten zur Kirche gefahren. Zu beklagen hat er nur Persönliches: «Onkel Pankratz muss auf Krücken gehen … Ich habe keinen Freund.»

Der zweite Brief ist vom 14. Mai 1933, da sind die Pauls schon zwei Jahre in Karaganda. «Nach langem Schweigen schreibe ich, ohne einen Brief erhalten zu haben, und ich will meine Einsamkeit durch ein Gespräch mit euch vertreiben … Ist die Liebe nicht so groß oder geht es euch so schlecht, warum schreibt Ihr nicht? Ihr seid jetzt bald 8 Jahre in Amerika, werdet doch wohl ganz englisch.» Er informiert nun die kanadische Familie über die Deportation und das Leben in der kasachischen Steppe. «Lena, unsere einzige Schwester, starb, dann brachte der Hunger viel Elend mit sich. Den Eltern hungerte, und wir konnten nicht genug zuwege bringen. Aber von all diesem Leiden und Verlust ist das Beste geblieben, der Glaube an Gott und Jesus Christus …» Zaghaft deutet der Neunzehnjährige an, er wolle nach Kanada entfliehen, und beschwört ein wenig scherzhaft Familienbande: «Nun wie geht es euch, zankt ihr euch auch mal? Seid nicht beleidigt, ich kann schnell abbitten.»

«Wie geht es mit der Wirtschaft in Kanada? Bist du ein Groß- oder Kleinbauer?», fragt Heinrich im Dezember desselben Jahres, und: «Wo ist die Kinderzeit, wo sind all die Freuden? Wir haben doch keinen Genuss von unserer Bruderliebe.» Dieser Brief und noch zwei sind, man glaubt es nicht, von Waldheim aus abgesandt. Waldheim, eine mennonitische Kolonie in der Südukraine, 2500 Kilometer von Karaganda, dorthin hat sich der junge Mann heimlich durchgeschlagen. Unerlaubt ist er für den Winter bei einem Onkel untergekrochen.

Von Waldheim will er bei Gelegenheit nach Hause, nach Arkadak, fahren, 650 Kilometer nordostwärts zur Wolga hin, die bei Verwandten zurückgelassenen Pelze holen sowie das Stimmrecht beantragen. Als frisch Volljähriger rechnet er sich eine Chance aus, das Dokument, das ihm als Sohn eines «Kulaken» und Deportiertem nicht zusteht, doch zu bekommen. Unter anderem ist es Voraussetzung für eine Auswanderung, gesetzt den Fall, sie würde wieder zugelassen.

Er hat Pech. Auch mit den Pelzen – als er sie fortschaffen will, ruft ein früherer Nachbar die Geheimpolizei. «Bin mit heiler Haut davongekommen», teilt er Johann nach Kanada mit. Die «Liederperlen», ein Gesangbuch, nichts sonst habe er retten können.

Im Elternhaus sei übrigens jetzt das Kontor des Sowchos, im Bethaus der Club. «Da, wo einst die Gebete emporstiegen, jetzt Tanz und Trunkene liegen, spielen und saufen, wie es nur zu erdenken ist. Wie können wir doch dankbar sein, dass wir

331

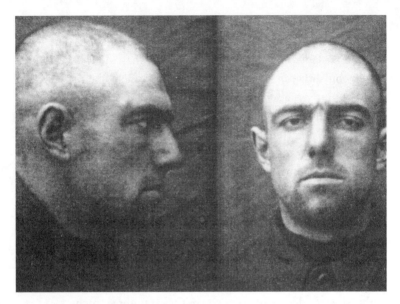

Das letzte Foto von Heinrich Pauls 1943 – aus der Gefangenenakte

gläubige Eltern haben», schreibt er, wieder in Waldheim, Februar 1934. Er ist da bereits Waise, die Eltern sind während seiner Abwesenheit kurz hintereinander gestorben. Im Frühsommer, zurück in Karaganda, erfährt er es von seinem Bruder Abram.

Für Johann Pauls auf der Farm in Saskatschewan ist Heinrichs Brief die letzte Mitteilung. Nach dem Zweiten Weltkrieg benachrichtigte ihn ein in Sibirien lebender Cousin brieflich vom Tod der Eltern und beider Brüder. Heinrich und Abram hätten noch geheiratet und Kinder gezeugt, «einer ist gestorben, der andere musste sterben», hieß es vorsichtig. Bertha, damals ein Mädchen, erinnert sich gut an die Formulierung. Die Umstände blieben im Dunkel, nur ein Detail flog ihnen gerüchteweise zu: Die sehr korpulente Mutter ihres Vaters soll zuletzt in die Kleider ihrer vierzehnjährig verstorbenen Tochter Lena gepasst haben.

Aus der Begegnung mit den kanadischen Pauls 1990 entwickelte sich familiengeschichtliches Interesse. Bertha, die so geschwind Stammbäume herunterbeten konnte, Verwandtschaftsgrade benennen, wer mit wem um wie viele Ecken – «our mennonite game», unser mennonitisches Spiel, nannte sie das –, steckte alle an. Man musste damals ohnehin der deutschen Behörden wegen zur Klärung von Ansprüchen in alten Unterlagen kramen. Später versackte die Neugier wieder in den Mühen der Existenzgründung.

Bis im Jahr 2000 die Akte auftaucht. Auf unserer zweiten Reise nach Karaganda werden Rita und ich erneut im Gebietsarchiv vorstellig. Viktor Goretzki, Chef und stellvertretender Gebietsstaatsanwalt, macht es spannend. «Fehlanzeige», hat er am Telefon sagen lassen, «aber kommen Sie mal vorbei.» Hoheitsvoll legt er eine braune Mappe ans Kopfende des langen Tisches, wir, die Bittsteller, sitzen am «Fußende», und er beginnt vorzulesen: «Personenakte Nr. 234952, Zuname des Gefangenen: Pauls. Vor- und Vatersname: Andrej Iwanowitsch. Sozialer Stand: Kulak. Brüder: Abram und ein Johann in Amerika.» Er lächelt hinter dunkel viereckigen Brillengläsern, freut sich spitzbübisch an unseren verdutzten Gesichtern. «Verhaftet am 19. 11. 1942. Verurteilt vom 13. Tribunal der Garnison Petropawlowsk am 28. 1. 43. Nach Artikel 17-193-7 wegen Beherbergung des Kriegsgefangenen Breleker. Bestraft mit Freiheitsentzug auf 7 Jahre in einem Besserungsarbeitslager ohne Verlust seiner Rechte und seines Eigentums, da er keines besitzt. Anlage: Foto.» Rita packt meinen Arm, sie zieht mich mit nach vorn, neben Goretzki, der gerade umblättern will. Der Mann auf dem Foto ist kahl geschoren, er hat etwas Finsteres an sich.

Diese Akte ist phänomenal ordentlich, Formulare hellgelb,

rosa und bleu, mit Schreibmaschine ausgefüllt, teils handgeschrieben mit blauer oder roter Tinte, ein Zwirnsfaden hält die circa fünfzig Seiten zusammen. Nach dem Foto die Fingerabdrücke; der Daumen ihres Großvaters, entdeckt Rita, hat dieselbe charakteristische Querlinie wie ihrer. Der Weg des Heinrich Pauls ist akribisch dokumentiert – Gefängnis, Lager Karabas, Lager Dolinka. Goretzki kommentiert hier und da, für den Juristen ist die Geschichte interessant, die Hunderttausende von Akten im Archiv betreffen zumeist politische Häftlinge, der Fall Pauls hingegen fällt unter die Rubrik Kriegsverbrechen. Ein Delikt, das «natürlich auch in Demokratien strafbar» ist. Mit Stielaugen versuchen wir, Persönliches zu erhaschen. Ritas Opa war blond, 1,65–1,70 Meter groß, «Hals lang, Stirn hoch, Lippen dick» verzeichnet die Akte. Besondere Merkmale: «Verlangsamtes Umdrehen beim Appell». Auf dem Formblatt «Resultate der medizinischen Untersuchung» ist sein Verfall skizziert. Anfang Februar '43 notiert ein Arzt den Herzfehler. Ende März wird die Arbeitsnorm – damit auch die Essensration – um 50 Prozent reduziert, Mitte Juni nochmals halbiert wegen «Herzfehler und Dekompensation» (Organversagen). Dieselbe Diagnose steht auf dem Totenschein, dem zufolge er am 17. August 1943 früh um 6.00 Uhr auf der Krankenstation Dolinka starb.

Es folgt ein Gesuch von Maria Pauls vom 7. Februar 1944, in fehlerhaftem Russisch: «Hiermit bitte ich, mich über meinen Mann Pauls, A. I. zu informieren … Nach dem Monat August habe ich weder einen Brief noch einen Gruß erhalten. Ich weiß nicht, ob er noch lebt oder schon gestorben ist.»

Der erwähnte Brief vom August, der in der Familie Pauls gehütet wird, ist also ganz kurz vor seinem Tod verfasst. Wir haben eine Kopie dabei, abends gehen wir nochmals Wort für Wort durch: «Liebes Mariechen! In den ersten Zeilen teile ich dir mit, dass ich noch lebe, aber seit zwei Tagen bin ich krank –

Malaria. Hier gibt es kein normales Leben. Ich bin sehr froh, dass ihr alle noch gesund seid. Heute habe ich ein Päckchen von euch bekommen mit Fett, Mehl und einem Stück Speck. Woher nehmt ihr den Speck? Wahrscheinlich esst Ihr selber nicht. Ich bin jetzt als Invalide eingestuft. Wie geht es euch? Wie gerne hätte ich jetzt Frühkartoffel! Wie ist die Ernte ausgefallen? Hier gibt es jetzt Gurken zu kaufen, aber ich habe kein Geld. Für den Winter bräuchte ich Filzstiefel mit Galoschen und eine wattierte Jacke, wenn es möglich ist. Wie wachsen die Kinder? Sag ihnen, dass der Vater bald nach Hause kommt. Gibt es Nachrichten von Bruder Abram? Mariechen, du fragst, warum ich so selten schreibe. Wir dürfen nicht so oft schreiben, aber Ihr könnt es. Mein Kesselchen ist verschwunden oder gestohlen, und ich musste den letzten Weizen, den ich hatte, roh essen. Das ist sehr, sehr traurig. Ich küsse euch alle. Dein Mann Andrej Iwanowitsch.»

Maria Pauls wird sich 1943 an die hoffnungsvollen Worte geklammert haben. In Kenntnis der Akten wirkt der Brief dunkler, verzweifelter. Insbesondere der Verlust des Kochgeschirrs, eine Katastrophe selbst für einen kräftigen Gefangenen, signalisiert Lebensgefahr. Die Frage nach dem Bruder erscheint heute klar als Frage nach Leben und Tod. Abram war vor Heinrich, schon im Februar 1942, verhaftet worden und seither spurlos verschwunden. Aus seiner Akte im Karagandiner KGB-Archiv, die jemand für uns exzerpiert hat, geht hervor: Er ist zu diesem Zeitpunkt längst tot, «wegen antisowjetischer Propaganda und Mitgliedschaft in einer baptistisch-mennonitischen Gemeinde» zum Tode verurteilt und am 28. August 1942 erschossen worden.

Diesmal kann sich Rita der Vergangenheit ihrer Familie nicht entziehen. Dolinka ist eine knappe Autostunde von den Plätzen ihrer glücklichen Kindheit entfernt. Von Dolinka wurde der KARLag regiert, ein Territorium dreimal so groß wie

Frankreich, mit Hunderten von Lagern. Etwa 800 000 Häftlinge haben hier zwischen 1931 und 1957 gelitten. Unkundige könnten das Verwaltungsgebäude in dem verwilderten Park für einen verfallenen Adelssitz halten. Ein Treppenaufgang von Wermut überwuchert, um den Portikus rankt sich Efeu, kein Mensch, nur das schräge Keckern von Elstern. Nahebei die Ruinen einer Banja, ein auf kaukasische Weise geschichteter, einsamer Schornstein, eine Straße weiter die Überreste des Offiziersclubs. Zum Teil ist Dolinka eine Wüstung, größtenteils aber sind die Gebäude intakt und bewohnt. Im ehemaligen Entbindungsheim für die weiblichen Häftlinge lebt eine junge Familie; das Akimat, die Ortsbehörde, residiert über einem ehemaligen Folterkeller.

Ein Dorf von vielleicht 1500 Seelen. Einen geschlagenen Tag lang trotten wir über die staubigheißen Wege, suchen Gespräche über den Zaun. «Der KARLag? Fragt nicht.» Jemand verweist uns an die Frau eines früheren Häftlings. «Ich höre manchmal noch die Schreie», sagt sie kurz und wendet sich wieder den Hühnern zu. «Du hast doch nicht zu viel erzählt?», ruft die Nachbarin zu ihr rüber. «Jeder lügt hier, alle», behauptet sie uns gegenüber, «ihr könnt niemandem glauben.» Auf unsere Bitte, den Weg zum Krankenhaus zu erklären, schickt sie uns in die falsche Richtung.

Anders als in Karaganda, wo sich der Schrecken in der Anonymität der Großstadt bis zu gewissem Grade verflüchtigen konnte, wo er heute von Intellektuellen wie Goretzki beim Namen genannt wird, scheint die Vergangenheit in Dolinka unmittelbar gegenwärtig. Die meisten der Bewohner sind Nachkommen von Häftlingen – oder von ihren Peinigern. Nach der Auflösung des KARLag 1957 sind sie dageblieben, weil sie nicht wussten, wohin, Opfer wie Täter. Sie lebten als Nachbarn, in Furcht voreinander und vor der noch immer mächtigen Geheimpolizei. Bis heute ist die Atmosphäre vergiftet, und die Sirenen, die von den Wachtürmen heulen, halten die bösen Erinnerungen wach. Fünf «Zonen», zwei direkt am Rande des Dorfes, sind noch in Betrieb, sie dienen dem Strafvollzug für Kriminelle.

Rita ist ihr Herzweh anzusehen. Es ist Abend, und sie hat das Grab ihres Großvaters nicht gefunden. Der Akte zufolge soll es mit einem Pfahl und seinem Namen versehen sein. Sie will nicht wahrhaben, dass die Toten in Wahrheit in eine große Grube geworfen wurden. Eine Frau führt uns schließlich dorthin. Sie ist die Einzige an diesem Tag, die vollkommen frei zu uns spricht. Unterwegs zu den Massengräbern erzählt sie uns ihre Geschichte. Ihr Vater wurde während seines Armeedienstes 1936 als Wachmann eingesetzt, ihre Mutter, eine Adelige, folgte ihm nach Dolinka. Weil der Vater Häftlingen Brot gab, wurde er selbst auf fünf Jahre inhaftiert, danach war er wieder Wachmann … Ludmila, jüngstes Kind von vieren, 1951 geboren, sog, wie sie sagt, «die Angst mit der Muttermilch» ein. Ihre Eltern, und das war äußerst selten, erzogen sie bewusst offen, die Kinder sollten *wissen*. Ludmila arbeitete 25 Jahre als Telefonistin in Dolinka und hörte heimlich mit, wie sich dieser und jener alter Schandtaten brüstete. Davon schrieb sie vieles auf, um notfalls gewisse Leute in Schach halten zu können.

An der fraglichen Stelle ist das Gelände leicht wellig. Die Gräber sollen in aufgelassenen Stollen der nahen Kohlegrube versunken sein, darüber wurde Müll gekippt, in den nichtaufgefüllten Senken haben sich winzige kobaltblaue Seen gebildet. Während ich Rita festhalte, betrachte ich über ihre Schulter den von Steppe überwucherten Schreckensort. Er ist still und zugleich angenehm bevölkert: aus dem Schilf der Seeufer gucken Dutzende Köpfe von kindlichen Anglern.

«Er war neunundzwanzig wie ich jetzt.» Rita hat das schon im Archiv geäußert. Dieser Gedanke überflutet jetzt anscheinend ihr Herz. Es ist merkwürdig, dass ein Erkennen von Altersgleichheit jäh die Distanz zu Unbekannten, selbst aus anderen Zeiten aufheben kann. Mit neunundzwanzig elend sterben – ein Irrsinn, in diesem Alter beginnt das Leben eben erst. Abstrakt wusste Rita längst, dass ein Verbrechen geschehen ist. Mitfühlen, Zorn empfinden kann sie erst jetzt.

Ludmila, die uns begleitet, ist derselbe Jahrgang wie ich. Ihr zerfurchtes Gesicht rührt mich mehr als alles andere in Dolinka. Wir sind sogar beide gleich lang verheiratet. Dies zufällig Gemeinsame ist auch das Einzige. Vieles erzählt sie uns noch, unter anderem, dass ihr Mann im ersten Tschetschenienkrieg verschollen ist. Sein Vater, ein Häftling, den er freilich nie kennen lernte, soll Tschetschene gewesen sein, deswegen habe er sich verpflichtet gefühlt, auf Seiten «seines Volkes» zu kämpfen.

In der Nacht träumt Rita: Sie ist in Dolinka, an einem dieser Seechen, und versinkt im dem sumpfigen Ufergrund, etwas oder jemand zieht sie von unten an den Füßen. Sie singt.

Bei unserem zweiten Besuch in Ritas Heimat nimmt sie auch die Gegenwart stärker wahr. Unsere Gastgeber sind wiederum die Sawarykins, die Eltern ihrer Schulfreundin. Sie sind soeben innerhalb von Maikuduk umgezogen, in ein Häuschen mit Garten, notgedrungen Kleinbauern geworden. Wir packen zuweilen mit an, helfen, die vom Transport verstörte Kuh vom Wagen zu zerren, ausgebüchste Schweine einzufangen, den Hühnerstall winterfest zu machen. Innerhalb von nur zwei Jahren hat sich die Situation weiter verschlechtert. Neu ist das Trinkwasserproblem, das Wasser aus den undichten Leitungen taugt nicht: Anatoli Sawarykin steht daher alle zwei Tage Schlange an einem Brunnen. Einem der artesischen Brunnen, den 1931 die ersten Verbannten in die Steppe gegraben haben.

Einmal verliert Rita die Fassung. Beim Warten auf ein Ferngespräch nach Deutschland entpuppt sich die Nachbarin, deren Telefon wir benützen, als Deutsche. Sie dürfe nicht ausreisen, klagt sie, weil sie den Sprachtest nicht bestanden habe. Wie aber könne ein Mensch, der mit sieben Waise wurde, seine Muttersprache bewahren? Und sie mit Mitte fünfzig wieder erlernen? Später auf der dunklen Straße heult Rita los: «Solche Illusionen zu erzeugen ist ein Verbrechen! Die Bundesregierung muss endlich das Tor schließen!» Tränen spritzen aus ihren Augen. «Es ist mir so peinlich, wir durften damals einfach raus.» Ihr scheint in diesem Augenblick klar zu werden: Unter den jetzt geltenden Bedingungen würde sie wohl nicht mehr ausreisen dürfen.

Nebenan schlagen, aufgeschreckt von Ritas Weinen, Hunde an, die wecken andere Hunde und so fort. Es werden immer mehr, und Rita schluchzt immer verzweifelter. Auch das ist neu und furchtbar: Ihr Maikuduk kennt keine Nachtruhe mehr, weil es heute ebenso viele Wachhunde wie Menschen gibt.

Nach unserer Rückkehr bringt Rita gleich die Kopie der Akte nach Kehl. Besonders das Foto von Februar 1943 erregt Aufsehen in der Familie. Maria Pauls reagiert zuerst gelassen. «Nur schade, dass ich es nicht sehen kann». Am selben Abend noch gerät sie in Panik. «Warum habt ihr das getan? Der KGB wird kommen.» Ihre Tochter Leni verspricht, umgehend die Akte aus dem Hause zu schaffen.

Leni und ihren Brüdern bedeutet sie viel, nicht allein aus sentimentalen Gründen. Sie beweist, dass sie Opfer waren, sollte dies jemals einer bestreiten, könnte die Akte ein schützender Schild sein. Ihr Vater ist bis heute nicht offiziell rehabilitiert. Moskau hat bislang nur das Urteil gegen ihn für nichtig erklärt, Rehabilitierung gebe es nur für politische Häftlinge, nicht für «Kriegsverbrecher». Nun haben die Pauls ganz konkret schriftlich, ein Dokument, welcher Art dies «Verbrechen» war. Es kann hierzulande als tapfere Tat und Akt der Barmherzigkeit gelten.

Ein Detail elektrisiert sie geradezu: «Breleker» ist laut Akte der Nachname des entflohenen Kriegsgefangenen, nicht «Brennecke», wie familiär überliefert. Jetzt endlich müsste man ihn aufspüren können! Endlos haben sie über diesen Regentag im Herbst 1942 nachgedacht, über den Zufall, der die Tragödie auslöste. Warum hat der junge Mann ausgerechnet an ihre Barackentür geklopft? Nicht dass es da etwas vorzuwerfen gäbe, es wäre jedoch eine Genugtuung, ihn lebend zu wissen, vielleicht sogar zu sehen. Anna Janzen, die Mitangeklagte, hatte vor zehn Jahren schon mal vergebens beim Suchdienst des Deutschen Roten Kreuzes angefragt. Einige heiße Spuren, die ich verfolgt hatte, waren im Sande verlaufen. «Breleker» ist ein markanterer Name als Brennecke, auf ein Neues also.

Auch diese Suche endet aber schließlich im Nichts. Nicht einmal ein Toter dieses oder ähnlichen Namens lässt sich finden.

KAPITEL 15: Kanadische Weiten

Drei Juliwochen auf Marmara liegen hinter mir, schwimmen, aufs Meer schauen, außer Fontanes «Stechlin» keine Lektüre, glücklich gedankenarmes Leben. Rings umher Vertrautes, inklusive der schwarzen dicken Schlangen im Olivenhain, Jahrzehnte bin ich immer wieder auf der Insel vor den Dardanellen gewesen. Nach so viel Ruhe ist Istanbul die Hölle. Aus dem stickigen Hotel flüchte ich in ein Café gegenüber, am Rande des antiken Hippodroms. Mokka unter Platanen, dazu Hühnerpudding mit Zimt, anschließend streune ich ziellos und lustlos umher. Die Straßen führen abwärts, vermutlich also zum Goldenen Horn, und wirklich, ich lande in Eminönü, vor dem Fähranleger. Im Menschenstrom lasse ich mich auf irgendeines der Schiffe treiben. Leichter Wind weht an Deck. Während die Fähre in den Bosporus einbiegt und Kurs auf Üsküdar, die asiatische Seite, nimmt, erscheint vor zartrosafarbenem Himmel die alte Stadt, Topkapı Saray, die frisch verputzte Aya Sophia, die Sultan-Ahmet-Moschee mit ihren sechs Minaretten.

Vor dreißig Jahren hat mich die orientalische Silhouette das erste Mal begeistert. Istanbul hatte damals gerade zwei Millionen Einwohner, heute sind es schätzungsweise sechzehn Millionen. Sobald ich der prächtigen Kulisse den Rücken drehe, ist das Resultat dieses explosiven Wachstums sichtbar. Beide Ufer des Bosporus sind dicht mit Siedlungen zugewachsen, hinter dem Sultanspalast Dolmabahçe ragen Wolkenkratzer empor. Von Üsküdar pendle ich auf die europäische Stadtseite und wieder nach Asien, das jeweils nächste Schiff ist meins.

«Do you speak English?», fragt jemand neben mir. Meine Antwort ist unwirsch, bloß keine Unterhaltung, denke ich. «Where are you from?» Der junge Mann mit dem buschig schwarzen Haarschopf lässt nicht locker: «I am from Ankara.» Ich gratuliere ihm kurz und höflich zu seinem Glück, jetzt im wunderschönen Istanbul leben zu dürfen. Er lächelt, er sei nur auf Besuch, derzeit wohne er an einem viel, viel interessanteren Ort: «I live in Kasachstan.» Hab ich richtig gehört? «In Almaty?», vermute ich, jetzt brennend vor Neugier. «Nein, noch interessanter. In Karaganda.» Dieser Mensch, der sich mir nun als Ismail vorstellt, ist Englischlehrer an einem privaten College in Karaganda. Und, das ist der Gipfel, seine Adresse, die er mir aufschreibt, ist Maikuduk, Ritas 17. Mikrorayon. Ein Meteoriteneinschlag neben mir hätte keine größere Verwunderung auslösen können!

Dass ich Karaganda kenne, überrascht den jungen Türken ebenfalls, nur scheint er den Zufall natürlicher zu finden. Kasachen und Türken sind Brudervölker, deswegen, sagt er, haben wir nach dem Zusammenbruch der Sowjetunion unsere Beziehungen wieder belebt. Drüben werden mit türkischem Geld Moscheen errichtet, bekanntlich sind zehntausend türkische Gastarbeiter beim Bau der neuen Hauptstadt Astana im Einsatz. Ismail begreift sich als Pionier nationaler Interessen im Großraum Mittelasien. In seinem Land, das zugleich energisch in die EU strebt, denkt man eben nach Ost *und* West. Warum sollte eine Deutsche das nicht auch tun – jemand wie ich Karaganda besuchen?

Ich bin zurück, kurz vor Eminönü hat mich die Pauls'sche Familiengeschichte wieder.

Camping in Manitou Springs

Keine drei Tage später jette ich mit Rita von Frankfurt nach Winnipeg, um die Spur des Johann Pauls aufzunehmen. Des Bruders von Ritas Großvater, der als einziger Pauls seiner Generation überlebte, weil er nach Kanada emigrierte.

Er brach als Siebenundzwanzigjähriger vom Dorf, der mennonitischen Kolonie Arkadak, mit Frau und Kind nach Westen auf. Via Moskau, Riga, Berlin, Bremerhaven, übers Meer nach Quebec und weiter, insgesamt gut 13 000 Kilometer Wegstrecke, über 160 Längengrade des Globus, die halbe Welt. Das Abenteuer ist heute kaum nachzuvollziehen, selbst per Schiff nicht – wir wären bloß verwöhnte Gäste auf einem schwimmenden Hotel. Vielleicht fiele es, stünden wir auf einer Reling, ein ganz klein wenig leichter, sich vorzustellen, wie die «Empress of Scotland» in jenem November 1925 in See stach. In diesem Moment spätestens dürfte Johann und Tina Pauls bewusst gewesen sein, dass der Abschied für immer sein könnte, die Trennung lebenslang. Vor ihnen lag der gewaltige Ozean, bis Quebec würden drei bange Wochen vergehen.

Eine Luftreise ist keine Reise, nur ein unwirklich abrupter Ortswechsel; kaum hat uns der Jumbojet verschluckt, sind wir schon fast da. Zwei Menüs in Plastik, dazwischen der Hollywoodfilm «Manche mögen's heiß», zeitweise ohne Ton. Aber das stört nicht, wir können die Dialoge so gut wie auswendig, Rita auf Russisch, ich auf Deutsch. «Waden 36, Größe 158, Oberweite 104», sogar die Maße der Monroe hat Rita im Kopf. Nichts hier an Bord ist fremdartig, der große Teich unter uns bleibt unsichtbar, und drüben, im anderen Teil des globalen Dorfes, werden wir erwartet, Details sind per Internet verabredet. Wir werden von Winnipeg, der Metropole Manitobas, mit dem Mietauto westwärts fahren, auf dem Rücksitz eine gut gefüllte Eisbox, die Peter Letkemann, der mennonitische Historiker, mit dem ich korrespondiere, vorbereitet hat. Zeitgleich wird sich Adolph Pauls, der zweite Sohn des Auswanderers von anno 1925, mit Familie von der Provinz Alberta aufmachen nach Osten. Treffpunkt: Rosthern, Saskatschewan.

Eine halbe Stunde vor der Landung reißt die Wolkendecke auf. Unter uns weiträumige Felder, von schnurgeraden Straßen durchkreuzt, «wie ein Schachmattbrett», sagt Rita. Anderntags, nach kurzer, mückenreicher Nacht im «Mennonite Bible College», sind wir in der geometrischen Landschaft unterwegs, immer auf derselben Linie, dem Yellowhead Highway. Links Weizen, rechts Weizen. Anscheinend ist man mit der Ernte in Verzug, überall auf den Äckern steht enorm viel Wasser. «The rain was killing», beklagt die Frau im Overall, die uns an der Tankstelle dünnen Kaffee einschenkt. Rita kommt ein russisches Lied in den Sinn: «In Kanada ist der Himmel blau, und der Regen fällt schräg wie in Russland, aber es ist nicht Russland.» – «Weißt du, dass Metro-Goldwyn-Mayer die Landschaftsaufnahmen von ‹Dr. Schiwago› größtenteils in Kanada gedreht hat?» – «Sag ich ja, die Prärie ist wie Sibirien.»

Die Eintönigkeit, das Zockeln im 60-Meilen-Tempo nervt, aus Langeweile übertritt Rita das Überholverbot. Unser rotes Cabriolet, Modell «Kavalier», fällt auf unter den dahinkriechenden Pick-ups und Trucks. Weizen und nichts als Weizen, hier und da eine einsame Reklametafel. «Turn weeks into days», wirbt eine Firma für Mähdrescher. In regelmäßigen Abständen «Elevators», hohe holzverkleidete, farbige Getreidespeicher, in der Ebene weithin sichtbar, majestätisch wie Kathedralen, sie sind das einzige Ereignis. Jede, auch die nichtigste Abwechslung, begrüßen wir mit Indianergeheul. Ein Hügel! Eine Kurve! Ein toter Dachs! Beim Anblick von fünf verkrüppelten Fichten schreit Rita: «Die Taiga beginnt!» Lustige Veränderungen bietet der Himmel über uns, im

Blassblau formieren sich die Wolken ständig neu zu Pilzen, Fabelwesen. «Ein Drache, mit Schildkröten im Schlepp!» Zwischendurch klappen wir zum Spaß kurz die Eisbox auf, für Minuten erfüllt dann der Duft der Honigmelone unser Gefährt. Oder Rita singt, Liebesarien von Rachmaninow verkürzen die ödesten Meilen.

Und auf einmal sind wir gesprächsweise in Karaganda, bei den ersten amerikanischen Kaugummis. Tschechische Schausteller boten sie an. Rita, damals elf, stibitzte ihrer Mutter einen Eimer voll Ochsenherztomaten und tauschte sie gegen zwei dieser klebrigen Dinger ein. Irgendwie, Hölzchen auf Stöckchen, ergibt sich das Thema «Damenbinden», und was frau tat, wenn dieser Defizitartikel mal wieder fehlte. «Erstens, Ulla, Wöchnerinnenbinden, die wurden in vier Teile geschnitten. Zweitens, selber basteln aus Verbandsmull und Watte.» – «Und?» – «Drittens nähte unsere Mutter Stoffbinden aus Schneiderresten.» – «Tampons?» – «Gab es, aber die waren so groß wie für eine Kuh.» Eines nur war in unser beider Jungmädchenzeit ähnlich, nämlich das Codewort unter Freundinnen für «Ich hab meine Tage». Bei uns hieß es «Tante Anna ist zu Besuch», in Karaganda war es die «Tante Mascha aus Krasnodar».

Vor lauter Lachen und Schwatzen haben wir vergessen zu tanken. Der nächste kleine Wegweiser rechts ab zeigt «Mozart» an. Nach zwei Meilen endet die staubige Piste: Mozarts Tankstelle ist zu, der Co-op verrammelt, der braune Speicher eine Ruine. Mit den letzten Tropfen Benzin erreichen wir eine «filling station», einen der Allroundversorgungspunkte für die verstreut lebenden Farmer. Von jetzt an achten wir auf die unscheinbaren Schilder, die auf Orte oder einzelne Häuser hinweisen. «Warkentin» lesen wir plötzlich, offenbar eine Farm, die nächste heißt «Dyck», klassisch mennonitische Namen. Es häufen sich die Hinweise: «Mennonite Church»,

«Mennonite farmer sausage», «Chortitz Road», benannt nach «Chortitza», der Kolonie in der Ukraine.

Schon 1874 sind die ersten 8000 Mennoniten aus Russland nach Manitoba gezogen, meistenteils arme und ultrafromme Bäuerlein, denen es im Zarenreich zu unruhig und zu modern geworden war. Von zu Hause brachten sie winterharte Weizensorten mit, die in der klimatisch ähnlichen Prärie gut gediehen. Die nächste größere Welle kam nach der Oktoberrevolution, es waren eher wohlhabende, gebildete Landwirte wie unser Johann Pauls. Zuletzt Mennoniten, die der Zweite Weltkrieg ausspuckte, traumatisierte Habenichtse, die nicht mehr aufs Farmen aus waren, sondern in Winnipeg siedelten, sich meist in die boomende Bauindustrie stürzten. Manitobas Mennoniten gehören – unter den 2 Millionen heute in Nordamerika lebenden Russlanddeutschen – zu den relativ erfolgreichsten.

Im Telefonbuch des Distriktes, das wir im Motel finden: mennonitische Familiennamen en masse. 28 Dycks, 13 Rempels, etliche mit Namen wie Klaassen, Janzen, Friesen, Reddekopp, Epp. Auch andere deutsche Namen, auch viele, viele slawische, ungarische, baltische; Mittel- und Osteuropa scheint sich bevorzugt in dieser Gegend eingefunden zu haben. Der Ober, der uns zum Frühstück wattige pancakes serviert, ist Kroate, 1966 eingewandert. «When I was young and stupid», seufzt er und klagt über arges Heimweh und die hiesige, anhaltende Wirtschaftskrise.

Im Städtchen Rosthern zählen wir neun Kirchlein verschiedener Konfessionen. Pünktlich, zur verabredeten Ortszeit, steht er vor dem ukrainischen Pub: ein kräftiger Mittsiebziger mit Baseballkappe – Ritas Onkel Adolph. «Sieh, Ulla, er hat die Paulsnase», ruft Rita noch in der Umarmung, er wendet sich verlegen und heftig schniefend ab. «Sorry, ich hatte nie gedacht, dass ich Verwandte habe.» Rita weint mit. «Wir Pauls haben nah am Wasser gebaut.»

Hilda und Adolph Pauls

Wir lassen unseren roten Flitzer stehen, steigen in das «Motorhome» um, ein Fossil von einem Campingbus von zehn Metern Länge oder mehr. Auf dem Plüschsofa drinnen warten Adolphs Frau Hilda und zwei ihrer Adoptivkinder, die dreißigjährige Laurie mit ihrem gelben Hund Cruiser und die etwas ältere Angela, sie hat ihre Buben Andrew und Thadeusz mitgebracht. Wir werden geküsst und mit Eistee versorgt, unterdessen rollt das gemütliche Haus an. Ich bin nun in der Rolle der Dolmetscherin, doch vorerst geht unser Smalltalk im Gebrüll des Motors unter.

347

In gut einer Stunde sind wir am Ziel: «Manitou Springs», das «Karlsbad Kanadas», wie das Ortsschild ankündigt. Es besteht aus einem Hotel, einer etwas verrucht wirkenden Bierkneipe mit Namen «House of the Rising Sun» und ein paar Bretterbuden. Das Stückchen Zivilisation liegt am Rande eines sehr langen, sehr schmalen von Präriegras umgebenen Salzsees. Angeblich sollen indianische Medizinmänner vor Urzeiten seine Heilkraft entdeckt haben. Bald liegen wir alle in der nach faulen Eiern riechenden, dicklich warmen Brühe still auf dem Rücken. Immer mal wieder versucht jemand in Bauchlage ein paar ulkige Schwimmzüge, beim Strampeln wird schleimiger Tang aufgewühlt, der die Haut monsterhaft grünlich färbt. An einer seichten Stelle versammeln sich nach und nach die Erwachsenen. «Where is Karaganda?» Rita wird gelöchert und bestaunt. Das also ist das arme Mädchen, das im Kommunismus groß wurde. «In prison», im Gefängnis, wie war das bloß? Zu ihrer Zeit, erklärt Rita, nicht schlimm, sie verteidigt ihre glückliche Jugend. Entschuldigend entgegnet Adolph: «Well, die Wand, the wall was between us, until 1989, wir weinten am TV, vorher wussten wir nichts, nothing.» – «Ich weiß zwei deutsche Wörter», brüllt Andrew, seine Balgerei mit Cruiser unterbrechend, «McDonald's und Halleluja.»

Eine geniale Situation zum Kennenlernen, dieser Stehkonvent, halb nackt in der schwefligen Wärme. «Du bist die einzige Europäerin hier», frotzelt Rita, «das sieht man auf 100 Meter gegen den Wind.» Mein nicht sehr elegantes Badetrikot kann mich kaum verraten, und auf das kanadische Karlsbad sehe ich gewiss nicht herab. «Und du?», frage ich. «Ich bin keine Europäerin.» Instinktiv trifft sie etwas. Ihrem Empfinden nach ist die Szenerie hier, das Provisorische ohne viel Gedöns und Geschichte, nichteuropäisch, ihrer früheren Heimat irgendwie verwandt. Sie könnte hierher gehören, ich dagegen eher nicht.

Zwei Tage sind wir auf dem Campingplatz, auf einer von Pappeln umgebenen Rasenparzelle mit Stromanschluss. Möhren schrappen, Wiener Würstchen grillen, Alltag, als wären wir lange eingespielt. «Du fauler Pelz», sagt Rita zu Onkel Adolph, der sich vorm Abtrocknen drücken will. «Fuler Pelz, sagten wir früher auf Plattdeutsch.» Ich bin so frei und belehre sie, dass es gutdeutsch «Faulpelz» heißt. Es gibt viel zu erzählen, Adolph ist es, der beharrlich auf das Eigentliche zurückkommt. 75 Jahre Familiengeschichte müssen ausgetauscht werden, er selbst hat sich auf seinen Part gut vorbereitet, dafür Unterlagen und Fotos rausgesucht.

Seit einem Jahr, seit Johann, genannt «John» – der älteste, noch in Russland geborene Bruder – starb, ist Adolph Oberhaupt der Sippe. Adolph ist der erste Pauls, der in Kanada zur Welt kam. Im Jahr seiner Geburt, 1927, kaufte der Vater, der bis dahin als Knecht gearbeitet hatte, auf Kredit eine kleine Farm in Beechy, nicht sehr weit von Main Centre, dem Ort ihres ersten bescheidenen Domizils in der Provinz Saskatchewan. Main Centre war eine um 1910 von Mennoniten gegründete Siedlung. Man lebte in dörflicher Gemeinschaft, nicht wie allgemein üblich auf verstreut liegenden Farmen. Die Pauls wählten den Ort, weil hier etwas früher aus Russland ausgewanderte Freunde siedelten. Allerdings war schwer an eigenes Land zu kommen, deswegen der Umzug nach Beechy. Alles begann hoffnungsvoll, mit einer guten Ernte – so gut, dass der Vater sich traute, gleich 1928 auf Pump einen alten Ford «Modell T» anzuschaffen. Kein Jahr später kam der große Börsenkrach, in seinem Gefolge die «dirty thirties»: So nennen Amerikas Farmer die furchtbar armen dreißiger Jahre.

Man könnte das Foto vom Sommer 1931 mit einem aus der damaligen Sowjetunion verwechseln: Es zeigt deklassierte Menschen, um Würde und Form bedacht, doch lässt sich die Not nicht gänzlich verbergen. Vier Kinder haben die Pauls da-

Sommer 1931: Tina und Johann Pauls und ihre ersten vier Kinder

mals schon, Johann und Adolph, Abram, dann Mary, das fünf-
te deutet sich im Faltenwurf des Kleides von Tina Pauls an.
Möglicherweise wurde das Bild für die Verwandten in Arkadak aufgenommen? Ungefähr zu dieser Zeit wurden sie nach
Karaganda deportiert.

Und aus ebendieser Zeit datieren Adolphs erste Erinnerungen, zumeist an Familienszenen: Zu seinen Füßen steht ein
kleiner Sarg – des 1932 gestorbenen Schwesterchens Helen.
Jemand fragt ihn und seine Brüder: «Seid ihr denn nicht traurig?» – «Nein, wir müssen jetzt nicht mehr die Wiege schau-
keln.» In diesem Alter geht Adolph barfüßig Disteln für die
Kühe rupfen. Zu essen ist da, es gibt sogar Streit ums Teller-
leeressen. «Esst», mahnt die Mutter, «die hungernden Kinder

in Russland wären glücklich.» – «Dann gib es ihnen», erwidern die Gescholtenen ungerührt. Auch sonst wird Russland erwähnt, damals bleiben die Briefe von dort aus, deswegen weinen die Eltern häufig.

Aus dem unbekannten Russland stammte allerhand familiär Bedeutsames: Speisen wie Borschtsch oder Glums, die Maxime, dass Bildung wichtiger ist als Geld, die strenge Religiosität. Weil die Söhne Schimpfwörter mit nach Hause brachten, zog man 1934 wider ökonomische Vernunft nach Main Centre zurück, wo die Nachbarn Glaubensgenossen waren. Aus Russland war auch Adolphs Muttersprache, das Plattdeutsche. Diesbezüglich jedoch ließen die Eltern von ihren Prinzipien allmählich ab. Mit den Töchtern Mary, Bertha und Laura redeten sie Hochdeutsch, bei den nächstfolgenden Söhnen Harold, Irwin und Waldo mischte sich Englisch dazwischen.

1938, nach einem Jahr katastrophaler Dürre, standen die Pauls noch einmal vor dem Nichts, ab Anfang der Vierziger erst wurde es besser. Zugleich lieferte der Krieg, der in Europa ausgebrochen war, den Emigranten neue Gründe, Kanada als Heimat anzunehmen. Hier war Frieden, und Hitlers «concentration camps» waren ebenso fern wie Stalins Lager. Im Weltbild des jungen Adolph gab es «far away» einen dunklen Kontinent, dort lagen die Ursachen des Schmerzes der Eltern und dafür, dass sie keine normale Familie waren.

«I have always lived with the feeling of not having any grand-parents, uncles, aunts or even cousins», hatte Adolph Pauls in seiner ersten E-Mail an mich geschrieben. «Ich habe immer in dem Gefühl gelebt, ich habe keine Großeltern, Onkels, Tanten noch Cousins. Nun gibt es vielleicht eine Chance, die Geschichte einzufangen und endlich Verwandte, solche aus eigenem Fleisch und Blut, zu haben.» Jetzt erst, auf dem Campingplatz, verstehe ich, welche Bedeutung der Besuch aus Deutschland für ihn hat. Ein Dreivierteljahrhundert waren die kanadischen Pauls von der Sippe abgetrennt gewesen. Sie waren, bildlich gesprochen, ein Ast von einem abgeholzten Stamm. Und nun ist etwas aufgetaucht, das ein bisschen einem grünen Baum ähnelt.

Noch aus einem anderen Grund ist Adolph glücklich darüber. Er hat sein Leben im Abseits geführt, «away from the inner circle of family», war das «schwarze Schaf» der Familie. Statt wie andere Geschwister an mennonitischen Schulen unterrichtete er an Regierungsschulen. Mal hier, mal dort, vorzugsweise wo niemand gern hinwollte, am Polarkreis, in Indianerreservaten. Da seine Frau Hilda keine Kinder gebären konnte, adoptierten sie welche. «Whenever possible, we picked up a child.» Sechs verlassene Babys und Kleinkinder lasen sie zwischen 1955 und 1969 auf, und das erregte überall Anstoß. Nicht die Tatsache der Adoption selbst, sie kommt bei den kanadischen Pauls, unter Mennoniten überhaupt, häufiger vor. Meist hat dies mit einer speziellen Tragik zu tun: In den mennonitischen Kolonien, die sich von der Außenwelt abschlossen, heirateten oft Verwandte untereinander, und aus diesem Grund wurden zuweilen «schwache» Kinder geboren. Auch Johann und Tina Pauls waren um zwei Ecken verwandt, ihre späten Söhne, Irwin und Waldo, sind geistig behindert. Adoption war und ist ein klassischer Ausweg, bei vorhersehbarem Risiko oder vorhandenen behinderten Sprösslingen die Familie zu vergrößern.

Ketzerisch war Hildas und Adolphs Wahllosigkeit: Sie nahmen indianische Kinder, vom Stamm der Cree oder Chippawa, tuberkulöse oder von alkoholkranken Müttern geschädigte. Laurie aus dem Waisenhaus in Fort Mcpherson ist eine Inuit, nur Angela aus Calgary hat «weiße» Eltern. Damit stand das Ehepaar gegen den Strom einer damals noch sehr rassistischen Gesellschaft. Es war ihnen dabei durchaus klar: Diese Fremdlinge konnte man nicht zu ihresgleichen erziehen, das häusliche Milieu würde weder die Zugehörigkeit zu einer anderen Kultur völlig aufheben noch frühe Traumata. Wärme konnten sie ihnen geben, eine gewisse geistige Orientierung, ob sie damit «erfolgreich» sein würden, fragten sie sich als Eltern nie. «We just did it», sagt Hilda, und berichtet ganz offen über die heute Erwachsenen. Einige haben «a basic faith», sind Christen und doch haltlos, zwei Söhne trinken, alle stecken permanent in Identitätskrisen. Bis auf Angela, sie steht als Einzige fest mit den Beinen auf der Erde.

Rita und ich haben Hildas und Adolphs Geschichte als absolut atemberaubend empfunden. Die beiden waren sozusagen doppelt aus der Kontinuität gerissen, von der Vergangenheit abgeschnitten (auch Hildas Sippe war zum Teil in der UdSSR geblieben), und angesichts der Unmöglichkeit leiblicher Kinder war ihnen eine normale Zukunft versperrt. Sie haben eine Familie künstlich kreiert, aus gesellschaftlich abgeschriebenen Menschlein. Eine Form der Revolte? Demütiges Sich-Ergeben in eine heillose Zeit? Ein dünner Faden von Kontinuität ist da; wie viel von Hilda und Adolph in den Nachkommen weiterleben wird, ist bisher kaum abzusehen.

Am zweiten Campingtag ist der Fortgang der sowjetischen Familiengeschichte dran. Rita berichtet, ich übersetze, helfe gelegentlich. Adolph hat Mühe zu folgen, Angela übernimmt es, Daten und Personen zu notieren, blitzschnell findet sie auf den alten Fotos Familienähnlichkeiten heraus. Sie skizziert mit Geschick einen Stammbaum, bemerkt sogar Ritas Erzähllücken: «Uns fehlen noch die Kinder des erschossenen Abram.»

Rita und ich werden Zeuge eines ziemlich verrückten Vorgangs. Angela hat offenbar, als sie erwachsen wurde, beschlossen, dass sie eine Pauls ist. Sie hat quasi die Eltern «adoptiert», und nun erweitert sie *ihre* Familie um Cousine Rita, die Onkel in Kehl et cetera. Karaganda wird auf der biografischen Weltkarte rot markiert. Angelas leibliche Mutter lebt, aber «Fleisch und Blut», sagt sie zu uns, seien ihr nicht so sehr wichtig. Die «medical biografy» vielleicht, genetisch Vorprogrammiertes wie Lebenserwartung, Brustkrebsrisiko, Krampfadern, «that would be fun to know». Im Wesentlichen aber ist sie Angela Pauls, die ihr Leben von «junk» freihält, unnützem Dreck materieller wie geistiger Art.

Aus ihrer Kindheit hat sie noch Erinnerungen an ihre Großeltern – den gestrengen Grandpa Johann, der immerzu las, und Grandma Tina, die «so mild» war und mit Leidenschaft kochte. Von Angela erfahren wir erstmals von einer Anekdote aus Arkadak, die Johann Pauls gern zum Besten gab: Eines Nachts, im Hungerjahr 1921, sind auf dem Dachboden Geräusche zu hören, er geht nachsehen, sieht, wie Banditen gerade einen Schinken stehlen. Einer schießt auf ihn, und die Kugel prallt an der Schnalle des Hosenträgers ab, dringt Gott sei Dank nur in den Oberarm. Im Hospital Saratow wird sie schließlich «ausgegraben», später in Kanada zeigt er sie Kindern und Enkeln.

Tausenderlei ließe sich von unserem Zusammensein erzählen. Wie zum Beispiel der Campingplatz zum Kino wird und Adolph seine Schmalfilme vorführt, Vermischtes aus fünf Jahrzehnten: Weihnachten 1956 zu Hause in Main Centre, sehr förmlich, jeder sagt einen Bibelspruch auf … Indianerjungen, die Adolph tanzend umringen … Schlittenhunde, ein Blockhaus … Die bunte Familie guckt TV, wie Neil Armstrong auf dem Mond turnt … Die schöne Hilda, neben ihr ein Indianerkind auf dem Töpfchen … Nochmal Weihnachten in Adolphs Elternhaus, Biederkeit, Konvention … Und wieder der Kontrast: Adolph, der Abenteurer, mit Fellmütze.

Die beiden mögen Kontraste, das erleben wir am letzten Abend «live». Der Campingplatz wird zum Konzertsaal, Adolph spielt Mandoline, Hilda Gitarre, Andrew Geige. Nach süßsanften mennonitischen Liedern sind alle hingerissen von Ritas temperamentvollem Gesangsvortrag, und niemand ist

pikiert, als wir den Text der russischen Liebesromanzen übersetzen. Andersartigkeit wird respektiert, selbst die Tatsache,
dass Rita und ich die Sitte des freien Gebets nicht kennen und
uns davor drücken. «Danke, Gott, dass wir hier zusammen sein
dürfen», betet Andrew nach Tisch. «Danke für das Motorhome», betet Adolph. «Gib Ulla Kraft für das Buch, damit sie
Spreu von Weizen trennen kann.»

Vor dem Abschied am Sonntag wird zwischen Pappeln und
Motorhome Gottesdienst gehalten. Adolph hat aus dem 1.
Brief des Johannes die Stelle ausgewählt: «Solches habe ich
euch geschrieben, die ihr glaubet an den Namen des Sohnes
Gottes, auf dass ihr wisset, dass ihr das ewige Leben habt.»
Unseretwegen liest er aus der deutschen Bibel. «Don't speak
in the church», fährt er Angela an, die mich flüsternd nach
dem Sinn fragt, und interpretiert dann auf Englisch. «I defi-
nitely know», endigt er, «ich werde meine Großeltern und Onkels im Jenseits sehen. Danke, Gott, für das ewige Leben. Und
lass mich, wenn es geht, meine Cousins noch im Diesseits sehen.»

Die Stimme eines Toten

Alle anderen kanadischen Pauls wohnen in und um Winnipeg.
Eine 600 000-Einwohner-Stadt, bestehend aus lauter Minder-
heiten, meistenteils aus mehr oder weniger traurigen Gründen aus Europa eingewandert. Am zahlreichsten sind die
Ukrainer. Winnipeg hat eine bedeutende jüdische Diaspora
und die weltgrößte Ansammlung von Mennoniten, nämlich
40 000. Ihnen gehören mehr als zwei Dutzend Kirchen und
Bethäuser.

355

Die Pauls haben untereinander «gephont» und einen Zeit-
plan aufgestellt, wann wir bei wem sein sollen. Die unverhei-

ratete, in Familiendingen gut bewanderte Mary soll uns unter ihre Fittiche nehmen und durch den Stadtdschungel lotsen. «Follow me!», ruft sie alle Augenblicke, trotz Hochsommerhitze legt sie ein rasantes Tempo vor. Bei Touren in unserem roten Flitzer verzieht sich nach hinten, Ritas Fahrstil ist ihr nicht geheuer, und auf der Rückbank ist besser Omnicord spielen. Mit dem elektronischen Miniklavier, das alle gängigen Instrumente und Rhythmen der Welt von sich geben kann, scheint sie wie verwachsen. «Die Lorelei», «Lustig ist das Zigeunerleben», «Vogelhochzeit», ihr Repertoire ist unerschöpflich, Textunsicherheiten kommentiert sie fröhlich: «Das sind doch Volkslieder, und ich bin doch auch ein Volk.» Das Volk namens Mary spricht ansonsten im Alltag englisch. «Thank you, God, for the aircondition.» Manchmal geraten ihr deutsche Redensarten dazwischen wie «Das ist mir scheen» oder «Wir müssen noch viel beschicken».

Alle Pauls sind «more or less» verenglischt, zugleich «more or less» im mennonitischen Milieu geblieben. Sie haben Bibelschulen besucht, gläubige Partner geheiratet. Durch die Hochzeiten hat sich das religiöse Spektrum etwas erweitert, keinen stört das, Streitigkeiten, wie sie aus den Mennonitenkolonien Russlands eingeschleppt wurden, gelten als kleinlich. «Erst beten, dann singen. Oder erst singen, dann beten. Was für ein Unfug!», belustigt sich Mary. Die Tradition des Singens an sich ist wichtig, als Teil des religiösen Kultes und überhaupt Gesang, Musik machen in «Gemeinschaft». Das deutsche Wort mögen sie lieber als «community».

Niemand hat sich auf Karriere und Geld orientiert, beruflich haben sich die Pauls nach Möglichkeit im eigenen Weltchen bewegt, in mennonitischen Schulen oder Firmen, einer hat ein Predigerleben mit etwas Ackerbau (auf Sandboden) kombiniert. Es hat sich etwas Bodenständiges erhalten, nicht nur äußerlich – rote Knollennasen, behäbige Körperlichkeit –

wirken sie wie Abkömmlinge von Bauern. Und es herrscht das Bewusstsein, sich in einer langen geschichtlichen Kontinuität zu befinden. Ihre Kindheit war arm, Grund jedoch, sich als Fremdlinge zu fühlen, hatten sie in dem ländlich-sittlichen Rahmen, in dem sie groß wurden, äußerst selten. Die Eltern lebten ihnen Bewährtes vor, auf der Farm in Main Centre galt im Prinzip, was in Arkadak galt. Die große, furchtbare Zäsur der Emigration, welche oft die Kinder von Emigranten tief verstört, haben sie relativ milde erfahren.

Heute ist davon nicht viel mehr als Anekdotisches übrig. Bei jedem Besuch werden Rita und mir dieselben zwei Storys erzählt – von haushohen Wellen, «forty feet and more», bei der Ozeanpassage der Eltern. Und wie «the bullet», die Kugel, den Vater traf. Mary, Bertha, Laura, Harold, Abe, auch Irwin und Waldo, die beiden liebenswürdigen, geistig schwachen Brüder, alle tippen dabei auf dieselbe vorsichtig ehrfurchtsvolle Weise auf ihren rechten Oberarm, wie Kinder, denen gerade erlaubt wurde, den Finger auf die väterliche Narbe zu legen.

Noch unlängst will Mary das Geschoss wo gesehen haben. «An ordinary 22 bullet», das Kaliber etwa, mit dem hierzulande Schweine getötet werden – eigentlich könne sie nur im Haus des verstorbenen ältesten Bruders John sein. Eines Abends durchsuchen wir besagten Kellerraum. Johns Witwe Betty hat ihn nach seinem Tod 1999 nicht mehr betreten und blickt mit all den Schachteln, Ordnern, Papierstapeln nicht durch. Wo würde man eine bullet aufheben? Keine Spur von ihr, und bald haben uns andere Neugierden gefangen.

Rita stöbert in Noten, Betty und Mary sind in Briefe vertieft. Mich lockt ein alter Globus im obersten Regalfach an, und beim Griff danach purzeln mir diverse Audiokassetten entgegen. Weil deren Beschriftung nicht zu entziffern ist, lege ich probeweise eine in den Recorder. «… wurde über unseren Sanitätszug hinweggeschossen, die russischen Offiziere und all die Kadetten, was da waren, hatten sich im Kreml …» – «Oh, that' s Pa», ruft Mary. Ich spule auf Anfang und drücke wieder auf «play». Mikrophongeräusche, jemand räuspert sich lange, dann: «Heute, den 12. Januar 1971 komme ich dazu, euch Kindern etwas von dem mitzuteilen, was der liebe Gott in unserem Leben hat tun dürfen. Ich möchte in dieser Weise versuchen, dass ihr etwas davon mitnehmen könnt in eurem Leben. Vielleicht kann euch das manchmal dienen in euren Entscheidungen. Also geboren bin ich 1898 am 2. August …»

Johann Pauls, der Russlandauswanderer! Er spricht selbstbewusst, mit deutlich niederdeutscher und einer ganz leicht englischen Färbung, von Arkadak und dem «kleinen Reich der Mennoniten im großen Reich des Zaren», von langen Dorfstraßen, Schulzen, chronischer Landnot. Mary und Betty, die nur Bruchstücke verstehen, starren mich fragend an. Vor Aufregung zitternd schüttle ich Rita: «Dein Großonkel, so ähnlich könnte dein Großvater gesprochen haben!» Sie begreift buchstäblich nichts, sie hat eine Sprachkrise an diesem Tag, das fremde Englisch um sie herum, die zweite Woche schon ohne Russisch, dialektales Deutsch kann und mag sie jetzt nicht hören.

Die ganze Nacht über lausche ich in meinem Zimmer im «Mennonite Bible College» der Stimme aus einer untergegangenen Welt. Johann Pauls erzählt sein Leben, teils im leichten Plauderton, teils lehrhaft, ermahnend. Eine Art Vermächtnis, das die Nachkommen bis auf John, den ältesten Sohn, anscheinend nicht wahrgenommen haben. Der Mann, der 1971 aufs Tonband spricht, ist damals Anfang siebzig und konservativ bis in die Knochen, fühlt sich in der Gegenwart, dieser Zeit «unbiblischer Kleidung», das Wort «Minirock» würde er nie aussprechen, fremd.

Verblüffende Neuigkeiten – bis dato weiß ich, dass neben Ritas Großvater Heinrich drei Geschwister waren, Johann,

Abram und Lena. Es existierten aber noch weitere fünf! Vier starben früh an Diphtherie und Masern, eine Anna mit 21 Jahren an Tuberkulose. Johann Pauls ist also der einzige Überlebende von *neun*! Warum er nach Kanada ging und der Rest der Familie nicht, bleibt rätselhaft, dennoch lässt sich einiges zusammenreimen. Johann war, als das Auswanderungsfieber grassierte, erstens der einzig Mündige unter den Geschwistern, und zweitens mobilitätserfahren. Ein Kind der Landnot: Die Eltern, die aus der Mutterkolonie Chortitza stammten, zogen jahrelang umher, 1910 erst bekamen sie in Arkadak eigenen Boden (50 Desjatinen) unter die Füße, beim Bau der neuen Kolonie musste der Zwölfjährige mit anpacken. 1914 erlaubte ihm der Vater trotz der unruhigen Zeiten den Besuch einer auswärtigen deutschen Zentralschule. Es folgten drei Jahre Kriegsersatzdienst auf einem in Moskau stationierten Sanitätszug, dort war er 1917 Augenzeuge des Roten Oktober. Schließlich, 1923, holte Johann sich eine Frau aus Zentral, einer entfernten, ebenfalls jungen Tochterkolonie. Unter solchen Voraussetzungen war die Emigration nur ein letzter, großer Schritt.

Beinahe wäre sie im letzten Moment gescheitert. Alles war bereits verkauft, die 900 Rubel Erlös, wusste man, würden für Fahrt und Proviant eben reichen – und dann stellte im Sommer 1925 die Ärztekommission Johann Pauls wegen eines Trachoms, einer hartnäckigen Augenkrankheit, zurück. Nur dies berichtet er. Von den Abschiedsmonaten sonst kein Wort; Reisenöte, Neubeginn in Kanada, all das überspringt er. Und redet dann eine ganze lange Stunde: über Schulden. Ein schier unerschöpfliches Thema – der erste «Dealer» macht ihm den «Ford Modell T» schmackhaft, gleich steht der nächste auf der Matte, die alten Ratenzahlungen im Nacken, soll er einen Binder, einen Combine kaufen und so fort, eine endlose Spirale von Modernisierung und Schuldenmachen. Der alte Johann Pauls

«Abe», Abram Pauls, der letzte Bauer der Sippe

scheint immer noch perplex über die Dynamik kapitalistischen Farmerdaseins, diese seltsame Ökonomie, die nur vom Morgen lebt.

Das Wirtschaftliche, betont er, war dennoch irgendwie hinzukriegen. «Wir haben immer das Zeitliche gehabt, aber wir haben anderes Schwere gehabt.» Er meint die Krankheit seiner Frau Tina. Einiges darüber weiß ich schon, dem Hörensagen nach soll sie 1945 ausgebrochen sein; ärztlicherseits wurde sie zuerst als Wechseljahrsdepression interpretiert, familiär als Traurigkeit über die zuletzt geborenen Kinder. Deren Behinderung, redete zu allem Unglück ein Prediger damals Tina Pauls ein, wäre Strafe Gottes für eine Schuld. Die Depression dauerte an, es gab Aufhellungen, auch längere, die vorzeitige Aufgabe der Farm und der Umzug nach Winnipeg 1959 erleichterten ihr Gemüt. Genesen ist sie nie. Das Schlimmste war, dass sie zeitweise die «Gewissheit der Erlösung» verlor. «Manchmal», erzählt die Stimme auf dem Tonband, «wollte sie auch nicht zur Kirche fahren, viele Male musste ich deswegen zu Hause bleiben. Heutzutage ist das schon viel anders, wir können uns viel erzählen auf dem göttlichen Gebiet, was wir erst nicht konnten. Aber nur solange es nicht persönlich wird. Wenn es persönlich kommt, dann sieht sie nur wieder sich in dem dunklen Lichte. Ich hoffe, es wird sich einmal eine Stunde finden, wo es dem heiligen Jesus gefallen und gelingen wird, sie in das klare Licht zu stellen. Darum bete ich noch immer.»

Johann Pauls hat sich die längste Zeit seiner Ehe nicht auf seine Gefährtin stützen können. In seiner Stimme – 1971 – ist Resignation oder auch eine milde Abgeklärtheit zu spüren. Soweit ich weiß, veränderte sich an der Situation bis zu seinem Tod 1983 nur wenig. Er erlebte nicht mehr, dass seine Frau Tina nach einem Herzinfarkt ihr Gedächtnis verlor – vollständig, sie wusste nicht einmal mehr, dass sie Kinder hatte – und danach ihre Stimmung umschlug. Die sieben letzten Jahre ihres Lebens war sie froh.

Der Tonbandmonolog endet mit der Aufforderung an die Töchter und Söhne, in der heutigen Zeit, wo alle «so drock sind», wieder öfter gemeinsam zu beten. Und er bittet um Verständnis für Abe und seine väterliche Entscheidung, ihn «beim Weiterfarmen» zu unterstützen. Weil er als Einziger «wenig Bildung» habe, brauche er mehr Hilfe auf seinem Lebensweg. Abe, Taufname Abram, der dritte Sohn, ist offenbar sein Sorgenkind.

Welcherart die Probleme waren, werden Rita und ich nicht fragen. Gewiss war daran auch und sehr wesentlich der gesellschaftliche Niedergang der bäuerlichen Familienwirtschaft schuld. Abe war der letzte Bauer der Familie. Um die Farm zu halten, arbeitete er im Winter als Postfahrer, seine Frau Martha als Kellnerin – bis 1981, dann gaben sie auf. Damit war, exakt 50 Jahre nachdem am anderen Ende der Welt die Sowjetmacht die Pauls enteignet hatte, die bäuerliche Geschichte der Paulssippe endgültig zu Ende.

Auch bei Abe Pauls und seiner schwer kranken Frau Martha in dem proletarischen Randbezirk von Winnipeg sind wir zu Gast. Der Zweiundsiebzigjährige, ein Gemütsmensch, gefühlsseliger als alle Pauls zusammen, verbirgt vor uns nichts. Wir dürfen das heruntergekommene Häuschen besehen, die hilfsbedürftige Martha bedauern, die er morgen wieder allein lassen wird, weil er mit Mähdrescherfahren ein paar Dollar verdienen muss. Wir dürfen sogar von ihm lernen, dass Gott für das alles Preis und Dank gebührt. Abe ist in nordamerikanischen Begriffen ein «loser». Rita hat noch nie solche Verhältnisse aus der Nähe gesehen. An diesem Abend ist ein echt russisches Besäufnis auf einer Parkbank fällig.

Rita erbt

Sonntag früh ist Winnipeg wie ausgestorben, weit und breit niemand, der uns den Weg zeigen könnte. Da tritt aus dem Haus vor uns ein alter Herr im dunklen Anzug. «North Kildonan Mennonite Church?» Just dahin will er auch. Es kommt noch besser, er hat 1953 am Bau der Kirche maßgeblich mitgewirkt. «Where do you come from?», frage ich. «From Utrecht.» Ob er noch Erinnerungen an die Stadt habe, frage ich weiter. Nein, in Utrecht, das waren seine Urahnen, die zogen Ende des 16. Jahrhunderts von Holland nach Westpreußen, von da in die Ukraine, und seine Eltern eben dann nach Manitoba. Der Mann gibt nicht etwa die Ukraine, wo er kurz vor der Flucht geboren ist, als Herkunftsort an, sondern die Urheimat seiner Vorfahren.

An solche Überraschungen haben wir uns bereits gewöhnt. In Mennonitenkreisen ist man von jeher familienbewusst. Familie ist bei den «pilgrim people», dem wandernden Völkchen, das wichtigste Element der Kontinuität gewesen. Mithilfe der Familie hat man Ortswechsel und Zeiten überdauert, über sie pflanzt sich der Glaube fort, führt der Weg zum Heil. Ahnenforschung ist gang und gäbe – und das berühmte «mennonite game», wer mit wem um wie viel Ecken verwandt oder verschwägert ist. Neuerdings wird es auch im «world wide web» gespielt. Die Chancen, unter 850 000 Mennoniten in über 60 Ländern weitere Verwandte zu finden, stehen ziemlich gut.

Im «Mennonite Heritage Center» in Winnipeg laufen viele Fäden zusammen. Architektonisch ähnelt das Archivgebäude einer Kirche. Alles in dem perfekt modernen Betrieb ist mennonitisch, die freundlichen Archivare, die Benutzer, die Dokumente, die durchweg nach genealogischen, also familiengeschichtlichen Kriterien geordnet sind. Anfangs werde ich hier als Exotin bewundert. «My God!» Eine aus katholischem Milieu steckt ihre Nase in Mennonitisches! Eine, die Genealogie nicht für die allein selig machende historische Perspektive hält!

Kataloge und Suchmaschinen spucken Berge von Hinweisen auf Pauls, Janzen, Wiens etc. aus. Ritas engere Familie ist jedoch nicht darunter, zu meiner großen Enttäuschung ist sie nicht aktenkundig. Als am dritten Tag, nach stundenlangem Durchnudeln von Mikrofilmen, auf dem flimmernden Monitor die Handschrift von Johann Abram Pauls, Ritas Urgroßvater, erscheint, bin ich zum Jubeln schon fast zu matt.

Eine Vermögensliste von 1911, die von Arkadak nach Winnipeg gefunden hat. Wie, das ist ein Glanzstück mennonitischer Logistik, Stoff für einen ganzen Abenteuerroman: 1917, im Jahr der Oktoberrevolution, beschlossen die Mennoniten Russlands, ein Zentralarchiv anzulegen. Es musste heimlich geschehen. Die Kuriere, die in den weit verstreuten Siedlungen Material einsammelten, bewegten sich zwischen den Fronten des Bürgerkrieges, Versteck war die Taubstummenschule in der Molotschna. Dort wurde 1929 das Archiv bei einer Hausdurchsuchung beschlagnahmt und verschwand. Gleich nach dem Fall des Eisernen Vorhang reisten mennonitische Historiker nach Russland und spürten alte Bestände auf. In Odessa, in einer ehemaligen Synagoge, fand sich 1990 ein Großteil des Zentralarchivs wieder.

Und eine der 132 000 auf Mikrofilm gebannten Seiten ist die Pauls'sche Vermögensliste. Solche von den Mennoniten jährlich erstellten Listen dienten damals als Berechnungsgrundlage, wie viel jemand zur Finanzierung der Forsteien (wo die Wehrpflichtigen ihren Ersatzdienst leisteten) beitragen musste. Das Blatt von 1911 stellt den Besitzstand der Pauls dar. 7500 Rubel war das Land wert, das Wohnhaus 2000. Lebendes Inventar: 12 Pferde, 4 Milchkühe, 2 Mastschweine. Totes Inventar: 3 Arbeitswagen, 1 Schlitten, 1 einschariger und 1 mehrschariger Pflug, 3 Eggen, 1 Pferdedreschmaschine, 1 Selbstbinder etc. In Rubel ausgedrückt summa summarum: 14 097 minus 9000 Schulden macht 5097, ziemlich stattlich für eine Wirtschaft, die gerade mal ein Jahr alt war.

Ein einzelnes, ein wichtiges Dokument, das bezeugt: Der Vater von Ritas Großvater war unter den dreizehn Bauern im Dorf Nr. 5 der jungen Kolonie Arkadak der viertreichste. Aus dem großmütterlichen Dorf Lysanderhöh finde ich leider nichts dergleichen. Dafür begegne ich den Dycks wieder, der Familie von Helene, der besten Freundin von Ritas Großmutter. Der Familiennachlass Dyck ist überwältigend: Er umfasst Tagebücher mehrerer Generationen, private Briefe, Aufzeichnungen, Artefakte. Unter anderem eine Puppe, in deren Kopf die Dycks US-Dollars versteckten, die sie vor der Ausreise 1927 heimlich in Moskau getauscht hatten.

Die enorm reiche familiäre Überlieferung setzt noch vor der Siedlung an der Wolga ein. Und zwar 1848; damals begab sich ein Johann Dyck von Westpreußen nach Amerika, an den Oregonfluss zum Goldschürfen. Ein Mennonit im Goldrausch, man höre und staune! Zehn Jahre verbrachte er im «Wilden Westen», wäre es nach ihm gegangen, hätte er seine Braut, die zu Hause wartete, dorthin geholt. Diese aber wollte statt «nach die Indianer» lieber ins zivilisiertere Russland. 1859 gründeten sie – mit den Nuggets vom Oregon als Grundstock – «Am Trakt» ihre Existenz.

Was Johann Dyck, der Pionier, übrigens zeitlebens sehr bereute. Erst sein Sohn Johann Dyck fasste Tritt, der Enkel Johann Dyck führte die Familie wieder heraus – nach Amerika. Dieser dritte und letzte war eigentlich als junger Mann schon vollkommen akklimatisiert. Aus seinen vor dem Ersten Weltkrieg geführten Tagebüchern spricht ein moderner, dem Russischen zugeneigter Erfolgsmensch. Zum Beispiel notiert er, wie ein neuer «steam-engine», gezogen von zwölf Kamelen, feierlich das Hoftor passiert. Am selbigen Tag, und das begeistert ihn ebenso sehr, liest er Lermontow. Er glüht geradezu vor Bewunderung für die russische Literatur, kaum ein Monat vergeht ohne einen Theaterbesuch in Saratow. Sein Saratow, stellt er bei Reisen nach Westpreußen fest, ist viel, viel schöner als Danzig oder das ostpreußische Königsberg. Überhaupt sind an Moskau und St. Petersburg gemessen die deutschen Städte in seinen Augen grässlich provinziell. Bei der Verwandtschaft im Weichseldelta langweilt er sich unendlich und trinkt vor Heimweh mehr Machandelschnaps, als ihm gut tut.

Im Denken des Johann Dyck zeigt sich, dass gewisse Kreise sich damals zur russischen Gesellschaft hin öffneten, herausstrebten aus der Kolonie, dem «ungelüfteten Schafstall», wie böse Zungen sagten. Hätte das Zarenreich den Weg in eine bürgerliche Gesellschaft gefunden, wären bald viele Mennoniten in der russischen Intelligenz oder Unternehmer-schicht aufgegangen. Johann Dycks Beweglichkeit prädesti-nierte ihn in den zwanziger Jahren, zur Zeit der «Neuen Öko-nomischen Politik», für die Rolle als Reorganisator der Landwirtschaft «Am Trakt». Und dieselbe Beweglichkeit war es denn wohl auch, die ihn zu dem Schluss kommen ließ: nichts wie raus.

Gehen oder bleiben? Ob Johann Dyck darüber mit der Fa-milie Wiens debattiert hat? Aus den Akten darf man es wohl vermuten. Darin firmiert der alte Peter Wiens als Freund des zweiten, 1920 verstorbenen Dyck. Wiens und seine Söhne ste-hen auf den Gästelisten des dritten Dyck, von dessen Hoch-zeit 1909 bis zum Abschiedsfest am 7. Juni 1927. Leider hat Johann Dyck die Wiens von ihrem Lebensmotto «Bleibe im Lande und nähre dich redlich» nicht abbringen können, sie wählten den anderen Weg – des Rückzugs nach innen, einer forcierten Abschottung gegen die Außenwelt.

Unter den in Russland geborenen neun Dyckkindern, die überwiegend in Manitoba und Saskatchewan wohnen, ist die Geschichte des Entschlusses fortzugehen noch lebendig. Va-ter Dyck war Ende 1926 in Angelegenheiten der Kolonie nach Moskau gereist, man hatte ihm dort gedroht, mit der menno-nitischen Herrlichkeit werde es bald vorbei sein. Verzweifelt und weinend warf er sich nach seiner Rückkehr vor dem Bild seiner verstorbenen Eltern nieder, im Gebet kam ihm die Er-leuchtung: Die Ausreisepapiere müssen beantragt werden! Kommen sie, ist es Gottes Wille, wenn nicht, ebenso. Dieser dramatische Moment ist in der Familie als der alles entschei-dende überliefert.

Auf die Farm der Dycks in Tiefengrund/Saskatchewan sind
Rita und ich mächtig gespannt. Endlich würden wir jemanden von der selten gewordenen Spezies Bauer zu Gesicht kriegen, nämlich Helene, die Kinderfreundin von Ritas Großmutter,

Helene Dyck liest Rita die Briefe aus Lysanderhöh vor

und ihren Mann Abram Funk. Seit über fünfzig Jahren sollen sie die von Johann Dyck seinerzeit erworbene Farm führen. Schon in der Einfahrt sehen wir die aufgereihten Landmaschinen, die Berge von Gerätschaften, Milchkannen, der ganze Hof ist voll gestellt. Vor dem weißhölzernen Wohnhaus, auf Tischen ausgebreitet, Töpfe, Gläser, Nippes, Schallplatten. Wir sind in den Sonntag vor der Auktion geplatzt, Montag um 12.00 Uhr soll sie beginnen. Ehe wir uns richtig unbehaglich fühlen können, geleitet uns Helene Dyck-Funk in die Küche.

Wir reden, als wäre unendlich viel Zeit, vor allem über Lysanderhöh. Obwohl sie das Dorf vier Jahre früher verließ als ihre Freundin Maria, Ritas Großmutter, erinnert sich Helene Dyck sehr klar. Rita kann es nicht fassen: Diese rüstige, hellwache Bäuerin in blauen Shorts soll im selben Jahr 1916 geboren sein wie ihre krummbeinige, lebensmüde Oma!? «Wir waren uns nah, die Maria und ich.» Das klingt ganz und gar nicht, als wäre es siebzig oder mehr Jahre her. Vielleicht ist es auch dieser besondere Tag, der die Jahrzehnte zusammenschnurren lässt. Helene will sich ganz offensichtlich in Vergangenem ergehen. Derweil sucht ihr Mann Abram Ablenkung in rastlosem Herumräumen. «Morgen ist mein Begräbnistag», witzelt er und schlurft davon. Zwischendurch steht er immer wieder mit grauem Gesicht in der Tür. «Ich verkaufe alles, außer Frau und Kinder.»

Helene legt ein Bündelchen Briefe auf den Tisch und entblättert den obersten vorsichtig. «Lysanderhöh, 14. März 1928. Liebe Lenchen! Du schriebst in deinem Brief, dass du schon öfter von uns geträumt hast. Ja, ich habe auch schon öfter von euch geträumt. Ich träumte einmal, du und deine Geschwister waren bei uns auf ein paar Tage spazieren. Man brauchte nur über einen Strohwisch fahren, und dann wäre man in Amerika. Ach, Helene, du weißt ja nicht, wie ich mich nach dir bange. Aber es hilft nichts. Lernt ihr in Kanada auch Deutsch in der Schule?» Sie unterbricht ihr Vorlesen kurz: «Langweile ich euch?» Wir sind sprachlos wie Fische.

«Deine dich innig liebende Schulfreundin Maria Janzen.» Das Briefe schreibende Kind ist Ritas Großmutter. Sechs Briefe, verfasst zwischen Ende 1927 und Ende 1929, ihr Ton ist sehnsüchtig, die Mitteilungen aus Lysanderhöh überwiegend ernst. Maria, damals elf und zwölf, geht ins Lesekränzchen, in der Schule sind Masern ausgebrochen, das neue Schwesterchen, das sie hüten muss, ist «tüchtig dick», den Onkel traf der Schlag. Hier und da deutet sich das Kommende an: Bei «Onkel Bartsch» ist keine Bibelstunde mehr, «wir wissen nicht genau, ob wir dies Jahr Weihnachtsabend haben werden».

Helene Dyck trennt sich an diesem Augustsonntag von den Briefen und vererbt sie Rita.

KAPITEL 16: Verlorene Wolgaheimat

Zwischenzeitlich hat ein Antidepressivum Ritas Großmutter in einen furchtbaren Zustand versetzt. Sie lachte
Tag und Nacht, trommelte gegen Möbel, nach einigen Stürzen
aus dem Rollstuhl band man sie schließlich fest. Seit diesem
verfehlten ärztlichen Versuch hat die Familie beschlossen, sie
gewähren zu lassen. Es ist, wie es ist, sie schließt sich ab, sie
spricht fast nur von Toten und sieht eben «Dinge, die nicht
sind».

Die Grüße von der Kinderfreundin Helene reissen Maria
Pauls einen Nachmittag lang aus ihrer Insichgekehrtheit. Ein
paar Mal leuchtet kurz ihr Gesicht, während ich aus den Briefen vorlese. Sie genießt die Bewunderung der versammelten
Angehörigen, was für ein kluges Mädchen diese Schreiberin
war, und erinnert sich, dass der Lehrer immer ihre gute Handschrift gelobt hat. Und an das Abschiedsfest der Dycks: Nur
die Erwachsenen wären traurig gewesen, die Kinder damals
noch nicht. «Ist es zu glauben?», ereifert sich Leni Toews.
«Heute tippen die Zwölfjährigen zack, zack drei Wörter ins
Handy, und unsere Mama schrieb ganze Romane in gestoche-
ner Schrift, und die gingen über den Ozean!»

Normalerweise hätte Helene Dyck die Briefe irgendwann
zum großen Nachlasskonvolut ins Archiv nach Winnipeg gegeben. Ahnte sie, dass ihre Freundin Maria und Familie hinsichtlich der Familienüberlieferung arm wie die Kirchenmäuse sind?
Diese sechs Briefe sind für die Pauls die einzigen persönlichen
Schriftstücke aus Lysanderhöh. Offizielle Erbin ist Rita, und
mit der Erbschaft verbunden ist ein neues wichtiges Thema.

Es lag schon länger in der Luft, so richtig kam es in Winnipeg auf, an einem Abend in der «Mall», einem jener anonymen Einkaufszentren, in das wir uns ab und zu verzogen, um mal ein Bier zu trinken – in der «mennonitenfreien Zone», wie Rita den Platz scherzhaft nannte. Ihr war es zu eng bei den Mennoniten. Andererseits hatte sie bei ihnen etwas Faszinierendes entdeckt, das sie nicht losließ. Beim abendlichen Sündigen gingen wir immer wieder all die Biografien durch, der nach Kanada emigrierten Pauls und Dycks, der deportierten Pauls, Janzens, Wiens. So weit ihre Wege seit den zwanziger Jahren auseinander liefen, eines war gleich: Sie zehrten von ihrem mennonitischen Erbe, der eisernen Substanz ihrer Überzeugungen. Diese zu leben und weiterzugeben war natürlich in der Sowjetunion objektiv viel schwieriger, aber in gewissem Maße ist es gelungen. Noch Rita hat Reste davon abgekriegt, das wird ihr immer mehr bewusst. Seit Winnipeg stellt sie ihre Aussiedlung in die Reihe der familiären Wanderungen und fragt sich, was sie ihrerseits an Brauchbarem von zu Hause mitgebracht hat. Ob es reicht und tauglich ist, die Herausforderungen der Fremde zu bestehen.

Ein halbes Jahr danach setzen wir das Gespräch in einer anderen ungemütlichen Kneipe fort, im «Westernhouse» in Saratow.

Wüstungen

Es schneit, bei unserer Ankunft im Hotel «Wolga» hat der Neuschnee bereits ganz Saratow zudeckt. Die tanzenden Kristalle verschleiern die schadhaften Fassaden der ehrwürdigen Kaufmannshäuser, die Auslagen in den Geschäften und schreiende Reklamen verschwinden im Schneetreiben fast. Es dämpft den Lärm und verlangsamt alles Leben. Und anscheinend sind die Menschen in Pelzen, die auf der Fußgängerzone am frühen Abend zahlreich unterwegs sind, darüber erfreut. Schwatzende Grüppchen, junge Paare, die einander übermütig Flocken von der Nase küssen, niemand scheint sich zielgerichtet von A nach B zu bewegen. Schneebälle fliegen, alles amüsiert sich über den beschneiten Flötisten, der tapfer seine Melodien in das wattige Weiß bläst. «Oh, du lieber Augustin, Augustin …»

Eine Stimmung wie Weihnachten anno dazumal. Man könnte meinen, die Stadt probe eine Szene für einen Historienfilm oder habe sich verschworen, Rita und mir vorzugaukeln, wie sie zu Zeiten ihres Ururgroßvaters ausgesehen haben mag. Durch diese zentrale Straße, die «Deutsche Straße», stolzierte der alte Peter Wiens 1912 mit seinen Kindern und Schwiegerkindern … Nach 60 Kilometern mit dem Pferdewagen oder -schlitten dürften sie müde gewesen sein … Müde und aufgekratzt. Die gemeinsame Reise, zwecks Aufnahme eines Familienfotos unternommen, war etwas Seltenes, wenn nicht Einmaliges. Dem konservativen Peter Wiens war das schöne, an Vergnügungen reiche Saratow sicherlich vor allem ein Sündenpfuhl. Es kam vor, dass er einer Landmaschine oder amtlicher Dinge wegen dorthin musste. Gewiss verweilte er nicht lang. Auch in der nächsten Generation war es kaum anders, in der Gouvernementshauptstadt wurden Besorgungen gemacht und Schluss. Die übernächste Generation, zu der Maria Pauls gehört, lernte Saratow schon nicht mehr kennen, denn nach der Revolution bewegte man sich nur selten aus der Kolonie fort. Insgesamt hat die Stadt Ritas Vorfahren wohl nicht sehr viel bedeutet.

Allgemein historisch haben die Wolgadeutschen durchaus einiges mit Saratow zu tun. Um 1900 waren etwa 8000 von insgesamt 137 000 Bürgern Deutsche, sie prägten als Minderheit die europäische Urbanität der Stadt mit. Hier befand sich bis 1918 das Verwaltungszentrum der deutschen Kolonien, hier residierte der katholische Bischof. Und die Stadt ihrerseits, Umschlagplatz von Agrarprodukten und Agrarbedarf, verdankte ihren Wohlstand nicht unwesentlich den Hunderttausenden von deutschen Bauern im Wolgagebiet.

Es ist tatsächlich Feiertag, der «Tag der Roten Armee», Rita hatte diesen Männerbesäufnistag fast schon vergessen. Am späten Abend des 23. Februar 2001 und die halbe Nacht ziehen die Helden umher, trotz fortwährenden heftigen Schneiens dringt das Gegröle bis in unsere Hotelzimmer hoch. Ausnahmsweise wohnen wir bürgerlich. Unser «Hotel Wolga» in der zentralen «Uliza Kirowa» ist ein renovierter Jahrhundertwendebau. Im zweiten Stock residiert das 1994 eröffnete Deutsche Generalkonsulat, seine Adresse lautet abweichend von der der Hotelgäste «Uliza Nemezkaja». Eine dieser verrückten Streitigkeiten, erklärt uns die Etagenfrau: Anfang der neunziger Jahre wurde der alte Name «Nemezkaja», «Deutsche Straße», wieder eingeführt, dann protestierten lauthals die Kriegsveteranen, und sie hieß wieder «Kirowa» (nach dem 1934 ermordeten Leningrader Parteisekretär). Jetzt herrscht vorerst Frieden, beide Namen dürfen offiziell verwendet werden.

Sonntagmorgen strahlt über Saratow ein frostiges Blau. Eigentlich wollten wir in aller Frühe nach Lysanderhöh aufbrechen, aber der vom Konsulat versprochene Chauffeur kann erst um elf, also strolchen wir etwas durchs Zentrum. Das Gesicht der alten Kaufmannsstadt ist noch kenntlich, ganze Straßenzüge existieren – Palais, feine Wohnhäuser, steinerne Zeugen eines bourgeoisen Russlands. Ihre Architektur variiert nahezu alle europäischen Stile, farblich dominiert Cremeweiß und ein wie gepudert wirkendes Rosa. Dann wieder Zeilen von hölzernen Häusern in Himmelblau oder kräftigem Grün, mit von Schnitzwerk umrahmten Fenstern, manche klein und geduckt wie dörfliche Isbas, von Hoftoren und Lattenzäunen fast verborgen, dahinter versteckt sind auch Gärten und Schuppen. Altrussland lässt grüßen. Nur eine Straße weiter die Pracht der Belle Époque, ständig wechselt das Bild, wieder Altrussland, zwei Steinwürfe davon das Konservatorium im Tudorstil. Ein liebenswürdiges Nebeneinander, der Furor sozialistischer Erneuerung hat vieles glücklich ausgespart. Wie das eben so war – jeglicher Wohnraum wurde gebraucht, Bauland war keine Ware, um die spekuliert werden konnte; bei Bedarf fraß sich die sowjetische Stadt beliebig weit in die Umgebung vor.

Saratows beschleunigtes Wachstum setzte nach dem Zweiten Weltkrieg ein, mit seiner neuen Bestimmung als Flugzeug- und Waffenschmiede. Heute hat die Stadt 900 000 Einwohner. Vom Auto aus sehen wir die Satellitenstädte ringsum – und endlich, endlich die Wolga. Der zugefrorene Strom ist tief verschneit, Land und Wasser sind ununterscheidbar, nur durch die Brücke, die sich zwischen den Ufern, der Bergseite und der Wiesenseite spannt, wird seine gewaltige Breite deutlich. «2,8 Kilometer», sagt Sergej, unser Fahrer, «bis 1958 gab es hier nur eine Fähre.» Beim Überqueren zeigt er uns die Inseln; da wo Büdchen, Klettergerüste etc. aus dem Schnee gucken, ist sommers Badebetrieb. Wasser ist unter der Fläche, wo die Eisangler hocken, von oben sind die vielen reglos dasitzenden Gestalten nur dunkle Punkte. «Es ist fast so weit», grinst Sergej, bald werden wieder einige unheilbare «Duraki», Dummköpfe, per Hubschrauber von treibenden Eisschollen gerettet werden müssen.

Da wollten wir partout eine Winterreise machen, haben ihre Nachteile klug bedacht, nur das Allereinfachste nicht: Die legendäre Hauptperson «Mütterchen Wolga» könnte unsichtbar sein! Wir passieren Engels, drehen eine kurze Runde durch Straßen mit alten Holzhäusern bis ins Zentrum. Die 180 000-

Einwohner-Stadt gegenüber von Saratow war früher Hauptstadt der Sozialistischen Deutschen Wolgarepublik, bis 1931 hieß sie Pokrowsk. Vorrevolutionäre steinerne Bausubstanz scheint rar, Sowjetisches überwiegt, Lenins Statue ist bombastisch wie in Saratow. «Er ist Teil unserer Geschichte», meint Sergej trocken. Als Konsulatsmitarbeiter weiß er kritische deutsche Blicke zu deuten. «Er isst nicht, er trinkt nicht. Soll er doch stehen!» Dann rät er zur Eile, denn bislang ist er nie in diesem Kalinino, vormals Lysanderhöh, gewesen und kann daher die Strecke nicht abschätzen.

Die Chaussee nach Osten ist kaum befahren. Ab und zu überholen wir einen Pferdeschlitten, auf der Nebenstraße südwärts sind wir allein in der sonnengleißenden Schneelandschaft. Alle paar Kilometer ein Bushäuschen, ein kleiner Abzweig zu einem Kolchos, einer heißt «Komintern», der nächste sehr seltsam «Besimjannoe», «Namenlos». Nirgends eine Fahrspur oder Fußstapfen. «Eine Kreuzigung!», ruft Rita aufgeregt, und wirklich, eine breite, von Schnee zugewehte Straße kreuzt, und noch bemerkenswerter linker Hand: ein Gebäude aus rotem Ziegelstein. Es entpuppt sich als Dorfladen. Die Verkäuferin und ein paar kleine Jungen starren auf uns, als wären wir Mondkälber, wir unsererseits sind erschrocken über die leeren Regale – Nudeln, Seife, Rosenteller, Gummistiefel, Filzstiefel, nicht viel mehr. «Sind wir hier in Kalinino?» – «Ja!!!», schreien die Kinder. Der Name Lysanderhöh löst Verlegenheit aus, man rät uns, einen alten Kasachen aufzusuchen, der länger als jeder andere am Ort wohne.

Noch zwei Kilometer auf der parallel zur Dorfstraße geführten Umgehung, und dann zu Fuß weiter durch hüfthohen Schnee. Ist dies Lysanderhöh? Ein Straßendorf zweifellos, die vier, fünf Backsteinhäuser in Sichtweite lassen auf deutsche Baumeister schließen. Vielleicht ist es das benachbarte Orloff, das auch zu Kalinino gehören soll? In einiger Entfernung

Rita und Dschambul Dawletow, der seit 1942 im
Bergmann'schen Haus lebt

schirrt jemand ein Pferd an, wir winken in der Hoffnung, dass
er wartet, bis wir uns zu ihm durchgekämpft haben. Sehr
freundlich, beinahe besorgt nimmt der Mann im Fellmantel
sich unserer an; er ist der Sohn des Kasachen, den wir suchen.
«Bimuhambet Dschamulowitsch Dawletow», stellt er sich vor,
«Sie können gern wie alle hier ‹Wolodja› sagen.» Ohne groß zu
fragen, führt er uns in einen alten Gewölbekeller, im Streich-
holzschein weist er auf eingeritzte Initialen in deutschen Lettern hin: «B. J. und K. F.». Einen Moment lang befürchten wir,
er könnte in uns Nachkommen dieser alten Besitzer vermu-

ten. Aber er wirkt vielmehr wie ein stolzer Gastgeber, dem es eine Ehre ist, sein Domizil vorzuführen. Auf dem Weg zum Haus seines Vaters schräg gegenüber deutet er auf einige Huckel im Schnee, angeblich Fundamente einer deutschen, erst kürzlich abgerissenen Mühle. Die Bergmann'sche Mühle? Wenn das stimmt, könnte das Ziegelhaus, das wir ansteuern, das von Peter Wiens sein!

Ungelegener können Fremde nicht hereinschneien. In einem großen hellen Eckzimmer hocken auf orientalisch gemusterten Teppichen zehn, zwölf Männer im Schneidersitz, auf dem Diwan drängen sich ältere Frauen zusammen. Wir sind in ein kasachisches Familienfest geraten, gerade heute wird das alljährliche Totengedenken gefeiert. Trotzdem werden wir willkommen geheißen, dunkle, schmale Augenpaare richten sich neugierig auf Rita, als sie von ihrer Großmutter zu erzählen beginnt und die alte Landkarte von der Wolgarepublik ausbreitet. «Lysanderhöh?» Das sagt niemandem etwas, ebenso wenig das Wort «Mennoniten». Aber die Älteren erinnern sich sehr deutlich an den guten Zustand des Dorfes bei ihrer Ankunft 1942. Die Sippe der Dawletows war in der Gegend von Dschambul in Südkasachstan beheimatet. Bis zur Kollektivierung besaß sie große Herden, berichtet der etwa achtzigjährige Hausherr. Die Dawletows flohen damals vor drohender Verhaftung – hierher, wo die Häuser der Deutschen frei geworden waren und der Kolchos in Ermangelung von Arbeitskräften die Frage der Regimetreue nicht so genau nahm.

Die Runde schwärmt von den «Preußen», was für gute Häuser sie zu bauen wussten, von Brunnen, gefegten Straßen. Dabei tun sich besonders zwei alte Männer hervor; wie sich herausstellt, gehören sie nicht zur Familie, sondern sind Hiesige. Ihre Eltern lebten als Hirten am Rande der «preußischen Siedlungen», hüteten zum Teil deren Vieh. Die beiden waren als Kinder in den zwanziger Jahren oft dabei, wenn es geholt oder aus der Steppe zurückgebracht wurde. «Zwischen uns war gute Nachbarschaft», behaupten sie.

Noch immer ist unklar, ob wir nun in Lysanderhöh sind oder nicht. Ich lege das einzige Foto von einem Dorfhaus, das in unserem Besitz ist, auf den Teppich, darauf ist sehr verschwommen eines der zwei Dyckhäuser zu sehen. Kopfschütteln, dann kommt Streit auf, einer will es kennen, andere widersprechen. Zehn Minuten später kutschiert Wolodja Dawletow Rita und mich auf dem Pferdeschlitten durch den Tiefschnee. Links und rechts der langen Dorfstraße in großem Abstand Häuser aus Holz oder weißem Backstein, keines älter als vierzig, fünfzig Jahre, dazwischen hier und da ein deutsch anmutender Ziegelbau in Ruinen. Dann, schon bevor der Kasache die Zügel anzieht, erkenne ich sie: einander gegenüberliegend und zum Verwechseln ähnlich wie Zwillinge, ganz unverkennbar die repräsentativen Giebelvorbauten, abwechselnd rot und gelb gesetzte Ziegel, solche Häuser wie diese 1902 und 1908 errichteten der Dycks gab es sonst am ganzen Trakt nicht.

Zuerst klopfen wir rechts. Ein junger Mann öffnet und weist uns die Tür – sein Vater sei momentan volltrunken und daher gewalttätig. Links im Elternhaus von Helene Dyck antwortet niemand, beim Umrunden des Gebäudes finden wir die Nordwand halb eingerissen. Plötzlich erscheint hinter einem Fenster flüchtig ein Gesicht. Wolodja überredet die alte Frau, uns hereinzulassen. Durch einen Verhau an der kaputten Hinterseite gelangen wir in eine dunkle, stinkende Küche, dann in ein vielleicht 20 Quadratmeter großes Wohnzimmer. Ich entsinne mich nicht mehr, ob es die penible Ordnung der armseligen Dinge war, der Schimmel an den Wänden, oder war es Anna Borodinas Erzählung, die das Déjà-vu auslöst. In Sekundenschnelle glaube ich das Wesentliche zu kennen: dieses Kalinino ist wie das Kaliningrader Gebiet. Nicht nur, dass sie zufällig nach demselben Kampfgefährten Stalins benannt sind, es handelt sich um dieselbe Art von Tragödie: Die alten Besitzer gewaltsam vertrieben; die Fremden, die in ihre Häuser zogen, waren ihrerseits Entwurzelte, entweder politisch Verfolgte wie Wolodjas Eltern, Zwangsumgesiedelte, oder wie Frau Borodina, die Ukrainerin, vor der Front geflohen. In ihrer Mehrheit – werden wir später in einer Archivakte lesen – waren es Menschen, deren Heimat in der Ukraine und Weißrussland von der Deutschen Wehrmacht zerstört worden war. Und die neuen Bewohner sind Opfer eines gescheiterten sowjetischen Siedlungsexperiments geworden, wie im ehemaligen Ostpreußen.

Ich empfinde beim Zuhören und Umherschauen dieselbe Zerrissenheit wie vor Jahren an Memel und Pregel. Der Mensch mir gegenüber nimmt mich gefangen, und gleichzeitig produziert meine Phantasie unablässig Bilder des Vergangenen. Herz und Kopf tun dies automatisch: In Anna Borodinas Bericht von brennenden ukrainischen Dörfern drängt sich der von Helene Dyck über die angstvolle Transatlantiküberfahrt. Frau Borodinas Klage über die undichte Decke ruft die Tagebuchnotiz des Bauherrn über 100 000 bestellte Ziegel in Erinnerung. Derweil ich die kargen Vorräte in der heutigen Küche betrachte, spazieren meine Gedanken schamlos durch die Trennwände, die das von mehreren Parteien genutzte Haus zerteilen, hindurch, bis sie an der Stelle sind, an der sich das Harmonium der Dycks befand.

An der Außentreppe schneiden wir als Souvenir ein paar Äste Flieder ab, und weiter geht die Schlittenpartie. Mit den Dyck'schen Bauten als Fixpunkt können wir uns in der alten Dorfskizze orientieren. Von 33 Lysanderhöher Häusern sind fünf erhalten, zweimal Dyck, dann Wiebe, und die von den Dawletows bewohnten, die beide der Müllerfamilie Bergmann gehörten. Dasjenige, das ich fälschlich Ritas Ururgroßvater Peter Wiens zugeschrieben hatte, ist von 1869, eines der ältesten der Kolonie. Die Wiens'schen Anwesen lagen unmittelbar dahinter. Wäre der Schnee nicht, könnte man womöglich Reste des Kellers ausmachen.

Unser Fahrer Sergej sitzt inzwischen längst gut versorgt von Wolodjas Ehefrau Alexandra im Warmen. Zur Feier des Totengedenktages hat sie das kasachische Nationalgericht «Besparmak» zubereitet. Die Abscheu vor gekochtem fettem Hammel höflich verbergend, hören wir unseren Gastgebern zu.

Er war der Tierarzt des hiesigen Kolchos, hat vor sechs, sieben Jahren, als dieser Pleite ging, seine Stellung verloren. Jetzt ist er Viehzüchter im Rahmen einer «Aktionärsgemeinschaft», was nichts als ein hochtrabender Name für eine Hand voll Landsleute ist, die sich noch nicht vom Acker gemacht haben. Überleben, sagt Alexandra, können «wir Fünfzigjährigen» immer, schwer sei es für die drei Töchter, die ohne Arbeit sind, die Enkel, die ohne Ausbildung bleiben. So weit und nicht mehr, die Dawletows mögen sich vor Fremden nicht ausweinen.

«Reden wir von anderem», schlägt Wolodja vor. Wir sollen lieber die Zimmermannsarbeiten im Haus bewundern, schließlich wären wir doch wegen der Vergangenheit hier. Es erweist sich, dass er ziemliche Kenntnisse über die Lebensweise der früher hier ansässigen Bauern besitzt. Das meiste habe er von einem alten Deutschen gelernt, der 1989 aus Tadschikistan hierher zurückkehrte. Die Geschichte, die er uns erzählt, könnte aus einem Roman von Gabriel Garcia Marquez oder Mario Vargas Llosa, der großen magischen Realisten Südamerikas, sein: Dieser alte Cornelius Wall, der in Begleitung zweier Töchter kam, war erblindet. Er ließ sich von ihnen durchs Dorf führen, nach einer bestimmten Zahl von Schritten hielt er an, die Töchter beschrieben ihm, was sie sahen, und er erklärte ihnen dann, was früher dort war. Täglich fast ging er die Wege seiner Kindheit und Jugend und rief sich alles in Erinnerung. Manchmal fanden sich interessierte Frager ein, und mit der Zeit wurde der Blinde zu einer Autorität in Kalinino. Er war der Einzige, dessen Wissen hinter 1941 zurückreichte – ein Zeuge. Zu allgemeinem heftigem Bedauern reisten die Walls 1994 nach Deutschland aus.

Rita und ich haben diesen Tag sehr verschieden erlebt. Lysanderhöh hat sie letztlich kalt gelassen, sie konnte es mit ihrer Oma überhaupt nicht in Verbindung bringen. Sie hat nicht wie ich die kleine Maria mit den Zöpfen herbeiphantasiert, sondern nur den zerstörten, fast entvölkerten Unort gesehen, eine «Wüstung», wie es in der Siedlungsgeografie heißt. Für sie war das überragende Ereignis die Begegnung mit den Kasachen. «Vielleicht sind ja die Kasachen unsere Erben?» Kasachen, das wusste sie ja, leben in ihrer alten Wohnung in Karaganda und ebenso im Haus ihrer Oma im früheren Sowchos Engels. Und jetzt trifft sie unerwartet in Lysanderhöh auch noch Kasachen! Der Gedanke irritiert sie maßlos. In ihr rumoren noch alte Vorurteile, und die hat der Tag heftig ins Wanken gebracht. Erstmals hat sie Kasachen in einer überlegenen Position gesehen. Unter den Einwohnern von Kalinino, dem Augenschein und Hörensagen nach überwiegend Trinker und einsame alte Frauen, sind die Dawletows die einzige intakte Familie. Eine ganze Sippe, die Sprache und Religion, äußere Form und Selbstbewusstsein bewahrt hat.

«Vielleicht sind sie unsere Erben?» – «Erben? Oder eure Vorgänger, die zurückkehren?» Abends im «Westernhouse», einer amerikanischen Schnellabfütterungsanlage im Herzen Saratows, versteigen wir uns tief in die Geschichte. War nicht Nordkasachstan, Ritas Heimat, vor 80 Jahren noch Nomadensteppe? Und die Wolgaheimat von Ritas Vorfahren vor 250 Jahren ebenso? Auch hier lebten seit Urzeiten kasachische Stämme, und deutsche Siedler haben auf Einladung der Zaren mitgewirkt, sie dauerhaft zu verdrängen. Ist es nicht die alte Geschichte, die schon in der Bibel erzählt wird: Kain, der Bauer, der Sesshafte, erschlägt den Hirten Abel? So war und ist überall der große, der unumkehrbare Lauf der Geschichte. Im Staat Kasachstan ist nach Erlangung der Unabhängigkeit natürlich nicht Abel in seine Rechte eingesetzt worden, sondern ein Kasache, der lange verstädtert ist oder gerade vom Kolchosbauern zum Stadtmenschen wird.

Manchmal aber schlägt die Geschichte Kapriolen, läuft sie vorübergehend ein Stückchen rückwärts. Kasachen sind im Gebiet Saratow nur eine verstreute Minderheit von 2,8 Prozent. Und ausgerechnet auf dem Terrain des mennonitischen «Traktes» existiert eine zusammenhängende Diaspora. Zur Zeit, da der Ackerbau fast völlig zusammengebrochen ist, haben sie einen kleinen, halb legalen Bewegungsraum für ihre traditionelle Wirtschaftsweise, das heißt: Sie bauen Viehherden auf und treiben sie auf die versteppten Felder. Zugegeben, unsere These ist etwas verwegen: Rita und ich haben uns darauf geeinigt, dass jemand wie «Wolodja» Dawletow deswegen besser lebt als der Durchschnitt, weil er noch ein wenig Abel ist.

Am Montagmorgen kringeln sich Luftschlangen vorm Eingang des deutschen Konsulats – Karneval, wir haben das Datum total verschwitzt, nur die Fahrt nach Arkadak im Kopf. Diesmal bleiben wir auf der Bergseite westlich der Wolga, die Route führt 180 Kilometer Richtung Moskau durch leicht gewelltes, teilweise bewaldetes Land. Wieder die Hinweise auf ehemalige agrarische Zivilisationen, «Leninkolchos», «Kolchos reiche Mutter», von der Straße aus sind Stallruinen und haufenweise verrostete Landmaschinen zu sehen. Nach vier Stunden zeigt eine Betonähre den Rayon Arkadak an und kurz darauf Oktjabrskoje, das frühere Dorf Nr. 5. Es wird durch einen Hügel und das Arkadakflüsschen begrenzt, sich zu orientieren ist kinderleicht, Hauptstraße, drei Querstraßen. Blickfang ist ein überdimensioniertes verfallenes Ziegelgebäude – das Arbeiterwohnhaus, das Fürst Dimitri Wjasemski 1909 zusammen mit seinem Land den Mennoniten verkaufte und das anfangs deren Notunterkunft war, später ihre Kirche und Schule.

Häuser sind relativ viele da, bei genauem Hinsehen zeigt sich jedoch: Das Dorf ist überbaut worden, teils mit kasernenartigen Wohnblöcken, teils mit primitiven Einzelhäusern. Aus Mennonitenzeiten ist allein das Bethaus übrig, im Kontext von heute wirkt der bescheidene flache Bau wie ein Juwel. Eine anmutig geschwungene «1913» prunkt unter dem runden Dachgiebel. Kurz nach Koloniegründung also, im Geburtsjahr von Ritas Großvater, ist er fertig gestellt worden. Die Zahl bringt uns ins Rechnen – 1930 wurde er in einen Dorfclub umgewandelt, und er blieb Dorfclub, sagt man uns, bis 1998. 68 Jahre Club, 17 Jahre Gotteshaus, zum ersten Mal geht uns wirklich auf, wie kurz die Geschichte dieser mennonitischen Siedlung war.

Den Platz des Hauses von Ritas Urgroßvater ermitteln wir am westlichen Dorfrand, etwa auf Höhe der wilden Müllkippe. Kein Mensch hier scheint auch nur das Geringste über die Mennoniten zu wissen, man schickt uns von einer alten Frau zur nächsten. Wir betreten jammervoll verwahrloste Wohnungen, jedes Mal flüchten wir geradezu nach draußen in den grimmig kalten Wind. In Oktjabrskoje, das Teil eines Sowchos war, der in den Vierzigern mit Kriegsflüchtlingen aus der Ukraine und Westrussland neu begann, sind nur die Schwächsten geblieben.

Gegen Abend kehrt ein Mann ins Dorf zurück, der uns von allen als ein «alter Deutscher» beschrieben wurde. Aus seinem Namen hatte ich fast schon vermutet, es könnte sich um einen Juden handeln. Und so ist es, Michael Weisberg ist der einzige einer großen Familie, der den Massakern der SS-Einsatzgruppen bei Lemberg entging. Der Zufall verschlug den Flüchtling

1942 hierher. Damals hat er das Dorf in noch passabler Form angetroffen, erzählt er auf Jiddisch und lobt die Gärten der Mennoniten, vor allem ihre prachtvollen Pferde. 1948 sollen die letzten einer Seuche zum Opfer gefallen sein.

Alle sieben Dörfer der einstigen Kolonie Arkadak sind tot. In Kanada waren wir ihnen näher. Wenn überhaupt sind sie dort – und sie werden so lange weiterleben, bis die Arkadaker in Manitoba aufhören, darüber zu sprechen. Dort ist das Dorfgespräch noch nicht ganz versiegt, beispielsweise wird noch die «story vertellt» vom Unglücksraben Johann Pauls, Ritas Urgroßvater – wie er während des Ersten Weltkrieges mit vier Schimmeln samt Fuhrwerk in den Arkadakfluss stürzte und mit dem Leben davonkam.

«Ehemalige Menschen»

Das eigentliche Abenteuer Familiengeschichte findet im Archiv statt. Anfänglich sind die historischen und archivalischen Fachbegriffe für Rita der pure Horror. Wir verlieren uns in Findbüchern und in Debatten mit Archivaren, denen unser Anliegen seltsam vorkommt. «Einzelne Menschen suchen Sie?» Genealogie ist hier so gut wie unbekannt. Atmosphärisch ist noch ein klein wenig von dem jahrzehntelangen Geheimhaltungszwang zu spüren. Von den Ordnungsprinzipien bis zu den Ritualen der Bestechung, ohne die so chronisch unterfinanzierte Institutionen nicht leben können – vieles ist schwer durchschaubar. Im Gebietsarchiv Saratow bräuchten wir wegen der Eiseskälte einen Pelz, in Engels jenseits der Wolga verkocht vor Hitze im Lesesaal das Hirn zu Sülze. In der gespanntesten Erwartung einer bestellten Akte fällt das Licht im Archivkeller aus.

Als Erstes liegen die Gründungsakten der Kolonie «Am

Trakt» auf dem Tisch: Briefwechsel und Verträge der mennonitischen Bevollmächtigen mit den zaristischen Behörden,
Entlassungsurkunden aus preußischer Staatsanhörigkeit, Listen, wann die Siedler von Danzig aufgebrochen und wann sie
angekommen sind. In einer Aufstellung von Lysanderhöh erscheint an 19. Stelle – hurra! – Ritas Urururgroßvater Peter
Wiens, «ab 2. Hälfte 1869», steht dort handschriftlich, ist er im
Genuss der «10-jährigen Vergünstigungen». Ein unbeschreibli-
ches, grandioses Gefühl, diese Dokumente in Händen zu halten.

Rita lässt sich von meiner Begeisterung schnell anstecken.
Die Pauls in Arkadak sind aktenkundig! Ergänzend zu dem in
Winnipeg gefundenen Bogen über deren Vermögensverhält-
nisse 1911 können wir mithilfe der Listen aus den wirtschaftlichen Erhebungen von 1916 und 1928 deren Entwicklung
verfolgen. Zwischen 1911 und 1916 herrscht Stillstand, 1928
besitzt Johann Pauls bedingt durch die Landumteilung nach
der Revolution bloß noch 20 Desjatinen, weniger als die Hälfte des ursprünglich gekauften Bodens. Trotzdem ist er, Vieh-
und Maschinenbestand inbegriffen, kurz vor der Kollektivierung immer noch ein relativ gut situierter Mann.

Unsere Eindrücke über die Unterschiede der großväter-
lichen und der großmütterlichen Heimat verdichten sich: In
dem erst 1910 gegründeten Arkadak waren die Verhältnisse
instabiler. Aus den Gründungswehen noch nicht heraus, steckte es heftig im Auswanderungsfieber, ein Drittel der ca. 1500
Arkadaker war Ende 1929 in Kanada. Im Vergleich dazu lebte
Lysanderhöh in ziemlich behäbiger Ruhe. Unsere schönste
Lektüre sind die 1928 abgefassten heimatkundlichen Berichte
aus den Dörfern «Am Trakt». Ihre Entstehung verdanken sie
einem Projekt des «Volkskommissariats für Erziehung», das die
Forschungen über Dialekte, Brauchtum und Siedlungsge-
schichte, die vor dem Ersten Weltkrieg begonnen worden wa-

RUSSISCHE FÖDERATIVE
REPUBLIK

Arkadak

Unterwalden○

Marxstadt○

Saratow○ Krasnojar○

Saratower Gebiet

Engels○

Mariental○ ○Gnadenflur

Ternowka○ Fedorowka○

Schilling○ Rosenfeld○

Frank○

Kukkus○

Krasnoarmejsk Lysanderhöh○
(Balzer)

Marenburg○ Krasnyj-Kut○

Zolotoje○

Seelmann○ Eckheim○

Kamenka○

ASSR DER WOLGADEUTSCHEN

RUSSISCHE
FÖDERATIVE
REPUBLIK

Ilowatka○ St. Poltawka○

Deutsch-
Dobrinka

Erlenbach○ Gmelinka○

Stalingrader Gebiet

Kamyschin○

Pallasowka○

–·–·– Grenzen der Unionsrepubliken

------- Grenze der «Autonomen Sozialistischen
Sowjetrepublik der Wolgadeutschen» (bis 1941)

——— Grenzen der Kantone

KASACHISCHE
SSR

ren, in großem Stil fortsetzte und die Vielfalt des Deutsch-
tums in der Wolgarepublik festhielt. Je Dorf wurde ein Ver-
antwortlicher, meist ein Lehrer, bestimmt, der entlang einem
Fragenkatalog die örtlichen Verhältnisse beschreiben musste –
natürlich in deutscher Sprache.

Ich zitiere in Stichworten: «Zahl der Einwohner von Lysanderhöh: 211 Personen, davon arbeitsfähige 83 … Böden: Salpeter, Sand und Humuserde … Saatfläche: 596,2 Desjatinen … **385**
Viehbestand des Dorfes: 170 Pferde, 203 Kühe, 260 Schafe, 5
Ziegen, 7 Kamele, 100 Schweine, 910 Hühner … Die Bewoh-

ner haben sich an keiner Revolutionserhebung beteiligt … Analphabeten: keine … Die Bevölkerung ist durchweg religiös, von Aberglauben ist wenig zu merken … Geistige Getränke werden nicht gelitten … Beliebteste Märchen: die Grimmschen … Musik: Harmonium, Saiteninstrumente …»

Der Bericht der Schulleiterin von Lysanderhöh ist der knappste unter den sechs, zusammen ergeben sie ein ziemlich einheitliches Bild: «Die Oktoberrevolution hat in die Lebensweise wenig oder gar keine Veränderungen gebracht», es herrscht «Abneigung gegenüber neuzeitlichem Leben», eine «patriarchalische Gesellschaftsordnung». Konservatismus en gros und en detail, Montags sind Kartoffelklöße auf dem Speiseplan, das steht fest wie das Amen in der Kirche. In derselben tragen die älteren Frauen weiße Häubchen und die alten Männer schwarze Röcke mit Schößen. Freilich ändern sich langsam die Sitten, junge Leute laufen schon mal der Mode hinterher, und sie haben seit neuestem einen «Drang zur Wissenschaft». All dies wird aus interner Perspektive dargestellt, mit Ausnahme zweier Berichte, deren Schreiber abtrünnige Mennoniten zu sein scheinen. Einer nimmt den «ollen Prips» aufs Korn und den «engherzigen Volkscharakter», der «aus Holland stammt». Ein anderer mokiert sich, dass Freuden- und Trauerfeste nicht so recht zu unterscheiden seien und «der Mennonite kein Gefühl» zeige. Außer wenn er singe, vor dem mehrstimmigen Gesang muss selbst der Kritiker in die Knie gehen.

Eine letzte Momentaufname des «Weltchens». Neben diesen volkskundlichen Dokumentationen steht ein propagandistisches Schrifttum. Besonders scharf wird in diesen Jahren gegen Mennoniten gehetzt, von «Verdummung durch die pfäffisch-kulakische Diktatur» ist die Rede, ihre Vertreter werden als «ehemalige Menschen» gebrandmarkt. Das Gesagte wird sehr bald in Taten umgesetzt. In den Akten spiegelt sich die Ausgrenzung der «Kulaken», jegliches ist minutiös festgehalten – und fast jeder. Ritas Oma, die seinerzeit vierzehnjährige Maria, taucht auf der Karteikarte ihres Stiefvaters Jakob Froese unter der Rubrik «Familienmitglieder» auf. Der Rest bezieht sich auf das Familienoberhaupt, «Wahlrechtsentzug 1927», ist da notiert, «Entkulakisierung wegen Ausbeutung 1928», «kratiert (Erhöhung der Abgabennorm) 1929». Froese selbst musste den Vorgang abschließend unterzeichnen, am 29. Mai 1931, kurz vor der Deportation nach Karaganda.

Was wäre, hätte die Familie in Lysanderhöh bleiben dürfen? Mithilfe der Akten können wir einen Blick in die Verhältnisse tun, die sie 1931 zurücklassen. Die gewaltsame Entfernung der «Kulaken» leitet damals die Zerstörung der Dorfgemeinschaft ein. Mit der zweiten großen, im Gefolge der Zwangskollektivierung entstehenden Hungersnot, der etwa 54 000 Wolgadeutsche (in der ganzen Sowjetunion 6 Millionen Menschen) zum Opfer fallen, ist der Widerstand gebrochen. Die Überlebenden fügen sich in die Kolchosen, im Gebiet des «Traktes» heißen sie «Bolschewik», «Kämpfer» und «Steinhart». Der Bauer ist abgeschafft, statt seiner gibt es Traktoristen, Säer, Ochsenpfleger, Melkerinnen, Kälbertränkerinnen etc. Zu Leitern hat man überwiegend Fremde, unter anderem städtische Proletarier, bestimmt. In die leeren Häuser der «Kulaken» werden «Armbauern» aus anderen deutschen Dörfern gesetzt. Beim Lesen der Protokolle von Brigadeversammlungen, der Listen der Bestarbeiter etc. stoßen wir auf viele nichtmennonitische Namen. Verräterisch die primitive Sprache und die orthografischen Fehler, «Mänschen» statt «Menschen» und derlei ist da geschrieben. Materiell wird die Lage nach der Rekordernte 1937 wieder besser, aber da ist der «Große Terror» schon in vollem Gange, niemand kann jetzt mehr ohne Angst sein.

Zu Hause zu bleiben wäre für Ritas Vorfahren sicherlich

nicht sehr viel leichter gewesen. Beides wird qualvoll gewesen sein: wehrlos mitansehen zu müssen, wie alles Geschaffene, Geliebte zertrampelt wird – oder mit einem Schlag alles zu verlieren.

Viel spricht dafür, den Untergang des deutschen Dorfes an der Wolga auf 1931 zu datieren, und nicht erst auf 1941, als *alle* Deutschen verschleppt wurden.

«Was bin ich glücklich, so glücklich», seufzt Rita jeden Abend im «Westernhouse». «Sooooooooo glücklich!» Das ist die wichtigste Quintessenz der Tageslektüren – mit diesem Satz versucht sie, das Quälende wegzuschieben. Es lebe die Internationale der Fastfoodketten! Hamburger mit Pommes, von Männern mit Cowboyhüten serviert, und Technomusik sind genau das Richtige. Jede Art von Gemütlichkeit würde uns jetzt nur aus der Fassung bringen. Wir schreien uns zu, wie glücklich wir doch sind. Und machen Rechnungen auf, unser luxuriöses Leben betreffend: Der Fraß hier kostet so viel wie die Archivdirektorin in einer Woche verdient. Die Summe, die wir als Ausländer im Archiv für Kopien bezahlt haben, entspricht dem Monatsgehalt von sechs Archivaren. Wahnwitzige Relationen! Einzig stimmig scheint uns die archivinterne Preisstaffelung zu sein: «vorrevolutionäre Kopien», also Kopien von Dokumenten vor der Oktoberrevolution, kosten zwanzig Rubel, «nachrevolutionäre» sieben.

Keine Wiedergeburt

Abrupt tritt Anfang März Tauwetter ein, auf der Fußgängerzone bieten Verkäufer Mimosen an. Überall ist es spiegelglatt oder matschig, meistens beides, reißende Schmelzwasserströme zwingen zu weiten Umwegen. Rita bewegt sich zügig und geländesicher wie ein Panzer. «Die Eispfeile werden uns treffen», lacht sie, wenn neben uns reihenweise Eiszapfen vom Dach krachen, und nimmt meinen Arm. Endlich hat Rita ihren Winter, in nur vierzehn Tagen fast alle Stadien, allein deswegen könnte sie Saratow gern haben. Nach Moskau ist es die zweite alte russische Stadt in ihrem Leben.

Saratow ist wirklich schön – trotz erkennbarer schwerer Beschädigungen. An der Zerstörung ist nicht etwa die Deutsche Wehrmacht schuld, so weit kam die Front nicht, die Bombardements galten in erster Linie der Eisenbahnbrücke über die Wolga. Die Wunden schlug ganz wesentlich die Sowjetmacht. Ein paar Dutzend Kirchen fehlen: Entweder wurden sie niedergewalzt wie 1932 die größte orthodoxe Kathedrale oder durch Umnutzung zerstört wie das Gotteshaus der Lutheraner, bis heute ein Kino. Deutlich im Stadtbild ist das Abbrechen der urbanen Entwicklung nach der Revolution, der aufgezwungene Provinzialismus. Bis 1992 war Saratow seiner Flugzeug- und Rüstungsindustrie wegen eine «geschlossene Stadt», etwa zeitgleich mit der ersehnten Öffnung ging dieser Hauptzweig der Ökonomie bankrott.

Die tragische Phase ist heute keineswegs vorüber. Und doch würde niemand auf die Idee kommen, Saratow könnte sterben. Darüber ist Rita verwundert, das beeindruckt sie ungeheuer. «Es muss an der Schönheit liegen», meint sie, und dieser Satz ruft natürlich gleich einen anderen auf den Plan: «Karaganda ist nicht schön, also …» So hatte sie es bislang nie bedacht: dass der entscheidende Faktor für den Verlauf der Existenzkrise Karagandas das Fehlen von «Schönheit und all dem» sein könnte. Ein schöner historisch gewachsener Baukörper wie in Saratow vermag Menschen in Verzweiflung zu halten, vergangene Vitalität kann gesellschaftliche Hoffnung inspirieren, und sei es nur ein diffuses Zutrauen: Irgendwas von Dauer werde es schon geben. **389**

Saratow bedeutet für Rita ein Bad in russischer Kultur. Besonders berührt sie – und mich – die berühmte Erlöserikone in der orthodoxen Bischofskathedrale am Wolgaufer. Auch sie war 1932 geschlossen worden, während des Krieges wurde sie jedoch als Zugeständnis an die leidende Bevölkerung wieder geöffnet und blieb es fortan. Am ältesten unter den Kunstschätzen, nämlich aus dem 14. Jahrhundert, ist das Christusbild eines namenlosen Meisters, der dem begnadeten Andrej Rubljow ebenbürtig sein soll. Mit der Zeit sind die Gesichtszüge Christi von Weihrauch, Kerzenruß und menschlichen Ausdünstungen vollkommen schwarz geworden. Peter der Große hat vor dieser Ikone gebetet, heißt es, und Pugatschow, der legendäre Anführer des Bauernaufstandes an der mittleren Wolga zu Zeiten Katharinas II. Hunderttausende Menschen haben vor ihr gestanden, und das ist, wenn wir heute in das geheimnisvolle Schwarz schauen, vielleicht das Eigentliche: in dieser endlosen Reihe der Verehrung zu stehen.

Rita führt diese Reise in *die* mythische Region Russlands. Jedes noch so entfernt von der Wolga geborene Kind wächst mit diesem Mythos auf. Ob in Karaganda oder am Eismeer: Es lernt das Volkslied über Stepan Rasin, der mit seinem Räuberheer an der Wolga die gewaltigste der Bauernrebellionen entfachte, lernt Verse von Nekrassow gegen die Leibeigenschaft. Es kennt die «Wolgaschlepper», die Prozession von Tagelöhnern ein Segelschiff flussauf ziehend, das berühmte Bild des Malers Ilja Repin. An der mütterlichen Wolga – wo sonst? – ist die rätselhafte, widersprüchliche «russische Seele» zu Hause, Leidensfähigkeit, Freiheitssehnsucht und ihre zügellose Schwester Anarchie, poesiereife Schwermut. Alles Humbug? Rita lächelt heute darüber, aber hier gewesen zu sein ist ihr wichtig.

390   Die Wolga, sofern sie denn eine Rolle spielt, gehört zu ihrer russischen Identitätshälfte. Als Ort ihrer deutschen Familienbiografie war sie bislang irreal und abstrakt. Rita hätte sich

durchaus entschließen können, am Konservatorium von Saratow zu studieren. Aber Rückkehr in die Wolgaheimat? Diese Vorstellung hat vielleicht noch ihre 1961 verstorbene Urgroßmutter Helene Froese gehabt, danach jedoch niemand mehr. Irgendwann Mitte der Siebziger hörte die Familie natürlich von der Aufhebung des Rückkehrverbots und dass hier und da Deutsche – still und leise, um die heutigen Bewohner nicht zu erschrecken – die Möglichkeit wahrnahmen. Für die Paulssippe jedoch kam das nie infrage. Nicht eine Sekunde dachten sie darüber nach, nicht mal Ende der Achtziger, als die Gesellschaft «Wiedergeburt» öffentlich die Wiederherstellung einer Wolgarepublik forderte. Nicht einmal Maria Pauls, die als Einzige noch eine Bindung hatte, sprach das Thema an, ihre Heimat existierte schon lange, lange nur noch im Herzen. Karaganda oder Deutschland war die Frage, eine dritte Alternative gab es nicht. Von der Bundesrepublik aus hätten die Pauls noch das Getöse, das Anfang der Neunziger darum entstand, mitverfolgen können, nicht einmal das haben sie.

Ich erinnere mich lebhaft an damalige Zeitungs- und Fernsehberichte über kontroverse politische Varianten, streckenweise wurde der Eindruck erweckt, als stünde eine deutsche Wolgarepublik kurz bevor. Heute, keine zehn Jahre später, erscheint mir das Ganze so absurd wie nur was. Als hätte ein besoffener Weltgeist Marx' These Recht geben wollen, dass alle Geschichte zweimal stattfindet, «das eine Mal als Tragödie, das andere Mal als Farce». Was war das eigentlich? Wer da was hoffte und wollte, ist kaum noch gedanklich zusammenzukriegen und wohl erst mit gebührendem Abstand von Historikern zu beurteilen. Wie ernst Jelzins Bereitschaft zur Wiedergutmachung an den Deutschen wirklich war, wäre zu fragen. Was die Regierung Kohl bewegte, die Illusion zu fördern? 1992 gab es, man staune, sogar einen Haushaltstitel «Wiedererrichtung der Wolgarepublik»! Bodenlose Unwissenheit dürfte im Spiel gewesen sein; bis zum Fall der Mauer war ja das meiste jenseits davon, einschließlich der Russlanddeutschen, fern und unbekannt. Die zeittypische Euphorie, mit der Freiheit würde Demokratie und ein Wirtschaftswunder einhergehen wie im Westen nach dem Zweiten Weltkrieg. Andererseits Angst vor dem riesigen, unabsehbaren Strom von Aussiedlern; eine Wolgarepublik hätte einen Teil davon auffangen sollen.

Die Wortführer der «Wiedergeburt» waren zerstritten, wobei der KGB kräftig mitmischte, und vor allen Dingen hatten sie: kein Volk. Selbst die paar Tausend oder mehr, die sich erwartungsvoll an der Wolga niederließen, reisten sehr bald nach Deutschland weiter. Das Volk bestand eben zum Großteil aus Leuten wie den Pauls. Aber ruhig mal gesetzt den Fall, das Volk wäre willig gewesen, ein Territorium fixiert worden, angenommen, die Feinde und Neider vor Ort wären verstummt (dazu allein wäre eine Erzengelschar nötig gewesen): Es hätten etliche Hunderttausend Deutsche sein müssen für eine Autonomie, eingeschlossen viele, die ihre Wurzeln nicht an der Wolga, sondern anderswo in russischen Landen hatten. Man stelle sich diese Völkerwanderung vor, Wohnungsbau auf wessen Kosten, allein das Nachhilfeprogramm für deutsche Staatssprache und -kultur. Arbeitsplätze, überwiegend ländliche, wie in den von der Bundesregierung finanzierten Siedlungen praktiziert. Schon diese Projekte im kleinen Stil, die Millionen verschlangen, sind kläglich gescheitert. Aus einem Traktoristen wird schwerlich ein tüchtiger Bauer, aus einer Melkerin kaum eine umfassend kundige und gewitzte Bäuerin.

Vielleicht ist dies die größte und sympathischste Illusion in dem ganzen verworrenen Geschehen? Vielleicht werden spätere Geschichtsschreiber sie einmal milde ins Genre rückwärts gewandter ländlicher Utopien einordnen? Man hat, wie es scheint, vergangenheitssüchtig auf die Wiederbelebung des Bauernstandes gesetzt – und zu spät realisiert, dass aus der Gegenwart ein Sturmwind solchen Träumen entgegenblies. Anfang bis Mitte der Neunziger, während der hitzigen Debatten um die Wolgarepublik, vollzog sich die «Entkollektivierung» der Landwirtschaft, und die war ein Desaster. Moskau öffnete die Grenzen für Importe, gab auf Anraten der USA die Agrarpreise frei. Es mangelte an Kapital, an Mut, gewisse Anteile der «heiligen russischen Erde» in Privatbesitz zu übergeben. Wie konnte in diesem Rahmen ein aus der Kollektivwirtschaft freigesetzter Habenichts eine bäuerliche Existenz gründen? Nach der kompletten Entwertung des Rubel reichten Ersparnisse von Jahrzehnten gerade mal noch für den Kauf einer Schachtel Streichhölzer.

Die Geschichte der Deutschen an der Wolga ist definitiv zu Ende. Zirka 15 000 leben noch in der Region, überwiegend gemischte Familien, nichtdeutsche Partner eingerechnet. Rita und mir begegnen in den zwei Wochen Dutzende Menschen von ihnen, in Saratow, Engels, Marx, in Dörfern längs der Wolga. Freiwillig auf Dauer dableiben scheint fast niemand zu wollen, ausgenommen einige wenige, die in der Heimat sterben möchten oder eine persönlich sinnvolle Aufgabe haben. Es bleibt, wer bleiben muss – also seine deutsche Herkunft nicht hinreichend nachweisen kann, den Sprachtest nicht besteht. In den Gesichtern derer, die wir jeden Morgen vor dem Konsulat warten sehen, ist wenig Hoffnung. «Geschlagene Leute», sagt man über sie im Konsulat, «drittklassige Leute». Das ist weniger abfällig gemeint, als es klingt. Es beschreibt eine Erfahrung: dass nämlich unter den Übriggebliebenen viele sind, die das Leben an sich total überfordert.

Der Ertrinkende greift nach jedem Strohhalm, die materielle Not ist gegenwärtig *die* Triebkraft der Ausreisewünsche. Es ist das bittere Ende einer ursprünglich nicht ökonomisch, sondern sehr komplex motivierten Wanderung nach Deutschland. Rita ist auf dieser Reise der ganze große Horizont der Familienentscheidung aufgegangen. Seit sie die Wüstungen Lysanderhöh und Ardakak gesehen und im Archiv den Weg der großelterlichen Dörfer in den Abgrund verfolgt hat, ist ihr klar, dass nach so viel Schrecken über eine so lange Zeit nichts mehr heil werden konnte. Ihr Vater und seine Generation haben damals – instinktiv – das Richtige getan.

In diesem Punkt lässt sich der Fall Pauls meines Erachtens verallgemeinern. So beschädigt das kollektive Gedächtnis der «Sowjetdeutschen» war und so wenig im Holterdiepolter des Zeitenwechsels an Klarheit entstand – die Leidensgeschichte war untergründig der sicherlich wichtigste Faktor der Entscheidungen. Geschichtsbewusstsein? Eher ein kluges Geschichts-Empfinden.

Nachtrag: Der Blinde namens Cornelius Wall, der 1994 Kalinino verlassen hat, lebt heute mit seinen Töchtern in Brandenburg. Er ist 1926 in Lysanderhöh geboren, 1937 wurde sein Vater erschossen, und er war gerade fünfzehn, als die Familie 1941 nach Sibirien in das Gebiet von Tjumen verschleppt wurde. Anfang der Sechziger zog sie in das deutsche Dorf «Thälmann» in Tadschikistan um. Walls Erblindung geht auf einen Unfall beim Holzfällen vor mehr als 40 Jahren zurück. Nach Lysanderhöh, sagt er mir am Telefon, habe er zurückgewollt «wegen der Sehnsucht. Ich hab mich gleich wieder zu Hause gefühlt, meine Großeltern sind doch da begraben, die Luft ist so, wie sie war.» Weil niemand sonst von den Verwandten und Bekannten nachkam, diese sich sämtlichst in Deutschland einfanden, entschloss er sich auch dazu: «Allein will doch keiner nicht bleiben.»

KAPITEL 17: Dee groote oole Weichsel

Sie wird sich freuen. Wenn Maria Pauls noch irgendetwas freut, dann: dass eine Enkelin in *ihrem* Lysanderhöh gewesen ist. Insgeheim hoffen Rita und ich natürlich auch, unser Erzählen könnte ein Schlüssel sein, sie noch einmal zum Sprechen zu bringen. «Wir werden damit anfangen, dass viel Schnee war», schlägt Rita vor, «und wir Schlitten gefahren sind.» – «Und die Fliederzweige überreichen, die wir vor dem Haus ihrer Freundin Helene abgeschnitten haben.» – «Und dann?»

Nichts! In dem ganzen Sack voll Geschichten finden wir nur zwei, drei Details, die wir ihr zumuten könnten. Schließlich schneiden wir das Thema gar nicht erst an. Maria Pauls' geistige Umnachtung ist jetzt weit fortgeschritten. Nicht einmal Tochter Leni kann noch einschätzen, was zu begreifen sie imstande ist, was ihre Angstzustände hervorruft. Gewiss ist momentan nur, dass sie regelmäßig gegen 17 Uhr eine nervöse Unruhe befällt. Deren Ende wiederum ist unbestimmt. Sie kann Stunden, auch bis zum nächsten Morgen dauern und von Alpträumen begleitet sein. Darin kreuzen immer wieder die schrecklichen Katzentiere auf.

Der restlichen Familie berichten wir natürlich in Dur und Moll. Wie jedes Mal herrscht Aufregung über das Erzählte. In den Tagen darauf zieht sie Kreise, Fotos und Aktenkopien wandern von einem Verwandten zum nächsten.

Und dann verschwinden sie, Gott weiß wo, in der Tiefe irgendwelcher Schränke. Im Grunde haben die von uns über die Jahre eingeschleppten Neuigkeiten das Familienleben nur wenig beeinflusst. Etwas, aber wirklich nur etwas häufiger als früher wird über Vergangenes gesprochen. Bei den Älteren mag sich das Gefühl: «Was haben wir doch alles durchgestanden!», intensiviert haben; vielleicht schwingt heute mehr Stolz darin mit.

Mein Status in der Familie Pauls ist unverändert der einer «Freundin von Rita. Der Freundin, die wo weiß.» Mein Buch, das nun allmählich Kontur annimmt, ist für sie ein Phantom geblieben. «Ein Buch – über uns?» Ab und zu kriege ich Skeptisches darüber zu hören. «Von uns armseligen Menschen schreibst du?», sagt Leni Toews manchmal. «Aber unsere tiefen Gefühle kannst du doch wohl nicht erfassen.» Mal wendet ein älterer Cousin von Rita ein: «Ihr Hiesigen werdet das nie verstehen: Wir haben in Karaganda gut gelebt, der Tüchtige kann überall Erfolg haben.» Diesen Einwänden kann ich nur zustimmen; ich verstehe noch viel, viel mehr nicht. Die drei Kontinente und ein ganzes chaotisches Jahrhundert umspannende Familiengeschichte übersteigt meine Verstandes- und Sinneskräfte. Es gibt Wochen, da komme ich mir wie eine Menschenfresserin mit verdorbenem Magen vor. Die zurückgelegten Kilometer zähle ich längst nicht mehr, bei 42 000 – das ist etwa der Erdumfang – habe ich aufgehört.

Als Ritas Vater nach unserer Rückkehr von der Wolga fragt: «Und Westpreußen?», wird mir schwindlig. In die Urheimat der Familie fahren? Die bäuerliche Welt an Weichsel und Nogat, die heute zu Polen gehört? Mir reicht es! Mir genügt zu wissen, dass es den Urahnen gegeben hat, der vor gut 130 Jahren von dort nach Russland aufbrach. Immerhin habe ich in Berlin, in der Sammlung der aus Westpreußen geretteten Kirchenbücher, den Eintrag gefunden: «Peter Wiens, Sohn des Peter Wiens und seiner Ehefrau Anna, geborene Wiens, wurde am 16. Februar 1853 in Marienau geboren, morgens um 6 Uhr.»

Heinrich Pauls bohrt. Dieser Heinrich, der nie Wünsche zu haben scheint, *will* nach Westpreußen und zaubert sehr persönliche Gründe dafür aus dem Hut: Seine Großmutter Helene hat in der Baracke in Karaganda oft vom Westpreußen ihres Vaters Peter Wiens geschwärmt. Zweitens hat Heinrich kürzlich mal geflunkert und einem Nachbarn, der ihn fragte: «Wo kommen Sie denn her?», geantwortet: «Aus Westpreußen.» – «Oh, das hört man noch an Ihrer Sprache», sagte sein Gegenüber freudig überrascht. Kurzum, eine Visite in Westpreußen wäre ziemlich nützlich – sollte der nette Nachbar mal nach Einzelheiten fragen, wäre Heinrich zumindest da gewesen.

Seinen Gründen hätte ich mich eventuell entziehen können, nicht aber dem schönen Zufall: Passend für August 2001 werden im Internet Restplätze in einer eigentlich geschlossenen Gesellschaft – der «Plautdietsch-Freunde» Oerlinghausen – angeboten. «Eene Reis daohan, von woo wie kome ...», heißt es, «dat Prograum en Wastpreisse» sollte in das «shmocke oole Daunzich» führen und an «dee groote oole Weichsel, disen Stroom, woo dee Mennonite siedelde, eh see no Russlaund wiedatrocke.»

Dieser Verein der Plattdeutsch-Freunde ist vor ein paar Jahren von Russlandmennoniten gegründet worden. Vorsitzender ist ein junger Mann mit Namen – fast hätte ich es mir denken können! – Peter Wiens. «Bei uns sind ‹Kopftuchfrauen› und ‹Papyrossitypen›», erklärt er mir etwas flapsig am Telefon, im Klartext: Gläubige und nicht so Gläubige, uns vereint das Vergnügen an der Mundart. Die Studienfahrt soll in die Gegend führen, wo «*unser* Plautdietsch zu Hause ist und die Familien der meisten Mitglieder ursprünglich herstammen».

Wir werden also Teil einer fünfzigköpfigen Reisegesellschaft sein, die auf den Spuren der Urahnen wandelt.

Zu den Ahnen

Heinrich Pauls trägt ein Rucksäckchen, seinen Strohhut hält er vorerst in der Hand. Tossja hat ihn in letzter Minute mit Ochsenherztomaten gefüllt. Noch nie in den zwölf Jahren, seit er in Deutschland lebt, ist er zum Vergnügen verreist, zum ersten Mal sitzt er im Speisewagen eines Intercity – und wirkt vollkommen unbefangen, beinahe jungenhaft fröhlich. Beim Umsteigen in Bielefeld fällt ihm ein, er hat nicht mal einen Pullover dabei. «Ach, es wird wohl windig sein dort?»

Früh um drei soll der Bus von Oerlinghausen losfahren. Ab Mitternacht sammelt sich nach und nach im Büro des Vereins die Gruppe. Zum größeren Teil Familien – Eltern mit ihren erwachsenen Kindern, etliche hochbetagte Ehepaare, die kurz vor der Goldenen Hochzeit stehen müssten, wenn sie diese nicht schon gefeiert haben. Lauwarmer Prips wird ausgeschenkt, man «vertellt» sich was. Trotz angestrengtesten Ohrenspitzens versteht Heinrich Pauls kaum ein Wort. So gut ich kann, betätige ich mich als Dolmetscherin. Das westfälische Platt, das ich als Kind in der bäuerlichen Verwandtschaft mitbekommen habe, war weniger singend, phonetisch ziemlich anders. Viele Vokabeln sind mir nicht geläufig. «Flizipe», was ist «Flizipe»? – «Fahrrad», soufliert mir jemand von der Seite, «von russisch ‹Velosiped.›» Also ein plattdeutsch verballhorntes russisches Wort, das wiederum aus dem Französischen stammen müsste.

Vielleicht hat meine Begriffsstutzigkeit mit der späten Stunde zu tun. Vielleicht liegt es an der Ungewöhnlichkeit der Tatsache selbst, dass ich sie nicht gleich begreife: «Plautdietsch» ist für die hier Anwesenden Muttersprache! Und teilweise jetzt noch als Familiensprache im Gebrauch. Sogar die jüngeren Leute um dreißig sind damit aufgewachsen – wie der Vereinsvorsitzende und Lehrer Peter Wiens, der auf einem

Dorf in Estland geboren ist; mit sieben, als er mit den Eltern in die Bundesrepublik kam, hat er nur Platt gesprochen.

Peter Wiens und die meisten Mitglieder des Vereins sind schon seit den siebziger Jahren hier. Sie gehören zu den circa 30 000 Russlanddeutschen, die sich frühzeitig ihre Ausreise erkämpft haben. Von denen es heißt, sie hätten in der Sowjetunion ihre Traditionen besonders hartnäckig, kompromissloser als andere bewahrt.

Die Reisegesellschaft wird Heinrich und mich in den nächsten Tagen immer wieder in Erstaunen versetzen. Sowjetische Lebensgeschichten dieser Art kannten wir bislang nicht: Viele sind bewusst auf öden, entlegenen Dörfern geblieben, weil dort der Anpassungsdruck geringer war als in den Städten, oder eigens in ländliche Orte Sibiriens oder Mittelasiens gezogen, um mit Glaubensbrüdern zusammen sein zu können. Zuletzt wohnten die meisten, weil Ausreiseanträge hier größere Erfolgschancen hatten, im Baltikum; wiederum auf Dörfern. Die Jahre des Wartens – drei oder fünf oder zehn – hatten einen kleinen wunderbaren Vorteil: In Litauen, Lettland und Estland lebten auf dem Lande kaum Russen, deswegen setzte sich das Russische im öffentlichen Leben nie gegen die Nationalsprachen durch. Und so konnten die Zusiedler, anders als in Kasachstan oder Sibirien, auch außerhalb der privaten vier Wände gefahrlos plattdeutsch reden.

Im Bus wird es nur kurze Zeit wirklich still. Es knistert und gluckst, hier und da flüstert jemand. Im Halbschlaf höre ich die zwei vor mir leise debattieren. «Ich glaube», sagt der eine, «diese Stelle muss man als konzentrierte Rede deuten.» Meine Ohren werden länger. Es geht um eine Bibelstelle! Morgens um halb fünf führen diese zwei jungen Männer ein hochintellektuelles theologisches Gespräch! Kurz nach Sonnenaufgang regen sich auch die beiden hinter mir, ein Schriftsteller und seine Tochter. Vor der Abfahrt wurden sie als Ehrengäste vorgestellt, von besonders weit her, aus der mennonitischen Kolonie Fernheim in Paraguay angereist.

Mit der Nachtruhe ist es nun endgültig vorbei. Ein alter Herr im blauen Anzug spielt ein paar Takte auf seiner Garmoschka, einer russischen Ziehharmonika. Daraufhin packen Peter Wiens und sein Bruder Jascha ihre Gitarren aus, und noch vor dem Frühstück ist der Bär los: Plattdeutsche Lieder wechseln mit russischen ab. Dazwischen drängen sich vorn am Mikrophon Leute, die einen Witz oder ein Gedicht vortragen wollen:

«Odboa, Odboa, Langnes
Jeit opp jane jreene Wes
Waneea tjemmst du wada?
Oppjoa, Oppjoa,
Wan dee Rogge riepe,
Wan dee Pogge piepe ...»

Ein Kinderreim vom Storch auf der grünen Wiese. Gefolgt von einer Anekdote über einen geizigen mennonitischen Bauern ... Ich fühle mich wie in einem aus dem Schlaf erwachten Volkskundemuseum. Heinrich neben mir ist völlig verstummt.

Durch die blau getönten Busfenster erscheint die spätsommerliche märkische Tiefebene kühl und kulissenhaft. Vor Berlin werden diverse Großbaustellen angekündigt: «Hier baut die Europäische Gemeinschaft das transeuropäische Netz.» Wer sich auskennt, kann von der Autobahn aus noch ein Stück des Mauerrings um Westberlin erahnen. Als ehemalige, langjährige Bewohnerin der geteilten Stadt ist es mir die Grenzenlosigkeit noch immer etwas unheimlich. Wir haben praktisch bis Danzig freie Fahrt!

Die Reise sollte eine meiner schönsten werden, unerwartet

noch einmal die Stimmung der Jahre nach 1989 wachrufen. Kurz hinter Berlin steigt der angekündigte Reiseleiter Peter Foth zu. Von Berufs wegen ist er Pastor der Mennonitengemeinde Hamburg; gebürtiger Pfälzer und, sagen wir mal, ein ganz klein wenig «links von der Mitte». Die Gruppe riecht es gleich: Der rotbackige, temperamentvolle Glaubensbruder mit der roten Baseballkappe ist aus einem ganz anderen Stall als sie. Seit dreißig Jahren begleitet Pastor Foth Reisen ins Weichselland, meist von Vertriebenen, die ihre alte Heimat besuchen. Während wir Kurs auf Stettin nehmen, erzählt er von den schwierigen ersten Begegnungen zwischen Deutschen und Polen und dem langwierigen Prozess der Aussöhnung.

Er hat es nicht leicht. Zwischen den plattdeutschen Darbietungen muss er sich oft das Mikrophon regelrecht erkämpfen. Auf der Höhe von Kolberg erläutert er die Frontlinie, die im Februar 1945 hier verlief: «Also, die Rote Armee rückte nördlich vor, und kein Treck kam mehr nach Westen durch. Jetzt konnten die Flüchtenden nur noch über die Ostsee raus aus dem Kessel. Das war das Ende», sagt er mit Verve, «auch für *uns*. In diesen Tagen ging unsere vierhundertjährige mennonitische Geschichte an der Weichsel zu Ende.»

«Wen meint er mit ‹*uns*›?», fragt ein alter Mann links von mir seine Frau. Heinrich Pauls und die Gäste aus Paraguay blicken ratlos in meine Richtung. «Uns?» Niemand hier im Bus kann damals dabei gewesen sein …

Pastor Foth weiß das natürlich: Er hat keine Westpreußen vor sich, die 1944/45 vertrieben wurden und die Plätze ihrer Kindheit wieder sehen wollen, sondern ehemalige Sowjetbürger, die in die Heimat ihrer Ahnen reisen. Aber das zu wissen ist das Eine, sich darauf einzustellen etwas anderes. Peter Foth muss sich – ähnlich wie ich – immer wieder klar machen: Diese Reisenden haben persönlich keinerlei Erfahrungen hier gemacht. Was immer er ihnen unterwegs zeigt und erklärt, neo-gotische Rathausarchitektur oder besonders anmutige Birken-alleen, es löst keine Erinnerungen aus. Bei seinen Vorträgen kann er kein Schulwissen über die deutsche Ostkolonisation voraussetzen – mittelalterliche Geschichte, ebenso wenig Zeitgeschichte. Wie energisch er auch nach links deutet: «Schauen Sie! Die Halbinsel Hela!» Niemand assoziiert: «Aha, eine der letzten Bastionen der Deutschen Wehrmacht.»

Die Russlandmennoniten fahren eben nicht durch ein Land mit tragischer Geschichte, sondern durchs Unbekannte. Für sie ist diese Region, Mitteleuropa überhaupt, ein weißer Fleck auf der Landkarte.

Bei der Einfahrt nach Danzig fällt ein Dichtername: «Hier im Stadtteil Langfuhr wuchs Günter Grass auf.» Nur den Jüngeren im Bus ist der Nobelpreisträger ein Begriff.

Danzig

Wir lassen die Innenstadt rechts liegen, zunächst ist ein Be-such der früheren Mennonitenkirche vorgesehen. Ein schlich-ter Bau von 1818, versteckt hinter einem üppig grünen Bahn-damm. Nach dem Zweiten Weltkrieg ist er an polnische Pfingstler übergegangen. Sie haben auch den Innenraum im alten strengen Stil erhalten – vorn ein großes Kreuz, oben an der Decke die Symbole der Evangelisten. Die Plattdeutsch-Freunde stimmen das im Bus eingeübte Lied an: «Moa met Jeesus well etj Pilja waundre.» Eigentlich singen Mennoniten im Gotteshaus seit Generationen hochdeutsch: «Nur mit Je-sus will ich Pilger wandern.» Noch niemals vermutlich wurde in der Danziger Stadtkirche in den 180 Jahren ihrer Existenz eine religiöse Zeremonie in Plattdeutsch vollzogen. Doch in dieser halben Stunde scheint alles zusammenzupassen – der

Raum, das Plattdeutsch, die Garmoschka und Peter Wiens flapsiges Gebet: «Danke, Jesus, für die nette Gelegenheit, in dieser Kirche sein zu dürfen.»

Sollte es sich um eine Pilgerreise handeln? Vor dem Kirchenportal wird ein großes Gruppenfoto geschossen, dann spazieren wir ins Zentrum, vorneweg der Garmoschkaspieler, der jetzt russische Weisen anschlägt. Am Goldenen Tor, dem Eingang zur berühmten Langgasse, verstreuen sich die Teilnehmer. Später beim Abendessen im Hotel sind alle am Schwärmen – total begeistert, schier überwältigt. Viele der Älteren haben noch nie eine alte europäische Stadt gesehen. «1000 Jahre alt», sagt der polnische Stadtführer anderntags, eine unvorstellbare zeitliche Dimension! Verglichen mit den jungen sibirischen Städten oder der Verweildauer der Russlandmennoniten am jeweiligen Ort.

Es ist eine der heute üblichen, historisch ziemlich ausgewogenen Touristenführungen. Viel ist von europäischen Verflechtungen die Rede, die Hanse wird beschworen, architektonische Verwandtschaften zu holländischen Patrizierhäusern werden aufgezeigt. Stolz erwähnt der junge Pole, der uns geleitet, dass die Häuser der Frauengasse mit ihren prächtigen Beischlägen Kulisse der Dreharbeiten für die «Buddenbrooks» waren, weil Lübeck so ein Ambiente nicht mehr hat. «Schauen Sie auf die Inschrift über der Tür», lächelt er, «so selbstbewusst waren unsere Danziger Patrizier!» Nicht alle in der Gruppe können die kunstvoll gemeißelten Buchstaben gleich entziffern: «Lieber reich und gesund als arm und krank.»

Von den Patriziern schlägt der Touristenführer elegant den Bogen zu den Proletariern, die nach 1945 die kriegszerstörte Stadt wieder aufbauten. «Arbeiter in Patrizierhäuser!», sei damals die Parole gewesen – mit diesem ideologischen Taschenspielertrick hätten sich damals die Befürworter einer Rekonstruktion, meist aus Wilna und Lemberg vertriebene

Baumeister, gegen die Behörden, die ein neues Gdansk bauen wollten, durchgesetzt. Diese Leistung beeindruckt die Gruppe gewaltig: Stadtfremde haben ein historisches Werk instand gesetzt und geehrt, und das unter einem kommunistischen Regime! Unglaublich für Russlandmennoniten, die nie brennende, kriegszerstörte Städte gesehen haben, die aus der Sowjetunion den Impuls des Bewahrens nur als gefährliches privates Unternehmen kennen. «Hochachtung», sagt Heinrich Pauls und drückt damit die allgemeine Stimmung aus. Von Wehmut, wie sie Heimwehtouristen anfällt, ist nichts zu spüren. Diese Besucher können anscheinend etwas, was selbst ich, die nicht persönlich betroffene Westfälin und abgeklärte Europäerin, niemals lernen werde: ohne ein Gefühl des Verlustes durch die schöne Stadt gehen.

«Und unsere Ahnen?», fragt jemand zum Schluss des Rundgangs. «Sind die mal hier gegangen?» Das weiß der polnische Stadtführer nicht, Pastor Foth meint: mit großer Wahrscheinlichkeit ja. Wahrscheinlich kamen bäuerliche Mennoniten aus dem Weichseldelta gelegentlich per Pferdewagen oder Kahn nach Danzig. Etwa im August zum Dominikanermarkt, die in Stadtnähe Wohnenden für größere Einkäufe. Mit Gewissheit sagen lässt sich nur, dass vor ihrer Auswanderung nach Russland die Familienväter nach Danzig mussten – der amtlichen Papiere wegen.

Deiche und Friedhöfe

Grauweiße dicke Wolken treiben am blassblauen Himmel, werfen ihre wandernden Schatten aufs flache weite Land. Im schon etwas herbstlich milden Licht wirkt die Ebene wie von einem feinen silbrigen Schleier überzogen. Er liegt über dem Gelb der Stoppelfelder, dem Braun der gerade umgepflügten

Äcker. Und den vielen Grüns, die Stromlande in unendlicher Vielfalt hervorbringen. Jetzt im August bestimmen sie noch das Bild, vor allem entlang der Wasserläufe – dunkles Schilfgrün, Grasgrün mit Tupfern von Schafgarbenweiß, Weidengrün, Pappelgrün, Birkengrün.

Eine Kulturlandschaft, deren klare Geometrie sich dem Betrachter mühelos erschließt: eine große Horizontale, die nach dem Abschmelzen der eiszeitlichen Gletscher allmählich, im Laufe von Jahrzehntausenden, entstand. Mittlere und kleine Vertikale, die der Mensch vor einigen hundert Jahren zu schaffen begonnen hat – Wassergräben, die sich im rechten Winkel kreuzen, kilometerlange Deiche, die Flussarme und Kanäle einfassen.

Während der Busfahrt ins Große Werder frischt Peter Foth unser Wissen auf: «Die Mennoniten haben dieses Weichselmündungsgebiet trockengelegt und urbar gemacht. Ihr müsst euch vorstellen, dieses Land liegt teilweise unter dem Meeresspiegel, es muss immer wieder leer gepumpt werden. Das war um 1550 so, als sich die ersten Mennoniten ansiedelten, und ist bis heute so, im Werder gelten nach wie vor dieselben wasserbautechnischen Regeln. Ein ausgeklügeltes System, das Entwässerung und Eindeichung kombiniert. Und das generationenlang nie wirklich und verlässlich fertig wurde, denn die Hochwasser der Weichsel haben das Geschaffene immer wieder zunichte gemacht. Außerdem hat der Strom enorm viel Sand angeschwemmt, man musste ihn periodisch wegschaufeln und unter die Erde graben, alles von Hand natürlich, ohne Traktoren und Bulldozer. Es war ganz sicher kein leichtes Leben, das die Ahnen geführt haben.»

Zwischendrin machen wir Station, ein gut erhaltenes deutsches Schöpfwerk wird bewundert. Foth erklärt sein Funktionieren. Und entführt uns dann in vorelektrische Zeiten, als die Pumpen mithilfe von Windmühlen betrieben wurden, teils mit Pferden, «die im Kreis liefen, bis sie rammdösig waren». Anschließend wandern wir ein Stück über den Deich und lassen uns vom Wind durchpusten. Alle scheinen tief beeindruckt; besonders die Alten, die aus den sowjetischen Kolchosen mit Landwirtschaft vertraut sind und vergleichen können. «So ein großes Kulturwerk, das hätte ich nicht gedacht», sagt einer, der in Kirgisien gelebt hat, «und es ist noch da.»

Diese Kontinuität haben sie nicht erwartet. Natürlich bemerken sie, dass manches im Argen liegt. Zum Teil sind die Drainagen verkrautet oder sogar völlig zugefallen. Manche der mit Katzenköpfen gepflasterten Sträßchen, die einst zu Höfen führten, enden im Nichts. Doch anders als die Heimatvertriebenen, die an jeder Ecke aufschreien, weil hier etwas fehlt, dort etwas verrottet ist, die oft *nur* Diskontinuität entdecken können, sehen sie das historisch Fortdauernde.

Den Geschichten, die Pastor Foth vom Leben der westpreußischen Mennoniten im 20. Jahrhundert erzählt, hören sie gelassen zu. Ihr Herz schlägt beim Anblick des «Eppschen Schützenhauses», wo Generationen Polka tanzen und küssen lernten, nicht höher. Über den Abbruch des Kleinbahnnetzes, das im Werder viele Dörfer verband, oder von Stobbes Schnapsbrennerei, die den berühmten «Machandel» produzierte, müssen sie nicht trauern.

Um den «Machandel» allerdings entwickelt sich eine pikante Diskussion. Dabei scheiden sich die Geister – der Ultrafrommen, die Foth nicht glauben mögen, auch Mennoniten hätten dem Wacholderschnaps zugesprochen, und der Weltoffenen, die darin keine oder zumindest keine große Sünde erkennen können. Auf Tage bleibt der «Machandel» ein Reizthema.

Das andere, noch brisantere ist Stutthof. Zwei, drei Mal fahren wir am ehemaligen Konzentrationslager Stutthof vorbei, und viele Ältere wollen partout nicht hören, dass hier zahlrei-

Heinrich Pauls in Westpreußen

che Polen an den Folgen der Zwangsarbeit starben, Zwangsarbeiter auch auf Höfen im Werder eingesetzt waren. «Das ist nun mal so», sagt Foth, «das sind schlimme Dinge, die muss man wissen.»

Die große Attraktion dieses Sommernachmittags sind die alten mennonitischen Friedhöfe. Überreste nur – in Bärwalde stehen zwei Dutzend fragmentarisch erhaltene Grabmale auf einer kurz geschorenen Wiese. Ein Ort eher wie ein Freilichtmuseum, in meinen Augen ohne Atmosphäre, geschweige 407 denn sakrale Aura. Für die Russlandmennoniten aber scheint es keinen aufregenderen zu geben. Jeder Stein ist ein Ereignis.

Er wird umringt und betastet, teilweise müssen Inschriften auf den Knien liegend entziffert werden: «Hier ruht in Gott Katharina Wiens, geboren 1816, Marie Ens, geboren 1848, Anna Wiebe ...» Die Familiennamen wiederholen sich – Wiens, Wiebe, Wall, Froese, Toews, Epp, Klassen, Siemens. Es sind die Namen, die die Reisenden selber tragen. Schwer zu sagen, ob die Toten Verwandte sind, so weit zurück kann kaum jemand seinen Stammbaum verfolgen. Die meisten wissen nicht einmal den Ort, aus dem ihre Vorfahren seinerzeit ausgewandert sind.

Wie dem auch sei, es sind *ihre* Namen. Auf dem Friedhof finden sie den handgreiflichen Beweis dafür, dass die Russlandmennoniten in Westpreußen ihre Wurzeln haben. *Hier* hat das Völkchen, das heute über den Erdball verstreut ist, seine Eigenart entfaltet.

In Rosenort müssen wir uns den Weg durch ein verwildertes Büschchen bahnen. Deutsche, die in der Gegend mal zu Hause waren, wären jetzt spätestens in Tränen ausgebrochen. Diese hier stiefeln beherzt und beinahe fröhlich durch Brennnesseln und Dornengestrüpp. «Ein Wiens!» – «Lauter Wiense!» – «Da, ein Epp!» Der alte Mann, den ich am Arm halte, Helmut Epp, der Garmoschkaspieler, weiß sich vor Freude nicht zu lassen. Anfangs hat das Stöbern nach versteckten Grabmalresten ein bisschen von einem kindlichen Spiel – von Ostereiersuchen, Schnitzeljagd. Dann allmählich verändert sich die Stimmung. «Diese alle werden wir im Himmel treffen», sagt jemand andächtig. Einige versammeln sich um einen noch aufrecht stehenden Stein und beten laut ein «Vaterunser».

En passant helfe ich Jascha Wiens, eine Inschrift vom Moos zu befreien, und während wir pulen und zupfen, fängt er ganz unvermittelt an, von seiner Erweckung zu erzählen, wie er als kleiner Junge zu Gott gefunden hat. «Ich hatte die Befürchtung, mit Gott würde mein Leben vergrauen. Mit elf habe ich dann allen Mut zusammengenommen. Ich habe alle Beziehungen zu Eltern und Geschwistern abgeklärt. Um Verzeihung bitten, wieder gutmachen und all das, es war eine große Befreiung.» Wie kommt er jetzt darauf? So ein intimes Bekenntnis – über eine Liebeserklärung wäre ich nicht halb so erschrocken. Er hingegen scheint das Thema, lustig und ein bisschen euphorisch, wie er gestimmt ist, nahe liegend zu finden.

Auch Heinrich Pauls ist ungewöhnlich aufgekratzt. Ich finde ihn unter einer alten Eiche, rittlings auf einer gut erhaltenen Grabplatte. «Hofbesitzer Cornelius Wiens, geboren 1791, gestorben 1874. Was meinst du, Ulla? Er könnte doch ein Onkel von meinem Urgroßvater Peter Wiens sein.» Könnte durchaus; Rosenort ist nur ein paar Kilometer vom urgroßväterlichen Marienau entfernt.

Vergeblich hupt unser Busfahrer zum Aufbruch, alle wollen noch verweilen. Rückblickend erscheint mir diese Stunde als die wichtigste, vielleicht glücklichste der Reise. Näher konnten die Mennoniten den Ahnen nicht kommen als hier im Dickicht. Bis heute weiß ich dieses plötzliche, offenbar durch den Ort hervorgerufene Ergriffensein nicht wirklich zu deuten. Assoziieren und vermuten lässt sich vieles: Wildnisse sind in der Bibel häufig Orte der Offenbarung, angefangen bei Moses, dem der Herr im brennenden Dornbusch erscheint. Das Verwildern oder Wüst-Fallen von Zivilisationen ist eine zentrale Lebenserfahrung der älteren Russlanddeutschen, die sich in Momenten wie diesen aktualisieren könnte.

Grabstätten von Urahnen in einer Wildnis zu finden ist immer anrührend – und ganz besonders, wenn man nicht weiß, wo die eigenen Eltern, Geschwister, Großeltern begraben sind. Heinrich Pauls wird nie am Grab seines Vaters stehen können. Sein Vater und noch fünf weitere nahe Angehörige wurden in den dreißiger und vierziger Jahren unbekanntenorts in der kasachischen Steppe verscharrt.

Der Himmel über der Marienburg strahlt wolkenlos blau, auch die Nogat zu ihren Füssen ist blau. Zwei Stunden hasten wir unter polnischer Führung durch die größte Burg Europas und werden durch die Jahrhunderte gejagt – Gründung 1274 durch Ordensmeister Konrad von Tierenburg … Niederlage des Deutschen Ordens, Verpfändung der Burg an seine Söldner, die diese 1457 an den Polenkönig verkaufen … dreihundert Jahre polnische Geschichte, ab 1773 dann preußisch-deutsche Geschichte … bis 1945, als Burg und Städtchen in Schutt und Asche sinken. Wie schon in Danzig wird der deutsch-polnische Historikerstreit beschworen, und wieder ist er den meisten herzlich egal – die Russlandmennoniten sind Baumeistern wie Rekonstrukteuren ganz allgemein zugetan.

Im Eiltempo durchqueren wir prachtvolle Torbögen, Innenhöfe, einen lichten gotischen Kreuzgang, den Hochmeisterpalast, für nichts ist wirklich Zeit. In der Küche im Hochschloss gerät die Führung kurzzeitig ins Stocken. Um den reich gedeckten langen Tisch herum bildet sich spontan eine Menschentraube. Fische, Kürbisse und sämtliche Lebensmittel sind aus Plastik, trotzdem riecht es irgendwie gemüsig kräftig. «Lauch!», sagt einer, und dann schnüffeln viele Nasen – und tatsächlich, in einem Weidenkorb liegt gebündelter frischer Lauch. Unsere Burgführerin treibt die Säumigen gnadenlos weiter. Einige beginnen jetzt, über dicke Füße zu klagen, halten Ausschau nach Gelegenheiten zum Hinsetzen. Und schließlich findet sich eine: In der Mühle, auf einem langen Fensterbrett, ist Platz – und Gelegenheit für ein paar Ältere, sich endlich zu verdrücken. Es riecht nach Korn «und nach Holzwurm», wie einer bemerkt. Da hier kaum Touristen nachdrängen, können sie in Ruhe die alten Mahlwerke in Augenschein nehmen. Ein Wirtschaftsraum nach so vielen herrschaftlichen Gemächern tut ihnen offensichtlich wohl. Später im Hinausgehen entdecken sie im Hof einen veritablen Mirabellenbaum – sie picken hocherfreut die reifen Früchte aus dem Gras.

Was könnte die Marienburg ihren westpreußischen Vorfahren bedeutet haben? Gekannt haben sie gewiss viele. Zweifellos natürlich diejenigen, die nahebei lebten – wie Heinrich Pauls' Ahnen. Von den Äckern ihres Dorfes Marienau aus konnten sie bei klarem Wetter die Burg sogar sehen. Einige Male im Jahr wird Heinrichs Urgroßvater Peter Wiens mit seinen Eltern dorthin gefahren sein. Eine Chaussee gab es noch nicht; die Pferdewagen zockelten über eine breite unbefestigte Trift. Wenn diese nicht gerade «blottig» war, so sagten die Hiesigen für matschigen Grund, brauchte man für die fünfzehn Kilometer etwa zwei Stunden.

Das Städtchen Marienburg war der Nabel ihrer kleinen Welt – Verwaltungs- und Gerichtsort, hier werden die Wiens landwirtschaftliches Gerät gekauft haben, Stoff für Festtagskleider etc. Und sich 1869 eingedeckt haben für ihre große Reise an die Wolga. Die Burg selbst dürfte für einen Marienauer das Wahrzeichen seiner Heimat gewesen sein. Peter Wiens, zum Zeitpunkt der Auswanderung gerade sechzehn, wird ihren imposanten Anblick bis zu seinem Tod in Lysanderhöh 1931 nicht vergessen haben.

Per Taxi fahren Heinrich Pauls und ich an diesem blauen Augusttag nach Marienau. Marienau an der Schwente – 1321 von Werner von Orselen, Großkomtur des Deutschen Ordens, gegründet – hatte schon etliche hundert Jahre Geschichte auf dem Buckel, als Ende des 16. Jahrhunderts die Mennoniten aus Friesland dazukamen. Ab wann Heinrichs Vorfahren in diesem Dorf ansässig waren, habe ich nicht herausfinden können. Wiense sind vor Mitte des 19. Jahrhunderts weder in den Einwohnerlisten noch Mennonitenverzeichnissen vermerkt.

Auch unter den namentlich bekannten Besitzern der Höfe von Marienau, wie sie etwa die Feuerversicherung festhielt, tauchen sie nicht auf.

Kein Anhaltspunkt also für irgendeinen mit der Familie verbundenen Platz. Fragend und ein ganz klein wenig begehrlich schaut Heinrich die schönen, großen Vorlaubenhäuser an. Sie geben bis heute dem Straßendorf, das seit 1945 Marynowy heißt, sein Gepräge. Die meisten wurden vor 150 bis 200 Jahren von Mennoniten erbaut, der wohlhabenden Minderheit im teils katholischen, teils evangelischen Marienau. Über die Entstehung des Haustyps streiten die Gelehrten – ist die Laube vor dem Fachwerkbau slawischen Ursprungs oder eher germanisch? Ursprünglich jedenfalls diente sie vor allem praktischen Zwecken, der untere offene Teil als Wagenremise, der Raum darüber als Speicher. Später wurde die Vorlaube zu *dem* Element der Repräsentation – von Reichtum und Kunstsinn.

«Johan Jakob Ziemer * Bauherr * Anno 1803 * Peter Loewen * Baumeister» ist auf dem Laubenbalken zu lesen. Heinrich und ich bestaunen die baufälligen Frontsäulen – ionische Säulen aus harter Eiche geschnitzt, wenden uns dann neugierig der zweiflügeligen, reich verzierten Holztür zu. Und schon sind wir entdeckt! Eine alte Frau bittet uns freundlich herein. Ausgerechnet ein Haus von Baumeister Loewen, dem berühmtesten im Großen Werder, dürfen wir Glückspilze besichtigen! Wir steigen die geschwungene steile Treppe zum Dachgeschoss hoch, auf den großen vielfenstrigen Speicher, wir dürfen sogar in die verrußte Räucherkammer kriechen.

Und dann sitzen wir bei Prüttkaffee und Keksen in der guten Stube. Sprachlich ist unsere russisch-polnische Konversation ziemlich holprig, aber so kompliziert scheint das zu Erklärende nicht zu sein. «Ach, aus Karaganda», nickt unsere Gastgeberin verständnisvoll. Ihre Heimat ist eigentlich Wolhynien, das frühere Ostpolen; nahe Verwandte von ihr wurden 1940 von den Sowjets nach Kasachstan verschleppt, sie selbst wurde nach dem Zweiten Weltkrieg aus Wolhynien vertrieben und an der Weichsel angesiedelt.

Dieses Haus in Marynowy, das ihrer Familie damals zugewiesen wurde, sagt sie, hat sie zuerst sehr befremdet – seine Größe, die vornehme Atmosphäre. In den schweren Nachkriegsjahren mussten es sich mehrere Neusiedler-Familien teilen. Zwischenwände wurden eingezogen, einige Zimmerchen anfangs als Ställe genutzt, dadurch veränderte sich das Haus ziemlich rasch. Mit der Zeit gewann sie es lieb, nur fehlte es eben an Geld für Renovierungen. So etwas konnte eine polnische Kleinbauernfamilie mit den üblichen acht Hektar Land einfach nicht bewältigen. Wenigstens stünden diese alten Höfe nun offiziell unter Denkmalsschutz.

Mit vielen deutschen Gästen, erzählt die Polin, habe sie darüber geredet, wie der Verfall aufzuhalten ist. Ihrer Meinung nach wäre dies nur durch eine neuerliche historische Enteignung möglich. Voraussichtlich so: Die Sieger, die am Ende des Bauernsterbens, das im Gange ist und sich mit dem Beitritt Polens zur EG weiter forcieren wird, übrig bleiben, werden die historischen Häuser – auch ihres – erwerben und bewahren. Eventuell könnte sich auch das Gerücht bewahrheiten, dass Holländer, denen zu Hause das Ackerland ausgegangen ist, sich hier einkaufen.

Heinrich Pauls hat sich bald aus dem Gespräch zurückgezogen. Seine Augen sind in dem großzügigen hellen Wohnzimmer umhergewandert, auf dem Weg zurück vom Klo hat er lange vor den alten Wandschränken gestanden. «So haben also meine Vorfahren gelebt», flüstert er, als wir hinausgehen. «Na ja, vielleicht nicht ganz so nobel», frotzele ich, «sie könnten auch in einer Kate gewohnt haben.» – «Aber für die Reise nach Russland und das Land drüben mussten sie viel zahlen, arm waren die bestimmt nicht.»

Er ist plötzlich aufgeregt, wie ich ihn noch nie gesehen habe, den Tränen nahe. «Unsere Vorfahren waren klüger als wir!», sagt er heftig. «Richtig wäre es, wenn Kinder immer klüger werden als ihre Eltern, und nicht umkehrt. Meine Mutter ist klüger als ich, meine Großmutter Helene war klüger als meine Mutter, der Urgroßvater war noch klüger als meine Großmutter. Dieser Peter Wiens, der war doch wer! Der war stolz! Der hat sich alles zugetraut und es gemacht! Uns haben sie einfach wohin gestellt und fertig.»

Was soll ich da trösten? Gegen Erkenntnisse dieser bitteren Art ist kein Kraut gewachsen. Heinrich Pauls wird, glaube ich, in Westpreußen zum ersten Mal richtig bewusst, wie ungeheuerlich die Demütigung und Entmündigung durch die Sowjetmacht gewesen ist, wie sehr seine Familie über Generationen herabgestuft worden ist.

Bis wir zurück in Danzig sind, hat er sich immer noch nicht beruhigt. Abends zerre ich ihn durchs Menschengewühl am Mottlau-Kai – ein großes, begeisterndes Pop-Konzert findet da im Mondschein statt; wir lassen uns von der Stimmung der jungen Leute anstecken. «Warum ist Rita nicht Sängerin geworden?!», schreit Heinrich mir zu. Alle paar Meter muss er einen Satz mit Ausrufezeichen loswerden: «Ich will jetzt Plattdeutsch lernen! Tossja und ich werden das Reisen anfangen! Wozu brauchen wir eine Tomaten-Plantage!!!»

«Ferbannung»

Diese Reise führt gedanklich immer wieder auch in die Sowjetunion zurück.

Beim Abendessen im Hotel fährt mich ein temperamentvoller alter Herr an: «Stutthof, was soll das? Warum meint *ihr* immer, dass die Deutschen auf alle Zeiten schuldig sind?!» Er will sich streiten, obwohl ihn seine Frau mahnend am Rock zupft. *«Ihr»*, sagt er, für ihn bin ich Teil eines Kollektivs, das ihn nicht versteht. «In der Sowjetunion waren wir Deutschen pauschal schuldig. Faschisten, dabei hatten wir mit Hitler nicht das Geringste zu tun. Und dann kommen wir nach Deutschland, und wieder sollen alle Deutschen schuldig sein.» Ich kann seinen Zorn nachvollziehen, dennoch muss ich ihm widersprechen. Ich möchte wenigstens, dass er *mich* versteht, das Kind der Adenauerzeit: das im Schweigen groß wurde und nicht wissen durfte, ob und inwieweit der eigene Vater oder Lehrer in die Verbrechen verwickelt waren. «Verstehen Sie, das war eine existentielle Not für meine Generation!»

Meine «Not» scheint er für absolut läppisch zu halten. Statt eines Arguments hält er mir sein eigenes Leben entgegen: «Ich war ein Dorfjunge in der Molosch [Molotschna-Kolonie/ Ukraine] – bis zur Deportation 1941, und dann …» Er zählt die Stationen einer typisch russlanddeutschen Odyssee auf – Westsibirien, dort verhungerten Mutter und die kleineren Geschwister fast; er selbst wurde zur Waldarbeit an den Amur verschleppt; Mitte der Fünfziger zog er, weil da zwei Brüder wohnten, nach Karaganda. «Verstehen Sie? Die Grenze vom Menschen zum Tier ist rasch überschritten. Nicht nur bei den anderen, auch bei einem selbst. Wenn sich alles ums Essen dreht, keine geistige Nahrung da ist, schrumpft einem das Hirn. Das ist eine Herabwürdigung, da kann alles passieren. Verstehen Sie? Die Natschalniks im Kolchos waren oft Deutsche, sie haben im Krieg die Not der Frauen ausgenutzt und sie sich zu Willen gemacht – gegen ein paar Kartoffeln. Meine eigene Mutter hat heimlich Kartoffeln nachgelesen, und der deutsche Kolchosvorsitzende erwischte sie. ‹Lass mir den halben Sack, Emil, die Kinder hungern.› – ‹Nein!› Wäre ich diesem Emil seinerzeit beim Bäumefällen begegnet, ich hätte ihn

ohne mit der Wimper zu zucken umgebracht und mich ge-
freut, dass er verreckt.»

Unter bestimmten Umständen wäre er eines Racheaktes
schuldig geworden – dieser Gedanke errege ihn noch immer.
Dabei sei er schon über fünfundzwanzig Jahre in der Bundesrepublik und mehr als dreißig Jahre, seit er in Estland zum
Glauben seiner Kindheit zurückgefunden habe, ein Christ.

Und dann geht er hoch wie eine Rakete: «Nach dem Fall
der Mauer sind auch *jene* nach Deutschland gekommen. Sie
sprechen kein Deutsch, sie lassen sich für 8000 DM die Zähne
vom Sozialamt richten und lachen sich eins, diese Parasiten.»
Mit «jene» meint er Menschen wie diesen Emil – Peiniger, Ver-
gewaltiger und Profiteure.

Mir verschlägt es die Sprache. Andeutungsweise kenne ich
solche Geschichten – von Russlanddeutschen, die auf der
Straße Landsleute wiedertreffen, die ihnen übel mitgespielt
haben. Doch bis jetzt habe ich die zwei Millionen Aussiedler
ziemlich einseitig als Opfer gesehen, nie wirklich darüber
nachgedacht, dass unter ihnen Opfer *und* Täter sind oder viel
komplizierter: Opfer *auch* Täter gewesen sind, Täter zu Op-
fern wurden.

Parallel zu der nach 1989 geführten Debatte um die Schuld
ehemaliger DDR-Bürger hätte auch eine über Russlanddeutsche geführt werden können. Sie wäre noch unglücklicher gewesen und vor allem völlig fruchtlos. Unmöglich, Einsicht in
Akten eines fremden Staates nehmen, undenkbar, Ortstermi-
ne am Weißen Meer oder am Amur zu veranstalten. Allein mit
Zeugenaussagen eine weit zurückliegende Tat bewerten –
Deutschland wäre juristisch und moralisch in Teufels Küche
geraten. Strafverfolgung ist unmöglich. Jeder Versuch, die Frage öffentlich aufzurollen, hätte nur die Gruppe als Ganze ins
Zwielicht gerückt. Nichtsdestoweniger existiert natürlich eine
Schuldfrage. Unausgesprochen und untergründig rumort sie

und dürfte die Psyche vieler älterer Russlanddeutscher belasten.

In Danzig wird meine Phantasie in Gang gesetzt: Es könnte doch sein, dass einer der jungen Männer, die Maria Pauls 1938 verhört haben, sagen wir mal ein Russe aus Leningrad, der in Karaganda eine Deutsche ehelichte, heute in Gelsenkirchen lebt. Oder gerade vorgestern auf einem Friedhof in Sachsen begraben wurde … Mein Deutschland ist ein Tollhaus, stelle ich in Westpreußen morgens, mittags, abends fest.

Am letzten Abend besucht mich im Hotelzimmer der Garmoschkaspieler und will mir Fotos vom «Trakt» zeigen. Dieser Helmut Epp ist in Köppental, gleich neben Lysanderhöh, geboren, und im Alter von zwei Jahren, 1931, mit Eltern und Geschwistern in den hohen Norden, an den Polarkreis, verschleppt worden. «Wir waren die stärksten Kulaken», sagt er und schlägt die erste Mappe mit Fotos auf. Sofort ist mir alles klar – er stammt aus der Eppschen Landmaschinenfabrik! Einige der feinen Herren und Damen auf den Bildern kenne ich dem Namen nach, zum Beispiel seinen Großonkel Franz Epp – aus einer in Saratow gefundenen Erschießungsliste. Die elegante Schöne auf der Schlittschuhbahn ist eine Schwester des zweiten Mannes von Ritas Urgroßmutter. Hokuspokus sind wir mitten im berühmten «mennonitischen Spiel» und fädeln Familienbeziehungen nach. Helmut Epp weiß über jeden etwas zu erzählen, obgleich er an sein Zuhause keine Erinnerungen hat, von den vielen Dutzend Fotografierten fast niemanden persönlich kannte.

Das familiäre Wissen haben seine Eltern im hohen Norden an ihn weitergeben. Epp holt nun eine zweite Mappe heraus, auf der in grünen Lettern «Ferbannung» steht. Die Fotos – wenige nur – zeigen Blockhäuser im hohen Schnee und eine armselig gekleidete, hohlwangige Familie. Das traurigste ist von 1947, aus dem «schwersten Hungerjahr». Es war das Jahr, in dem der achtzehnjährige Helmut Epp im Eilverfahren zum Viehdoktor ausgebildet wurde. Experten dieser Art wurden händeringend gebraucht, denn fast sämtliche qualifizierte Leute waren während der «Stalin'schen Säuberungen» ermordet worden. So konnte der Sohn eines deportierten «Kulaken» einen Beruf ergreifen, in dem er «sehr glücklich wurde».

Genau zur selben Zeit übrigens begann in Westfalen ein gewisser Karl Demes zu praktizieren, der später mein Vater wurde. Er war damals zweiunddreißig, hatte Krieg und anderthalb Jahre Gefangenschaft bei Stalingrad hinter sich … «Karl und Helmut, zwei deutsche Tierärzte» – klingt wie ein Buchtitel aus nationalsozialistischer Zeit … Mir fällt auf, wie sehr ich mich daran gewöhnt habe, eigene Familiengeschichten und russlanddeutsche parallel zu denken.

Auf der Rückreise von Danzig nach Oerlinghausen sitze ich lange neben Helmut Epp. Draußen nieselt es, aus dem Regengrau leuchten überall in den Dorfgärten die Dahlienbüsche. Die zarten Stockrosen, vor vier Tagen noch im Saft, hängen welk über die Zäune. In ein, längstens zwei Jahrzehnten, denke ich, wird diese verschlafene nordpolnische Landschaft ganz anders aussehen, EG-Normen werden hier Einzug gehalten haben.

Wir schreiben den 13. August 2001. Heute vor vierzig Jahren wurde die Mauer gebaut, befand sich die Welt auf dem Höhepunkt des Kalten Krieges. Unglaublich, was allein in meiner eigenen Lebensspanne geschah, was alles jetzt oder sehr bald gedanklich und seelisch durchgearbeitet werden und in energisches, kluges Handeln überführt werden muss. «Das geht auf keine Kuhhaut», hätten mein Vater oder die bäuerlichen Mennoniten vom «Trakt» gesagt. Aber diese alten Sprüche sind – wie so vieles – angesichts dieser ungeheuren Beschleunigung nicht mehr wirklichkeitstauglich.

Unterwegs im Bus ist mir öfter das «europäische Haus» in

den Sinn gekommen – ein Bild, das um 1986 herum aufkam und heute schon fast wieder versunken ist, oder nur noch als Wirtschaftsgebäude gedacht wird, als Abteilung einer globalen Ökonomie. In jenen euphorischen Monaten damals, als sich mein Horizont nach Mitteleuropa hin weitete, habe ich dieses «Haus» viel zu klein gedacht. In Wahrheit hat es noch sehr viel mehr Zimmer – oder – um Rita zu zitieren – «Schick-Säle». Deutschlands historische Verbindungen reichen bis weit hinter den Ural, da beißt die Maus keinen Faden ab, es *ist* so. Wir leben jetzt mit gut zwei Millionen ehemals «Ferbannnten» (von denen einige ihre Rechtschreibfehler mit ins Grab nehmen werden) und ihren Nachkommen zusammen.

Mit fünfzig von ihnen habe ich vier Tage in einem Bus gesessen. Interessanter, vergnüglicher hätte ich nach Westpreußen nicht reisen können. Eine Zeitreise in die vergangene Welt des Plattdeutschen, der bäuerlichen Mennoniten, hundertfünfzig und mehr Jahre zurück, vor Gründung des Deutschen Reiches. Eine Reise, die mich über die Weichsel hinaus weit nach Eurasien hineingetragen hat. Atmosphärisch hat sie mich manchmal an die «Magical Mystery Tour» der Beatles im gelbblauen Bus erinnert.

Am Abend dieses 13. August will sich trotz allgemeiner Erschöpfung keine Ruhe einstellen. Russische Lieder, Geschichten aus der Sowjetzeit beherrschen jetzt die Szene. Unser Garmoschkaspieler erzählt von einer glimpflich ausgegangenen Begegnung mit einem Bären, den er beim Pilzesuchen traf. Ein Weihnachten 1968 wird zu aller Gaudi noch einmal beschworen: Die Geschichte spielt in Estland – einige mennonitische Familienväter waren abkommandiert, um an einer Bahnstation Panzer, die für das sowjetisch besetzte Prag bestimmt waren, auf Züge zu verladen. Und die Stahlseile zum Festbinden fehlten! Dank der Desorganisation konnten die Männer rechtzeitig zu Heiligabend wieder im Dorf sein.

«Wir sind jetzt bei Wandlitz», verkündet Pastor Foth, mitten hinein in die «Wolschanka», das klassische Wolgalied. «Ihr wisst doch, da wo Honecker wohnte.» Niemanden interessiert das jetzt. Die Nacht gehört der Garmoschka – Jessenins Romanzen, «Kalinka», Kolchosliedern. Ab und zu schlägt jemand ein deutsches Volkslied vor, unser Spielmann freilich kennt die meisten nicht, nur: «Guter Mond, du gehst so stille.»

Bei diesem Lied kommt mir mein letzter Besuch bei Maria Pauls in den Sinn. «Kennen Sie mich noch?», fragte ich sie wie immer zur Begrüßung. «Ja, du bist der Kater.» – «Wenn überhaupt», widersprach ich erschrocken, «dann bin ich eine Katze.» Sie hielt meine Hand fest wie ein Schraubstock und setzte freundlich hinzu: «Aber man sieht, dass du heute in der Kirche warst.» Anscheinend kam ich völlig ungelegen, sie erwartete nämlich einige lang verstorbene Lysanderhöher zum Abendbrot. Wir sangen dann, als sie nicht kamen: «Guter Mond …», und sie wurde ein wenig heiter. Ausnahmsweise tadelte sie mich nur milde: «Zu niedrig, du singst immer zu niedrig.»

Nachwort

Tataren, **Usbeken,** Samojeden,
Ukrainer und jegliches Land,
Auch Wolgastromdeutsche, ein jeder
Hofft auf Übersetzer-Verstand.

Und vielleicht schon in dieser Minute
Überträgt mich ins türkische Wort
Ein junger Japaner, der gute –
Begriff meine Seele sofort.»

Diese Verse hingen während der Niederschrift des Buches über meinem Schreibtisch. Ich freute mich daran, dass Ossip Mandelstam die «Wolgastromdeutschen» erwähnt – damals gehörten sie noch selbstverständlich zu den Völkern der Sowjetunion. Mir gefiel der heitere Ton, in dem der Dichter seine Hoffnung vorträgt, es möchten sich verständige Übersetzer seiner Kunst und der vielen Kulturen seiner Heimat finden. (In jenem November 1933 schrieb er auch sein wuchtiges, düsteres «Epigramm gegen Stalin».) Mandelstam formuliert in gewisser Weise mein Vorhaben – und die Unmöglichkeit, es zu verwirklichen. Eine «Seele begreifen» kann man nur im Reich der Utopie. Zwischen zwei oder gar drei Welten gedanklich und sprachlich vermitteln, wer könnte das schon?

Das Gedicht hat mich getröstet, wenn immer ich an Grenzen des Verstehens stieß. Die unüberwindlichste sei hier noch einmal ausdrücklich genannt. Ich zitiere wieder Mandelstam, einen Satz von 1920: «Nicht zu bezwingen im Lebenswald ist

die Angst.» Diese nie endende Angst, die seine Generation gequält hat und die Generation von Ritas Großmutter bis heute
verfolgt, wird mir immer unzugänglich bleiben.

Auf meiner Reise in andere Zeiten und Welten hat mich
vieles verwundert. Zu dem bereits Erzählten möchte ich kurz
(und nicht ganz schmerzlos) hinzufügen:

Ich musste diesmal ausdauernd gegen den Strom schwimmen. Bei meiner Beschäftigung mit Ostpreußen wurde ich
von einer glücklichen Zeitströmung getragen: Seinerzeit, vor
und nach 1989, wurde ich von Erinnerungen nur so über-
schüttet, musste nicht viel mehr tun, als sie aufzulesen. Jetzt
war es anders: Überall, in Kasachstan, in Kanada, selbst in
Deutschland waren meine Gesprächspartner vor allen Dingen
mit dem Heute beschäftigt. Teils mit materiellen Sorgen, teils
waren sie, und da schließe ich mich ein, von dem weltweit
grassierenden, diffusen Gefühl der Unsicherheit erfasst. Deswegen hatte mein Fragen nach Geschichte etwas Künstliches,
es erschien abwegig, war nicht selten aufgenötigt. Mir schien
manchmal, als habe die Gegenwart die Vergangenheit regelrecht verschluckt.

Das überraschendste Ergebnis meiner Recherche war: Die
Biografien von Ritas Leuten führten mich ständig und allerorten in bäuerliche Welten. Es ergab sich, dass dieses Buch ganz
wesentlich von verschiedenen Varianten ihres Untergangs und
ihrem zähen Nachleben handelt.

Persönlich sehr bewegt haben mich Zufälle und Koinziden-
zen. Zum Beispiel: Ritas beste Freundin Wika studierte Ende
der achtziger Jahre in Sowjetsk, dem ehemaligen Tilsit, bei
Isaac Rutmann, einem Juden aus Leningrad, und ebendiesen
lernte ich etwa zur selben Zeit in Sowjetsk kennen. Peter Letkemann aus Winnipeg, den ich im mennonitischen Archiv in
der Pfalz traf, hat einen Großvater in Arkadak gehabt, und in
dessen Mühle ließ Ritas Urgroßvater vor der Oktoberrevolu-

tion seinen Weizen mahlen. Sieben oder acht solcher Geschichten könnte ich vorbringen – bis hin zu der privaten, schon geschilderten, dass mein bayrischer Schwiegervater Alfred Lachauer Kriegsgefangener in Karaganda war. Zufälle? Ja! Zufälle des 20. Jahrhunderts, die ihren Urgrund in Tragödien, vor allem im Zweiten Weltkrieg, haben. Weil Tilsit seit 1945 Teil der UdSSR ist, konnte Wika aus Karaganda dort studieren; ihr Lehrer Rutman gelangte in diese Stadt, weil sein Leningrad zerstört wurde. Peter Letkemann kam 1950 im westfälischen Gronau zur Welt, seine Eltern lernten sich im dortigen Durchgangslager für mennonitische Flüchtlinge kennen, zogen nach Kanada weiter … Man könnte jahrelang die Wege dieser Entwurzelten nachgehen und würde auf unendlich viele Zusammenhänge stoßen. Sie zu entdecken ist wunderbar. Die Welt ist ein Dorf, und die Erfahrung des Heimatverlustes *der* Stoff für moderne Freundschaften.

Meine Beziehung zu Ritas Großmutter hat die zu meinem Schwiegervater intensiviert – und umgekehrt. Hinzu kam, dass beide ungefähr zeitgleich in geistige Verwirrung fielen. So erlebte ich den Prozess des Sichentfernens parallel – in Kehl und in Ahlen. Irgendwann fiel mir auf, dass auch Alfred Lachauer von Karagandiner Schrecknissen eingeholt wurde. Dies war vor seinem Tod im August 2001 deutlich zu erkennen. Ich will es nicht ausbreiten, nur andeuten: Er hatte im Lager Karaganda Todesängste durchlitten, und mir schien, als stellte sich diese vor mehr als fünf Jahrzehnten durchlebte Erfahrung wieder ein.

Vielen habe ich zu danken. Zuallererst Ritas Großmüttern, Maria Pauls und Alexandra Kirilowa und – neben ihnen – meinem Schwiegervater Alfred. Zum Zeitpunkt unserer Gespräche waren sie schon unterwegs in die andere Welt. Welche Anstrengung es sie gekostet hat, sich mir zuzuwenden, kann ich nur ahnen. Danken muss ich Ritas Großtante Helene

Bretthauer aus Lysanderhöh, deren Lieblingssatz lautet: «Man kann gar nicht genug danken!» Diese Einsicht ist Rita und mir zum Motto geworden.

Ich danke von ganzem Herzen: besonders der Familie Pauls, ich danke den Toews, Janzens, Bretthauers, Kirilows, Tschupachins, den kanadischen Pauls und den kanadischen Dycks für ihre Gastfreundschaft und ihr Vertrauen. Und ich hoffe, dass sie sich in meiner Beschreibung wiederfinden können, sie niemanden verletzt – und das öffentliche Rampenlicht ihr Leben nicht allzu sehr stört.

Rita, meine Freundin und Partnerin in dieser Arbeit, hat das Manuskript gelesen und aus ihrer Sicht alles Nötige dazu gesagt. Ich wünsche Rita, dass unser Abenteuer sie jetzt, nach bestandenem Übersetzerexamen, weiter beflügelt.

Peter Letkemann sei bedankt für seine großherzige kollegiale Unterstützung. Er hat in Kanada die Türen geöffnet und mir in der mennonitischen Thematik manche Orientierung gegeben, schließlich das Manuskript durchgesehen. Fachlich überprüft hat es Gerd Stricker; er hat mich vor Rutschpartien im historischen Gelände bewahrt und mir Mut gemacht. Uwe Naumann, mein Lektor, begleitete mich den ganzen langen Weg über wie ein Engel. Sein festes Vertrauen in das Buch, das er gleich zu Anfang «Ritas Leute» nannte, und seine behutsame Führung halfen mir sehr.

Ohne die Robert Bosch Stiftung wäre das Projekt womöglich in Finanznöten stecken geblieben. Für ihre Großzügigkeit und die Ehre, in einem klugen, weit gespannten Programm der Völkerverständigung mitwirken zu dürfen, habe ich zu danken – ganz besonders Joachim Rogall, der sich persönlich für mich einsetzte und dessen Ansporn und Echo mir viel bedeutet haben.

Dank gebührt dem Gebietsarchiv Karaganda, dem Dokumentationszentrum für Zeitgeschichte des Gebiets Saratow, dem Staatsarchiv des Gebiets Saratow und seiner Unterabteilung Engels, dem Generalkonsulat der Bundesrepublik Deutschland in Saratow, der Gesellschaft «Memorial»/Moskau, dem Mennonite Heritage Center/Winnipeg, der Mennonitischen Forschungsstelle Weierhof/Pfalz, der Landsmannschaft der Deutschen aus Russland, dem Suchdienst des Deutschen Roten Kreuzes.

Maria Klassen danke ich für unsere Gespräche über Karaganda, und für freundliche Unterstützung verschiedenster Art gilt mein Dank: Sophia Decker, Alfred Eisfeld, Helmut Enss, Bernhard Falk, Viktor Fast, Irene Fischer, Peter Foth, Marwin Goossen, Anahit Harutjunjan, Rita Heidebrecht, Victor Herdt, Monika Hey, Lena Khuen-Belasi, Christel Köhle-Hezinger, Peter Köhle, Sergej Larkow, Alexander Nikulin, Gunhild Pörksen, Wika Poljatschok, Ella und Serge Scherer, Ursula Schlude, Hermann Schulz, Tatjana und Anatoli Sawarykin, Teodor Shanin, Olga Stein, Cornelius Wall, Gary Waltner, Peter Wiens/Espelkamp, Peter Wiens/Oerlinghausen.

Ich danke meiner Familie, der eigenen und der angeheirateten – und: meinem Mann Winfried Lachauer. Die Tatsache, dass er neun Monate nach der Heimkehr seines Vaters aus Karaganda geboren wurde, hat in unser beider Bewusstsein eine Bedeutung gewonnen.

Zeittafel

1763 Manifest der Zarin Katharina II.: Einladung an Ausländer zur Ansiedlung im Russischen Reich. Zugesichert werden: Landbesitz, Steuerfreijahre, deutsche Sprache und Verwaltung, Religionsfreiheit und Befreiung vom Militärdienst «auf ewig».

1764 Gründung der ersten wolgadeutschen Kolonie

1789 Ankunft der ersten mennonitischen Siedler aus Westpreußen in Chortitza am Dnjepr

1797 Russisches Gesetz, das die Rechte der eingewanderten Deutschen (Lutheraner, Katholiken, Mennoniten) als einem speziellen Stand, dem «Kolonistenstand», zugehörig, definiert.

1804 Ankunft mennonitischer Siedler in der Molotschna, nördlich des Schwarzen Meeres

1806 ff. Ankunft katholischer und lutherischer Siedler in Südrussland

1822 Erste mennonitische Lehrerbildungsstätte in Ohrloff/Molotschna

1832 «Koloniestatut» – Neuregelung der Rechte der Kolonisten

1851 Gesetz zur Gründung der dritten Mennonitensiedlung Am Trakt/Wolga

1861 Aufhebung der Leibeigenschaft in Russland

1871 Aufhebung der Privilegien der Kolonisten, die fortan den russischen Bauern gleichgestellt werden.

1874 Aufhebung der Befreiung der Deutschen vom Militärdienst, 18 000 Mennoniten wandern nach Amerika aus; daraufhin wird von der russischen Regierung Sanitäts- und Forsteidienst zugestanden.

1881 Thronbesteigung Alexanders I., Russifizierungs-Kampagne

ab 1880 Abwanderung deutscher Kolonisten aus überfüllten Dörfern im europäischen Russland nach Sibirien und Kasachstan

1897 Volkszählung ergibt 1,4 Millionen Deutsche im Russischen Reich (ohne die polnischen Landesteile). Die ca. 120 000 Mennoniten machen 8,6 Prozent der Russlanddeutschen aus.

1904/05 Vernichtende Niederlage im Russisch-Japanischen Krieg, daraufhin erste Russische Revolution, Konstitutionelle Verfassung mit Parlament («Duma»)

1910 Gründung der Mennoniten-Tochterkolonie Arkadak an der Wolga

1914 Ausbruch des Ersten Weltkrieges

1915 Liquidationsgesetze – die Deutschen sollen enteignet und hinter den Ural deportiert werden; 190 000 Wolhyniendeutsche trifft dieses Schicksal, die übrigen Russlanddeutschen werden durch die Revolutionen des Jahres 1917 davor bewahrt.

1917 Im Februar die bürgerliche Revolution, Zar Nikolai II. dankt ab. Im Oktober die bolschewistische Revolution – die sog. Provisorische Regierung wird gestürzt, Ausrufung der Räterepublik.

1917 Kurz vor der Oktoberrevolution: Erster Kongress aller Russlanddeutschen

1918 Frieden von Brest-Litowsk

1918 – Ende 1920 Blutiger Bürgerkrieg «Weiß» (Zarentreue) gegen «Rot» (Bolschewiki)

1921/22 Große Hungersnot in Russland – 5 Millionen Hungertote, darunter 113 000 Wolga- und 70 000 Schwarzmeerdeutsche. Lenin befiehlt die Enteignung der Kirchenschätze, im Zusammenhang damit zahlreiche Schauprozesse und Erschießungen von Geistlichen.

1921–28 Als Folge der Hungersnot: Neue Ökonomische Politik (NÖP), die wieder in beschränktem Maße Privatwirtschaft erlaubt.

1924 Gründung der «Autonomen Sozialistischen Sowjetrepublik der Wolgadeutschen», außerdem in der ganzen Sowjetunion 18 deutsche nationale Kreise sowie 550 deutschsprachige Dorfsowjets

1928 Zwangskollektivierung – Ende der liberaleren NÖP-Periode

1929 «Dekret über die religiösen Vereinigungen», es ermöglicht den Sowjets Kirchenschließungen. In Moskau versammeln sich ca. 14 000 ausreisewillige Russlanddeutsche. 5761 erhalten die Ausreiseerlaubnis, darunter 3885 Mennoniten.

428 **1929/31** «Liquidierung der Kulaken als Klasse», allein 60 000 Kulaken aus der Wolgarepublik werden an die nördliche Dwina, nach Sibirien und Kasachstan deportiert.

1931 Gründung Karagandas

1932/33 Zweite große Hungersnot, vor allem in der Ukraine. Mehr als 6 Millionen Hungertote in der ganzen UdSSR, darunter 110 000 Schwarzmeer- und 54 000 Wolgadeutsche.

1936–38 Der «Große Terror» – Stalins «Säuberungen», denen 10 bis 20 Millionen Menschen zum Opfer fallen, darunter auch die Geistlichkeit aller Religionen und Konfessionen.

1939 Laut Volkszählung 1,43 Millionen Russlanddeutsche (vermutlich gefälschte Ergebnisse: die Volkszählung von 1937, deren Ergebnisse bis 1991 geheim gehalten wurden, um die ungeheuren Verluste durch Hungersnöte und Zwangskollektivierung zu verschleiern, hatte 1,04 Millionen Russlanddeutsche ergeben). 28. August: Deutsch-sowjetischer Nichtangriffspakt mit geheimem Zusatzabkommen über die Aufteilung Osteuropas, 1. September: Beginn des Zweiten Weltkrieges

1941 22. Juni: Beginn des deutsch-sowjetischen Krieges, 28. August: Dekret über die Deportation der im europäischen Teil der UdSSR lebenden Russlanddeutschen in den Hohen Norden und hinter den Ural, 800 000 deportiert. Verlust der Bürgerrechte

1941–48 Russlanddeutsche Deportationsopfer (verhungert, erfroren, erschossen, tödlich erkrankt, Arbeitsunfälle): 300 000 bis 400 000 Menschen

1942–46 Russlanddeutsche Männer und Frauen werden für die «Arbeitsarmee» mobilisiert: Strafarbeitslager mit militärischem Regime

1942–55 «Sondersiedlung» für die Russlanddeutschen und einige andere «unzuverlässige» Sowjetvölker. Die «Sondersiedler» dürfen unter Androhung von Höchststrafen den ihnen zugewiesenen Ort nicht verlassen und unterliegen einer monatlichen Meldepflicht.

1943/44 350 000 Ukrainedeutsche trecken im Schutze der sich zurückziehenden Wehrmacht nach Westen und werden im Warthegau bei Posen angesiedelt.

1944/45 220 000 Ukrainedeutsche werden aus dem Warthegau von der Sowjetarmee «repatriiert».

1945 8. Mai: bedingungslose Kapitulation des Deutschen Reiches

1947 Laut sowjetischer Volkszählung: 1,2 Millionen Russlanddeutsche

1948 Dekret des Obersten Sowjets legt die Verbannung der Deutschen «auf ewig» fest.

1955 Adenauer eröffnet deutsche Botschaft in Moskau, erwirkt Entlassung der letzten deutschen Kriegsgefangenen und Aufhebung der «Sondersiedlung». Russlanddeutsche dürfen sich innerhalb Sowjetasiens relativ frei bewegen und erhalten Bürgerrechte zurück.

1959 Deutsch-sowjetische Übereinkunft über Familienzusammenführung

1964 Rehabilitierung der Russlanddeutschen, sie dürfen jedoch weiterhin nicht in ihre Heimatgebiete zurück.

1970 Moskauer Vertrag zwischen der Bundesrepublik und der Sowjetunion, Ansteigen der Aussiedlerzahlen

1972 Geheimdekret, das erst Mitte der siebziger Jahre bekannt wird: Russlanddeutsche dürfen Sowjet-Asien verlassen und in ihre alten Gebiete zurück.

1975 Unterzeichnung der KSZE-Vereinbarung von Helsinki

1985–91 Michail Gorbatschow Partei- und Staatschef: Perestroika

1987 Neues Passgesetz, das die Ausreise erleichtert

1989 Gründung der «Unionsgesellschaft der Russlanddeutschen ‹Wiedergeburt›»

1991 Im Dezember Auflösung der Sowjetunion, die meisten einstigen Sowjetrepubliken bilden künftig die «Gemeinschaft unabhängiger Staaten» (GUS)

ab 1987 Massenauswanderung der Russlanddeutschen – bis Ende 2001 mehr als 2 Millionen.

Glossar

Banja – russisches Schwitzbad, gehört traditionell zu jedem Dorfhaus.

Beischlag – eine dem Hauseingang vorgelagerte, «beigeschlagene» Terrasse mit breiter Treppe, vor allem im Ostseeraum verbreitet. Die westpreußischen Mennoniten haben ihre Häuser in Russland öfters mit einem Beischlag versehen.

Brüdergemeinde – Unter dem Einfluss des Pietismus entstand um 1860 in der Kolonie Molotschna die «Mennoniten-Brüdergemeinde». Die Bewegung erfasste vor allem die Dorfarmen. Sie unterschied sich von der «Kirchengemeinde» durch Weltabgewandtheit und Strenge. Taufe war nicht nur ein formaler Akt, sondern erst nach persönlichem «Erweckungserlebnis» möglich. In der Deportation haben die schlichten Brüdergemeinden überlebt, nur wenige «Kirchengemeinden».

Chanat – Amt oder Herrschaftsgebiet eines Chans. Chan ist der Herrschertitel bei mongolischen und türkischen Stämmen.

Desjatine – russisches Flächenmaß, 1 Desjatine = 1,092 Hektar

GPU – Abkürzung für «Gossudarstwennoje Politischeskoje Uprawlenije», Staatliche politische Verwaltung, 1922 aus der «Tscheka» hervorgegangen, zeitweise Bezeichnung der politischen Polizei mit weitreichenden Vollmachten. 1934 wurde sie dem NKWD eingegliedert.

Gulag = Abkürzung für: «Glawnoje Uprawlenije Lageri», Hauptverwaltung der Straflager der UdSSR

Isba – hölzernes Bauernhäuschen

KARLag = Abkürzung für «Karagandinski Lager», Karagandiner Lagerkomplex. Ein Areal von etwa 1,7 Millionen Hektar, das Hunderte von Lagern umfasste. 800 000 Häftlinge haben sie zwischen 1931–1957 durchlaufen, etwa 70 000 sind ums Leben gekommen.

Kolchos – Abkürzung für «Kollektiwnoje chosjajstwo», Kollektivwirtschaft. Landwirtschaftlicher Großbetrieb auf genossenschaftlicher Basis, nach 1917 zunächst freiwilliger, nach 1928 gewaltsam erzwungener Zusammenschluss bäuerlicher Einzelbetriebe.

Komsomol – Abkürzung für «Kommunistitscheskij sojus molodjoschi», Kommunistischer Jugendverband der KPdSU, 1918 gegründet, 1991 aufgelöst. Er erfasste Jugendliche zwischen 14 und 26 Jahren. Vorstufe waren die «Jungen Pioniere» (9–14-Jährige).

Kulak – auf Russisch wörtlich «Faust». Im sowjetischen Sprachgebrauch so viel wie «Dorfkapitalist». Gemeint ist ein Bauer mit größerem Landbesitz, der fremde Arbeitskräfte beschäftigte. «Kulak» wurde zum Inbegriff für «Konterrevolutionär, Sowjetfeind». Als «Kulak» enteignet und deportiert werden konnte man auch aufgrund einer kritischen Äußerung, aufgrund von Denunziation.

Matrioschka – zerlegbare Holzpuppe. Im Bauch der Bäuerinnenfigur stecken mehrere «Kinder».

MCC – Abkürzung für «Mennonite Central Committee», Hilfsorganisation, die 1920 in USA zur Unterstützung der Not leidenden Brüder in Russland gegründet wurde. Sie leistete Hungerhilfe und Beistand zur Auswanderung. Auch nach dem Zweiten Weltkrieg half das MCC Mennonitenbrüdern bei der Auswanderung nach Übersee.

Mir – wörtlich: «Welt», «Frieden». Der Dorfverband als gemeinsame Körperschaft, die dem Besitzer des Dorfes – Bojar, Kloster, seltener: Staat – als Ganzes Steuern entrichtete. Das Dorfland gehörte dem Mir gemeinsam, jede männliche Seele hatte einen Anteil zur Nutzung; in unregelmäßigen Abständen wurde es neu verteilt.

Natschalnik – Vorgesetzter

NKWD – Abkürzung für «Narodnyj Komissariat Wnutrennych Del», Volkskommissariat für Innere Angelegenheiten. 1934 geschaffen unter Einbeziehung der GPU, es wurde das Instrument des Stalin'schen Terrors.

Pelmeni – mit durchgedrehtem Fleisch gefüllte Teigtaschen. «Pel-Njan», «Brot-Ohren», heißen sie in der Sprache der Permier und Komi, finno-ugrischer Jäger-Völker, die sie angeblich erfunden haben. Sie wurden zum russischen Nationalgericht und auch von den deutschen Kolonisten übernommen.

Petschka – lehmgemauerter großer Ofen, der Mittelpunkt jedes Dorfhauses

Pud – altes russisches Handelsgewicht, 1 Pud = 16,375 Kilogramm

Samisdat – russisch «Selbstverlag», ein Mitte der sechziger Jahre entstandener Begriff für die heimliche Herstellung und Verbreitung von Werken, die in der UdSSR nicht erscheinen durften (Untergrundliteratur).

Semetschki – russisch «Sonnenblumenkerne». Auf Mennonitenplatt heißen sie «Knacksud».

Sommerküche – ein leichter Anbau am Wohnhaus oder frei stehendes Büdchen, wo sommers gekocht und gegessen wurde. Ein Stück bäuerlicher Tradition – das Leben verlagerte sich nach draußen; für viele Russlanddeutsche gehört diese bis heute zum saisonalen Lebensgefühl.

Semstwo – das 1864 eingeführte Organ der ländlichen Selbstverwaltung auf der Gouvernements- und der Kreisebene

Sowchos – Abkürzung für russisch «Sowjetskoje chosjajstwo», Sowjetwirtschaft. Entstanden nach der Oktoberrevolution aus privaten und staatlichen Gutsbetrieben. Nach 1928 wurden Sowchosen in wenig erschlossenen Steppen und Waldsteppen der UdSSR gegründet.

«Trudarmee» – deutsche Übernahme von russisch «Trudarmija», wörtlich «Arbeitsarmee». In Wahrheit handelte es sich um Zwangsarbeitslager mit militärischem Regime. 1942 wurden alle deutschen Männer zwischen 15 und 55 Jahren, wenig später alle deutschen Frauen zwischen 16 und 45 Jahren (ausgenommen Schwangere und Frauen mit Kleinkindern) zur «Trudarmija» eingezogen. Die Auflösung der Lager zog sich bis 1947/48 hin.

Walenki – Filzstiefel

Werst – altes russisches Entfernungsmaß, 1 Werst = 1066,78 Meter

RITA PAULS
* 1969 Karaganda/Kasachstan

LENI TOEWS
geb. Pauls
* 1938 Karaganda
⚭ Viktor Toews

HANS PAULS
* 1943 Karaganda
⚭ Anna Zeiger

HEINRICH PAULS
* 1941 Karaganda
⚭ Anastasia Pauls
geb. Kirilowa
* 1940 Kokschenewo

ANASTASIA PAUL
geb. Kirilowa
* 1940 Kokschenewo/
Westsibirien
⚭ Heinrich Pauls
* 1941 Karaganda

ANNA JANZEN
* 1914 Lysanderhöh
† 1995 Offenburg

MARIA PAULS
geb. Janzen
* 1916 Lysanderhöh
(und 7 weitere Geschwister)
⚭ Heinrich Pauls
* 1914 Arkadak/Wolga
† 1943 Dolinka

HEINRICH PAULS
* 1914 Arkadak/Wolga
† 1943 Dolinka
(und 7 weitere Geschwister)
⚭ Maria Pauls
geb. Janzen
* 1916 Lysanderhöh/Wolga

HELENE FROESE
geb. Wiens
* 1889 Lysanderhöh
† 1961 Karaganda
⚭ Jakob Janzen [1. Ehe]
* ca. 1888 Ostenfeld
† 1921 Lysanderhöh
⚭ Jakob Froese [2. Ehe]
* ca. 1870 Köppental
† 1931 Karaganda

JOHANN PAULS
* 1873 Kolonie «Chortitza»
† 1933 Karaganda
⚭ Maria Pauls
geb. Pätkau
* 1873 Burwalde/«Chortitza»
† 1933 Karaganda

PETER WIENS
* 1853 Marienau/Westpreußen
† 1931 Lysanderhöh
⚭ Katharina Wiens
geb. Bergmann
* ca. 1855 Westpreußen
† 1892 Lysanderhöh

↑

*Die Pauls und Pätkaus wanderten
etwa um 1800 aus Westpreußen
in die Schwarzmeerregion ein.*

LENA TSCHUPACHINA
geb. Pauls
* 1966 Karaganda

⚭ **Oleg Tschupachin**
* 1966 Westsibirien

ANNA KIRILOWA
* 1937 Kokschenewo

MASCHA KIRILOWA
* 1932 Kokschenewo

**)HANN «JOHN»
\ULS**
398 Kolonie «Chortitza»
983 Winnipeg/Kanada

Katharina Pauls
. *Pätkau*
)03 Burwalde/«Chortitza»
)91 Winnipeg/Kanada

ALEXANDRA KIRILOWA
geb. Britkowa
* 1909 Kokschenewo
† 2000 Kokschenewo
(und 11 weitere Geschwister)

⚭ **Pawel Kirilow**
* 1909 Lisino
† 1944 bei Warschau

PAWEL KIRILOW
* 1909 Lisino
† 1944 bei Warschau
(und 4 weitere Geschwister)

⚭ **Alexandra Kirilowa**
geb. Britkowa
* 1909 Kokschenewo
† 2000 Kokschenewo

IWAN BRITKOW
* ca. 1885 Kokschenewo
† ca. 1950 Kokschenewo

⚭ **Anna Britkowa**
* ca. 1885 Kokschenewo
† ca. 1953 Kokschenewo

ALEXEJ KIRILOW
* ca. 1880 Lisino
† *(Datum unbekannt)*

⚭ **Darja Kirilowa**
* ca. 1880
† *(Datum unbekannt)*

*Die Britkows zogen um 1850
aus dem Gebiet Samara nach
Westsibirien.*

*Die Kirilows zogen um
1850 aus dem Gebiet
Rjasan nach Westsibirien.*

Europäisches Nordmeer

Nordsee

nach Kanada

Oslo

Stockholm

Kopenhagen

Helsinki

Ostsee

St. Petersburg
(Leningrad)

Bremerhaven

Straßburg
Mannheim
Berlin
Danzig
Marienau

Kehl

München

Warschau
Minsk

Moskau

Wien

Rjas

Budapest

Kiew
Kursk

Johann Pauls 1925

Wiens 1869

Pauls/Patkau 1803

Belgrad

Arkad

Janzen 1988

Sofia
Bukarest
Odessa
Saporoschje

«Chortitza»
«Molotschna»

Pauls 1910

Pokrowsk/
Lysa

*Asowsches
Meer*

Rostow

Wolgogra
(Stalingra

Anapa

Istanbul

*Schwarzes
Meer*

Armawir

Ankara

*Kaspi
Me*

Pauls 1989

Mittelmeer

Kairo
Jerusalem

Bagdad

Teheran

*Rotes
Meer*

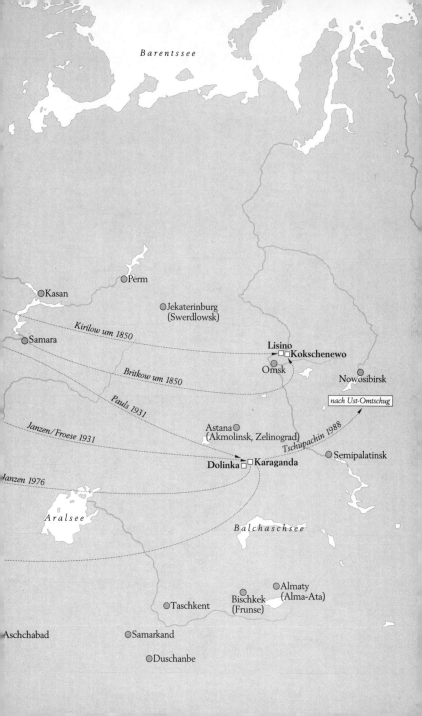

Johann Pauls 1925 über Bremerhaven nach Kanada

□Rosthern
Saskatoon○
□Winnipeg
London○
Paris○
○Montreal
○New York
San Francisco○
○New Orleans
Atlantischer Ozean

Äquator

Pazifischer Ozean

○Rio de Janeiro

Kap
○Buenos Aires

ordpolarmeer
Tschupachin 1988
Ust-Omtschug
Magadan
Petersburg
Moskau
Nowosibirsk
Arkadak
Irkutsk
Saratow
Karaganda
Harbin
Wladiwostok
bul
Peking
Tokio
Teheran
ro
Pazifischer Ozean
Hongkong
Bombay
Äquator
Indischer Ozean
Canberra

Lebenserinnerungen bei rororo

Bewegte Leben, bewegende Berichte

Ulla Lachauer
Paradiesstraße
Lebenserinnerungen der ostpreu-
ßischen Bäuerin Lena Grigoleit
3-499-22162-4

Eva Jantzen/Merith Niehuss
Das Klassenbuch
Geschichte einer Frauengeneration
3-499-13967-7

Hermine Heusler-Edenhuizen
Du mußt es wagen!
Lebenserinnerungen der
ersten deutschen Frauenärztin
3-499-22409-7

Tania Blixen
Jenseits von Afrika
3-499-22222-1

Ruth Picardie
Es wird mir fehlen, das Leben
3-499-22777-0
Bevor ich gehe. Eine junge Frau
nimmt Abschied von ihrem Leben.

Marjorie Shostak
Nisa erzählt
Ein authentischer, «mit heftigem
Temperament vorgetragener Bericht» (Der Spiegel) über das Leben
einer afrikanischen Nomadenfrau
und zugleich das Porträt einer fas-
zinierenden Kultur.

3-499-23050-X

Romanbiographien bei rororo

Berühmte Schicksale im Spiegel der Zeit

Irving Stone
Michelangelo
Biographischer Roman
3-499-22229-9

Der Seele dunkle Pfade
Ein Roman um Sigmund Freud
3-499-23004-6

Vincent van Gogh
Ein Leben in Leidenschaft
3-499-11099-7

Werner Fuld
Paganinis Fluch
Die Geschichte einer Legende
3-499-23305-3

Carola Stern
Der Text meines Herzens
Das Leben der Rahel Varnhagen
3-499-13901-4
Stern zeichnet dieses flirrende Leben und sein langsames Verlöschen sehr eindringlich nach und stellt es in seinen zeitgeschichtlichen Kontext.

Asta Scheib
Eine Zierde in ihrem Haus
Diese Romanbiographie erzählt die Geschichte einer berühmten Dynastie und einer ungewöhnlichen Frau, die gegen alle gesellschaftlichen Zwänge schließlich die Freiheit gewinnt, ihr eigenes Leben zu leben.

3-499-22744-4

Historische Unterhaltung bei rororo:
Große Liebe, unvergleichliche Schicksale, fremde Welten

Charlotte Link
Wenn die Liebe nicht endet
Roman 3-499-23232-4
Bayern im Dreißigjährigen Krieg:
Charlotte Links großer Roman
einer Frau, die ihr Schicksal selbst
in die Hand nimmt.

Charlotte Link
Cromwells Traum oder
Die schöne Helena
Roman 3-499-23015-1

Magdalena Lasala
Die Schmetterlinge von Córdoba
Roman 3-499-23257-X
Ein Schmöker inmitten der oriental-
ischen Atmosphäre aus 1001 Nacht.

Fidelis Morgan
Die Alchemie der Wünsche
Roman 3-499-23337-1
Liebe, Verbrechen und die geheime
Kunst der Magier im England des
17. Jahrhunderts.

Daniel Picouly
Der Leopardenjunge
Roman 3-499-23262-6
Das große Geheimnis der Marie

Antoinette. Ein historischer Thriller
voller Charme und Esprit.

Edith Beleites
Die Hebamme von Glückstadt
Roman
Das Schickal einer jungen Hebam-
me im Kampf gegen Angst und
Vorurteile.

3-499-22674-X

Foto: Isolde Ohlbaum

Elke Heidenreich

«Literatur hat mich Toleranz und Gelassenheit gelehrt.»

Kolonien der Liebe
Erzählungen
3-499-13470-5
Neun ironische, zärtliche, melancholische Geschichten über die Liebe in unserer Zeit. «Kolonien der Liebe», das sind die zufälligen Orte auf dieser Welt, die, vorübergehend, ein wenig Wärme ausstrahlen, aber es sind auch die Orte, an denen Leid, Hass und Kälte die Liebe totschlagen.

Wörter aus 30 Jahren
30 Jahre Bücher, Menschen und Ereignisse
3-499-13043-2
Mit ansteckender, nie nachlassender Begeisterung und Leidenschaft schreibt Elke Heidenreich seit drei Jahrzehnten über die Dinge und Menschen, die sie faszinieren: Literatur, Städte, Reisen, Schriftsteller, Zufallsbekanntschaften und Berühmtheiten.

Best of also ... *Die besten Kolumnen aus «Brigitte»*
Lockere, mit klugem Witz geschriebene und ironisch pointierte Texte über scheinbar banale Alltagsthemen, immer mit einem überraschenden Moment, das uns mitten im Lachen einhalten lässt.

3-499-23157-3